〔德〕赫尔曼·黑塞（Hermann Hesse）著
张 亚 译

悉 达 多
SIDDHARTHA

北京理工大学出版社
BEIJING INSTITUTE OF TECHNOLOGY PRESS

版权专有 侵权必究

图书在版编目（CIP）数据

悉达多 /（德）赫尔曼·黑塞著；张亚译 . —北京：北京理工大学出版社，2021.10（2021.12重印）

（我就像一棵秋天的树：黑塞诗意三部曲）

ISBN 978-7-5763-0098-7

Ⅰ. ①悉… Ⅱ. ①赫… ②张… Ⅲ. ①长篇小说—德国—现代 Ⅳ. ①I516.45

中国版本图书馆CIP数据核字（2021）第147932号

出版发行 / 北京理工大学出版社有限责任公司
社　　址 / 北京市海淀区中关村南大街5号
邮　　编 / 100081
电　　话 /（010）68914775（总编室）
　　　　　（010）82562903（教材售后服务热线）
　　　　　（010）68944723（其他图书服务热线）
网　　址 / http://www.bitpress.com.cn
经　　销 / 全国各地新华书店
印　　刷 / 三河市冠宏印刷装订有限公司
开　　本 / 880毫米×1230毫米　1/32
印　　张 / 5.5　　　　　　　　　　　　　　责任编辑 / 李慧智
字　　数 / 91千字　　　　　　　　　　　　文案编辑 / 李慧智
版　　次 / 2021年10月第1版　2021年12月第2次印刷　责任校对 / 刘亚男
定　　价 / 129.00元（全3册）　　　　　　　责任印制 / 施胜娟

图书出现印装质量问题，请拨打售后服务热线，本社负责调换

译者序

归往如一

流浪者孰也?悉达多是也。悉达多活脱脱是一位经历过诸多世事之后大彻大悟、最终得道成佛的波折之人,也是一位通达自晓、具备反叛精神的"佛门领袖"。

分别与重逢、情爱与财富,在悉达多的求佛之路上总会显得日常而又非日常。负气出走的儿子、以诚相待的船夫,种种的际遇让悉达多在入世与遁世的两难境地中难以抽身。"我会思索,我会等待,我会斋戒",一时之间成为其踽踽独行之路上的某种扬扬自得,一声由心而发的"唵",是在其参悟与感知之后的良久回响。殊不知,对于悉达多而言,所有的不惑都指向了一条平坦大道,那里花团锦簇,驰骋自由;所有的不羁都隐喻着一段令人自咎的迷途,那里自纠自查,撕扯往复;所有的欲望都归入一湍逐波急流,那里归元合一,众念无求。

悉达多一路求索的漫漫征程,其实是黑塞在宽慰那些执拗和一心一意有所求之人，告诉他们如何让自己能跟周遭熟知抑或陌生的世界和谐相处；也是让那些过分苛责自身抑或贪求外物的芸芸众生有所警醒。皮囊不过是皮囊，贪欲终究是贪欲，要尽快习得让自己安身立命的谆谆箴言，而非蝇头小利，不然只会靡靡感喟，恋恋是非。在返程的路上，要记得来时的方向，来时起点处的微微光亮；不要把自己视若高明，不要一味地感情用事，相聚别离莫不随心。

冥想不及体悟，踌躇不及亲历，畏惧不及亲为。

这是本人在翻译完黑塞这部作品之后最直观的感受。使我们彻然醒悟的，必是那些曾经使自己摧眉折腰的；一味地予取予求，其实是个人成长路上某种自杀式的故步自封，相反，有时候我们只有倾囊付出，才有可能收获更多。

悉达多是睿智的，他深谙自己所长所短，有的放矢。当他和世尊佛陀探讨佛教教义的时候，能够一针见血地指出其中存在的症结，问得世尊在话术上连连后退，最终只能以一句"你莫要聪明过了头"来收场。看来，及时对自己已经掌握的内容归纳总结，进而反思批判，才是一位好学之人在面对某些值得推敲的作品抑或言论时所应当秉持的态度。

悉达多是孤傲的，他踏上了自己的求佛之路，离开故土与曾

悉 达 多

〔德〕赫尔曼·黑塞 著
张亚 译

北京理工大学出版社

经的挚友,一心寻觅,只为达成自己内心认定的夙愿。他短暂迷失过,也曾垂涎膝下承欢的日子,在随俗浮沉的旷世里终也未能将俗世里的那些爱恨情仇和金银财富全然弃绝。幸好他总能及时自省,认清使命,方才不为过眼浮华所累;幸好前行路上总有一语点醒他之人,帮他从满是泥淖的沼泽地及时抽离,洗净混沌,方才修远恒达。

悉达多是虚无却又真实的。他是逐梦的载体,也是浮世的落脚者。为什么这么说呢?因为在黑塞的笔下,悉达多具备常人和非常人双重层面的情感依托和行为驱动。作为一位寻常之人,他有着七情六欲,必然也会历经生老病死,转世再造。他的理性与感性能让我们洞察自己周围许多既已显性的人类闪光与缺失之处,譬如对好友乔频陀的好言相劝和苦心传教,最终却被其称为怪诞之人;譬如与深爱的名妓迦摩罗共同度过一段引人称羡的生活,最终迦摩罗却因蛇毒撒手人寰;譬如和令人敬重的船夫瓦苏戴瓦行船于河水之上,最终在河岸小屋里彼此扶持——这些都是身为凡夫俗子的个人经常面临的事情,让我们都能够感同身受,喜其所喜,忧其所忧。作为一位非寻常之人,他又能操控老沙门的心智和行为,以让自己逃离那处不喜欢的说教场所;他也能脱离自己的肉身,将自己的灵魂暂寄在花鸟虫石之中；他又会在河岸上幻视幻听，将无声的"唵"默念倾吐，让自己和河面上幻现的诸多面孔沟通；他还能涅槃重生，再次回归曾经向往和追求的生活，把日子重新过一次——这些是悉达多通过自身悟性习得的，也是佛门之路上逐渐装备的本事，无形无影，无踪无迹。

虚无与真实就这么在悉达多的身上变幻上演着，他将普通人在生活之中的浮浮沉沉、受制于生命和时间、禁锢于固有认知的底色，以及佛门中人在轮回世界里兜转往复、跳脱单一感官、信马由缰般的游冶之趣，较好地诠释在了一起，见悉达多，如见高阶了的自己，如见入凡了的佛。似乎男女老幼皆能在他和他周边的大小人物身上搜寻到自己的影子：老者感念时光已逝，错失太多尚可追及的青葱时光，嗟叹太多尚可充实的奋斗岁月；幼者往往无以为意，放纵消磨，过早地踏入自己的人生轨道，最终因眼界的局限放任自流。有感于此，莫不黯然。借助悉达多的言传身教，或许可以少一些这样的追悔莫及，把想去实现的以及想去获得的，现在就扬鞭追逐，规避过多的"他山之石"，找寻自我的"攻玉之器"。

凡事无非一去一返，有来有回，在周转循环的轨迹里往往能够获得很多新的体验与感知。但细细想来，这些个"新知"又会是下一个轮回中的"旧识"。所谓新知旧识，只是包裹着新衣的、早已由自己内心筛选进而传送到自己面前的、属于个体认知领域内的可观之物，一方面它符合期待，另一方面它也不背离初衷。那接受这些新知的洗礼与感化，其实就是变相地扩大了自己原先的知识体系，就好像一个对佛教完全不感兴趣的人，是无论如何不会接收来自佛陀的那些说教和观念一样，人们更多在意的是为我所感的、为我所长的和为我所用的。

所以，悉达多看似在自己的求道之路上不疾不徐，也没有什么明确的指向性，但归根结底还是因为他不满于最初的佛门教义才有了之后的种种选择，包括第一次与好友乔频陀的分离，是看出兄弟二人本就归途不同；第二次在和乔频陀重逢之后的再次分离，则是明确了乔频陀压根不是自己所秉持的佛门思想的拥护者，故而放其自行。

再者，悉达多的稳步进取和挚友乔频陀的逐级跌落，悉达多的执拗焦虑和船夫瓦苏戴瓦的宽心顺意，悉达多的为一人倾心和情人迦摩罗的拾众人爱意，以及他和前行路上遇到的其他众人的对比，表面上看都是作者黑塞有意设置的矛盾冲突点，但在我看来，他们其实都是正反双向的轮回世界里互相参照的悉达多自己，成也在此，毁也在此；就如同河面上幻现的诸多面容，闪回的片段，以及悉达多幻听到的诸多声音一样，那是悉达多在和内心的千千万万个自己完成灵魂对话的过程，所谓过往，皆为浮云，除非真正吸纳进自己的内心世界，进而有所收获与成长。

觉悟是一个漫长的过程，有时也会是一个全然不自知的过程，让我们跟随悉达多一起，去渐渐拨开浮在他心头的重重迷雾，在佛法自由的漫漫求索之路上与之相伴，最终见证他觉悟与成佛的喜悦吧。你会发现，去时的路尽管未知，多了些不可预料的风险，但往往会收获能够帮助自己体悟的人、事；归时的路尽管已然走过，少了些意料之外的惊喜，但多了可加快自己进步的经历。归往如一，归往亦不如一。

张亚

目 录

第一部分

003　婆罗门之子

015　与沙门同行

028　乔达摩

040　觉醒

第二部分

047　迦摩罗

067　与孩童般的凡夫俗子同行

080　轮回

092　在河边

108　船夫

126　儿子

139　唵

150　乔频陀

第 一 部 分

XI DA DUO

婆罗门之子

悉达多——婆罗门①的俊朗之子,这位年轻的"雄鹰",与他的挚友兼手足——乔频陀,在房子的背光面,在沐浴着阳光的河岸小船上,在柳树林和无花果树的荫翳里,一起结伴长大。在河堤旁,伴随着日光的沐浴和圣洁的洗礼,他那光洁的臂膀被晒得黝黑。在杧果林里,伴随着孩童的嬉戏玩闹、母亲的悠扬颂歌、神圣的祭祀牲礼、学者父亲的谆谆教诲,以及悉达多自己与智贤之士的交流与沟通,他那黑色的双眸时常流连在那片婆娑的树影之中。早前,悉达多就已经参与进与智者的交谈中了,他和乔频陀一起修习论辩,研究冥想沉思的艺术,学习参禅的定力。并且悉达多已懂得了无声地念诵"唵"②——这是一种言中言,词中词,可以无声地用纳气

---

① 印度的祭司贵族,主掌神权,占卜祸福,主持王室仪典,社会地位最高。
② 经常出现在佛经和印度教经典里的种子字,《吠陀经》中认为"唵"是宇宙中出现的第一个音。

将之诵入,再无声地用吐息、集合所有精气和内里将之诵出。念诵"唵"时,他的额头为智识的清明光辉所笼罩。他也已学会如何知悉自己作为有生命之物的自我本体——阿特曼①,达到如同宇宙那般无坚可摧。

喜悦之情涌上悉达多父亲的心头,因为自己的儿子有着一教就会的领悟力,并且如此的求知若渴。他认为自己的儿子一定会成长为一位伟大的智者和僧侣,成为婆罗门之王。

每当母亲注视着自己的儿子,看着他迈步和起坐,看着悉达多这个强壮俊美的小伙迈着修长的双腿走路,以完美的仪态向她问候,她总是满腔欢愉。

每当悉达多走过城市的街巷时,他那有如闪着光芒的额头、王者般的眼眸和性感的臀部,总会使得年轻的婆罗门女孩们对他的爱意肆意蔓延开来。

比其他人都更爱悉达多的是乔频陀——他的友人,同时也是婆罗门之子。他爱悉达多的眼睛和和蔼的语态,爱他的步伐和他行动时的完美优雅,他爱悉达多的一切言行,但最爱悉达多的精神、高

---

① 佛教术语,通常指作为轮回主体的"自我",也译为梵我,即俗称的灵魂。

尚而炽烈的思想、坚定的意志以及崇高的使命感。乔频陀深谙：我的这个朋友不会变成一个卑劣的婆罗门、一个懒惰的祭司、一个贪婪的念咒商贩，不会变成一个虚荣而空洞的辩术士、一个坏心而阴险的僧侣，也不会是信众中一只单纯而愚笨的羔羊。不会的，就算是乔频陀本人，也不想成为上述列举的那些人，不想成为婆罗门芸芸众生中的普通一员。他愿追随受人爱戴的、杰出的悉达多。如果悉达多将来成为神，成为耀眼夺目的大人物，乔频陀仍将以朋友、伙伴、侍者、卫兵和"影子"的身份追随他。

所有人都喜欢悉达多。他为所有人创造了快乐，并为所有人带来了喜悦。

但是悉达多自己却并不快乐，也没有什么快乐和开心的事。他漫步于无花果园的玫瑰色小径上，坐在树林幽蓝色的阴影里沉思，在每日的赎罪浴中洗濯自己的四肢，在浓荫密布的杧果林中献祭。他举止得体，受到每个人的喜欢，带给大家快乐，但他自己内心却没有喜悦。梦魇时而降临在他身上，随即便有躁动不安的思绪在他的内心出现，如若从河水中涌出，在夜晚的星光中闪耀，在阳光中融化；梦魇时而降临到他身上，随即便有无法安宁的心绪随之产生，仿佛从祭祀中升腾出烟霭,从《梨俱吠陀》①的诗集中飘浮出来,从古婆罗门的教诲中滴落。

他开始察觉到,父母和好友乔频陀的关爱并不会永远使他幸福快乐、平静安详、心满意足。他开始觉得,他可敬的父亲和其他的老师,那些智者婆罗门们已经把大部分最好的智慧和学识教给了他,而他的精神"容器"依旧没能被这些已经收获的知识所盛满,思想没能满足,灵魂没能安放,心没能平复下来。洗礼虽好,但毕竟是凡水,洗不净罪孽,治不好精神洁癖,除不去内心恐惧。对神祇的献祭和祈愿固然值得称道,可是这就是一切了吗?祭祀就可获得幸福?那神灵呢?创造世界的果真是众生之主②吗?难道不是"阿特曼"——我们自己这个独一无二的万物之主吗?"神"难道不是像你我那样是被创造出来的形象,同样受制于时间,是暂时而非永恒的吗?

向诸神献祭一定是好事吗?一定是正确、得当且至高无上的行为吗?除了独一无二的阿特曼,还有谁值得我们去祭祀和崇拜呢?可是,到哪里才能找到阿特曼?它身居何处,它那永恒的心在何方跳动?难道不是在内在的"自我"之中,在每个人的内心最深处,在每个人坚不可摧的生命之中吗?难道还会在别的什么地方吗?然

---

① 由"歌颂"和"知识"两个词根构成的复合词,《吠陀经》中最早出现的一卷。
② "众生之主",婆罗门教中的一个神祇名称,也指造物主,主神梵天的原型。

而这个内心最深处的阿特曼又在哪里？圣贤之士教导我们："自我"既不是肉体与筋骨，也不是思想与意识。那，它究竟在何处？有另一条值得寻找的，能够渗透进它的，并且直达"自我"、直达自身、直达阿特曼的道路吗？啊，无论是父亲、老师还是圣贤，没有人指示过这条道路，也没有人认识到这条道路，即便在神圣的圣歌中也无从寻找。哪怕婆罗门及其圣书通晓一切：世界的缔造、语言的形成、饮食呼吸等行为的存在、感官的秩序、众神的业障——他们知道无限多的东西，但是如若不知晓这独一无二、最为重要且是唯一重要的道路，了解上述提到的这一切又有何价值可言呢？

当然，圣书的许多文章，特别是《娑摩吠陀》①的《奥义书》②一节中，都谈到了这种最内核、最终极之物，精美的诗句如是写道："个体灵魂亦是整个世界。"其中还写道："人在熟睡状态可进入内心深处，和阿特曼共处。"这些诗句里蕴含着惊人的智慧，集思广益，博采众长，有如蜜蜂采集的蜂蜜那般纯粹。不，千万别小看这巨大的智识，这是由世世代代智慧的婆罗门传承者们积攒的知识财富。

---

① 由sāman（典礼的圣歌）和veda（知识）两个词根构成的复合词，四大《吠陀经》之第二部，共两卷，基本上是集第一部《梨俱吠陀》的颂而成。
② 古印度哲学典籍，名称的原意是"坐在某人身旁"，蕴含"密传"之意。

可是那些深谙且体验了这些深刻智识的人,那些婆罗门、僧侣、圣贤和忏悔者在何处?而能够把沉睡于阿特曼中的人从酣眠中唤醒,让他们清醒地重返真实生活,让他们脚踏实地且谨言慎行的鸿儒又在何方?

悉达多认识许多可敬的婆罗门,首先是他的父亲,因其纯如、博学最负盛名。他的父亲举止沉稳高贵,生活纯粹,言语贤明,头脑中满是高尚的思想,但即便是如此睿智的父亲,他就一定能生活在幸福之中吗?他就拥有安宁平静吗?难道他不也是一位探寻者和焦渴者吗?难道他不需要一次又一次地跑到圣泉边痛饮,从祭祀、阅读和与婆罗门的交流中汲取养分吗?为什么父亲这个无可非议的人,非得每天洗涤罪孽,每天疲于清洁,让自己焕然一新呢?难道阿特曼不在他身心之中,没有成为他内心灌溉的源流吗?人们必须找寻到它——阿特曼,这个本我之源,必得归我所有,其余种种皆为摸索、歧路与迷途。

这就是悉达多的想法,也是他的渴望与苦难。

他经常诵读《歌者奥义书》①一节里的话:"真真切切的是,

---

① 奥义书的一种,散文体。

梵①即真理，参悟真理者即可每日抵达天国世界。"他经常感到天国近在咫尺，忽而又感到遥不可及，仿佛内心深层的焦渴从未消除。在认识和教导过他的智者与鸿儒中，没有谁之前到达过天国，也没有谁完全消除过永恒的焦渴。

"乔频陀，"悉达多对他的好友说道，"亲爱的乔频陀，陪我一起到榕树下面吧，咱俩应该专心潜修了。"

他们走到榕树下坐了下来，这边是悉达多，离他二十步远的是乔频陀。悉达多坐定，做好了念诵"唵"的准备，于是反复将这段经文喃喃诵念了起来：

唵乃是弓，

魂乃是箭，

梵乃是箭靶，

你我定要坚持有的放矢。

当惯常的冥想潜修的时间过去之后，乔频陀站了起来。天色

---

① 梵天（波罗贺摩），原为古印度的祈祷神，现印度教的创造之神，与毗湿奴、湿婆并称三主神。

已经暗了下来，是时候进行晚间沐浴了。乔频陀叫了叫悉达多，但悉达多并未回复他。悉达多仍在冥想打坐，他双眼凝视着远方，舌尖从齿间稍稍伸出，似乎没有了呼吸。他就这样坐定，冥想着"唵"，灵魂像羽箭一般直抵梵境。

当时，有几位沙门①经过悉达多所在的城市，他们是去朝圣的苦行僧。三个瘦削而憔悴的男人，不是长者却也不年轻，风尘仆仆的，双肩印满了血迹，几乎一丝不挂的身子被太阳晒得黝黑。他们有如被世界遗弃，孤独、陌生而又敌意满满；他们有如瘦骨嶙峋的豺狼，与人类世界格格不入。裹挟在他们周遭的是一股灼热的气息，那是混合着无声息的激情澎湃、毁灭式的修潜献祭和无情压抑自我的强烈气味。

晚上，冥想过后，悉达多对乔频陀说："我的好朋友啊，明天一早我要去寻找沙门，我也想当一名沙门。"

乔频陀听闻之后脸色煞白，他从朋友那坦然自若的面容上察觉出了决心，这份决心有如离弦之箭一样无法阻拦。乔频陀一眼就明白了：时机已至，悉达多要去走他自己的道路了。现在，他的命运

---

① 原为古印度宗教名词，所有出家、修行、苦行、禁欲、以乞食为生的宗教人士的泛称。现为佛教用语，佛教男性出家众(比丘)的代名词，略同于和尚。

开始萌芽，而自己的命运也将与之关联。此刻，乔频陀的脸色像是干瘪的香蕉皮。

"哦，悉达多！"他喊道，"你的父亲会允许你这么做吗？"

悉达多像一个觉醒者一样望向乔频陀，眼光如箭般敏锐，看穿了乔频陀的灵魂、恐惧和他无可奈何的默许。

"哦，乔频陀，"他细语，"你不必白费口舌了，明天一早我就将开始沙门的生活，劝说是无济于事的。"

悉达多走进房间时，他的父亲正坐在一张由树皮编织的垫子上。他走到父亲身后站住了，直至父亲察觉出身后有人，问道："是你吗，儿子？说吧，你来这儿想讨论什么事情？"

"我的父亲，我来是想说，您如果允许的话，明天一早我将离开家里，去做一名苦行僧；成为一名沙门是我所渴望的，希望您不会反对我。"悉达多说。

父亲没有说话，沉默良久。一直到闪烁的星星升至窗边，房间里依旧鸦雀无声。儿子不着一词，交叉着双臂站立不动；父亲也是一声不吭，在垫子上坐立不动。只有天空中的星辰在移动。这时候，父亲说："婆罗门不适合说言辞过激和生气的话，可是我心里不是滋味，我不愿再从你的嘴里听到这种请求了。"

父亲慢慢起身，悉达多依旧交叉着双臂站立不动。

"你还在等什么呢？"父亲问。

"您是知道的。"悉达多回道。

父亲气冲冲地走出了房间，来到自己的床褥前，躺了下来。

一个小时后，这位难以入睡的婆罗门起身，在房间来回踱着步子，随后走出了房间。透过小窗，他望见依旧交叉着双臂站立不动的儿子。悉达多的浅色上衣映衬着苍白的月光，父亲心神不宁地又回了房间。

又一个小时过去了，这位难以入睡的婆罗门又一次起身，在房间来回踱着步子，随后再一次走出了房间。明月高悬，他透过小窗望见依旧交叉着双臂站立不动的儿子。月光照在他裸露的脚踝上。父亲心里有些担忧，但还是踱回了自己的房间。

又是一个小时、两个小时……他反复起身，并透过小窗望向月色中、星光下和黑暗里一直站立着的悉达多。一个又一个钟头过去了，他默默望向房间，看见站立着的儿子依旧纹丝不动，心中满是愤懑、不宁、惧怕和痛苦。

天亮前的最后一个小时，他折回了房间，望着站立在眼前的这个年轻人，觉得他既高大又陌生。

"悉达多，"他问，"你还在等什么？"

"您很清楚。"

"你打算一直这么站着、等着，到白天，到晌午，到傍晚吗？"

"我将一直站着、等着。"

"你会累的，悉达多。"

"我会累。"

"你会睡着的，悉达多。"

"我不会睡着。"

"你会死的，悉达多。"

"我会死。"

"你宁可死也不愿听从你父亲的建议吗？"

"悉达多一直听从父亲的建议。"

"那你会放弃你的计划吗？"

"悉达多将会做父亲告诉他该做的事情。"

清晨，第一缕阳光照进房间时，父亲看见悉达多的膝盖在轻轻地颤抖。然而在悉达多的脸上却未见丝毫颤栗的神色，并且他的目光始终凝视着远方。这位父亲开始意识到，悉达多现在已经不在他身旁,已经不在家乡,已经离开他了。

父亲摸了摸悉达多的肩膀,说道:"你将走进林中并成为一名沙门。如果你在森林里找到了幸福,那就来教我修习吧。如果你觉得失望,就再回来,让我们一起再向众神祭奉。现在,去和你的母亲吻别吧,告诉她你的动向。至于我,是时候去河边准备做清晨的第一场沐浴了。"

他抽回放在儿子肩膀上的手,走了出去。悉达多试图挪动双脚时,身子猛地抽动了一下。他控制住身体,向父亲深深地鞠了一躬,随后径直向母亲走去,遵从父亲的吩咐去和她吻别。

当他在第一缕晨光中缓缓迈开自己僵麻的双腿,离开那座依然寂静的城市时,从一家茅屋旁闪出一个蹲伏的人影,加入了朝圣者的队列——他就是乔频陀。

"你来啦。"悉达多说道,然后莞尔一笑。

"我来了。"乔频陀回道。

与沙门同行

当天傍晚,悉达多和乔频陀追上了那三位苦行僧。那三位瘦削的沙门,表示愿意和他们同行,而他们也愿意听从沙门的教导。他们被接纳了。

悉达多把自己的长袍送给了街边一位穷困的婆罗门。他只系了一条遮羞带,身披一件未被缝过的暗褐色斗篷。他每天只吃一顿饭,皆为生食。他已经斋戒了十五日,之后又斋戒了二十八日。皮肉从他的身躯和脸颊上逐渐收紧,似火的梦想从他日渐变大的眼睛里闪烁出来;他干瘦的手指上长出很长的指甲,下巴上满是干枯蓬松的胡须。当他遇见女人时,目光冷漠;当他遇见城中锦衣华服的民众时,他的嘴角抽搐以示轻蔑。他看到商人做生意,王侯野外狩猎,服丧者为死者哭嚎,妓女出卖色相,医者救死扶伤,僧侣选定播种吉日,情侣坠入爱河,母亲哺育儿女——他对这一切都颇为不屑。一切都是欺骗,一切都满是恶臭,一切幸福和美丽都是伪造的，一切都在腐败。世界很苦涩，生活满是痛苦。

悉达多唯一的目标便是：万事皆空，无欲无求，无奢无望，无苦无乐。吾被消解，无存自我，空存己心以觅安宁，思存非我以究奇迹。这就是他的目标和追求。当"我"被肢解并消亡，当每一份寻觅与渴求在心中缄默，那么，最终层、最深层的"非我"，那个巨大的秘密，必然是会觉醒的。

悉达多站在烈日骄阳下一言不发，因痛苦而煎熬着，因口渴而煎熬着，就这样一直站着，直到他不再感到痛苦或口渴。下雨时，他站在雨水中缄默不语，雨水从他的头发上流落至肩膀、臀部和腿上，这位苦行僧就这样一直站着，直到肩膀和腿不再感到冰凉，直到它们没有知觉、麻木而平静下来。他默默地蹲在荆棘丛中，血从灼热的皮肤上滴下来，从肿胀的脓液上滴下来，悉达多仍旧保持不动，一直蹲在那里，直到不再滴血，直到不再针刺般疼痛，不再火烧般疼痛。

悉达多坐直身子，修习减少呼吸、略为呼吸和屏住呼吸，然后又去修习平稳心跳、减少心跳的次数，直到很少甚至几乎没有了心跳。

悉达多受到最年长的一位老沙门的指导，练习去除"自我"，练习静心潜修，遵从沙门戒律。一只苍鹭飞过竹林，悉达多把自己的灵魂注入苍鹭体内，飞越森林和山脉，此刻他就是苍鹭，吞食鲜活的鱼类，忍受苍鹭的饥饿，发出苍鹭的鸣叫，感受苍鹭的死亡。一只死去的豺狼躺在沙滩上，悉达多的灵魂便钻进豺狼的尸身，此刻他就是死去的豺狼，躺在沙滩上，膨胀、发臭、腐烂，被鬣狗肢解，被秃鹰食用，化为残骸，化作尘土，被风吹散至荒野。然后悉达多的灵魂回到本体。在此期间，他经历了死亡、腐烂和尘化，尝到了轮回的可怕滋味。他像猎人一样等待着新的渴望，去冲出缺口，逃脱轮回，找寻起因的尽端，开始无忧的永恒。他破坏感知，抹去记忆，他从他的"自我"中幻变出千百种离奇的形象，幻化为飞禽走兽、腐肉尸身、石木流水。但每次又总是重新醒来，艳阳抑或皓月当空之时，他又重修"自我"，在轮回中摇曳。他感到焦渴，克服焦渴，进而又生发出新的焦渴。

悉达多从沙门那里学到了很多，学会了从"自我"出发去走很多道路。他历经了很多痛苦，历经了自愿忍受并且克服痛苦、饥渴和疲乏，走上了"克己"的道路；他通过冥想，通过对所有想象意义的思考，走上了"克己"的道路。他学会了走这条路以及别的路，千百次地离开了他的"自我"，他在"非我"中逗留了几个小时乃至几天。尽管这些道路都是从"自我"生发的,但是它们的终点却依然导向回"自我"之中。虽然悉达多千百次地逃离"我",停留在虚无之物中,幻化成动物与石块,但回归依旧无法避免,重新找回"自我"的那一刻也难以逃脱;无论是在阳光下还是在月色中,无论是在树荫里还是在雨水中,他都会重新变回"自我"和悉达多,重新感知到轮回的折磨。

乔频陀在他的身边生活,是悉达多的"影子",跟他走着相同的道路,跟他受着同样的磨难。他们在修习和献祭时很少彼此交流。不过,有时候他们二人在为自己和他们的老师去村庄乞讨食物时,会偶尔探讨一下。

"你是怎么想的,乔频陀?"有一次,在乞食途中悉达多问道,"你觉得我们要继续学习吗,我们实现目标了吗?"

乔频陀回道:"我们已经学会了很多,不过还得继续学下去。你会成为一名伟大的沙门,悉达多。每一种修习你都能很快习得,那些年长的沙门时常夸赞你。终有一天你会成为圣人,哦,悉达多。"

"我可不这么看,我的朋友。"悉达多道,"迄今为止我向沙门学到的东西,其实可以更快更简单地学到。在妓院区的每个酒馆里、我朋友那里、在马车夫和赌徒那里,我同样可以学到。"

乔频陀说:"悉达多,你是在和我开玩笑吧?从那些人那儿,你怎么可能学会静心潜修,怎么可能学会屏息敛气,怎么可能学会忍受饥饿与痛苦呢?"

悉达多好像在自言自语地低声说道:"什么是静心潜修?什么是逃离躯壳?什么是斋戒?什么是屏息敛气?不过都是逃离'自我',是从'自我'的折磨之中短暂的挣脱,是从对抗生活的痛苦与荒诞之中瞬间的麻痹。就算是驱牛人,都可以在客栈里找到这种逃离和短暂的麻痹,他只需喝上几杯米酒或者发酵椰奶,就能完全将自我忘却,不再感受到生活的痛苦,然后便可一时麻醉自己,沉沉睡去。同样地,他能够获得我们在长时间的修习中获得的抛弃肉身与流连于'非我'中的状态感受。就是这样,哦,乔频陀。"

乔频陀道:"你竟会这么说,朋友,你应该知道的,你悉达多不是什么驱牛人,沙门也不会是什么酒鬼。酒鬼可以被麻痹,可以短暂地逃离与休息,但是当他从虚妄中回醒之时,将会发现所有的一切都一如往常,他并没有变得更加聪明,也没有积累知识和经验,更没有遁入更高的境界啊。"

悉达多笑道:"我不知道你说的是否正确,因为我不是个酒鬼。但是我，悉达多自己，在修习和禅定时只感觉到短暂的麻痹。我仍然像一个母胎中的婴儿，离开悟和救赎还很遥远。乔频陀，我是知道这一点的。"

在那次探讨之后，有一次，悉达多和乔频陀一同走出森林，到村子里去为他们的兄弟和老师乞食，悉达多再次谈起了这个问题，说道："现在如何，乔频陀，我们走在正确的道路上了吗？我们已经离知识更近了吗？我们离救赎更近了吗？又或者我们可能只是在原地兜圈子，却自以为已经逃脱了这种轮回？"

乔频陀道："我们学到了很多，悉达多，不过我们还有很多需要学的。我们并没有在兜圈，我们一直在往上走，这个圈是个螺旋，我们已经攀上好些个台阶了。"

"你觉得我们尊敬的老师，那位年长的沙门，他多大年纪了？"悉达多问。

"我估计他六十岁。"乔频陀回他。

悉达多道："他已经六十岁了仍未达到涅槃的境界。他可能会活到七八十岁，而你我二人，也会活到那把年纪，我们会不断地修习、斋戒和冥想。但是我们都不会达成涅槃，老师不会，我们也不会。哦，乔频陀，我认为，在所有的沙门中可能不会有谁能达到涅槃的境界。我们只获得了慰藉和麻痹，只学会了各种欺骗自我的技巧。关键在于，我们没有谁找到了那条路中路啊。"

"但愿你别再说这么骇人听闻的话了，悉达多。"乔频陀道，"在这么多鸿儒、婆罗门、严肃可敬的沙门以及孜孜不倦、热情勤勉的圣洁者之中，怎么可能会没有人找到那条路中路呢？"

悉达多却以一种伤心与嘲讽的口吻，以一种略显悲伤和讽刺的声音道："乔频陀，不久以后，你的朋友将离开这条和你并肩走了这么久的沙门修习的道路。在这条沙门之路上我的焦渴未能得以缓解。我一直在渴求知识，我一直充满着疑问。我向婆罗门和神圣的《吠陀》年复一年地请教。哦，乔频陀，也许我向犀鸟或黑猩猩请教也会一样有益，一样见效吧。为了修习这一切，我已经消耗了太长时间，现在仍未到达终点。哦，乔频陀，实在是没什么东西可学的。我是如此坚信：事实上并没有可以称之为'修习'的东西啊。哦，乔频陀，只有一种知识——阿特曼，它无所不在，在'你'和'我'之中，在每个个体之中。我开始如此坚信：这种知识的宿敌正是求知的欲望，正是无休止的修习。"

正在走路的乔频陀停止了脚步，他高高举起双手，道："悉达多，你别用这番话来吓唬你的朋友！你说的话确实让我心生恐惧。

倘若真如你所说,不存在修习的话,祈祷的神圣、婆罗门种姓的尊严和沙门的高洁又存于何处呢?哦,悉达多,要真如你所说,不存在修习的话,世上一切神圣、宝贵和可敬之物又都会成为什么样子呢?"

说完,乔频陀喃喃念诵起《奥义书》中的一节诗经:"精神如若沉思纯净,并在阿特曼中专心致志,心中幸福则难以言喻。"

悉达多只是缄默。他思考着乔频陀所言所语,逐字逐句地推敲着。

他低着头站定,心想:是啊,我们觉得神圣的一切还会存留些什么呢?又有什么可以存留?有哪些是可以经受得住考验的?他摇了摇头。

后来,当这两个年轻人和沙门一起生活并修行已达到三年的时候,他们通过各种渠道得知了一个消息,一个流言,一个说法:一位名叫乔达摩的人出现了,他是一位高僧和佛陀,他已克服世间疾苦,停息了重生之轮;他教导四方,游学全国,居无定所,无以为家,孤家寡人,穿着苦行僧的黄色僧衣,但是却有着彰显愉悦的额头,他已是一位得道者。婆罗门和王侯都向他鞠躬,愿意成为他的门徒。

传闻和流言甚嚣尘上，被传得沸沸扬扬，在城里有婆罗门议论纷纷，在林中有沙门对此你言我语。乔达摩——这个佛陀的名字不时地在这两个年轻人耳边回响，对于这个佛陀，大家的言语可谓善恶交织，毁誉参半。

如同瘟疫在一个地区肆虐时，一种流言忽然间伺机而起：现在有一位智者、鸿儒，他的话语和气息足以治愈每个被瘟疫侵袭的病患。然后这个流言传遍了整个国家，人人论及，有人对此深信不疑，有人对此持怀疑的态度，也有人开始出发去追随这位智者和救星。就这样，佛陀乔达摩乃是释迦宗族智者的这个传说便传遍了全国。关于他，信众说道：他拥有最高的智识，他记得前世的生活，他达到了涅槃的境界，摆脱了轮回，他从来没有迷失于混沌的万物之中。到处都流传着有关他的不可思议的传闻，他创造了奇迹，制服了妖魔，与神交流。而他的反对者和怀疑者却说道：这位乔达摩只是一个自诩不凡的骗子，他生活无忧，蔑视献祭，没有学问，既不是一心修行之辈，也不是清心寡欲之流。

有关佛陀的传闻听起来悦耳而又散发着迷人的魔力。世界充满病痛，生活难以为继——可你看，这里突然涌出的一股甘泉，似乎是响应了信使的呼唤，充满着慰藉、温和和高尚的承诺。

关于佛陀的传闻四处扩散,印度各地的年轻人都乐此不疲,他们感受到了渴望与希冀,每一位朝圣者和外来客都在城市和乡村的诸多婆罗门子弟之中接受欢迎仪式,只要他们能带来有关乔达摩——这位世尊释迦牟尼的消息。

这个传闻也传到了森林中的沙门耳中,传到了悉达多和乔频陀两人这儿。它是慢慢地一点一滴地传过来的,一点一滴都带着希望,一点一滴都难以置信。沙门们很少议论此事,因为那位年长的老沙门不喜欢这个传闻。他听说那个所谓的佛陀之前是个苦行僧,居住在森林里,后来又回头去过上了富足的生活,又去追求尘世的欲望,因此他很看不起这位乔达摩。

"哦,悉达多,"有一次,乔频陀对他的好友说,"今天我去了趟村子里,其间一位婆罗门邀请我去他的宅子,在他的宅子里我看到了一位从摩揭陀①回来的婆罗门之子,这个人亲眼见过那位佛陀本人,亲耳听过他的教诲。真的,当时我激动得连呼吸都会引发胸口阵痛,我暗自思忖:或许我自己,或许我们两个人,悉达多和

---

① 古代中印度的一个重要的王国,是印度重要的佛教圣地之一。佛陀一生中的大部分时间都在此度过。佛教史上的王舍城结集、华氏城结集,都在这里。唐朝贞观年间,玄奘前往印度取经时,曾经过此地,在《大唐西域记》一书中有详细记述。

我，也可以有机会去体验到那位佛陀的亲口相传。说吧，朋友，难道我们不也想去那里亲耳聆听那位佛陀的口授吗？"

悉达多道："哦，乔频陀，我一直以来都觉得，乔频陀这个人会留在沙门这儿，活到六七十岁是他的目标，并且他要一直在这里磨炼沙门的技巧和修习。可你看，我对乔频陀的认知还是不够，很少读懂过他内心的想法。原来我最珍贵的朋友，你也想选择一条新的道路并为之前行，去聆听佛陀的教诲了。"

"你总爱这么挖苦我。那就随便你挖苦吧，悉达多。"乔频陀道，"可是啊，你心中不是也一直有这种诉求和兴趣，想去聆听那位佛陀的教诲吗？你之前不是还和我讲过，你将不再长久地走这条沙门之路了吗？"

悉达多以他独特的方式笑了，笑声中夹杂着一丝悲哀和嘲讽意味："是的，乔频陀，你讲得很好，你的记性也很好。不过你也要记得我说过的其他话，我说过我已经对潜修和学习感到怀疑和厌倦了，我对老师教导给我们的那些话已经不再坚信了。但是，也罢，亲爱的，我准备好去聆听那位佛陀的教诲了——即便我内心坚信，我们已经尝过那些教诲里面最丰硕的果实了。"

乔频陀说："你能这样决定，我很欢喜。但是你说说，我们怎么可能在还没有聆听到乔达摩的教诲之前,就已经尝到了它的最丰硕的果实呢?"

悉达多道:"哦,乔频陀,我们还是开始享用这些果实,并继续耐心等候吧。我们现在已经可以感谢乔达摩了,归因于这份果实,我们得以受其影响而离开沙门。这份果实是否还会给我们带来其他的或者更好的东西,朋友,就让我们用平常心期待吧。"

就在当天,悉达多把他想要离开沙门的决定告知了那位年长的老沙门。告知老沙门这件事的时候,悉达多谦逊有礼,合乎一位晚辈和弟子的体统。然而,老沙门却因为他们要离开而大为恼火,扬声恶骂。

乔频陀一度惊慌失措、尴尬窘迫,悉达多把嘴巴凑到乔频陀的耳边,低声对他说道:"现在我打算向老沙门展示一下,我从他那里学到的东西。"

旋即,他凑到老沙门跟前,聚精会神地用双眼直视着老沙门的眼睛,在其身上施加法术,使其噤声、丧失意识,并听命于他,令其悄无声息地去做他所要求的事情。老沙门变得缄默不语,目光呆滞,意志麻痹,胳膊下垂,他对悉达多的法术完全无能为力,思想也已经被悉达多完全操控,他不得不去执行悉达多给他下达的指令。只见他接二连三地鞠躬,做出祝福的手势,结结巴巴地祝福他们出行平安。两位年轻人也鞠躬致意,感谢老沙门,动身离开了。

半路上,乔频陀对着悉达多说:"悉达多,你从沙门那里学到的东西,可比我所了解到的要多。要想施展法术在一个年长的沙门身上是很难很难的。真的,倘若你还留在那儿,不久以后你就能学会水上轻功。"

"我并不想学习水上轻功,"悉达多道,"只有那些沙门老汉们喜欢练就这样的本事。"

乔达摩

在舍卫城①里,每个孩子都知道世尊佛陀的名字。每家每户都准备着施予年轻而默默乞食的乔达摩弟子,好让这些乔达摩弟子的钵盂装满食物。乔达摩最喜欢住的地方距离舍卫城很近,是一个叫作祇园精舍的小树林②,它是由一位名叫"给孤独"③的富商赠送给世尊及其弟子的礼物,这位富商同时也是佛陀的忠实崇拜者。

为了找寻到乔达摩的住处,两位朝拜乔达摩的年轻苦修者,通过一路的问询和指引终于来到了这个地方。他们到达舍卫城之后,

---

① 古印度的佛教圣地,传为释迦牟尼长年居留说法处。
② 或称祇林、祇树给孤独园,也简称祇园或陀林;位于印度北部舍卫城南郊,是释迦牟尼佛当年传法的另一重要场所,它比王舍城的竹林精舍要稍晚一些,是佛教史上第二栋专供佛教僧人使用的建筑物。祇园精舍是佛陀在世时规模最大的精舍。
③ 又名须达多,意为善授。释迦牟尼住世时,经常布施,其中有一位施主,他的善行超越他人。由于他的无私与慷慨布施,人们便尊称这位成功的婆罗门商人须达多为"给孤独",他是举世无比的施主。

随即停下来站在第一间屋子的门口开始化缘,等待施主提供给他们食物。他们收下食物,悉达多询问那位施予食物的女施主:"谢谢你,善良的女施主,我们还想了解一下世尊佛陀的住处。我们是两个来自森林的沙门弟子,来到这座城正是为了见到这位世尊佛陀并且聆听他的宣法。"

女施主道:"来自森林的沙门,你们来到这儿确实是找对了地方。尊者就居住在'给孤独'长老的祇园精舍里。你们可以留宿在那里,那里空间相当充裕,来到这儿聆听宣法的朝圣者们都可以去那里住宿。"

乔频陀满心欢喜,愉悦地喊道:"这可真是太好了,我们终于抵达目的地了!可是,这位朝圣者的母亲啊,请您告诉我们,您认识那位佛陀并且亲眼见过他吗?"

女施主道:"我见过他许多次了。在好多日子里我都见过他,他身着僧衣,一言不发地穿过小巷;他静静地站在各家房门前,递上他的碗开始化缘,又拿着盛满食物的碗离去。"

乔频陀欣喜万分,还想询问和倾听更多关于佛陀的事,但悉达多提醒他该继续赶路,于是他们两人致谢之后就继续前进了。他们已经不需要再问路,因为一路上有许多乔达摩的信众僧侣和朝圣者们同往祇园。晚上两人抵达祇园之后，仍旧有人络绎不绝地到达，不少人在嚷嚷着寻找住房，叫喊声和说话声此起彼伏。这两个早已习惯了森林生活的沙门很快就找到了栖息处，安安静静地睡到了第二天早晨。

第二天太阳照常升起，他们惊讶地发现，在这里过夜的信徒与猎奇者非常多。身着僧衣的僧侣在这个美丽的小树林里步履不停，有的在树下坐定进行禅修，有的谈经论道，浓荫密布的祇园就好比一个偌大的城市，里面满是熙熙攘攘的人群。大部分僧侣拿着他们的钵盂外出，为了觅得当天唯一的一顿餐食，就连世尊佛陀本人也在清晨外出化缘。

悉达多看到了佛陀，就好像是有神佛指点过他一样，他一下子就认出了世尊佛陀。他上下打量着佛陀，那是一位身着黄僧衣，手持钵盂，举止安详而又朴实无华的男子。

"看这儿！"悉达多对乔频陀轻声道，"这就是世尊佛陀。"

乔频陀的注意力一下集中到这位穿着黄僧衣的僧人身上，他看上去和其他成百上千的僧侣毫无区别。不久乔频陀也认出了他：这就是世尊佛陀。

于是，他们跟随着这位佛陀并且不断地观察着他。

佛陀谦逊地一边踱着步，一边沉思，他面色平静，既不快乐也不忧愁，似乎在向他们微笑致意。佛陀隐隐露出笑意，静默而安详地走着，仿若一个身体康健的孩童。他身着黄僧衣，遵照着一板一眼的规矩，迈着和所有追随他的僧人一样的步伐。但是他的面容和步伐，他那安详地下垂着的眼睑，他那静静垂放着的手臂，甚至是手上的每一根指头，都在诉说着完美无瑕。他无所觅求，无所参访，在永恒的宁静中轻柔地呼吸着，伴以不朽之光和不容侵犯的祥和。

乔达摩就这么向城里走去，打算去化缘，两位沙门单从他那安详的完美体态、平和的仪态举止就认出了他，从他的无欲、无意、无惊、无扰中认出了他。他的身上笼罩着光明与平和。

"今天我们就可以听到世尊佛陀宣法啦。"乔频陀道。

悉达多默不作答。他对教义没什么兴趣，他不觉得那些教义能传输给他什么新鲜的知识，像乔频陀一样，他已经一次又一次从别人那里听过佛陀教义的内容。他注视着乔达摩的额头以及他的肩膀、双脚、垂放着的双手，他觉得乔达摩的每一根手指关节仿佛都在诉说着佛法，在倾诉，在呼吸，在散发着耀眼夺目的真理。这个人，这个佛陀，细微到手指做出的手势都是真实的。这个人是神圣的。从没有谁能让悉达多如此崇敬,也从没有谁能让悉达多这么尊爱。

两个人跟着佛陀进城后,又默默折返,他们决定当日禁食一天。他们看到乔达摩回来,看到他走进年轻弟子们的领地里食用饭菜——他的食量甚至都无法让一只鸟儿果腹,看到他走回到杧果树的荫翳里。

傍晚,当热浪消散,祇园里到处都活跃起来,大家聚到一起聆听世尊佛陀讲经。他们听着佛陀的声音,那声音很是动人,充满着安静与平和。乔达摩传授了很多"有关痛苦、有关苦难的起源,有关消除苦难的途径"的学问。苦难即是生活,世间皆苦,但是脱离于苦难之策已被觅得:立地成佛者即可脱离苦海。佛陀用柔和坚定的声音讲授着四圣谛①、八正道②,耐心地以习惯的方式讲授教义、引经据典,反复温习。他明亮的声音盘旋在倾听者的头顶上方,恍若丝丝光点或星辰。

直至深夜,讲授才结束,一些朝圣者走到世尊佛陀的面前,祈求加入这个集体,并且自愿皈依佛门。乔达摩同意了,说道:"你

---

① 佛陀体悟的苦、集、灭、道四条人生真谛。
② 亦称八支正道、八支圣道或八圣道,意为达到佛教最高理想境地——涅槃所需要的八种方法和途径。

们都已聆听了我的宣讲，收获颇丰；那就加入吧，步入圣洁之所，结束所有苦痛吧。"

羞赧的乔频陀也走上前，道："我也愿意信奉您和您的教义！"乔频陀祈求成为佛陀的弟子，结果也成其所愿。

之后，佛陀回去就寝了。乔频陀走向悉达多，热切地说道："悉达多，我没有资格责备你。我们都聆听了世尊佛陀的教义并且都深以为意，我听完之后就皈依佛门了。可是你呢，我亲爱的朋友，难道你不想步入这条救赎之路吗？你还在迟疑吗？你究竟在等什么呢？"

听罢乔频陀的这番话，悉达多如梦初醒，凝视了乔频陀的面庞许久，然后毫无戏谑之态地轻声说道："乔频陀，我的朋友，现在你已经决定了自己的步伐，选择了你的前路。哦，乔频陀，你一直都是我的朋友，一直都跟随我的步伐。我时常在想：如果没有我，乔频陀会不会凭着自己的心声主动为自己选择一条道路呢？你瞧瞧，你现在长成了一个真正的男儿，并且选好了自己要走的正道，希望你一直走在这条路上。哦，我的朋友，希望你终能得到自我救赎！"

还没完全搞清楚状况的乔频陀，不耐烦地重复了一遍之前的问题:"说吧,我恳求你,我亲爱的!快告诉我,我们别无二致,我求知若渴的朋友啊,你也会跟我一样皈依到佛陀麾下的!"

悉达多把手搭在乔频陀的肩上:"你没有听明白我的祝福,哦,乔频陀。我再跟你重复一遍:希望你一直走在这条路上!希望你终能得到自我救赎!"

在这一瞬间乔频陀心领神会,他的朋友将要离他而去,乔频陀不禁哭了起来。

"悉达多!"他哭喊道。

悉达多温和地说道:"不要忘了,乔频陀,你现在已经是皈依佛门的沙门了!你已经和你的家乡、父母断绝,和你的出身、财产断绝,和自己的个人意志断绝,和你的友谊断绝了。这是佛法的要求,这是佛陀的指示,这也是你自己的选择。明天,哦,乔频陀,我将与你告别。"

两位知己在林中长久地散步。安寝后两人也是许久没能睡去。乔频陀一次次地问他的朋友,他想听他说说,为什么他不愿意皈依到乔达摩的教义之中,他在乔达摩的教义中究竟察觉到了何种错误。悉达多总是拒绝回答,说:"打住吧,乔频陀!佛陀的教义很好,我怎么会在里面找到错误之处呢?"

翌日早晨，一位年长些的僧侣走进祇园，召集了祇园里皈依佛门的新晋弟子们，为他们分发了黄色僧衣，教导他们初级法理和戒律。乔频陀从中跑了出来，他再次抱了抱悉达多——这位他青年时期的挚友，与之告别，之后便回到了新晋弟子的队伍之中。

悉达多若有所思地步入了树林之中，在那里他偶遇了乔达摩。他恭恭敬敬地问候乔达摩，世尊佛陀的目光满是关怀与安详；他鼓起勇气恳请世尊同他交谈一会儿，世尊安静地点头以示许可。

悉达多道："世尊，昨天我聆听了你精彩的传授。我和我的朋友从远方前来只为亲耳聆听你的教义。现在我的朋友将要成为你们的一分子，他已经皈依了佛门，而我却要再一次开始我新的求索之路了。"

"按你喜欢的去做吧。"世尊礼貌地说道。

"我的话可能太狂妄了。"悉达多接着道，"可是如果我不真诚地把我的所思所想告诉世尊，我可能无法说走就走。世尊啊，您能否容我再叨扰一会儿？"

世尊默默点头以示许可。

悉达多道："世尊，您的教义让我称奇，您所传授的一切都完备清晰、有理有据。您说世界是一条完备而永不间断的链，是一条永恒的由因果相交的链。从未有过如此清晰的观点，世界也从未被如此确定无疑地展示。倘若每一个婆罗门听了您的教诲，将这个世界看作一个圆通的共体，无残缺，一尘不染，剔透似水晶，不依赖于巧合，不取决于神灵，那么他们必定心潮澎湃。世界是善或恶，生活是悲或喜，尽管这答案仍旧悬而未决，又或许答案根本无足轻重——但是世界的一统，万物的休戚与共，大大小小的周遭被同一风暴裹挟，源于同源，生死同法——这种种的一切都在您的讲授中得到阐明。哦，完美的世尊啊，在您的教义中，在万事万物的一统和一致中却存在着断裂的地方，某种陌生的、新鲜的，某种过往未曾存在、未被展示和未加证明的事物，借由这个微小的裂缝溜进了这个世界：那就是您那套超脱于这个世界以寻求自我救赎的教义。借由这个微小的裂缝和断裂之处，整个永恒而一统的世界规则再一次面临崩塌，失去效力。但愿您能够宽恕我讲出这些质疑您学说的话语。"

乔达摩静静地聆听着，一动未动。旋即佛陀以仁爱、真诚和清晰的口吻对悉达多说道："哦，婆罗门之子，你听完我的教义之后竟能思考得如此深刻。你发现了一个裂缝，一个缺失。请你继续思考下去。不过好学的孩子啊，你得当心众说纷纭、各说各话，你也得当心言论争辩、话术争执。关键不在于发表的是何种意见，美也好丑也罢，聪明或是愚笨的意见，每个人都可以坚持或者拒绝它们。你从我这里聆听到的教义并不是我的观点，它的目的也不是说要去为勤勉者厘清这个世界，它意在别处——它渴望听者能从苦难中得到救赎。这就是我讲授的东西，不存在别的什么含义了。"

"哦，世尊，希望您不要生我的气。"年轻人道，"我不是为了进行言语上的争辩才和您探讨这些的。您说得很对，问题并不在于有多少种意见，但是请允许我再重申一点：我一点儿也没有质疑过您佛陀的身份，也没有怀疑过您已经到达了目标——被成千上万个婆罗门和婆罗门弟子们一路追寻着的最高目标。您已经觅得从死亡里得到救赎的方法。这些都是从您个人的求索、自我探索，通过您的思考、修习、认知和感悟才获得的；您并非只是通过讲授才成为如今的世尊！哦，世尊，这就是我的想法，没有谁能够仅通过讲授就获得救赎！哦，世尊，您无法通过话语和教义来告诉别人，在您开悟的那一刻发生在您身上的事情。开悟了的佛陀的讲授里包罗万象，教导人们正直地生活，不要做坏事。可是有一点却没能包含在这如此值得敬奉的教义中：它没有囊括世尊本人所经历的秘密，在成百上千者之中脱颖而出、超越众生的独一无二的秘密。这就是我在聆听您的教义时的所思所感，也是我要继续漫漫求索的初衷——并不是为了别的,也并非为了觅得另一簿更好的教义,因为我深谙没有其他的了。我是为了远离所有的圣贤和教义,独自达成自己的目标,抑或为目标死去。然而我会常常想到今天,想到这一时刻,哦,世尊,因为我亲眼看见了圣人。"

佛陀安静地垂下双眸看着地面,他难以捉摸的面色显露出至臻的冷静。

佛陀慢吞吞地说道:"希望你的想法无误,希望你能实现目标。但请你告诉我:你见过我的沙门信徒们吗,见过那些已经信奉了我的教义的兄弟们吗?陌生的沙门青年啊,你觉得让他们都离开修习,回归物欲横流的生活,对他们所有人来讲是件更好的事情吗?"

"这样的想法离我太过遥远。"悉达多大声道。"希望他们遵照教义,达成目标吧!我没有权利评判别人的生活!我只需要对我自己一个人进行审视,有所选择,并且有所取舍。哦,世尊,作为沙门的我们应该去觅得'自我'的救赎。如果我现在是您的一位年轻的弟子,哦,世尊,我会害怕发生这样的事情,那就是我的'自我'只是肤浅而虚假地得到了安宁和救赎,但事实上我的'自我'本体仍旧在生长着,在成熟着,因为我会将教义、我的后来之士、我对您的敬爱,以及僧侣团体们,都当成是我的一部分!"

乔达摩微笑着,注视着这位陌生的沙门的眼睛,脸颊上带着坚定的洞察与和善,然后,他以一种隐秘的神情同他道别。

"你很睿智,沙门。"世尊道,"你能够和别人侃侃而谈,我的朋友,但要当心别太聪明过头了!"

佛陀离开了,他的眼神和微笑深深地印在了悉达多的记忆中。他想:没有人像世尊这样看人和微笑、坐定和走路;我真的希望自己也能这么看人和微笑,这样坐定和走路,如此的自在、神圣、隐匿而坦率,如此的单纯而神秘。只有渗透进自己最内在之处的人才会在看人和微笑的时候如此真挚。好,我也要寻得渗透进自我内里的方法。

悉达多心想:我终于发现了一个人,一个在他身前我也得低垂双眸的人。以后再不会有别的人能够让我在他身前低垂双眸了,不会再有了;也将再不会有教义能够吸引到我,因为连这个人的教义都没能将我吸引。他想,我虽被佛陀掠夺了,但他却赠予了我更多。他抢走了我的好友,那个以前信奉我的朋友,如今信奉他;以前是我的影子,如今成为乔达摩的。可他赠予我的是我自己——悉达多本人。

觉醒

当悉达多离开世尊佛陀和乔频陀居住的祇园时,他觉得已将自己的过往岁月抛于身后,一并留在了祇园,并与之分道扬镳。他沉思着自己心里的情愫,直探情感那片深海的最深处,一直到源起之处。他觉得,认知事物的根源便是一个人沉思的真谛。凭借这一点,个人的感知便会成为经验的一部分,久而久之,这些感知便开始投射出人们内在的状态和模样。

悉达多边走边沉思,他确信自己已非少年,已然成年。他觉得自己已经摆脱过往,正如蛇褪去旧皮一般。他确定曾在年少时与之相伴相属的东西也已不在身边,诸如拜师学知的愿望。在他求索之路上出现的最后一位师者,那个高贵睿智的师者,那位世尊佛陀,悉达多也与他分离了,因为他不能接纳世尊佛陀的教义。

这位沉思者步履放缓,一边走一边扪心自问:"可你原本想从教义和师者那边学到些什么呢?什么才是你不能从别人那里真正学到的呢?"他恍悟:"就是'自我'吧,我想学'自我'的意义与本质,而我想摆脱和克服的东西也是'自我'。但是我又无法克服'自我',只能欺骗,只能逃离,只能躲匿。事实上,在这个世界上就没有什么东西能像'自我'一样,如此让人费解,这样充斥、占据着我的思想。我活着,独成一体,与众分离。我,才是悉达多;世间我认知最少的便是'自我',便是悉达多。"

这位沉思者缓缓挪步,继而站定,陷入思想的泥淖,旋即又生发出另一个新的想法,那便是:"我对自己一无所知,对悉达多极为陌生,原因在于我害怕面对自己,总是回避自己!我寻觅阿特曼,我寻觅婆罗门,我情愿'自我'被肢解、发生蜕变,是为了去发现不熟知的内心世界里的万物之核,也就是找到阿特曼,找到生活,找到神性,找到终点的意义,而我却在这条路上迷失了自己。"

悉达多睁大双眼环顾四周,嘴角泛起微笑,如梦初醒般的感觉贯穿全身,直至脚趾。旋即他又跑起来,跑得很快,像是一个知道自己未来要去做什么了的男人。

"哦,"他深吸了一口气,道,"现在,我不会再让悉达多溜走了!不会再将阿特曼和世俗的烦恼作为我思想和生活的中心。我不会再毁灭、撕裂自己，不会再去寻觅残骸之下的秘密，不会再修习《瑜伽吠陀》和《阿达摩吠陀》①，或者其他的佛经教义，我要向自己学习，认知自我，认知悉达多。"

他环顾四周，如同第一次看这个世界一般。世界缤纷多彩，千奇百怪！这里是蓝色，这里是黄色，这里是绿色，云卷云舒，河流与森林相映，山峰高耸，一切都美丽神秘又充满魔力。悉达多，一位觉醒者，身处其中，走向发现自我的道路。这些第一次映入悉达多眼帘的黄色和蓝色的事物，不再是摩罗②的法术，不再是玛雅③的面纱，不再是深谋远虑、寻觅一统的婆罗门们所不屑的现世世界里无义而偶然的万千纷杂。蓝即是蓝，河流即是河流，悉达多眼中的这些"蓝"和"河流"隐含着独特的神性，这也是神性的价值与意义所在。这里是黄色、蓝色，那里是天空、森林，这一切都在悉达多体内。意义和本质并非隐藏在事物背后的某个地方，它们的存在即是事物本身，孕于万物之内。

"我以前是多么的愚钝啊！"这个步履匆匆的人心想，"当

---

① 《吠陀》本集之一，主要汇集了巫术、咒语，收录了七百三十一首赞歌，其中主要是一些祈福禳灾的咒法与巫术，也包括一些哲学及科学思想。
② 即魔鬼，后泛指一切障道之法。
③ 这里指印度教中信奉的幻境女神。

一个人想品读一篇文章，去探寻文章里的意义，那他就不会忽视任何一个符号和字母，不会视它们为表象以及偶然和无价值的皮毛，而是边读边学，然后爱上它。而我，想研读世界之书、自我本质之书，却为了迎合预先臆断的意义而忽视了文章里的符号与字母，视现世世界为表象，将眼见之物、舌鉴之物全视作偶然与无义的幻影。不，这些都已经成为过去，我已然觉醒，切实觉醒，于今日再生。"

悉达多这样思索着，忽然又一次停了下来，好像他面前的路上横卧了一条长蛇。

因为，他恍然大悟：他，一个切实的觉醒者、重获新生者，必须完完全全从头开始他的生活。

那天早上，他离开了那个世尊佛陀所在的祇园精舍，他已经觉醒，该走上寻觅自我的道路了，这正是他的目的。在历经多年修行之后，他觉得回到故里、回到父亲身边是理所当然的。但是现在，就在他停止不动，好像有条长蛇盘亘路前的一刹那，他又清醒自知："我不再是原来的那个苦行僧了，不再是沙门和婆罗门了。那我还回家回父亲身边做什么呢？修习？献祭？静心潜修？这一切都已经过去，这一切都不再是属于我的道路了。"

悉达多一动不动地站着，刺骨的寒冷击中了他的心房，他仿佛感觉到心脏在不停地颤抖，像一只小动物，一只鸟或是一只野兔。他突然发觉自己孤独万分。多年以来，就算他无以为家，也没有像现在这样有这般感受。即便在苦行潜修时他仍是父亲的儿子，仍是婆罗门的一员，有着高贵的地位，是个有教养的人。现在他只是悉达多，一个觉醒者，别无他称。他深吸一口气，忽地浑身冰寒颤抖，再没有人会像他这样孤独。贵族属贵族之列，工匠与工匠为伍，他们栖于一处，共享生活，共说一话；婆罗门属于婆罗门，他们共居一处；而苦行僧则在沙门之列。即便是归居林中的隐士也并非孑身一人，他周围也有同伴，他们也有一个共属的阶层。乔频陀已皈依佛门，千千万万的僧侣是他的兄弟，穿着与他相同的衣服，信奉着他所信奉的教义，谈论着他谈论的言语。可是悉达多呢，哪里是他的归属？该与谁分享生活，又与谁同语呢？

这一刻，世界从他周遭分崩离析，他如同天边的孤星一样孑然自立。这一刻，悉达多冲破寒冷和沮丧，比以往任何时刻都更加感受到真我，更加坚定。他深知：这是觉醒的最后一次颤栗，重获新生的最后一次痉挛。他重新大步向前，疾步飞奔，不再回家，不再回到父亲身边，不再回头。

第二部分

XI DA DUO

迦摩罗

路途中,悉达多每一步都能习得新的认知。瞬息万变的世界,让他心向往之。他看到太阳从密林覆盖的山峦中跃出,又在远处的棕榈滩上落下;他看到夜空中星移有序,新月似泛舟悠游于苍穹;他看到大树、星星、白云、彩虹,看到岩石、野草、鲜花、小溪与河流;他看到早晨的灌木丛中晶莹的露珠,远处高山之上的蓝白色彩;他听到鸟儿与蜂蝶在歌唱,微风在稻田里吹着成熟的秸秆发出悠扬的声音。这一切都是那么丰富多彩,而且一直都是这样,日月升落,河流喧腾,蜜蜂嗡嗡作响。可是在这之前的时间里,对悉达多而言,这一切不过像是蒙在他眼前的稍纵即逝而又具备欺骗性的面纱。他一直带着怀疑的眼光看待这一切,对种种事物的观感是注定要被自己的思维所渗透和消减的,因为它们不触及本质,本质存在且超然于感官世界的另一端。如今,他得到解放的双眸兜转于另一端,他看到并辨别着这达观的世界,在世界之中寻觅故土,并不再寻觅本质，不再瞄准另一端。世界本就美好，只要人们像这样不带着探寻的目的，如此简单而又如此纯粹地去看待它。月亮和星河本就璀璨，美好的事物当然还包括小溪和河岸、森林和岩石、山羊和金龟子、花儿和蝴蝶。我们只要保持童心、清醒自知，只要坦诚相待、规避猜疑，就一定会发现世界的美丽动人和可爱隽秀。烈日当空，于头顶变换照耀，林间荫翳总会带来阵阵清凉。溪水和雨水味道甘甜，南瓜和香蕉别样美味。白昼的时间很短暂，夜晚的时间也短暂，时间飞快溜走有如海上之帆，帆布之下是一艘满载珍宝和欢愉的船。悉达多看见一只猿猴在森林里高高的树枝间跳跃，并且发出一声粗犷而贪婪的啼叫；悉达多看见一只公羊追赶着一只母羊并与其交配。他看到一条饥饿的梭子鱼在芦苇湖里捕食，小鱼在它前方不断跃出水面，满是惊恐；那些跃出水面的小鱼混着水珠在阳光下闪闪发亮，凶猛的捕食者迅疾掀起急促的水涡，满是力量与激情。

所有这一切一直都在，只是从前的悉达多熟视无睹，从未在场，但如今，他也置身其中。他的眼中闪烁着灵动的光影，他的内心充盈着浩瀚的星月。

悉达多在路途中回忆起他在祇园时所经历的一切，包括曾经在那里聆听过的佛陀所宣讲的神圣教义,看到了佛陀本尊,和乔频陀分道扬镳,和世尊交谈甚欢。他回想起曾和世尊谈及的一言一语,他也对曾经讲了很多连自己都尚未可知的事情感到满心惊讶。他对乔达摩所言如是:对于佛陀而言,最宝贵和最神秘的东西也许并非佛教教义,而是那些曾经自己体会过的日积月累的启蒙思想,那些才是无以言说且无法传授的——而这些启蒙思想,也正是他此刻出发要去体悟的,他此刻开始要去经历的。现在,他必须要去经历这些!诚然,他其实很久之前就意识到他的"自我"就是阿特曼了,是像大梵一样永恒存在。但他从未真正意义上找寻到这个"自我",因为他总想着用思维逻辑去捕获它。如若身体并非"自我",感官游戏并非"自我",那思想也不会是"自我",才情也不会是"自我",习得的智识不是"自我",掌握的艺能也不是"自我"。归根结底,所有从固有思想生发出来的新思维都不是"自我"。不,这个思想的国度仍旧是属于尘世的,如果人们泯灭了感官意义上偶然性的"自我",却滋养了思想和学术领域里的那个偶然性的"自我",这将导致自己毫无建树。这两者,思想与感官,都是美好之物,两者身后都隐藏着最终的奥义,两者都值得人们去倾听,值得人们参与其中;两者都不能被蔑视,也无须被高估；从两者中皆可听到"自我"内心隐秘的心声。悉达多没什么可寻求的东西，除非他内在的心声命令他去寻求；他只想着在这个心声所指引的地方停留。为什么当初在乔达摩彻悟的时候，连续七天七夜坐在菩提树下？因为他听到一个声音，一个由他自己的内心生发出的命令他在这棵树下休息的声音，他并未进行苦修、献祭、洗礼和祈祷，不吃也不喝，不睡觉也不做梦，他只遵从于这个内心的声音。像这样去遵照着内心的声音而不是外在的命令，是向善的，是必要的，没有什么其他东西如这般必要了。

夜幕降临，悉达多在河边一位船夫的茅草屋里睡了一宿，其间做了一个梦。他梦见乔频陀站在他面前，身穿一件黄僧袍。乔频陀满目悲伤，难过地问道："你为什么要弃我而去呢？"然后他抱了一下乔频陀，他的手臂搂着乔频陀，然后把他拉到胸前，亲了上去。随后面前就不再是乔频陀了，而变成了一个女人。从这个女人的衣服里显露出一对丰盈的乳房，悉达多凑近她的怀中吮吸着乳汁。这对乳房的乳汁香甜而浓郁，那是男人和女人的味道，阳光和森林的味道，动物和鲜花的味道，是各式果实的味道，各种乐趣的味道。它令人神魂颠倒，令人六神无主。当悉达多醒来时，看见苍白色的河水在茅草屋的大门处闪烁着波光，听见林间传来猫头鹰那深远而清悦的啼鸣。

当新的一天开始，悉达多请求船夫渡他到对岸。船夫用竹筏带着悉达多过了河，宽阔的水面在晨曦中闪烁着红光。

"这是一条秀丽的小河。"悉达多对着这位相伴者道。

"是啊，"船夫道，"这是一条很美的小河，我最爱它了。我常常倾听它的声音，凝望它的双眸，我总是能有所收获。可以向这一条小河学的东西真是太多了。"

"我很感谢你，我的恩人。"悉达多一边说着一边登上了对岸，"我没什么礼物可以送给你，也没有酬金支付于你，亲爱的船夫。我只是个无家可归的人，一个婆罗门之子，一介沙门而已。"

"我知道的。"船夫道，"我也没期望能从你那儿得到酬劳，也没期望今天能收到你的礼物。你以后可以找个机会再给我礼物。"

"你相信我会来找你吗？"悉达多满是好奇。

"会的，这是我从这湾河水中学到的：一切都会再相逢！沙门，你也会再次回到这里的。现在我祝福你！你的友谊就是给予我的酬金。希望你在向神祇献祭的时候也会想到我。"

两人相视莞尔，互相道别。收获了船夫的友谊和善意，悉达多感到很愉悦。"他就跟乔频陀一样。"他面带微笑地心里想着，"我在这条前行之路上遇到的所有人都好似乔频陀，他们心怀感激，尽管理应获得感谢的是他们自己。他们都很谦卑，所有人都愿意结识朋友，愿意顺从，思想简单纯粹。他们都跟婴孩一样。"

中午，悉达多经过一个村庄。小巷里的孩子们正在茅屋前面打着滚，玩着南瓜子和贝壳，叫喊着，互相打成了一片，他们一看到眼前这位陌生的沙门便全部害羞地跑散了。

村庄的尽头有一条穿过小溪的道路，一位年轻的妇女正在溪边跪坐着洗衣服。当悉达多向她问候的时候，她抬起头，莞尔，跟他眨眼回应，他看到妇女眼睛里秋波流转。他用行色匆匆的旅人惯用的方式向她打招呼致意，顺便问到大城市去的话还有多远的距离。妇女直起腰板，走到他跟前，她年轻的脸上那湿润的嘴唇很是闪闪动人。她跟他开着玩笑，问他是否已经吃过午饭，还问他沙门在晚上都独自一人睡在森林里面，并且不允许与女人同寝，是不是确有此事。她说着说着就把左脚放在悉达多的右脚上，并且做着在《爱经》里面所提到的"爬树"的动作，就像女人挑逗男人来达到示爱目的时所做出的爱抚动作。悉达多感到自己血脉偾张，这时候他又想起了他的梦，他向那个女人弯下腰来，用双唇亲吻她乳房上深褐色的乳头。他抬起头，看到她的脸上洋溢着满是性欲的愉悦表情，她那眯成一条缝的双眼渴望地恳求着。

悉达多也感到了爱的渴望和性欲朝自己袭来，可他从未触摸过女人，一瞬间，他有所迟疑，而他的双手已经准备好去将她搂入怀中。就在此刻，他听到自己内心颤抖的声音，这声音在向他传递着"不要做"的信息。年轻妇女满是笑意的脸颊上的所有魅力顷刻间荡然无存，悉达多看到的只是一只发情雌兽的水润双眸。悉达多友好地爱抚了她的脸颊，转身离去，离开了这个满脸失望的妇人，步伐轻松地走入了竹林之中。

当天傍晚，他已经赶到了一座大城市前，他满心欢喜，因为他渴望有人烟的地方。他已经在森林中住太长时间了，而那天夜里他留宿过的那个船夫的茅草屋，是他长久以来居住过的第一个有屋顶的地方。

在城郊一处围着篱笆的美丽林苑旁边，漫步者悉达多遇到了一小群手中提着篮子的男女仆人。他们簇拥着一部由四人抬着并且装饰华贵的轿子，轿子里是一个女人，色彩艳丽的遮阳棚下，她坐在轿子里的红坐垫上，她就是这林苑的主人。

悉达多在林苑的大门处站立不动，看着这一行人经过，他看到了男仆、女佣、篮子和轿子，看到了轿子中的女人。在高高盘起的黑亮头发下面，悉达多看到了一张非常明媚、精致而且聪慧的脸，鲜红的嘴巴像刚开裂了的无花果，眉宇被修画成高弓状，深邃的眼眸聪明而机警，光洁细长的脖子从金绿色的上衫中伸出，白净的手很修长，手腕上戴着宽宽的金镯子。

悉达多发觉她是如此的美丽曼妙，心中雀跃不已。当轿子行进到他跟前的时候，他深深地鞠了一躬，然后又抬起头直视着那张光鲜靓丽的脸庞，他注视着她那聪慧的双眸，闻到了一缕从未闻过的香气。轿子中的女子莞尔点头致意，不一会儿就隐没在了林苑之中，伴随在她后面的那些仆人也一并消失了。

悉达多心想，他才刚到城郊就遇上了这样的祥瑞之兆，这让他有些冲动，想马上跟进林苑中，可他又突然意识到刚刚经过的那些男女仆人在入口处是如何看待和打量他的，他们对他的态度很是轻蔑、怀疑和不屑。

"我毕竟还是个沙门弟子啊，"他心想，"我还是一个僧侣和乞丐。我不该在此地久留，不该就这么走进林苑里去。"想着想着他竟笑了起来。

他向远处走过来的一个人询问了这个林苑的情况，和刚刚经过的贵妇的名字,得知这是名妓迦摩罗的林苑,除了这个林苑之外,她在城里还有一套房子。

然后悉达多便进了城,此刻的他有了一个目标。

他带着这个目标,在城里游荡寻觅,辗转流连于大街小巷之中,在广场上站定,在河边的石阶上休息。傍晚,他和一个理发店的伙计成了朋友,悉达多先是看见他在拱门下的灰暗空间里忙活工作,然后又在他去毗湿奴①寺庙里面祈祷时遇见了他,悉达多给他讲述了毗湿奴的历史和吉祥天女拉克什米②的故事。那天晚上他就睡在河边的小船上。第二天一大早,在第一波顾客光临这家理发店之前,他让那位理发师帮他刮了胡子,剪好头发,梳理好头发后又抹上了精致的头油。然后,悉达多到河里洗了个澡。

下午时分,当美丽的迦摩罗又一次乘坐轿子向林苑走近的时候,悉达多站立在林苑的入口向她低头鞠躬,随后他也收到了来自这位林苑名妓的问候。他同时向行走在队尾的仆从挥手致意,请求

---

① 印度教"保护"之神,在吠陀时期原来是吠陀太阳神之一,在印度教时代升格为维持宇宙秩序的主神,成为印度三大神之一。其余两大神则是:梵天,主管"创造";湿婆,主掌"毁灭"。
② 吉祥天女,是婆罗门教-印度教象征幸福与财富的女神,相传是毗湿奴的妻子。

他禀报给女主人，就说有一位年轻的婆罗门想要跟她攀谈几句。不一会儿，仆从禀告完之后回来让悉达多随他进去，然后默默带着他来到一座柱廊下。迦摩罗此时正倚靠在那里的一张沙发床上，仆从把悉达多一个人留在了那里之后便自行走开了。

迦摩罗问道："你不就是昨天站在门口处向我问候了一声的那个人吗？"

"是的，我昨天就和你打过照面了，并且向你问候过。"

"可是你昨天不还是留着胡子和长发，头发上满是灰尘的吗？"

"你观察得真仔细，你把一切都看到了。你看到的人叫作悉达多，是一个婆罗门之子，早已离开了自己的家乡，只为成为一名沙门，做沙门弟子长达三年之久。可是现在已经背离了当初那条道路，来到了这座城市，而我在进入这座城市之前遇见的第一个人，便是你。这种种的一切都是在说明我是为了寻你而来的。哦，迦摩罗！你是第一个能让我悉达多不必再低垂着眉眼去交谈的女人。从今往后不论我再遇到任何一位美丽的女人，我都将不必再低垂着眉眼了。"

迦摩罗莞尔一笑，耍弄着手里的那把由孔雀羽毛做成的扇子。

她问道:"你难道只是想要跟我说,你悉达多来我这里只是为了见我一面吗?"

"就是为了跟你说这些,当然也为了向你表示感谢,感谢你生得如此美丽。如果不会引起你的不满的话,迦摩罗,我想请你做我的良师益友,因为我对你所精通的艺术一概不知,但你已是这方面的大师了。"

迦摩罗大声地笑了出来。

"从未发生过这种事,从未有像你这样的林中沙门来找我想跟我学习的,朋友,也从未有过一个留着长发、裹着破旧衣布就来找我的沙门!许多年轻人来到我的林苑,当然这之中也有很多是婆罗门之子,他们都会身着华服,穿着精美的鞋子,头发香气四溢,腰缠万贯。作为一个沙门,你应该向这些年轻人看齐,再来找我才是。"

"我已经开始向你学习了,"悉达多道:"其实,昨天就已经学习了。我已经刮去了胡子,打理了头发,还抹了发油。你这个风姿绰约的女人啊,我缺少的东西并不多,不过是华丽的服饰和精美的鞋履,以及充裕的钱袋。你可知道,悉达多做过许多比这些琐碎小事更为艰难的事情,并有所建树。我现在还没能实现的,正是我昨日已经决意要去做的事情,即成为你的朋友,和你修炼情欲之欢!你会看到我的勤勉用心,迦摩罗。我曾学习过比你将要教我的还要难的东西。现在的我就是这副模样,只是抹了头油,却没有锦衣华服,没有漂亮的鞋履,没有金钱,这样的悉达多是不是就满足不了你了呢?"

"是啊,亲爱的,"迦摩罗笑道:"你还不能让我满意。让我满意的那个他必须拥有锦衣华服,并且有双鞋,精美的鞋,还得囊中饱满,得有赠送给迦摩罗的礼物。现在你清楚了吗,林中来的沙门?我说的这些你都牢记于心了吗?"

"我已经牢记于心了。"悉达多大声道,"从这样一张嘴里面说出的话我怎么会记不住呢!你的嘴唇就像一颗新鲜的刚刚开裂的无花果,迦摩罗;而我的嘴唇也是红润嫩滑,你将会发觉它和你的嘴唇非常般配。不过请你告诉我,美丽的迦摩罗,你真的一点儿也不害怕一个来自林中的,欲向你修炼情欲之欢的沙门吗?"

"我为什么要去害怕一介沙门,一个从林中而来与豺狼共生过,并对女人一无所知的沙门呢?"

"哦,这个沙门很强壮,他无所畏惧,或许会强迫你,美艳的姑娘。他可能会掳走你,会伤害到你。"

"不,沙门,这一切都不足以使我感到恐惧。难道一个沙门弟子或者一位婆罗门,会畏惧有人来抓住他,掠夺走他的广博学识、他的赤诚之心和他的深邃洞见吗?不会的,因为这些东西本来就归他所有,他只会把这些所属之物给他想给的部分和他想给的人。惟其如此,就如同迦摩罗也是这样,情欲之欢也是这样。迦摩罗的嘴唇美丽又红艳,可是若违背迦摩罗的意愿去亲吻它,你将一丁点儿的甜蜜也不会从它那里获得,而它本应该给亲吻者带去很多甜蜜才是!悉达多,你是个勤勉的人,你应该明白:情爱可以乞讨,可以贩卖,可以赠予,可以在街巷中获得,却无法被劫掠。你打错了如意算盘啊。哦,不,像你这般英俊的年轻人都有这样错误的想法,真是太令人遗憾了。"

"确实太遗憾了。"悉达多微笑着低头致意,"迦摩罗,你说得太正确了!那是非常令人遗憾的事。不,我不应当失去从你的唇里收获的每一份甜蜜,你也不应当失去从我的唇里收获的一丝一毫的甜蜜!既然有些事已是定局,当悉达多拥有了他所缺少的那些衣服、鞋子和金钱之后,他还会再次登临拜访的。但是,妩媚的迦摩罗啊,你能再给我出点小小的主意吗?"

"一个主意?为什么不呢?有谁会不愿意为一个来自森林和狼

群之中穷困潦倒而又无知的沙门出谋划策呢？"

"亲爱的迦摩罗，拜托你给我个建议，我要到哪里去才能最快得到那三样我所缺少的东西呢？"

"朋友啊，大多数人都想知道这一点。你必须去做些自己会做的事情，以此换取金钱、衣物和鞋子。不然，一个清贫之人是无法变得富足的。你究竟会做些什么呢？"

"我会思考，我会等待，我会斋戒。"

"没有别的了吗？"

"没有了。不对，我还会作诗。你愿意以一个吻来换取我的一首诗吗？"

"如果我喜欢你的诗，我会愿意这么做的。所以它究竟是什么诗呢？"

悉达多思忖片刻，而后开始吟咏起诗句：

> 迦摩罗的曼妙倩影穿梭于林间荫翳，
> 灰头土脸的沙门在入口处守候如一。
> 只惊觉莲花初绽之时，
> 迦摩罗卑躬莞尔致意。

> *献祭神祇诚然万般心旷神怡，*
>
> *犹不及献身于美神迦摩罗！*

听完，迦摩罗极力为悉达多鼓掌，手腕上的金色手镯随之作响。

"你的诗句很美，你这个灰头土脸的沙门啊，说真的，要是献吻于你，我并没有什么损失。"

她用眼神召唤悉达多走到她的面前，然后悉达多把脸伏在她的脸上，把自己的嘴贴在她那宛如新鲜的刚刚开裂的无花果的嘴唇上。迦摩罗长时间地亲吻着他，悉达多则带着深深的惊讶，内心暗自感受着她是如何引导他去亲吻的。他觉得迦摩罗对此非常娴熟，领会到她是怎样控制着他，再拒绝他、魅惑他的。在第一个悠长的湿吻过后，又是一连串紧凑而又饱含经验的吻，并且每个吻都不太相同，这让他充满了期待。悉达多气喘吁吁地站在那里，在那一刻他就像是一个小孩子一样，惊讶于知识和值得学习的东西如此之多，顿时让他大开眼界。

"你的诗句真的太美了。"迦摩罗大声说道，"如果我很富裕的话，我愿意为此付给你金币。可是啊，你要是想靠诗句来挣得你所需要的金钱的话，对你而言将会异常艰辛。因为与迦摩罗做朋友，需要非常多的金钱。"

"你太会接吻了，迦摩罗！"悉达多支支吾吾地说。

"是的，这是我的专长，所以我从不缺衣服、鞋子、手镯和所有精美的东西。可是，你都会些什么呢？除了思考、斋戒和作诗，你就不会些别的东西了吗？"

"我还会唱圣歌。"悉达多道，"可我不想再唱了；我还会念诵咒语，但我也不想再念诵了；我还读过经文……"

"稍等！"迦摩罗打断他，"你会读书？会写字吗？"

"当然，不少人都会的。"

"大部分人是不会的，我也不会读书写字。那太好了，你会读书写字，真好。那些咒语自然你也会用得上的。"

这时，一位女随从跑了过来，对着女主人耳语通报消息。

"有客来访，"迦摩罗大声说道，"赶紧离开这里吧，悉达多。记住了，别让任何人看见你在这里！明天，我再和你见面。"

说完，她吩咐自己的女随从送给这个虔诚的婆罗门一件白色外衣。悉达多不明所以，还在想发生了什么，就被女随从带离了那里，绕道而行进入了花园里的一间洋房里，拿到了赠予的上衣，接着又被带到灌木丛中。女随从仓皇地提醒他不要让别人看见，并且让他赶快离开林苑。

悉达多惬意地照做了。他已经对这片树林很熟悉了，于是静悄悄地离开了林苑，翻越了那片树篱笆。他满心知足地返回城里，而他的胳膊下面还夹带着那件已经被卷起来的衣服。他站在一家旅客络绎不绝的旅舍门口，安静地化缘，安静地收下了一块饭团。他心里想着，或许明天我将不必再乞讨食物了。

自豪之情在他的内心顷刻间升腾起来。他已经不再是沙门了，不能再行乞讨之事。他把那块饭团丢给了一只狗，自己没吃一点东西。

"人活一世，简单就是生活本身吧。"悉达多心想，"其实没有什么困难的。当我还是一介沙门的时候，一切都显得很艰难，劳累奔波，到最后丧失了希望。现在一切都变得轻松容易，就像迦摩罗教会我亲吻的技巧。我只需要衣服和金钱，此外，什么都不需要，这些都是既渺小又临近的目标，不会扰得人难以入眠。"

他之前就一直在打听迦摩罗的城中住址，第二天他就找到了那里。

"非常好。"迦摩罗朝他喊道，"迦摩施瓦弥是这个城里最富有的商人,他正在等着你。如果他喜欢你,就会给你份差事。变机灵点儿,灰头土脸的沙门。我已经通过别人向他介绍了你的背景和情况。你要对他友善些,他可是很有势力的。但是你也千万不要太谦卑!我不想让你成为他的仆人,你们应该是平等的,不然我会不满意你。迦摩施瓦弥已经年迈,并且人变得温顺很多。他要是喜欢你,会对你委以重任的!"

悉达多很感谢迦摩罗,笑出声来。当迦摩罗听说他昨天和今天都没有吃东西时,便让仆从拿来了面包和水果,招待了他。

"你运气可真好,"在两人告别的时候迦摩罗道,"一扇又一扇的门都在为你打开。怎么会这样?你有魔力吗?"

悉达多道:"昨天我已经跟你讲过了,我会思考、等待和斋戒,而你认为这些是毫无用处的。迦摩罗,其实它们用处可多了,你就等着看吧。你将会发现,这个来自森林中的灰头土脸的沙门学到了许多你们根本不会的美好东西。前天,我还是个不修边幅的肮脏乞丐,可昨天我就已经吻到了迦摩罗,之后不久我将成为一名商贩,拥有自己的金钱,拥有你所看重的一切。"

"那真是太棒了。"她说,"可是如果没有我,你又会怎么样呢?如果我迦摩罗不帮助你,你又会何去何从呢?"

"亲爱的迦摩罗啊，"悉达多挺直自己的身子说道，"当我来到你的林苑时，我就已经迈出第一步了。我的打算是向你这位曼妙女子学习情欲之欢。从我下定决心的那一刻起，就知道我会去执行它，而且也知道你会帮助我。当你第一次在林苑的入口处看到我时，我就已经知道了。"

"可是如果我不愿意呢？"

"你已经愿意了啊。迦摩罗，你看：当你把一块石头扔进水里的时候，它会顺着最快的路线迅速地沉入水底。这正和当我有了一个目标就去下定决心执行它是一样的道理啊。悉达多不会去做什么，他只是等待着、思索着、斋戒着。他兜转于世间万物之中，就如同石块在水里下沉，无须做什么，也用不着施加外力，这石块会挪移运动，也会自行沉降。他被目标吸引，因为他不会让任何可能违背目标的东西进入他的灵魂。这些便是悉达多从沙门那里学到的。这就是愚人们称之为魔法并觉得是恶魔在从中作梗的东西。没有什么是恶魔造成的，世间本来就没有什么魑魅魍魉。每个人都可以施展魔法，只要他会思考，会等待，会斋戒，那么所有人都能够实现自己的目标。"

迦摩罗认真倾听着。她喜欢他的声音，喜欢他眼里的光。

"或许就是这样吧,"她轻声说道,"就像你说的那样,朋友。悉达多是一个英俊的男人,女人们都爱他的目光,因此,幸运就围绕在他身边。"

悉达多和迦摩罗吻别,说道:"但愿如此,我的老师,希望你一直喜欢我的目光,希望我从你那里一直收获好运!"

与孩童般的凡夫俗子同行

悉达多去拜访富商迦摩施瓦弥,在一位仆人的指引下走进了一幢富丽堂皇的房子,仆人带着他穿过价格昂贵的地毯走入一间房。在那里,悉达多恭候着迦摩施瓦弥的到来。

迦摩施瓦弥走了进来,他是一个动作利索,身形矫健,有着浓密的灰白头发、一双非常聪慧机敏的眼睛和性感的嘴巴的男子。主客二人亲切地问候致意。

"有人告诉我,"商人先开始说道,"你是一位婆罗门,一个学士,想跟一位商人找些差事做。你这么想找到一份差事,是陷入了某种困境吗,婆罗门?"

"不是的,"悉达多道,"我没有陷入困境,从未陷入过。你知道我来自沙门,我在那里和沙门弟子们一同生活了很长的时间。"

"既然你来自沙门之列,你又怎么会没有陷入过困境中呢?沙门不是都身无分文吗？"

"我确实身无分文。"悉达多道，"如果这就是你所认为的困境的话，我确实是捉襟见肘。但这是我自愿选择的，也就不存在身处困境一说。"

"既然你身无分文，那么你依靠什么来谋生呢？"

"我还从未想过这个问题，先生。我这样身无分文已有三年之久，可却从来没想过我要靠什么来谋生计。"

"那你是靠着别人的财产来过日子的吗？"

"或许是吧。商贩不也是靠着别人的产业来谋生吗？"

"说得对。可是，他不会两手空空去拿别人的东西，会卖给那些人他自己的商品和货物。"

"这似乎是事实。每个人都在索求着，每个人也都在给予着，这就是生活。"

"但是我要问你了：既然你身无分文，你又会给予别人什么呢？"

"每个人都给予别人他自己所拥有的东西。勇士给予力量，商人给予货物，老师给予学识，农民给予粮食，渔夫给予食鱼。"

"说得很好。那你现在能够给予的东西是什么呢？你学过什么呢？你又会做什么呢？"

"我会思考，我会等待，我会斋戒。"

"这就是所有吗？"

"我想这些就是全部了！"

"可是这些又有什么用呢？就拿斋戒来说吧——它好在哪里呢？"

"它好处可大了，先生。当一个人没有食物可吃的时候，那么斋戒就是他可做之事中最明智的选择。譬如说，悉达多没有学过斋戒，那么他今天就必须要去接受某一份差事，无论是在你身边还是在其他任何地方，因为饥饿会逼迫他去这么做。可是悉达多因为学过斋戒，他就可以安静地等待，他不会不耐烦，也不会陷于紧迫境地，他可以长时间地忍受饥饿之苦，可以对此一笑了之。先生你看，这便是斋戒的好处所在。"

"你说得对，沙门。请你稍微等我一下。"

迦摩施瓦弥走出去，随即捧着一卷纸回来。他把纸交给了他的客人，同时问道："你会读这个吗？"

悉达多看向那卷纸，那是一份销售合同，他开始读出上面写的内容。

"很优秀！"迦摩施瓦弥道，"你可以为我在这张纸上面写些东西吗？"

他给悉达多纸和笔，悉达多写完后归还了那张纸。

迦摩施瓦弥读道："提笔写字固然妙哉，不断思索更有裨益；聪明伶俐固然可贵，一心一意更有成效。"

"你写得可真出色啊。"富商夸奖道，"我们还有很多事可以交流，而今天我想要邀请你做我的座上客，并在我的房子里留宿。"

悉达多很是感谢并且欣然接受了，接下来他就在这个富商的房子里住下了。仆人给他送去衣服和鞋子，每天都有人伺候他沐浴洗漱。每日有两顿丰盛的饭菜被端上餐桌，可是悉达多每日只吃一顿，不吃荤肉且滴酒不沾。迦摩施瓦弥跟他讲解他的生意，给他展示货物、仓库以及账目流水。悉达多学会了很多新的东西，他听多言少，牢记迦摩施瓦弥所说的话，从不对商人摧眉折腰，这就迫使别的商人都能平等待他，有时在交易的过程中甚至超越了这种平等的关系。迦摩施瓦弥一直以细致和热情经营着他的事业，但是悉达多看待这一切却像是一场游戏，他努力精准地去学习这游戏的种种规则，但是他的内心对这游戏的内容却不甚关心。

他住进迦摩施瓦弥家里没过多久，就参与到了这位富商的生意中了。可是每天，只要一到迦摩罗和他约定好的时间，他就会穿着华服和漂亮的鞋子去和美丽的迦摩罗约会，不久之后还会给她带去礼物。她红艳而"聪明"的嘴唇教会了悉达多许多事情，她柔软的手同样教会了他很多东西。由于悉达多在情爱的国度里仍旧是个孩子，很容易跌进无底洞，茫然无措且贪得无厌地囿于情欲之中，因此迦摩罗从一开始就教导他，不施予欲望就无法与欲望做伴；每一种表情，每一次爱抚，每一次触碰，每一次凝视，身体的每个最小的部位都孕育着其自身的秘密，唤醒秘密就会给唤醒它的人带去幸福。她教他，两人共浴爱河之后，恋人之间如果没有互相倾慕之感，没有互相被彼此征服的感觉，就不应该再继续走下去了；这样两个人就不会出现过度亲昵抑或单调乏味，以及虐待别人或是被别人虐待的恶劣感觉。悉达多与这位美丽而聪明的"女艺术家"一起度过了许多美好的时光，成了她的学生、爱人和朋友。他现在生活的价值与意义全都寄托在迦摩罗这里，而非在迦摩施瓦弥的生意之中。

富商迦摩施瓦弥委托悉达多写重要的信件和合同，而且习惯了和他商讨生意中所有重要的事。不久，富商察觉到悉达多对于大米和棉花、航运和贸易知之甚少,但他却总是幸运备至;此外,悉达多在处事上的镇定自若,在倾听和研究陌生人的能力方面,都超过了自己。"这位婆罗门,"他对一位朋友说道,"他不算是一位真正的商人,他以后也不会是个商人,他的内心从未对经商有过热情。但是,他却有着那些能够自行获取成功的人的秘密,不清楚他是天生聪慧、吉星高照还是他懂得什么魔法,抑或是从沙门那里学到了些什么。我感觉他对经商一直都只是当游戏玩一玩而已,做生意这件事从来不会完全深入他的内心里去,也从来不会完全掌控他;他不害怕失败,也从不担心会有什么损失。"

那位朋友建议富商:"从他为你做的生意中分他三分之一的红利,如果有所亏损,也让他赔付这同等份额的损失,那样的话他就会变得更积极更上心了。"

迦摩施瓦弥听从了这个建议,可是悉达多还是对经商一事关切甚微。获得红利的时候,他总是理所当然地就收入囊中;有所亏损的时候,他总是一笑置之,还说:"看看,我又把事情搞砸了!"

事实上悉达多对经商的确漠不关心。曾经有一次,他去一个村子里求购大量稻谷。当他到那儿的时候,那里的大米已经出售给了别的商贩。即便这样,悉达多仍旧在那个村子里待上了好几天,招待当地的农民,给他们的孩子一些铜币,还参加了一场婚礼,之后才结束这次出行,非常满意地回来了。迦摩施瓦弥指责他没有即刻返回,还浪费了时间和金钱。悉达多答复道:"别再责骂我了,亲爱的朋友!再怎么责骂我也无法弥补。既然现在有所亏损,那就让我来承担吧。我对这次出行很满意。我结识了许许多多的人,一位婆罗门还成了我的朋友,孩子们骑在我的膝盖上打成一片,农民们向我展示了他们的田地,没有人再把我只当作一个商人了。"

"这一切都非常好。"迦摩施瓦弥很不情愿地大喊道,"但是本质上呢,你还是一个商人,这就是我想跟你说的话。还是说你只是为了你的自我满足而出这趟差的?"

"对啊,没错。"悉达多笑道,"我是真的为了消遣而出这趟差的,难道还有别的什么目的吗?我结识了那里的人和那片土地,收获了人们的善良和信任,寻找到了友谊。看哪,亲爱的,如果我是迦摩施瓦弥,当我发现生意已经失败了的时候,我会非常生气,然后立刻急匆匆地赶回来,那么时间和金钱事实上就真的全部损失掉了。但我却度过了美好的时光,有所学习,享受了快乐,并没有因为生气或者匆匆忙忙而伤害到自己和他人。当我再次回到那里的时候,也许是为了收购之后庄稼的收成,或者是出于别的什么目的，那里亲切的居民就会以友好和愉快的方式来欢迎我，我也将会庆幸自己当初没有表现出匆忙和不满。所以就这样吧，朋友，不要因为责骂我而伤害到你自己！如果将来你看到有这么一天来临：你眼前的这个悉达多给你带来了伤害，造成了亏损，你只需要说一句话，那么悉达多就会自动上路离开。但在此之前，让我们彼此对这种'出差收购方式'的改变习以为常吧。"

迦摩施瓦弥试图去说服悉达多，告诉悉达多是有了迦摩施瓦弥才让他衣食无忧的，但好像这种说服徒劳无功。悉达多吃的是自己的"面包"，确切地说，他们都吃的是别人的"面包"，甚至是所有人的"面包"。悉达多从来没有听懂过迦摩施瓦弥的担忧，迦摩施瓦弥却一直忧心忡忡，比如他会担心正在进行的生意有亏损的风险，货物在运输中有可能会丢失，借款人无法偿还债务。迦摩施瓦弥永远也无法让他的员工确信，诸如一时讲不出悲伤或愤怒的话语、额头上长出皱纹，以及睡不好觉——这一切是大有裨益的。当迦摩施瓦弥曾经有一次责备他，说悉达多所认知到的所有东西都是从迦摩施瓦弥那里学到的，悉达多回复道："可别开这种玩笑来挖苦我了！我从你那里学习到的只是一篮子鲜鱼可以卖出多少钱，借来的钱可以收取多少利息罢了。这些就是你教给我的东西。亲爱的迦摩施瓦弥，我没有和你学到如何考虑周全，我看在这一点上你最好还是向我学习学习！"

悉达多的的确确无心经商。经商固然很好，让他可以有大把的金钱交给迦摩罗，也带来了比他所需要的更多的东西，但也仅限于此。而令悉达多能够投身其中并且满怀好奇心的，是像月亮一样遥远的陌生人，以及这些人的生意、工艺、忧虑、快乐和愚钝。虽然他很容易就能够和所有人攀谈开来，与所有人共同生活，向所有人学习，但他仍然意识到某些东西还是会将自己与他们区分开来，而这种区分正是他的沙门身份。他发觉人们用一种类似于孩童或是走兽的方式过活，他对此是既喜欢又鄙夷。他还察觉到他们费心操劳，看到他们受苦和头发花白，为了一些完全与本身价值不对等的事物，为了金钱，为了小小的贪欲和荣誉；他看到他们互相指责和侮辱；他看到他们悲叹那些在沙门眼里大可一笑置之的痛苦；看到他们遭受那些在沙门眼里无法感同身受的贫困。

他对这些人给他带来的一切都持开放态度。他欢迎给他提供亚麻布去出售的商人，欢迎寻求贷款的债务人，欢迎跟他讲述贫困故事能长达一小时之久的乞丐，尽管这样的乞丐或许还没有沙门一半贫穷。他对待富有的外商，与对待为他刮胡子的仆人别无二致，与对待那些在他购买香蕉时总是会骗他几个小钱的街边商贩也并没有什么不同。当迦摩施瓦弥来拜访他，抱怨自己的忧心之事或是因为某桩生意而指责悉达多的时候，悉达多总会好奇而饶有兴致地倾听，感到惊讶，并且试图去理解他，让他感到言之有物，使他觉得这份理解是必不可少的；接下来悉达多就可以跟他告别，去和下一位渴望和他亲近的人往来了。

有许多人来找过悉达多，他们之中有的人是为了和他做生意，有的人是为了欺骗他，有的人是为了探听他的虚实，有的人是为了让他产生怜悯和同情，有的人是为了倾听他的建议。他总是会为他们出谋划策、抚恤体察、慷慨馈赠，也会让自己甘愿受一点小骗。这一切的游戏以及所有人投入这个游戏的热情，都让他沉浸其中，就好比神明和婆罗门也曾经让他全情投入一样。

他时不时地感受到自己的胸膛深处会出现一种垂死而安详的声音，它会轻轻地提醒，轻轻地哀叹，可是却几乎听不清它在说些什么。他开始发觉自己正在过着一种奇怪的生活，他做了很多只能称得上是某种游戏的事情，这些事情让他觉得很开心，同时也感受到了快乐。然而，很多真实的生活却从手边慢慢溜走，变得难以触及，就像球员打球一样。他借着经商的名义来游戏，和周遭的人玩在一起，观察着他们，从他们身上也找到了乐趣，可是他自己的心，他的本质之源却与之相去甚远。这种本源延伸到很远的某个地方，变得很难看到，变得和他眼下的生活不再息息相关了。他有时会因为这样的想法而感到震惊，并希望他也能满怀热情和内心充盈地参与到日常生活里所有充满童真的活动之中。真诚地去生活，真诚地去做一些事情，真诚地去享受和过日子，而不是像一位旁观者那样袖手旁观。

他一次又一次地和美丽的迦摩罗相约，学习情爱的艺术，狂热地崇拜于两性之欲，彼此付出与得到的东西变得更加同生同源了。悉达多与她畅聊，向她学习，给她出谋划策，接纳她的建议。比起悉达多以往对他本人的了解，迦摩罗似乎更要了解他——她变得跟他越来越像了。

有次他对迦摩罗说道："你就像是另一个我，你和大多数人都不同。你是迦摩罗，不是别人，在你的内心充满着镇定自若且具备自接自济的庇护所，无论在什么时候你都可以走进你的内心，待在那里对你来说就像待在家里一样，而我也会这样的。很少有人拥有它，但每个人其实都可以拥有它。"

"并非所有人都是聪明的。"迦摩罗道。

"不，"悉达多道，"本质上这并非症结所在。迦摩施瓦弥和我一样聪明，然而他的内心没有庇护所。其他人的内心是有的，但是这些人在心智上都跟小孩子一样。迦摩罗啊，大部分人就好似落叶一般，在空中飞舞翻转着，飘摇欲坠，继而零落成泥碾作尘。然而还有一小部分人，他们如同天上那些沿着固定的轨道运行的星星，没有大风能左右它们，因为它们有自身的规则和轨道。在我所认识的所有鸿儒和沙门之中，只有一位是完美的，我永远不会忘记他。那个人就是乔达摩，他是一位世尊佛陀，一位传道授业者。成千上万的徒众每天聆听他宣法，每时每刻都遵照着他的教义，可他们所有人就像落叶一样，他们内心没有自己的教义和规则。"

迦摩罗看着他莞尔一笑。"你又说起他了。"她道，"你又有像沙门一样的想法了。"

悉达多缄默不言，然后两人开始享受起了情欲之欢，以迦摩罗熟悉的三四十种不同的玩法享受。她的身体像美洲豹一样柔韧灵活，像猎人的弓一样易于弯曲，与她交合过的男人应该都会精通许多技巧和秘密。她和悉达多玩了很长时间，魅惑他，欲拒还迎，强迫他，搂抱他，并为他的精湛技巧而芳心大悦，一直到他被征服，躺在她的身边筋疲力尽。

这个名妓伏在他身上，长时间望着他的脸，看着他那双疲累的眼睛。

"你是最棒的爱人。"她若有所思地说道，"你是我见过的人里最棒的。你比别人都要更强壮，身体更柔韧，更服从。你很棒地学会了我的技巧，悉达多。以后等我年纪再大些，我希望和你生下一个孩子。可是啊，亲爱的，你终究是一介沙门，你并不会爱上我，你不会爱上任何人的。是这样吗？"

"应该是这样吧。"悉达多疲惫地说道，"我和你一样，你也不会爱上任何人——不然你又怎么会把情爱视作一项技巧来经营呢？我们这样的人可能无法爱吧。那些孩子般的成年人也许可以得到爱情，这也算是他们的秘密吧。"

轮回

悉达多在之后很长一段时间里都活在尘世和性爱生活里,可是就算没有这两者,他仍然可以心有所属。他在炽热的沙门岁月里亲手葬送的感官体验被自己再一次唤醒,他品尝到富裕的滋味,品尝到情欲的快感,品尝到权势的威力;然而他仍然在内心长时间地恪守着作为一介沙门的准则,这一切,睿智的迦摩罗全都了然于心。

对于悉达多而言,一直以来都是思索、等待和斋戒的美好品性在主导着他的生活;一直以来他对尘世的人情冷暖,对那些孩子般的凡夫俗子都冷眼旁观,就如同他们也和悉达多默然相对一样。

岁月蹉跎,悉达多因为长期身处于安乐之中,几乎未曾察觉到时光的流逝。他变得十分富有,拥有了自己的房子和仆人,并在城市近郊的河道旁拥有了自己的一片花园。人们也很喜欢他,当他们需要金钱或建议时,就会来找他,但除了迦摩罗之外,没有人敢真正地和他比肩而交。

他在自己青年时期曾经饱有的那些高瞻远瞩而又目光敏锐的觉悟力,在聆听了乔达摩宣法与乔频陀分道扬镳之后的岁月里,那种神经紧绷的期望,那种"在无师自通的情况下"也能让自己引以为豪的自力更生的精神,那种"及时在内心捕捉神明声音"的灵活敏锐的自我戒备状态,全部都逐渐沦为了回忆,都变得一去不返了;曾经和他近在咫尺的、从他内心汩汩流过的神圣的泉水,也变得遥远而静默了。他从沙门那里,从乔达摩那里,从他身为婆罗门的父亲那里学到的诸多知识,仍然在他内心长时间地留存着:譬如自制的生活、思索的乐趣、静心潜修的习惯,以及对自己、对既非肉身也非意识的永恒的自我的隐秘认知。他们中的一些人仍然在他的内心被铭记着,但一个接一个的身影已经在他心底沉淀下来,并被灰尘覆盖了。就好比陶工的圆形轮盘一样,一旦被驱动,它就会旋转很长一段时间,然后只会缓慢地倦怠下来,慢慢地左右摇摆,所以在悉达多的内心中,禁欲主义之轮、思想之轮以及明辨是非之轮也会像这样长时间地摆动,一直这样来回摆动,可是现在它们却变得缓慢、犹豫不决和近乎停摆了。就好比湿气慢慢地侵入垂死病中的树干,慢慢地浸润笼罩着它,令它腐烂一样,尘世和惰性也渗透进悉达多的灵魂中,慢慢地充斥着他的灵魂,使它变得沉重和疲惫,催它入眠。因为这样，他的感官私欲变得活泛起来，学会了很多，也经历了很多。

悉达多已经学会了如何经商，学会了如何对人们施加权力，学会了如何和女人共浴爱河；学会了穿戴华贵的服饰，使唤仆人，在芬芳四溢的水里沐浴；还学会享用精致而精心准备的食物，包括鱼类、荤肉和禽类、香料和甜品，喝一些能使人涣散和健忘的酒。他甚至还学会了投掷骰子、玩棋盘、欣赏舞蹈、乘坐轿子，在柔软的床上酣睡。但他仍然觉得自己与其他人不同，并且确信自己比他们优越。他总是以一种轻微嘲讽的方式看着他们，带着一丝戏谑式的轻蔑，就像沙门对世人一贯所秉持的那种轻蔑一样。当迦摩施瓦弥生病时，当他发怒，感到遭受了冒犯，烦忧于他作为商人的操劳时，悉达多总是嘲讽般地看着他。随着收获季和雨季过去，他的嘲讽慢慢而不自觉地有所减少，他的自我优越也收敛许多。

慢慢地，随着他的财富不断增多，悉达多自己也接受了孩子般的凡夫俗子身上的一些性格特点，譬如说稚气和怯懦。但是他却很羡慕他们，他变得和他们越相像，他就会羡慕他们越多。他羡慕他们的，是悉达多自身所欠缺可是他们却拥有的东西，是他们能够赋予他们的生命以重要意义和价值，是他们面对喜与悲时的达观向上，是他们对于长久的热恋表现出的隐忧却又甜蜜的幸福感。这些人总是爱他们自己、爱自己的女人和孩子、爱荣誉或金钱、爱精心规划和满怀希望。但他并没有从他们那里学到孩子般的快乐和孩子般的愚钝。他从他们那里学到的是他自己所不屑的那些不畅之事。

这样的事情发生得越来越频繁：社交晚会结束后的早晨，他总是会躺在床上很长时间，并感到头晕目眩疲惫不堪。当悉达多对迦摩施瓦弥所忧心之事感到厌烦的时候，悉达多就会变得易怒和焦躁不已。当他掷骰子输了时，他就会大声狂笑。他看起来比别人更聪明、更亢奋，可他很少再笑了，一个接一个地接受了那些只能在富人的脸上才会频繁看到的神色，譬如不满、病态、厌烦、懒散和刻薄。他的周身逐渐被那些富人的心理疾病围绕。

疲惫既像一片面纱，又像一片薄雾，在悉达多身上降临，每一天都会慢慢地变厚一点点，每个月都会慢慢地变混浊一点点，每年都会慢慢地变沉重一点点，就像一件新衣服随着时间推移会变旧——它会失去原本艳丽的色彩，出现污渍，出现褶皱，衣角被磨损，到处都开始出现烦人的破绽一样。

自从离开乔频陀之后，悉达多的新生活也变得陈旧了，随着流逝的岁月，它也失去了颜色和光泽，积满了褶皱和污渍。从根源上讲，那些在意料之中的失望和厌恶已经到处蔓延，并且有所隐藏，甚至已经面目可憎地显露了出来。悉达多并未发觉，他只是发觉，曾经在他身上苏醒，并在他的高光岁月里不断引领着他的——那些来自他内心的明亮而坚定的声音，已经都变得缄默不语了。

尘世将他俘获，当然还有娱乐、色欲、懒惰，以及一直让他觉得像是愚蠢考验一样的、最让他鄙夷和嘲笑的那个恶习——贪婪。财物、家产和富裕最终也俘获了他，对他而言这些都不再是小游戏和不值钱的东西了，而是演变成了桎梏和累赘。悉达多借由不寻常的狡黠之道——掷骰子，沉迷于最可耻的依附于财产的赌博。

从他内心里不再是沙门的那一刻起，悉达多就开始沉溺在为赚取金钱和珍贵物品的游戏中了，他曾经将这游戏视为孩子般的凡夫俗子的习俗，略带戏谑而随意地参与其中，可现在他却以不断增加的愤怒和热情对此上了瘾。

他是一个让人害怕的玩家，很少有人敢和他下赌注，因为他的赌注是如此之高，如此狂妄。他沉溺于这种游戏是出于内心的窘迫，赌博和挥霍那些可怜的钱财给了他一种泄愤的快乐，他不能用别的方式来对商贩们视为神祇的财富表露出更清楚、更恶意讥诮的蔑视。所以他玩得很大并且毫不留情，他憎恨自己，嘲讽自己，赚足了千金，豪掷了千金，赌输了金钱，赌输了珠宝，赌输了一个乡间别墅，然后赢了回来，又再输掉。他喜欢那份恐惧，那份他在掷骰子时，在下了很高的赌注时所感受到的可怕而压抑的恐惧，并一直试图更新它、增强它，让它被激发得越来越强。因为只有在这种感觉中，他才能感觉到幸福，感觉到自己陶醉其中，感觉到在自己那渐趋饱和、不冷不热而又平淡无奇的日子中迎来了一个有所提高的生活。在每次重大亏损之后，他都在盘算新的财富，更热心地做生意，更严格地迫使他的债务人还钱，因为他想继续赌博，他想继续挥霍金钱，继续表现出对财富的不屑。悉达多在亏损中失去了镇定，他对违约的债务人失去了耐心，对乞丐失去了仁善，也失去了赠送礼物和借钱给乞讨者的欲望。他在一次赌博中损失千万却对此一笑置之，在做生意时反而变得更为严格和谨小慎微，有的时候晚上做梦还会梦到金钱！

他常常从这种可憎的纸醉金迷中苏醒过来，常常从寝室墙上的镜子里看到自己日渐苍老和丑恶的面孔，常常被羞愧和厌恶侵袭，他选择继续逃之夭夭——逃进新的赌博之中，逃进性欲快感与酒精的麻醉之中，然后又从那里回到存钱和赚钱的欲望之中。在这场毫无意义的循环里，他疲惫不堪，慢慢衰老，并与疾病相伴。

在这时，一场梦点醒了他。他当时和迦摩罗在她那美丽的供游乐散步的大花园里共度黄昏，坐在树下交谈，迦摩罗说了一些发人深省的话，这些话的背后暗含着一种悲伤和疲惫。她恳请悉达多讲述有关乔达摩的事情，迦摩罗感觉怎么听都听不够，悉达多讲到乔达摩的眼睛如何纯洁，他的嘴巴如何娴静优雅，他的笑容如何勾人，他的步态如何稳重。悉达多不得不花很长时间来跟她讲述那位世尊佛陀的故事，迦摩罗叹息着说："也许不久以后我也可以追随这位佛陀。届时我会将我的大花园赠送给他，我的庇护所将在他的教导中得以兴建。"

迦摩罗说着说着却开始挑逗起悉达多来，在性爱游戏里以一种疼痛般的快感来让他神魂颠倒，咬着他，好像要从这种空虚而转瞬即逝的情欲中再多一次地用力挤压品尝到爱欲里珍贵的"琼浆玉露"。悉达多从来没有如此异乎寻常地认识到，性欲快感与死亡有多接近。然后他躺在她身边，迦摩罗把自己的脸紧挨着他，在她的眼睛下，在她的嘴角旁边，他比以往任何时候都更加清楚地读到了一些令人焦虑的文字，那是一种有着精致线条和轻微纹理的字迹，一种能让人回想起秋日和人生迟暮的文字，就像悉达多本人一样，才四十岁的他，黑发之中已经随处可见花白色的头发了。疲惫写在迦摩罗美丽的脸上，疲惫和悄然而至的萎靡不振，加上潜藏着的、未及言说的，以及尚未意识到的焦虑都已在她的脸上显现出来。他变得害怕衰老，害怕秋日，害怕必经的死亡。他叹了口气，心里满是忧郁，并且带着满腔的焦虑和她告别了。

随后，悉达多便在自己的房子里和舞女们一起把酒言欢，度过了一整个夜晚，在和他地位相等的人面前表现出优越感，但实际上他也没有什么值得炫耀的资本了。他喝了很多酒，午夜后才跌跌撞撞地爬上自己的床榻，满身疲惫，精神却很亢奋，快要濒临哭泣和绝望的边缘，在床上辗转反侧不能成眠，心中充满无法忍受的痛苦，充满了某种已经渗透进全身的恶心感，就好像酒的那种温温的令人作呕的味道，好像过于甜蜜而单调乏味的音乐，好像舞女们过于阴柔的笑容，好像她们的头发和乳房散发出的过于香甜的气味。但和其他一切相比，最让他感到恶心的是他自己，是他那芳香的头发，是他口里的酒味，是他的皮肤一再的疲软与老皱。就像一个吃得太多或喝得太多的人，他会在痛苦中不断地呕吐，呕吐完之后欣喜于自己的身体轻松下来了一样，失眠者悉达多也希望自己在来自名为"厌恶"的"洪水猛兽"的冲击下摆脱这些享受、这份习惯，以及这种毫无意义的生活和自我。在清晨的阳光下，在住宅前的街道上开始了新一天的繁忙时,悉达多才慢慢睡着,不一会儿就进入了一种半昏迷的状态,进入了梦乡。他在这一刻做了一个梦。

他梦见迦摩罗将一只罕见的鸣禽养在一个金色的笼子里。他梦到这只喜欢在早晨一直鸣叫的鸣禽突然不出声了。当他注意到这一点时,他站在笼子前面并看向里面,这只鸟已经死了,身体僵硬地躺在了笼底。他把它拿了出来,放在手里掂了下重量,然后就把它扔在了巷子里。与此同时,他感到非常害怕,他的内心阵阵绞痛,好像他扔掉的还有这只死去的鸣禽所有的价值和所有的美好。

悉达多从梦中惊起,感觉到自己被一股深深的悲伤包裹着。在他看来,他的生命毫无价值,毫无意义;没有什么焕发生气之物,没有什么珍贵精美之物,也没有什么值得保留的东西能够握在手中。他孤身一人,踽踽独行,就像河岸边的破船一样。

悉达多板着脸前往自家的一处花园,锁上小门,坐在杧果树下,察觉到内心之死和满腔的恐惧。他就那么坐着,并自我反思着他的内心是怎样步入垂死之态,怎样逐渐凋零和怎样行至末路的。

他渐渐聚精会神起来,在他的心里再一次将他过往的岁月回溯了一遍,从他能够回想起的第一天开始,那些日子都在他的脑海里闪回再现。他什么时候体会过幸福,又是什么时候感受到了真正的快乐？哦，对，他曾多次体会过这样的幸福和快乐。在他还是个男孩子的时候他就已经品味过了，譬如当他获得婆罗门的赞美时，当他遥遥领先于同龄人时，当他在背诵神圣的诗文、在与鸿儒进行激辩和在出色地成为一名献祭的助手时，他就已经品味过幸福的滋味了。当时他的内心就感觉到："在你被使命所召唤的前行之路上，终有神灵在等待着你。"当悉达多成长到青年时期，因为定下的目标越来越高，他已经从一群志同道合的人之中脱颖而出，他已经在苦难中去竭力获得婆罗门的意义，每一次获得的知识只会在他身上激起新的渴望，然后在渴望之中、在痛苦之中，他会一遍遍地感知到这样的内心旁白："继续向前冲吧！你肩负着使命！"当他离开家乡并选择沙门的生活时，他听到过这个声音；当他从沙门之中离开去寻找世尊佛陀时，他听到过这个声音；当他离开世尊佛陀进入没有把握的生活境地时，他又一次听到了这个声音。他有多久没有听到这个声音了？他有多久没有攀登人生的高峰了？他的前路又是怎样地平坦抑或荒芜？他有多少年没有崇高目标，没有内心焦渴，没有自我提升，而只是醉心于微不足道的私欲却永远不会心满意足？这些年来，他在不知不觉中努力并渴望成为芸芸众生中的普通一员，就像那些孩子一样活着，可是他的生活却变得更加悲惨、更为贫穷，因为他们的目标和悉达多的目标并不相同，他们的忧虑也和悉达多的忧虑不可同日而语。类似于"迦摩施瓦弥"的那些人的世界对他来说只是一场游戏，一出供人观赏的舞蹈和一部喜剧。只有迦摩罗让他深爱着并且珍视着——可是，他还是这样吗？他还需要她吗？或者说，她还需要他吗？他们两人不就是玩了一场不会落幕的游戏吗？真有必要为此而活吗？不，这没有必要！这场游戏叫作轮回，是一场为孩子们准备的游戏，是一场或许玩一次、两次，乃至十次都很有意思的游戏——可是，难道就这么一直不断地玩下去吗？

悉达多恍悟，这场游戏自己已经玩到了最后，他不能再接着玩了。他的身体打了个冷颤，感到内心有什么东西已经灰飞烟灭。

那一整天，他都坐在杧果树下面，想念着他的父亲，想念着乔频陀，想念着乔达摩。难道他离开这些想念的人是为了成为迦摩施瓦弥那类人吗？

夜幕降临，他仍然坐在那里。当他抬起头看到星星时，他想："我就在这儿，坐在我的杧果树下，坐在我的人花园里。"他莞尔一笑——他有一棵杧果树，有一片大花园，然而这是必需的吗？是正确的吗？难道这不也是一场拙劣的游戏吗？

他决定结束这一切，即便是这些花草树木也都在他内心里灰飞烟灭。他起身告别了杧果树,也告别了大花园。由于他当天尚未进食,非常饥饿,他想到自己在城里的房子,想到自己的寝室和床榻,还有餐桌上的食物。他笑了笑,满心疲惫,摇了摇头,和这些东西说了再见。

同一天晚上,悉达多离开了他的大花园,离开了那座城市,之后就再也没有回来过。很长一段时间里,迦摩施瓦弥都没有放弃寻找他,甚至以为他落入了强盗之手。迦摩罗却并没有让仆人去寻找他。当她得知悉达多失踪时,并不感到惊奇。她不是一直料到会有此事吗?悉达多本来不就是一介沙门、一个流浪汉和一位朝圣者么?当她最后一次和悉达多待在一起时,她预知到的关于这即将发生的种种事情尤其之多;她在失去悉达多的痛苦中竟存留着一丝丝欣慰,因为她在最后一次两人的见面中和悉达多真挚地交过心,并且依旧为他着迷和神魂颠倒。

当她得知悉达多失踪的消息时,她走到窗前,那里有只罕见的鸣禽被关在金色鸟笼里。她打开鸟笼的门,取出了那只鸟,把它放飞了。她长时间地看向那只振翅飞翔的小鸟。从那天起,她不再接待任何拜访者,并让她的房子保持房门紧闭的状态。一段时日过后,迦摩罗发现自己已有身孕。

在河边

悉达多已经远离了那座城市，在林中漫步，他现在只认准一件事情，那就是他永不会再回去了。他长年所习以为常的生活，到现在已然成了过去，此刻只剩下被嚼干和被榨取的丑态。他梦到过的鸣禽已死，他内心的飞鸟也已往生。他深深陷入轮回的困境，他好像一块吸饱了水分的海绵，从四面八方感知到厌恶和死亡之气。他充满了厌倦，充满了痛苦，被死亡占据周身，尘世里已经不再有能吸引到他、使他愉悦并且给他安慰的东西了。

他亟亟渴望于不再认清自我，拥得一方宁静，乃至灰飞烟灭。来吧，就让一道闪电将他劈死！来吧，就让一只老虎将他吞食！就给他一杯酒，一杯毒酒吧，好让他陷入昏迷、遗忘和沉睡的境地，好让他不再苏醒！还有哪一种污秽他未曾沾染过，还有哪一种罪孽和愚昧的行径他未曾犯下过，还有哪一种内心贫瘠他未曾感同身受过？他还有可能再活着吗？他还有可能一次又一次地吸气、呼气和感到饥饿吗?他还有可能再次进食,再次睡觉,再次和女人共枕吗?这样的周期循环对他而言难道还没有完全消弭和结束吗?

悉达多来到林中的一条河流旁,这里是他年轻时从乔达摩所在的城市走出来以后,一位渔夫为他摆渡的那条河流。他在河边驻足,满是犹豫地停在岸边。疲劳和饥饿已让他瘦骨嶙峋,他为什么还要继续前进,而又将奔赴何方,找寻什么目标呢?不,已经不存在什么目标了,除了这深深的、痛苦的渴望,已经再无其他了——那些光怪陆离的美梦已经让他摇摇欲坠,那些不再新鲜的陈酒已经令他呕吐不已,那些悲惨而屈辱的生活已经带他行至末路。

河岸上,一棵弯弯曲曲的树倾斜地向着河谷生长着,那是一棵椰子树,悉达多将自己的肩膀倚靠在它的树干上,用一只手臂环抱着那树干,俯视着那片不断从自己身下流淌的碧绿河水;他俯身看着,感觉到自己完完全全沉浸在"自己松开双手然后让自己沉没于这片水域"的愿望之中。从水中倒映出一种可怕的空虚,这恰恰和悉达多内心之中可怕的空虚彼此照应。是的,他已经行至末路了。对他而言,除了抹灭和粉碎掉他生命中那些失败的架构,并且将它们全部丢弃清空,扔到那些带着讥笑声的神明的脚下之外,没有别的方法可以拯救他了。这些就是悉达多所期盼的重大的推陈出新之策：死亡——他所厌恶的形态足以在死亡里分崩离析！唯愿河鱼将悉达多吞食，将名叫悉达多的这只狗、这个疯子、这个腐烂变质的身体、这个虚弱和饱受虐待的灵魂统统吞食干净！唯愿河鱼和鳄鱼将他吞食，唯愿恶魔将他撕碎！

他面容扭曲地凝视着河水，看到了倒影中自己的脸，然后便向它吐了吐口水。他很是疲惫，于是把手臂从树干上挪开，转了一小圈，好让自己垂直地落入河水里，得以沉入河底。他闭着双眼沉了下去，死亡在召唤着他。

倏地，一个声音从他灵魂之中的隐秘角落，从他疲惫生活之中的历历往事里飘来。它是一个单词，一个音节，他不假思索地就用喃喃的语调把它念诵了出来，它是所有的婆罗门在祷告的开端和结尾处均须念诵的古字，即神圣的"唵"字。它有很多的意义，譬如说"功德圆满"抑或"尽善尽美"。就在那声"唵"传到悉达多耳朵的那一刻，他昏沉欲睡的心智突然苏醒，并认识到自己所做之事的愚蠢。

悉达多深深地被自己吓了一跳。现在的他利令智昏、抛弃真理，甚至沦落到自寻死路的地步，而这一心求死的幼稚愿望，竟在他的内心不断壮大，让他妄图通过蹂躏自己的身体来寻求内心的安宁！过去所有日子里的一切痛苦与折磨、一切幻灭和绝望未能在他身上产生什么后果的事物，在这一刻，就在"唵"潜入他意识里的一刹那全都触发奏效了。他在自己历经的苦难和犯下的错误中重新认清了自己。

"唵！"他自语着，"唵！"他忽然理解了婆罗门，理解了生命的不可摧残，重新理解了自己近乎遗忘了的所有神明。

可是这一切只是一瞬间，就像被一道闪电击中一样。

悉达多在那棵椰子树下躺了下来。他把自己的头枕在树根上，沉沉睡去。他睡得很沉，没有噩梦来叨扰他，他已经很长时间都没有过这样香甜的睡眠了。

过了几个钟头，他醒了过来，感觉好像已经走过了十年之久。他聆听着河水轻缓流淌的声音，不知道自己身在何方，不知道是谁把他带到了这里。他睁开双目，满是惊奇地看着眼前的树木和头顶的天空，努力回想着自己所居何处以及自己是如何来到这里的。

他想了很长时间，但历历过往似乎被一层面纱遮住了，变得无限遥远，遥远得望不到尽头，也变得无关紧要了。他只知道，自己已逃离了之前的生活（在他起初回想过往的时候，之前的生活对他而言就好像一个遥远的、已经发生过的并且留在过去的化身，就好像他现今这个自我的一个早产儿）——是的，他已经逃离了之前的生活，在之前的生活里他充满着厌恶与痛苦，甚至想了结自己的生命。然而，他在河边的那棵椰子树下，伴着嘴里念诵出的神圣的"唵"字，他找回了自我，之后他又沉睡过去，现在他就像一个全新的自己在一旁观看着这个世界。

他轻轻地念诵着那个让他昏睡过去的"唵"字，于他而言，整个长久的睡眠就好像只是一声悠长而又令自己沉醉于其中的"唵"的念诵，就好像只是一次"唵"的思虑，就好像只是一次在"唵"里以及在不可名状的"尽善尽美"之中的沉浸体验和全然投入。这是一场多么美妙的睡眠啊！

从来没有哪次睡眠让他如此神采焕发，让他如此焕然一新，让他如此精力旺盛！也许他真的往生了，真的消亡过，然后以新的躯壳重生了？可是这不可能，他很了解自己，认得自己的手脚，认得他所躺下的这个地方，认得在他的心胸里的这个"自我"，这个悉达多，这个任性的人，这个罕见的人，只不过这个悉达多已经变了样，他是焕然一新的悉达多，他是睡了一场离奇的觉，然后又出奇地清醒、愉悦和好奇的悉达多。

悉达多站了起来，这时他看见有个人与他相对而坐，那是一个陌生人，一个身穿黄色僧袍并且剃度了的僧侣，他正坐在那里静心沉思着。他观察着这个既没有头发又没有胡须的男子，不久之后他认出了这个僧侣，正是乔频陀，正是他青年时代的好友乔频陀，正是皈依了世尊佛陀的乔频陀。

乔频陀已经苍老了许多，悉达多也是如此，然而乔频陀的脸上依然保有从前的神色，诉说着热忱、忠诚、渴求和忧郁。

乔频陀也感知到了悉达多的目光，睁开眼睛端详着他，可是悉达多发现他并没有认出自己。乔频陀很高兴地发现眼前的这个人醒了过来，显然他已经坐在这里等了很久并等待着他的苏醒，尽管他一时间还没能认出来那就是悉达多。

"我睡着了。"悉达多道，"你究竟是怎么来到这里的？"

"你睡着了。"乔频陀回答道，"睡在这样的地方并不好，这里老是有蛇出没，森林里的野兽也会经常光顾这里。哦，先生，我是世尊佛陀——乔达摩的一名年轻弟子，释迦牟尼的信徒，我和一群信众经过这条路去进行朝圣，然后就看到你在此地熟睡，在这个地方睡觉是很危险的，这也是我试图去叫醒你的原因。哦，先生，看你睡得很沉，我就留下来一直坐在你身旁，结果疲惫侵袭了我，连我自己也欲昏昏睡去，而我原先是想要守护你的，我很糟糕地履行了自己的职责。现在既然你醒了,那就让我离去吧,我兴许还能够追上我的弟兄。"

"我很感谢你,沙门,谢谢你守护我。"悉达多道,"你们这些世尊佛陀的弟子们真善良,现在你可以离去了。"

"我走了,先生。愿施主永远幸福。"

"谢谢你,沙门。"

乔频陀挥手致意,道:"再见了。"

"再见了,乔频陀。"悉达多道。

这个僧侣愣住了。

"先生,冒昧问下你是从哪里知道我的名字的?"

悉达多莞尔。

"我认识你,哦,乔频陀,在你父亲的茅舍,在那所婆罗门学校,在我们参与献祭典礼时,在我们一道踏上沙门之路时,在你在祇园精舍的小树林里皈依到世尊佛陀的麾下的那一刻,我就已经和你相识了。"

"你是悉达多!"乔频陀大声喊道,"我现在认出你了,我无法理解自己怎么没有能立刻就认出你。悉达多,能够再次与你——我亲爱的朋友相遇,我十分高兴。"

"和你再次重逢我也很高兴。我要为你刚才的守护再次向你道谢,尽管我并不需要守护。哦,朋友,你要去哪里?"

"我哪儿也不去。我们僧侣一直在路上,只要不是雨季,我们总是到处迁移,有规有矩地生活,到处讲经授业,接受施舍,然后接着奔波下去。一直都是这样。可是你呢,悉达多,你要去向何方?"

悉达多道:"朋友,我和你一样也是这么一路走过来的。我哪儿都不去,我只是一直在路上,一直走在朝圣之路上。"

乔频陀道:"你说你去朝圣,我相信你。哦,悉达多,可是请原谅,你看上去并不像一位朝圣者。你身着华贵的衣服,穿着考究的鞋子,你的头发散发着芬芳的香水味,并不是一位朝圣者该留的头发,也不是一位沙门该留的头发。"

"大概是吧,亲爱的,你观察得细致入微,你敏锐的双眼捕捉到了一切。可是,我并没有跟你说我是一介沙门。我说的是,我去朝圣。事实就是如此,我要去朝圣。"

"你去朝圣。"乔频陀道,"但很少有人会穿着你这样的衣服去朝圣,很少有人会穿着这样的鞋子,以及披着你这样的头发去朝圣。我朝圣这么多年,还从未遇见过一位这样的朝圣者。"

"我相信你所说的,我的乔频陀。但是现在,也就是今天,你正好遇见了一位这样的朝圣者,他正好就穿着这样的鞋子和衣服。亲爱的,提醒你一下:外在的世界只是一时的,我们的外表也是一时的,转瞬即逝,包括我们的装扮以及自己的身体发肤。你确实看到了我身着华贵的衣服,我穿它,因为我曾是一位富有的人;我的发式像社会名流和荒淫流氓,因为我曾是他们之中的一员。"

"现在呢,悉达多,你现在是什么样的?"

"我不清楚,我像你一样对我自己知之甚少。我正在路上。我曾是一位富人,但现在不再是了;我也不知道明天我将成为什么样子。"

"你失去了你的财产吗?"

"我失去了财产,或者说财产失去了我,它已经不复存在了。外在万物的运行瞬息万变,乔频陀。婆罗门悉达多去向了何处?沙门悉达多又身处何方?富人悉达多又安于哪里呢?非永恒存在的事物总会迅速地转变,乔频陀,你深谙此道。"

乔频陀长时间地端详着他青年时代的好友,眼里满是疑惑。随后他像问候贵族一样向他致意,便踏上了自己的道路。

悉达多面带微笑地目送着远去的乔频陀,他仍然一直深爱着眼前这个忠诚而忧郁的友人。这场美妙的睡眠之后、被"唵"渗透之后的美好时光,他怎能不爱!这次睡眠和内心之中的"唵",让他变得深爱这一切,他对所看到的一切都充满了美好的热爱。在他看来,以前的病入膏肓,正是因为他什么东西都不爱导致的。

悉达多面带微笑地目送着这位渐行渐远的僧侣。这场睡眠让他精力充沛,然而饥饿也在剧烈地折磨着他,因为他已经两天没有进食了,他抵挡饥饿的能力很久前就已经丧失了。他满怀忧愁而又满脸开心地回忆起以前的那些时光。他记起来那个时候自己在迦摩罗面前自诩过三件事情,告诉她自己会三项高超而无法逾越的技能:斋戒、等待、思索。这些是他的财产,是他的威力和强项,是他坚实的权杖,在他发奋努力而又异常艰苦的青年岁月里就学会了这三项技能,也没有再学别的东西了。现在,他把这些学到的技能全都抛却了,它们已经不复存在了。他沉湎于最低劣粗鄙之物,沉湎于最稍纵即逝之物,沉湎于感官欲望、纸醉金迷的生活和财富!可是实际上,他的处境岌岌可危。现在看来,他确实也成了凡夫俗子。

悉达多反思着自己的境况。他感觉思索变得困难起来,他根本就对此不感兴趣,却一直逼迫着自己去不断地思索。

他心想,如今,所有转瞬即逝的事物都从自己身边溜走,如今自己又像儿时那样重新沐浴在阳光下，一无所有，一无所长，无能为力。这多么奇怪啊！如今，我不再年轻，头发半白，体力渐衰，却得再一次从儿时开始！他无可奈何地笑了起来。是啊，他的命运真是少见！不断地在走下坡路，直至自己在这个尘世中一贫如洗，满身赤裸，晕头转向。然而他对此并不感到忧愁，并不，他甚至想笑，笑自己，也笑这个奇特而愚蠢的尘世。

"你真是活得一天不如一天了！"悉达多默默自言自语，边说边笑叹一声。他的目光转向河面，他看到河水也在往下流淌，总是顺势向下游走，吟之以歌，悠然自在。这让他欢欣鼓舞，他对着河面愉快地笑了。这不就是那条曾经让他想要溺亡于此的小河吗？那是百年以前的前世，还是仅仅是一场梦呢？

他想，我的生活确实很奇特，我走了太多奇怪的弯路。当我在孩童时期，我只需要与神明和献祭打交道；当我步入青少年时期，我只需要与苦行、思索以及潜修打交道，探寻婆罗门，崇拜阿特曼之中的永恒；当我青年时，我去仿效忏悔者居于森林中，忍受酷暑严寒，学习饥饿，引导自己的身躯休克麻木。后来，在和世尊佛陀神奇的相遇中，我得知了世界圆一的真理并为之心潮澎湃，然而我不得不再一次向佛陀和他广博的知识告别。我离开那里，向迦摩罗学习情欲之欢，向迦摩施瓦弥学习经商、积攒财富、挥霍金钱，学习品味美食，学习满足自己的感官。我就这么度过了许多年华，丢掉了神志，又荒疏了思考，遗忘了圆一。我就这么慢慢地绕了个大弯，从一个男人变回了小孩子，从一个思想家变成了凡夫俗子，难道不是如此吗？不置可否，这段路途确也绚烂过，在我胸怀之中的飞鸟也不曾死去过。可是，这究竟是怎样的一段路途啊！我穿行其中，做过如此多的蠢钝行为，积压过如此多的劳累，犯下过如此多的错误，感受过如此多的恶心、失望和痛苦，仅仅为了让我再一次变回孩子，仅仅为了能够重新开始。但是，这确实也无可非议，我的内心对此表示同意，我的双眼对此表达笑意。为了能够得到救赎，为了再一次聆听到"唵"，为了再一次安心地入睡，为了能够得当地苏醒，我必须历经绝望，我必须深陷最为愚蠢的想法——自杀；为了再一次在我的内心找寻到阿特曼，我必须成为一介莽夫；为了能够再一次活下去，我必须违犯佛门教规。我的前路还将引导我走向何方呢？这条路异于寻常，也许它会以八字形运行，也许它会是圆形铺就。随便它通向哪里，吾愿一心趋之。

  他不可思议地感觉到欢愉和喜悦在胸中激荡。他拷问自己：这份快乐究竟从哪里来呢？是来自那场长久而美妙的睡眠吗？或者来自亲口念诵出的"唵"字吗?又或者来自我逃避了现实,再次获得自由,像个孩子一样身处蓝天下?哦,逃避现实以及获得自由是多么美好啊!这里的空气是多么纯净而清新,在这里呼吸是多么沁人心脾啊!我所出逃的那个地方,那里所有的一切都散发着药膏、香料、酒精、富庶和懒散的气息。我是多么厌恶那个满是富人、耽于奢侈淫逸之徒和赌棍的世界啊!我是多么厌恶那个曾经在糟糕至极的世界里久居的自己啊!我是多么厌恶那个老是剥削自己,毒害自己,践踏自己,让自己衰老腐坏的自我啊!不,我再也不会像曾经那样满脸自负地以为悉达多有多么睿智通达了!我这回的逃离的确做得很出色,很高兴我做到了,我必须称赞自己,现在我已经从那份对自我的厌恶中,从那种愚笨而沉闷的生活中逃之夭夭了;我称赞自己,悉达多,历经这么多年的愚昧无知之后,你终又在脑海中闪过这样的念头,且有所行动,又能聆听到胸中飞鸟的啼鸣并追随于它!

他这样称赞着自己,内心愉悦、满怀好奇地听着自己的肚子因为饥饿而叽里咕噜地作响。此刻,他庆幸自己在最近的这段时日里尝遍了痛苦与不幸、绝望和死亡。他本可以和迦摩施瓦弥长久地待在一起,赚取并挥霍金钱,不再食不果腹,让灵魂一直焦渴;他本可以长久地生活在那个温和而柔软至极的地狱里。但如果那样的话，今天的一切就不会发生了：那个令人彻底绝望的一瞬间，也就是他俯视着奔涌的河流，准备纵身一跃以求往生的那个非比寻常的一瞬间，就不会发生了。正是因为他的内心充盈着的绝望和深深的厌恶之情，正是因为他未曾屈服于这一切，正是因为他内心的那只拥有着幸福之源和悦耳之音的飞鸟仍然充满着活力与生气，他才感受到了欢欣愉悦，他才笑意盈盈，他的面容才在灰白头发的掩映下熠熠生辉。

"这是美好的。"他心想，"所有人都应该把需要明白的事理亲自品尝一番。尘世的欲望和财富并非善物，我从年少时就学到了这一点。我一直都清楚这一点，可我现在才感同身受。现在我深知，想要了解和知晓什么东西，不单单要靠记忆力，还得用自己的双眼，用自己的真心，用自己的肠胃。值得高兴的是，现在，我已经全都弄明白了！"

他长时间地沉思于自身的转变，静静倾听着飞鸟愉快地歌唱。这只飞鸟不是在他内心已死吗？难道他没有感知到它的死亡吗？此言谬矣，应该是其他某种东西——某种长时间渴望往生的东西，在他的内心死去了。那不正是悉达多曾经在他那发光发热的峥嵘岁月里想要亲手扼杀的东西吗?那不正是他自己,那个渺小、忧郁而自负的自己,这么多年一直与之交手可是却一再被其打败的自己,在每一次的溃败之后又昂然站立、拒绝享乐和直面恐惧的自己吗?那不正是此刻在这片森林里,在这条秀丽的小河边最终往生的东西吗?不正是得益于此次死亡才让他如今像个孩子一样,充满着信念,没有恐惧,满心愉悦的吗?

如今悉达多也明白了,为什么他在作为婆罗门、忏悔者时,同自己对抗总是徒劳无果,全是因为太多的知识干扰了他,还有太多神圣的诗篇、献祭的规矩,太多的忍辱负重,以及太多的劳作与追求!他之前非常高傲自大,总觉得自己是最睿智和最勤勉的人,总是比所有人领先一步,总觉得自己博闻强识,一直都是一位僧侣或者大思想家。他的"自我"就潜藏在这份僧侣精神之中,在这份狂妄自大之中,在这份智慧与涵养之中;他的"自我"就在那里扎根成长,当时他甚至觉得可以用斋戒和忏悔来残害它。

现在,他已有所察觉,他发现隐秘的声音是正确的,没有哪个老师能够将他救赎。所以他不得不潜入尘世里,不得不耽于欲望和权力,受困于女人和金钱,不得不成为一位商人、赌棍、醉汉和利欲熏心之人,直至僧侣和沙门的身份在他的内心消亡。所以他不得不继续忍受这些荒淫无度的时光，忍受深恶痛绝之事，忍受这场单调乏味而又徒劳无益的生命的空洞与无意义，直到行至末路，直到尝尽苦涩的绝望，直到荒淫无度的悉达多、贪婪虚妄的悉达多能够往生。他已经往生了，一个全新的悉达多已经从睡梦中苏醒过来。他也会变得衰老，以后也必将死去，悉达多只是倏忽而短暂的，世间万物也都是转瞬即逝的。可是，他现在仍然年轻，仍然是个小孩子，是一个新的悉达多，并且充满了快乐。

他心里翻腾着这些想法，满脸含笑地倾听着自己肚子里的声音，满怀感激地聆听到了一只嗡嗡作响的蜜蜂所发出的声音。他轻松而愉快地看向眼前这条不断流淌的小河，从来没有哪条河水像这条一样让他非常喜欢，他从来没有聆听过哪条不断流淌的小河所发出的声音是这么的强劲而悠扬。

这条小河似乎在跟悉达多诉说着某种特别的东西，某种他现在未知但始终在等待着让他知道的东西。

悉达多过去确实想过溺亡在这条小河里，然而今天，那个年迈、疲惫而绝望的悉达多已经溺亡于此了。一个崭新的悉达多对于这条奔涌不止的小河却流露出一份深沉的爱意，并且决定不会再一次这么快就和它告别。

船夫

悉达多想,我将一直待在河边,这条河见证了我逐渐沦为凡夫俗子的过程,一位友善的船夫那时候帮我摆渡过了河,我要去寻找他,我曾经在离开他的茅舍之后开始了奔赴新生活的旅程,然而现在,那种生活也已陈旧和消亡——愿我现在的旅程和新生活可以从他那里开始!

他含情脉脉地凝望着这奔涌的清澈见底的河水,和它在万般神秘的画卷上描摹勾勒出的晶莹线条。他看到从河底升腾翻涌的亮晶晶的水珠,悠然的气泡在如镜面一般的水面上逡巡激荡,蔚蓝的天空倒映其中。这条小河也以千万种包含着绿色的、白色的、水晶般透明的和天蓝色的波光凝望着他。他是多么喜欢这条小河啊,它使得自己兴致勃勃,他对它是多么心生感激啊!他听到自己的内心有个苏醒的声音在跟他诉说着:爱上这条小河吧!和它待在一起吧!向它学习吧!哦,对,他想要和它学习,他想要倾听它。如果有哪个人了解这条小河及其秘密的话，那么他也一定会发现许多其他的东西，许多其他的秘密和所有的奥妙。

然而今天，悉达多只看到了这条河流众多秘密中摄人心魄的那一个秘密。他看到河水不断地流淌，可它却始终在那儿，一直都是那个状态，但它却好像每分每秒都焕然一新！哦，谁能够领会这一切，知晓这一切呢！他理解不了也领会不到，只是感到自己的内心激起了想要对这一切知情的欲望，并且触发了遥远的回想和绝妙的声音。

悉达多挺直身子，腹中受饿的他已经难以忍受了。他强忍着，继续在河岸边的小路上踱着步，伴着身侧的流水，倾听着水流声，倾听着肚子里叽里咕噜的挨饿声。

当他来到摆渡点时，船也刚好停泊在那里，还是曾经那个摆渡过年轻沙门悉达多的船夫站在船上，悉达多认出他来，他已更加苍老了。

"你愿意摆渡我过河吗？"悉达多问道。

船夫惊奇地看着这个独自走到河边的华贵男人，把他接上了船，然后撑船离了岸。

"你选择了一种美好的生活。"悉达多说道，"每天都生活在这条河上，在河上面摆渡，一定非常美好。"

船夫笑道："先生，正如你所说，这种生活很美好。但是，难道不是每一种生活、每一份工作都很美好吗？"

"也许是这样吧，但是我很羡慕你的生活和工作。"

"很快你也会对此失去兴趣的。这并不适合身穿华服的人来做。"

悉达多笑道："今天因为我的这身衣服已经被人用猜疑的眼光打量过了。船夫先生，难道你不想要这件我已经嫌它麻烦的衣服吗？因为你一定知道，我没有钱来支付给你这趟摆渡的报酬。"

"先生在打趣我。"船夫笑道。

"我并没有在开玩笑，朋友。你看，你之前已经用你的船不收分文地将我摆渡过了河，今天也请你这么做吧，但请你务必收下我的衣服。"

"先生是要不穿衣服继续游历吗？"

"啊，我最希望的是不用再继续游历了。船夫先生，我最希望的是你可以给我一件旧的围裙，收留我做你的助手，更确切地说是收留我做你的学徒，因为我要学习怎么行船渡河。"

船夫久久地看着这个陌生人，若有所思。

"现在我认出你来了。"他最后终于说道,"你曾经在我的茅舍里面睡过一觉,那已经过去太长时间了,可能都不止二十年了。我曾渡你过河,然后我们像朋友一样互相告别。当时你不还是一介沙门吗?我已经记不清你的名字了。"

"我叫悉达多,上次你见到我时,我确实是一介沙门。"

"欢迎你,悉达多。我叫瓦苏戴瓦,希望今天你也能成为我的客人,在我的茅舍里安睡,并跟我说说你从哪里来,以及为什么那件华贵的衣服会让你嫌弃。"

他们行至河中央,瓦苏戴瓦使出更大的力气划着船,以便能够逆着水流前行。他的目光看着船头,胳膊用力静静地划着船。悉达多一直坐在船上注视着船夫,回忆起他之前还是沙门时的最后一天。他的内心从那时起就已经对这个人心生好感了。他满怀感激地接受了瓦苏戴瓦的邀请。当他们行至岸边时,他帮着船夫把船牢牢地系在木桩上面。随后,船夫请他进入茅舍,给他准备了面包和水,悉达多满心欢喜地吃了起来,还吃了瓦苏戴瓦给他的杧果。

随着落日西沉,他们来到河岸边一棵大树的树干上坐着,悉达多开始跟船夫讲述他的身世和生活,那些令人绝望的时刻就像今天刚发生的一样,在他的眼前不断闪现。他一直讲到了深夜时分。

瓦苏戴瓦聚精会神地倾听着。他静静地倾听着这一切，包括悉达多的身世与童年，所有的学习，所有的探寻，所有的乐趣，以及所有的窘迫。在船夫所具备的最为重要的美德之中，能够静静地去倾听别人可以说是排在首位，很少有人能做到像他这样。他一言不发，讲述者却感觉到他把别人所说的话全听进了心里；他安静、开明而又满心期待地倾听着，不漏一词，没有不耐烦地期待着什么，对所听到的内容既不赞美也不责难。悉达多对能够向这么一位倾听者坦诚讲述自己的生活、探寻和苦难，深感荣幸。

悉达多在讲述快要结束的时候，讲起了小河旁的那棵树，聊到了自己深深的堕落和那句神圣的"唵"，还谈及他是怎么在一场熟睡之后感觉自己对这条小河饱含爱意的，那时候船夫倾听得加倍专注，他完完全全闭着双眼沉醉其中。

悉达多讲完后一言不发，经过很长时间的缄默之后，瓦苏戴瓦才说道："情况正如我所想的那样。这条小河早已有言于你，它也成了你的朋友，跟你有过对话了。这很棒，非常棒。悉达多啊，我的朋友，你就留在我身边吧。之前我有过一位妻子，她的卧榻就在我的旁边，可是她早已过世。你现在跟我一起生活吧，房间和伙食应付两个人还是绰绰有余的。"

"谢谢你。"悉达多道,"我很谢谢你,我愿意留下来。瓦苏戴瓦,我还要谢谢你这么专注地听我讲述!很少有人能明白我讲的这些内容,我也从没有遇到过像你一样能听明白我所说内容的人。而我在倾听别人这点上也得向你学习才是。"

"你会学习到的。"瓦苏戴瓦道,"但不是向我学。这条小河教会了我倾听,你应该向它学习才是。这条小河通晓一切,人们可以向它学习所有东西。你看,你已经从它那里学习到了一点,那就是努力向下沉淀、不断地沉降以及最终探秘深核之物。富有而高贵的悉达多成为我的帮手,博学多知的婆罗门成了一名船夫,这一切也都是这条小河在冥冥之中告诉你的。你也必将会从它那里学到其他的东西。"

悉达多停顿了很久,道:"哪些其他的东西呢,瓦苏戴瓦?"

瓦苏戴瓦站了起来。

"天色已经太晚了,"他说道,"去睡觉吧。我无法告诉你'其他东西'究竟是什么。哦,朋友,你将会自己学到,也许你已经有所了解。你瞧,我并不是一位学者,我不精通说话,也不精通思考。我只懂得倾听、为人虔诚,其他的我什么也没学会。如果我能言善道,那么我可能就成为一位圣贤了,可我终究只是一个船夫，我的职责只是渡人过河。我摆渡过成千上万个人，对他们来说，我一直摆渡的这条小河只是他们旅途中的一个屏障。他们有的为了挣钱和做生意，有的为了举办婚礼，有的为了朝圣出游在外，而这条小河横亘在路中间阻挡了他们的去路，船夫就是为了带着他们迅速地渡过这个障碍而存在的。然而在这成千上万个渡河人之中，也只有四五个人不再觉得这条河是一个屏障，他们倾听自己的心声并且倾听河流的声音，这条河在他们内心变得神圣，就像这条河对于我的意义一样。悉达多，现在，我们该去休息了。"

悉达多和船夫待在一起，学习行船的方法，当河岸的摆渡点无事可做的时候，他便和瓦苏戴瓦一起去稻田里劳作，收集木柴，采摘香蕉树上的香蕉。他学会了制作船桨，修理船身，编织篮子，并且对自己要学的所有东西都热情高涨，日子就这么逐日累月地飞逝而过。不过，瓦苏戴瓦所能教给他的东西不如这条小河教给他的多。他永不停歇地向河水学习，首先从它那里学习倾听，用平静的心倾听，带着期待和开放的灵魂，没有狂热，没有奢望，没有评断，没有意见。

他在瓦苏戴瓦旁边愉悦地生活着，他们偶尔会彼此推心置腹地交谈，零星几句，却是饱含思想的话语。瓦苏戴瓦不是一个能言善道的人，悉达多很少能成功调动他说话的欲望。

曾经他这么问瓦苏戴瓦："你也从这条河当中学到了那个秘密吗？时间并不存在。"

瓦苏戴瓦的脸显露出机敏的笑意。

"是的，悉达多。"他道，"你的意思不就是在说河水到处都一样吗，包括在发源地，在河口处，在瀑布中，在摆渡点，在湍流里，在大海里，在山脉中，到处都是一样的。对它来说，它只有现在，没有过去，也没有未来的影子。"

"正是如此。"悉达多道，"当我看破这一点时，我再回首自己的生活，发现生活本身也是一条河流，少年悉达多只是和成年的自己还有老年的自己被阴影分隔开了，并非是被现实区隔的。悉达多以前的出生并不代表过去，他的死亡和往生也不显示未来。一切事物都没有过去和将来。万物都是当下的产物，只拥有本源和现在。"

悉达多情绪亢奋地诉说着，这种大彻大悟使他深感欣慰。哦，所有的苦难不都是因为时间吗？所有的自我折磨和自我恐惧不都是因为时间吗？只要人们征服了时间，只要人们能够摆脱时间，那么在这个世上的所有的困顿和敌意不就都能被掩埋和克服了吗？他满是激动地说着这些。瓦苏戴瓦却只是满面容光地冲着他微笑并且点头予以肯定。他一言不发地点着头，用手轻抚着悉达多的肩膀，又继续回去劳作了。

有一次，正好赶上雨季，小河涨潮，河水奔涌咆哮。悉达多说道："哦，朋友，河水有非常多的声音，不是吗？这些声音是否来源于君王和战士，来源于一头公牛、一只夜莺、一位产妇、一声叹息乃至成千上万种其他事物？"

"的确是有很多种声音。"瓦苏戴瓦点着头，"万事万物之声皆孕于这片河水之中。"

"你知道吗？"悉达多继续说道，"当它同时发出成千上万种声音时，它说的是哪一个字？"

瓦苏戴瓦的脸上浮现着幸福的笑意，他俯身向着悉达多，然后贴着他的耳朵对他说出了那个神圣的"唵"字，而这个字恰好也是悉达多所听到的。

他的笑容变得和船夫的笑容越来越相近了，几乎和他是同样容光焕发，几乎和他是同样幸福洋溢，同样从千百条小小的皱纹中神采奕奕，同样稚气未脱，同样老态龙钟。许多过客看到这两个船夫，都觉得他们是兄弟二人。

他们经常在傍晚时分一起坐在河岸边的树干上，两人静静地聆听着河水的声音。对他们而言，它已经不只是河水声了，更多的是源自生活的声音，现存的声音，以及永存不朽的声音。有时，他们在聆听河水声的时候会想到同一件事，譬如想到前天的某次畅谈，想到某一个脸色和遭遇令他们记忆犹新的船客，想到死亡和童年。每当河水向他们诉说生活的美好时，他们总会不约而同地互相对视，他们思考着同一件事情，并因对于同样的问题回答出相同的答案而欢欣鼓舞。

一些旅客察觉到这个渡口和这两个船夫某些地方很特别。有时，某个旅客在看了其中一个船夫的面容之后，便会开始讲述自己的生活，讲述自己的不幸，承认自身的罪恶，并请求得到慰藉和劝诫。有时，某个旅客会恳求和他们共度一晚，并倾听河水的声音。当然还有满心好奇的旅客前来，只因他们耳闻在这个渡口生活着两位智者、术士抑或非常虔诚的圣人。这些满怀好奇的人提出许多问题，但是他们却得不到任何回复，他们既没有发现术士也没有发现智者，他们只发现两个友善的男人，他们总是一言不发，看起来有些古怪和愚钝。这些满怀好奇的人便开始嘲笑起来，彼此谈论着传播这些流言蜚语的人是多么愚蠢和容易上当。

年华飞逝,没有人再对他们评头论足了。

这时,来了几位朝圣的僧侣,他们是世尊佛陀乔达摩的追随者,请求船夫为他们摆渡过河。这两个船夫从他们口中获知他们要尽快地回到世尊佛陀身边,因为世尊佛陀病情加重的消息已经传播开来,不久就将历经最后的死劫,以进入涅槃重生之境。不久之后,又来了一群朝圣的僧侣,然后又过来一群,无论是这些僧侣还是绝大部分其他的旅客和过路者,都无不谈起乔达摩之将死。人们如成群聚集的蚂蚁从四面八方纷至沓来,就好像围观出征的军队或是国王的加冕一样,他们就好像被某种魔力牵引着蜂拥而至,期待着世尊佛陀的往生,即将发生的大事,以及一个时代的功德圆满之人进入荣耀之巅。

悉达多在这个时候思虑万千,他想到那个危在旦夕的智者,那个伟大的老师,那位佛陀的言论曾给大众警示,并激发了千千万万的人民;悉达多也曾聆听过他的言论,也曾饱含敬畏之心地目睹过他圣洁的容颜。他亲切地回忆着那位佛陀,佛陀走向尽善尽美之路的那些过程仍然历历在目,他满脸微笑地回忆起年轻时同世尊佛陀交谈过的话,他满脸微笑地回忆着自己说过的那些狂妄自大的话。他很早就意识到自己无法再与乔达摩分隔开了,然而他却不能接受乔达摩的说教。不，一位真诚的探索者，一个真心想要有所发现的人，是不可能接受所谓的说教的。但是，已经有所建树的人可以赞成每一种说教，每一条道路，每一份追求，没有任何东西能够将他和其他千千万万个生活在永恒之中、吐纳神明之气的人民分隔开来。

也是在这一天，许多人都去朝拜奄奄一息的佛陀，朝拜他的人里也有迦摩罗，那位曾经最漂亮的名妓。她已经挥别过去的生活很长时间了，还将她的花园赠送给乔达摩的弟子们，在乔达摩的教义里得到庇护，成为朝圣者们的好朋友和布施者。当她听闻乔达摩大限将至的消息时，她就和儿子小悉达多一起身穿素衣步行前往朝觐。她和年幼的儿子踏上了前往河边的路途，可是小孩子不久就变得不耐烦了，想要回家，想要休息，想要进食，一直执着，哭闹不已。迦摩罗不得不时常和他歇歇脚，孩子也习惯了违逆她的意愿而任性着。她不得不给他投喂食物，安慰他，责备他。孩子无法理解为什么他非要和自己的母亲踏上这段劳累而悲伤的朝圣之路，去到一个不认识的地方，去见一个圣洁却奄奄一息的陌生男人。那就让他死去吧，这一切又和这个小孩子有什么关系呢？

迦摩罗和她的儿子来到离瓦苏戴瓦的渡口不远的地方，这时小悉达多再一次强迫妈妈歇歇脚。迦摩罗也有些疲劳,便让儿子吃根香蕉,她自己则蜷着身子蹲了下来,闭目养神休息了会儿。突然,她惨烈地大喊一声从地上弹起来,儿子一脸惊吓地看着她,看到她的脸一下子因惊慌变得惨白,这时从她的裙子下方逃出来一条小黑蛇,迦摩罗正是被这条蛇咬了。

他们赶紧跑开,去找人帮忙。当他们快要跑到渡口时,迦摩罗瘫倒了,她周身无法动弹。小悉达多可怜地叫喊着,一边呼叫一边亲吻和拥抱着自己的母亲,迦摩罗也跟着吃力地呼救,直到呼喊声传进站在渡口边的瓦苏戴瓦的耳朵里。他很快赶来,用胳膊抱起眼前的女人,把她放到船上,小孩子也跟了上去,不一会儿他们三个人就到了茅舍。此时的悉达多正站在锅炉旁边生火,朝他们看了一眼,首先映入眼帘的是小孩子的脸,那一瞬间,他很是惊讶地回想起了快要遗忘的往事。随后,他看到了迦摩罗,尽管她毫无意识地躺在船夫的胳膊上,他还是一眼就认出了她。他顿时明白了,那个孩子便是自己的骨肉,是孩子的那张脸提醒了他,他的心在自己的胸中震个不停。

迦摩罗的伤口被清洗干净了,但是伤口处已经发黑,她的肚子也肿胀起来,然后,她被注入了一瓶药剂。过了一会儿,她的意识逐渐恢复了,她躺在茅舍里悉达多的卧榻上,曾经深爱过她的悉达多正弯着身子站在她身旁。这一切就像是一场梦一样,她满含笑意地凝视着她曾经的爱人的面容,逐渐地意识到自己当下的状况,想起了自己被蛇咬的经历,便惊慌地呼喊着自己的孩子。

"别担心,他就在你旁边。"悉达多道。

迦摩罗看着他的双眸。她因身中蛇毒无法动弹,拖着沉重的舌头说道:"亲爱的,你变老了。"她接着说,"你的头发都变花白了。可是啊,你还是像曾经那个不穿衣服,在花园里拖着满是尘土的双脚来到我身边的年轻沙门。你比当时离开我和迦摩施瓦弥的时候更像一个沙门了。你的眼睛,仍然还是像那个时候一样,悉达多。啊,我也变老了,老啦——你还能认出我吗?"

悉达多笑道:"亲爱的迦摩罗啊,我一眼就认出了你。"

迦摩罗指着她的孩子说道:"你也认出他来了吗?他是你的儿子。"

她的眼神迷离,然后闭上了双眼。小孩子哭了起来,悉达多把他抱到膝盖上,让他哭着,并抚摸着他的头发,从对孩子面容的匆匆一瞥中,他回想起了一篇自己还是孩童时学到的婆罗门祈祷文。他缓慢地以吟唱的语调开始念诵起来自过去和童年的这篇祷文。在他的哼唱下小孩子变得安静了，可还是时不时地抽泣着，然后渐渐地便睡着了。悉达多将他放在瓦苏戴瓦的床上。瓦苏戴瓦正站在锅炉旁烧饭。悉达多朝他使了个眼色，瓦苏戴瓦回以微笑。

"她就要不行了。"悉达多轻声说道。

瓦苏戴瓦点了点头，锅炉里的火光在他的脸上摇曳着。

迦摩罗又一次恢复了意识，疼痛使她的脸扭曲了。悉达多的眼睛从她的嘴巴和苍白的脸上察觉到了她的疼痛。他镇静地品读、关注、守候着迦摩罗，深陷她的苦痛之中。迦摩罗察觉到了这一切，她的目光也在回应着悉达多的眼睛。

两人目光交错之际，她说道："我现在察觉到你的眼睛已经有所变化，和之前完全不一样了。我究竟是靠着什么认出你就是悉达多的呢？你既是他，又不是他。"

悉达多没再说话，他的双眸仍然注视着她的眼睛。

"你实现目标了吗？"她问道，"你找到内心的安宁了吗？"

他微笑着，把手放在她的手上。

"我知道了。"她说道，"我都知道了，我也会找到那片安宁的。"

"你已经找到它了。"悉达多轻声低语着。

迦摩罗目不转睛地注视着他。她想，自己原本是打算去朝圣乔达摩的，为了一睹世尊佛陀的面容，为了去体会他的安宁，可是现在她却遇到了悉达多，这也蛮好的，与亲眼得见世尊佛陀同样值得高兴。她想跟他交代这些话，可是她的舌头已经不再听从使唤了。她只能一言不发地注视着悉达多，悉达多从她的眼睛里察觉到她的生命之火正在慢慢熄灭。临终的疼痛侵袭并占据了她的双眼，最后的颤抖滑过她的四肢，悉达多合上了她的眼睑。

他坐在那里很长时间，注视着迦摩罗长眠的面容。他长时间地注视着她的嘴巴，注视着她那年老疲态的嘴巴以及变得细窄的嘴唇。他回想起自己曾经在花季年华里把这张嘴比喻成一个新鲜开裂着的无花果。他就那样一直坐着，欣赏着那张苍白的脸、疲乏的皱纹，心中感知到了某个画面。画面里，悉达多看到他自己的脸也在那里，一样的苍白，一样的幻灭；他同时还看到了自己和迦摩罗年轻时的容貌，涂着红唇，眼里有火。这种当下和曾经的画面感完完全全渗透进悉达多的心里，这其实就是一种永恒之感。他深刻地认识到，比之前任何时候都要更深刻地认识到，在死亡来临的这一刻，每个人的生命都是不可摧毁的，每一个瞬间都是永恒不灭的。

这时他站了起来，瓦苏戴瓦已经为他准备好了米饭，然而悉达多并没有进食。两个年迈的人在羊圈里布置好草垫,随后瓦苏戴瓦就在那里睡下了。

悉达多走到外面,整晚都在茅舍前坐着,倾听着河水的声音,回顾着曾经的日子,回顾着那些触动和围绕过他的生活的所有时光。他时不时地站起身,走到茅舍门前,看看已经熟睡的孩子。

第二天一大早,在太阳还没有升起之前,瓦苏戴瓦从羊圈里走出来,走到他的朋友那儿。

"你没有睡觉。"他说道。

"我没有睡,瓦苏戴瓦。我坐在这儿,倾听河水的声音。它跟我说了许多东西,用它颇有裨益的思想深深充实了我,用万物一统的思想深深感染了我。"

"你已历经太多苦难了,悉达多。然而,我感觉你的心里并没有悲伤难过。"

"我没有悲伤,亲爱的,我该怎么悲伤呢?我曾经富裕而幸福过,我现在只会更加富裕更加幸福。老天已经把我的儿子馈赠于我了。"

"我也很欢迎你的儿子。但是现在,悉达多,让我们投入工作吧,有好多事情等着去做呢。迦摩罗是在我妻子过世的那张床上去世的。我们就在曾经焚化我妻子的小山上也为迦摩罗搭建柴堆吧。"

在孩子仍然熟睡的时候,他们搭建起了火葬用的柴堆。

儿子

悉达多的儿子胆怯地啜泣着参加了母亲的葬礼，他板着脸畏畏缩缩地听着悉达多叫他儿子，并欢迎他一起住在瓦苏戴瓦的茅舍里。他好几天都脸色苍白地坐在安葬着自己母亲的小山上，不吃不喝，闭着眼睛，紧闭心门，企图揉碎自己来对抗命运。

悉达多很体谅他，就让他这么坐着，尊重他悲伤的情绪。悉达多也知道，他的儿子跟他不熟悉，不可能像爱父亲一样爱着他。他慢慢察觉到，这个十一岁的小男孩是一个娇生惯养的孩子，是一个被妈妈捧在手心的孩子，已经习惯在富足的生活里成长，习惯吃精美的菜肴、睡柔软的床，还习惯吩咐仆人。悉达多明白，这个身处悲痛和溺爱中的孩子不可能突然间就心甘情愿地对这种陌生而贫困的生活感到满意。他也不强迫这个孩子，只是为他做了一些事情，把最好的食物留给他。慢慢地，他希望通过友善的耐心来赢得孩子的信任。

刚开始，小孩子在悉达多身边时，跟他说之前的自己是如何富足和幸福。然而，尽管时间飞逝，小孩子依然对周遭充满着陌生和冷漠，显露出自负和倔强的内心，什么事情都不愿意做，对待长辈也是一点尊敬也没有，甚至偷采瓦苏戴瓦的果园里的水果。这时悉达多开始明白，来到他身边的儿子没能给他带来幸福和安宁，而是痛苦和忧虑。但是他爱儿子，对他来说，因为爱所带来的痛苦和忧虑终归是比没有孩子的幸福和快乐更让他喜爱。

自从小悉达多来到茅舍以后，两位老人就明确了分工。瓦苏戴瓦继续独自承担着船夫的工作，而悉达多则为了陪伴他的儿子，承担着茅舍和田地里的工作。

悉达多等了很长时间，甚至有好几个月之久，他一直等待着自己的儿子能够理解他，接受他的爱，有可能的话给他点反馈。瓦苏戴瓦也等了好几个月，观望着，等待着，沉默着。有一天，当小悉达多又一次非常固执地反抗，发着喜怒无常的脾气折磨他的父亲，甚至打碎了两个饭碗的时候，瓦苏戴瓦在晚上把他的朋友叫到一边，跟他谈心。

"原谅我吧。"他说道，"我跟你谈这些是出于好意。我看到你在备受折磨，我看到你满是忧郁。亲爱的，你的儿子给你带来了忧愁,也给我带来了烦恼。这只小鸟在另一种生活和另一种巢穴里被宠溺了很久,他并不像你一样因为厌恶和嫌弃逃离了财富和城市,他是不得不违背自己的意愿才把这一切抛于脑后的。我询问过河流,哦,朋友,我曾多次地向它询问。然而小河只是笑了笑,它取笑我,它取笑我和你,对我们的愚钝笑得晃动着身子。水会追随水,青年人会追随青年人,你的儿子如今不在能让他茁壮成长的地方。你也可以问问河流,倾听它对你的所言所语!"

悉达多满是忧郁地望着他那张友善的脸,在他的脸上满是饱经风霜的真挚。

"我真的能和他分离吗?"他满脸惭愧地轻声问道,"再给我一些时间吧,亲爱的!你看,我在和他相处着,在争取他的心,我一定会用爱和友善的耐心感动他的。以后,河流也可以跟他谈心,他也是肩负着使命的。"

瓦苏戴瓦更加笑意相迎,道:"是的,他也肩负着使命,他也来自永恒的生命。但是,你和我怎么能知道他会肩负着何种使命,会走向怎样的旅途,会做怎样的事情,会忍受怎样的苦难呢?他的苦难不会少的,他心孤高傲气又冷漠无情,这种人必然会忍受很多磨难,踏上很多歧途,做很多错的事情,承担很多罪过。告诉我吧，我亲爱的，你不会是要培养你的儿子吧？你不会强迫他吧？你不会打他吧？你不会惩罚他吧？"

"不会的，瓦苏戴瓦，这些我一概不会做的。"

"我知道了。你不会强迫他、责罚他，不会命令他，因为你知晓，柔能克刚，滴水能穿石，爱大于暴。这很棒，我很赞赏你。然而，你对他采取不强迫、不责罚的态度，这难道不是一种过失吗？你难道不是在用爱使他束手束脚吗？你难道不是每一天用你的关爱和耐心致使他羞愧难当，让他更加举步维艰吗？你难道不是在强迫这个心高气傲又娇生惯养的孩子和两个老人住在这样的一个茅舍里面吗？在这里，两个老人把米饭视为美食，然而他们的想法无法和这个孩子的想法一样，他们的内心已经衰老和安宁，和小孩子有着不一样的人生轨迹。难道这个孩子没有被这一切压迫，没有受到惩罚吗？"

悉达多满是震惊地看着地面。他轻声问道："你认为我应该做些什么呢？"

瓦苏戴瓦道："带他去到城里面，到他母亲的住所，在那里应该还有很多仆人，就把他交给那些仆人吧。如果那里没有仆人了，那就带他去某个老师那里，并非是因为教育他，而是这样一来他可以和其他的孩子打成一片，包括小女孩们，从而回到本该属于他的世界。你就从来没有这样考虑过吗？"

"你可真是把我的心都看透了，"悉达多悲伤地说道，"我常常这么想。但是你看，我要如何把这个本来就没有柔软心肠的孩子送到尘世里呢？他就不会奢侈无度吗？他就不会因为情欲和权势而迷失自己吗？他就不会重蹈他父亲的覆辙吗？他就没有一丝可能完完全全地迷失于轮回的宿命之中吗？"

船夫的笑容散发着敏锐之光。他温柔地轻抚着悉达多的胳膊，说道："朋友，问问这条小河吧！听听它对此的笑声吧！你真的觉得你做蠢事是为了让儿子也避免再犯这些错吗？你能从轮回里保护你的儿子吗？那究竟要怎么做呢？通过教育，通过祈祷，还是通过劝告？亲爱的，你难道已经完全忘记了在这个地方你曾经向我讲述的那些过往，那些来自婆罗门之子悉达多的故事了吗？是谁保护了沙门悉达多，让他免受轮回、罪孽、贪婪和蠢笨之苦呢？是他父亲的虔诚、老师的劝诫，还是他自己的智识和漫漫求索？又有哪个父亲和老师能够保护他，让他去过自己的生活，免得被生活同流合污，负担起自己的罪责，品尝苦涩的生活之水，找到自己的归途呢？亲爱的，你知道这条路可能有某个人已经避之不及了吗？这会是你的小儿子吗，仅仅因为你爱他，因为你想让他避开苦难、疼痛和失望？可是即使你为他死十次，你也不能因此而分担他命运里的那些最为细枝末节的部分。"

瓦苏戴瓦从未讲过这么多的话。悉达多真诚地向他道谢，然后满心忧愁地走进茅舍里，久久无法入眠。瓦苏戴瓦跟他说的所有的话，他自己全都想过，自己也都明白。可是那些都是他做不到的认知，在他的心里比那些认知更强烈的，是他对孩子的爱，是他的温柔体贴，是他对于失去孩子的恐惧不安。他曾经有过在内心对某件事如此无望吗？他曾经有过对某个人这么深爱、这么盲目、这么受罪、这么无果可是又这么幸福吗？

悉达多无法听从他朋友的建议，他做不到把自己的儿子送走。他任由孩子对他百般使唤，也不管他尊不尊重自己的父亲。他一言不发又静心等候着，开始每天都默默地做着斗争，无声地对抗。瓦苏戴瓦也一言不发且友善地、会心地、宽容地静心等候着。在耐心方面，他们俩已然都是大师。

有一次，看着孩子面容的悉达多，想起了迦摩罗，他突然间想到了一句话，那是很多年前悉达多正值青年时，迦摩罗曾经跟他说过的一句话。"你不懂爱。"她曾经跟他这样说。他对此表示认可，把自己比喻成天上的繁星，把孩童般的凡夫俗子比喻成飘零的落叶，尽管他从迦摩罗的每一个字眼里都感受到了指责。事实上，他从来没有完全迷失过自己，从未无私地为某个人奉献过乃至为爱做过蠢事，这也是他和凡夫俗子最大的区别。可是现在，自从儿子来到他身边以后，悉达多也完完全全地沦落为一个凡夫俗子，会为了深爱的人受罪，在爱中迷失自我，因爱沦为一个愚蠢之人。现在，他后知后觉地深深体会到生活里那种最激情澎湃和不可多得的热爱，独自忍受、自怨自怜，然而它又是使人幸福的，能让人变得精神焕发，饱满充实。

他真切地感受到这种爱，这种盲目的对自己儿子的爱，是一份不可抑制的热情，是非常具有人性的，可以说它就是轮回，是一处混浊泥泞的水源，是一处暗不见光的河水。但同时他又感觉这种爱不是毫无价值的，反而它是必需的，来自人类自身的本性。这种情欲理应得以满足，这种疼痛理应得以抚慰，这种错误也确实应该去犯一犯。

儿子在此期间确实让悉达多犯了许多错误，让悉达多为他操心，让悉达多每天在他的情绪面前低声下气。这位父亲一无所有，既没有使儿子高兴的东西，也没有令儿子害怕的东西。他是一个很好的人,一位善良、随性而温柔的父亲,或许还是一位十分虔诚的男人,又或许还是一位圣人——可是,所有的这些品行无法获取孩子的欢心。对儿子来说,父亲把他一直扣留在这个一贫如洗的茅舍里显得无聊至极。他也对父亲感到不耐烦,父亲用微笑回应自己的每一个顽皮淘气,用和善回应自己的每一个破口大骂,用宽容回应自己的每一个无赖撒泼,这恰恰是这个年老的伪善者最让人厌恶的诡计。孩子更喜欢的其实是被他威胁勒令,被他踩躏虐待。

这一天终于来了,小悉达多在那一天里所有的这些意识一下爆发了,明目张胆地针对起自己的父亲。父亲分派给他一件差事,喊他去收集些干柴,孩子却未曾走出过茅舍,他一直固执而生气地站在那里,用脚跺着地,握紧了拳头,对着父亲的脸突然发作似的吼叫出仇恨和不屑的话语。

"你自己去捡你的干柴吧!"他怒不可遏地大喊着,"我不是你的仆人。我知道你不会揍我,你压根就不敢揍我;我知道你要用你的虔诚和宽容来一直责罚我,想要让我变得人微言轻,想让我将来变得跟你一样,也是这么虔诚、温和和睿智!听着,我却想要你受尽苦难。我更愿意去做一个拦路贼或杀人犯,跌进苦难的深渊,也不愿意成为你这样的人!我憎恨你,你不是我的父亲,即便你做过我母亲十次的追求者!"

他带着怒火和怨恨,对着父亲怒吼了成百句过激而恶毒的话后,跑了出去,一直到深夜才回来。

第二天早上,他又消失了。一起消失的还有一只用两种颜色的树皮编织而成的小篮子,那里面原先是船夫保存着的通过摆渡而获取的铜币和银币。一起消失的还有一艘船,悉达多发现它已经停靠在了河的对岸。孩子已然逃走了。

"我必须追上他。"悉达多说道,即便昨天孩子对他说的那些责骂的话让他悲痛得直打冷颤,"一个孩子是无法独自一人穿过这片森林的,会丢掉性命。我们必须造一个竹筏来渡过这条河,瓦苏戴瓦。"

"我们将会造好竹筏的。"瓦苏戴瓦道,"也是为了把那艘被孩子撑走的船给再次撑回来。但是,你还是让孩子离开吧,朋友,他已经不再是个孩子了,他懂得怎么自救。他在寻找回到城里的道路,他这么做是对的,不要忘记这点。他做的刚好是你耽误了他要去做的事情。他会自己照顾自己的,他走上了自己的人生轨迹。啊,悉达多,我知道你很痛苦,可是你遭受的苦痛是人们想要去嘲笑的,是你自己不久以后也会自嘲的啊。"

悉达多没有回答。他手里已经握着斧头，开始造一个竹筏了，瓦苏戴瓦也帮着他用草绳把竹筏捆好。然后他们朝向对岸撑着竹筏，却越行越偏，于是他们逆流而上将竹筏撑到了对面的河岸。

"你为什么要带着斧头呢？"悉达多问道。

瓦苏戴瓦道："因为我们船上的桨也许已经不见了。"

悉达多明白他朋友心里所想的事情。他想的是，孩子会扔了或者损毁船桨，用以报复以及阻止他们寻到自己。果不其然，船里真的没有船桨。

瓦苏戴瓦指着船上的木板，跟他的朋友微笑致意，似乎想要说："你没看到你儿子想跟你说的话吗？你没看到他不想被寻到吗？"可是瓦苏戴瓦并没有把这些用言语表达出来，他只是造了一个新的船桨。悉达多则为了去寻找孩子而跟他告别，瓦苏戴瓦并未阻止他。

悉达多在森林里搜寻了很久之后，才意识到他的搜寻毫无用处。他想，孩子要么已经跑出森林回到城市里，要么就还在森林之中躲避着他。这时他又想，自己其实也并不是很担心儿子，他心里很明白，孩子既不会丢失性命也不会遇到危险。然而，他还是不加休息地小跑着，不过不是为了拯救孩子，而是渴望着也许还有可能再见到他一面。不知不觉,他就跑到了城市里。

当他进了城,走在宽阔大街上的时候,他在那个曾经属于迦摩罗的美丽花园的入口处站定下来,那里曾是他第一次见到坐在轿子里的迦摩罗的地方。当时的画面在悉达多的脑海翻腾起来,他看到自己又一次地站在那里,一个满脸胡须又赤身裸体、满头尘土的沙门。悉达多久久地站在那里,并且通过开敞的大门望向花园里面,他看到身穿黄色袈裟的僧侣在美丽的大树下走来走去。

他就这样长时间地站着、思考着,流连于回忆里的各种图景,倾听着自己生活中的那些往事。他就这么久久地站在那儿,看着眼前的僧侣,好像看到的不是他们而是年轻的自己,看到的是年轻的迦摩罗在高大的树木下面踱着步。他清楚地看到,他是如何被迦摩罗款待的,他是怎么收获来自她的第一个亲吻的,他是怎么高傲且不屑地回望自己的婆罗门岁月的,他又是怎么自豪且满是向往地开始游历生涯的。他看到了迦摩施瓦弥,看到了那些仆从、赌棍和乐师,看到了迦摩罗笼子里的鸣禽,好像这一切又焕发了新生一样,充满着轮回的宿命,他也再一次变得年老而疲惫,再一次感受到了厌恶,再一次感受到了已然熄灭的愿望,再一次因为神圣的"唵"而恢复了健康。

他站在花园门口很长时间之后，悉达多才大彻大悟，原来充满期望地来到这个久违的城市是这么愚蠢，因为他并不能帮到自己的儿子，也不应该攥住他不放。他深深地感受到心中对这个已经逃跑了的孩子的爱意，就像一处创伤；他同时还感受到，这种创伤并非只是给他带来了无尽的苦痛，也必定会枝繁叶茂，向阳而生。

这种创伤在此刻尚未开花结果，尚未闪闪发光，这让悉达多很悲伤，使他来到这里寻找逃跑的儿子的心愿已成泡影。他难过地坐了下来，感到内心的某样东西已经灰飞烟灭，只觉空虚，看不到欢乐，也没有目标了。他坐着等候。这些都是他在河边学到的，默默等待，保持耐心与善于倾听。他就坐在满是灰尘的大街上倾听着自己的心是怎样疲惫而悲伤地跳动的，等待着某一个声音传来。他坐那里倾听了好久，没有再看见以往的任何景象，堕入了空虚之中，任凭自己沉沦，看不到前路。当他感到心底的伤口刺痛时，他就无声地念诵"唵"字，以求疗愈自己。花园里的僧侣看到了他，他已经在那里坐了好几个小时了，灰白的头发上积满了灰尘。一位僧侣走过来，在他面前放下两个芭蕉果，头发花白的悉达多并没有注意到他。

这时，一双手轻抚着他的肩膀，将他从僵化的状态下唤醒。他旋即认出了这份温柔、悄然到来的抚摸。他站起身,向追寻着他的瓦苏戴瓦致谢。他看着瓦苏戴瓦那张亲切的脸,看着那脸上因为明媚的笑容而爬满的细小皱纹,看着那双明朗的眼睛,自己会心地笑起来。

现在,他看到自己面前放着的芭蕉果,把它们捡起来,然后把其中一个递给船夫,自己吃了剩下的那个。接着,他默默地陪着瓦苏戴瓦回到了林子里,回到了渡口。他们不再讲起今天发生的事情,不再说出孩子的名字,不再谈论孩子的逃跑和悉达多的伤口。

悉达多躺在茅舍里的床上,没过多久,瓦苏戴瓦向他走过来,正要给他递上一碗椰汁,却发现他已经睡着了。

唵

很久之后,那心底的伤口依旧刺痛。有时候,悉达多会摆渡携带着儿子或女儿的旅客过河,他从他们身上看不到别的,只有满满的羡慕,他想:"哦,太多了,成千上万的人都享有这种天伦之乐,为什么我就无法拥有呢?即便是坏人、盗贼抑或匪徒都有自己的孩子,他们深爱着自己的孩子,也被孩子深爱着,只有我没有。"他现在就这么纯粹地、不加理智地想着,他和那些凡夫俗子简直如出一辙。

如今,他看待别人的眼光也和之前不同了,少了些机敏和自负,多了些温和、好奇和感同身受。当他摆渡那些平凡而普通的旅客,那些商人、士兵和妇女的时候,这些人在他眼里显得并不似之前那般生疏。他理解他们,理解他们那种不是由思想和认知,仅仅是由本能和愿望所引导的生活,他感到自己跟他们是一样的。尽管悉达多已近乎完美无缺,但他的身上还留有上次的伤痛,恍惚间,他觉得这些凡夫俗子就是他的手足兄弟,他们的浮华、贪欲以及荒谬对悉达多来说变得不再可笑,变得可以理解、讨人喜欢甚至值得尊敬了。母亲对孩子奋不顾身的爱,父亲对独子愚昧而盲目的骄傲,爱慕虚荣的年轻女子对首饰以及男人对其赞美目光的疯狂的追求——所有的这些幼稚、简单、愚钝、强烈的欲望和贪念对悉达多来说,现在已经全都不再是幼稚的行为了。

他发现人们都是为了这些而生活,为了这些没有穷尽的东西而倾心付出、游历四方、制造冲突、长期患难、忍受无边的痛苦,他变得能够因为这些而爱上他们。在他们的每一份热情和每一次行为中,他看到了生活本身,看到了生命的活力,看到了不屈的力量,也看到了梵天之境。

值得可亲可敬的一点是,这些人有着盲目的忠实诚恳,有着盲目的刚毅顽强和坚韧不拔。他们本身也不缺失什么东西,连鸿儒和思想家们都未必领先于他们,只有一件小事,在这件唯一细微的事情上,这些鸿儒和思想家们有可能略胜一筹——顿悟力,对一切生活及生命的清晰认知。悉达多有时候甚至怀疑,这些认知和思想是否被过高地评价了,他自己是否也有可能做过一个爱思考的凡夫俗子所做过的幼稚行为。在所有其他方面,这些世人都和圣贤不相上下,他们往往还远出其右,这就正像是动物们在某些坚定而不可动摇的行动中有可能会超过人类一样。

慢慢在悉达多身上开花结果的,还有他对于真才实学和自己长期求索的目标的体会与认知。它们并非源自内心的一次决意,并非一种能力,并非潜藏于心的一份技艺,而是在生活中的每分每秒都能够去思索和谐统一的思想,能够去感知这份统一性并且汲取养分。慢慢地,这一切的一切,诸如和谐、统一、笑容,和对世界的那份永远完美无缺的认知等,都在他的身上展露出来,同时也在瓦苏戴瓦那沧桑却满是稚气的脸上反映出来。

然而伤口还是止不住地刺痛,悉达多热切而满是愁苦地想念着自己的儿子,在自己的心里守护着对儿子的那份爱和柔情,任凭疼痛折磨着自己,做了一切因父爱而起的蠢事。这股爱的火苗终不会自行熄灭的。

之后某一天,当这伤口又剧烈灼痛时,悉达多因身陷对儿子的思念,还是决定渡过河去,等他下了船以后便打算再到城里寻找自己的儿子。

河水流得轻柔和缓,正值旱季,但是水流的声响听起来却不太一样:它在笑!它笑得很明朗。河水就这么笑着,清醒而会心地笑话着眼前的这位年老的船夫。

悉达多站定,他对着河水弯下了腰,想要听得更仔细些。他看到自己的脸倒映在缓缓流淌的水面上,从这张脸上他回想起某些已经淡忘的往事。他回想着,然后感觉到:这张脸和之前某一张他熟悉、喜爱却又感到恐惧的脸很相像。这张脸和他身为婆罗门的父亲的脸很相像。他回想起很多年之前当自己还是个小年轻的时候,他是如何逼迫自己的父亲让自己跟随忏悔者修行的,他是怎样挥别了自己的父亲,又是怎样一去不返的。他的父亲当年不是也因为他遭受了同样的失子之痛吗,就像现在的悉达多也遭受着这份苦痛一样?他的父亲不是已经去世多年,孑然一人,没再能和自己的儿子见上一面吗?悉达多自己不也得等待着这相同的宿命吗?这种周转往复,这种灾难般的循环运行,难道不是一出喜剧,不是一件神奇又糟糕的事情吗?

河流笑着。是的,就是这样,只要还未熬到尽头,还没有解脱的话,一切都会再一次卷土重来,所有事物都会再一次忍受同样的苦难。

悉达多最终还是选择登上了那艘船,返回茅舍里,回想着自己的父亲和儿子,回想着自己被河流嘲笑,心里做着思想斗争。他渐趋绝望，也想像河水一样大声地嘲笑自己和整个世界。啊，伤口还是没有愈合，他的内心仍然在和命运做着对抗，他的苦痛也仍旧没有显现出愉悦和胜利的光芒。可是他依旧满怀着希望，当他回到茅舍的时候，他感到心里有一种迫切的渴望，那就是向瓦苏戴瓦袒露心迹，向这位聆听的大师敞开心扉，倾诉自己的一切。

当时，瓦苏戴瓦正坐在茅舍里编织着一只篮子。他不再和渡船打交道了，他的视力已经开始衰弱，不单单是他的视力，包括他的胳膊和双手也变得疲软无力。只有他脸上的欢愉和明朗的亲和力未曾改变，依旧红润有光。

悉达多坐在这位老人身旁，慢慢地开始和他交谈起来。他讲述了很多以前从未讲过的话，讲到自己当年进入城里的过程，讲到自己刺痛的伤口，讲到自己看到那些幸福的父亲时满心的羡慕，讲到自己了解到这种愿望的愚蠢，讲到自己做过的那些徒劳无功的抗争。他讲述着所有的事情，他可以将一切都说出来，也包括最难堪的境遇。所有的往事都能让他再次谈起和揭露，他可以将一切都描述给瓦苏戴瓦，毫无顾忌地暴露出自己的伤口，也述说着自己今天逃离的事情，说到他是怎么渡过河去的，自己这个傻倔的逃跑者是怎么想要走进城里去的，还说到河流是怎么嘲笑他的。

悉达多讲个不停，瓦苏戴瓦也一直以平静的表情倾听着，悉达多感觉到瓦苏戴瓦的倾听变得比他以往感觉到的倾听更加专注了。他了解到，他的疼痛和不安是怎么蔓延至全身的，他隐秘的希望是怎么俘获自己的，他又是怎样再次与自己和解的。向瓦苏戴瓦这位倾听者暴露出自己的伤口，就像是他们在河里洗澡一样，像是一直洗到透心般凉爽并且和这条河流融为一体了一样。

悉达多一直在诉说，一直在坦白和忏悔，他越来越深刻地意识到倾听他讲话的不再只是瓦苏戴瓦这个人了，这位一动未动的倾听者接纳了他的忏悔，就像是吸收了雨水的一棵大树一样，这个静坐不动的人就是河流本身，他就是神明本身，他就是永恒本身。当悉达多停止反观自己及伤口时，对瓦苏戴瓦那已经发生了质变的认知充斥着其内心。他越感觉这些，越深入探究，诧异越少，越是觉得一切都在正常和自然地运转。瓦苏戴瓦一直都是这个样子，只是他自己尚未完全意识到这一点而已，而他也和别人没什么不一样的。他发觉，此刻这么看着年老的瓦苏戴瓦，就像一个庶民看着神明一样，这是不会维持很长时间的。他在心里已经开始跟瓦苏戴瓦道别了，可他仍然只是不断地说着话。

当他全部说完的时候，瓦苏戴瓦向他投射出亲切又略带虚弱的目光,却不发一言,只是默默向他传达着爱意和喜悦之情,并且表示理解与感同身受。他握着悉达多的手,把他带到河岸边坐了下来,和他肩并肩挨着,向着眼前的河流致以微笑。

"你听到了河流在笑。"瓦苏戴瓦说,"可是你没能听到所有的东西。让我们再聆听一次,你将会听到更多东西的。"

他们就这样倾听着。河流多声部的混响轻轻柔柔地齐奏着。悉达多看向河面,奔流的河水里显露出许多画面:他的父亲出现了,孤身一人,为失去儿子而悲痛不已;还出现了自己的倒影,茕茕孑立,受困于思念远去的儿子而不能自拔;他的儿子也出现了,他也是孑然一身,这个小男孩在他那条青春梦想正熊熊燃烧的道路上汲汲追寻。他们三个,每一个人都在朝着自己的目标努力,每一个人都在优化着自己的目标,每一个人也都在受苦受难。河流用一种悲悯的声音歌唱着,它热切地歌唱着,热切地向着自己的目标流淌而去,它的声音听起来满是悲恸和幽怨。

"你听到了吗?"瓦苏戴瓦那无声的目光发问着。悉达多点了点头。

"听得更专注点!"瓦苏戴瓦轻声低语。

悉达多尽力去听得更细致。父亲的画面、他自己的画面、儿子的画面相互交融地流动着，此时迦摩罗的画面也出现了，然后又流散了，还有乔频陀的画面以及其他画面，全部都相互交融地流动着，所有画面都流进河水里，所有人都像河流一样追求着自己的目标，满是热忱和渴望却也很是受罪。河流的声音听起来充满了渴望，充满了灼烧般的疼痛，充满了欲求不满的企盼。河流始终追寻着自己的目标，悉达多看着它奔涌不息。这条河流由悉达多和所有与他相关的人，以及他见过的每一个人所组成，所有人都奋力追赶着水波和河流，遭受着苦难，追寻着许许多多的目标，匆匆追逐着瀑布、湖水、海洋，所有目标最终都得以实现，然后每个人又开始追寻一个崭新的目标。河水会变成蒸汽升腾至天空，幻化成雨继而从天而降，又变回泉水，变回溪流，变回河水，重新追寻，重新流淌。然而，热切渴望的声音发生了变化。它仍然充满忧伤而亟亟求索地鸣唱着，但是其他的声响也随之而来，譬如快乐与苦痛的声音，美善和丑恶的声音，欢笑和忧郁的声音，这当中交汇着成百上千种声音。

悉达多一直倾听着。他现在已然完完全全是一位倾听者了，他全神贯注地投入倾听之中，脑海里一片空白，把听到的全然吸纳进自己的身体，他感觉此刻已经习得了终极的倾听奥义。之前他也常常聆听来自这条河流的许许多多的声音，聆听河流发出的所有声音，可今天它听起来竟会焕然一新。他已经不再能够分辨出这包罗万象的声音了，分辨不出那声音是喜还是悲，分辨不出那声音来自孩子还是成人，它们全部交杂在一起，热切的哀怨和通达的欢笑，愤怒的咆哮和垂死的呻吟，所有的声音都合而为一，都相互交融地彼此交错和联结，成百上千次地缠合在一起。把这种种的一切聚集到一起，诸如所有的声音、所有的目标、所有的欲念、所有的苦难、所有的兴致、所有的善恶等，它们聚集到一起便是整个世界。而这聚拢在一起的一切，便可谓之事件的长河和生活的乐章。当悉达多聚精会神地聆听着河流奏响的由千百种声音组成的曲调时，当他听不到其中的苦痛和欢笑时，当他自己的灵魂不再受困于其中的某一种声音，不再把他的自我全然投入这段歌曲里，而是聆听一切，倾听歌曲的整体性与统一性时，这样一支由千百种声音汇成的宏大的交响乐就构成了唯一的字，那便是"唵"，意即尽善尽美。

"你听到了吗？"瓦苏戴瓦又投以目光问道。

瓦苏戴瓦的笑脸熠熠生辉，照亮了早已爬上他那张垂暮面庞上的所有皱纹，就好像是那声"唵"盘旋在河流发出的所有声音的上空。他笑意盈盈地看向自己的好友,现在悉达多的脸上也闪耀着如出一辙的笑意。他的伤口愈合了,他的痛苦也已风化,他的自我融汇到统一之中了。

在这一刻,悉达多不再和命运对抗,停止了受苦受难。他的脸上绽放出达观的愉悦,意识不再和他相悖而行,他认识到尽善尽美的可贵,与事件之河和合同心,和生活的浪潮浮沉相随,满怀同情之心,兴致盎然,热衷于顺流而行,归属于休戚一体。

瓦苏戴瓦从河岸边坐定的地方站了起来,凝视着悉达多的双眼,他看到了悉达多的眼里闪烁着通晓一切的喜悦,以谨慎而温柔的方式将手搭在悉达多的肩膀上轻轻抚摸,说道:"我等待的正是这个时刻,亲爱的。现在它终于到来了,就让我离去吧。我等待这一刻已经太久了,我成为船夫瓦苏戴瓦也很长时间了。现在,一切都到头了。再见吧,茅舍;再见了,河流;再见了,悉达多!"

悉达多深深地向这位离别者鞠躬。

"我已经都了解了。"他轻声说道,"你要到森林里面吗?"

"我要去往森林里,我要献身于统一之中。"瓦苏戴瓦神采奕奕地说道。

他意气风发地往森林里走去了。悉达多目送着他离去,怀着深深的喜悦,同时怀着深深的严肃。他目送着瓦苏戴瓦离去,看到他的步伐满是平静安宁,看到他的头上洒满光辉,看到他的身形光彩照人。

乔频陀

乔频陀曾经和其他的僧侣在某一次游历期间,逗留于名妓迦摩罗赠送给乔达摩年轻弟子的那片林苑之中。他听到有人说起距离林苑一天行程之远的河边,住着一位年迈的船夫,那是一位圣贤。所以,当乔频陀再次赶路的时候,他便选择了一条前往渡口的路,因为他渴望得见那位被大家口口相传的船夫本人。虽然他一直都在循规蹈矩地生活着,也因为自己的年纪和为人谦逊被很多年轻的僧侣看作是值得尊敬之人,可是在他的内心,还没有将那份不安分与渴望求索的品性自我磨灭掉。

他来到了河边,请求老人为他摆渡,在乘船到达彼岸将要下船的时候,他对摆渡老翁说道:"你确实为我们僧侣和朝圣者做了很多善事,你已经摆渡了我们许多人了。船夫啊,你也是一位要去寻觅正确之路的求索者吗?"

悉达多垂暮的双眸里显露出笑意,说道:"你说你是一位求索者,哦,尊贵的旅客啊,可是你已经年事过高,为什么还得穿着乔达摩弟子的僧袍呢?"

"我确实已经年迈。"乔频陀道,"但是我却没有停止过求索。我将永远不会停止求索,这一切看起来就像是我的使命一般。你在我眼里看起来也像是个求索过的人,你愿意跟我聊聊吗,尊敬的船夫?"

悉达多道:"尊敬的旅客啊,我应该跟你聊些什么呢?也许可以聊聊你探索得太多,或者聊聊漫漫求索之路上的你至今仍然寻觅无果?"

"怎么说?"乔频陀问道。

"当某个人在求索的时候,"悉达多道,"容易发生的事情是,这个人的眼睛只关注他在寻找的东西,这样的话他就只会一无所获,有可能什么经验也吸纳不到,因为他一心只想着这个求索之物,因为他已预设好一个目标,甚至会被这个目标操纵愚弄。求索只表示拥有一个目标,而发现则意味着变得自由,变得畅意通透,从而无欲无求。尊敬的旅客,你可能如你所言是一位求索之人,因为你一直追求着你的目标,可你有时候却对某一些近在眼前的事物视若无睹。"

"我还是无法完全理解你的意思，"乔频陀叩问道，"此话怎讲？"

悉达多道："哦，尊敬的旅客，几年前你曾经来过这河边一次，在河边你找到了一位熟睡之人，为了看护他睡觉，你就一直坐在他身旁。哦，乔频陀，可是你没能够认出当时那个熟睡之人。"

那位僧侣很是惊讶，像是一个中蛊之人，盯着船夫的眼睛良久。

"你是悉达多吗？"他用战战兢兢的口吻问道，"这一次，我还是没能认出你来！我真诚地向你问候，悉达多，我真心地为再一次与你重逢而感到高兴！你的模样大变，朋友，你现在也成了一名船夫吗？"

悉达多亲切地笑了笑："是的，我就是一个船夫。乔频陀啊，有些人不得不发生很大的改变，不得不身披各式各样的衣服，我现在就是他们这类人当中的一位，亲爱的。欢迎你来，乔频陀，今晚就在我的茅舍下榻吧。"

乔频陀当夜就在茅舍住下了，睡在瓦苏戴瓦原先的那张床铺上。他还问了青年时的好友诸多问题，悉达多则为他讲述了自己生活里的许多往事。

到了第二天早上,乔频陀要继续赶路的时候,他犹豫不决地说了这些话:"在我继续踏上旅途之前,悉达多,请允许我再问一个问题。你拥有自己的教义了吗?你拥有一套你自己遵循的、能够帮助你的生活和做出正确决策的信仰和教义了吗?"

悉达多道:"你知道的,亲爱的,年轻时,我们还和苦行僧们一起住在森林里时,我就已经不相信所谓的教义和老师了,所以我离开了他们。至今,我仍旧如此。不过,在那之后,我有过很多老师。一位漂亮的名妓长期以来一直都是我的老师,一位富商也当过我的老师,此外还包括几个赌棍。一位正在游历的僧人也当过我的老师,当我在森林里睡着的时候,还在朝圣路上的他就决定坐在我的身旁看护我。我也从他身上学到了东西,也很感谢他,非常感激他为我这么做。然而,我在这儿向这条河流学到的最多,以及我的领路人——船夫瓦苏戴瓦。瓦苏戴瓦是一个非常简单纯粹的人,他不是一位思想家,可他却知道必要的知识,就像乔达摩一样和善,可谓是一位圣贤。"

乔频陀道:"哦,悉达多,你还是老样子,在我看来你还是喜欢开点小玩笑。我相信你,并且也知道你没有追随过任何一位老师。可是,即使没有拥有一份自己的教义,你难道就没有找到某些只属于你自己并且能帮助你生活的想法和认识吗？如果你想要跟我分享其中的一些，那一定会让我的心备受鼓舞的。"

悉达多道："是的，我有过类似的想法，也有过认识。有时，我会觉得自己被认知充满，这种感觉有时会持续一个小时或是一天之久，就像人们在自己的心中感知的生活一样。可是，将它们向你表述清楚有点困难。看吧，我的乔频陀，这就是我所发现的认知中的一种，智慧是传达不了的。智者们试图传达的智慧总是听起来很愚蠢。"

"你在开玩笑吗？"乔频陀问道。

"我并没有开玩笑。我所言即是我所发现的东西。知识可以教授，可是智慧却不可以。人们可以发现它，可以体会它，可以靠它来装备自己，可以凭借它创造奇迹，然而就是不能口口相传和教授它。这就是我年轻时常会想到的，这也是为什么我会远离那些所谓的老师。乔频陀，我又发现了一种你还会以为是玩笑话或者感到很愚蠢的想法，可是这恐怕是我最好的想法了。那便是：每一个真理的对立面同样是真实的！也可以这么理解：只有在所谓的'真理'是片面的情况下，它才会被说出来并用言语加以掩盖。能够用思想去思考并且能够用话术去言说的一切，均是片面的，一切都是片面的,一切都是一知半解的,一切都缺乏整体性、轮回性和统一性。当授业中的世尊佛陀乔达摩谈及世界这个话题的时候,他必须要将世界划分成轮回和涅槃,划分成谎言与真理,划分成苦难与救赎。对于那些传道授业者而言也没有其他的办法,确实没有别的方式可以供其选择。但世界本身,无论是在我们的周遭还是在我们的内心,都不是片面的。没有哪一个人或者哪一种行为是完全处于轮回抑或涅槃之境的,也没有哪一个人是全然神圣抑或罪恶的。这一切之所以看起来呈现出的是这个样子,乃是因为我们受制于"时间是某种真实存在的东西"的谎言。时间并非真实的,乔频陀,我已经很多次都这么体悟过了。如若时间不再真实的话,那么所谓的横加于尘世与永世之间、苦难与极乐之间,以及善与恶之间的时间,显然也是一场谎言。"

"此话怎讲?"乔频陀忧心忡忡地问道。

"你得听仔细了,亲爱的,你一定要认真听我说。我是一个罪人,你也是一个罪人,然而这个罪人以后会再次成为梵天,以后会达成涅槃,将会成为一位佛陀——可是你看:刚刚我所说的'以后'这个词不过是一场谎言,不过是一个比方!罪人并未走在成佛的路上,也没有身处发展之中,尽管我们潜意识里都知道,无法把事物设想成与它本身全然不同的存在。不,在罪人的思想观念里,此刻和现今就已经诞生出将来的佛陀了,他的将来已经全部在当下表露无遗,你必须要在他、你自己,以及每一个人身上敬奉这个会在将来有可能出现的、潜藏着的佛陀。我的朋友乔频陀啊,世界并非不尽善尽美,它或许正行进在一条通往尽善尽美的缓行道上:谬哉谬哉,它在每个时刻都是尽善尽美的,所有的罪恶都伴以宽宥,所有的小孩子都和自己身体里的老人共生,所有的婴儿都与死亡挂靠,所有的垂死之人都孕育着永恒的生命。没有人能够从另一个人身上看清自己已经在自我的轨道上走了多远,强盗和赌棍也会立地成佛,婆罗门也会堕落成盗贼土匪。在深刻的冥想之中也有可能荒度时间,将一切曾经的、现在的和将来的生活都视作在同时发生的,然后这一切都变得美好了,一切都变得圆满了,一切都达成梵境了。对我而言,所在即美善,死亡就好像生存一样,罪孽亦可高洁,聪慧亦可蠢笨,一切都必然如此,一切都只需要我的赞美,只需要我的顺从,只需要我的心悦诚服,那么这于我便是好的,我便永远不会为此受到伤害。我从身体和灵魂之中感知到自己非常需要去经历罪孽,去追逐性欲快感和物质,去爱慕虚荣,体会最为羞耻的绝望,用来学习放弃抵抗,珍爱这个世界,不必再将它和我所期望的某一个世界，和我所臆想的某一个完美世界进行比较，而是让它维持如其呈现出的原貌，珍爱它，乐于栖身于它。哦，乔频陀，这些就是映入我脑海中的一些想法。"

悉达多俯下身子，从地上捡起一块石头，并把它放在手里掂了掂重量。

他满是戏谑地说："这是一块石头，它有可能会在一段时间以后变成泥土，然后又会从泥土变成植物，或者变成动物乃至人类。如果是以前，我应该会说：'这块石头仅仅是一块石头，它毫无价值，它属于虚幻的世界。然而，或许是因为它在变化的循环之中也会幻变成人类和鬼神，因此我也会赋予其新的价值。'这是以前我有可能会联想到的东西。可今天我会这么去想：这块石头是石头，但它同时也是动物、神明、佛陀，我敬奉和珍爱它，并不是因为日后它会变成这样或者那样的东西，而是因为长期以来它自身就一直代表着一切——正是这样，它就是块石头而已；现在和当下它呈现在我眼前的，无非就是一块石头，正因如此我才珍爱它，并且从它的每一处纹理和孔洞中，从土黄色和灰白色中，从它的硬度中，从我敲击它时所发出的声响中，从它表面的干燥或潮湿中，我看到了它的价值与意义。有的石头摸起来像油膏或者肥皂，有的石头形状则像树叶或者沙土，每块石头都是独特的，并以自己的方式念诵着'唵'字。每块石头都是婆罗门，可同时又确实只是块石头，是摸起来似油膏或者肥皂的石头，恰恰是这些让我很喜爱它，让它看起来很是奇特又值得敬慕。我还是不要再继续说下去了吧。这些话对隐秘的奥义没有好处，要是说出来的话，一切都会变得些许不同，意思会变得些许歪曲，变得些许古怪。是的，这些话就已经很好了，我很喜欢，也完全赞同，一个人的宝藏和智慧对其他人来说总是听起来满是愚昧。"

乔频陀一言不发地倾听着。

"你为什么要跟我聊起有关石头的话题呢？"他迟疑了一会儿才发问道。

"其实并不存在什么意图。也许我只是表示，我喜爱这块石头，以及这片河流，还有所有我们能够细细端详和从中学习的事物。乔频陀，我可以喜爱一块石头，亦可以喜爱一棵树木、一块树皮。这些都是物，物是可以被喜爱的。我并不爱言辞，因此，教义于我而言不值一提，它们没有硬度、柔韧度，没有颜色、棱角以及气味，它们只有言语本身。也许就是这些，这纷杂万千的言语阻碍着你去实现安宁。即便是救赎与美德、轮回与涅槃也都只不过是言语而已，乔频陀。它们言之无物，譬如涅槃，就只有涅槃这个字眼而已。"

乔频陀道："朋友，涅槃不单单是一个词汇，它是一种思想。"

悉达多继续说道："一种思想？或许是吧。我必须向你坦言，亲爱的，我区分不太清楚思想和言语。开诚布公地讲，对于思想，我看待得也不是太重。我更看重的是事物本身。譬如说，在这艘渡船上原先还有一个人，他是我的领路人和恩师，一个圣洁的人，长年累月里他只是纯粹地信奉这条河流，其他一概不敬奉。他记着河流的声音对他诉说的话，他向河流学习，河流也教育并且引领着他，这条河流在他眼里就像是一个神明。很多很多年里他都不曾意识到，每一阵微风，每一朵云彩，每一只飞鸟，每一只甲虫，都同样神圣，也同样可以像这条令人敬重的河流一样理解并教导他。但是当这位圣贤步入林中之后，便领悟了一切，没有老师，没有书籍，比你和我都要知道得更多，仅仅因为他信奉着这条河流。"

乔频陀道："然而你提及的'物'就一定是真实的吗，就一定是实际存在的吗？它会不会也只是虚幻的错觉，只是图景和假象呢？你的石头、树木、河流——它们就一定是真实之物吗？"

悉达多道："我倒没有太操心这些。无论这些东西是不是假象,我自己本就是个假象,它们也一直如我一般。这就是它们让我喜欢和值得我敬奉的地方,它们和我如出一辙。因此我可以去喜欢上它们。而接下来的这句话也可能会让你嘲笑:哦,乔频陀,对我而言,爱似乎是一切事物中最为重要的。将这个世界看破,然后去解释它并对它嗤之以鼻,这大概是伟大的思想家要去做的事情。可我看重的只是能够爱上这个世界,不对它嗤之以鼻,不憎恶它和我自己,并且能够以关爱、钦佩和敬畏之心来看待它,看待我自己,进而看待芸芸众生。"

"这些我能理解。"乔频陀道,"然而,世尊佛陀却恰恰觉得你说的这些皆为错觉。他要求与人亲善,施以仁慈、怜悯、宽容,但不是施以关爱;他禁止我们用爱将我们的心束缚于世俗之物上。"

"我知道的。"悉达多说道,他的笑容闪耀着一丝荣光,"我知道的,乔频陀。你看,我们又深陷于言论的争辩里了。不可否认的是,我关于爱的言论和乔达摩的言论存在着显而易见的矛盾。这就是为什么我如此地不信任言论,因为我知道,这种矛盾不过是些幻象。我知道,我和乔达摩是同气相求的。他怎么会不知道爱为何物呢!他深知一切关乎人性的短暂与虚无,可是却仍旧这么喜欢各式各样的人,把自己漫长而充满艰辛的一生用来帮助并且教化世人!即便是乔达摩,即便是你最尊贵的老师,也和我一样喜欢行胜于言,他的行为和生活比他的言论更重要,他的肢体表达比他的意见更重要。我察觉到他的伟大,并非在谈话中,也不是在思考中,仅仅是在他的行动中,在他的生活中。"

两个年迈的人缄默良久,然后乔频陀向悉达多鞠躬道别,说道:"感谢你,悉达多,谢谢你对我讲了你的想法。其中有些想法确实很奇特,我无法一下子完全知悉厘清。愿这些话如其所愿吧,感谢你,愿你的日子平平安安。"

可他心里暗中思忖的却是:悉达多真是个稀奇古怪的人,说的都是些稀奇古怪的想法,他的教义听起来也很稀奇古怪。世尊佛陀那一套纯粹的教义听起来就截然不同,更明晰、更简易、更易于理解,没有包含稀奇古怪、疯疯癫癫或者引人发笑的东西。但是对我而言,与他的想法不同的,似乎是他的手脚、他的眼睛、他的额头、他的呼吸、他的笑声、他的问候以及他的步态。自从我们的世尊佛陀乔达摩进入涅槃之后,我就再没有见过一个让我感觉到这是一位圣贤的人了!我就只找到了这个唯一的他——这个悉达多罢了。他的教义有可能很是稀奇古怪,他的言论有可能听起来疯疯癫癫的,可是他的眼神、他的手、他的皮肤、他的头发,还有他身上的一切都闪耀着一份纯净，映射出一份清朗、温和和高洁，自从我们的世尊佛陀圆寂以来，我从未见过其他任何人身上有过这种气质。

乔频陀就这么思忖着，一丝矛盾潜藏在他的内心之中，出于爱意，他又一次向悉达多鞠了一躬，向着这个安详端坐着的朋友深深致敬。

"悉达多啊，"他说道，"我们都已经是年老之人了，我们也许很难再次见面。亲爱的，我发现你已经得到了安宁，坦白来讲我还没能找到它。我敬爱的朋友，再跟我说几句话吧，给我说一些我能理解的东西吧！为我即将踏上的前路送上几句话吧！悉达多啊，我的道路常常艰辛费力、昏暗阴沉。"

悉达多一言不发，带着一贯平静的笑容凝视着他。乔频陀则僵直地注视着悉达多的脸，满怀忧郁和期盼。永远求索无果的悲伤充盈在乔频陀的目光中。

悉达多发觉到这一点，只是莞尔一笑。

"你向我弯下腰去！"他轻声地在乔频陀的耳畔低语。"你向我弯腰！就像这样，靠近一点！再凑近一点点！亲吻我的额头，乔频陀！"

虽然乔频陀感到很惊讶，但仍然出于对悉达多广博的爱和熟稳，听从了他的话。他弯下腰向悉达多靠拢，用嘴唇触碰了悉达多的额头，然后不可思议的一幕在他面前发生了。当他的思绪仍然徘徊在悉达多那些异想天开的话语中的时候，当他还在徒劳无功地竭力做着"将时间观念抛于脑后以及将涅槃和轮回设想成一体"的斗争的时候，当他甚至还在执拗于对他的朋友所说的话带有一定的轻蔑，想要带着极大的爱和敬重跟悉达多冰释前嫌的时候，这一幕恰好在他面前发生了：

他看到的不再是悉达多的脸，而是别人的面孔，非常之多，排了一长串，就好像一条奔涌着的满是面孔的河流一样。成百上千张面孔，来来往往，络绎不绝，又似乎是同时存在着的，所有这些面孔都在不断变化和更新着，所有这些面孔又似乎全都是悉达多。乔频陀看到一条鱼的面孔，一条鲤鱼的面孔，它的嘴巴无休止地痛苦地张开着，那是一条眼睛已经凸起的垂死的鱼——他看到一个初生婴儿的面孔，红润且满脸皱纹，他的脸因为哭泣而扭曲变形——他看到一个凶犯的面孔，看到他将匕首刺进了另一个人的身体里——他看到就在同一瞬间，这个罪犯被捆绑着跪在地上，刽子手一刀砍下了他的头颅——他看到赤身裸体的男女们疯狂地做着性爱之事——他看到僵直了四肢的尸体，寂静、冰冷而空虚——他看到动物的头,包括公猪的、鳄鱼的、大象的、公牛的以及飞鸟的——他看到神明,看到克里希纳①,看到阿耆尼②——他看到所有的这些形体和面孔,都以千百种的方式联结在一起,每一个都在帮助着另一个,彼此爱恨交织着,彼此摧毁而后又彼此再生着,每一个都是一种死亡的意念,都是一份充满激情而痛苦的关于忏悔的自白,然而却没有一个往生而去,每一个都只是变换着样貌,一直获得新生,不断地得到一张新的面孔,在此面孔与彼面孔之间并不存在时间的观念——所有的这些形体和面孔都静止着、流动着、新生着、朦胧着,并且相互融合着,在这之上一直笼罩着某种轻薄的、无实体却又真实存在的东西,就像是放置着一层透明的玻璃或者冰面,就像是一层透明的皮肤,一种由水形成的外壳、模具或面罩,这面罩是悉达多那副微笑的面孔,是乔频陀方才亲吻过的那张面孔。乔频陀看到面罩的笑,超越了不断涌现的形体所表现出的一致的笑,超越了成千上万个新生与往生者所同时展露出的笑。悉达多的这种微笑,恰恰是佛陀乔达摩所表现出的那种平和的、正派的、难以捉摸的、或善意或嘲讽的、精明的、千变万化的微笑,如同他自己千百

---

① 字面义为"黑色的神"(黑天),通常被认为是毗湿奴神的第八个化身。
② 即火天,是吠陀教及印度婆罗门教的火神。

次满怀敬重之心目睹过的一样。如此看来，乔频陀早就深谙，只有尽善尽美之人才会这样微笑。

乔频陀不再知晓时间是否还存在，这样的景象是否已经存在一秒抑或百年；他不再知晓世上是否有个叫悉达多的人，是否有个叫乔达摩的人，是否有过"我和你"；他的心好似被一支神圣的弓箭射伤，而他却在伤口处舔舐到了甜蜜的味道，他的内心仿佛被施了魔咒一样分崩离析。

乔频陀站立了片刻，随后弯下腰，凝望着自己刚刚亲吻过的悉达多的那张平静的脸，那张刚刚还是竞相呈现着所有形体、所有未来之物、所有已知之物的脸。那张脸在万千幻象从表面褪去之后，并未发生过改变，他满是平和与舒缓轻柔地笑着，也许是善意的，也许是嘲讽的，他笑得跟世尊佛陀乃是一般模样。

乔频陀深鞠一躬，泪水止不住地在他那张饱经风霜的脸上流淌，他竟浑然不知，就像一把火一样，把他内心之中最亲密的关乎爱的感受和最谦卑的敬重感都给点燃了。他深鞠一躬，直到把头弯到了地面上，向一动未动的静坐者——悉达多致敬。悉达多的微笑让他回忆起所有的历历往事，回忆起自己一生之中曾爱过的一切，回忆起自己一生之中曾认为值得和神圣的一切。

〔德〕赫尔曼·黑塞（Hermann Hesse）著
张文思 译

荒 原 狼
DER STEPPENWOLF

北京理工大学出版社

版权专有 侵权必究

图书在版编目(CIP)数据

荒原狼 / (德) 赫尔曼·黑塞著；张文思译. —北京：北京理工大学出版社，2021.10（2021.12重印）

（我就像一棵秋天的树：黑塞诗意三部曲）

ISBN 978-7-5763-0098-7

Ⅰ. ①荒… Ⅱ. ①赫… ②张… Ⅲ. ①长篇小说—德国—现代 Ⅳ. ①I516.45

中国版本图书馆CIP数据核字（2021）第145385号

出版发行 / 北京理工大学出版社有限责任公司
社　　址 / 北京市海淀区中关村南大街5号
邮　　编 / 100081
电　　话 / （010）68914775（总编室）
　　　　　（010）82562903（教材售后服务热线）
　　　　　（010）68944723（其他图书服务热线）
网　　址 / http://www.bitpress.com.cn
经　　销 / 全国各地新华书店
印　　刷 / 三河市冠宏印刷装订有限公司
开　　本 / 880毫米 × 1230毫米　1/32
印　　张 / 10
字　　数 / 167千字
版　　次 / 2021年10月第1版　2021年12月第2次印刷
定　　价 / 129.00元（全3册）

责任编辑 / 李慧智
文案编辑 / 李慧智
责任校对 / 刘亚男
责任印制 / 施胜娟

图书出现印装质量问题，请拨打售后服务热线，本社负责调换

译者序

生存在时代夹缝中的人

《荒原狼》这部作品是1946年诺贝尔文学奖得主赫尔曼·黑塞的代表作之一,于1927年发表。这部作品一经发表,就引起了德国文学界的高度赞扬和激烈争论,先后被译成20多种文字,轰动欧美。在《荒原狼》出版半个世纪之后,美国掀起了一股长达半个世纪的"狼潮",而黑塞则成为众多年轻人崇拜的文学偶像,并有摇滚乐队以"荒原狼"来命名。1929年获得诺贝尔文学奖的德国著名作家托马斯·曼将它誉为德国的《尤利西斯》。

黑塞是瑞士籍德裔作家、诗人,一生荣获诸多文学荣誉,譬如诺贝尔文学奖、歌德奖、冯泰纳奖等,被雨果称为"德国浪漫派最后一位骑士"。因其家庭原因,黑塞自幼便受欧洲文化和东方文化的熏陶,在浓厚的宗教氛围中长大,这也在很大程度上影响了他日后的文学创作。

黑塞一生中经历过两次世界大战，也经历过两次比较严重的精神危机。1914年，第一次世界大战的枪声打响，也正是这一声枪响摧毁了黑塞眼前美好的生活。他被民不聊生的社会触动，挺身而出，但他反对战争倡导和平的言论一经发声，不仅触怒了德国当局，也被狂热知识分子孤立、攻讦，一时间自己祖国的二十多家报刊纷纷给他扣上了"叛徒"的高帽，老友与之决裂，个人生活也遭受到了监控，丧失了房产、财产。然而，不幸的事情接二连三地发生。1916年，黑塞的父亲离世，之后其5岁的儿子马丁也因病离去，妻子精神状况的也急剧恶化，这一连串的打击致使他陷入了严重的精神危机。此后，荣格的学生朗昂为黑塞做了长达两年共72次的心理分析治疗，也是在此期间，黑塞创作了这部《荒原狼》。

《荒原狼》的创作始于1925年，是黑塞的一部自传体小说，讲述的是作家哈里·哈勒尔的精神危机，引发人在不断的思考和自我探索中，明白人生的意义是对爱和自由的追逐。

故事里的主人公哈里·哈勒尔是个中年作家，他选择在充满市井气息的城市里生活，却又极度厌恶这里的生活方式，自杀式的慵懒生活让孤僻的他深陷精神分裂的境地。在一次偶然中，他在一个宣传魔术剧院的人手中得到了一本讲荒原狼的小册子，这才幡然醒悟，觉得自己正如小册子里所说，是人性与狼性并存的荒原狼，但即便有所醒悟，他依然无法使得自身人性和狼性和谐共存，在人性与狼性的拉锯战中备受煎熬，觉得自己与周遭的一切格格不入，精神上的痛苦并未有所缓解。一次，他去参加一场聚会，在聚会上，他因希望和平与主战的教授发生了不愉快，这让他更加觉得孤独苦闷，甚至有了自杀的念头。然而，他在回家的路上遇见了酒吧女郎赫尔米娜，也正是这次的相遇，让徘徊在自杀边缘的哈里收起了自杀的念头，臣服于她，并在她的引导下汲取肉体的欢愉。经赫尔米娜的介绍，他结识了音乐人帕布罗。在帕布罗的带领下，他来到了魔术剧院。在这里，他看见了种种幻象，看见了千百个不同的自己。但当他看到赫尔米娜和帕布罗赤身裸体地躺在一起时，他用刀子终结了赫尔米娜的生命。最终，他在莫扎特的思想中受到了启发，对人生有了全新的认识。

这就是《荒原狼》大致的故事内容。这部作品着重揭示了哈里的内心世界，而哈里·哈勒尔这个人物，其实正是黑塞的真实写照，也映照出了那个时代背景下一代知识分子走投无路的苦闷。

深陷矛盾的哈里·哈勒尔，脸上始终充满智慧，表情温柔，但内心世界却早已动荡不安。他自身存在着很多矛盾，他痛恨自己的狼性，又害怕失去真正的自我；憎恶平庸不堪的生活，却又向往那里的井然有序；内心满是光明，却又藏匿着阴暗晦涩；时而内心充满恐惧，时而又勇敢地尝试突破自己幽闭的心灵世界。在生活的废墟上，哈里不断尝试着去寻找人生的意义，像疯子一样生活的他，却希望能够得到上帝的救赎。他想的比别人多，智力上具有那种近乎冷静的客观性。这种人没有虚荣心，他们从不希望闪光，从不固执己见。

而哈里心灵上的疾病，并不是个别现象，它具有一定的时代特征，是那个时代的弊病。正如"出版人前言"中所说："我将其视为时代的记录，因为据我所知，哈勒尔那深入灵魂的病态并不只是单独个体的古怪脾性，而是这个时代本身的病魔，是哈勒尔所属的那一代人的集体神经症。看起来并非只有那些虚弱贫困的人会患上这种病，恰恰是这些最为强大且最具才华的人更容易被这种病击倒。"

也正如哈里所说："每一个时代、每一种文化、每一种习俗和传统都有自己的方式，有它们自己的温柔与严厉、美好和残暴；它们顺其自然地接受着某些痛苦，忍受着某些恶习。只有当两个时代、两种文化或两种宗教交错时，生活才会演化成真正的苦难和地狱。假如一个古希腊、古罗马时期的人必须生活在中世纪，一定会可悲地窒息而亡，就像原始社会的野人会在文明时代中消亡一样。有时，整整一代人会陷入两个时代、两种生活的交替之中，于他们而言，天性、道德标准、安全感、纯洁、清白全都不复存在。当然，不是每个人对此都有同样的感知能力。比如尼采，早在我们之前就预先承受了如今的苦难——当时他不被人理解，独自一人所遭遇的痛苦，现在有成千上万的人正在忍受。"

哈里是属于那些被夹在时代中间的人，属于那种注定要在人类全部命运的谜团中生活的人。

至于赫尔米娜，可以说她在这部作品中起到了一个引导性的作用，她的存在，在一定程度上改变了哈里的内心，缓和了他的痛苦。这个集爱恋、母爱、智慧于一身的女人，不仅将哈里从想要自杀的边缘拉了回来，同时也为哈里打开了新世界的大门。她所做的一切虽不足以从根本上解决他的问题，但从某种意义上来说，是她将哈里从痛苦中隔离开。黑塞这样的安排在当时的时代背景下颇具象征意义。

《荒原狼》这部作品中充满浓郁的幻想色彩，尤其是对魔术剧院的描述，黑塞运用了大量的梦幻形式。在那里，哈里看见了千百个自己，之前被他压抑在内心世界里的一切肮脏、卑劣、罪恶与纯净、圣洁、救赎，都赤裸裸地展现在他面前，而哈里在魔术剧院中所看见的那千百个自己，正是哈里在剖析自己的灵魂，以求找到心灵的和谐统一。

然而，哈里所经历的孤独、挣扎、沮丧、憎恶，无疑不是黑塞所经历的。他将第一次世界大战之后自己的内心世界在这部作品中展现得淋漓尽致，在这部作品中完成了对自己的一次剖析和辩白。

黑塞一生虽遭遇了诸多不幸，但他还是凭借着自己的意志力走出了困境，这位伟大的作家称"我有责任，把我自己仅有一次的人生过好"，而他也确实是这样做的。但外界对《荒原狼》的误解，令他倍感失望。他不止一次强调《荒原狼》描写的不是毁灭，不是通向死亡的危机，而是治疗。

《荒原狼》这部黑塞创作生涯中里程碑式的作品，无疑是不朽的。如哈里一样，其实我们每个人都有多面性，也正因如此，越是读黑塞的作品，越是能找到共鸣，越发觉得自己就存在于这些作品中。

最后，希望每一个在读黑塞作品的读者，都能够深入自己的内心，寻找到真实的自己。

张文思

目 录

001　出版人前言

025　哈里·哈勒尔自传

出版人前言

这本书是一个男人留下的笔记,鉴于他曾经这么称呼自己,我们也可以叫他荒原狼。关于这本书是否真的需要一段前言或许尚存争议,但我仍然感觉得到我写下这些文字的必要性,以此来试图记录下我对于他的回忆。对于他的过去和身世,我一无所知,但是他的性格给我留下了很深的印象,我很同情他。

几年前,年近半百的荒原狼找到我的姑妈,向她租了间配有家具的房间。他选了顶层的阁楼和毗邻的卧室,两三天之后带着两只大行李箱和一木箱的书搬了进来,之后便和我们一起待在这里度过了九到十个月的光景。他过着清静的独居生活,我们的卧室紧挨着——正因如此,我们才有几次在楼梯过道和走廊相遇的机会,否则我们根本不可能相识。他是一个不善于交际的人。迄今为止,我还从未见过如此不善交际的人。这就跟他给自己的称号一样,他真的就像是一只在荒原上游荡的狼,一种来自另一个世界,疏离、野性甚至羞涩而畏缩的生物。性情和命运使他的生活浮游于何等深刻的孤独之中,而他又是何其从容地将这种孤独视为自己命运的一部分,直到我读了他留下的那些记录的文字,才对此有所认识。然而,在那些记录之前,通过我们偶尔的邂逅和交谈的只言片语,我对他已有了一些了解,我发现记录中他的形象与他在和我们接触时留给我的苍白、不完整的形象基本上是一致的。

荒原狼第一次走进我姑妈房间的那一刻,恰好我也在场。他是中午时分来的,当时桌子上的残羹剩饭还没有清理,而我距离返回办公室仍然有半小时的时间。我从未忘记他与我初次相见时留给我的非常奇怪甚至矛盾的印象。他摁响门铃后,便穿过玻璃大门走了进来,我姑妈站在昏暗的门廊里,问他什么事。在做出任何回答或报上姓名之前,荒原狼先是将他那留着近乎短刺儿发型的尖脑袋抬了起来,神经质地嗅着周围的气味。

"哦,这里闻起来不错。"他说着冲我姑妈微笑了一下,我姑妈也对他报以微笑。对我来说,这种问候的方式实在有些荒谬,所以他给我留下了不太好的印象。

"是这样,"他说,"我是为了你出租的房间才来的。"

我一直没怎么正眼看他,直到我们三个人一起往顶层房间走时，我才仔细观察了下他。尽管不是非常高大，但他也算得上是个大个头。他穿着一件时髦且舒适的冬款大衣，衣着虽然随意但很是得体，胡子刮得很干净，头发比较短，有些灰白。一开始，他走路的样子我很不喜欢。他走得很慢，一副犹豫不决的样子，这与他轮廓鲜明的外表和说话的语调都不相称。后来，我才知道他的健康状况并不好，所以行走不便。他脸上带着一副古怪的笑容，让我觉得很不舒服，他注视着房子里的一切：楼梯、墙壁、窗户、高大陈旧的橱柜。所有这些似乎都令他满意，但又觉得有些滑稽。尽管他留给我的印象好像他是从陌生国度来的一样，但我承认他很有礼貌甚至算得上友好。他立刻答应租下房间，而且没有拒绝任何租房条款以及早餐费。不过，在他周围，我总觉得有一种陌生的、别扭的或者说敌对的气氛。他选择了顶楼的房间和一间卧室，聚精会神而又和蔼可亲地听着姑妈给他絮叨那些琐事：暖气啦、供水啦、服务啦，还有住户须知啦，每一项他都应了下来，而且立刻提前付清了所有费用。不过在做这些的时候，他看起来好像有些心不在焉，似乎觉得这样做有些古怪，仿佛这一切对他来说是一种新奇的体验，为自己租下这个房间而且能跟大家用德语聊天而感到新鲜。这些或多或少都只是我的第一印象，如果不是有一些小例子来将其改善的话，恐怕并不是什么好印象。他的脸第一眼看去倒是让我觉得不错，尽管他的面孔有些独特，或许还有些忧伤，但是那张脸是机警、睿智、特征显著且充满智慧的。虽然似乎费了一番努力，才做到彬彬有礼且举止亲切，但他绝对没有半分傲慢的意思。相反，他的神态近乎恳求，倒是有些让人感动。我后来才发现这是为什么，也正是如此，让我对他多了一些好感。

查看房间、商定租房事宜还没结束，我的午休时间就已经过了，我必须回去上班。于是，我留下姑妈和他在一起。晚上我回家的时候，姑妈告诉我他已经把房间租下来了，并且这一两天就会住进来。他唯一的要求就是不要把他在这里落脚的消息告诉警察，因为他的健康状况不佳，警察局里需要办的手续比较烦琐，可能还需要长时间的排队等待，这些会让他有些吃不消。不过这引起了我的怀疑，我告诉姑妈不要答应他的请求，对于一个陌生人来说，他的举动非常怪异，或许会给她带来某些非常不愉快的麻烦。但姑妈已经答应了他的请求，而且，她确实已经彻底被他那种陌生的绅士风度所吸引了。之前每次有人租房，她都会站在一个人性的、友好的角度来替租房的人考虑，她简直像房客的姑妈甚至妈妈一样，而很多人正是利用了她的这一弱点。每当我看到姑妈热情地为他人张罗,我都要挑挑这个新房客的刺儿。

由于我对没有通知警察一事不太高兴,所以我需要知道姑妈从他那里到底打听到了什么,他出自怎样一个家庭,来到这里想要干什么之类的事。她或多或少了解了一些事情,尽管在我走后他只逗留了很短的时间。他告诉姑妈,他只是想在我们的镇子上度过几个月的时光,这样他可以在图书馆里查阅一些古籍,参观一下镇上的古迹。我得承认,我本以为他租房的时间这么短,肯定不会引起姑妈的好感,但是他却已经获得了她的好感,即便他表达的方式如此古怪。总而言之,房间是租出去了,我再怎么反对也晚了。

"到底他为什么要那么说,说我们这里很好闻?"我问道。

"我很理解,"她答道,她一贯有这样的洞察力,"我们这里有一种干净整洁、一切井然有序的气氛,令人感到舒适且体面,正是这种气息取悦了他。看得出,他过去就喜欢这种氛围并且对此十分怀念。"

我心想,那好吧,随便他吧。

"但是,"我大声说,"如果他过去过得并不是什么井井有条又体面的日子,怎么办?如果他有邋遢的恶习而且弄得到处又脏又乱,怎么办?或者他整夜喝酒,怎么办?"

"我们看着办,我们看着办。"她笑着说道,我也只好就此罢休。

事实上,我的担心是多余的。这位新房客的生活算不上井井有条,但也压根儿用不着担心他给我们造成什么麻烦。直到现在,我们时常还是会想念他,但是在内心深处,他却也给我们带来了不少困扰。哪怕是现在,只要一想起他,我就久久无法平静。我经常在晚上梦见他,尽管我已经对他有了些好感,但还是会因为他的存在感到不安和困惑。

两天后,有个行李员搬进来两件陌生的行李——上面的名字是哈里·哈勒尔。其中一只皮箱非常高级,这给我留下了不错的印象,还有一只是扁扁的硬皮箱,上面的种种迹象表明它曾被带着去过很多地方远游,它的表面贴满了各个国家酒店的寄存标签和旅行社的标牌,有一些已经旧得发黄了。

不一会儿,他也露面了,也正是从那一刻起,我和这个陌生人逐渐熟识起来。首先我得说一下,从我的角度来说,我从来没有促成这种交情的意思。尽管从第一眼看到他时,我就对哈勒尔很感兴趣,但开始的两到三周里,我从来没有试图与他打个照面或者跟他交谈。另一方面，我得承认我确实在关注他，从一开始我就在时不时地观察他，有时趁他不在，我还会溜进他的屋里。我的好奇心驱使着我想调查他。

我之前已经简单地描述过荒原狼的外表了。只需看他一眼，你就会觉得他是一个不同凡响、不流于世俗而且有非凡天赋的人。他的眉宇间满含智慧，举手投足间的谨慎与优雅反映出他的极端感性和不同寻常的敏感。每当他和别人聊天时，只要他不拘束，便会说出一些特立独行的话——虽然这种情况并不多见，我们会甘拜下风。他比一般人想得多，遇事客观冷静，善于思考，这些都是真正的智者才具备的。这种人不会别有用心，也不会哗众取宠，他跟别人交谈并不是为了说服别人或者为了显示自己的聪明。

他待在这儿的最后一段时日里的一句话，至今还留存在我的记忆中，但那句话并不是他说出来的，而是他眼神中流露出来的。当时，有一位享誉欧洲的历史学、心理学专家，批评家，来到一所学校的讲堂里做演讲。我说服了荒原狼一同参加，虽然一开始他并不想去。我们并肩在讲堂里落座。不久，演讲者就登上讲台并开始演讲，很多听众都盼着他能有预言性的发言，但他装腔作势、狂妄自负的姿态让人大失所望。他首先说了一些讨好观众的话，感谢有这么多人到场等。这时，荒原狼瞥了我一眼，但就是这一眼，严厉地批评着演讲者和他的那些客套言论。那种眼神令人难忘且恐惧，所包含的深意都能写本书了。这眼神不仅仅批评了演讲者，也饱含了对这个知名学者极大的讽刺，然而，这只是其中最微乎其微的一部分。这眼神流露出比讽刺更多的是悲伤之情，传达出一种彻底绝望的悲伤。他这种绝望的眼神不仅撕毁了这个演讲者狂妄自负的面具，而且讽刺了当时的情况、听众的期望，以及那个傲慢的演讲题目。不，不只是这些，荒原狼的这种眼神洞悉了我们整个时代，看穿了我们所有忙碌却又无所作为的生活，以及一切钻营牟利、一切精神世界里虚荣肤浅的表面游戏——啊！不仅仅是这些，这眼神更加深远，它看穿的除了我们的时代、我们在思想和文化上的缺陷，还直达所有人类的内心。仅仅是一瞬间，它便充分地表现出一个思考者对生活的价值和意义的绝望。这眼神似乎在说："看看，我们就是这样的傻子！看，这就是人啊！"刹那间，所有的名誉、智慧、精神成就，所有人类所追求的崇高、伟大、不朽，等等，都分崩离析了，就像是一场闹剧。

写到这儿，我已经提前讲述了哈勒尔的特征，这完全背离了我最初的计划和写作意图。我最初的打算是随着我跟他交情的加深，来逐步揭示他的形象。

既然我已经说了这么多，如果再继续讲述他那令人困惑的"陌生感"，具体描述我是如何逐渐察觉并开始明白这种"陌生感"的过程，以及这种可怕的孤独感的原因，就实在有些多余了。我在讲述时，尽可能地让自己置身事外。我不想写一本忏悔录，也不想叙述故事或者进行心理剖析，我只想将自己亲眼所见的事情记录下来，使大家能够熟悉这个将《荒原狼》的手稿留给了我们的奇怪男人的形象。

我打从第一眼看到他，也就是当他像鹳鸟一样伸长脖子赞赏屋子里的气味时，就对他充满了好奇，而我最开始的自然反应是讨厌他。我对他很是怀疑（虽然我姑妈和我不一样，不是一个知识分子，但她同样对他抱有疑虑），我怀疑这个人有病，应该是精神方面的疾病，或是性格和思想方面的毛病。所以，我以一个健康人的角度本能地提防着他。不过最终，同情代替了防范，在目睹了他长久以来饱受的孤独之苦、心灵逐渐走向死亡之时，我的同情心开始不断滋长。随着时间的推移，我对他越来越好奇，我发现这个苦难之人的病因并不是因为他天生的缺陷，而是由于他那过人的天赋和能力不平衡所致。我眼中的哈勒尔是个具有超强受苦能力的天才，按照尼采的说法，他创造出了一种能够不断承受各种可怕痛苦的非凡的受苦力。同时，我还发现，他这种悲观主义情绪的根源不是蔑视世界，而是他的自我轻蔑，因为他在毫不留情地将整个体系和各种人物全盘否定、批判时，从不将自己排除在外。自己总是首当其冲，成为他第一个也是最重要的攻击对象，而他自己也是他最痛恨和轻视的人。

话说到这里，我不禁要从心理学的角度来补充一下。尽管我对荒原狼过去的生活知之甚少，但我仍然有充分的理由猜测他的父母和老师虔诚而严厉，他们恪守教义，将"摧毁学生的意志"作为教育、抚养子女的基础信条，然而，因为他强大而又坚忍，骄傲而有才智，一切摧毁他意志和个性的尝试都以失败告终。这种教育不仅没有成功摧毁他的个性，反而成功地教会了他憎恶自我。他这整整一生，都在用自己富有想象力的才智和思维能力反对自我、反对无辜且高尚的自我。他将所有尖锐的批评、厌恶和痛恨，首先发泄在自己身上，在这一点上，他是一个真正的基督徒和殉道者。至于他周围的人，他从来没有停止过对他们的爱，绝不会伤害他们，对他们的爱和他对自己的恨一样深。他的一生就是最好的例证了，不自爱就无法爱别人，自我憎恶亦是如此，而他的自我憎恶跟极端的利己主义同出一辙，从长远来说，正是这种自我憎恶感滋长了同样残酷的孤僻与绝望。

不过，是将我对他的想法搁在一边而回到现实问题上来的时候了。我最初对哈勒尔的了解，一半是通过我的侦察活动，一半是通过姑妈的评述，这些都与他的生活方式息息相关。不久，我们就发现，他是一个爱泡在书堆里并且爱思考的人，他并没有实际的工作。早上他总是会在床上躺很久，经常到了中午才起床，身着睡衣在卧室和起居室之间来回穿行。仅仅搬进来几天的时间，这间宽敞舒适带有两扇窗户的起居室，相比之前别的房客住在这里时已然完全不同。房间里满满当当的，而且东西越来越多。墙上挂了很多图片和画，有的是从杂志上剪下来的，这些图片和画经常更换。墙上还挂着一幅南方风景画、几张德国小乡镇的照片，显然是哈勒尔的家乡，它们中间是一些色彩明快清淡的水彩画，后来我发现这些画都是出自他的手笔。还有一张，是一个漂亮的年轻妇女或者年轻女孩的照片。有段时间，墙上挂过一张泰国的佛像，后来取而代之的先是米开朗琪罗的《夜》的复制品，然后是圣雄甘地的肖像。不仅他的大书柜被书本占得满满的，桌子上、漂亮的旧衣柜上、沙发上、椅子上，地板上也到处都是。书里夹着他的笔记书签，那些书签也经常更换。书的数量不断增加，除了他亲自从图书馆抱回的一堆书之外，他还经常收到邮寄来的成捆的书。从这个房间不难看出，住在里面的人是一个饱读诗书颇有学识的人，房间里弥漫的烟草味道以及遍地的烟屁股和烟灰倒也符合学者的特点。这些书并不全是学术书籍，大部分是世界各国各个时代的文学佳作。有好长一段时间，他经常窝在沙发上，沙发上放着一套《从麦梅默尔到萨克森的索菲恩斯游记》，有厚厚的六大本，这是一套十八世纪后期的作品。《歌德全集》和《让·保罗[①]全集》已经呈现出磨损的迹象，还有诺瓦利斯[②]、莱辛、雅克比和利希滕贝格[③]的书也差不多也都出现了这种状况。几册陀思妥耶夫斯基的书里密密麻麻地夹着做了笔记的纸条。在凌乱地放着一堆书本和纸张的大桌子中间，时常放置着一大瓶花，旁边还有一些落满了灰尘的画笔和颜料盒、烟灰盒，以及一些杂七杂八的饮料瓶。有一个用稻草包裹的瓶子，里面通常盛着他从附近小商店里打来的意大利红酒，也经常会有一瓶勃艮第葡萄酒[④]或者马拉加葡萄酒[⑤]。我还看见一个矮墩墩的瓶子，里面装着的樱桃白兰地几乎快被喝光了，剩下的一些没有喝完便被丢在了

---

① 德国作家。
② 德国作家、诗人，代表作有《夜之赞歌》《圣歌》等。
③ 德国杰出的思想家、政论家，著有《格言集》。
④ 产于法国勃艮第地区的葡萄酒统称。
⑤ 产于西班牙马拉加城的葡萄酒。

房间的角落里任其攒灰积尘。我不会为我的这种侦察行为辩护，我会公开承认，虽然他过着那种知识分子求知若渴的生活，但他总是邋遢且无序，这让我从一开始就对他感到厌烦与不信任。我不仅是一个市民阶层的人，过着井井有条的生活，热爱工作且严格守时，我还烟酒不沾。哈勒尔房间里的酒瓶简直比他杂乱无章的图画还要让我不悦。

无论他是吃饭，还是睡觉、工作，时间都很不规律。有时，一连几天，他都不会走出房门，除了早晨的咖啡之外不吃任何东西。偶尔，我姑妈会看见他扔掉的一根香蕉皮，这就算是昭示着他吃了顿饭。不过，他有时会去餐馆吃饭，时而在高级餐厅，时而在位置偏僻的小酒馆。他的身体看起来并不健康，除了步态有些蹒跚之外，爬楼梯也经常让他感到疲惫不堪，看起来还有其他很多毛病困扰着他。有一次他对我说，他消化不良、睡眠不好已经好几年了。我想，这应该都是他饮酒过量引起的。有时，我也陪着他去他常去的酒馆，亲眼见过他是如何喝酒的，但无论是我还是别人都没有见过他醉酒的样子。

我永远不会忘记我们第一次相遇的情景。我们彼此知道对方，但仅限于普通的租客知道对方住在隔壁的程度而已。有一天晚上，我下班回家，惊讶地看到哈勒尔坐在一楼通往二楼的楼梯平台上。

他坐在最上面一级台阶上，见我来了，将身子向一边靠靠，好让我通过。我问他是不是身体出了什么问题，是否需要我带他去楼上。

哈勒尔看了我一眼，看得出我把他从某种恍惚的状态中唤醒了。他缓缓地向我投来一个令人愉快又充满悲伤的微笑，一瞬间就让我的心里泛起了对他的怜悯。他邀请我一起坐下。我道了谢，表示自己的个人礼仪规范要求我不能坐在别人房门口的楼梯前。

"啊哈，是呀，"他说，笑得更灿烂了，"您说得非常对。但是，等等，我必须告诉您到底是什么促使我坐在这里。"

他指向二楼一个寡妇家门前的过道。在楼梯、窗口和玻璃门中间的一块铺着木地板的小空间里，靠墙立着一个高高的红木衣柜，柜子上镀着锡边，柜子前面摆放着两张低矮的小台子，上面分别放置了两盆植物，一盆杜鹃花、一盆南洋杉，看起来长势旺盛，总是保持着干净优雅的形态，我经常会因为注意到它们而感到心情愉快。

"看看这道门廊，"他接着说道，"摆放着南洋杉还充盈着它的味道。有很多次，我走到这儿就挪不动步子了，非要在这里停一会儿。您姑妈家也是清香扑鼻、干净整洁，但这里一尘不染，甚至被精心擦拭得闪烁着光辉，我总会忍不住要深深吸一口它的气味。您难道不会去闻闻它吗？这种气味是由抛光的木地板和一点点松脂混合发出的,还夹杂着红心木和被涤净的植物叶片的味道。这是市民阶层干净整洁、谨小慎微、尽忠职守的味道呀。即便我不知道谁住在那里,但是我知道那扇明亮的玻璃门后面肯定是一个一尘不染的平民天堂,一切都井井有条,一切都是对生命中习以为常的事情和使命的热切奉献。"

看到我没有任何回话,他继续说道:"请您不要认为我是在说反话。亲爱的先生,我绝对无意嘲笑市民阶层谨慎恪守规矩的习惯。确实,我生活在另一个世界中,或许我无法忍受和南洋杉待在同一间屋子里哪怕一天,但是即便我只是一个卑劣的荒原老狼,我仍然是一个母亲的儿子,我妈妈也是一个普通的妇女,她也养花、精心打理她的房子和家,使其尽可能干净整洁。松脂和南洋杉的味道唤起了我对这一切的记忆,所以我时不时地坐在这里,看着这个宁静又整洁的过道,对现在还能看到这类东西感到开心。"

他想要站起身,但发现很吃力,所以当我伸手相助时,他并没有拒绝。我沉默着,但是我得承认,我感受到之前姑妈所说的这个陌生人身上散发出来的某种魅力。我们并肩缓缓地上了楼梯,来到他的房门前,他将钥匙拿在手里,再一次友好地看了我一眼,然后说:"您刚下班是吧?唉,我对这种事情知之甚少。我的生活很边缘化，您也看到了。但我相信，您也对书籍这类东西很有兴趣。有一次您姑妈告诉我，您上完了高中而且希腊语很优秀。今天早晨，我看了一段诺瓦利斯的话，我能给您看看吗？我相信您会喜欢的。"

他带我走进他的房间，扑面而来一股浓重的烟草味，他从那一堆书中拿了一本，翻动书页，寻找着他说的那段。

"这句话也非常好，"他说，"听听这段：'一个人应该以受苦为荣——所有一切的痛苦都在提醒我们的崇高身份。'写得多好！比尼采还早八十年。但这不是我刚才说的那段。您等等，在这儿呢，我找到了。这段：'大多数人在他们学会游泳前从来不想游泳。'听起来怪怪的是吧？他们不会游自然不游！我们天生就在这个固态的土地上生存，而不是水里。他们自然也没有去思考。他们是为活着而生的，而不是为思考。不错，谁思考，谁将思考视为己任，定会在这方面有所成就，但他也就将陆地与水域互换了，所以，总有一天他会溺亡。"

他的话将我深深吸引住了，对此我深感兴趣，所以，在他那儿待了好一会儿。从那以后，当我们在楼梯或者街上相遇时，经常会聊上一会儿。刚开始，我总感觉他是在揶揄我，但其实并不是这样。他其实很尊重我，就跟他尊重那棵南洋杉一样。他是如此深信并深切意识到自己的孤单，意识到他就是那个在水中游泳的人。因此，有时看见别人很普通的日常生活，比如我恪守时间地去工作、用人和电车售票员的对话，这些都会让他感到兴奋，并且毫无任何嘲弄的意味。最初，这种浪荡子无聊的情调和他反复无常的多愁善感，在我看来极为荒谬可笑。后来，我从他长时间处于的真空状态和他的狼性中看出，他其实非常赞赏甚至喜欢我们这个小小的平民世界，他将它看作是某种憩息之地，是他永远遥不可及的境地，没有任何一条通途能够到达的家乡。我们的女佣是一个诚实的人，他每次遇到她都会带着真诚的敬意向她脱帽致意；而每次我姑妈和他交谈，或是告诉他衣服需要缝补、大衣纽扣摇摇欲坠时，他也都会饶有兴致地听她讲话。好像他孤注一掷，在极度努力地用自己的方式挤进一个宁静的小世界，在这儿驻留下来，即便只有一个小时也好。

在我们第一次交谈中，也就是关于南洋杉的那次，他称自己为荒原狼，这让我感觉有些惊讶和糊涂。这是什么名字？尽管一开始我对这个名字并不习惯，但是很快，我也称他为荒原狼了，脑海里再也想不起其他的名字。直到现在，我仍然找不出任何一个更好的词来形容他。一匹迷了路的荒原狼来到了我们的城市中，闯进了群居生活的家畜世界中——用这个形象形容他极为合适，他的羞涩、孤独、野性、焦躁不安和对家的眷恋，以及无家可归的凄苦，全都展现了出来。

有一次，我得以整晚观察他的一举一动。那是在一个音乐会现场，我惊讶地发现他就坐在离我不远的地方，而他并没有看到我。起初演奏的是亨德尔①的曲子，乐曲庄严崇高而又动人。但荒原狼坐在那里专注于自己的思考，并没有关注音乐和周围的事物。他孤独地坐在那儿，眼神落寞，脸上带着一种冷漠且忧愁的表情。亨德尔的曲子之后是一首弗里德曼·巴赫②的交响乐曲，仅仅演奏了几小节，我就诧异地发现他的脸上露出了微笑，很快投入了音乐声中，被吸引住了。大约十分钟的时间，他完全沉浸在美好的梦境里。我对他投入的注意力过多，忘了好好聆听音乐。当巴赫的乐曲终了，他清醒了过来，坐直了身子似乎准备离开，却最终又坐了下来将最后一首乐曲听完。是雷格尔③的变奏曲，这首乐曲很多人都觉得冗长难耐，荒原狼也不例外。一开始他还颇有兴致地听，没一会儿便又开始神游，他将双手放在口袋里，再次陷入了沉思，他的脸上没了刚才沉浸在美

---

① 乔治·弗里德里希·亨德尔（1685—1759），德国作曲家。
② 威廉·弗里德曼·巴赫（1710—1784），德国作曲家，管风琴家。
③ 德国作曲家、管风琴家、钢琴家。

梦里的神情，而是有些不开心，甚至焦躁起来，面色变得冰冷灰暗，使他看上去显得苍老、病态且心怀不满。

音乐会结束后，我在大街上再度看见了他，并且跟在他后面走了一段。他把身体裹在大衣里，闷闷不乐、疲惫地往我们住的方向走，却又在一家老式小酒馆前停下，犹豫不定地盯着看了一会儿，走了进去。我突然冒出了某种冲动，也跟着他一起进去了。他坐在一张窄小的桌子边，女老板和女侍者熟稔地跟他打了招呼。我也向他问候了一声，在他旁边找了个座位坐下。我们在那里坐了有一个钟头，其间我喝了两杯矿泉水，他要了半升红酒，然后又要了四分之一升。我提到在音乐厅看到他的事，但他并没有接我的话茬儿。他看着我矿泉水瓶子上的商标，问我是否想喝点酒。我拒绝了他的好意，说我从来不喝酒，这时，以往那种无助的表情又浮现在了他的脸上。

"您做得很对，"他说，"我也戒过好几年的酒，也曾清淡饮食，但我现在感觉自己受到了水瓶星座的影响，这是个阴湿的星座。"

我开玩笑地表示认同他话里的隐喻，认为他不会相信星象。他又恢复成之前那种经常让我感到受了伤似的客气语气，说："您是对的。不幸的是，我连那种星象学也不能相信。"

我起身告辞，而他回到我们的住处时，已经很晚了。不过，从脚步声中听得出来，他依然像平时一样，没有直接上床睡觉，而是在起居室待了超过一小时的时间——从我的房间可以清楚地听到他的动静。

还有一个晚上令我难以忘却。那天，姑妈出去了，我独自在家。门铃响了，我打开门，看到门外站着一位漂亮的年轻姑娘，她要见哈勒尔先生，我认出了她就是他房间挂着的照片中的女孩。我给她指了哈勒尔先生的房间就立刻离开了。她在他的房间里待了会儿，之后我听到他俩一起下楼出去了，开心地有说有笑。我非常惊讶，像他这样的隐士也有爱的人，而且还是这样一位年轻漂亮、优雅大方的女孩。这让我将自己对他和他的生活的所有猜想都推翻了。但不到一小时的时间，他又只身归来，疲惫地拖着身子上楼，步态沉重且低落。之后的几小时里，他都在起居室里轻轻踱步，就好像一只关在笼子里的狼。他房间里的灯光几乎亮了一整夜。

我并不了解他们的关系，只是想补充几句：我再一次看到他和那位女士在一起时，是在小镇里的一条街道上。他俩挽着胳膊，看起来非常高兴。我惊奇地发现，他那张孤寂哀伤的面孔居然还会露出天真的表情！我顿时理解了那个年轻的女孩，以及我姑妈为什么会对他有所同情了。尽管如此,那天晚上他回来时,依然像平时一样难过和沮丧。我在门口遇到他,就跟之前几次相遇一样,他腋下夹着一瓶意大利红酒,大半个夜晚都坐在楼梯上。我为他感到伤心,他过着多么孤立无助的生活呀!没人安慰、得过且过。

至此,我已经絮絮叨叨说了这么多,对于荒原狼那种具有自杀倾向的生活无须再多言。但我仍然难以相信他会在付清了所有的欠款,离开了我们的城市之后,真的去自杀了。我们再也没有听到他的任何消息,但我们依然留着他走之后别人寄给他的一些信件。除了一份手稿,他什么都没留下。手稿是他住在这里期间写的,他还留下了几行字,说这份手稿,我可以随意处置。

我无法分辨他的这份手稿中有多少经历是真实的。我毫不怀疑其中大部分是他虚构的,但这并不意味着是随便杜撰的,而更像是他的内心深处的真实写照,他试着以一种可以看得见的事件的形式将其表达出来。在哈勒尔的作品中,有一部分事情是幻想出来的,这些事情约莫发生在他待在这里的最后一段时间里,我毫不怀疑这一部分事情也是以真实的经历为基础的。那段时间里,我们的这位客人其实在行为和容貌上都发生了转变。他经常出门,有时整夜不归,而他的那些书就放在那里没再动过。那时我很少见到他,不过每次看到他时，他周身都散发着一种活泼年轻的气息，有时看上去还一副很是开心的样子。可是，打那不久，他又陷入了失落的情绪之中，整天躺在床上，对吃的东西提不起任何兴趣。那位年轻的姑娘再次来看他时，二人发生了一场非常激烈的争吵，吵得整座房子里都不安生。为此，第二天哈勒尔还向我姑妈道了歉。

我始终相信他并没有轻生。他仍然活着，在别的什么房子里拖着疲惫的步子上下楼梯；在什么地方出神地望着擦得锃光瓦亮的地板和被料理得很好的南洋杉；在图书馆里坐上整整一天，在小酒馆耗掉整个夜晚，或者躺在沙发上，聆听自己窗户下面的那个世界，聆听平常人的庸庸碌碌，仿佛心里清楚自己永远被那样的生活排除在外。但是，他不会结束自己的生命，因为他尚存的一丝微弱的信念告诉他，他必须尝尽这种骇人的痛苦，这种内心的痛苦，也正是这种痛苦才能将他引向死亡。我经常想起他。他的出现从来没让我觉得生活更为轻松一点。他并没有为我的才能和快乐带来推动性的作用。哦，甚至恰恰相反！但我不是他，我有自己的生活，一种平民式的生活，循规蹈矩而又充斥着各种责任与义务。所以，对于我和我姑妈来说，我们可以平静而深情地回想他。相比之下，他的事情姑妈知道得比我多，但那些都深深地埋进了她的那副好心肠当中。

哈勒尔的手稿中有部分病态、部分美好，还有部分是值得深思的奇思妙想。我必须承认，如果在并不认识这个作者的情况下无意中得到这份手稿，我一定会愤怒地将它扔掉。但是由于我和哈勒尔已经有一些交情，所以在一定程度上，我能理解这些文字，甚至还有些欣赏。如果我从中只看到了由他独身、孤僻的脾性引发的病态幻想，那么，我也会有些犹豫是否要将它们公之于众。但是，我在这份手稿中看到的不止这些。我将其视为时代的记录，因为据我所知，哈勒尔那深入灵魂的病态并不只是单独个体的古怪脾性，而是这个时代本身的病魔，是哈勒尔所属的那一代人的集体神经症。看起来并非只有那些虚弱贫困的人会患上这种病，恰恰是这些最为强大且最具才华的人更容易被这种病击倒。

这些文字所记录下的东西，不论是以多少真实经历为依据，总归是一种尝试，绝不是在试图掩盖或美化这个时代的巨大病症，而是在试着描绘出病症本身。这部手稿简直可以说是一场穿越地狱的旅程，记述者时而惊恐万分、时而勇猛果敢地穿梭在混乱而阴暗的内心世界，他决心穿越地狱，与混乱作战，忍受一切厄运。

我从哈勒尔的一段言辞中受到了启发。有一次，我们谈到中世纪的残暴时，他说："这些残暴实际上算不上残忍。中世纪的人会厌恶我们现在的生活方式,将其视为比恐惧和野蛮更甚的东西。每一个时代、每一种文化、每一种习俗和传统都有自己的方式,有它们自己的温柔与严厉、美好和残暴;它们顺其自然地接受着某些痛苦,忍受着某些恶习。只有当两个时代、两种文化或两种宗教交错时,生活才会演化成真正的苦难和地狱。假如一个古希腊、古罗马时期的人必须生活在中世纪,一定会可悲地窒息而亡,就像原始社会的野人会在文明时代中消亡一样。有时,整整一代人会陷入两个时代、两种生活的交替之中,于他们而言,天性、道德标准、安全感、纯洁清白全都不复存在。当然,不是每个人对此都有同样的感知能力。比如尼采,早在我们之前就预先承受了如今的苦难——当时他不被人理解,独自一人所遭遇的痛苦,现在有成千上万的人正在忍受。"

在阅读他的手稿时,我时不时地会仔细思考他说过的这段话。哈勒尔属于那些被夹在时代交替之中的人,这些人没有安全感与纯洁的生存环境,他们注定要对人生产生怀疑,将生活中所有的问题当作自己的痛苦和劫数来加倍体验。

我觉得,这些手稿记录的意义在于可以与我们共勉。因此,我决心要将其公之于众。我还要说一句,对于这份手稿,我既不袒护也不谴责,就让读者凭着自己的良心去衡量吧。

哈里·哈勒尔自传

HUANG YUAN LANG

仅为狂人而作

日子像往常一样，一天又过去了。我浑浑噩噩地打发掉了不少时间。我工作了几个小时，认真研读了一些旧书，像一些上了年纪的人一样疼痛了两个小时，我抹了药粉，为疼痛的减轻而自喜。我躺在热腾腾的澡盆中，享受着这种怡人的温暖。我收到了三封信，阅读了一遍这些信件、印刷品，之后做了些有氧运动，因为贪图舒适，我今天便没再做冥想运动。我在户外漫步了一个小时，看见羽毛般的流云像铅笔画一样装点着天空，真的很美。但是，总体来说，今天并不是令人非常高兴的一天，甚至算不上是令人高兴或愉悦的。或者不如说，今天只是长久以来我习惯了的许多天中的一天，属于一个总是能够为不满足的中年男人带来适度的喜悦感、完全可以忍受和容忍的、漠然而平淡的时光，没有特别的痛苦和关心、没有格外的担忧、没有陷入绝望的时光。在这样的日子里，我能平静、客观而又毫不畏惧地思忖，现在是否正是追随阿达贝尔特·斯蒂夫特①的大好时候,也用刮胡刀结束自己的生命。

谁尝过另外一种可怕的日子,因为痛风而恼羞成怒,或者饱受头痛之苦,那种疼痛在眼球后方,眼睛和耳朵每活动一下都像被施了魔咒一般,让人从欢愉变为痛苦;谁经历过被来自内部的空虚和绝望而摧毁灵魂的罪恶的日子——在这些日子里,在被破坏、被股份公司吸干的地球上,人类世界以及所谓的文化充满谎言、粗俗而无耻地对我们狞笑,紧紧追着我们不放,在病态的自我中发展至忍耐的极限——如果谁尝过这种如同炼狱般的日子,那么他对今天这样的日子就会相当满意,会心怀感激地坐在温暖的炉子边,在阅读晨读报时非常感激地确信新的一天并没有战争爆发,也没有新的独裁专政建立,没有政界或金融界特别令人作呕的丑闻被披露;会满心感激地拨动自己那行将腐朽的七弦竖琴,奏出缓和的、稍令人快乐的感恩赞美诗。这首曲子会让那既安静又冷漠的神感到厌倦。在这种令人满足又无聊的浓厚氛围中,随着痛感的消失,一个频频点头的神与一个一同点着头、唱着低沉的赞美诗的中年男人,看起来是如此相像。

---

① 德国作家、画家。

过着满足且毫无痛苦的平淡生活，是件很美好的事情。在这样的日子里，无论是痛苦还是欢乐都不可以大声喧哗，要轻声低语，踮起脚尖谨慎地穿行而过。但我无法忍受这种满足感，每过一段时间我就对它感到愤恨和恶心。我变得非常绝望，不得不逃离，将自己放在通往欢愉的路上，或者遗弃在通往痛苦的路上。当我既没有欢乐也没有痛苦，而且已经在这所谓幸福的、尚可忍受的日子里，在这不温不火、无聊乏味的空气中苟延残喘了一段时日时，我那充满孩子气的灵魂就会感到非常痛苦，以至于我会将用来演奏赞歌的行将就木的小竖琴，朝着慵懒酣睡的满足之神的脸扔过去。我不喜欢这不温不火的氛围，我宁愿让那罪恶的火焰在我身体里燃烧。一种对炽烈感情的野性的渴望在我身体里沸腾，让我对旋律尽失、呆板无聊、正常有序、枯燥贫瘠的生活愤怒不已。有一种疯狂的冲动促使我想要砸坏什么东西用以宣泄这种愤怒，不论是去砸商场橱窗或者大教堂，还是将我自己打得鼻青脸肿。我想拽下那些令人崇敬的偶像的假发，或者为几个反叛不羁的学生买几张去汉堡的长途客票，或者去引诱年轻的姑娘，或者破坏正常社会秩序。我向来痛恨、憎恶并诅咒的正是这些：市民的满足、健康、舒适、乐观的态度，平庸的市井生活。

当黄昏沉沉降临，我沉浸在这种情绪中，结束了这庸碌平常的一天。不过，我并没有让自己像一个生病的人一样钻进放着热水袋的被窝里睡觉，我对自己白日里所完成的为数不多的工作感到不满和厌恶。于是，我闷闷不乐地穿上鞋子和大衣，打算出门走向夜雾笼罩的街道，在"钢盔"酒馆里像爱喝酒的人所习惯的那样去喝一杯。

于是，我走下所住的阁楼。这异乡的楼梯极为难走，这是三户正派人家分住的公寓，楼道清扫得十分干净光洁，顶层的阁楼则是我的容身之地。我不知道是出于什么原因，我这样一个无家可归、形单影只的荒原狼，对这种市民阶层的无聊生活充满愤恨，却总是栖身在这样的房间中。这是我的一个老毛病了。我既没有住在豪华的宫殿中，也没有住在贫苦简陋的房子里，取而代之的是住在这样体面的、令人厌倦的、一尘不染的市民家中。这里能闻到松脂和肥皂的香味，如果你用力摔门或者穿着脏鞋走进来的话，会引起一片恐慌。毫无疑问，从童年起，我就对这种氛围格外迷恋，心底对于故乡的怀念促使我总是徒劳地走上这条愚蠢的老路。我喜欢这种反差，一方面是一种孤独、无爱、被驱逐且彻底无序的生活；另一方面则是市民阶层的环境。我喜欢在楼梯上感受这种宁静、有序、干净、正派的气息，这里总有一种东西感动着我，尽管我对小市民深感厌恶；我喜欢迈过我房间的门槛，我的房间里所有的一切都与楼梯间不同，取而代之的是满地的烟蒂和杂乱放置的书籍、酒瓶。房间里脏乱不堪，书、手稿、思想，一切都展示和浸透着一个落魄孤身男人的困境、人生的困苦以及想为这已经变得毫无意义的人生赋予新的渴望。

  接着，我从南洋杉旁边经过。这幢公寓的二楼楼梯旁，是一家住户门前的过道。我确信那家住户的家里一定比别家的房间打扫得更整洁，因为这间小前厅被打扫得光亮如新，宛如一个井然有序的熠熠生辉的小殿堂。那些木地板干净得似乎不可践踏，其上摆放着两张低矮的小台子，上面分别放置了两盆植物，一盆是杜鹃花、另一盆是一株傲然挺立的南洋杉。这株南洋杉笔直而又茂盛，非常完美，幼嫩的枝条上每一根针尖都被擦拭得鲜嫩翠绿。有时，在没人关注到我的时候，我会把这个地方当作自己的殿堂，坐在高于南洋杉的楼梯上，交握着双手休息片刻，虔诚地注视着这个小小的秩序井然的乐园。这里所特有的感人气息和孤独感都触动着我的灵魂深处。我想象着在这门廊之后——在南洋杉神圣的阴影下——处处是发光的红木家具，处处是体面人的生活：早睡早起，尽心于责任，充满欢乐又有节制的家庭聚会，周日去教堂礼拜。

我佯装高兴地踩在狭窄街巷那潮湿的人行道上。路灯好像模糊的眼泪，微弱的灯光穿透冰冷的阴郁照在潮湿的路面上，又将地面上的光缓缓反射回去。我忽然想起那些我早已忘记的青年时代的记忆。那时，我多么喜爱深秋初冬时分那种忧伤的、阴暗的夜晚，是多么迫切地醉心于这种孤独的感觉。那时，当我把自己裹进大衣，半夜里迎着风雨，在充满敌意、落叶纷飞的野外匆匆而行时，我是多么的悲哀。当时尽管感到孤寂，但又充满欢乐、充满诗兴。过后，我会坐在床边，借着烛光，将这些诗句全部写下来！现在，这一切都已成为过往。韶光不再，徒留空杯。遗憾吗？不，我并不遗憾。没有必要为了已经过去的事情遗憾。我遗憾的是如今的时光，为我所失去的数不清的分分秒秒而遗憾，那些日子给我带来的只有痛苦，我从中既没有感受到快乐，也没有感受到震撼。但是感谢上帝，总有例外。偶尔的，尽管很少，但也会有一些时光带来了我想要的震撼，推倒壁垒，将我从彷徨中拽进生机盎然的世界。我忧伤又激动地回忆起最近的一次经历。那段经历发生在一次温馨的古典音乐会上，当木管演奏者弹奏到两拍间隙时，通往天国的大门突然打开，我快速地飞跃天空，看到了忙碌的上帝，我感受到了极乐的痛苦。我放弃了一切抵抗，在这世上无所畏惧。我接受了一切，并用心拥护着。这段时光并没有持续多久，或许只有一刻钟吧，但是那晚，它又重新回到了我的梦里。自从那次以后，只要我感到沉闷时，它便会悄悄发出微弱的亮光，有时会长达几分钟。我能清楚地看到它像一道神圣的轨迹那样穿过我的生命，留下金色的痕迹。这条轨迹似乎总是蒙着污垢灰尘，同时又闪烁着金色的光芒，好像我永远不会再失去它一样，但是很快，它又会再次消失不见。有一次夜里，我清醒地躺在床上时，它再次出现，我突然出口成章，吟诵出很美但陌生的诗句，以至于我忘了将它们写在纸上，翌日清早我却怎么都想不起来，然而那些诗就像果壳内部最硬的核一样，长期深埋在我内心深处。另一次，在我读一首诗，在思考笛卡儿①、帕斯卡②的思想时，它又浮现了出来。还有一次，当我和情人在一起时，它再度闪耀，发出金灿灿的光芒，直射云霄。啊，在我们平民式的生活中，在这精神匮乏的愚蠢乏味时代，面对这种建筑形式、贸

---

① 法国哲学家、数学家、科学家，被认为是"解析几何之父"。
② 布莱士·帕斯卡，法国数学家、物理学家、哲学家、散文家，在1653年提出了帕斯卡定律，国际单位制中的压力单位以其姓氏命名。除对概率论等方面有卓越贡献外，最著名的是他在《关于圆锥曲线的论文》中提出的帕斯卡定理，也就是"圆锥曲线内接六边形其三对边的交点共线"。

易方式、政治和人们，想要找到这种神圣的踪迹是多么艰难啊。在这样的世界里，我怎么可能不做一只荒原狼，或者一个寒酸的隐士呢？这个世界的目标我无法明确，也无法理解它的欢乐。无论是在歌剧院还是在电影院，我都无法长时间地停留。我几乎不看报纸，也很少阅读当代书籍。我不明白是什么样的快乐促使着人们涌入已经过度拥挤的地铁和酒店，进入装饰一新的咖啡厅，进入充斥着令人窒息的音乐的酒吧和形形色色的娱乐场所，进入世界博览会等。我无法理解，更别提分享这种快乐，尽管这种快乐我唾手可得，尽管千百万人在为了得到它而努力奋进。相反，那些能给我带来快乐的极少的几件事，我认为不同凡响、让人欣喜的人间极乐之事，人们大多只在文学作品中见过，他们认为在现实生活中这些都是极为荒谬的。事实上，如果世人是对的，如果咖啡馆里的音乐、那些大众所追求的快乐和那些轻易被取悦的美国化的人是对的，那么我就是错的，我就疯了，我就的确如自己所称的那样是只荒原狼，迷失在这个陌生又晦涩难懂的世界，无家可归、没有快乐，也无法寻得空气和食物。

伴着这种想法，我走在潮湿的街道上，穿过这座城市里最为安静、古老的区域。在马路的另一侧，矗立着一面古老的灰色石墙，每次看到它我都会感到欣喜,它古旧且安详,位于一个小教堂和一家老医院中间。白天,我经常会将目光停留在那粗糙的墙面上。在这个小镇的中心地带,几乎每平方米都有一些律师、骗人的大夫、理发师或者治疗鸡眼江湖医生向你高声呼喊,少有如此安静平和的地方。现在,我看见这面墙依旧安静祥和地矗立在那儿,但又有一些不一样。我惊讶地看到在墙的正中有一扇小巧可爱的门,门是尖拱形的,我实在想不起来这扇小门是一直在这里还是刚刚建成的。毫无疑问,它看起来有些年头了,非常古旧,紧闭的门扇已经发黑。估计在很多年前,这是一个无人问津的修道院的入口,即便这个修道院已经不存在,但小门仍旧在这儿。或许这扇小门我已经看到过无数次,但并没有注意到它,或许它最近刚刚被喷涂一新,因此才引起了我的注意。我在马路的这一面仔细审视着它,并没有穿过马路,因为这条街道中间实在太泥泞,并且还有挺深的积水。我站在人行道上看过去,一切都笼罩在阴暗的夜色中,有个花环或者别的什么色彩艳丽的东西装点着门扉周围。我费力地看见门上有块明亮的牌子,那上面似乎写着什么字,但即便是我如此费力地看也没有看清,最终还是踩在泥泞和积水穿街而过。我看见门的上方有一个污点在灰绿色的旧墙上不甚分明地呈现出来,几个彩色字母闪着微光,忽隐忽现。我想,他们现在居然连这一堵古老的墙都用来做霓虹招牌了。我试着辨认着几个忽隐忽现的字母,但是,即便我连蒙带猜仍然很难认清这几个词,每个字母出现的间隔时间长短不一,而且显示得非常模糊,消失得也很突然。想用这样的招牌广告做生意的人是不明智的,他只能算是只荒原狼,可怜的家伙。他为什么要将这些字母投放在老城最阴暗的小巷子里的这面古老墙上,而且是在这样无人路过的潮湿雨夜?为什么这些字母这般转瞬即逝、间歇不定又难以辨认?等等!现在,我得以辨认出了几个词:

魔术剧院
并非对所有人开放

我试着开了一下门,但那沉重的门把手纹丝未动。闪烁着的字母似乎觉得自己毫无用处,突然停止了跳动。我向后退了几步,踩在了深深的泥泞中。字母熄灭了,没再亮起来。我在泥泞中站了很长时间,等待着字母再次闪烁起来,但依然徒劳。

之后我放弃了,走回小巷。这时,几个彩色的灯光字母倒映在了我面前的柏油路面上。我读着上面的字:

只准狂人入内！

我双脚潮湿，感到冰冷入骨，但我仍然站在那里等待着。再没有任何字母出现。我想，这些彩色的字母像鬼火一般，在这潮湿的墙壁和黑漆漆的柏油路上闪烁着，是多么的美妙。正在这时，以前的一个想法——关于闪烁着金光的轨迹的比喻，突然闪现，这轨迹如同这些闪动的字母一般，突然亮起又突然熄灭殆尽，无处寻觅。

我浑身冰冷，继续向前走去，我想着梦里的那条轨迹，满心渴望能通过那扇小门进入只准狂人进入的魔术剧院。之后，我来到了市场区，那里从来不乏夜间娱乐活动，每走几步就能看到宣传画广告：女子管弦乐队、游艺杂耍、电影院、球类运动等，但是这些没有一样是为我开的，这些是为"普通人"，是为那些我见到的在娱乐场所你推我搡的正常人开放的。不过，无论怎样，我的痛苦略微减轻了些，另一个世界在向我打招呼，那些彩色字母在我的灵魂深处闪烁，拨动着藏匿在我内心的和弦，我再一次见到了泛着微弱光芒的金色轨迹。

我找到了那家老旧的小酒馆。二十五年前，我第一次来到这个小镇，从那时候开始，这个酒馆似乎就没怎么变过。女老板也罢，那些坐在同样的座位、用着同样的玻璃杯的酒客也罢，似乎都跟以前一样。我走进这家简朴的小酒馆，这里是我的避世所。尽管这个避世所有点像南洋杉旁边的楼梯间，我在这里一样找不到故乡和旧识，只是能够观看舞台上的陌生人表演的陌生节目，但是，这样的安静之地自有它的可贵之处：这里没有拥挤，没有音乐，只有一些居民安静地坐在光溜溜的木头桌子边（桌子没有铺设大理石，没有珐琅面，没有丝绒桌布，也没有镶嵌黄铜），每个人面前的玻璃杯里都盛着香醇陈酿。这些常客我都有些面熟，他们也许都是些地道的普通市民，在他们那平凡的家里摆放着一个乏味的家庭祭坛，用来供奉那可笑的庸俗之神。或许，他们像我一样，是一些孤独的人，是心怀破灭的理想的酒徒，是荒原狼或可怜的家伙。他们的情况，我不了解。思想之苦、失望、弥补空虚的需要，驱使着他们来到这里，已婚的人在这里寻求单身时光，年老的公务人员在这里寻求与自己学生时代类似的氛围。他们沉默着，喜欢饮酒，就像我一样宁愿坐着喝一品脱埃拉兹啤酒，也不愿去听女子管弦乐队。在这里，我放任自己沉静下来，待上那么一个小时的时间，或许是两个小时。在我轻啜第一口埃拉兹时，我意识到从早晨起床到现在，我还没有进食任何东西。

　　人什么东西都能吞得下去，这真的很神奇！我用十分钟，读了一份报纸，用眼睛"吞下了"一个不负责任的人的思想，这个人把别的人言辞放在嘴里大肆咀嚼，尚未消化就将其再次吐出，我就这么"吞下了"一大段文章。之后，我吞下了一块牛肝，这是从一头被屠宰的小牛身上切下的。真够奇怪的！最好的是埃拉兹。我不喜欢喝烈酒，至少平时不喝，虽然烈性酒酒味浓郁、风味独特，又有名气。我最喜欢的是干净、清爽、温和的农村葡萄酒，通常这些酒都不出名。这种酒不醉人，味美温和，散发着土地、天空和森林的味道。一杯埃拉兹和一块上好的面包就是最好的一餐。此时此刻，我已经吃下了一份牛肝，对我这个很少吃肉的人来说，这可是不同寻常的一次享受，而且第二杯酒已经摆在了我的面前。这也是非常奇怪的：在某个不知名的绿色山谷里，心地善良、强壮的当地人照看着葡萄藤，榨出美酒，让那些千里之外一些失落的、安静的当地酒客和意志消沉的荒原狼得以啜饮一小口，并从杯子里重新获得勇气。

我并不在意这是否真的非常奇怪。喝酒挺好的，有助于我振奋精神。对于报纸上那篇混乱言辞的文章，我现在才轻松地笑了一阵。突然，那些已经被我忘记的钢琴旋律，在我脑海中重新响了起来，它像肥皂泡一样向上飘升，将整个世界缩小映在它那泛着彩虹的表面上，之后轻轻破碎了。假如那无与伦比的旋律秘密地在我心中扎根，并且有朝一日在我心里开出色彩斑斓的花朵，那我怎么算得上毫无希望？我或许是个迷途的野兽，对周围的世界不理解，但是我那愚蠢的生活仍有意义，我身体里有某些东西回应着来自天国的呼唤，给出答案并接收来自那里的信息。

我的脑海里充斥着成千上万的画面：这是乔托①在帕多瓦小教堂的天蓝色穹顶上所绘的天使群，哈姆雷特和头戴花环的奥菲莉亚从他们旁边走过来，他们是世上所有悲伤和误解的美丽比喻。热气球驾驶员吉安诺左站在燃烧的热气球上吹响号角，发出巨大的响声，匈奴王阿提拉手里拿着他的新帽子，婆罗浮屠②将它高大的雕像群耸入云霄。尽管在成千上万人的心中存在这些优美的形象，但仍有上万个未知的图景和旋律除了我的内心无处可归，它们的家园和耳目也只活在我的内心。古老的医院外墙有着灰绿的色彩，上面风化的裂痕和斑点中似乎有无数神奇的壁画——谁会回应它们？谁会将它们融入灵魂？谁会爱它们？又有谁会发现它那逐渐消退的微妙

---

① 意大利文艺复兴时期的佛罗伦萨画家。
② 意思是"山顶的佛寺"，位于印度尼西亚，与中国的长城、印度的泰姬陵、柬埔寨的吴哥窟并称为古代东方四大奇迹。

的迷人色彩？修道士们带有精美微缩图形的古书，早已被它的国民遗忘的一两百年前的德国诗人的诗歌，所有因经常翻阅而磨损、因潮气留下的污渍所浸染的书卷，古代作曲家的作品和手稿，那早已凝滞了音乐梦想的泛黄乐谱——谁会去听它们那活泼、风趣又充满渴望的声音？谁在心中缔造了一个远离它们的生机勃勃、魅力非凡的世界？谁能记得意大利古比奥山丘上的那颗小柏树，那棵即便被山上落下巨石劈断撕裂，仍能顽强挺立起来，从顶端长出新芽恢复生机的小柏树？谁能正确评价那位住在二楼的勤快的家庭主妇和她那一尘不染的南洋杉？谁会在夜晚辨认莱茵河上由浮动的迷雾形成的字母？能做到这些的，只有荒原狼。谁会在生活的废墟上追求那支离破碎的生命意义，忍受着无意义的愚蠢之事，在疯狂的生活中过活，却又秘密地希冀在最后的纷繁混乱中接近上帝，并得到他的启示？

当酒馆女老板想再次为我倒酒时，我紧紧地捂住了我的酒杯，然后起身。我不再需要酒了。那金色的轨迹再度炽烈发光，使我忆起那些永恒的东西，比如莫扎特，比如星星。我又可以呼吸一个小时，又可以生活一个小时了，可以真实存在，不再需要经受痛苦、恐惧和羞耻。

我走出酒馆,再次走进那寂静的街巷。寒风夹着冰雨拍打在路灯上,发出啪嗒声,路灯被玻璃笼罩着发出少许微光。现在,去哪儿?如果我会魔法的话,我一定会变出一间路易十六风格①的小型音乐厅,有几个乐师在那里为我演奏几曲韩德尔和莫扎特的曲子。我会像众神轻啜甘露酒一样,饶有兴致地细品这清凉而高贵的音乐。哦,如果此时我有一位挚友,坐在阁楼中,就着烛光做着梦,手边还有一把小提琴该有多好!我一定会不顾他正在畅游梦乡,轻手轻脚地爬上旋转楼梯,给他一个大大的惊喜,我们会探讨音乐,愉悦地度过这美妙的夜晚时光!曾几何时我经常领略这种欢乐,但已时过境迁,在那些快乐的旧时光与现在之间横亘着枯萎的岁月。

我犹豫了一会儿,开始往家的方向走去。我竖起衣领,将拐杖敲打在人行道的湿泥中。不管我走得有多慢,总会没多长时间又回到那个顶楼的房间,那个勉强可以称为家的地方。我既不喜欢它,也无法离开它,因为那些在冬天的寒夜中露天过夜的时光已经一去不返。现在,我只祈祷无论是冰雨还是痛风和南洋杉,都不要败坏了这个夜晚给我带来的好情绪,即使此刻没有室内小乐队,也无法

---

① 也叫法国的新古典主义风格,主张采纳古典主义精华。

找寻到身边有小提琴的孤独之友,但那美好的旋律依然在我脑海中鸣响。我随着有节奏的呼吸,轻声哼起了旋律,唱给自己听。我一边想,一边不停地向前走。是的,即便没有室内乐队和孤独之友也无所谓,为了无法得到的温情而把自己弄得筋疲力尽,是非常可笑的。孤独就是要独立。我向往独立,而且经过好多年才学会独立。独立是冰冷的,是的,冰冷的,但它又是安静的,美妙而广阔,正如群星旋转的冰冷空间。

我路过一家舞厅,听到里面传来热烈奔放的爵士乐,一如未经加工的生肉散发出的气息。我停留了片刻,虽然我挺讨厌这种音乐,但总能感受到一种神秘的吸引力。我很反感爵士乐,但它要比现如今一些正儿八经的音乐好上十倍。这种野性十足的欢愉气氛深深刺激着我本能的欲望,激起我质朴而坦率的情欲。

我在这种气息中伫立片刻,嗅着这种充满血腥气息的尖锐音乐,愤怒而又饥渴地闻着舞厅里的气味。这种音乐抒情的部分充满甜腻和多愁善感,另一半则非常野性、多变且亢奋,但是这两分部又自然和谐地融为一体。这是一种衰落的音乐,罗马帝国末代皇帝统治时一定出现过类似这样的音乐。比起巴赫与莫扎特和一些真正的音乐来,爵士乐简直是胡闹——但与真正的文化相比,它才是属于我们的艺术、我们的思想、我们自己的文化。这种音乐至少还算真诚，体现了一种毫不虚伪的黑人风格和孩子般天真的快乐。其中蕴含了一些黑人式的，还有美国人式的特点，他们的力量对于我们欧洲人来说，似乎总是有种少年般的清新与稚气。欧洲的音乐是不是也会变成这样呢？是不是已经处在这种变化中了呢？我们这些老派的鉴赏家仍然怀着对过去欧洲真诚的音乐与诗歌的尊敬，是不是变得一无是处，成了顽固的少数派，经受着复杂的神经衰弱症的困扰，成了未来被遗忘和嘲弄的对象？这就是我们称之为文化、精神、灵魂的东西？所有我们曾认为美丽和神圣的东西都行将就木，只有我们这几个傻瓜才视其为真实鲜活的？或许它根本就没有真实存在过？是不是我们这些傻瓜一直所关心的其实只是一个有名无实的幻影？

现在，我来到了老城区，小教堂矗立在一片昏暗当中，显得格外不真实。这时，夜晚的经历突然浮现在我脑海中。我想起了神秘的尖拱门庭，想起上面那块神秘的灯光广告牌，以及被照得忽明忽暗、如同嘲笑般闪烁跃动着的字母。上面是怎么说的来着？"并非对所有人开放"而且"只准狂人入内"。我在对面仔细观察，暗地里希望这个神奇的魔术会再次出现，希望那些字母再次向我发出邀请，邀请我这个狂人；希望那扇小门赋予我准入许可。或许我的欲望就在那里，或许我的音乐就会在那里响起。

阴暗的石墙沉静地回望着我，在黎明的黑暗中将自己紧闭，沉入只属于它的梦境中。哪里都没有门，更别提尖拱了，只有一堵黑漆漆的坚固完整的石墙。我微笑了一下，向它友好地点了一下头，继续前行。"沉沉地睡吧！我不会把你吵醒。总有那么一天，你会被推倒或者被贪婪的广告商弄得面目全非。但是，至少现在，你站在那里，依旧那么美丽、那么宁静，我爱你这个样子。"

在一条小巷的入口，一个男人突然出现在我眼前，吓了我一跳。他形单影只，是一个深夜才归家的孤独者。他迈着疲倦的步伐，戴着一顶帽子，穿着蓝色的宽松上衣，肩上扛着一个固定了广告牌的长杆子，他肚子前的皮带上拴着一个敞着口的盒子，就像市集上的小贩一样。他在我前面疲惫地走着，未向四周观看，否则我一定会跟他问候一声，并且给他根烟抽。我就着下一个路灯的光亮，试图看清楚他扛着的"旗子"上的文字，也就是那面系在杆子上的红色广告牌，但它总是左摇右晃，我什么也看不清。于是我喊出声来，问他可否让我看一看他的广告标语。他停了下来，把杆子扶稳了一些。此时，我才看清上面跳动的字母：

无政府主义者的夜间娱乐！

魔术剧院！

并非对所有人开放……

"我正在找您，"我喊出声来，声音里透着欣喜，"有什么夜间娱乐活动？在哪儿？什么时间？"

他已经继续向前走了。

"并不对所有人开放。"他无精打采地说，声音昏昏欲睡。他已经累了。他要回家，所以他继续往前走了。

"站住！"我喊他，并且跟着追了过去，"您那个小盒子里有什么？我想从您这里买点。"

这个男人并没有停下，而是机械地在自己的盒子里摸了摸，抽出一本小册子，随手递给我。我迅速接过来，把它放进口袋。当我正从大衣口袋里面掏钱时，他已经转入一道门廊，门从他身后关上，然后消失不见了。庭院里响着他沉重的步伐声，他先是走在铺设的石板上，之后登上了木楼梯，再后来我没再听到更多的声响。突然，我感到非常疲倦，让我认识到现在一定很晚了，是必须回家的时候了。我加快步子向前走，穿过安静的近郊小巷，不久就来到了我居住的那一片地域。这里，在成片的草坪和常春藤后面是干净而小巧的公寓，住着公务员和收入微薄的退休老人。穿过常春藤、草坪和一棵小枞树，我到了公寓门口。我找到钥匙插孔和门把手，打开门，蹑手蹑脚地通过玻璃门，经过擦得光洁如新的柜子和盆栽植物，打开我房间的门，进入我那小小的所谓的家。那里有摇椅、炉子、墨水瓶和颜料盒，还有诺瓦利斯和陀思妥耶夫斯基，在等着我的归来，就像正常人家那样，回家时，有妈妈、妻子、儿女、仆人、狗和猫在等待着他们。

当我要脱掉潮乎乎的大衣时，手无意间碰到了那本小册子，于是我将它从大衣口袋里拿了出来。这是一本很薄的小书，就像那种市场上常见的印刷低劣、用纸粗糙的廉价小书，类似《一月出生的人》或《如何在一周内年轻二十岁》这样的小书。

但是，当我在扶手椅上坐定，戴上眼镜，读着这本小册子封面上的书名时，却发现它有一种强大的吸引力。突然，一种宿命感油然而生，这本小书的书名叫《论荒原狼——仅为狂人而作》。

我怀着极大的兴致一口气读完了这本书，它对我的吸引一页一页加深了。现在，我将文章抄录下来：

论荒原狼

——仅为狂人而作

曾经有一个名叫哈里的人,也叫荒原狼。他用双腿行走,穿着衣服,扮演着一个人,然而事实上,他是一只荒原上的狼。他从智力超群的人那里学到了不少东西,他是一个相当聪明的人。但是,他还有没学到的东西——学会对自我和自己的生活感到满足。对于这一点,他完全做不到,他是个永不知足的人。究其原因,很可能是他在心底总是很明白(或者我们姑且可以认为他明白)从现实意义上讲他并不是人,而是一只荒原上的狼。聪明人或许会为他是否真的是狼而争辩,然而无论是与否,他已经变了。或许,在他出生之前已经被人用魔法把他从狼变成了人;或许,他仍然被赋予了狼的灵魂,尽管他生得一副人的样子;又或许,坚信自己是一只狼的想法只是他的幻想或者病态而已。有可能在他的童年时代,他是有那么点儿野性不羁、不守秩序,那些将他抚养长大的人发起了一场与他野兽的本性抗衡的战争,而恰恰是这一点,让他意识到并坚信自己只是一只披着薄薄的人类外皮的野兽。在这一点上，人们可能会争论不休，甚至为此著书。但是这对荒原狼来说，似乎没有什么好处，因为无论狼是因为被施了魔法，还是在抚养者的打压下钻进了他的体内，亦或者仅仅是他的臆想，对他来说都一样。别人对此有什么想法、他自己有什么想法，都无关紧要。这只狼都一如既往地留在他体内。

所以，荒原狼拥有两种本性：人性和狼性。这是他的命运，或许这种命运并不特殊，也不稀有。据说也有不少人体会过这种类似的感觉，他们体内都具有一定的犬性或狐性，甚至是鱼性或蛇性。在这种人身上，人和鱼共生共存，互不伤害，甚至一方对另一方不无益处。那些有了成就令人羡慕的人，究其成功的原因，更多是来自他身体中的狐性或是猴性而不是人性。这是众所周知的事情。但是哈里却正好相反，他身体中的人和狼无法融合在一起，不仅如此，他们还总是互相敌对仇视，一方只会伤害另一方。当二者共存于血液和灵魂中并且充满仇恨时，生活便出了乱子。好吧，各自有各自的命运，谁也不容易。

我们的荒原狼像一切混合体一样，时而作为一只狼活着，时而作为人活着。但是，当他是一只狼时，他身体里的那个人就伺机而伏，一直观察着，随时干涉并对他评头论足；当他作为人时，身体里的那只狼也同样如此。比如说，作为人的哈里如果有了一个美好的念头，感受到了兴奋和高尚的情绪时，或者表现出所谓的好的行为，这时，那只狼便向他龇牙咧嘴，嘲笑他，向他宣告他的行为在一只野兽看来是多么好笑，就像一出小丑的闹剧一样。这只荒原狼内心深知什么才是真正适合他的，即独行于荒原之上，时而嗜点血或者追求母狼才是他该做的事。对狼来说，一切人类的行为都显得极其荒谬、可笑、愚蠢且毫无意义。然而，当哈里作为狼来感觉和行动时也是一模一样，当他向别人龇牙咧嘴，对所有人类以及他们堕落虚伪的礼仪习俗都充满怨恨和憎恶时，他心中作为人的那部分便会潜伏着观察这只狼，说他是畜生、野兽，败坏狼的情绪，使他享受不到作为一只狼的简单、健康、野性的快乐。

荒原狼的特性就是如此。不难想象，哈里其实过得并不是什么安逸的快乐生活，但这并不意味着他是极度不幸的（尽管他自己这么认为，就像人们总是会将降临在自己头上的痛苦和不幸视为最难以忍受的那样）。不过，不论对谁都不能下这样的定论。即便他身体里没有狼性，也不必为此感到庆幸。即便是最不幸的生活也会有灿烂的时刻，也会在沙石当中开出快乐的小花。对于荒原狼也是如此。不可否认，大部分时间他是不快乐的，他也没让别人得到快乐，尤其当他爱上别人或者别人爱上他时。因为所有爱上他的人，往往只能看到他的其中一面。有些人爱他，是把他当作一个有教养的、聪明而有趣的人而爱，而当她们发现他身体中的狼性时，就会感到恐惧和失望。她们一定会这样的，因为哈里就像每一个性情中人一样，希望自己作为一个整体被爱。他决计不能隐藏和掩饰心中的那匹狼，尤其是在那些爱他而他也觉得她的爱很有价值的人面前。然而，也有这样的人，她们恰恰爱上了他身体里的那匹狼，爱他的自由、野蛮、难以驯服，爱他的危险和强壮，当她们突然发现这个狂野顽劣的狼其实也是一个人时，她们就格外失望，哀叹这个人同样渴望美德和精致，喜欢听莫扎特的曲子，也读诗，怀有普通人的理想。通常这些人最令人失望和气愤，正是这样，荒原狼便将自己的双重性格和分裂的本性带进了除他以外的其他人的命运当中。

但是，无论是谁觉得自己完全了解荒原狼，或者觉得能够想象出他那支离破碎的不幸的生活，那就错了。其实他远远没有知道全部。他并不明白（正如规则之下总有例外一样，又好比和九十九个正派的人相比，上帝或许更加偏爱一个罪人），生活对于哈里而言，偶尔会有例外和幸福的时刻。有时，他可以用狼的方式呼吸、思考、感受；有时，他又可以用人的方式，二者清晰无疑，不会混为一谈。即便这种情况很少出现，但他们会以这种方式和平共存，相辅相成，并不仅限于一方始终监视，另一方始终处于沉睡不动的状态，而是互相帮助成长。这个世界上到处都一样。在这个男人的生活中，所有日常的、熟悉的和有规律的东西，似乎都是出于一个目的，无外乎时不时地短暂休息，然后打破现状，让位给那些超乎常理的事物、奇迹和上天的恩惠。这些转瞬即逝的罕见的快乐时光，是否能够减轻和消除荒原狼的厄运，使得幸福与痛苦保持平衡，或者这些时光是否会将所有的苦痛一并消除，并且余下一些快乐，又是一个问题，闲得无聊的人可以思考一下以求心灵的满足。狼会经常思考这个问题，在那些无所事事且毫无意义的日子里。

对此，还有一点不得不提：像哈里这样的人不在少数。很多艺术家都是这种类型。这些人都有双重灵魂和两种天性，他们身上既有上帝的圣洁美好又有魔鬼的凶残邪恶；既有母性的慈爱又有父性的光辉；既能享受快乐又能忍受痛苦。这二者是相互仇视又相互依存的，就如同哈里体内的狼和人一样。这些人的生活极其不安定，在偶尔出现的为数不多的快乐时光中，他们感受到了强大无比和难以言说的美妙时刻，那瞬间的快乐浪花会喷涌而起，光亮夺目地跃过苦海，它的光芒使光辉扩散到更远的地方，用它的魅力感染、吸引了其他人。某些艺术作品便是由跃过苦海的稍纵即逝的快乐浪花产生，在这类作品中，茕孑一身之人有片刻时间超脱于他的个人命运，他的快乐如同明星闪耀，所有看到它的人都将其当作永恒之物，且视为自己的快乐梦境。所有这些人，无论他们的行为和作品以什么命名，从本质上来说，他们都没有生活，也就是说，他们的生活并不属于他们自己，也没有任何表现形式。他们不是通常意义上的英雄、艺术家或思想家，他们和很多成为法官、医生、鞋匠或教师的人一样，他们的生活是一种永无止境的、满是痛苦的运动，就像波涛汹涌的浪花永不停歇地拍击着海岸，既不快乐又饱经痛苦，是支离破碎又令人战栗的；一旦有人不愿在那些罕见的、超脱生活的混乱而闪光的经历、行为、思想和艺术作品中去探索生活的意义，他们的人生便会毫无意义。于是，在这些人中产生了绝望和可怕的想法，他们认为人生是一个拙劣的玩笑，是人类之母一次猛烈且不幸的小产，是大自然一次野蛮而悲凉的灾难。他们之中还有另一种理解，认为人或许不仅是半理性的动物，而且是上帝之子，注定永垂不朽。

任何一种类型的人都有其独到的个性、特征，都有善与恶的一面，都有不可饶恕的罪孽。夜间出行便是荒原狼的特征。对他来说，早晨是一天当中最为痛苦的时光，他惧怕它。因为早晨从来没有给他带来过任何好运。他的一生中，从没有在任何一个早晨真正开心过，在中午之前他从来没过做什么好事，更别提有什么愉快的念头或者为自己和他人创造任何快乐。一直到下午，他才会逐渐温暖过来，身体也逐渐有了生气。到了傍晚，倘若正好赶上他的好日子，他才会做事有效、行动积极，有时甚至还带着满心喜悦。这与他对孤独和独立的需要相关。从来没有一个人对独立的渴望比他更深且更富有热情。在他的青年时代，他还很穷，填饱肚子都是难事，他宁愿饿着肚子、衣衫褴褛，也不愿让自己的独立性受限。他从来没有为了钱或安逸的生活而出卖自己，将自己出卖给女人或是向权贵低头；他无数次抛弃了常人视为能带来好处和快乐的东西，为的就是捍卫自己的自由。他原本可以在公职上大展宏图，只要例行公事或遵从他人就可以，但对他来说，没有比这更厌恶和恶心的事了。他讨厌所有形式的公务职业，无论是政府机关还是商业机构，就像他讨厌死亡那样，他做过的最可怕的噩梦是他被关进了兵营中。他力争避免自己陷入所有类似的窘境，通常要做出不少牺牲。这正是他的长处和美德，在这一点上，他绝不妥协。在这一点上,他的性格是坚定的、坦率的。正是这个优点,让他将自己同受苦受难的命运更为密切地束缚在一起。他和所有人一样,用最深刻、最固执的本能竭力争取的东西最终都能得偿所愿,但过多了并不是一件好事。最先开始是他的梦和快乐,最后则成了他的厄运。追逐权力之人毁于权力,追求金钱之人毁于金钱,屈从顺服的人毁于谄媚迎合,一味求乐的人毁于快乐,而荒原狼则毁于他的特立独行。他达成了自己的目标,现在甚至比以前更独立了。他从不听命于任何人,也从不改变自己的做事方式以适应任何人。独立而孤独,做什么或不做什么都由他自己决定。因为每个意志坚强的人都能得到驱使内心冲动而去追寻的东西。然而,在得到自由后,哈里突然意识到,他的自由竟是死亡。他处在孤独的境地。世界以一种离奇的方式将他遗弃在宁静中,没有人再记得他,甚至连他自己都与自己全然无关了。在越来越稀薄的离群索居的氛围中,他开始慢慢地感到窒息,似乎孤独和独立现在已经不是出于他的自愿,不再是他追求的目标,更像是他命中注定的事和他的审判。那神奇的祈愿一旦得到满足便不会再被消除,他再如何满怀渴望、善意地张开双臂去与人交往、融入集体也无济于事。现在，无人理会他，但并不是出于憎恨和厌恶。恰恰相反，他有很多朋友，许多人都挺喜欢他，但这不过是出于同情或善意。他收到邀请、礼物和友好的来信，但从未有人真正地接近他，与他建立联系，也无人愿意与他一起生活。现在，他的周围都是孤独的空气，他周围的世界在一种寂静的氛围中渐渐离他而去，他没有与外界建立关系的能力，意志力和渴望也都无济于事，难以与之抗衡。这便是他的生活特征中最为显著的一个。

他另一个特征就是他属于自杀者中的一员。这里必须要说一下，所谓自杀者单单指那些结束了自己生命的人，这种说法是不正确的。在这些人当中，其实有很多人是出于某种偶然性才自杀，自杀并非其本意。在这些没有个性、没有显著特点、没有坎坷命运的普通人当中，有的人的确是以自杀的方式结束了自己的生命，但从他们的特点和本性来说，他们并不属于自杀者的类型。相反，从本质来说，在这些属于自杀者类型的人当中，有很多人，或许是大多数人，其实从来没有真正自杀过。而哈里就可以算是其中一个"自杀者",这种人的生活并不一定要跟死亡发生多么紧密的关系,甚至不一定非要将自己杀死。这样特别的自杀者最大的特点就是他的自我——尽管这种说法是对是错还很难说——是大自然中一个极端危险、非常可疑且已经注定的萌芽,在他的眼中,自己总是暴露在极端的危机当中,就好像他站在峭壁顶端,只要有外力轻轻一推或者自己稍有晕眩虚弱,就足以坠入这虚无的万丈深渊当中。这类人在命运道路上有个特点,他们相信自己最接近善终的方法便是自杀,至少他们自己是这样想的。这种想法通常在他们年轻时便会有所体现,并且会伴随他们一生。这种想法并不是因为特别弱的生命力萌生的,事实恰恰相反,"自杀者"总表现出异乎寻常的顽强和对生活的渴望,也具有勇猛果敢的本性。但是,正如那些一患病就发烧的人一样,被我们称之为"自杀者"的这些人总是非常敏感且情绪化,稍有刺激便会把自杀的概念加以扩大。如果有一门科学具备如此的勇气和权威性,敢于从人性的角度来考量其本身,而不仅仅研究生命现象的机理,如果我们具有人类学和心理学的科学,那么上述理论早就为世人所熟知了。

以上对自杀者的种种言论可能只是流于表面，是一种心理学，也是物理学的一部分。从形而上学的角度来考虑，就会是另外一种情况，而且会更加清楚。就这一方面来说，"自杀者"表现为在自我的个性发展过程中罪恶感深重的人，或是表现为他们在骨子里发现自己的生活目标无法圆满或无法成为自己想要塑造的那个人，从而自我解脱，回到母体、皈依上帝、归于世间一切。很多具备这种天性的人其实无法去实行真正的自杀行为，因为他们对于自杀这件事有很强烈的罪恶感。对于我们来说，他们之所以是自杀者，是因为他们的救世主是死，而并非生。他们已经准备好放弃生命、屈服于命运、熄灭自我、回归初始。

正如所有的强项都会成为弱点（在某些情况下必定会发生如此变化）一样，相反的，典型的自杀者会从他明显的弱点中发现力量和支柱，并且这种情况经常发生。哈里，荒原狼，就是这样一个典型。同他不计其数的同类一样，他从中发现了慰藉与心灵的支持，而不仅仅是年轻时幻想出来的一出悲情剧，他抱有这样的想法：通往死亡之路随时会出现在他的面前。对他来说，就跟所有人一样，每一个刺激、每一次痛苦的经历、每一个不幸的窘境都能够立刻唤起他在死亡之路上寻求解脱的愿望。但是，从某种程度上来说，正是由于这种倾向，他为自己塑造了一种对生活大有裨益的哲学。他坚信那扇通向死亡的大门总是向他敞开，并从这种思想中获取力量，他也变得充满好奇，想要彻底尝尝世间所有痛苦的滋味。如果当真面临太严重的状况，他甚至会带着一种幸灾乐祸的感觉想："我就是想看看，一个人究竟可以承受多少苦难！如果我真的能够达到极限，我只需要打开这扇通向死亡的大门，便可以彻底解脱了。"有很多自杀者就是在这种想法的影响下，得到了极不寻常的力量。

另一方面来说，所有自杀者都熟知该怎样抵御自杀的诱惑。他们在自己内心的某个角落十分清楚，自杀纵然是一条出路，却是卑劣的下策，相比之下，被生活所虐要比亲手扼杀自己的生命高尚且美好得多。这种对自杀的认知，这种对自杀深感内疚的观念，与那些所谓的自我满足者的罪恶感来源大致相同，使得大多数"自杀者"会不断地跟自杀的诱惑做斗争，就像偷盗惯犯与自己的恶习长久地苦苦抗争一般。荒原狼也很清楚进行这种抗争所需要做的努力，他曾经所使用过各种各样的武器来应付这场斗争。最终，在他四十七岁左右的年纪，他产生了一个能令自己高兴且不无幽默的念头，这个念头时常让他感到愉悦。他决定在自己五十岁生日那天，他可以允许自己取走自己的性命。他与自己达成一致，约定在那一天，他可以根据自己的心情来确定是否使用这扇死亡之门。不论还有什么事会发生在他身上，疾病、贫困、苦难、痛苦都无所谓了，一切都有了截止时间，这一切也就只有几年、几个月、几天的时间，不会再久了。现在，即便事实上他要承受更多的苦难，比预期中更严酷更长久地折磨他，甚至撼动了他赖以生存的生命根基，这一切也变得容易挨过去了。当他出于某种原因而感到特别难受时，或者当孤独、寂寞、混乱的生活又额外增添了痛苦时，他可以对这些痛苦的根源说道："只需等待，等上两年，我就会成为你们的主宰。"然后，五十岁生日的早晨的情景便会一遍一遍

浮现在他的想象中：他倚仗一把刮胡刀，将所有的痛苦抛诸脑后，并在身后关上这扇门。这时，向他祝贺的信件纷至沓来。于是，关节中的痛风、精神上的压抑以及身体和头部的疼痛都只能认输了。

现在，仍然需要将荒原狼作为一个与世隔绝的现象加以阐释，尤其是他跟市民阶级世界的关系，这些现象都与其基本原则有关。我们就以他与市民阶级的关系为出发点吧。

从他自己的观点来看，荒原狼完全独立于市民阶级的世界之外，因为他既没有家庭的牵绊也没有功成名就的野心。他觉得自己形单影只特立独行，一会儿是一个脾气古怪之人，是一个身体欠佳的隐士；一会儿又觉得自己是个有着某些异于常人的天赋的特殊个体。他轻视市民阶级的生活，并以自己没有成为这样的人为荣。尽管如此，他的生活在很多方面却完全像个普通市民：他在银行里有存款；他资助一些贫穷的亲朋好友；他虽没有特别注意自己的穿着，但依然透出一种不易令人察觉的体面；他力求跟警察和收税员或其他有权势的人和平相处。除此之外，一种暗藏在内心的强烈欲望让他总是被市民阶级的小世界所吸引，迷恋于那些又安静又体面、有着整洁的花园、无可挑剔的楼梯、井井有条且充满舒适温馨氛围的家。虽然他沾沾自喜于自己小小的恶习、放纵的禀性，任由自己做一个怪人或是一个天才，但在他一生中从未在无市民精神的地方居住生活过。他既没有在有权势的、有特殊才能的人那里居住过，也没有在不法之徒或被剥夺权利的人那里住过，他住的地方总有市民阶级的人，他总是和他们的习惯、原则和氛围保持着联系，即便这正是他想反抗的东西。此外，他在一个偏僻乡下、守旧古板的家庭中长大，很多观念和童年的记忆总是萦绕在他的心中。所以从理论上讲，他一点不反对卖淫，但他却无法认真对待妓女，无法平等地看待她们。对于政治犯、革命党、文化骗子、反社会反国家的不法之徒，他可以视其为手足，但是对于小偷、劫匪、杀人犯和强奸犯，除了给予同情之外，他绝不同流合污。

就这样，他的思想和行为也分成两半，其中一半所认可、确定的始终是另一半所不认可、否定的。他在一个家教严格的环境中长大，一直受固有的礼仪和道德的熏陶，所以他从来没有撕毁自己灵魂的外皮、背弃传统道德，即便长久以来，那个被赋予了独立个性的自我已经超出了普通市民能够接受的程度，但他早已从普通市民的理想和信仰中解放出来了。

这里所谓的"市民精神"，其实是一种在常人生活中随处可见的状态，无非是渴望达到一种平衡，是在人的行为举止中，在数不清的极端和对立面之中寻求中庸之道。如果我们从对立的东西中取其一对以此举例，比如虔诚自律与放任纵欲，我们就很容易理解了。对于一个人来说，这完全是开放的，他既可以将自己献身于精神世界、寻求上帝的眷顾和圣洁的理想；相反，他同样也可以将自己彻底放任于生命的本能、肉体的欲望、瞬间的快感之中。走前一条路可以做个圣人，经历精神的殉难并得到上帝的眷顾；走另一条路则可以做个放荡之徒，得到肉体的享受并为堕落的魔鬼所垂青。而普通市民则处于二者之间，在中庸和谐里生活。他们永远不会自暴自弃，不会迷恋于过度纵欲，也不会做禁欲的苦行僧，他们绝不会以身殉道，不会甘于堕落毁灭。恰恰相反，他们的理想不是舍身奉献，而是保持自我。他们所追求的既不神圣也不邪恶，他们只是单纯地无法忍受绝对性。他们或许已经准备好侍奉上帝，却又不想放弃物质享受，虽然想刚正不阿，却也愿意在这世上活得简单舒适。简而言之，他们的目标是为自己在两种极端中建造一个温和的栖身之地，没有暴风骤雨，而他们也确实成功了，尽管是以那种极端的生活才有的力道和紧张感为代价。只有以丧失自我为代价，才能过上热情而充满紧张感的生活。普通市民将自我看得比什么都宝贵（哪怕这只是个发育不良的自我），舍弃了极端，便会获得自我与安宁。他们最大的收获不是对上帝的痴狂，而是心灵上的安宁；他们要的不是快感，而是愉悦；他们追求的不是自由，而是安逸；他们不是要致命的炽烈之火，而是要舒适的温度。归根结底，市民是软弱的生活原动力的产物，他们充满焦虑，害怕失去自我，容易统治。因此他们用多数代替权力，用法律代替武力，用投票公选代替责任义务。

显而易见，这种软弱、充满焦虑感、怯懦的人很多，并且很难自立。由于能力使然，他们在这个世上只能扮演狼群中的羔羊的角色。然而，我们还是可以看到，尽管在强权统治时期，市民遭受到了排挤，却从没未灭亡，甚至有时还能统治世界。这是如何做到的呢？他们在数量上并不占优势，无论品德、常识还是组织体系，都无法将其挽救于毁灭的危亡。如果一个机体太过虚弱，那么世界上就没有任何特效药能够维持其生命。尽管如此，市民阶级依然存活，且兴旺繁荣，这是为什么？

答案很简单：因为荒原狼。其实，市民阶级的生命力无论如何都绝不是由那些正常成员的能力体现出来的，而是体现在那些为数众多的"局外人"当中。由于市民阶级理想的界限具有模糊性，能扩大也能缩小，所以能够将那些"局外人"包罗进自己的行列。市民阶级中有很多坚强、野蛮的人。我们的荒原狼哈里就是这样一个典型的例子。他已经远远超出了市民阶级所能容纳的范畴，他深知冥想的乐趣，也能享受憎恨与自我厌恶带来的阴郁快乐。他虽然轻视法律、道德和常识，却被市民阶级俘虏，无法逃离。所以，围绕着真正的市民阶级的群体，是其他阶层的广泛的人类，他们不计其数且充满活力和智慧。尽管他们当中的每一个都超越了市民阶级，并且能够过极端主义的生活，但他们因为对市民精神的幼稚感情而始终留恋着市民阶级。虽然他们受到了市民阶级的感染，降低了生活的紧张感，但他们依然留在市民阶级中，听命于它，承担着自己的义务职责，并为市民阶级服务。对于市民阶级来说，那些大人物时常套用的准则公式也同样适用：凡是不反对我的，都是拥护我的！

如果我们再来剖析一下荒原狼的灵魂，就不难发现他高度发展的个性，使他成了一个非市民——所有极端的、个性化发展的结果都会转过来反对自我——并会产生自我毁灭的意图。我们可以看出，有种很强的冲动驱使他既想做个圣人又想纵欲享乐。当然，他无法做到这点，由于某些弱点或惰性导致他无法投身于自由的宇宙空间，而是被禁锢在市民阶级这个母性天体上。这就是他在这浩瀚的宇宙中所处的位置，也是他最大的束缚。大部分知识分子和大多数艺术家都属于这种类型。他们当中只有最坚强的人，才能冲破市民阶级的地球的大气层，冲向属于自己的外太空。其他人都自暴自弃或者妥协退让，他们蔑视市民阶级，然而他们本身就属于这一群体，为了生存下去，最终他们不得不认同市民阶级，以此来美化它，使其增强实力。这虽然没有对这些人的生命造成悲剧性结果，却让他们活在了巨大的不幸和苦难的阴影中，正是在这种苦难的地狱中，他们的天分得以变得成熟并开花结果。极少数能够冲破樊篱的人，走入了极端之地，并在壮丽的华彩中无所畏惧地走向毁灭，他们是极富悲剧性的，这种人少之又少。然而，其他人仍身居市民阶级之中，而市民阶级通过利用这些人的才能一次又一次收获颇丰。在他们面前，一个第三王国正在为他们打开，那是一个虚幻但独立的世界——幽默。那群孤独不安的荒原狼、那些承受着源源不断的痛苦的人们，他们缺乏走向悲剧、冲破禁锢进入宇宙空间所必备的力量。他们意识到自己应当去做极端主义者，但又无法在这种境界中生活。如果他们的精神在苦难中能够变得更为坚忍并伸缩自如，那么，他们就可以找到一条妥协之路——幽默。幽默的王国中也有市民阶级的,尽管真正的市民阶级无法理解幽默。在这个虚构的幽默王国,所有属于荒原狼那复杂而具有多面性的理想都得以实现。在这里,不仅可以同时赞美圣人和堕落者,可以在同一种论调中使两种极端交会在一起,还可以将市民阶级囊括进被肯定者的行列。信奉上帝之人或许会认同有罪之人,反之亦然,但是这两者以及所有的极端主义者,都无法对那个施行不温不火的中庸之道的市民阶级加以肯定。唯有幽默,它是那些注定成就一番大事业却遭受了重大挫折之人美妙的发明,是近乎悲剧之人的发明,是不幸的天才的发明。唯独幽默(这或许是最辉煌、最天才的成就),能将不可能变为可能,并且将人类的一切领域置于其棱镜所发出的光辉的荫泽之中:身居这个世界,却好像又不是身在这个世界;尊重法律,却又立于法律之上;拥有财产,却又好像一无所有;抛弃一切,却又似乎什么都没有放弃。所有通达世故而又高尚的人生智慧所喜欢以及提出的这些要求,唯独幽默可以实现。

荒原狼并不缺少成功实现这一切的天赋,倘若他能够在其沉闷、杂乱无章的地狱中把这魔酒熬煮出来,喝完发汗，他确定无疑会得到拯救。尽管要做到这一点，他还有所欠缺，但得到拯救的可能性和希望还是有的。任何喜欢他或关心他的人都希望看到他被拯救。或许正是这样，他才会永远地停留在市民阶级的世界中，而他的苦难会变得尚且可以忍受且对他有用。他与市民阶级剪不断理还乱的关系，无论是爱还是恨都会失去感伤的色彩，他不再会因为对这个世界的依附而陷入羞耻心的折磨中。

为了达到这种境界，或者说为了至少有这个可能敢于奔向宇宙，这样一匹荒原狼必须一窥自己的本来面目，必须深入灵魂的混沌与杂乱之中一探究竟。那时，他那频出状况的生活便会立刻向他透露出其无法更改性，他将永远无法从欲望的地狱里逃向情感哲理的慰藉中，然后再逃向狼性的放荡与盲目之中。人与狼会被迫摘下虚伪的情感面具，直直地逼视对方的眼睛。他们要么会大动干戈，从此永远分开，以至于世间再也无荒原狼；要么会在幽默之光中互相妥协，达成一致。

很有可能有一天，哈里会面临上述二者情形之一。总有一天，他能够学会认识自己。或许，他会得到一面能照亮内心的小镜子，或许会遇见长生不朽之人，或者会在一家魔术剧院中找到释放自己混乱的灵魂所必备的东西。有一万种可能性在等待着他，这些可能性无法抗拒地被他的命运所吸引。所有那些生活在市民阶级世界之外的人，都生活在由这种神奇的可能性所构成的环境当中。一件极其微小的事情就可以使其灵光乍现。

所有的一切荒原狼都非常熟悉，即便他的眼睛从来没有在这些灵魂传记的概要上停留过。他能够认识到自己在世界这座大厦中的位置，能够知晓并了解那些不朽之人，能够预知却又害怕总有一天他要正视、剖析自己。他很清楚那面镜子的存在，他迫切需要看向这面镜子，却又因为出于恐惧而退缩了。

在我们对荒原狼的研究进入尾声时，最后还有一个假设，一个由基本原理产生的错误需要澄清。一切试图让事情变得可以理解而进行的阐释与心理剖析，都需要以理论、神话与谎言作为媒介，一个有自知之明的作者不应该忽视这一点，并应该在其阐述的最后部分将谎言澄清，哪怕只是尽其所能也好。如果我说了"上"或者"下"，那么就需要对二者的状态加以解释，因为"上"也好，"下"也罢，都只是存在于思想中的概念，只是一种抽象的描述。世界本身并没有上下之分。

简单来说，"荒原狼"是一种幻觉。倘若哈里感觉自己成了一个狼人，认为自己是由两个完全对立的性格组成时，那么，这就只是一个简单化了的神话。哈里压根儿不是什么狼人，他为自己虚构了这个谎言并深信不疑，如果我们没有仔细审视就轻信了这个谎言，将他视为一个具有双重性格的人或将他定性为一匹荒原狼，并且试着加以解释的话，那么我们就是因为希望容易让人理解而利用了一种错误的认知，这种错误的认知便是我们现在需要及时去纠正的。

将自己分裂成人和狼、肉体和灵魂，哈里试图凭借这样的方法更好地理解自己的命运。但他不知道，这其实是一种极其简化的方法，是对真实情况的歪曲。哈里在自己身上发现了许多自相矛盾的地方，他认为自己所有的痛苦都来源于这些矛盾，而这种简单的分裂对他做出具有说服力的解释是有利的，不过这种想法是错误的。哈里发现自己体内有一个"人",也就是说,在思想、感觉和文化的世界里,他具有驯良而高尚的秉性;除此之外,他发现自己体内还有一匹狼,这就是说,在充满欲望的、蛮荒凶残的黑暗世界中,他具有混沌未开的天性。这两种显而易见的分裂相互敌视,他很清楚狼和人偶尔可以短暂地和睦相处,达成一致。假如他试图通过生命里的某个单一的时刻、某个单独的行为来判断他的心中人和狼各自占比多少,他就会立即陷入窘境,他那看似完整无缺、美好巧妙的人狼理论就会倾数瓦解。因为并不存在如此简单的人,即便是原始黑人或者傻瓜,也不会这样简单地让别人将他的本质解释为两个或三个主要特征的合集。为了解释像哈里这样的人而将其单纯地分裂为狼或人,是一种最为徒劳无功的尝试。哈里的性格是由成千上万种性格所组成的,而不是单纯的两种。就像每个人的生活一样,他的生活不是只能在肉体和精神或是圣人与罪人之类简单的两极之间漂泊不定,而是在千万个极点之间摇摆晃动。

我们无须惊讶于即便像哈里这样有超凡智慧和教养的人也会将自己视为荒原狼,或者说用如此简化、初级甚至原始的公式来套用在他那丰富、复杂的生命机体之上。人类并不具备高等的思考能力，即便是富有智慧且受过良好教育的人，也习惯性地以天真简单且带有欺骗性的公式来看待自己和这个世界——尤其是看待自己的时候。所以，所有人都必然需要将自己视为一个整体。尽管如此，无论这个错误的观念会因为遭受到多么剧烈的冲击而动摇，都能重新复原。一个法官坐在杀人犯对面，望着他的眼睛，忽然有那么一刻，法官从自己的灵魂中也看到了凶犯的一切感情、潜能和可能性，并听到凶犯发出的声音同自己的一模一样，而下一刻他又恢复成了法官，退回到那个彬彬有礼或有着文明教养的躯壳当中，行使自己的职责，宣判凶犯死刑。如果具有非凡才智和内心敏锐的人，能够逐渐意识到自己是多重性格，可以冲破性格必须统一的观念，意识到自己由许许多多的自我所组成，那么，只要他们将此观念宣告天下，绝大多数的正常人就会把他们关起来，求助科研，宣布他们得了精神分裂性躁狂症，以此来避免人们听到那些不幸的人喊出的真理的呼声。既然这样，为什么那些人还要浪费口舌，把每一个有思想的人视为不言自明的事表达出来？而这仅有的表述却是礼仪风俗所不容的。一个人如果能将想象中的单一自我划分为两个自我，那也基本上可以算是个天才了，不管怎么说，都至少是最特立独行、最有趣的人。但是，事实上，每一个自我都远远不是作为一个单一的整体存在，而是一个纷繁复杂的世界，是繁星满布的天空，是将各种形式、状态、不同阶段以及各种继承下来的天性所组成的杂乱的混合体。每个人都力求将这种混合体视为一个整体，谈论起自我时，就好像那是一种简单的、泾渭分明的、有固定形式的现象。表面上看来，这样做就如同吃饭、呼吸一样必不可少。即便是我们当中最杰出的人也会产生这种错觉。

这类错觉产生的原因通常是基于简单的转义。每个人从身体构造来说都是单独的个体，但灵魂从来不是单一的。在文学作品中，即便是那些造诣极高的作品，我们也可以从中发现人们习惯性地将人物设定为看似统一的整体和单一的人格。时至今日，所有的文学作品当中，戏剧已经成为最受作者和批评家褒奖的艺术形式。这是有道理的，因为它提供了将自我以一个具有多重性的实体的方式表现出来的最大可能性。戏剧中的每一个人物都寄居于一个独一无二、统一却又独立的躯壳当中，如果只是粗略地观察，我们便会错误地认为剧中的每个人物都是一个单一的整体。那种最原始的美学对这种所谓的脸谱化戏剧给予的评价最高，在这种戏剧中，每个人物形象都作为一个单一的整体出现，且具有明确的标记和特征。只有经历时间的洗礼才会渐渐发现，这种处理人物的方式只不过是一种肤浅的美学。这种美学概念并不是与生俱来的，而是从古典时期沿袭而来，倘若我们将这种美学概念运用在伟大的戏剧作家身上，那就是犯了一个极大的错误。这种美学概念是以我们所能看见的躯体而形成的，都是自我与人物的幻觉。在古印度文学中，这种概念无迹可寻。印度史诗当中的主人公并不是单一的个体，而是由一系列典型人物所形成的一个整体的集合。在当代也有一些这样的作品，通过对人物特征和性格品质的描写，试图表现出人物灵魂的多面性，而这可能并不是作者有意而为之的。任何人想要认清这一点，都必须下定决心，不要将这类作品中的人物当作一个单一的个体，而是要将其视为更高级的整体（在我看来，这种整体是作者的灵魂）的各个部分、各个方面、各个不同的侧面。如果我们以同样的方式看待"浮士德"，那么浮士德、梅菲斯托、瓦格纳和其他人物就会整合成了一个整体，一个完整的个体。正是在这种更为高级的整体中，而不是在某些单一的人物形象中，才能揭示出灵魂真正的本质。浮士德说过一句在教师的行列中经久不朽同时又被庸人们争相传诵的名言："啊，在我的胸膛里，同时住着两个灵魂！"但是，他却已经忘掉了梅菲斯托，忘记他的胸膛里还有其他许许多多的灵魂存在。荒原狼也是如此，他相信自己的胸膛里住着两个截然不同的灵魂（狼的灵魂和人的灵魂），所以，他觉得是这两个灵魂使自己的胸口压抑难受、充满束缚。身躯只有一副，但居于其中的灵魂却并不只是两个，也不是五个，而是无数个。人就如洋葱，外面包裹着层层表皮，又如无数细线编织而成的布匹。古代亚洲人已经深谙此道，而且在禅宗瑜伽里特别设计出了一套详尽的技巧，用以揭示人性中的虚妄幻想。人类的表演极富趣味性和多样性，印度人不惜付出几千年的努力去揭示虚妄幻想，而西方人却付出了同样艰苦的努力来支撑这种虚妄的幻想，并使之更为强大。

如果我们以上述论调为出发点来观察荒原狼，就不难想明白，为什么他会在这种荒唐可笑的双重人格中，饱尝了这么多的苦难。他跟浮士德一样，深信对于一副胸膛来说，两个灵魂实在是太多了，它们定会将胸膛撑破。而事实恰恰相反，两个灵魂太少了。当哈里试图通过如此原始的概念去理解自己的灵魂时，那便是扭曲了自己可怜的灵魂。即便他是一个受过高等教育的人，但对于他的灵魂而言，他都像是一个野人一样，只能数到二就再也无法数下去。他声称自己一半是狼，一半是人，为此感到筋疲力尽。他把在自我当中所能够发掘出的一切充满智慧的、高尚的甚至是最有教养的东西都归于"人"的那一边，所有的一切本能的野蛮和混沌无序的东西都归于"狼"这一边。但生活远没有我们所想的那么简单，也并非如我们笨拙语言中所说的那样粗糙简陋。哈里勉强地将这种人狼理论套用在自己身上，无异于双倍地对自己撒谎。我们担心他将原本背离人的东西划分到人的那一边，而划分到狼的这一边的东西已经远远超出了狼的范围。

同所有人一样，哈里相信自己已经非常清楚人为何物，然而他对此根本就是一无所知，尽管在梦里或其他不受主观控制的状态下，他经常能够感知到一些。但愿他不会忘记这些感受，可以尽量地掌握这些感知！人无论如何都不会保持着一种确定持久且一成不变的形式（这只是古典时期人们所追寻的一种理想状态，尽管一些智者提出了与之对立的概念）。人不仅仅是一次实验或一种过渡，人是横亘在本性与精神之间的一座又狭窄又危险的桥。人的内心深处最为私密的命运驱使他朝向精神的一端、朝向上帝前进——而他内心深处的欲望却吸引着他，让他回到本性这端，回到母亲的怀抱。他的一生便在这两种力量的双重作用下颤抖着，举棋不定。无论人们对"人"有什么样的看法和理解，不过就是一份暂时性的市民协议。这份协议拒绝和禁止了某些更为率性的、毫无遮掩的本能，要求人有一定的个人意识、道德和教养，人的精神不仅是允许的，甚至是必需的。这份协议里"人"的概念，就像每个市民所理想的那样，是一种妥协，是一种缩首缩尾、幼稚可笑的企图，目的就是欺骗。既欺骗了狂怒暴躁的本性之母,又欺骗了令人讨厌的精神之父,使他们舍弃严苛的要求,从而在二者之间寻求一块温和地带得以容身。因此,市民能容忍所谓的"个性",但同时又任凭"个性"听从那凶神恶煞的怪物的摆布,并不断地挑拨二者。所以,市民阶级今天要将这些人当成异教徒烧死,或定为罪人将其绞死,而明天却又为这些人树立丰碑。

与其说人类是造物主未完成的作品,不如说是精神的要求,是一种既可怕又充满诱惑力的、遥远而充满可能性的东西。那些今天被送上绞刑架明天又将名字写上纪念碑的少数人,在通往这种可能性的路上踽踽前行,伴随他们的只有艰辛的痛苦和癫狂的喜悦——荒原狼也有这种预感。尽管如此,与"狼"相对立而被称为"人"的那个他,在很大程度上来说,跟在市民阶级惯常风气的熏陶下的普通人无异。

在通往完人的道路上,在通往不朽的道路上,哈里可以清晰地感知,但还是偶尔会步态踌躇、徘徊不前,因为他深知一旦踏上这条路就必须付出巨大的代价,忍受肉体上的痛苦和精神上的孤独。但是,去追求那最高的要求、那内心真正所要寻求的人，去走那条唯一通往不朽的羊肠小道，他的内心深处就怯懦了。他深知这意味着要经受更为巨大的痛苦，意味着会遭受歧视和排挤，意味着他不得不放弃一切，甚至会将他带上绞刑架——即便到达这条不朽之路的尽头就可以永生，他仍然不愿意承受这些苦难，或为这一切而一次次地赴死。尽管他比市民阶级更清楚修身的目的，但他依旧紧闭双眼，选择对此视而不见，不愿知道：绝望地依附于自我，反抗着不愿赴死，无疑是通向永恒的死亡；而舍生忘死，能够抛弃这副皮囊，不遗余力地投身于自我变化中，就会永生。在这些不朽的人物当中，有他崇拜的人，莫扎特就是一例。他长久以来总是用市民阶级的眼光注视着他，就像大学讲师喜欢做的那样，他热衷于探寻是什么东西令莫扎特如此完美，他更愿意将探索的成果视为其很高的天分，而不是他伟大的献身精神和忍受苦难的能力，不是他出于对市民阶级理想的漠不关心和对极度孤独的忍耐力。这种孤独是客西马尼花园①式的

---

① 耶路撒冷的花园。

终极孤独，这种孤独使修身之人、经历苦难之人周围的世俗氛围变得稀薄，最终成为冰冷的以太世界。

无论如何，我们的荒原狼至少已经能意识到自己身上具有浮士德式的双重性。他发现，自己统一的躯体里的灵魂并不统一，他只是在通往和谐统一理想的朝圣之路上前行。他既不想超越狼性，完全成为人，又不想背弃人性，仅仅过上狼的生活。也许他其实从来没有认真观察过一匹真正的狼，如果他这样做过，那么他应该会看到，即便是真的野兽在其精神层面也并不是统一的，在它们结实有力的躯体里也隐藏着各式各样追求和形态。狼也是一样，它也有属于自己的地狱，也同样饱受痛苦。不，"回归自然"的口号只会将人引向一条满是无尽痛苦和绝望的道路。哈里永远不可能变成一匹彻底的狼，如果变成狼的话，那么他会发现，即便是狼也并非是纯粹、质朴简单的存在。狼同样是一个复杂的多面性的生物，狼也会有两个甚至更多个灵魂同时存在于其身体内。谁迫切地希望成为一匹狼，谁就会像那个唱"我如果可以回到童年那该多好"的人一样健忘。那个深情地唱着童年赞歌的歌手，富有同情心且多愁善感，他想要回归自然、恢复纯真的本性、回到一切事物的本初，但他完全忘了被歌颂的童年也充满各种矛盾和复杂的冲突，孩子们也绝不是幸福的，也有各种痛苦。

其实，根本就没有什么回头路，既不能退回成狼，也无法退回成孩子。万物起源之时就不是圣洁单纯的。世间万物，即便是最简单的造物，在被创造出来的那一刻便已经有罪，已经具有多面性，已经被抛入生活的泥流中，即使奋力洄游，也无法逆流而上。一切返璞归真、走向本源和上帝的路，都不是转回头，而是向前行；不是退回成狼或者孩童，而是走进罪恶，引导我们修身。自杀并不能真正解决你这只可怜的荒原狼的问题，你必须踏上一条更遥远、更艰难、更漫长的修身之路。你必须将你的双重性变得更加多面，让你的复杂性变得更加复杂。你的世界不应该越来越窄，灵魂也不应该越来越纯洁，而是应该不断容纳这个世界的一切，最后将整个世界容纳进你痛苦而膨胀的灵魂中。这就是佛祖和每一个伟大的人必须走过的路，无论是刻意追求还是无意为之，到了这种境界时，他的追求总会得到好运的眷顾。所有人从出生那一刻起,就脱离了宇宙万物,这就意味着脱离了上帝,意味着痛苦重新变异。回归宇宙,解除掉痛苦的个体的独立性,修身成神,这就意味着他的灵魂已经扩张直到能够再次将宇宙万物包容海纳。

这里,我们所说的并不是学校、国民经济、统计学里所指的那些人,也不是大街上的芸芸众生,那些人不过是海边的沙粒或波涛拍打礁石溅起的浪花。我们并不关心那些人多几百万或者少几百万,他们的数量并不重要。他们不过是些物质,除此之外什么都不是。不,我们在这里所说的,是更高意义层面的人,是指那些到达漫长的修身之路的终点的人,是那些高贵的、不朽的人。天才并不像我们想象的那样稀少,当然也不像很多历史书记载或报纸上报道的那么常见。在我们看来,哈里可以算得上是个天才,他尝试着成为真正的完美而成熟的人,而不是在每次遭遇困境时就可怜兮兮地念叨自己是个愚蠢的荒原狼。

具有这种能力的人经常借荒原狼之口,发出"哦,两个灵魂!"来敷衍,就如同他们经常懦弱地爱着市民阶级一样，让人惊讶又悲愤交加。一个懂得参禅悟佛，又能凭直觉感受到人性的天堂与地狱的存在的人，不应该活在一个被"常识"、民主政治和市民阶级的标准统治着的世界中。只有因为胆小与怯懦，他才会甘于在那样的世界活着，当这个世界的规模被过度压缩和市民阶级的空间过于拥挤之时，他便会将这些推卸给"狼"，而不知道狼有时是他最出色的一面。他将自己身上一切野蛮的特质都称之为狼，觉得狼是危险、卑鄙且可怕的，即便他自诩为艺术家并且认为自己拥有敏锐的感官，却无法看到自己的心里除了这匹狼，还有很多其他东西存在。并不是只有狼才这么凶猛，还有狐狸、龙、猿甚至天堂鸟，它们都会咬人。这整个世界，这整个伊甸园以及它所有的表象：美好与恐惧、伟大与卑鄙、力量与温柔，这一切都被荒原狼的形象揉碎、压实并封印禁锢起来，正如在他心中那个真实的人，也被虚假之人和市民阶级加以压制禁锢一样。

设想有这么一座花园，育有上千百种树、千百种花、千百种水果和蔬菜。试想，看管这座花园的园丁对于不同种类的植物只懂得以能吃、不能吃来区分，那么这个花园中十之八九的植物他是不知道该如何处理的。他会拔掉最妩媚迷人的花、砍倒最华美高大的树，用一种厌恶嫌弃的眼光看待它们。荒原狼便是这样对待他那千千万万的灵魂之花。只要是不属于"人"或者"狼"范围之内的东西，他一律视而不见。看看吧，他都把什么东西归纳进了"人"的范畴之内，尽是胆小怯懦、愚蠢麻木、卑鄙低劣的品性，只要算不上"狼"，他就全都算为"人"，正如他将所有自己还无法驾驭的强壮而高尚的品性都归于"狼"一样。

现在让我们与哈里告别，任他独自一人继续自己的征途。倘若他已经栖身不朽者的行列，已经到达了他视作坎坷征途的终极目标，那么，他会带着何等惊异的目光回首这来往的奔波，回望自己迈出第一步时的优柔寡断和这崎岖艰险的荒野小径？届时，他一定会对这匹荒原狼露出混合了既有勇气与责备又有惋惜与愉悦的微笑！

读到最后，想起几周前我连夜写下的一首相当怪异的小诗，也是关于荒原狼的。于是，我在凌乱不堪的写字台上扒拉了半天，终

于寻得了它,它是这样写的:

　　荒原狼来来回回小步跑着,

　　世界在雪中深深沉静。

　　乌鸦从桦木枝头飞起,

　　到处不见野兔,也不见牡鹿。

　　若我能见到那头牡鹿,

　　它是如此温驯、如此可爱,

　　我会将它撕碎解馋,

　　我会惊异于齿间的口感,

　　啊,这是天下最幸福的事。

　　我是如此珍惜这可爱的家伙,

　　并在它温柔的呼吸中尽情款待我自己。

　　我会使出全力吮吸它的鲜血,

　　然后奋力号叫,直到夜色降临。

　　我甚至不会轻视一只野兔,

　　它温暖的肉体在夜里尝起来足够鲜美。

　　是不是一切都离我而去,

生活就会光明一点？

我脖颈的鬃毛已经变得灰白，

我的眼睛视力在下降，

几年前我亲爱的母狼死了。

现在我小跑前行，梦想美味的牡鹿，

现在我小跑前行，梦想可爱的野兔。

我听到午夜风的呼号，

我干涸的喉咙因饮雪水渐渐滋润，

将我的灵魂献给魔鬼。

现在，面前摆着两幅我本人的肖像画，一幅是这首诗描述的自画像，就跟我本人一样悲伤且懊悔；另一幅则出自一个从外部对我进行观察的、置身事外的人之手，他比我更了解我自己，或者又远不及我本人了解我自己，画面冷静且极为客观。这两幅画给我带来了同样的折磨。它们都没错，都将我那悲观厌世的人生赤裸裸地勾勒了出来；它们都一览无余地向我展示我所处的状况是何等让人难以容忍、难以维持下去。这样的荒原狼必然会去死，他必定会用自己的手终结这种厌恶的存在。或者，他会在重新认识自我的火焰中熔化，改变自己，卸下假面，获得新生。啊哈！这个过程对我来说毫无新鲜感，我一点儿也不陌生，我已经经历过很多次了，而且总是在最绝望的时候。每次我遇见这种激动人心的经历时，都将原本的那个"自我"击成碎片。每次，内心深处的暴力都会撼动它，再将它摧毁。每一次，我生命中最为珍惜又格外喜爱的一部分都会背叛我，永远地离开我。譬如有一次，我遗失了自己的声誉和财产，曾经会向我脱帽致意的人不再对我尊敬。还有一次，我那精神失常的妻子将我赶出了我的家门，我的家庭生活彻底毁于一旦。爱情与信任瞬间变成了仇恨与致命的敌意，邻居们带着同情的轻蔑眼神望着我。这便是我孤独的源头。过了几年，在历经了那些艰苦辛酸的年月后，我在极度的孤独和艰难的自律中逐渐树立起了新的、禁欲主义的生活和信念，再次获得了生活的宁静和新的高度。我迷恋于抽象思维的演练，遵守严格的冥想规则，而这种生活方式也在顷刻间被打破，立刻失去了它那崇高的意义。一次短暂的环球旅行让我重新开始审视人世，新的痛苦与罪恶也纷至沓来。每次当面具被撕碎、理想破灭的时候，都是以这种令人痛恨的空虚和寂寞为前奏，我总会感受到致命的窒息感和因与世隔绝导致的压抑感，跌进空洞的、满是荒凉与绝望的地狱，就好像我不得不再一次从中穿过一样。

不可否认，每次我的生活受到这样的打击之后，我总是能有所收获，更加自由，精神也为之一振，各种精神层面的认识也更深了，但随之而来的是孤独的加深，误解的增多，以及那种疏离感产生的越来越多的寒意。从一个市民阶级的角度去看，我的生活经历着一个又一个的打击，因而不断走向堕落，每一次打击都使我与那些正常的、人们可以接受的、健康向上的生活更为疏远。这些年来，我失去了我的家庭、我的房子、我的工作，置身于所有社交圈子之外，茕茕孑立，没有人爱我，遭到很多人的不信任，和公共思想与公共道德越来越格格不入，甚至产生激烈冲突。尽管我仍然栖身于市民阶级的环境当中，但从我自己的想法和感受来说，我是这个世界中一个彻彻底底的陌生人。对我来说，宗教、家庭、国家都失去了其本身的意义，和我没有任何联系。那些装腔作势、自我夸耀的科学家和艺术家都令我恶心。我的观点、品位和所有的思想，曾经令我像是一个天才般闪闪发光，受到大家的尊敬。现在，这些都变得荒芜，被人忽视怠慢，我被不信任的目光所笼罩。也许我现在正处于所有痛苦的转变过程中，会因此收获一些无法用肉眼看到、莫名其妙难以解释的东西，但我不得不为此付出高昂的代价。

每一次的转变都让我的生活更加粗粝、更为艰难、更加孤独且危险。事实上,没有什么理由能让我渴望在这条道路上继续行进下去,它只会让我进入更为稀薄的空气中,就像尼采的《秋之歌》里的烟雾一样。

哦,是啊!所有的这些经历、这些转变都是命运为它那历经坎坷、性格执拗的孩子们所准备的,我对这一切太了解了。我熟悉这些,就像一个雄心勃勃却一无所获的猎人熟悉打猎的每一个环节一样,就像一个老在交易所里混迹的博弈者对投机倒把、内幕消息、市场行情和破产倒闭的每一个环节都熟知一样。我真的要在这些经历、转变中再活一次?我真的要再次承受一切折磨、一切令人压抑的苦难,再次无情看穿那个毫无价值、低贱卑鄙的自我,再次面对死亡的恐惧?避免这些苦难一遍遍重演,阻止它们并跳脱出这个状态岂不是更明智、更简单吗?当然,确实更明智也更容易一些。无论在那本讲荒原狼的小册子上所阐述的关于"自杀"的观点是否正确,也没有人能禁止我借助煤气、刮胡刀或左轮手枪来让自己从这个不断重复的过程中跳脱出来,从而获得快乐。这个过程的痛苦我确实已经尝够了。不,见鬼去吧!这世上没有任何一种力量能够说服我再次穿越死亡的恐惧,再次改头换面,再次重生。重生这条道路的尽头，不是平静或安宁，而是新一轮的毁灭自我、新一轮的重塑自我！尽管自杀的行为看上去愚蠢、懦弱、卑鄙，是可耻的、不光彩的，但只要是能脱离这个痛苦的旋涡，即便是最无耻的方式，都是我现在唯一乐于去做的事。在这里，没有什么高尚的英雄主义情怀，只有在轻微且快速的剧痛和不可想象的、逐渐将自我吞噬的、无休止的痛苦之间做出一个简单的抉择。在我这历尽千辛万苦、疯狂不羁的生活中，我演够了堂吉诃德式的角色，宁愿选择荣誉而不要安逸，宁愿留存英雄主义不要理智。够了，现在该将这一切结束了！

当我终于上床睡觉的时候，已经可以透过窗户的玻璃看到发白的天光。这是一个阴雨沉沉的冬日早晨，像铅一样沉闷压抑。我将刚才决定的解决办法一起带上了床。但是，就在入睡前的最后一刻，就在我即将要失去意识的边缘，那本《论荒原狼》的小册子掠过我的脑海，文中那段提及"不朽者"的论述引起了我的一个短暂的回忆。我想起最近的一次，我感到跟不朽者离得很近，我在古老的乐曲声中，分享到了他那冷峻的、明亮的、简朴的却又带着微笑的睿智。这独特的记忆中的场景瞬间在我脑际升腾、射出光芒，随后消失不见。之后，睡意像大山一般，沉重地压在了我的额头上。

大约到了中午，我醒了过来，现实的状况像是被解封一样立刻向我袭来。那本小册子和我的诗就放在床头柜子上，我寻死的决心从我最近一段时间生活的乱麻中探出头来，带着一种冷静又友好的神情望着我。睡了一夜，这决心变得更加清晰、坚定了。欲速则不达。我寻死的决心已经不是一时的心血来潮，它会慢慢长大、逐步成熟并结出饱满的果实，命运的微风将它轻轻地摇晃，而下一阵风必定会将它狠狠吹倒在地。

在我的小药箱里有一种特别好用的镇痛良药——一种非常强烈的鸦片酊剂。我很少放纵自己使用它，通常都会加以克制，几个月才会用上一次。只有当肉体上的痛苦持续折磨着我并超乎我的承受能力时，我才会求助于这种麻醉剂。不幸的是，它并不适合结束我的生命。几年前我曾证实过。有一次，当绝望再次战胜我时，我吞下了大剂量的这种麻醉——那剂量足以杀死六个人，却唯独没有让我丧命。我睡着了，躺在床上几个小时，完全没有知觉，但是过后，我最为害怕和失望的事发生了。我在半睡半醒之间，感到胃里一阵剧烈抽搐，迷迷糊糊地将所有的药剂都吐了出来，然后再次陷入昏睡，直到第二天中午才醒来。当我睁开眼睛，清醒地发现自己处于凄凉而阴郁的状态中，我的大脑一片空白，几乎丧失了全部的记忆。除了有一段时间像是被下了诅咒一样的失眠和胃里的剧烈痛楚之外,这药物什么后遗症都没有给我留下。

所以,可以不用再考虑使用这种药物了。我决定用另一种更为可靠的方法来完成我决定的事:下一次,当我不得不求助于鸦片酊来暂时缓解我的痛苦时,我或许会允许自己用一种更有效的方式来取代这种权宜之计,也就是说,用子弹或刮胡刀实现绝对的死亡。这样,情况就十分清楚了,如果真的如小册子里那个有趣的方法所说,我要一直等到五十岁生日那天——这对我来说似乎太久远了,从现在算起还有两年之久。无论距离那个时刻还有一年或者一个月,哪怕只有一天,那扇门也总是开启着。

我不能说这个"决定"使我的人生发生了多大的改变,只是令我对自身的苦难更漠不关心,让我在使用鸦片酊和借酒浇愁时更随心所欲了一点,也使我对自己所能承受的忍耐极限更为好奇了一些,仅此而已。而那一晚,我所经历的其他事却有着更强的副作用。我又将那本荒原狼的小册子读了很多次,有时心怀感激,像是知道有一个无形的魔术师在英明地指引着我的命运;有时又带着轻蔑与鄙视,觉得这篇文章对我真实的心绪和困境知之甚少。文中对荒原狼和自杀者的内容,无疑写得很好,甚至充满智慧,但有些抽象,或许适用于一类人,但对我独立的灵魂、与众不同的命运来说,却过于宽泛。

但是,在我脑子里挥之不去的,更多的是那教堂墙壁上的幻影,或者说是我的幻想。那跳跃闪耀的字母所组成的充满希望的预告,跟荒原狼的论述不谋而合。我满心期待。那来自陌生世界的声音引发了我强烈的好奇心,我经常连续几个小时陷入深深的沉思中。那一小段标语越来越清楚地向我发出警告:"并非对所有人开放!""只准狂人入内!"如果我能听到那个声音,如果那个世界是对我一人说话,那么从那时起,我一定就是一个狂人了,已经远远不在"普通人"的范畴之内了。我的上帝啊!难道我不是在很久之前就已经远离了普通人的生活,与正常人的思想和正常人的存在方式相去甚远了吗?难道我不是在很久之前就与世孤立并变得疯狂了吗?尽管如此,我的内心深处还是非常理解这种召唤。是的,它要我疯狂,让我放弃理智,从市民阶级的牢笼中逃脱,投身于精神与幻想的惊涛骇浪。

有一天,我穿越街道和广场遍寻那个背着广告牌的人,却徒劳无果。多次在那堵看不见大门的墙壁徘徊之后,我在圣马丁区遇到了一支送葬队伍。我注视着那些送葬的人,他们缓慢而蹒跚地跟着灵车小步前进，我想到了自己。在这个小镇或者世界别的什么地方，会不会有某个人，他的死会让我感到失去了什么？如果我死了，会不会对世界上某个地方的什么人有某种意义？这样一个人或许会是我的情人艾瑞卡，但长期以来，我们都不住在一起，我们很少见面，也不会争吵。而现在，我甚至不知道她住在哪里。她时不时会来看我，或者我也会去找她，因为我们都是那种孤独又不合群的人，所以我们在灵魂上同病相怜，幸好我们之间还有某种联系。如果她得知了我的死讯，会不会由衷地舒一口气？我不知道。我甚至不知道我的感觉究竟可不可靠。要想得到这个答案，就必须要活在现实的、正常的世界当中。

沉浸在想象中，我一时兴起，加入了送葬的队伍，跟在送葬人群后面来到了墓地。那是一座完全由混凝土建成的设施齐全的火葬场。但刚才所说的那位逝者并没有被火化，他的灵柩被放在一个简单的墓穴前。我看到牧师和贪婪的火葬场公职人员各司其职，试图竭力营造出一种庄严肃穆却又悲痛的氛围，但只是在逢场作戏而已，这种装腔作势反而显得十分矫揉造作，让他们看上去十分滑稽。我看到他们那特制的黑色长袍是如何打着褶垂到地上，看到他们是如何引导那些哀悼之人的悲伤情绪，如何迫使他们在死神的威严面前低头屈膝。但这都是徒劳，没有人哭泣。在他们眼中，似乎死者看上去只是一件可有可无的摆设，不会有谁表现出虔诚的情绪。当牧师称大家"亲爱的基督徒伙伴们"时，那些杂货店小贩、烤面包师傅和他们的妻子都沉默不语，场面尴尬，似乎大家都希望这场令人不舒服的葬礼尽快结束才好。葬礼到了最后，站在最前排的两个身份最重要的"基督徒伙伴"上去握了握牧师的手，在附近的一块草坪边上，蹭去了葬入死者时粘在鞋底上的潮湿泥土。之后，他们立刻恢复了平时自然的表情。突然，我发现那两个人当中的一个看着很眼熟。我觉得他应该就是那天晚上背着广告牌并将那本小册子塞到我手里的人。

就在我觉得我认出了他的那一刻，他停了下来，弯下腰，小心地卷起他那黑色长裤的裤腿，夹着一把折叠雨伞迈着轻盈的步子走开了。我快步追上他，但是，当我赶上他并向他点头致意时，从表情上看，他似乎并没有认出是我。

"今天晚上没有什么娱乐表演吗？"我试着问他，并冲他眨眨眼，就好像两个心照不宣的人互相传递信息那样。但就是这样一个很久之前我还很熟练的动作，如今都让我觉得极为困难。确实，由于我的生活方式，我几乎连说话的能力都要失去了。连我自己都觉得，我方才只是做了一个傻乎乎的鬼脸。

"晚间娱乐表演？"他低声咕哝了一句，用一种陌生的目光注视着我，"去黑鹰俱乐部看看吧！哥们儿，或许那里有你想要的。"

这样一来，我倒是不能确认他是不是那个人了。我大失所望，垂头丧气又漫无目的地走开了。我没有方向、目标、必须要做的事，生活又苦又涩。我觉得长时间堆积起来的厌恶感已经到了顶峰，感到生活已将我远远地推到一边，将我抛弃。我怒火中烧地行进在黑暗的城区中，觉得所有的一切好像都在散发着潮湿的泥土气息和一股埋葬死人的腐臭味。我发誓决不让这些披着教士的外衣、念叨着毫无感情的基督教教义的秃鹰靠近我的坟墓。啊，不论我看向何处，想到何处，都没有什么东西能让我欣喜，没有什么能吸引我，也没有任何东西能让我感兴趣。一切都已经老旧、颓败、灰暗、无力，令人筋疲力尽，散发着腐烂与衰败的恶臭。亲爱的上帝，这怎么可能呢？我是如何走到这等地步的？我也曾是个充满青春活力、富有诗意的人，追求艺术、热爱旅行，是个满怀热情的理想主义者——现在却是这副样子！我变得麻木不仁，对自己和所有人都充满了仇恨与敌意，并深恶痛绝，我时常深陷心灵的空虚与绝望的肮脏地狱。然而,这一切是怎么缓慢而又悄悄地降临在我身上的?

路过图书馆的时候,我碰到了一位年轻的教授,几年前我曾经与他交谈过。我上次在这个城市里逗留时,大约是几年前吧,曾多次去他家和他探讨东方神话,当时我对这个课题非常感兴趣。这位近视的教授迎面走来,步伐僵硬,直到我快从他的身边走过,他才认出我。他热情地问候我,虽然我心情不好,但还是有些感谢他对我的真诚。他见到我很高兴,当回忆起我们曾经的那些谈话时,这种愉悦变得相当生动。他说他的同事从来没有给他那么刺激和启发性的谈话,所以他时常想起我。他问我是什么时候来到这里的(我骗他说是几天前),为什么不去看望他。我注视着这位博学之人那满是友好与善意的脸,尽管我觉得这个场景很可笑,但我却像一只饥饿的狗,禁不住地享受着他给我带来的片刻温暖、善意和些许的赞赏。荒原狼哈里面带微笑,唾液流过他干渴的喉咙,他违背了他的意愿,向感情屈服了。于是,我赶忙用谎言去掩盖,说自己只是为了研究暂时暂住在这里,并且因为自己身体不适,所以没有去拜访他。他继续真诚地邀请我今晚去他家做客,我感谢地接受了他的邀请,并且让他代我问候他的妻了。在不停地说话和微笑时,我的两颊开始酸痛，因为我的脸已经很长时间没有做过这种费劲的动作了。

正当我——哈里·哈勒尔——站在大街上，对这次的意外相遇感到惊讶，非常注意言行地向这位近视眼的朋友礼貌微笑时，另一个哈里也站在旁边，就在靠近我手肘旁边，同样露齿而笑。他站在那儿冷笑着想：我是一个多么滑稽、疯狂、虚伪的家伙。两分钟前，我还在充满愤怒地对这个世界龇牙咧嘴，而现在，刚一听到一位可敬的忠厚之人的热情问候，我就感激涕零、对答如流了，就像一个还没断奶的小猪一样，在享受到的一丁点儿的善意、尊重和赞许中开心得满地打滚。两个哈里，两个极其不讨人喜欢的哈里，就这样站在这位受人尊重的学者面前，互相嘲笑、互相观察、相互轻蔑，就像以往陷入窘境时那样，那个永恒的问题又自然而然地浮现了出来：这是否是人性的愚昧与软弱，是人类普遍的命运？又或者这种感情用事的利己主义、没有个性和主见、感情的不纯洁和分裂仅仅是荒原狼与众不同的个体特性？如果这种行为是普遍的人性，那么我将更加奋力地投入对整个世界的憎恶中去，但是如果只是个别的特例，这就成了一个可以让我尽情蔑视自我的好机会。

在两个哈里互相掐架期间，我几乎把那位教授给忘干净了。

当我突然为他的出现感到不悦时，赶忙摆脱了他。我长久地站在他身后，目送他离开，看他迈着一个理想主义者、一个善良的信教徒的有些滑稽的步子，消失在没有什么树叶遮挡的大道上。而在我的内心当中，那场斗争爆发得更加激烈了。我机械地把僵硬的手指弯曲又伸直，跟隐隐作痛的痛风病斗争，同时，我意识到自己已经被一个陷阱牢牢地套住。我接受了七点半去他家做客的邀请，这意味着，我必须有着周到的礼仪，对科学话题侃侃而谈，以及观察别人和谐幸福的家庭。我怒气冲冲地回到家里，将水注入白兰地里，就着酒水吞下了一些痛风镇痛片，之后躺在沙发上，试图让自己平静下来看点书。我好不容易让自己沉浸在这本《从麦梅默尔到萨克森的索菲恩斯游记》当中，这是一本十八世纪受人喜爱的消遣小说。不一会儿，那个邀请就突然出现在我的脑海中，提醒着我：我还没有刮胡子也没有穿衣打扮。老天爷，为什么我要给自己找麻烦？好吧，起来吧，我这么对自己说，给下巴打上剃须泡沫，狠狠地刮干净直到下巴出血吧。我一边做着这些琐事，一边想起在公墓的泥潭中那个肮脏的墓穴，今天有个我素不相识的人被放了进去。我想着那些基督徒紧绷着的面孔，甚至笑不出来。我想，就在那个脏兮兮的泥坑旁，在牧师愚蠢和虚情假意的言辞中，在送葬人愚蠢和难堪的表情上，在那由铁质十字架、大理石墓板、金属线与玻璃制成的人造假花所共同构成的令人无法慰藉的情景中，终结的不仅仅是一个陌生人的生命，或许明天或未来的某一天我也会在那里终结，在送葬者虚伪矫情的悲伤表演中被埋入泥土。不，不仅如此，那里还是一切的终点。我们所有的努力与奋斗、我们所有的文化与文明、我们所有的信仰、我们生活中所有的欢愉与快乐，都已经病入膏肓，很快也会埋进那里。我们的整个文明就是一座大公墓，在那里耶稣基督、苏格拉底、莫扎特、海顿、但丁、歌德都只不过是刻在生锈铁板上变得模糊不清的名字。那些送葬者环绕一周站在那里表演着假惺惺的悲伤，哪怕他们还能相信这些曾经非常庄严神圣的金属墓碑，还会愿意至少说出些许可以让人用心感受到的悲哀的言辞，以表达对这个世界无法再续辉煌的绝望，也是好的。可是现实却并非如此，他们只会站在坟墓周围狞笑。我愤怒不已，再次刮破了下巴上那块旧伤口，只好用药剂敷在伤口上，即便衣领仍然很干净，我仍然换了一件衬衣，我完全不知道自己为什么要做这一切，我对这次的赴约没有一丝一毫的快乐。但是哈里的一部分已经准备好再一次逢场作戏，准备好跟那位教授称兄道弟，心中期待着闻到一些人的气味，渴望与人进行简单的谈话和交际，回忆起了他那位可爱的妻子，激励我相信到友人家里度过一个晚上应该是会令人愉快的。这样才使我在下巴上贴上创伤膏、穿得板板正正、打好领带，促使我远远地违背了自己想待在家里的真实意愿。同时，我又想：我穿戴整齐出门去拜访这位教授，跟他互相客套一番，这些事压根儿就是违心的。大多数人和我一样，在他们的日常生活中日复一日、年复一年地重复着这样的繁缛琐事，违心地做事、生活、行动。他们出门访友、与人交谈、在办公室的椅子上消磨时光，都是违反意愿的、机械性的，这些行为完全可以留给机器去完成，压根儿可以不去做。其实正是这种永不停歇的机械运动，妨碍了他们——正如妨碍了我一样——正确地评判自己的生活，认识到这种生活的愚蠢与肤浅、无望的悲哀和荒凉。啊，这些人，他们都是对的，是完全正确的。他们这样生活，玩着他们的游戏，追逐他们想要的利益，不用与生活的可悲的机械性负隅顽抗，比我绝望地凝视空虚要好上一千倍，我已经偏离了生活的轨道。我没有责怪别人的意思，尽管偶尔在这寥寥数语中我对他们略有轻视甚至嘲讽，但没有控诉他们应对我个人所经受的苦难负责。现在我已经走得够远，我站在生活的边缘，只要再向前一步就会跌入深不见底的黑暗。倘若这时，我还在妄图自欺欺人，假装自己依旧在继续着这种机械运动，假装自己还属于那永不停止的、美妙天真的世界，那我做得就是错的，我就是在撒谎！

这个夜晚很是值得我好好评述一番。我先是在他楼下停了一阵，抬头望着他家的窗户。我心想，他就住在那儿，年复一年地进行自己的研究工作，阅读、批注文章、致力于探索西亚和印度神话之间的关联性，这一切让他心满意足，因为他相信这一切都是有价值的。他相信他的研究，他是科学的仆人，他相信纯知识和知识累积的价值，因为他相信一切都在进步与演变当中。他没有经历过战争，也没有经历过由于爱因斯坦学说的创立对迄今为止的思想根基带来的巨大震动（他认为，这只与数学家有关）。他看不见，在他的周围，下一场战争正在酝酿。他痛恨犹太人和共产主义者。他是一个心地善良、没什么思想、乐呵呵的孩子。他真的很令人羡慕。我振作起精神，走进他的房子。是一个戴着小帽、围着围裙的女仆开的门。已经有某种预感在警告我，所以，我记下了这个女仆把我的帽子和大衣放在哪里。然后，我被引进一个温暖的、光线很好的房间，并被告知在这里稍等主人片刻。我并没有祷告或打盹儿小憩，而是遵从了某个任性的念头的驱使，拿起我离我最近的一样物件把玩了起来。这是一幅镶在框子里的小画，它立在圆桌上，靠一根塑料杆的支撑。这是一幅蚀刻版画,画的是诗人歌德的老年像,却极具个性,既有轮廓分明的脸庞又有天才般的须髯;既不缺少他那众所周知的炯炯有神的目光,又不缺乏掩饰在宫廷气派背后的悲苦的表情。为了画好这幅画,艺术家特别留心并成功地将这两种元素有力地融合在这个老人的画像上,赋予他几分自律严谨又正义凛然的形象,并且没有损害画面的内涵与深度,总之,把他塑造成一位真正的老年绅士,适合用于装饰任何人的会客厅。这幅肖像无疑绝不会逊于任何同类的画,就像不逊于手工匠师所制作的救世主、传道者、大英雄、思想家和政治家的画一样。或许仅仅是它某种精湛的技艺激怒了我,无论如何,无论出于何种原因,这个空洞的、自命不凡的老年歌德似乎突然向我尖叫,发出致命的、不协调的、足以令我抓狂和恼羞成怒的噪声,告诉我这不是我该待的地方。这是那些古代艺术大师和国家伟人的家,而没有荒原狼的一席之地。

如果这时进来的是男主人,那么我或许可以幸运地找到合适的借口夺门而出,但进来的却是他的妻子,我只好向命运低头,尽管我已经有了不祥的预感。我们相互问候了之后,不和谐的事儿就成功地一件接着一件冒出来。那位女士恭维我看起来不错,尽管我自己知道得不能再清楚——我比几年前我们最后一次见面时可悲地老了不少。在她的手跟我那僵硬的手指握在一起时，患有痛风病的手指就提醒着我自己的衰老。之后，她问了我妻子的境况，我只得说我妻子已经离开了我，我们离婚了。当教授走进来时，我们都很高兴，他也给了我热情的欢迎，并让这场愚蠢的闹剧很快到达了顶峰。他拿着一份报纸，这份报纸是他订阅的一份军国主义机构和主战派的报纸。我们握手之后，他指着那份报纸并告诉我其中一篇评论中提到的作者跟我同姓——也是一个叫哈勒尔的公共评论家，这真是个坏家伙，是个背叛祖国、品质恶劣的叛徒，竟拿元首开涮，并借此表达政见，说他的祖国对于战争的爆发应该要和敌国承担同样的责任。这个人可真是个混蛋！这份报纸的编辑处得很果断，公开将他批了个体无完肤。当那位教授看我似乎对此毫无兴趣，就转向了别的话题。这对夫妇不会想到这个让人讨厌的家伙就坐在他们对面，但这事儿就是这样发生了，我正是那个浑蛋讨厌鬼。算了，何必告诉他们，搅得他们心烦意乱呢？我暗自发笑，彻底放弃了可以过个愉快的夜晚的念头。

现在，我仍旧能清晰地记得，当教授把哈勒尔说成背叛自己国家的叛徒时，一种讨厌的沮丧感与绝望感瞬间爬上了我的心头。这种感觉从参加完葬礼后就有，并且变得越来越强烈，成了一种沉闷的颓丧情绪、一种肉体上能感觉到的痛苦,在我身体中激发出一种恐惧和令人窒息的命运感。我感觉到有什么东西在潜伏着、等待着我,危险正从我的后方蔓延过来。幸好宣布晚餐已经在餐桌上准备妥当的消息拯救了一切。我们走进餐厅,我在脑子里过了一遍又一遍,试图找到一点对谁都无害的话题说说,我比平时吃了更多东西,我感到自己每时每刻都变得更卑贱可悲。老天啊,我思前想后,为什么我们要将自己置身于这种殚精竭虑的事情中呢?我感觉到这位主人也放松不下来,他们的活泼开朗做得那么勉强,或许是因为我给他们的回应有些滞后和迟钝,或许因为其他家庭内部纠纷所致。他们问我的问题我没有一个能如实回答,很快我就被我的那些谎言纠缠住,我所说出的每一个词都让自己感到恶心。最后,为了岔开话题,我开始聊起今天目睹的那场葬礼,但是我并不能把握准正确的语气,我努力营造的幽默感反而沦陷为彻底平淡直白的陈述,我们越来越无法交谈下去。我身体里的荒原狼露出尖牙,冲我狞笑着。好不容易熬到了甜点时间,我们三个人都变得默不作声了。

我们回到之前我等待的那间屋子,在那里喝咖啡和烧酒,也许这会帮助我们缓和一下氛围。我的眼睛再一次落在了诗人的画像上，虽然它是放在屋子角落边带抽屉的柜子上，但我始终摆脱不了它，尽管有一个声音在心里向我发出警告，但我还是再一次把那幅画拿到了手里，开始仔细地研究着它。我完全被这种感情所左右：现在的情况无法忍受，我只有两条路，要么提起主人的兴趣，感动他们，让他们与我的观点产生共鸣，要么任凭情绪彻底爆发，不可挽回。

我说："但愿歌德不是真的这副模样！瞧他这副自负、高贵的模样！他看上去极有尊严，却与高贵的看画者们眉来眼去，在大男子主义的外壳下包裹着一个多愁善感的内心世界！他有许多可以被人指责的地方，我也常常对他的傲慢看不惯。但是把他画成这个样子，这可不行，这也太过分了。"

女主人再次斟满咖啡，表情显得十分受伤，并匆匆离开了房间，她丈夫既难堪又气愤地向我解释道："这幅歌德画像是属于我妻子的，是她最为珍爱的一件私有物品。即使您从客观上说是对的，您也完全没有必要说得这么尖刻，况且对您的说法我也无法苟同。"

"您说得对，"我承认，"我总是言语过于尖酸刻薄，这是我的老毛病了，已经成了习惯，虽然歌德在他高兴的时候也爱这样。

当然，这个放置在会客厅里市侩、庸俗的歌德肯定不会允许自己这样刻薄地表达自己的想法。我诚恳地请求您和您夫人的原谅，请您告诉她，我患有精神分裂症。同时，请允许我就此告辞。"

尽管教授已经感到混乱而纠结，但仍然努力挽留我，开始回忆起我们以前谈论过的话题，一再说，我们以前的谈话是多么有意思，多么有启发性，在有关密特拉斯神①和克里希纳神②方面，我的理论给他留下极深的印象，他曾盼望着今天也可以。我很感激他这么说，但遗憾的是，我对克里希纳神的兴趣以及谈论相关学术研究的乐趣已经消失殆尽。今天，我多次欺骗了他。比如说，我已经在这个城市里住了好几个月，却告诉他只到了几天而已。我独来独往，早就已经不适合与体面人家打交道。出于很多原因，首先就是因为我的情绪越来越坏，又饱受痛风的折磨；再者，我经常喝醉酒。最后，为了赶快把事情了结，至少在我离开时不再说谎，我有义务把实话告诉他，他今天伤害了我，这让我感到十分悲伤。他支持一张反动派的报纸，对哈勒尔的观点持有愚蠢的态度。一个无所事事的军人可以这样，但这不是他这样有学识的人该有的态度。他

---

① 一个古老的印度-伊朗神祇，原为契约之神，后为太阳神、光明之神、战神。
② 通常被认为是毗湿奴神的第八个化身。

所说的那个混账，那个叛国贼哈勒尔和我是同一个人。倘若至少有一些有思考能力的人主张理智、热爱和平，而不是盲目地、狂热地煽动一场新的战争，对于我们国家以及整个世界来说，都将是美好的。现在，我只能对他说再见了，上帝保佑您。

说完，我站起身，离开了歌德和教授，从衣帽钩上拿到我的帽子和外套，把它们攥在手里，离开了这里。幸灾乐祸的荒原狼在我心里高声嗥叫，两个自我激烈而极富戏剧性地争吵起来。我很快就明白，这个令人不愉快的夜晚对我来说比对那位气愤的教授意义更大。他只是感到幻想破灭，生了一次气，但对我说来，这意味着最后一次失败，最后一次落荒而逃。意味着我彻底告别了那个高尚的、满是仁义道德的、富有学识的世界，这是荒原狼的一次完胜。这是一次逃跑者和失败者的辞别，是在向自我宣告破产，这次告别没有慰藉、胜利，也没有幽默感。我向以往的那个世界、故乡、市民性、风俗习惯以及博学辞别，就像一个肠胃脆弱不得不放弃吃猪肉的人一样。我在街灯下狂奔，既愤怒又悲哀。这是多么可怕又丑恶、充满耻辱和悲哀的一天啊！从早晨到晚上，从墓地到与教授争吵。这都为了什么？又是出于何种原因？背负着这样沉重的生活负担或者像今晚坐在这样的餐桌前逢场作戏，难道还有意义吗？没有任何意义。那么就在今晚让我来结束这场闹剧。回家吧，哈里，割断自己的喉咙。别再等了。

我为痛苦所驱使，在街上来回乱走。当然，我亵渎人家体面客厅里的装饰品，实在是一件太过愚蠢的事，真是又蠢又失礼。可当时的我控制不了自己，即便是现在我仍然无法忍受。我再也受不了这种温文尔雅、虚伪说谎、彬彬有礼的生活了。我无法忍受孤独的生活，因为我的社交已经变得如此可恶、令人作呕，因为我用尽全力挣扎着在真空地狱里呼吸，却依然感到压抑憋闷。究竟哪一条出路是留给我的？一条都没有。我想起了我的父亲和母亲，想起曾经那长明不灭的青春圣火，想起那生活中千百种的快乐、工作、目标。这一切的一切都荡然无存了，甚至连悔恨也都无影无踪，留下的只有苦恼和磨难。我从来没有像现在这样感到，必须继续生活下去是令人如此痛苦。

我在郊区一家僻静的小酒店里休息了片刻，喝了一些水和白兰地，然后再次来到街上，像被魔鬼追逐似的在城里胡跑乱撞，穿过老城区那又陡又弯的大街小巷，穿过车站广场。一个念头驱使我走进车站："外出旅行去吧，无论哪里。"我粗略地看了看墙上的行车时刻表，喝了点酒，试图恢复理智思考一番。但就在那时，那个我一直甚为恐惧的魔影越来越近，直到我能清晰地看见它。这魔影要我回家，回到我那个小小的房间，要我直面绝望却保持沉默。即使我再在大街上闲逛几小时，我也无法找到逃脱的途径。或早或晚，我都要来到我的门前，来到那堆满心爱书籍的书桌前，回到那个放着艾瑞卡照片的沙发上。我掏出刮胡刀割断喉咙的那一刻，迟早要来。这样一幅图景越来越清晰地展现在我的眼前。我的心也随之越发狂野地跳动着，我清楚地感觉到了恐惧，那是对死亡的恐惧。是的，我出奇地惧怕死亡。尽管我看不见别的出路，尽管恶心、厌恶和绝望几乎将我吞没，尽管再也没有任何东西能吸引我，能给我带来欢乐或哪怕一丁点儿的希望，可是一想到死，我仍然会瑟瑟发抖。一想到刀片在我的肉身上划开一道缝隙一般的伤口，我就会感到一阵难以名状的恐惧。

我找不到任何方法来摆脱这种可怕的恐惧感。假设今天怯懦战胜了绝望，那么明天以及接下来的每一天，我都要重新面对绝望，而且这种绝望会因我的自我轻贱而变本加厉地向我袭来。在最终了解了自己之前，我会一次又一次地拿起刮胡刀，再一次又一次地扔掉。与其这样，还不如今天就干！我这样劝说自己，就像规劝一个吓破了胆的孩子那样，可是孩子根本不会去听我的话，他跑开了，他要活下去。我重新开始在镇上漫无目的地乱闯乱逛，在我的住所周围绕着大圈，我始终想回家，却又故意拖延不回。我不时地走进小酒馆消磨时光，喝上一两杯，然后再继续绕圈，围着目标、刮胡刀、死亡绕圈。有时，我真的精疲力竭了，就在长凳上、喷水池边或马路牙子上一坐，抹着前额上的汗水，听着自己的心脏在激烈跳动，之后再继续四处乱走，心里满是对于死亡的恐惧，但又渴望能活下去。

就这样，我一直逛到深夜，来到了一个我不太熟悉的郊区。我走进了一家酒馆，节奏明快的舞曲从酒馆的窗户里传出。走过入口通道时，我看见门上挂着一块旧招牌：黑鹰酒吧。走到里面我才发现这里拥挤不堪、乌烟瘴气、酒气熏天、人声鼎沸，人们在后面的大厅里跳舞，舞曲声震耳欲聋。我在较近的前厅停住了，这里除了一些普通的顾客外没有什么人，有的还穿得很破旧，而后面舞厅里，则是一些穿着时髦的人。我在人流的推搡之下来到了吧台边，插空站在一张桌子旁。一位脸色苍白但十分漂亮可人的姑娘背靠墙在桌边坐着，她身穿一件薄薄的跳舞裙，胸口开得非常低，头发里插着一朵枯萎了的花。她见我走近，便专注而友好地望着我，一边微笑着往旁边挪了挪，给我让出一个位子。

"我能坐下吗?"我问了一声,便坐在她旁边。

"当然了,请吧。"她说,"你是什么人?"

"谢谢。"我答道,"我没法回家,不能回家,也无法回去。我得待在这儿,和您在一起,如果您愿意我这么做的话。真的,我没法回家了。"

她点点头,像是在顺应我的话。就在她点头的时候,我认真地观察着她那从太阳穴一直垂到耳边的卷发,看到那朵枯萎的花是一朵山茶花。后面舞厅传来刺耳的音乐,吧台旁,女招待匆匆地大声报着谁订的什么饭菜。

"好啊,待在这儿吧,"她用一种近似安慰我的声音说道,"为什么你不能回家呢?"

"我真的不能。有什么东西在那里等待着我。不,我不能——太可怕了。"

"让它等去吧,你就待在这儿。首先,擦擦你的眼镜,你那副样子什么都看不清。把你的手帕给我。我们喝点什么呢?勃艮第红酒?"

因为她给我擦了眼镜,我才第一次得以看清她的相貌:她脸色苍白,面部紧致,一双灰眼睛清澈明亮,额头光洁,短短的很有弹性的卷发从她耳旁垂下来。她温和、充满善意，同时又略带讥嘲地照顾我，为我们叫了酒。就在我们互相碰杯的时候，她低头看了看我的鞋。

"我的天，你这是从哪儿来呀？你这副样子好像是徒步从巴黎归来似的。穿这样的鞋可不能来参加舞会！"

我不置可否，只是笑笑，就任由她跟我谈天说地。我发现了她的魅力，这连我自己都觉得很惊讶，因为我总是刻意回避她这样年轻的姑娘，总用不信任的眼光看待她们。然而就在此时此刻，她对我的照顾对我来说却恰恰正是我所需要的——啊，从此她每次都用这种方式待我，绝无例外。她正像我所需要的那样，将我庇护在她的羽翼之下，同时又会嘲讽我，这也恰好是我需要的。她点了一份三明治，要我吃下去。她给我斟上酒，叫我小口啜饮，不要喝得太快。接着，她表扬我如此顺从。

"真不错，"她鼓励我，"你不使人感到为难。我敢打赌，你已经很长时间没有对别人这么言听计从了。对不对？"

"是的，您赢了。您是怎么知道的？"

"没什么技巧。服从就像吃饭喝水一样稀松平常。如果你太长时间没有服从过，就会觉得服从比任何东西都重要。难道不是这样吗，你愿意按照我所说的去做吗？"

"很愿意。您什么都知道。"

"你真是让人省心呀。也许，朋友，我还可以说出是什么东西在你家等着你，以及让你如此害怕的东西到底是什么。不过你自己也很清楚，我们用不着谈它了，是吧？真是够傻的！一个人若是想上吊，只要他确信自己应该这么做，那就去这样做好了，他总有自己的理由；若是他想选择继续活着，那么他就得为生活继续操心。就这么简单。"

"哦，"我大叫起来，"如果真的只有这么简单就好了，我已经为生活操碎了心。老天作证，这对我一点用都没有。或许吊死自己非常困难，这我不知道，但是活着远比这困难得多。老天，活着实在是太难了！"

"好了，你会看到活着就跟小孩玩过家家一样。我们已经有了一个不错的开始，你擦了眼镜，吃了东西，喝了酒。现在我们去刷一刷你的裤子和鞋子，然后你跟我跳个摇摆舞。"

"您看，"我赶忙大声说道，"这就看出来还是我说对了！再也没有比不能执行您的命令更使我难过的了。可是，您刚才这个要求我却无法做到。我不会跳摇摆舞，也不会跳华尔兹、波尔卡，什么舞都不会，我一生中从来没有学过跳舞。您现在看到了吧，并不是一切都像您说的那样简单。"

她那闪亮艳红的嘴唇露出一个微笑，坚定地晃了晃她那留着干净利落的男孩发型的脑袋。看着她，我觉得我能看到她与我还是孩子时爱上的第一个姑娘罗莎·克莱斯勒的相像之处。不过罗莎的肤色更深，头发也是深色的。不，我不知道这位陌生的姑娘究竟让我想起谁来，我只知道，她让我回忆起了青年时期和童年时期。

"慢着，"她喊道，"这么说你不会跳舞？一点也不会？连一个舞步都不会？那你还振振有词地说已经在生活中花了多大的工夫？天晓得！你这就是在说谎了。孩子，到你这个年纪不该这样做了。嗯，你连舞都不想跳，怎么能说你已经付出足够的努力为生活操劳了呢？"

"可是我真的不会跳舞——我从来没学过！"

她笑了起来。

"你总学过读书写字吧？我猜你还学过数学，以及法语、拉丁语和其他许许多多别的事。我不介意再打个赌，你肯定在学校里待了十年或者十二年用来学习别的什么你能学的东西。或许你甚至获得了博士学位、精通中义或西班牙语。我说对了吧？但你竟然没有抽出一丁点的时间、付出一丁点的金钱去上几节舞蹈课！不，你确实没有！"

"是因为我的父母，"我为自己辩护，"是他们让我学拉丁语、希腊语以及其他所有的一切，但是他们没有让我学跳舞。我们那里不流行学这个，我的父母也都没跳过舞。"

她近乎冰冷地看着我，用一种鄙夷的神色，她脸上的某些东西让我再一次想起了我的青年时代。

"这样说的话，就是你父母的责任了？你有没有问过他们，你是否可以来黑鹰酒吧度过一个晚上呢？有吗？你是不是要说他们已经去世很久了？好吧！倘若你年轻的时候由于太过听从父母的话，以至于没有学会跳舞（尽管我可不相信你是什么模范学生），那么你在独立成人之后的这么些年都干什么去了？"

"好吧！"我只好承认，"我也搞不清自己。这些年我上过学、演奏过音乐、读过书、写过书、到处旅行……"

"你对生活的看法真是古怪。你总是做一些困难和复杂的事，而简单的东西你却压根儿没有学过。哦，当然了，你没时间、没兴趣嘛。好了，谢天谢地，我不是你母亲。你口口声声说已经把生活从头到尾体验了一遍，发现生活一无是处，可是你只做了那么一点事，这还差得远呢。不行啊，这是不行的！"

"请别再责骂我了，"我苦苦哀求道，"我知道我疯了。"

"哦，得了吧，别再自怨自艾了。你可不是个疯子，教授先生，至少你疯得不够厉害。你在用愚蠢掩饰你的聪明，真的像个教授一样。我们再点一个面包吧。然后，你可以再多跟我聊聊你。"

她又点了一个面包，在上面撒了一点盐，又放了一点芥末，为她自己切了一片，并让我把其他的都吃下去。我做了她要求我做的一切，除了跳舞。做这一切真的感觉太好了：顺从地去做一个人要求做的任何事，让坐在身边的人对我发号施令、责骂我。如果那位教授或他的妻子一两个小时之前肯这么做，那么对我来说就不再那么痛苦了。不，还是不要那么做，维持原样就已经挺好了。否则，我会错过很多东西。

"你叫什么？"她突然问。

"哈里。"

"哈里？多么孩子气的名字。你真是个孩子，哈里，虽然你有几缕灰白的头发了。你还是个孩子，你需要有个人来照顾你。我不会再提跳舞的事儿了。但是看看你的头发！你难道没有妻子，没有个相好的人吗？"

"我已经没有妻子了,我们离婚了。情人倒是有一个,不过她不住在这里。我们不经常见面,而且相处得不怎么好。"

她轻轻地吹起了口哨。

"如果没有人能坚持待在你身边,看来你确实是个难对付的人呢。但是现在我们不说那个,就说说今天晚上发生了什么不同于以往的事?是什么让你如此失魂落魄地到处乱跑?赌钱输啦?还是没摸到好牌?"

这事可不怎么好解释。

"好吧,"我开始说,"您看,其实真的只是一件小事。我应邀去一位教授家里与他共进晚餐——顺便说一句,我可不是什么教授——其实我真的不应该去赴宴的。我已经不习惯有人陪伴、交谈聊天了,我已经忘记怎么去和人相处。当我一走进那栋房子,我就感觉到会出什么岔子,当我把帽子摘下的时候就意识到,我或许很快就需要再次戴上它,事实比我想象的还要快得多。喏,就在教授家里,有一幅小小的蚀刻版画立在桌子上,那幅愚蠢的画像,让我心烦意乱……"

"是什么类型的画像,让你心烦意乱?为什么?"她打断我。

"嗯,是一幅歌德的画像,就是那个诗人歌德,您知道的。但是那幅画跟他真实的相貌一点都不像。当然了,没有人能确切地知道他到底长什么样子,他已经逝世一百多年了。尽管如此,当今有些艺术家仍然按照想象为他画肖像,这幅画就是这样气我的。它让我非常反感——我不知道您是否能够理解。"

"我非常理解,你放心。继续说下去。"

"早在这件事之前,我和这位教授就没有一件事情能看对眼。像其他教授一样,他是一个狂热的爱国者,在战争期间甘愿做一些欺骗大众的事,当然他的本意是好的。但是,我则完全反对战争。喏,就是这样了。接着说今晚的事,其实我完全没有任何必要去看那幅画……"

"显然没有必要。"

"但是我这么做了,首先因为我从心里非常热爱歌德,所以那幅画让我感到很难过,除此之外,我想……好吧,与其说是'我想'不如说是'我感觉'更好些。我坐在他们家里,把他们视为和我一样的人,相信他们跟我一样热爱歌德,我相信他们心中对歌德的想象也和我一样,但在他们的房间里却摆着一幅毫无品位、完全错误、庸俗的歌德的画像,他们还视若珍宝,完全不顾那幅画所体现的精神,或者至少他们应当意识到那幅画完全违背了歌德的精神。他们觉得画得非常出色。我认为他们当然可以这样做，但是对我来说顷刻间一切都完了，我对他们的信任与友谊、我对人们的亲近感一下子全部消失不见了。当然，我跟他们也谈不上什么非常深厚的友谊。所以，当发现没有人能理解我以至于我完全孤立时，我感到非常气愤，也感到悲哀。您能明白我的意思吗？"

"很容易明白。接下来呢？你把那幅画朝他们扔过去了？"

"不，但是我大骂一通，然后离开了他们的房子。我想回家，但是……"

"但是你回到家，会发现没有亲爱的妈妈在那儿安慰你这个傻孩子，或责骂你这个小家伙。我必须要这么说，哈里，我为你感到遗憾。我从来不知道你是这样一个小傻瓜。"

对我来说确实是这样，我不得不承认这一点。她给了我一杯酒让我喝下去。她对我来说就像母亲，尽管我轻轻一瞥就会看到她是多么年轻貌美。

"也就是说，"她又开始说话了，"歌德已经死了一百年了，你很喜欢他，在你的脑海里有一幅非常精彩的图画，很好地描绘了他应该是什么长相，你有权利这么想。但是那个画像的艺术家也很崇拜歌德，他为歌德作了一幅画，但他其实没有权利这么做，那位教授也没有这样的权利，任何人都没有权利这么做——因为这不符合你的想象。你觉得别人的想象令你忍无可忍，你必须大骂一通并甩手走人。如果你是个聪明人的话，你就应该嘲笑那个画家和教授。如果你脑子发热，就应该把那幅画摔到他们脸上。但你只是一个孩子，你只能跑回家，甚至还想把自己吊死……我非常明白你的故事，哈里。这个故事挺有趣的。你把我逗笑了。嘿，别喝得这么快。勃艮第应该一小口一小口地喝。否则你会全身发热的。什么事都得告诉你——你真像个小孩儿呀。"

她盯着我，用一位六十岁女教师那样的严厉眼神。

"哦，是的，"我看着她，心满意足地恳求道，"把一切都告诉我吧。"

"让我告诉你什么？"

"任何您想告诉我的东西。"

"好啊。我会给你说一些的。我们见面一个小时以来，我对你的称呼都是用'你'，而你总是对我说'您'。满口的拉丁语、希腊语，总是让你说的话听起来更复杂。当一个女孩亲切地用'你'这个词，而你也不讨厌她的时候，你也应该用同样的方式称呼她。好了，现在你已经学到点东西了。在我们交谈的这一个小时里，我知道了你名叫哈里,我知道这是因为我问了你的名字,而你对我的名字压根儿不关心,从来没问过我叫什么。"

"哦,不是的,我其实非常想知道。"

"太晚了!如果我们会再见面,你到那时再问吧。今天我是不会告诉你了。现在我要去跳舞了。"

她做了一个起身的姿势,我的心一下子就像铅块一样沉了下去。我害怕她走,害怕留我自己在这里,因为如果真的那样,一切都会回到原来的样子。一瞬间,恐惧和战栗攫住了我,就好像暂时消失的牙痛又突然像火苗重燃一样。哦,上帝呀,难道是我忘记了还有什么东西在等着我?难道有什么东西已经被改变了吗?

"等等,"我恳求道,"别走。当然了,你可以跳舞,想跳多久就跳多久,但是请不要离开太久。你一定要回来,再一次回来吧。"

她笑着站了起来。我原本以为她应该更高一些,但事实上她并不高,不过身材确实很苗条。这又使我想起了什么人。想起谁呢?我实在说不清。

"你会回来吗?"

"我会回来的,但是可能要半个小时或一个小时之后了。我想告诉你，闭上眼睛，睡一会儿，这才是你现在真正需要的。"

我给她让了路，好让她过去，她的裙边扫过了我的膝盖。她拿出一个小镜子，边走边照着，扬扬眉毛，往下巴上扑扑粉，然后消失在舞厅里。我看了看周围，到处都是陌生的面孔、抽烟的男人、泼洒在大理石桌子上的啤酒，到处都是喊声、口哨声，隔壁还传来震耳欲聋的舞曲声。我要睡觉，这是她说的。啊哈，我的好孩子，关于睡觉你再清楚不过了，我的睡眠质量很糟糕，比一只机警的黄鼠狼还容易受到惊吓！在这种喧嚣骚乱的环境中入睡——坐在一张桌子边上、在一片推杯换盏的嘈杂中——谈何容易！我轻轻啜着酒，抽出一支雪茄，四下寻找火柴，但我其实并不想抽烟，所以我又把烟放在面前的桌子上。"闭上眼睛。"她的声音在耳边响起。老天才知道她是从哪里得来这样一副好嗓子的，如此低沉，如此美妙又充满母性。能够听从这样的声音所说之事真是一件美妙的事，我已经顺从地闭上了眼睛，把脑袋倚在墙上，听着周围喧嚣的杂音，对能想起在这样的地方睡觉的主意感到好笑。于是我想站起来走到舞厅门口，想从那里一窥我那漂亮的女孩的舞姿。我移动着桌子下面的脚，却感到几个小时的乱闯乱跑给我带来了彻底的疲惫，所以我仍然坐在那里。不一会儿，我按照女孩所说的那样睡着了。

我沉沉地睡着，睡得很香，做了一个既清晰又令人愉快的梦，很久以来，我都没有做过比这更美好的梦了。

我梦见自己在一间老式的接见室等待着。起初，我只知道要见我的是一位大人物。后来，我发现要接见我的人是歌德。遗憾的是，我不是以私人身份来的，而是作为一家杂志社的记者来采访。我忧心忡忡，不知道是什么原因让我落入了这样的境地。除此之外，一只蝎子也把我弄得坐立不安，它准备顺着我的腿往上爬。我使劲摇动我的腿，希望把这个讨厌的小爬虫给晃下来，但是我现在却不知道它跑到哪儿去了，也不敢用手去抓。

我不是很确定我的名字是否被误报到马蒂森①那里，而不是通报给歌德。而且我在梦里把歌德和比格尔②搞混了，因为我以为《献给莫莉》这首诗是他写的。此外，我非常想和莫莉见上一面。在我的想象中，她是一位神奇的、温柔的、如音乐般美好的女人。我要是没有接受那个该死的报社的委任就好了。我的坏心情不断地蔓延开来，甚至从某种程度上开始怪罪歌德，我突然把所有的想法和责难都强加到歌德身上。我与他见面时估计会上演一出好戏。还有那只

---

① 诗人。
② 诗人。

蝎子，尽管危险并且很可能藏在距我不到一米的某个地方，但或许并没有那么糟糕。有可能它预示着某些友好的东西。对我来说，它更像是跟莫莉有什么关系。它或许就是莫莉派来的某个信使，或者是她的标志，是一个危险、美丽的女人和罪恶的象征。或许它的名字正是乌尔皮乌斯？这时，一个仆人拉开了门，于是我站起来走了进去。

年迈的歌德就在房间里站着，个头矮小、身体僵直，胸前有一枚古典式勋章，是一个饱满的星星形状。他似乎还在掌权，还在不断地接见宾客，还在魏玛博物馆里控制着整个世界。他一看见我，就像一只老乌鸦一样点了点头，郑重其事地发话了："我相信，现在你们这些年轻人跟我们和我们为之努力的方向已经很少有共同点了吧。"

"您说得很对，"他那威严的目光使我感到不寒而栗，"事实上，我们年轻人并不认同您。阁下，我们觉得您太自大浮夸、太虚荣做作、太华而不实，又不够坦率诚实。最重要的一点就是不够诚实。"

小老头儿把他严厉的脑袋微微向前探了探，他那严肃的、官腔十足的嘴巴松弛了一点，露出一丝笑意，变得更富有生气了。这时，我的心突然怦怦跳了起来，因为我忽然想起一首诗《夜幕》，那些诗句正是出自这个人的两片唇间。此刻，我已经完全缴械投降，彻底被制伏了，我当真应该放弃一切选择，跪在他面前。可我还是直挺挺地站着，听他微笑着说出下面的话："哦，那么您是在指责我不真诚啦？这又从何说起？您是否愿意更为详尽地解释一下？"

我当真乐意好好解释一番。

"沃尔夫冈·冯·歌德，您就像所有的大思想家一样，清楚地认识到人类生活的可疑与绝望：美好的时光总是瞬间即逝，很快就会再次堕入可悲的境地，感情上美妙的高潮虽然存在，却要以日常牢狱般的庸碌生活为代价。人们对精神国度的热切渴望与对已不再纯洁的自然王国的热爱如出一辙，这两种感情永远处于拼死格斗的状态，永远在可怕的虚无缥缈与举棋不定的状态中飘荡。一切注定都是短暂的、无效的，具有实验性和肤浅性——简而言之，人生真是前途渺茫、缺乏实际，也注定绝望。是啊，您既然对于以上种种已经非常了解，而且也是承认的，但是您却倾注了一生，致力于向人们宣扬完全相反的观念，费尽口舌劝说人们忠于信念、积极向上，试图欺骗人们和您自己，让人们看到我们在精神上为之奋斗的东西都是有意义的,并且值得为之忍受一切苦难。您反对说出内心真实的感受,并压制这些绝望的真理的声音,不仅仅是对您自己,对克莱斯特①和贝多芬也是一样。这么多年来,您都是这样做的。似乎积累知识、收集材料、书写信件,以及您在魏玛的晚年生活,是一条可以将瞬间转变为永恒的途径,但实际上,您却只能用防腐剂将瞬间保存,让自然藏在一副漂亮精美的面具之后。这就是为什么我斥责您的不真诚。"

这位大人物始终用一种沉思的神情望着我,一直面带微笑。

这时,他突然提出了一个让我惊讶的问题,他说:"这样说来,您对莫扎特的《魔笛》②一定非常反感吧?"

我还没有来得及表示反对,他便继续道:"《魔笛》把生活描述成精彩绝伦的赞歌,它赞美我们转瞬即逝的感情,就像赞美永恒和神圣的东西一样。它既不赞同克莱斯特先生也不赞同贝多芬先生,而是宣扬乐观和信仰。"

"我知道,我知道!"我怒气冲冲地喊道,"天晓得,您为什

---

① 指海因里希·冯·克莱斯特,诗人、戏剧家、小说家,代表作品《破瓮记》《彭忒西勒亚》。
② 莫扎特的四部杰出歌剧中的一部。

么会想到《魔笛》，它是我的最爱，比世界上任何东西都要宝贵。然而，莫扎特并没有像您那样活到八十二岁，也没有像您那样在自己的人生中要求长久的寿命、安定的秩序和呆板的尊严！他从来没有自命不凡！他唱出那些奇妙的旋律，一生穷困潦倒，英年早逝，并且经常被世人所误解……"

我几乎喘不过气来，恨不得用一口气说完所有的话。我的前额开始冒出汗来。

尽管如此，歌德的回答却很亲切："我活了八十二岁，这也许是不可原谅的。可是我因长寿而得到的快乐比您想的要少。您说得很对，我迫切渴望一直活下去，这种追求总是能让我充实起来。我始终害怕死亡，并且不断与它斗争。我相信，反抗死亡的斗争以及无条件地、近乎执拗地生活下去的决心，正是推动所有杰出的人物行动和生活的动力。到头来人都不免一死，这一点，我年轻的朋友，我用八十二岁的一生做了令人信服的证明，但即便我只是一个八岁顽童，我以早夭的生命也可以证明这一点。如果这有助于证明我自己的观点，那么我应该再说一下：在我的秉性中有许多纯真的孩子气的东西，好奇、贪玩、乐于消磨时光。当然，我用了很长的时间才发现，玩乐也会有玩够的时候。"

他一边说着，一边狡黠地微笑着，完全一副捣蛋包的调皮神情。他的身材变得更为高大了，僵直呆板的姿态和脸上痉挛的严肃神情消失了。我们周围的空气里回响着音乐，歌词全是歌德的诗，我清楚地辨认出其中有莫扎特谱曲的《紫罗兰》和舒伯特谱曲的《对月吟》。现在，歌德的脸变得红润而年轻，整个人神采奕奕，笑声爽朗，一会儿像莫扎特，一会儿又像舒伯特，就像他们的兄弟一样。他胸前的星形勋章完全由新鲜的野花组成，一朵黄色的樱草花怒放着，在勋章中央尤其鲜艳夺目。

这老头儿想用这样一种开玩笑的方式逃避我的问题和指控，我难以认同，用责备的眼光看着他。于是，他向我凑过来，贴近我的耳朵。这时，他的嘴巴突然变得像一个孩子那样，他轻轻地对我说："我的年轻人，您对老歌德也太认真了。对已经去世的老年人不能这样苛求，否则就是对他们不公平。我们这些不朽之人不喜欢这样认真，我们爱玩笑。我的年轻人，您要知道，严肃认真是时间的事情。我不介意向您透露一点：严肃认真是由于过高估计时间的价值而产生的。我过去也是这样，高估了时间的价值，正因为如此，我想活一百岁。而在永恒之中是没有时间的，您看，永恒只是一瞬间，刚刚好足够开一个玩笑。"

事实上，已经不可能跟这个老头儿谈论任何严肃的话题了。他兴高采烈，手舞足蹈起来，时不时地让他胸前星形徽章中的那朵樱草花像个火箭似的射出来，时不时地又将它变小，让它消失不见。就在他精神焕发地翩翩起舞时，我突然想，至少他没有放弃过学跳舞的机会。他跳得还真挺好的。这时，那个蝎子突然闯进了我的脑际，或者不如说是莫莉。我朝歌德叫喊："请您告诉我，莫莉在这里吗？"

歌德大声笑起来。他走到桌子前，打开一个抽屉，拿出一个皮制的、里面铺着天鹅绒的贵重小盒子。他将盒盖打开，递到我面前。我看见深色的天鹅绒上，有一个精巧玲珑、完美无瑕、熠熠闪光的东西，那是一条女人腿的微缩雕像。这真是一条充满魅力的腿，膝盖微微弯曲，脚掌向下挺直，脚趾纤细。

我伸出手，想把那条小腿拿过来，我完全爱上了它，我希望能够拥有它。可是，正当我想用食指和拇指小心地把它拿起来时，这个小玩意儿仿佛动起来了，虽然动作极其微小。我突然怀疑，这可能就是那条蝎子。歌德似乎看出了我的心思，这有可能就是他的目的，他就是要让我举棋不定，想看到我这种既渴望又害怕的矛盾状态。他把那充满诱惑力的小蝎子凑近我的脸，欣赏着我充满渴望而跃跃欲试又出于害怕连连后退的窘态，他似乎因此喜出望外。他用这个魅惑而危险的小东西考验我时，人又变老了，变得老态龙钟，似乎有一千岁，满头白发。他那苍老的脸在无声地笑着，带着老年人深邃的幽默，笑得前仰后合。

我醒来时，已经将刚才的梦完全忘记了，后来我才想起来。我大约睡了一小时，我从来没有想过自己可以在音乐和吵闹声中、在酒馆的餐桌上睡觉。那亲爱的姑娘站在我前面，一只手放在我肩上。

"给我两三个马克，"她说，"我在那边点了些东西。"

我把钱包递给她，她拿着钱包走了，没多久又回来了。

"好了，现在我还能跟你坐一会儿，不过我一会儿就得走，我还有约会。"

"跟谁约会？"我很惊讶，急切地问道。

"跟一位先生，我亲爱的小哈里。他邀请我到奥德昂酒吧去坐一会儿。"

"哦，我原本以为你不会把我一个人丢在这里的。"

"那你就该向我提出邀请。现在，别人已经抢先了。也不错，这样为你省下了不少钱呢。你去过奥德昂吗？过了十二点那里就只有香槟酒了。有像高级俱乐部里用的那种软椅，还有黑人乐队，挺好的一个酒吧。"

这些我从来都没有考虑过。

"啊！"我苦苦哀求她，"让我来邀请你吧！既然我们已经成了朋友，这就是理所当然的事情。你想去哪里，我都可以请你去。求你了，拜托让我请你吧。"

"你真好。不过，你也看到了，说话要算数，我既然接受了人家的邀请就得赴约，我得走了。你别为此费心了！来，再喝点酒，瓶子里还剩下一些呢。你把这杯酒喝完，回家舒舒服服地睡一觉。答应我。"

"不，你知道的，我不可以回家。"

"嘿，你呀，怎么又提起那件事！你还在和歌德的事较劲啊？（此刻，我回忆起了刚才所做的关于歌德的梦）。如果你真不可以回家的话，那就待在这里吧，这里有客房。用不用我给你订一间？"

我很满意，问她我在哪儿还能再次见到她，问她住在哪里。她没有告诉我，只是说，只要我稍微用心找一找，就能找到她。

"我能不能请你去什么地方坐坐？"

"去哪儿？"

"随你喜欢，时间地点都听你的。"

"好。那就星期二，在老弗朗西斯卡餐厅共进晚餐。在二楼。再见！"

她向我伸出手来，我这才发现，这只手跟她的声音非常相配，美丽、丰满、灵巧、温暖。当我亲吻她手的时候，她略带嘲讽似地笑着。

然后，就在她转身要走的时候，她再一次回过头来对我说："关于歌德的事，我还要跟你说几句。你看，歌德的画像超出了你可以忍受的范围，其实，对于圣人，我有时也有同样的感觉。"

"圣人？你还这样的虔诚？"

"不，很遗憾，我并不虔诚。我曾经非常虔诚，以后也还会再次虔诚。但现在，我没有时间虔诚。"

"没有时间？虔诚还需要时间吗？"

"是啊。你要想虔诚就得付出不少时间，甚至需要不受约束的时间。你不可能在认真虔诚修行的同时又在现实中生活，而且认真地对待时间、金钱、奥德昂酒吧以及所有的一切，这是不可能做到的。"

"我懂了。但圣人又是怎么回事？"

"有几个圣人是我非常喜欢的，比如史蒂芬、圣弗朗兹以及其他几个人。有时，我看见他们的画像，还有救世主像、圣母像——这些完完全全都是骗人的、歪曲的、愚蠢的画像——和歌德像让你无法容忍一样，这些圣人的画像我也无法容忍。我觉得这样的耶稣基督或圣弗朗兹看上去既傻气又愚蠢，而别人却认为这些画像既精美又能给人以教益启示，我觉得这是对真正的耶稣基督的侮辱。我想，啊，如果这样俗气的画像就足以使人们满足，那么，他降生人间时所受尽的苦难还有什么意义呢？我清楚地知道，我心目中的耶稣基督和圣弗朗兹的形象，同样不过是一幅普通的人像，与他们真实的形象相去甚远。耶稣基督或许也会觉得我心目中的耶稣像很蠢，有很多不完美的地方，就像我对那些令人厌恶的庸俗复制品一样。我跟你说这些，并不是认同你对歌德像生气发火，相反，你那样是不对的。我只是想表明，我能够理解你。你们这些学者、艺术家头脑里总有些不同寻常的想法，但是你们也跟别人一样是人，其他人的头脑里也有自己的梦想和游戏。其实，我已经注意到，学者先生，你在给我讲你的那段歌德的故事时，有些狼狈。你费了很大的劲，试图让一个普通姑娘听懂你理想中的东西。然而，我现在想要告诉你,其实你完全不必那样费劲。我能听懂。好了,就到此为止吧!你该去睡觉了!"

她走了。一位年迈的勤杂工将我带上了三楼,并问我有没有行李,当他听说我没有行李后,便让我预付了他所说的"睡觉钱"。接着,他带我走过了又旧又破的阴暗的楼梯间,在我进入了一间小房间后,他就丢下我不管了。房间里有一张薄薄的木板床,又短又硬,墙上挂着一把骑兵用的军刀、一幅加里波第①的彩色肖像画,还有一个协会庆典上用过的已经枯黄的花环。如果能给一件睡衣就好了,幸好房间里至少还有水和一条毛巾。我洗了脸,和衣躺在床上,没有关灯,这才有时间思考。现在,我对歌德画像的事情已经释怀,并且我在梦中见到了他,这简直太美妙了!还有那位神奇的姑娘——要是可以知道她的名字就好了!突然有个人,一个活生生的人,闯进了我的生活,打碎了将我笼罩起来的玻璃罩,向我伸出了一只善良、柔美而又温暖的手。突然间,生活中又有了一些与我有关的事情,想起这些事的时候,我是快乐的、紧张的。突然,一扇门敞开了,生活穿过这扇门向我走来。我大概又能活下去了,大

---

① 指朱塞佩·加里波第,意大利解放运动的领袖。

概又能成为一个人了。我的灵魂本来已经在寒冷中沉沉睡去，几乎冻僵的身体现在又开始呼吸了，在睡意中张开了那双无力又微小的翅膀。歌德曾来到我身边，一位姑娘曾命令我吃饭、喝酒、睡觉，既向我展示了她友好亲切的一面，又无情地嘲笑了我，还叫我小傻瓜。这位神奇的朋友对我讲了关于圣人的事，她向我表明，即使我的所作所为是那么荒唐我也并不孤独，我并不是一个没人理解又充满病态的与众不同的个例。还有人和我一样，有人能够理解我。我还能再见到她吗？是的，肯定能再见到。她是值得信任的，说话算数的。

我再次睡着了，睡了四五个小时。等我醒来时已经十点多了。我的衣服睡得皱巴巴的。我感到疲惫不堪，头脑里尽是昨天几乎被我忘记的一些恐怖的画面，可另一方面我又觉得生活回来了，充满了希望，有很多美好的想法。在回家的路上，我已经完全没有了回到住处是一件恐惧之事的想法了，和昨天的想法完全不同。

在那段高过南洋杉的楼梯上，我碰见了那位"姑妈"——我的房东。我很少见到她，不过我很喜欢她待人和蔼可亲的方式。我觉得这副模样遇见她有些不合时宜，我有点难为情，此刻的我衣衫不整，睡眼惺忪，既没有梳理头发也没有刮去胡子。我跟她打了个招呼就打算走过去。以往,她总是非常尊重我喜欢独居且不愿被打扰的习惯。而今天,隔开我与周围世界的一层薄纱似乎已经被撕得粉碎,我们之间的栅栏似乎也已经倒塌。她含着笑,站在那里不走了。

"哈勒尔先生,您昨天出去逛了一整个晚上,整整一夜都没睡,您一定累坏了。"

"是的,"我回答说,也不得不报以微笑,"昨天晚上发生了些热闹的事,我不想扰乱这栋房子的宁静气氛,就在旅馆里住了一夜。我非常尊重您这里的安静和稳重,我在这里偶尔会有一种格格不入的感觉。"

"您别嘲笑我了,哈勒尔先生!"

"噢,我嘲笑的是我自己。"

"正是在这一点上您不该那么做。在我这里,您不应该把自己看作是个'外人'。您喜欢怎么生活都随您,乐意就好,不要受拘束。我这里也曾住过一些很受人尊敬的房客,都是些出类拔萃的人,可是他们没有谁能比您更安静、更不会打搅和妨碍我们。现在……您要喝杯茶吗?"

我没有反对,跟着她进了会客间。客厅里挂着祖辈精美的画像，摆放着老式的家具。她为我沏茶，我们就在那里聊了一会儿。这位友善的夫人并没有问太多的问题，但我主动告诉了她一些我的生活和思想。她认真地听我近乎自白的陈述，同时，这个聪明的女人既尊重又像个母亲那样，不把我那种男人的小瑕疵看得太过重要。我们也谈起她侄子，她带我走进旁边一间房子，让我看她侄子最近在业余时间从事的小爱好——自己动手制作的无线电收音机。这个勤劳的年轻人晚上就坐在这里，组装着这样一台机器，他迷恋于"无线"的理念，虔诚地拜倒在技术之神的面前。技术之神是在几千年后才被发现的，它所表现的那些东西是极其不完善的，是每个思想家早就知道并十分巧妙地利用过的。我们能够谈起这些，是因为姑妈略微有些虔诚，并不介意谈论宗教。我告诉她，古印度人很早之前就已经意识到力量和行动无处不在、无所不能，技术只不过是使这方面成就的一小部分被普通人所知晓应用而已，其方法就是为声波设计出暂时还很不完善的接收机和发射器。我要说的是，对于古代知识的精髓是时间的非现实性这点，迄今为止，并没有引起技术的足够关注，当然，最终它还是会被技术"发现"，被机灵聪明的工程师们所掌握。或许人们很快会发现，现在发生的各种事件和图像会如潮水一般从我们身边涌动，不仅如此，所有已经发生的事情也都能够被记录下来,保存完好,就像如今在法兰克福或苏黎世也能听见巴黎和柏林演奏的音乐一样。也许有一天,不管是通过有线还是无线,无论有无杂音干扰,我们都能够听见所罗门国王和瓦尔特·封·德尔·福格威德①讲话的声音。这一切正如现今收音机的兴起所带来的后果一样,只能使人远离自己和自己的目标,落入一张由消遣和碌碌无为所织成的越来越密的网中。但是,我在讲这些自己熟知的事情时,并没有用平常那种既愤慨又嘲讽的语气谈论时间和技术,而是开玩笑似的谈论这些事情。姑妈始终笑眯眯地听着。我们喝茶闲聊,大概坐了一小时,很是满意。

星期二的夜晚,是我邀请了黑鹰酒馆里那位极富魅力又卓越非凡的姑娘共进晚餐的时间,而把之前的这段时间打发掉可真不容易。终于到了星期二,这时我才意识到,跟这位素不相识的姑娘增进关系对我来说已经变得何等重要,连我自己都感到吃惊。我心里只想着她,期待她能给予我希望,即使我对她并没有任何爱恋的情愫,我也愿意为她牺牲一切,拜倒在她的脚下。哪怕只是想想她会失约或者忘记我的邀请,就能清楚地预想到我会陷入何等境地:世

---

① 奥地利诗人。

界又将变得空洞而一无所有,日子也将变得悲惨灰暗、毫无价值,我的周围将再次充满可怕的宁静和死寂,而逃离这无声地狱的出路除了用刮胡刀结束生命以外,别无他法。这几天里,我的刮胡刀并没有变得更加可爱,它还是那样令人恐惧且充满威力。同样令人痛恨的是:我对于割断自己的喉咙仍然深感恐惧,这种恐惧感冲撞着我的心脏。我惧怕死亡,拼尽全力负隅顽抗,好像自己是世界上最健康的人,生活在天堂里一样。我很清楚地了解自己的处境,也认识到,正是这种既不能生又无法死的、难以忍受的矛盾使我觉得那位不知名的女人——黑鹰酒馆里漂亮的姑娘,对我来说如此重要。她是我那恐惧黑洞的一扇小窗、一线光亮。她是拯救者,引领我通向自由。她一定会教我如何活下去或者教我如何去死,会用她坚实美丽的手来轻抚我这颗已经僵化的心,使它在生命的触摸下要么重新燃起热情的炽焰,要么化为灰烬。我不知道她是从哪里获得了这种力量,为什么有这种魔力,又是出于什么神秘的原因令她变得对我如此重要,不过我觉得这些都无所谓,我并不需要知道。现在我不想知道,也不想了解,我厌烦透了。如此清晰地看到自己的处境,意识到自己的处境,对我来说是最难以忍受、最刺人的痛苦和羞辱。我看见这个卑鄙的、这匹原本残忍的荒原狼像一只陷在蛛网里的苍蝇,而命运正像蜘蛛一样靠近它。它垂挂在蛛网上,显得那样无力而混乱。蜘蛛做好准备随时扑过去将它一口吞下,同时它的附近还有一只救援之手。关于我的痛苦、心病、着魔以及神经官能症之间的关联和原因,我或许能够提出最睿智、最尖锐、最深刻的见解,因为我已经识破其中的内在联系。但是,我迫切需要的并不只是理解,在我深深的绝望中热切期盼的是去亲身体验,亲自抉择,发起冲击,得到转变。

在等待约会的那几天,我从未怀疑过这位朋友是否能够遵守诺言,不过到了最后一天时,我还是非常激动和不安。我一生中还从未像今天这样迫切地期待夜幕赶快降临。虽然这种期待和不安让我难以忍受,但却又让我有了一种异常愉悦的感觉:整整一天,我都在不安、担心和热烈的期待中来回奔忙,想象着会怎样相遇,谈论什么样的话题,将会发生些什么事情。为了这次约会,我刮了胡子,特别精心地打扮着自己,换上了新的衬衣,戴上了新的领带,系上了新的鞋带。这太令人难以置信了。对我这种长期以来万念俱灰、麻木不仁的人而言,这一切是何等的美妙、新鲜。无论这位聪慧而神秘的姑娘是谁,我都无所谓,对我来说,重要的是她到那儿赴约。她的出现给我带来了奇迹。我居然再次找到了一个人类同伴,对生活又产生了新的兴趣!最为重要的,是让这一切继续。我任由自己被这魔法般的神奇力量吸引,并跟随着这颗星星。

当我再次看到她的那一刻是何其令人难忘!虽然没有必要,但是我仍然提前打电话预订了座位。我坐在老式且舒服的餐厅的一张小桌前认真研究着菜单,水杯里插着两枝兰花,这是我特地为这位新相识的朋友买的。还要等上一会儿,我确信她会来的,所以不再焦虑。不久,她来了。她在门口的衣帽间停了一会儿,然后从她那灰色的明净双眸中朝我投来关注、审视的目光,算是向我打了个招呼。我谨慎地看着侍者在她面前的举止,还好,他并没有表现得过分亲密,也保持着距离,并对她充满尊敬。他们相互认识,她叫他埃米尔。

当我把兰花送给她时,她高兴地笑了。

"你可真贴心,哈里。你想让我高兴是吗?你并不确定选什么礼物,但你非常肯定送给我一件礼物会让我快乐。你害怕我是否会感到屈辱,所以你选择了兰花,虽然它们只是几朵花,但非常可爱。所以我非常感谢你的好意。不过,我想告诉你的是,我不想接受你的任何礼物。我虽然靠男人养活,但是我不想让你养活我。看看你的身上发生了多么大的改变!我几乎都认不出你了。那天的你，看起来好像是刚从绞刑架上放下来一样，现在的你似乎有些人样了。那么……你有没有执行我的命令呢？"

"什么命令？"

"你还真是健忘！我是问你学会狐步舞了吗？你说你最想做的事莫过于遵从我的命令。对你来说，没什么比服从我更能让你感到开心了。你还记得你说过这话吗？"

"是的，我确实说过，而且当真应该这么做。我真的是这样想的。"

"而你并没有去学跳舞吧？"

"能这么容易学会吗——就这么几天的时间？"

"当然了。你只要花上一小时就能学会狐步舞，两小时就可以学会波士顿舞，探戈需要的时间长一点，但是你并不需要学探戈。"

"但是现在，我必须要知道你的名字。"

她看了我一会儿，没有说任何话。

"或许你可以猜一下。如果你能猜到，那我会非常高兴。你集中精神，好好地看着我。你难道没有发现，有时我的脸像一个男孩子的面孔吗？比如现在。"

是的，我仔细地看着她的脸，我必须承认她说得没错。那确实是一张男孩的面孔。过了一会儿，我发现她的脸让我想起了自己的童年时期以及那时的一个朋友，他的名字是赫尔曼。就在那一瞬间，似乎她已经变成了那个赫尔曼。

"如果你是个男孩，"我颇为惊讶地冲着她说，"我猜你一定叫赫尔曼。"

"谁知道呢，或许我就是那个男孩，只不过穿着女装而已。"她半开玩笑地说。

"你叫赫尔米娜？"

她愉快地点了点头。看得出，她因为我能猜到她的名字，极为高兴。就在那时，侍者送上了食物，我们开始吃起来。她快乐得像个孩子。她的一切都让我快乐不已，使我深深着迷，而她最可爱、最有个性的地方则是能迅速改变自己，她既能深刻而严肃，又能立刻变得活泼可笑，而她这么做却没有哪怕一丁点的做作，好像一个极具天赋的孩子熟练掌握着这种技能。她时不时嬉戏作乐，并用狐步舞逗我笑，在桌子底下踩我的脚，热情洋溢地赞美我点的菜肴。她说，尽管我精心打扮了一番，但我的穿着还是有许多可以批评之处。

我在谈话中问她:"你是怎样让自己看起来像个男孩,并让我猜到你名字的呢?"

"哦,这完全是你自己做到的。难道你渊博的学识还没有为你揭示我能让你高兴并且对你来说如此重要的原因吗?我就是你的一面镜子,当你望向我的时候,我身体里的某些东西会回答你的问题并理解你的想法。我们每个人都应该有一面可以互相对望的镜子,每个人望向对方时都能相互提出问题并相互回应,但是一些像你这样乖僻的人就有点特殊。哪怕是最轻微的挑衅都会激怒他们,让他们走火入魔,所以他们无法再从别人眼中看到或读出什么东西,对他们来说,似乎什么事情都与他们毫无干系。然而,当这样的怪人发现这样一张脸,发现能从这张面孔上看到一双眼睛对他报以理解的目光时,他自然而然就会快乐起来。"

"没有你不知道的,赫尔米娜,"我惊讶地叫出声来,"一切都跟你说的一模一样,尽管你跟我截然不同。你是我的反面,你能够拥有我所欠缺的一切东西。"

"就是你想的这样。"她说得很干脆,"你就应该这样。"

就在此时,一团严肃的阴云笼罩在她的脸上。这张脸看起来真的像一面为我准备的魔镜。突然,她的脸变得非常严肃而且极具悲剧色彩，就像面具双眼的孔洞一样深不可测。她极不情愿地一字一句说道："你不要忘记你对我说过的话。你说我对你下命令，对你来说就是一种快乐，服从我的命令会让你高兴。不要忘记这一点。我的小哈里，你一定要明白：就像我于你而言那样，你觉得我的面孔可以给予你答案，我身体里的某些东西让你感到亲切，让你信任我——同样，你于我而言亦是如此。那天，当我看到你走进黑鹰酒吧，显得那么疲惫不堪，一副不再是这个世界上的人的模样时，我立刻感觉到，这个男人一定会服从我，他会渴望着我对他发号施令，而那恰好就是我要对你做的，于是，我主动与你说话，并且和你成为朋友。"

她的口吻如此严肃，精神压力如此巨大，以至于我快要跟不上她的思路。我试图岔开话题，让她冷静下来。她皱着眉摇摇头，制止了我，带着一种让人无法抗拒的眼神继续说道："我告诉你，你必须遵守诺言，我的小男孩。如果你不守信，你会后悔的。你会从我这儿听到很多很多的命令，并将它们一一完成。都是一些美好的、令人愉快的命令，你会通过服从得到无尽的快乐。最终，你必须完成我赋予你的最后一个命令，哈里。"

"我会的，"我已经有些让步了，我说，"你的最后一个命令是什么呢？"

其实我已经猜到了。天知道为什么我能猜到。

她战栗了起来，好像有一阵冷风穿过了她的身体。她像是从沉思中苏醒过来，眼睛紧紧地盯着我，丝毫没有放过我的意思。突然，她的脸色变得更加阴郁了。

"如果我够明智的话，就不会告诉你，但是我没有那么聪明。哈里，最起码这次我不想这么明智。你注意认真听！这事你听了之后可能会忘记，可能会一笑了之，也可能会为它泪流不止。注意，小男孩！我要跟你进行一场生死赌局，小兄弟，在我们开始这个赌局之前，我会亮出我手中的牌。"

她说这些话的时候，看起来是那么的漂亮、超凡脱俗！她的眼睛冷静而又明亮，眼神里浮动着一种知情的悲哀，似乎已经忍受过一切可以想象得到的苦难，并对此毫无怨言。她的嘴巴好像被严寒冻僵了，难以说出更多话语，就像是受到了什么阻碍。可是，在她的两片嘴唇之间，在嘴角上，在那几乎无法看见的舌尖的灵活转动中，却流露出了甜蜜的性感以及内心的情欲。在那恬静光滑的前额上垂下一缕短短的卷发，时不时散发着她那男孩般的活泼气息和一种雌雄同体的魅力。我带着一种热切的焦虑感，倾听着她的言语，但像被打了麻醉剂似的，有些恍恍惚惚、神志不清。

"你喜欢我，"她接着说道，"我之前已经说过了原因，因为我已经打破了你与世隔离的孤独感，在你即将踏进地狱之门时拉住了你，将你唤醒。但是，我希望从你那里得到更多的东西，我要你爱上我。不，别打断我，让我说下去。我看得出来你非常喜欢我，也对我充满感激，但你并不爱我。我一定要让你爱上我，这是我的使命。我靠让男人爱我为生。但是请记住一点，我这么做并不是因为觉得你非常迷人。我并不爱你，哈里，正如你并不我爱我一样。但是我像你需要我那样需要你。现在，你需要我，就目前来说是这样，因为你正陷在绝望之中。你将死却没死，只是因为缺少一只把你推进水里的手，而这只手又把你再一次带到生活中来。你需要我教你跳舞，教你笑，教你生活。而我也需要你，但是不在今天，而是之后的某个时间。我也需要你为我做一件非常重要且非常美好的事。当你爱上我时，我会给你下达我最后的命令，你会遵从它，这样做对我们俩都好。"

她把其中一束紫褐色的绿茎兰花从玻璃杯中稍微提起来一些，俯身凝望着这朵花一小会儿。

"这对你来说并不容易，但你会去做的。你会执行我最后的命令——杀了我。就是这样。不要多问。"

她说完这些话时，眼睛仍然盯着兰花，脸部却放松了下来，宛如一朵绽放的花蕾，从压力和紧张中舒展开来。下一瞬间，她的嘴角上露出了一丝妩媚的笑容，虽然她的目光仍显得呆滞。然后，她甩了甩留着男孩般卷发的脑袋，抿了一小口水，像是突然意识到我们正坐在餐桌旁吃饭，胃口大开地吃了起来。

她这番离奇又可怕的言论，我字字句句都听得很清楚。甚至在她还没有说出她最后的命令之前，我就已经猜到了。所以，我并没有因为她的那句"杀了我"而感到害怕。她所说的一切听起来都是令人信服的，是命运决定的，我甚至没有任何反抗就接受了。尽管她说这番话时那种严肃的态度和神情令我不寒而栗，但我并没有完全将这些话当真，也没有完全严肃对待。我灵魂的一部分听进去了她的话并且深信不疑，另一部分则只是为了安慰她而点点头，并意识到，即便是这样聪明、健康、信心十足的赫尔米娜，也有她的幻想，也有意识混乱的时候。她最后一句话还未说出口时，这整个场景便已经笼罩了一层虚幻又无力的阴影。

反正我也不能像赫尔米娜一样，轻轻松松地跳脱到现实性和种种可能性中去，所以干脆继续刚才的话题。

"这么说来,有一天我会杀死你?"我问道。我仍然在半梦半醒的状态,而她却放声大笑,有滋有味地开始向她的烧鸭发动进攻。

"当然啦,"她轻轻点了点头,"我们说的已经够多了。现在是吃饭时间了。哈里,麻烦你为我再点一些沙拉。你难道一点胃口都没有吗?在我看来,你似乎必须学习一些对别人而言很自然的事情,即便是享受吃饭的乐趣,你都要学。所以,看吧,我的小男孩,我必须要告诉你这只鸭子是多么美味,当你把那鲜嫩的肉从骨头上撕下来时,那感觉就像过节一样,你一定会打心眼里充满渴望和快乐,就像一个情人第一次为他心爱的女孩宽衣解带一样。你难道不明白吗?哦,你这个小笨蛋!我给你吃一块美味的鸭腿肉,你就会明白了。现在,张开你的嘴。哦,看把你给吓得!你看看你,赶紧斜眼把周围瞟了一圈,以防有人看你从我的叉子上咬下一块肉。别怕,你这个无家可归的孩子,我并不是想让你丢脸。但是,如果你连自己追求快乐都要先问问别人是否允许,那么你可真就是个可怜虫了。"

刚才的情景变得越来越不真实,越发让人难以置信。几分钟前,这双眼睛还在那么恐怖且悲哀地紧盯着我。赫尔米娜就跟生活本身一样，瞬息万变，难以预测。现在的她大快朵颐，鸭肉和沙拉、甜品和利口酒，她都很认真地在吃。这些食物让她感到快乐，成了她评价、谈论和幻想的对象。每次撤下一个盘子，新的一章就又开始了。这个女人已经完全看透了我，她好像比所有智者更懂生活。她扮演着一个孩子的角色，娴熟地玩着及时行乐的生活小游戏，让我在这场游戏中变成了她的学生。这或许是出于最高等的智慧，又或许是出于最纯粹的童真。无论如何，可以确定的一点是，懂得及时行乐，懂得亲切而细心地珍爱每一朵路边小花，懂得片刻欢愉的价值，便不会在生活中受到伤害。这样一个食欲旺盛、心情愉悦的孩子，难道同时又是一个期待着死亡的幻想者、歇斯底里的女人？又或者是一个精于谋算的女人，故意让我爱上她并成为她的奴隶？我无法相信。不，她只是沉迷于眼前，如此简单又彻底，不管是突如其来的欢乐情绪，还是心灵深处短暂的阴暗和恐惧，她都任由其自由发展，尽情地享受。

尽管那天才是我第二次看见赫尔米娜，但她已然知晓了我的一切。我觉得自己想要对她隐瞒任何秘密都是不可能的。也许她并不能够完全理解我的精神生活，无法完全理解我跟音乐、歌德、诺瓦利斯、波德莱尔①的关系。不过，这一点我也无法确定。或许，她可以不用费什么力气就能理解这些，就跟她做别的事一样。可即使她不理解又能怎么样呢？我的"精神生活"又留下了什么呢？这一切不是早都被打得粉碎，丧失意义了吗？可是在其他方面，我个人特有的问题和最关切的事情，她都会理解，这一点我丝毫不加以怀疑。过会儿我想和她聊聊我的一切，聊聊荒原狼，聊聊那篇关于荒原狼的小册子。直到现在，这一切都只是我一个人的事儿，我从未向别人说过这一切。我无法忍受内心的冲动，我现在就要告诉她。

"赫尔米娜，"我说，"最近我身上发生了一些超乎寻常的事。有个陌生人给了我一本小册子，像集市上卖不出去的那种小册子。我发现书里面详细地写了我所有的故事，只要是跟我有关的事都描写得分毫不差。太神奇了，不是吗？"

"这小册子叫什么名字？"她随口问道。

"《论荒原狼》。"

"哦，荒原狼好呀！你是荒原狼吗？难道所说的荒原狼就是你吗？"

---

① 法国现代派诗人，代表作《恶之花》《可怜的比利时！》等。

"是的,我是荒原狼。我就是这样一匹荒原狼,一半是人,一半是狼,至少我这么认为。"

她没有答话,而是以一种探究的目光注视着我的眼睛,而后盯着我的手。过了一会儿,她的脸上又显出几分钟前那种深切严肃的神情并流露出阴郁的激情。我相信自己已经猜出了她此刻的想法:我是否有足够的狼性去执行她"最后的命令"?

"这当然是你自己的幻想,"她又开始变得平和起来,"或者,如果你愿意,也可说是一种诗意。但是其中自有深意。今天你不是狼,但那天你走进黑鹰酒吧时,就像是从月亮上来的一样,那时的你身上还真有点兽性,正是这点兽性在那一刻紧紧抓住了我。"

她像是被某个突然冒出的念头吓了一跳,停顿了一会儿,接着又说:"什么'野兽''猛兽'的!这样的字眼儿真的很难听!不应该这样说动物。它们有时确实让人感到可怕,可是它们比人类真实得多。"

"'真实'是什么意思?你指的是哪个方面?"

"你仔细看每一种动物,一只猫、一只狗或者一只小鸟,甚至动物园里任意一个庞然大物,美洲狮或者长颈鹿都可以。你会发现，它们都是真实的，没有一只动物会感到尴尬，它们总是知道自己要做什么。它们不会对你阿谀谄媚，也不会强行打扰你。它们不假装，不逢场作戏。它们就是保持本来的面目，就像石头、花朵、星辰。你同意我的说法吗？"

"我同意。"

"通常说来，动物都很悲伤，"她继续说道，"当一个人难过时——我并不是说因牙痛或丢了钱而难过的时候，而是他某一次通过某种方式看到了生活和一切事物的本来面目，才如此真诚地感到悲伤——那么，他看起来就有点像动物。他似乎不仅仅是悲伤，更多的是比平时更真诚、更美好。就是这样，你看起来就是如此，荒原狼，当我第一次看到你时，就是这样。"

"那么，赫尔米娜，你对那本我所说的细致描写我的书有什么看法呢？"

"啊，你知道的，我不喜欢总去思考。我们下次再聊吧。那本书你可以拿给我看看。哦，不，等一下，或者不给我这本书，等我什么时候有兴趣读的时候，你可以给我一本你自己写的书。"

她请我给她点一杯咖啡，这时的她时而心神不宁，时而精神焕发，似乎通过冥思苦想，突然找到了一丝线索。

"喂,"她开心地叫道,"我想到了!"

"想到什么了?"

"狐步舞的事,我一直都在想这件事。好了,告诉我,你有没有一个房间,我们偶尔可以在里面跳一小时舞的房间?房间多大都可以,只要楼下没住什么麻烦的人,不会因为我们将地板弄得嘎吱作响就跑上来大吵大闹就行。如果有,就太好了!这样你在家里就可以学跳舞了。"

"是的,"我忸怩地说,"在家里学更好。可是,我想还得要有音乐伴奏吧。"

"当然需要。你听着,你可以弄些音乐唱片,花的钱肯定多不过请个女教师教你跳舞的学费。学费你省下了,我就可以教你。这样我们什么时候想跳舞都可以放音乐。另外,我们还需要一台留声机。"

"留声机?"

"是呀。你需要买这么一个小机器,还得再买几张舞曲唱片……"

"好极了,"我喊出声来,"如果你真的能教会我跳舞,我就把留声机送给你做酬谢,可以吗?"

这话我说得很爽快，但并不是出自真心实意。我很难想象，在我那堆满书籍的工作室里怎么能放下这样一个我讨厌至极的机器，而且我也对跳舞也持有反对意见。尽管我曾想过偶尔可以试着看看怎么跳，但我坚信自己已经太老了，并且四肢僵硬，是绝对学不会的。而现在，事情来得太仓促、太猛烈了，我的内心在抗拒。我是个上了年纪又爱挑剔的音乐行家，我无法接受留声机、爵士乐和现代舞曲。然而现在，要在我的房间里，和诺瓦利斯、让·保罗在一起，让我那神圣的净地、我的避风港充斥着美国的流行舞曲，还要让我被迫随之起舞，这实在太过分了，没有人可以这样要求我。可是，要求我这样做的不是别人，而是赫尔米娜，她发号施令，我服从，就是这样。当然，我理所当然地要服从。

翌日下午，我们在一家咖啡馆里见了面。我去的时候，赫尔米娜已经坐在那里喝茶了。她面带微笑，指着一张报纸，她在那张报纸上发现了我的名字。那是我家乡发行的一张反动的鼓吹战争的报纸，总是一次又一次地对我发动恶毒的诽谤攻击。在战争期间，我反对战争，战后，我也时不时地劝告人们要冷静，要有耐心、有人性，要先从国内出发进行战争反思，而且我坚决抵制日益猖獗的国家主义和沙文主义，他们越发武断、越发疯狂、越发难以自制。

现在，又有人用这种方式攻击我了。文章写得很烂，一半是编辑写的，一半是从与他观点相近的报纸杂志上众多相似的文章中抄袭拼凑而成的。没有人比这些没落思想的维护者写得更坏了，除了他们，没有人会卑鄙无耻地搞这种粗制滥造的玩意，而且说话完全不负责任。赫尔米娜从文章中得知，哈里·哈勒尔是只大害虫，他跟祖国划清界限，只要纵容这种人以及这种思想，年轻人就会变得多愁善感，满口人道主义，而不再抱有向不共戴天的世敌报仇雪恨的念头，显而易见，这对祖国而言没有任何好处。

"说的是你吗？"赫尔米娜指着我的名字这么问，"好吧，那你可当真是为自己树敌不少啊。难道这没有让你恼火吗？"

我读了几行报纸上的文字，每一句话都是千篇一律的诽谤，这么多年了，一贯如此，一直都是一些陈词滥调，我对此十分熟悉，已经厌倦了。

"不，"我说，"它才不会让我生气，我早就习惯了。我几次三番地表达我的观点，每个国家、每个人都不应该带着'谁有罪'的政治问题假装沉睡，而是应该做更多的事，应该扪心自问自己的错误有多深，那些错误、疏忽以及一些恶习都应该对战争、对给世界所带来的不幸负有责任，这也许是避免下一场战争爆发的唯一方法。正是因为这样，他们不会原谅我，因为他们认为自己并没有罪，帝国统领、将军、大商人、政客、报纸——他们从来没有为自己所做的事自责过，他们认为自己没有任何罪过。他们甚至相信世界上的一切都很好，只不过是死了几百万人，永远长眠地下而已。你看，赫尔米娜，即便这些诽谤的文章不再让我气愤，但它们仍然让我感到伤心。我们国家有三分之二的人每天早晨、每天晚上会阅读这样的报纸，读着用这种腔调写成的文章，每天受到激发、受到警告、被煽动着，他们和平的观念和更多善良的东西被这些文章剥夺了。到头来，这一切的最终目的就是再次发动战争，导致下一场战争越来越近，而且会比之前任何一场战争更可怕。一切都显而易见又极其简单，任何一个人都能理解，只要花一丁点的时间想一想就可以得出和我一样的结论。但是没有人想这么做，没有人想要避免下一场战争，没人想要使自己和自己的孩子避免下一场大屠杀。思考一会儿，检视一下自己，问问自己在这场天下大乱的世界浩劫中负有多少责任——你看，没有人愿意这么做。所以，这一切还将继续下去，没有人出来制止，成千上万的人日复一日充满热情地致力于准备着下一场战争。自从我第一次知道这一点，就一蹶不振，陷入了深深的绝望当中。在我心里，祖国没有了，理想也没有了。

什么祖国，什么理想，都不过是为那些忙于下一次大屠杀的大先生们装饰门面而已。任何人道主义，无论是想、是说还是写，都没有了任何意义，那些仁义道德的思想只能给自己徒增烦恼——因为即便有两三个人这样做了，也还是会有成千上万的报纸、期刊、演讲、公开的或秘密的会议在宣扬与之完全相悖的东西，抹杀了他们日常的、微薄的努力，并且总能得逞。"

赫尔米娜聚精会神地听着。

"是啊，"她说，"你说得很正确。当然，还会有战争爆发，不需要读报人们就会知道这一点。人们当然可以对此感到伤心，但是这毫无用处。这就跟一个人尽管做了极大的努力去避免死亡，但有一天他突然想到死亡在所难免时的心情一样。亲爱的哈里，与死亡做斗争总是一件美好、神圣、精彩又光荣的事，反对战争的斗争也是一样。只不过这样的斗争总是毫无希望，只是堂吉诃德式的举动罢了。"

"你说的或许没错，"我激动地高喊起来，"我们大家很快都会死，所以这些对我们来说都无所谓了。但这样的真理会让我们的生活变得单调无聊且愚蠢至极。难道我们应该丢弃一切，放弃我们所有的精神、所有的追求、所有的努力以及所有人性道德，继续任由野心和金钱统治世界，而我们只是喝着啤酒，坐等下一次的战争动员吗？"

赫尔米娜看着我的目光非同一般，这目光中充满了快乐、嘲讽、戏谑和对志同道合之人的理解，同时它又如此庄重、严肃、充满智慧。

"你不会这么做的，"她用一种充满母性的声音说道，"即便你知道自己的战斗永远都不会胜利，你的生活也不会变得单调又愚蠢。哈里，如果你为了某些美好的、理想的东西战斗，并且从一开始你就认为一定要达到目的的话，那么这样的生活反而会变得平淡且愚蠢。难道理想就一定要实现吗？难道我们活着、人们活着就是为了消灭死亡吗？不，我们活着是为了敬畏死亡，然后再爱上死亡。正是因为死亡的存在，我们生命中偶尔的火花才会显得如此熠熠生辉。你还只是个孩子，哈里。现在照我说的做，跟我走。今天我们还有很多事情要做。我可不想再去为战争或报纸什么的操心了。你呢？"

"哦，我也是，我一点都不想在这种事情上花心思了。"

我们一起走着，这是我们第一次在小镇上结伴而行。我们走进了一家乐器店，挑选着各种留声机，打开这个听听，又打开那个听听，试听各种唱片。当我们从中选到一台物美价廉的留声机时，我认为很合适，想立刻将它买下来，但赫尔米娜却不那么干脆。她拦住了我，我不得不跟她一起来到第二家乐器店。在那里，我们同样试听了各种型号、大小不同的留声机，几乎从最贵的到最便宜的都听了一遍，她才同意回到第一家店去，在那里买我们之前选中的那一台留声机。

"你看，"我说道，"如果我们当时立刻买下了这台，那么事情会变得非常简单。"

"你真的这么想吗？如果我们真的那么做了，那么或许明天我们会在另一家商店的橱窗里看到同样的机器，却比这便宜了二十法郎。而且，买东西也是一种乐趣，但凡是有乐趣的事情，就应该尽情享受。你还有不少要学的东西呢。"

我们找了个搬运工把东西运回我家。

赫尔米娜仔细观察着我的房间，对屋里的火炉和沙发赞赏有加。她试了试椅子，又拿起几本书随意翻了翻，之后在我的情人艾瑞卡的照片前站了许久。我们将留声机摆放在了五斗柜上的一堆书籍中间。现在，我的舞蹈培训课正式开始了。她打开留声机，放了一首狐步舞曲，示范性地跳了几个动作，随后牵起我的手，开始带我跳舞。我顺从地跳着，不断地撞到椅子上。我听从她的命令，却无法理解她的意思，时不时地还会踩在她的脚上，尽管我已经很小心谨慎，却还是很笨拙。跳完第二支舞后，她躺倒在沙发上，像孩子一般大笑起来。

"哦，你可真够呆板、僵硬的！你只需像走路那样，自然地往前走就行！完全没有必要把自己弄得那么紧张！我想，你肯定已经跳出汗了吧？来，我们休息五分钟！你看，如果你学会了跳舞，会发现跳舞就像思想一样简单，不过跳舞学起来要容易得多。现在，你可以明白为什么人们没有思考的习惯，而且宁愿说哈里·哈勒尔是个出卖国家的大叛徒，还心安理得地静候下一场战争爆发了吧。"

一小时后，她走了。临走时，她非常肯定地说，下一次我会更好。而我却和她有着不一样的看法，我对自己的呆板迟钝大失所望。我觉得，在这一小时里自己什么也没有学到，我不相信下一次会好一些。不，学跳舞需要具备的能力正是我所欠缺的：快乐热情、纯真无邪、朝气蓬勃。好吧，这一点我早就想到了。

可是，下一次跳舞时，我还真的是好了一些，甚至开始感受到了某些乐趣。舞蹈课结束时，赫尔米娜宣布我现在已经学会跳狐步舞了。但当她因此要求我明天必须跟她一起去饭店跳舞时,我大吃一惊,拼命反对。她冷冷地提起我要对她言听计从的誓言,并且安排好明天一起到巴伦斯酒店喝茶。

那天晚上,我在房间坐立难安,书也看不下去。一想起明天我就害怕。像我这样一个年老、害羞、胆怯的怪人竟然要出现在那种充斥着爵士乐、供人喝茶跳舞的现代舞厅,并且以舞者的身份在大庭广众之下展示自己的舞技,而我其实压根儿不会跳舞,这样的想法简直太恐怖了。当我独自一人在书房,打开留声机,随着音乐、穿着袜子轻手轻脚地挪动舞步时,连我自己都笑话自己,并且感到不好意思。

第二天,在巴伦斯酒店里,有一支小乐队在演奏,桌子上摆着茶和威士忌。我做了很多尝试,想收买讨好赫尔米娜,我把蛋糕摆在她面前,为她推荐了一杯好酒,但是她完全不为所动。

"你今天来到这里可不是享受的,不是来消遣的。这是舞蹈培训课的一部分。"

我只好跟她跳了两三支舞。在跳舞间隙,她把我介绍给一位吹奏萨克斯的乐手,他是一个肤色很深、面容好看的青年,大概是西班牙人或南美洲人。她对我说这位乐手会演奏所有的乐器,会说世界上所有的语言。这位先生看上去和赫尔米娜十分熟悉，甚至可以说是到了非常要好的地步。他面前有两根不同大小的萨克斯管，他轮换着吹。在吹奏时，他那闪闪发亮的眼睛留心观察着跳舞的人们，流露出快乐的神采。我颇为吃惊，不知道为什么，我竟然有些嫉妒这个极具亲和力又充满魅力的乐手，倒不是吃醋，因为我和赫尔米娜之间没有爱情可言，而是一种精神上的、友谊上的淡淡的嫉妒。我对他完全没有什么兴趣，更谈不上崇敬，并且觉得他不值得赫尔米娜如此惹人注目地大加赞赏。我有些闷闷不乐地想，我今天居然要在这里结交这样的人，真是可笑。

后来，赫尔米娜一再被人邀去跳舞，我被独自丢下，坐在桌旁喝着茶，听着音乐。我以前完全没法忍受这种音乐，直到今天我才学会如何忍着听一点。老天啊，我想，我竟然被带到这样一个地方，厮混于这个陌生的、讨厌的、我以前一直小心回避的地方，待在这个我极为鄙视的游手好闲的人们的世界，这个由大理石桌子、爵士乐、轻佻的女人、四处奔走的推销员构成的寻欢作乐的世界！我忧郁地吞咽着茶水，盯着这些故作高雅的人。两个漂亮的姑娘吸引了我的视线。她们都是跳舞好手。我的眼睛追随着她们扭动的身体，带着赞赏且嫉妒的眼神。她们的身形多么灵活、舞姿多么优美,步伐多么自信从容!

不一会儿,赫尔米娜再次出现在我的面前,她对我很是不满。她责备我,说来这儿可不是为了板着脸呆坐在这里喝茶的。我应该打起精神,高兴起来,跳跳舞。可是,我谁也不认识,怎么办?她说那有什么关系,难道这里那么多姑娘,就没有一个我喜欢的吗?

我指给她看那边两个姑娘中比较有魅力的那一位,那个姑娘恰好站得离我们比较近。她穿着漂亮的丝绒裙,满头短短的金发,丰满的女性臂膀极具魅力。赫尔米娜坚持要我立刻去邀请她跳舞。我拼命地反对。

"真的,我做不到!"我痛苦地说,"当然了,如果我尚且年轻而且仪表堂堂的话,还是可以的。但我现在是个连舞都不会跳的、又老又笨拙的老家伙,她会笑话我的。"

赫尔米娜轻蔑地看着我。

"如果真是那样,我也会取笑你的,其实没什么。你可真是个胆小鬼!每个人跟姑娘搭讪的时候都是冒着被取笑的危险,这是冒险的赌注。去尝试着冒险吧,哈里。最坏的情况也不过就是让她笑话你一下。否则,我就再也不相信你会听我的话了。"

她一点也不通融。音乐再次响起来时,我僵硬地站起来,心神不宁地向那个漂亮的姑娘走过去。

"其实，我本来已经有舞伴了，"她说道，用一双清澈的大眼睛上上下下地打量着我，"但是我的舞伴好像要在那边的酒吧耽搁一段时间，那么，我们跳一曲吧。"

我搂住她，开始迈出第一个舞步的那一刻，仍然在心中暗暗惊讶于她并没有把我打发走。她很快就注意到我不怎么会跳，于是开始由她带我跳。她跳得好极了，连我也被带动了起来。这一瞬间，我忘记了那些一丝不苟学习过的跳舞规则，好像全身都轻飘飘地浮动起来。我跟着她轻轻地摆动着，不断地触碰到她紧绷的臀部、灵活舞动的膝盖。我看着她那年轻的、容光焕发的脸，向她承认，今天是我生平第一次真正意义上的跳舞。她只是对我回以微笑，作为对我的鼓励。我的眼睛像是被施了魔法一样紧紧地凝望着她，我用尽一切精彩的溢美之词恭维她的舞姿，她却没有说什么，而是借由轻柔的舞步使我们靠得越来越近，以此来回应和鼓励我。我用右手紧紧搂住她的腰，热切又欢乐地紧紧跟随着她的腿、她的胳膊、她的肩膀的动作跳着舞。我很惊讶，一次都没有踩到她的脚。当音乐结束时，我们两人都立在那里，为对方鼓掌，直到乐声再次响起。我热切地、满心虔诚地再一次将这个神圣的仪式进行了一遍。

当舞曲结束时我才觉得太短暂了,我那穿天鹅绒舞裙的舞伴消失在了人群中。这时,我才突然发现赫尔米娜站在我的旁边,她刚才一直在看我们跳舞。

"现在你明白了吧?"她赞许地笑道,"你有没有发现女人的腿并不是桌子腿啊?好啦,做得很好!你现在已经完全学会狐步舞了,谢天谢地。明天我们就可以接着学波士顿舞和华尔兹了,再过三个星期就可以到环球大厅参加化装舞会了。"

趁着舞会间隙,我们在桌旁落了座,那位萨克斯管演奏师——英俊又年轻的帕布罗先生也过来了,他向我们友好地点点头,在赫尔米娜旁边坐了下来。他跟她的关系看上去非常亲近。可是我必须承认,第一次认识他时可真是对他一点好感都没有。我无法否认,无论是他的脸蛋还是身材都很美,但除此之外,我在他身上就再也没有发现什么优点了。至于他在语言方面的造诣,也没有为他增加印象分——况且他在某些程度上也只会说诸如"请,谢谢,是,当然,哈罗"之类的几个字,其他的根本不会说。这几个字他当然可以用好几种语言表达。是的,这位帕布罗先生其实不怎么说话,而且,他看起来也没什么思想,这位俊美的西班牙绅士啊。他的营生就是在爵士乐队里吹奏萨克斯管,看起来,他对自己的工作充满了热爱。有时，他会在演奏过程中突然鼓起掌来，或者采取别的一些方式来表达他的热情，会从他的嘴里突然像唱歌似的蹦出几个字来，如"噢噢噢，哈哈，哈罗"。很显然，他生活在这个世界上，只求长相俊美，讨女人欢心，可以穿最流行的衣服，系最时髦的领结，在手指上戴满戒指，除此以外，别无所求。他的娱乐方式无外乎跟我们坐在一起，对我们微笑，看着手表，卷卷纸烟——卷纸烟他倒是非常在行。他那双漂亮的深色眼睛和黑色卷发，没有包含任何浪漫色彩、任何问题和想法。从近处看，这个容貌俊美、带有异国情调、讨人喜欢的人不过是一个扬扬自得、被宠坏了的年轻人而已，只是很有礼貌这点还算让人满意。我跟他谈论他的乐器，谈论爵士乐的音色，想让他明白，他是在跟一位老音乐爱好者、老行家交谈。可他根本不接我的话，我出于礼貌，或者说是出于对赫尔米娜的礼貌，发表了一些看法，从音乐理论上为爵士乐辩护，他却对我和蔼地笑笑，完全不理会我的努力。估计他根本不知道，除了爵士乐以外，在爵士乐之前还有其他音乐的存在。当然了，他人很好，很懂礼貌，他那双大而空洞的眼睛笑起来确实很有魅力。可是，他与我之间似乎没有任何共同点——对他来说神圣和重要的东西，于我而言或许根本不值一提。我们来自地球上两个完全不同的地方，所以我们没有任何共同语言。（然而，不久之后，赫尔米娜告诉我一件奇特的事。她说，后来有一次她和帕布罗聊到了我，他让她对我好一点，非常好才行，因为我是如此的不开心。于是，她问他是怎么得出这个结论的，他说："可怜的人，真可怜啊。看他那双眼睛！他都不知道怎么笑了。"）

当这个黑眼睛的年轻人起身告辞后，音乐又响了起来。赫尔米娜站起来说："现在你可以和我一起跳舞了，哈里。还是你已经不愿跟我再跳舞了？"

现在，我跟她跳舞也容易多了，舞姿更自由也更快乐。虽说没有跟刚才那个姑娘跳舞时那样无忧无虑、忘记自我。赫尔米娜让我带她跳，她如同一叶花瓣似的轻柔地随我旋转。我在她身上也发现并感受到了所有的快乐，那种现在变得高涨而如同飞一样的快乐。她也是，周身散发着女性特有的爱的芬芳，她的舞姿也是，仿佛在用肢体唱出一首柔美、可爱、充满魅力的性感的歌。然而，我还不能用所有的热情和自由回应她，我无法完全忘记自己，彻底地沉迷其中。赫尔米娜跟我的关系太亲近了。她是我的同伴，我的姐妹，是跟我一样的人。她像另一个我，像我童年时期的朋友赫尔曼。赫尔曼是一个充满热情的诗人，是他跟我分享了我所有的热情、所有的精神追求和放肆而骄奢的青春。

"我知道,"当我对她谈到这一点时,她说道,"我很清楚。虽然我仍然要让你爱我,但我并不着急,我们可以先做同伴。我们是一类人,我们希望可以成为朋友,是因为我们互相认出了对方。现在我们要互相学习,一起给予对方快乐。我把我的小技艺表演给你看,教你跳舞,让你既能获得一些小乐子又能当个小傻瓜,而你给我展示你的思想,告诉我一些你知道的事。"

"赫尔米娜,恐怕我没有什么东西可以给你。你知道的远远比我多。你是个奇特的人,是一个奇特的姑娘!你对我很了解,在任何方面都超越我。但是我对你来说,有什么意义吗?难道我没有让你感到无聊吗?"

她神色阴沉地低头看向地板。

"这就是我最不想让你说的话。想想那天晚上,因为绝望和孤独,你简直要崩溃了。你来到我身边,成为我的同伴,你觉得是什么原因让我得以认出并且理解你?"

"什么原因?赫尔米娜,告诉我!"

"因为我跟你一样。因为我很孤独,恰好你也是。因为我对生活、对人,甚至我自己都没有什么兴趣,无法认真对待这一切。总是有这样一些人,他们对生活要求太高,无法忍受生活中的愚蠢和残忍。"

"你,你!"我十分惊讶,喊叫起来,"我理解你,我的伙伴,没人比我更理解你了,尽管对我来说你还是个谜。你在生活方面是个能手,对于一些极其细微的生活细节和享受十分看重,在生活中你就是个艺术家。你怎么还会忍受生活的痛苦?你怎么会绝望呢?"

"我并不绝望,哈里。至于忍受生活的痛苦——哦,是啊,我已经颇有经验了!你一定会感到奇怪,我会跳舞而且对生活的表象又是如此熟悉、精通,居然会过得不幸福。而我也奇怪,我的朋友,你对生活如此绝望,却对那些最美好、最深刻的事物,对精神、艺术、思想如此精通。这就是为什么我们能够互相吸引,为什么我们能成为兄弟或是姐妹,也是我要教你跳舞、玩乐和欢笑的原因。而你可以教会我如何思考、教授我知识,尽管并不那么快乐。你知道吗?我们都是魔鬼的孩子。"

"是的,我们是魔鬼的孩子。这魔鬼就是精神,我们都是它不幸的孩子。我们从自然的轨道脱离出来,游离在虚空中。这倒是提醒了我。在我跟你提过的《论荒原狼》里面有谈到这些,如果哈里以为他是由一个或两个灵魂、一个或两个人格构成的，那么这就纯粹只是他的幻想。他说每个人都是由十个、百个、千个灵魂构成的。"

"我非常喜欢这样的说法，"赫尔米娜喊道，"就拿你来说，比如你在精神方面已经高度发展，所以你在生活方面就畏缩不前，不懂得哪怕一丁点的生活艺术。作为思想家的那个哈里已经一百多岁了，但是作为舞者的哈里才只有半天的年龄而已。我们就是要把这样的一个舞者哈里抚养成人，还要培养所有那些跟他一样幼小又愚蠢、还未长大的小兄弟。"

她看着我，微笑着，然后换了一种声调，柔和地问我："那么说，你现在对玛利亚喜欢到什么程度了？"

"玛利亚？谁是玛利亚？"

"就是那个和你跳舞的女孩。她真是个美丽的女孩，非常美丽。你对她已经有点神魂颠倒了吧？我可以看出来的，就是这样。"

"这么说你认识她？"

"哦，当然了，我们很熟。你对她很感兴趣吧？"

"我非常喜欢她，而且她能够宽恕我那样蠢笨的舞步，让我非常高兴。"

"哼！难道这就是故事的全部吗？你应该对她更殷勤一些，哈里。她非常美丽而且舞跳得很好，你已经爱上她了，我很清楚。你会成功的，我很确定。"

"相信我，我可没有这样的野心。"

"现在你有点说谎了。当然了，我知道你还有所依恋。你在某个地方还有个情人，你一年和她见一两次面就为了和她吵架。你对这位奇怪的女友保持忠诚，这当然是很好的。但恕我直言，我并不觉得这件事应该这么认真，而且我也十分怀疑，你是否真的会如此认真地对待爱情。你可以这样做，可以按照自己喜欢的方式去对待爱情，那是你的事，与我无关，我没必要为此操心。我关心的是，你应该学会一些生活小的技能和游戏。在这方面，我是你的老师，我希望当一个比你理想中的爱人更好的老师，你一定要相信这一点！你现在迫切需要的是找一个美丽的姑娘，并睡在她身边，荒原狼！"

"赫尔米娜，"我痛苦地喊出声来，"你看看我，我已经是个老家伙了。"

"你只是个孩子。你懒得耗费精力去学习跳舞，结果差点错过,同样,你懒得耗费精力去学习谈情说爱。那种理想式的、悲剧式的爱情,我相信你可以经营得很好。能做到这点,你很了不起。但现在,你也需要学一点普通人的恋爱方式。我们已经开了个好头。你很快就会习惯来舞厅,但是你必须要先学会波士顿舞,我们明天就开始学。我会在下午三点到你家。顺便说一句,你喜欢那音乐吗?"

"确实非常喜欢。"

"好的,你看到了,我们又迈出了一步,你又学到了一点东西。直到刚才,你还无法忍受所有的舞蹈,无法忍受爵士乐。对你来说,这些都是太肤浅、太轻佻的东西。现在你也看到了,没必要看得太过严肃,而这样也会让你非常轻松愉快。顺便一说,如果没有帕布罗,这个乐队什么也干不了。他领导着整个乐队,并为之注入活力。"

留声机破坏了我书斋里苦行僧式的精神氛围,陌生的美国舞曲闯进了我精心营造的音乐世界,摧毁了一切。而与此同时,又有许多新的、可怕的东西全方位地影响着我迄今为止严格规划的、与世隔绝的生活,将其一点一点瓦解。《论荒原狼》也好,赫尔米娜也罢，他们那关于有上千个灵魂的说法一点也不错。除了原有的灵魂做着身体的主人，每天都有一些新灵魂如雨后春笋般出现在我体内，它们大吵大闹，制造出各种各样新的困惑。我现在能像看一幅图画那样，清楚地认清我过去对人格的错误认知。过去，出于偶然的原因，我任凭比较擅长的几项技能和才干尽情发展，我只认同它们。于是，我只勾勒了其中一个哈里的形象，只过着其中一个哈里的生活，而这个哈里只是一个受过很好教育的，在诗歌、音乐、哲学方面受过很好的训练的专家。我将我人格中的其余部分都丢在一边，而由其余各种能力、欲望、追求交织构成的混乱，我则视为累赘，并将这一切贴上荒原狼的标签。

然而，当我从幻觉当中清醒过来时，发现改变错误认知和分析自己的人格绝对不是一场令人愉快的冒险。相反，常常是非常痛苦的，几乎让人崩溃。那留声机的声音经常像魔鬼的号叫一般充斥着我的耳朵，那声音与周围的环境极其不协调。有很多次，当我在某家时尚餐厅，在一群面目光鲜、衣冠楚楚、终日寻欢作乐的伪君子中跳着狐步舞时，我觉得自己背叛了生活中我原先奉若神明的东西。倘若赫尔米娜让我独自一人过上八天，我会马上放弃尝试这种既辛苦又可笑的、醉生梦死的生活。然而，赫尔米娜总在我身旁。

虽然我不是每天都能见到她，但我每时每刻都在她的眼皮子底下，听她引导，受她监视，让她评价，甚至连我想要反抗和逃跑的心思，她都能从我脸上看出来，而她只是对我回以微笑。

随着以前那些被称为个性的东西不断遭到破坏，我开始理解，为什么尽管我绝望至极却又那样惧怕死亡。我开始注意到，这种令人厌恶的、可耻的对死亡的恐惧，正是我以前虚伪的市民生活的一部分。之前一直占主导地位的哈勒尔先生——那个天才的作家、莫扎特和歌德的研究专家，那个就艺术中的形而上学、天才与悲剧、人性写过众多具有阅读价值的文章的作者，那个躲在堆满书籍的工作室里的多愁善感的隐士——现在却不得不一步步地对自己提出批评，而且无论在哪方面他都无法承受得住这种自我剖析。那个富有才华而有趣的哈勒尔先生虽然在宣扬理智和人性，抗议战争的粗野残忍，但是在战争期间，他并没有被人拉到刑场枪毙——这本来应该是他的思想所造成的必然结果——而是找到了某种适应的办法，一种非常体面、非常崇高的方法，不过那其实只是一种妥协和让步。除此之外，他还反对强权和剥削，但他在银行里存有许多工厂企业的股票，他心安理得地使用这些股票产生的分红利息，毫无愧疚之感。他身上的一切都存在着这种矛盾。哈里·哈勒尔很巧妙地将自己伪装成一个理想主义者、一个世俗的鄙视者、一个苦闷的隐士、一个愤世嫉俗的预言家，但他骨子里仍然是市民阶级的一分子。在他看来，赫尔米娜那样的生活是可耻的，他为在餐厅里虚度的光阴、在那里挥霍掉的金钱而感到气恼、内疚。他对自我解放和自我完善并不是那么迫切，相反，他非常渴望回到过去那个令人舒适的年代，那个时候，那些没什么实用价值的精神活动能够给他带来欢乐和荣誉。而那些被他蔑视和讥讽的报纸读者，同样渴望回到战争爆发前的理想时代，因为那个时候的生活，远远比从苦难中学习舒服得多、容易得多。这位哈勒尔先生真的很讨厌。呸，见鬼去吧！这位令人作呕的哈勒尔先生！然而，我却还在死抓着他不放，或者说死抓着他已经开始分崩离析的旧形体不放，还在留恋他卖弄才智时高谈阔论的模样，留恋他对于混乱和意外（死亡也属于这种意外）市民式的恐惧，并且我经常带着几分轻蔑和嫉妒将现在正在形成的新哈里——这位舞池里多少有点胆小滑稽的门外汉，与以前那个虚伪的理想化的哈里做比较。这期间，新哈里在老哈里的身上发现了令人感到不悦的性格特征，与教授家里的那幅歌德蚀刻版画具有的特征完全相同，令他特别反感。他自己，那个老哈里原来也是这样一个被市民阶级理想化了的歌德，也是这样一个目光过于高尚的精神英雄，他那充满智慧和人性的神情让他像抹了润发油一样闪闪发亮，他差点就被自己那高尚的灵魂感动了！见鬼！现在，这幅高尚的图画已经破败不堪亟待修补了！理想的哈里·哈勒尔不幸被大卸八块！他就像一个掉到小偷群中的高官显贵，原本华丽的衣着已经被撕成碎片。假如他够聪明，现在就应该去学学如何扮演好一个衣衫褴褛的穷人角色，而他却依旧穿着那身残缺不堪的破烂衣服，就好像上面还挂着勋章似的，哭天喊地要求继续得到已经失去的尊严。

我发现身边总是有帕布罗——也就是那个乐手的身影，仅仅因为赫尔米娜是那样喜欢他，那么热切地需要他的陪伴，因此我不得不修正对他的看法。帕布罗留给我的印象是一个俊美的废物，有那么一点花花公子的虚荣，像孩子一样快活、无忧无虑，似乎他唯一的乐趣就是吹奏他的玩具喇叭，只要用几句甜言蜜语和一点巧克力，就能够轻易地哄骗他。帕布罗却对我如何看待他毫不在意。我的看法和我的音乐理论一样，对他来说都无所谓。他总是微笑着，礼貌友好地听我讲话，但似乎总是有所克制，从来没有真正做过回答。尽管如此，我似乎还是引起了他的兴趣。可以看得出来，他在努力讨我喜欢，向我示好。在一次同样徒劳无益的谈话之后，我被激怒了，甚至气急败坏，而他只是盯着我的脸，眼神中带着不解与悲伤。他握住我的左手，用他那个镀金小鼻烟壶在我手上轻轻磕打，将从那里掉出的一小点鼻烟类的东西给我，说这东西对我有好处。我向赫尔米娜投去询问的目光，她点点头。我接过这小东西吸了进去。果然，这东西一瞬间就对我起效了，我变得头脑清醒，甚至感到更快乐了。毫无疑问，这粉末里有可卡因。赫尔米娜告诉我，帕布罗有许多这一类的药品，是他通过各种秘密渠道得到的，他偶尔会给朋友用一点，他可是配制这些药品的大师。他配制的药品有的可以镇痛，有的可以安眠，有的给人美梦，有的活跃精神，还有的能催发情欲。

有一天，我在码头附近的大街上遇到了他，他立刻与我攀谈起来。这次，我终于成功地让他说话了。

"帕布罗先生，"我说话的同时，他在玩弄着一根细细的带着乌木把手的银质文明棍，"您是赫尔米娜的朋友，这就是为什么我对您感兴趣的原因。但是您并没有让人跟您在一起时觉得轻松。很多次我都尝试跟您谈论音乐，原本我充满兴趣，想知道您对音乐的想法和观点，无论这思想或观点跟我的是否相同，但您总是轻视我的话题，甚至不屑于给我最简单的回答。"

他向我投来一个亲切和蔼的微笑,这次他倒是没有避而不答,而是平静地回应了我的话。

"好吧,"他心平气和地说,"是这样,在我看来,谈论音乐没有任何意义。我从来不谈论音乐。对于您那非常得当、精辟睿智的评论我又能说点什么呢?您说的一切都非常正确。但是,您也看到了,我是一个乐手,并不是个理论专家,我并不相信音乐理论,因为对于音乐来说,理论的正确性没有任何意义,音乐并不是依赖其正确性才存在的。在音乐方面,重要的不在于人们对音乐是否有鉴赏力,是否受过教育等。"

"确实是这样。那么,重要的是什么呢?"

"关键在于演奏,哈勒尔先生,将音乐尽其所能地演奏好,将一个人所有的才华都倾注在演奏音乐上。这才是最重要的,先生。即便我能把巴赫和海顿所有的作品都记在脑子里,并且说得头头是道,但对音乐来说仍一无是处。但是,当我拿起我那如同我的喉舌一般的乐器,现场演奏一段舞曲,无论这段舞曲编得好坏,它都给人们带来了快乐,能让人们手舞足蹈,情绪激昂。这才是最关键的。一段略长的休息时间过后,当音乐再次响起时,看看舞池里那些人在那一刻的面孔吧,一双双眼睛是多么明亮,一双双腿多么猛烈地扭动，一张张面孔笑得多么开心。这才是人们为什么要演奏音乐的原因。"

"说得好，帕布罗先生。但是，并不只有刺激感官的音乐，还有安抚精神的音乐。除了那些真正在演奏着的音乐，还有一种不朽的音乐，即便没有人真正在演奏它，也是一直永恒存在的。当一个人独自躺在床上，脑海里出现了《魔笛》或《马太受难曲》中的旋律，音乐也会响起，而那时并没有任何人在吹奏笛子或者拉响小提琴。"

"当然了，哈勒尔先生。很多孤独的人在晚上还会常常回想起《渴望舞曲》或《瓦伦西亚曲》呢。即便是最贫苦的打字员，也可以在她的办公室里记住最新的一部舞曲，并卡着音乐的节拍在键盘上打字。您说得对。我乐于见到所有这些孤独的人享受这些无声的音乐，无论是《渴望舞曲》《魔笛》，还是《瓦伦西亚曲》。但他们是从哪里获得了这些孤独又无声的音乐的呢？当然是从我们这儿，从我们这些乐手这里。人们只有在听过这些音乐的演奏之后，才能将这些音乐融进自己的血液，才能在自己的房间里想起或者梦见它。"

"即便如此，"我冷冷地说，"也不应该把莫扎特的乐曲和流行的《狐步舞曲》相提并论。您演奏的是神圣不朽的音乐还是风靡一时的低俗音乐，这可有着天差地别。"

当帕布罗从我的声调中察觉出我已经有些激动时，立刻露出了一副最亲和的表情，并且轻柔地触碰了下我的胳膊，说话的声调都带着一种令人难以置信的温柔。

"我亲爱的先生，音乐分不同等级，您的这一观点或许是正确的。无论您根据自己的喜好将莫扎特、海顿与《瓦伦西亚曲》放在什么等级，我都不反对。但音乐对我来说，都一样，我不需要去划分它们的等级，也从来没有人问过我该如何划分。或许上百年后，莫扎特的乐曲依然有人演奏，而过两年就没人再去演奏《瓦伦西亚曲》了。不过我觉得，这种事情这完全可以交给上帝来安排。上帝可是非常公正的，他决定了我们每个人的寿命，也决定了华尔兹舞曲和狐步舞曲的寿命，他一定会做出正确的决定。而我们这些乐手，只需要做好我们的本职工作，只要完成自己的职责并且发挥自己的天赋去演奏就可以了。我们要演奏出那些大家所渴望听到的音乐，我们一定要竭尽全力将它演奏好，竭尽我们所能使这音乐美妙而令人印象深刻。"

我叹了口气，终于放弃了交流。这个人还真是不好对付。

很多时候,新的与旧的、痛苦与快乐,恐惧与喜悦能够以一种非常奇怪的方式互相交织在一起。我时而在天堂,时而又在地狱,大部分时候同时置身二者当中。老哈里和新哈里会在一瞬间发生激烈的冲突,下一刻又和睦相处。有时,老哈里好像已经死去,他们之间的纠纷也就随着老哈里被埋葬而一笔勾销,但突然某个时候他又出现在那里,发号施令,称王称霸,反对一切,而年轻的新哈里则沉默寡言、胆小羞赧,总被逼得走投无路。另一些时候,年轻的哈里则擒住老哈里的脖子,用尽全力掐他的喉咙。他们总是痛苦呻吟,时常进行殊死搏斗,这让我无数次产生用刮胡刀一了百了的念头。

痛苦与快乐经常像大浪般同时向我扑打而来。

有一次,也就是我在公开场合跳舞后的几天,我在夜里回到卧室时大吃一惊,简直不敢相信眼前的一切,心中又是惊慌又是恐惧,却同时感觉像着了魔一般兴奋——我发现可爱的玛利亚就躺在我的床上。

迄今为止,赫尔米娜给我带来的惊喜中,这是让我最意外的一个。因为我确信,是她把这只极乐鸟送到我身边的。

这天晚上,我没有像往常一样与赫尔米娜在一起,而是在大教堂里听了一场美妙的古典音乐演奏会。这是一次美好而悲伤的远足，我回到了以往的生活当中，回到了我青年时代生活过的地方，回到了我理想中的那一方天地。高大的哥特式教堂大厅里点着几支蜡烛，在忽明忽暗的烛光中，精美的网形穹顶像幽灵一样来回晃动。我坐在大厅里，听了布克斯特荷德、帕赫贝尔、巴赫和海顿的作品，重新踏上了曾经喜爱的老路。我听见一位女歌唱家优美地演唱巴赫的曲子，在那些美好的旧时光中，我和她曾是朋友，以前我多次听过她那令人难以忘怀的演唱。我青年时代所有虔诚、愉悦和炽热的情感，被这古老的音乐声调和它无限的尊严、圣洁唤醒了。我忧伤地坐在高大的教堂大厅里，沉思着。在这个曾是我故乡的高贵世界里，我成了客人。我在这里待了一个小时，在听到海顿的一首二重奏时，我突然热泪盈眶。不等音乐会结束，我便离开了，放弃了与女歌唱家再次见面的机会（哦，要是换作以前，听完这样的音乐会后，我总会和艺术家们度过那些令人兴奋而充满热情的夜晚）。

我悄悄地从教堂里溜了出来，在那被夜色笼罩的小街上疲惫地闲逛着。小街上的一些餐厅里，爵士乐队正在演奏着我目前的生活曲调。啊，我的生活竟变得如此阴暗、混乱！

我在夜色中独自前行，久久思索着我与音乐之间奇特的关系，以及它对我的重要意义。我又一次将自己与音乐之间这种既感人又不幸的关系,视作整个德国精神的命运。在德国精神中,母权处于主导地位,这种对自然的依附关系是以一种音乐的霸权地位为表现形式存在的。这种音乐的霸权在其他国家是从未出现过的。我们这些知识分子非但没有像个男子汉一样跟这种倾向做斗争,没有服从精神、理性、语言,没有成为它们的忠实听众,反而总是幻想着用一种没有文字的语言描绘出不可名状的、无法塑造的东西。德国知识分子没有倾其所能真实而诚挚地扮演自己的角色,而是持续不断地反抗文字、反抗理性,向音乐示爱。德国精神也是这样,总是沉迷非现实的音乐、绝妙幸福的音响效果,沉浸在使人陶醉的感情和情绪中,从而耽搁了自己应该完成的使命。我们这些知识分子当中没有一个人活在现实里,对现实总是感到陌生和敌对。因此,无论是在德国的现实中、在我们的历史上,还是在政治领域、公共舆论当中,精神所发挥的作用都微乎其微。我经常会思考这一点,偶尔,我会有一种十分强烈的渴望,希望自己能够参与构建现实,严肃并且认真负责地做一些有意义的事,而不是仅仅单纯地从事美学、研究和文化艺术行业的工作。但是,一切总是以放弃告终,向命运屈服。军队的将军和重工业企业家们说得很对,我们这些"知识分子"一无是处，是一群空有才华、只会夸夸其谈、可有可无的人，我们脱离现实，不负责任。呸！见鬼去吧！将刮胡刀拿起来吧！

我思绪万千，脑子里还回响着音乐的余音，内心充满了悲哀。我极度渴望生活、渴望现实、渴望生命的意义以及已经失去却又无法挽回的一切。终于，我回到了家。我爬上楼梯，走进屋打开了灯，想看些书却怎么也看不下去。我想起了明天的约会，一想到明晚要被迫去泽西水酒吧喝威士忌和跳舞，我就感到一阵恼火和怨恨，这不仅是在针对我自己，同时也是在针对赫尔米娜。尽管她是一个非凡的女孩，对我满怀好意和热情，但她当时如果放任我走向毁灭就好了，而不是像现在这样让我深陷于这个陌生的、复杂的、光怪陆离的世界中。在这个世界里，我始终是个陌生人，我身上最美好的东西受尽苦难与折磨，逐渐衰败消亡。

于是，我伤心地关了灯，走进卧室，悲伤地脱起了衣服。这时，我被一股不同寻常的气味吓了一跳，房间里飘着一股淡淡的香水味儿。我环顾了一圈四周，发现美丽的玛利亚躺在我的床上，正对着我微笑，她闪动着那双蓝色的大眼睛，眼神中还带有一点点的胆怯。

"玛利亚！"我叫了她一声。我的第一个反应是，如果我的房东知道了,她一定会从我这里收回这间住房的。

"我来了,"她轻轻地说,"您生我的气吗?"

"不,不。我知道,是赫尔米娜把钥匙给您的。现在也只能这样了。"

"哦,这样做让您生气了,我还是走吧。"

"不,美丽的玛利亚,留在这里!我只是有些悲伤,只是今晚而已。今晚我无法快乐起来,或许明天会好一点。"

我略微向她俯下身去,她用那双宽大而又结实的手捧住我的头往下一拉,给了我一个好长的吻。然后,我坐在她身边,拉着她的手,请求她说话声音轻点,以免我们的谈话被别人听到。我看着她那美丽丰满的圆脸蛋,她就躺在我的枕头上,脸像一朵巨大的鲜花,那么陌生而奇妙。她轻轻地将我的手拉到她的嘴唇上,又拉到被子下面,放在她那温暖、宁静、呼吸均匀的胸脯上。

"你不必表现出快乐的模样,"她说,"赫尔米娜已经告诉我了,你有许多苦恼。这谁都能理解。你还喜欢我吗?不久之前,我们一起跳舞时,你显得非常爱我。"

我吻上了她的眼睛、嘴巴、脖颈和乳房。刚才,我想起赫尔米娜时,还有些恼火,对她略带责备,而现在,我却把她送的礼物捧在手里，满心感激。玛利亚的爱抚并没有使我感到难受，没有破坏我今天晚上听到的奇妙的音乐。相反，我觉得她和这音乐完全相配。我慢慢地将被子从她曼妙的身体上拉开，脱下她的衣服，吻遍了她的全身，从头吻到了脚。当我躺在她身边时，她那如花的脸庞朝我转过来，对我绽放了一个似乎无所不知的亲切笑容。

这一夜，我躺在玛利亚的身边，尽管睡的时间不长，却睡得像孩子般又香又甜。其间，我们醒来了几次，我尽情感受着她那温暖的青春气息。在我们的低声交谈中，我得知了许多有关她和赫尔米娜生活中的事情，这些事情非常值得了解。我对像她们这样的人和她们的生活了解得很少。实际上，我以前只在戏剧中见过她们这类人，他们之中有男有女，既是艺术家，也是追求享乐之人。现在，我才得以一窥他们的生活，对他们异常纯真无邪又格外腐化堕落的奇特生活有了些许了解。这些姑娘大多数家境贫寒，但她们都很聪明、相貌可人，因此不甘于一辈子只靠一种收入低微且无趣的工作勉强糊口。她们几乎所有人都在闲暇时间打工，有时还会靠她们的花容月貌和殷勤妩媚过活。她们有时当几个月打字员，有时当一些有钱公子哥的情人，从而得到他们赠予的零用钱和礼物。她们有时衣着华丽，被人车接车送，住豪华酒店，有时又忽然住进狭小的顶层阁楼中。倘若条件优厚,她们会嫁给那些有钱人,但总的来说,她们并不希冀婚姻。她们中的大多数人对爱情也并没有过多的渴望,即使不情愿地付出自己,也只是为了钱或让自己卖个好身价。然而,还有另外一些人,玛利亚就属于这一类人,她们在爱情方面有着非同一般的才能,她们非常需要爱情。她们活着就是为了爱,除了那些正式的、有利可图的朋友之外,她们还有其他性爱伙伴。她们勤勤恳恳又忙忙碌碌,忧心忡忡又无忧无虑,聪明又轻率,她们就像美丽的蝴蝶一般,过着天真又精致的生活。她们个性独立,不是每个人都能用金钱收买她们,她们期望幸运和好天气中也有属于她们的那一份,从对生活的热爱上获得益处,而又不像市民阶级那样过分依恋生活。她们确信自己会与一位童话中的王子走进他的宫殿,所以时刻准备着。然而,她们一直模糊地预感到,等待她们的是日后艰难的生活和悲惨结局。

在那个美妙的夜晚以及随后的日子里,玛利亚教会了我很多东西,不仅教会我许多迷人的新鲜游戏和充满诱惑的情欲之乐,还教会我新的理解方法、新的视角和新的爱情。舞厅、游乐场、电影院、酒吧、茶楼、宾馆所组成的花花世界,对我这个修身养性的隐居者和美学家来说,始终是低贱的、有失体面的、理应禁止的;而对玛利亚、赫尔米娜以及她们的同伴来说，这个世界完全是她们的世界，不那么好，也不那么坏，既不值得深爱也不值得怨恨。在这个世界里，她们的信仰、她们的渴望都如花朵般尽情绽放，她们对这个世界的一切都驾轻就熟。她们对一瓶香槟酒或一份特色佳肴的热爱，就像我们这种人对一位作曲家或者一位诗人的喜爱那样。她们把热忱、激情、同情都倾注在一支新的流行舞曲或某位爵士乐演唱者的伤感歌曲上，这就像我们会将同样的感情倾注在尼采或汉姆生的作品上一样。

玛利亚和我提起了那位俊美的萨克斯管吹奏者帕布罗，谈论起了他有时会为她们演唱的一首美国歌曲。她聊起这些的时候是那么地心醉神迷，神色中满是钦佩爱慕，对歌曲也是赞不绝口，比任何一个受过高等教育的人谈起高雅艺术时所表现出的狂喜更使我感动，给我留下了深刻的印象。无论那首歌曲怎么样，我都准备与她一起陶醉其中。玛利亚那充满爱慕的言语，那充满渴望、神采焕发的目光，将我的美学壁垒撕开了一道又长又宽的巨大缺口。也许有一些东西是美好的，在我看来，这些少量的、杰出的、筛选出来的东西是非常崇高的，其中高居首位的自然是莫扎特。但是，就没有什么界限吗？如今遭到我们这些专家和批评家指责、质疑的一些艺术品和艺术家，难道不正是我们年轻时狂热喜爱过的吗？我们曾经不就是这样对待李斯特和瓦格纳的吗？甚至有许多人也是这样对待贝多芬的。玛利亚对那首美国歌曲爆发出的如同孩子般的热烈感情，不同样也是一种纯洁的、美好的、崇高的艺术体验吗？不是正像一个高级中学教师对《特里斯坦》[①]的狂热，正像跟某位乐队指挥在指挥《第九交响曲》时感受到的狂喜一样吗？况且这不就是同意了帕布罗先生的观点，并证明了他说的是正确的吗？

玛利亚似乎也很喜爱这位英俊的帕布罗。

"他确实是个俊美的男人，"我说，"我也很喜欢他。可是，玛利亚，告诉我，既然你喜欢他，又为什么会对我产生兴趣呢？我是个沉闷无聊的老家伙，既不英俊，头发也已灰白，既不会吹奏萨克斯管又不会演唱英文情歌。"

"别说得这么严重，"她责备我，"这是顺其自然的事情。我也喜欢你，你身上也有美好的东西，正是这些东西让你如此可爱，让你与众不同。你就是你，我不想让你变成别的样子。这种事不该被谈论，也无须说明理由。你瞧，你吻我的脖子或耳朵时，我就感

[①] 德国作曲家理查德·瓦格纳创作的三幕歌剧。

觉到了你对我的喜欢，我是合你的心意的。你吻我时有那么一点紧张、羞涩，这就足以告诉我：你取悦了他，他因为你的美貌而心怀感激。这让我非常高兴，这也是我非常喜欢你的一点。而在另一个男人那里，我喜欢的东西恰恰相反，他似乎并不在乎我，也并不喜欢我，他给我的吻，好像仅仅是对我的一种恩惠。"

我们又睡着了。当我再次醒来时，发现我的胳膊仍然环绕着她的身体，我那美丽的、漂亮的鲜花。

说来也真奇怪！对我来说，这朵美丽的鲜花一直都是赫尔米娜赠予我的一件礼物！她始终站在玛利亚的背后，总是像假面具似的被玛利亚遮挡起来。突然，艾瑞卡的形象映入我的脑海——我那个住在远方、爱和我发生争执的情人，我那可怜的女友。她的容貌丝毫不比玛利亚逊色，只是没有玛利亚那样年轻活泼、那样放荡不羁，在做爱时也没有那么多小技巧。她宛如一幅画那般，在我面前站了好一会儿，她的形象那么清晰，那么惹人怜爱，深深地与我的命运交织在一起。然后她消失了，消失在了我的睡梦中，再次被我遗忘，带着一点点的遗憾消失在远方。

长久以来，每当夜深人静的时候，我的内心就会感到极度的空虚贫乏。而在这个美妙温柔的夜晚，在爱神厄洛斯的引导下，我那如荒漠般贫瘠的生活奇迹般地被开发了，那曾经生活中的种种经历如源泉般源源不断地涌现出来，填满了我的大脑。悲喜交加间，我的心脏有一瞬间似乎停止了跳动。我以前的生活画廊是多么的丰富多彩啊，而可怜的荒原狼的灵魂中又曾密布着永恒的星辰与高贵的星座，如此充沛丰盈！幸福的童年和母亲慈爱的面容像是越过被笼罩在蓝色雾霭中的遥远群山，温柔地朝我这里看过来。我的耳边响起情意绵绵的友谊之歌，声音清晰，从传奇式的赫尔曼开始，再到赫尔米娜的灵魂兄弟，这种充满情谊的友谊之歌听起来铿锵有力。许多宛如出水芙蓉般的女性形象向我游过来，散发着芳香，超凡脱俗。这些女性是我曾经爱过、歌颂过并追求过的，但是曾接触过并试图占有过的只是少数几个。与我一起度过了好几个年头的妻子也出现了，她让我懂得了什么是友谊，也和我发生过很多令我垂头丧气的冲突。尽管我们的夫妻生活中有许多的不快乐，但我对她一直无比信任，直到她疾病缠身、精神失常，在奋力反抗中毫无预警地离我而去，使我在精神和身体上都一蹶不振。这时，我回首往事，才看到我对她的爱和信任是多么深刻，然而由于她的背信弃义，我和我的生活遭受了巨大的打击，给我带来了难以磨灭的创伤。

这几百张有名字或没有名字的画面一下子全部重新浮现在我

脑海中，在这个爱欲之夜喷薄而出，年轻、鲜活。我想起了那些在苦难中已经忘怀的事情，再次明白了它们是我生活的财富和价值，将坚不可摧地继续存在下去。这些经历就像星星一样难以磨灭、永恒不变，尽管我已经将它们忘记，却无法将其抹去。它们已成为恒星，成为我生活的传说，它们耀眼的星光就是我存在的价值。我的生活道路是艰难、迷惘和不幸的，我尝尽了命运的苦涩，但是我的生活却非常充实，丰富多彩而又令人感到自豪。即便身处苦难之中，我依然过着如国王般高贵的生活。尽管在到达生命尽头之前的一小段路程中，我会可悲地虚度光阴，但我这一生的核心是高贵的，它有思想和个性，不会为了鸡毛蒜皮的琐事而计较得失，而是立志追求永恒的星辰。

从那以后，又发生了很多事，又有很多东西有了变化。对于那一晚的事，我只能回忆起很少一部分，只能记起我们说过的只言片语，记得我深深地陷入了爱的温存当中，记得我从亲热后的疲惫中沉沉睡去，以及醒来时那星光璀璨的时刻。自从我变得颓废败落以来，那一夜，我的生活第一次用闪亮的眼睛看向我，也让我再一次认识到这是命运中的一个契机，让我再次将我生活中的那大片废墟看作神圣的碎片。我的灵魂再一次苏醒，我的眼睛重新迎来了光明。在那一刻，我热切地预感到，只要我将那些散乱的形象收拾、拼凑整齐，并将我自己哈里·哈勒尔式的荒原狼生活作为一个整体提升高度，升华成为一幅完整的图画，那么，我就能进入这幅图画的世界中，永垂不朽。难道不是这样吗？每个人生命历程的终极目标不就是这样设定的吗？

早晨，我和玛利亚共进早餐之后，我只能偷偷摸摸地把她送出我的住处，庆幸没有人发现。当天，我在附近的街区租了一个小房间，作为我们单独私会的地方。

我的舞蹈老师赫尔米娜非常尽责，总是按时来到我的住所，于是我不得不学波士顿舞。她很严格，甚至有些无情，绝不会减少每节课的时长，因为她已经决定，要我和她一起去参加下一次化装舞会。她向我要了买礼服的钱，可是她却拒绝告诉我有关礼服的任何细节。她也不准我去拜访她，就连问问她的住处都是禁止的。

离化装舞会大概还有三个星期的时间，这段时间我过得特别幸福。我觉得玛利亚是我第一个真正爱的人。以往我爱过的那些女人，我总要求她们有思想、有教养，而我却完全没有注意到，即使是最聪明、最有教养的女人，也从未回应过我身上的理性，反而在始终反驳、对抗它。我带着各种问题和思想去接近这些女人，但对于一个从未读过一本书、完全不知道什么是读书，连柴可夫斯基和贝多芬都区分不清楚的姑娘，我相信自己绝不会爱她超过一小时。玛利亚没有受过什么教育，但她不需要走这些弯路，也不需要这些替代品，她的问题全部直接来源于感官。她用自己那天生的感官，用她那特殊的体形、她的肤色、她的头发、她的声音、她的皮肤以及她的气质去尽量获得感官上的刺激和爱欲上的欢愉，让爱她的人能够知晓她的每一种技艺和使命，并用她身体的曲线和妩媚柔美的体态引导他们如何去懂得她所要表达的情感，使对方积极配合，也做出令她愉悦的动作。在我第一次羞怯地和她跳舞时，我就感觉到了这一点，当时我就闻到了她身上所散发出来的这种独特的香气，为她深深着迷。当然，赫尔米娜，这个无所不知的女人，将玛利亚介绍给我，绝不是一个偶然。她像夏天一样热烈，像玫瑰一样散发芬芳。

我可没有那样的福气成为玛利亚唯一的情人，我甚至不是她最喜欢的那个，我只是众多情人中的一个。她并没有太多时间和我在一起，通常我们只是在中午待一个小时，能和我一起度过一个夜晚的次数更是屈指可数。她从来不从我这里拿钱，看来，这大概是赫尔米娜特别关照过的。但她倒是很乐于接受我的礼物，只要是我送的，她都会高兴，每次我送她诸如红色漆皮小钱包之类的礼物时，她都不会介意我在里面放进两三个金币。不过，我倒是因为这个红色漆皮的小钱包被她嘲笑过一番。那钱包虽然很好看，但因为样式过时，已经降价，在商店里的销量很差。在这类事情上，我实在知之甚少，甚至比我对爱斯基摩语的了解还要少。现在，我从玛利亚那里学到很多，首先就是对一些小玩意儿的了解，我知道了这些时尚的奢侈品不只是闲得无聊时的玩物和低级趣味的东西，不只是视财如命的商人的发明，恰恰相反，它们形成了一个小世界，或者说是一个极有权威的、美丽的、形形色色的、由各种各样的物品组成的大世界，所有这些东西都只有一个而且是唯一的目的：为爱情服务、使情感更加细腻。从舞会用的脂粉到香水，从戒指到雪茄盒，从腰带扣到手袋，都是起着这样的作用。其实，手袋并不是手袋，钱包并不是钱包，鲜花并不是鲜花，扇子并不是扇子。它们都是爱情、魔法和快乐的人造材料。每一个都是一个传达信息的使者、一个走私犯、一件武器、一次战斗的号角。

玛利亚到底爱谁，这是我常常思考的一个问题。我想她真正爱的是那个年轻的萨克斯管乐手帕布罗，爱他那双忧郁的黑眼睛，爱他那白皙的、与众不同的、忧郁的双手。我过去曾认为帕布罗只是一个让人昏昏欲睡的爱人，被宠坏了，而且在爱情方面消极被动，但是玛利亚却让我相信他比任何一个获得荣誉的战士或优秀骑士更奋发、更迅捷、更具有男子气概。

就这样，我听到了很多秘密，知道了我们周围某个爵士音乐家、某个演员、某些女孩和男人们的秘密。我知道了各种各样的秘密，看见了表象之下的种种联系和敌意，逐渐熟悉并进入了这个世界，尽管原本我对这个世界来说是个彻彻底底的陌生人。我也听说了不少赫尔米娜的事情。而且我经常和玛利亚爱慕的帕布罗在一起。偶尔，她也会需要那些秘密的麻醉品，时常还会给我分享一些，帕布罗总是非常热心地为我们效劳。有一次，他非常直接地对我说："您这样悲伤可不好，您不应当这样，我为您感到惋惜。您可以试着抽点淡鸦片！"

我对这个开朗、聪明、天真而又神秘莫测的人的看法逐渐改变了，我们成了好朋友。我时常会服用一点他的那些麻醉品。他略带开心地观察着我对玛利亚的一往情深。有一次，他在郊区一家旅馆的顶楼——他自己的房间里举行了一次"联欢会"。房间里只有一把椅子，玛利亚和我只能坐在床上。他给我们喝了一种用三个小瓶子里的液体混合而成的神奇饮料。过了一会儿，我的情绪变得好极了。他两眼发光，提议我们三人一起纵情狂欢一把，但我果断拒绝了，这种胡闹对我来说太不可思议了。不过，我偷偷地瞄了玛利亚一眼，想看看她是什么反应，虽然她立刻认同了我的做法，但我在她的眼睛里仍看得出她对这个提议抱有一闪而过的欣喜，并对放弃这个提议流露出惋惜之意。我的拒绝同样令帕布罗非常失望，但并没有伤害他。

"真遗憾，"他说，"哈里在道德方面的顾虑太多了。没办法。要是能够按照我说的来做，那一定美妙极了，妙不可言！不过，我知道一个代替的办法。"

于是，在他的示意下，我们每个人都抽了几口鸦片，一动不动地坐着，睁着眼睛体验着由鸦片所诱发出来的幻觉。这时，玛利亚快乐得全身颤抖了起来。

过了一会儿，我稍感不适，帕布罗把我放到床上，给了我几滴药水。我闭眼躺着，感到有人在我的两只眼睑上轻轻吻了一下。我接受了这吻，我宁愿相信吻我的是玛利亚，但其实我知道，吻我的是帕布罗。

还有一天晚上，他更加让我惊讶。他来到我的住所，对我说，他需要二十法郎，请求我借给他。作为回报，他提出今晚可以把玛利亚让给我，让我和她一起过夜。

"帕布罗！"我简直震惊了，"您一定不知道自己在说什么！把一个女人作为我们之间的交易品，这是最为卑鄙可耻的事情。我就当没听见您所说的这番话，帕布罗。"

他很怜悯地看着我："您不愿意，好吧，哈勒尔先生。您总是跟自己过不去。如果您不愿意，那今晚就不要跟玛利亚睡在一起好了。但是，请您给我那些钱吧，我会还给您的。我现在急需用这笔钱。"

"要做什么用呢？"

"给阿戈斯蒂诺，您知道，就是那个矮个子，他是第二小提琴手。他已经病了八天，没有人照顾他，他身无分文，现在我的钱也用光了。"

因为好奇心，也因为有些自责，我跟他一起去看望了阿戈斯蒂诺。阿戈斯蒂诺住在一间破败不堪的顶层阁楼里。帕布罗给他送去了牛奶和药品，为他重新整理好了床铺，打开窗户通风，给阿戈斯蒂诺发热的脑袋敷上一块精美的湿布散热，他这一系列动作极为娴熟、利索，就像个优秀的护士。就在同一天晚上，我看见他在酒吧演奏，直至第二天天亮。

我经常和赫尔米娜长时间详细、客观地谈论玛利亚，谈论她的手、她的肩膀、她的腰身，谈论她笑的姿态、接吻的方式、跳舞的样子。

"这个她做给你看了吗?"曾经有一次,赫尔米娜这么问,并且向我描述了一种特殊的用舌头接吻的方式。我请她亲自表演给我看,她却异常严肃地拒绝了。

"以后再说,"她说,"我现在并不是你的情人。"

我问她是从哪里知道玛利亚亲吻的技巧,以及某些只有她的情人才会知道的秘密的。

"哦,"她大叫出声来,"我们毕竟是朋友呀!难道你觉得,我们之间还会有什么不得了的秘密吗?我经常和她一起睡,一起玩。我只能说你拥有了一个美丽的好女孩,她会的东西可比其他姑娘多多了。"

"可是,赫尔米娜,我确信你们之间仍然有一些互相不可知的秘密。或者说,难道你也把知道的关于我的一切情况都告诉了她?"

"不,这是另一码事。这些事情她不会懂的。玛利亚不是个平凡的姑娘,她很奇妙,你很幸运。不过,你我之间有些事情她完全无法理解。当然,我跟她讲了很多关于你的事情,远远超出你所愿意让她知道的范围,可是我得为你争取她的芳心,你也看到了!但是，无论是玛利亚还是别的什么人，都不可能像我一样理解你。我也从她那里了解到一些关于你的情况，玛利亚把她所知道的关于你的一切都告诉了我。我对你知道得一清二楚，就像我们经常在一起睡觉似的。"

当我和玛利亚在一起时，有件事让我感到好奇，也更增添了神秘感。玛利亚告诉我，她喜欢赫尔米娜就像喜欢我一样，她不仅抚摸、亲吻过我的四肢、头发和皮肤，对赫尔米娜也同样做过这种事……于是，我的面前出现了一种全新的、间接的、复杂的关系，出现了一种新的爱情和生活的可能性，令我想起那篇分析荒原狼的文章中关于成千个灵魂的说法。

从我认识玛利亚到举行化装舞会之间只有很短一段时间，在此期间，我过得当真非常幸福，但是我却从未有过真正解脱的感觉，也从未感觉获得了永恒的幸福。我甚至很明确地意识到，这一切都只是序幕，是在为别的事做准备，一切都迫切地向前推动，正戏即将开始。

我已经学会了不少舞蹈，跳得还挺好，我觉得自己应该可以去参加舞会了。随着舞会日期的临近，人们也越来越多地谈论着关于舞会的话题。赫尔米娜有一个秘密,她坚持不告诉我她在舞会上会装扮成什么模样。她说,到时候我会认出她的,要是我认不出,她会帮助我,但是,在此之前,我什么都不可以知道。我打算如何穿戴,她也并不好奇,所以我决定干脆不化装。玛利亚在我邀请她一起去参加舞会时,告诉我,她已经有了舞伴。我也确实看到了她的入场券,我感到有些失望,我只好一个人去参加舞会了。这是全城最一流的化装舞会,每年一次,是由艺术家协会在环球舞厅举办的。

这些天,我几乎很少见到赫尔米娜,舞会开始的前一天,她来到我这里待了一会儿,是来取我给她买的入场券的。她平静地坐在我房间里,和我进行了一次谈话。这次谈话很奇特,给我留下了深刻的印象。

"你做得当真非常出色,"她说,"跳舞很适合你。如果有人四个星期没见过你,一定会认不出你来。"

"是啊!"我承认,"我已经很多年没有过得像现在这般好了。这一切都得归功于你,赫尔米娜。"

"哦?这难道不是因为你那漂亮的玛利亚吗?"

"不。她也是你赠给我的,就跟其他一切一样。不过,她确实太好了。"

"她正是你需要的理想情人,荒原狼。她漂亮、年轻、脾气好,在爱情方面是个专家。不过,你不可以每时每刻都占有她。假如你不是和别人一起分享她,假如她在你这儿不是一个来去匆匆的过客,或许就是另外一种情况了。"

是的,我不得不承认这一点。

"那么,你所需要的一切现在拥有了吗?"

"不,赫尔米娜,并不是这样。我有了一些非常美好、非常愉快的东西,我获得了巨大的喜悦和非常亲切的安慰,我真的感到非常快乐。可以说,我很幸福……"

"是的。那么,你还想要什么呢?"

"我还想要更多的东西。我并不满足于做个快乐的人,我并不是为快乐而生的,这不是我所要达到的目的。我的目的是与此相反的。"

"那就是说,你想要的是不幸?你看,你已经有足够多的不幸了。你曾经因为惧怕刮胡刀,而不愿回家。"

"不,赫尔米娜,那是另一回事。我承认,那时我确实很不幸。但是,那是一种愚蠢的不幸,那种不幸毫无成果,不会将我引向任何地方。"

"为什么呢?"

"我既然如此期冀死亡,就不应该对死亡产生恐惧。我所需要并深深渴求的那种不幸与这完全不同。那种不幸能够让我带着渴望忍受巨大的痛苦,带着欢乐接受可怕的死亡。那才是我所期待的不幸,又或者说幸福。"

"我理解那种感觉。在这一点上,我们极为相似。但是,在玛利亚身上找到的幸福,你为什么反对呢?你为什么不满意呢?"

"我并没有反对这种幸福。哦,不是这样的,我爱它,甚至对它满心感激。它就像在阴雨连绵的夏日中出现的一个阳光明媚的日子那样美好。可是,我觉得它并不会持久。这种幸福也不会带来什么结果。它使人满足,但是这种满足并不适合我。它安抚了荒原狼,使它昏昏入睡、心满意足。但这并不是可以为之去死的那种幸福。"

"那么,死是必须的吗?荒原狼?"

"我是这么认为的,是的。我的幸福感让我相当满足,我尚且可以忍受相当长的一段时间。但是,这种幸福时不时会给我片刻时间,让我恢复我的渴望。那么,我渴望的并不是永远保持这种幸福,而是再次受苦,只是以一种比之前更美的、也更折中的方式。

我渴望着那种能让我做好准备，并乐于去死的苦难。"

赫尔米娜温柔地看着我的眼睛，瞬间，她的眼神变得深沉阴郁了起来。她的眼睛多美啊！美得让我感到恐惧！她思索着恰当的词句，一字一句地缓慢说出了下面的话。她的声音很轻，以至于我要很费力才能听得清楚。

"今天我要对你说点事情，这些事我很早之前就知道，而且你也知道。但是，或许你从来没有对自己说过。现在，我要告诉你关于我、关于你、关于我们的命运我所知道的一切。你，哈里，曾经是个艺术家、思想家，是个充满欢乐、有信仰的人，一直在追求伟大和永恒的事物，美丽、平凡的细小事物从来都无法满足你。但是，生活越是把你唤醒，越是不断让你回归到自我当中，你所要面对的困苦就越多，你会在痛苦、不安和绝望之中越陷越深，直至这些将你淹没。你曾热爱和崇敬的一切，曾一度认为美好而神圣的一切，以及你原本对人类、对我们的命运的信仰，对你来说都无济于事，这一切都将变得毫无价值，都将支离破碎。你的信仰将会没有任何可以呼吸的空气。窒息而亡是一种非常可怕的死亡方式。是不是这样，哈里？这就是你的命运吧？"

我表示同意地频频点头。

"你心目中原本有一幅生活的画面，你有信仰、有追求，你原本已经做好准备去付诸行动、去受苦、去牺牲，但是你逐渐发现，这个世界根本不要求你有所作为，根本不稀罕你的牺牲或诸如此类的事情。你发现，生活并不是什么英雄的角色，也不是一部充满丰功伟绩的英雄史诗，生活只是一间舒适的房间，人们在这个房间里满足于吃吃喝喝，满足于一杯咖啡、一件针织品、一副纸牌、一台收音机等。谁要是要求更多的东西或者谁的身上获得了某种不一样的东西——比如英雄气概、美好的事物、对伟大诗篇或圣人的崇敬之情，那么这个人就是一个傻瓜或是一个堂吉诃德式的人。很好。我的情况也是这样，我的朋友！我是个极具天赋的姑娘。我生来就决心要过上高尚的典范人物那样的生活，我对自己的期望很高，要做伟大的事。我可以过一种伟大的生活，可以当一位王后、一位革命党人的情妇、一位天才的知己或是一位殉道者的母亲。可是，现实生活却只允许我变成现在这副模样，一个还算有些品位的高级交际花，单是这一点就已经够让我苦恼的了。我的情况就是这样。有很长一段时间，我都在绝望中度过，我一直在自己身上找原因。尽管我相信生活最终一定会走上正轨，但是如果生活嘲弄了我那美好的梦想，那大概就是因为我的梦想太过愚蠢而且误入了歧途。可是，这对我一点帮助也没有。我眼不瞎耳不聋，于是，出于好奇，我仔细地观察着这所谓的生活，观察我的熟人、我的邻居，观察了大概五十多个人以及他们的命运，然后我才知道，哈里，我的梦想是正确的，是完全合理的，而你的梦想也是一样，是正确的。错的是生活、是现实。像我这样一个女人根本无从选择，只能坐在打字机前从大老板那里赚得微薄的薪水，过着一贫如洗且毫无意义的生活，或者为了钱财而跟某个富有的人结婚，又或者去出卖肉体，沦为妓女一类的人。这是不对的。而像你这样，深陷孤独与绝望之中，不得不用刮胡刀做一个了断，也是不对的！我的贫困大多是物质和道德方面的，而你的则更多是在精神方面——但我们走的路是一样的。你害怕跳狐步舞，讨厌酒吧和舞厅，抗拒爵士乐，反对一切粗俗的东西。你以为我不能理解你为什么会这样吗？相反，这一切我都很理解。不仅如此，我还明白你不喜欢政治，各种政党、新闻媒体的夸夸其谈和不负责任的行为都让你感到沮丧伤心，你对已经发生和即将发生的战争感到无比绝望，也对现如今的人们的思想、阅读、建造的房屋、他们演奏的音乐、他们庆祝的方式、他们所接受的教育感到深深的绝望！你是对的，荒原狼，你完全正确，可是你不得不走向毁灭。面对当前这个简单、悠闲自足、容易满足的世界,你的欲望太多了,太兴奋也太饥渴了。这个世界将你吐出来,是因为你比它高了一个维度,你身上的一些东西对它来说完全是多余的,与它格格不入。任何想在这个世界活下去并自得其乐的人,一定不能像你我这样。如果有人不愿意听乱七八糟的演奏而要听真正的音乐,不要低级的娱乐而要真正的欢乐,不要金钱而要灵魂,不要钻营牟利而要认真工作,不要逢场作戏而要真情实意,那么,这个美丽的世界就不会有他的栖身之地……"

她低下头看着地板,陷入沉思。

"赫尔米娜,"我轻声温柔地叫着,"我的姐妹,你把一切看得是多么的清楚呀!然而,你却教我跳狐步舞!不过,你说像我们这种高了一个维度的人在这个世界无法生活,这话是什么意思?原因是什么?只是在我们这个时代如此,还是一直都是这样?"

"这我不知道。为这个世界的荣誉,我宁可自欺欺人,假设只是在我们这个时代才这样。这只是一种病症,一种暂时的不幸。国家元首们正在紧张地准备发动下一场战争,而我们其他人则在跳狐步舞、挣钱、吃夹心巧克力。这个世界在这样的一个时代中看上去肯定非常糟糕。但愿以往的任何时代都比现在要好,同样,希望往后的时代也会比现在好,比我们这个时代更美好、更富裕、更宽广、更有深度。不过，这对我们并没有什么帮助。也许，一向都是如此……"

"向来都是今天这个样子？这个世界自古以来都是为政治家、奸商、奴仆和寻欢作乐的人而存在的吗，难道一点生存空间都没有留给其他人吗？"

"这我就不知道了，也无人知晓。况且，这些都无关紧要。不过，现在我想起了你最喜欢的人，我的朋友，你偶尔跟我谈起过他，还给我朗读过他写的一些书信，就是那位莫扎特。他所身处的那个时代，情况如何？在他那个时代，谁是世界的统治者？谁是最大的获益者？谁是最具有影响力的人？是莫扎特还是那些商人，是莫扎特还是那些普通人的芸芸众生？他是怎样死去，又是如何被埋葬的？我的意思是，或许自古以来都是这样，以后也将永远如此。那些学校里所教授的历史，那些学生们必须花心思去背的东西，所有那些英雄和天才、伟大的业绩和高尚的情感，都不过是一场骗局，都是学校老师为了教化学生而编造出来的，好让孩子在规定上学的年限里有点事做。时代和世界、金钱和权力属于平凡肤浅的人，而其他人，那些真正的人，没有任何东西是属于他们的，属于他们的，只有死亡。"

"他们除了死亡,其他什么都没有吗?"

"有,那就是永恒。"

"你指的是他们的名字能流芳百世,能给子孙后代留一个好名声吗?"

"不,荒原狼,我说的不是荣誉。荣誉又能有什么价值?难道你以为,所有真正的完美之人都名扬四海,泽被后世吗?"

"不,当然不是这样。"

"所以,我说的不是荣誉。荣誉只是为了教育而存在的,是学校老师们所需要关心的事。我说的不是荣誉,不是的。我所说的永恒,虔诚的人称它为上帝的天国。我想:如果我们无法呼吸到这个世界以外的空气,如果除了时间以外没有永恒的存在,那么我们这些人,我们这些满怀渴望的人,我们这些高一个维度的人压根儿就无法生存。而永恒是个真实的国度。莫扎特的音乐属于这个国度,你崇尚的那些大诗人所作的诗属于这个国度,那些创造了奇迹、壮烈牺牲、给人类树立了伟大榜样的圣人也属于这个国度。每一个真实的行为、每一种真情实感所包含的力量也都属于永恒,即便它们并不为人所知,没有人将它记录下来流芳百世。在永恒中没有后世,只有今世。"

"你说得很对。"我说。

"那些虔诚的人，"她若有所思地继续说道，"他们是最了解这些的。这就是为什么他们要树立圣徒的形象，并且创立了他们称之为'圣徒会'的组织。这些圣徒是真正的人，是救世主耶稣的弟子。我们整个一生都将朝着他们前进，我们每做一件善事、脑海里每涌现一个勇敢的念头、每经历一次爱情，就离他们更近一步。早年的画家们把'圣徒会'描绘在金色的天空中，光芒四射，美丽而平和。这些由圣徒组成的团体就是我之前所谓的'永恒'，它是超越时间与表象的彼岸王国，我们是属于那里的，那是我们真正的家乡，是我们的心之所向，荒原狼，因此我们渴望死亡。在那里，你会重新找到你的歌德，找到你的诺瓦利斯和莫扎特，而我也会找到我的圣人——克里斯托弗、菲利普·冯·奈里。有许多圣人过去曾是罪人，罪孽和恶习也可能是通向圣贤的一条道路。你也许会笑我，但是我经常这样想，可能我的朋友帕布罗也是个隐匿的圣者。啊，哈里，我们不得不蹚过这么多的污泥浊水，不得不经历这么多的荒唐蠢事，才能回到我们真正的家乡！我们没有领路人，我们唯一的向导就是对永恒归宿的渴望。"

最后几句话她说得特别轻，现在房间里又恢复了平和与安静。

太阳西沉，我书房众多藏书书脊上的烫金书名在夕阳的余晖下闪闪发光。我用双手捧起赫尔米娜的头，亲吻了她的前额，和她脸贴着脸，兄妹般地靠在一起坐着。我多么希望可以这样一直待着，不用再出门啊！可是，玛利亚已经答应和我共度这化装舞会前的最后一个夜晚。

然而，我到玛利亚那里去时，一路上想到的并不是玛利亚，而是想赫尔米娜所说的那些话。我仿佛觉得，她说的那些或许不是她的想法，而是我的。极具洞察力的赫尔米娜读出了我的思想，并将它们吸收，之后再讲给我听，所以这些思想具有其独特的形式，有了一个崭新的面貌，重新出现在我的面前。当时我特别感激她的是她说出了对永恒的想法。这个思想正是我需要的，没有它，我既不能生也不能死。我的这位朋友和舞蹈老师，今天将那神圣的彼岸、永恒的世界、神圣的本体世界重新送还给了我。我不禁想起了我的歌德梦，想起这位年事已高的智者的样貌，他曾那样毫无人性地嘲笑我。现在，我才明白了他的笑，那是一种不朽者的笑，它并不是为了嘲笑什么人或什么事，它只是简单的光，只是光明，是一个真正的人在经历了人类所有的苦难、罪孽、错误、热情和误解，而进入永恒和宇宙后保留下来的东西。"永恒"不是别的，是对时间的超越，在一定程度上指时间回归到纯真，经过转换再次变回空间。

　　我到我们常去吃晚饭的地方与玛利亚碰面，但她还没有来。我坐在安静的、布置得井井有条的餐厅里等她，仍在回想刚才与赫尔米娜的谈话。赫尔米娜和我交流的这些思想，让我觉得如此亲切而熟悉，就好像完全是从我的某篇神话故事或某个图画世界当中提取出来的一样。这些不朽者，在永恒的空间中生活，变成了美丽的形象，周围被灌注了如同以太一样晶莹透亮的永恒。那个地外世界清爽舒适，星光闪烁。然而，对于这一切，为什么我会觉得如此熟悉亲切？我思索着，忽然，我想起了莫扎特的《遣兴曲》和巴赫的《平均律钢琴曲》，想起了其中的段落。在这音乐中，我觉得到处都有这种清爽的、星光似的光明在闪烁，到处都是以太般的明净。是的，它就在那儿，就是这种音乐，它如同凝固成太空的时间，在它之上是无边无际的、超出凡人的、宁静的、永恒的、神圣的笑声。哦，我梦中的老歌德与这笑声契合得多么完美啊！突然，我听见四周响起了这种深不可测的笑声，听见不朽者的爽朗笑声。我着迷似地坐在那里，着迷似地从礼服马甲的口袋里摸到铅笔，然后四下寻找纸张。这时，我看到桌子上放着一张酒单，于是我把酒单翻过来，在背面写起来。第二天，我才在口袋里找到这首诗。是这样写的：

不朽者

生活的渴望不断上升,

从深山峡谷朝着我们奔涌而来。

巨大的苦难、忘我的陶醉,

数千个绞刑架上血腥的浓烟,

欢愉的痉挛,无度的贪婪,

杀人犯的双手、高利贷者的双手、祈祷者的双手,

人类成群结队,被恐惧和欲望鞭笞,

散发出恶臭的气味,

吞吐着福音和蛮荒的热度,

吃掉自我又呕吐而出,

孵化战争,发展可爱的艺术,

疯狂粉饰灯火辉煌的妓院,

像进入了一座幼稚的杂货集市,

彼此纠缠,挥霍青春,纵情欢愉,

不断翻滚直至腐烂。

他们从沼泽中重新爬起,

随即再度陷入死亡的下沉。

晶莹剔透的以太之星,

是我们居住的地方。

我们分不清白天黑夜,没有时间之别,

我们没有年龄、性别之分。

你们的罪行和快乐,

你们的谋杀和淫荡,

对我们来说只是一场表演,

就像旋转的太阳,

日夜更替不过是它们带来的改变。

我们窥探你们疯狂的生活,

之后我们恢复精神的自我。

群星整齐有序时隐时现,

我们呼吸宇宙之冬的冰冷空气,

天空这只巨龙是我们的朋友。

冷漠,永恒不变,

我们永恒地存在于世,

寒冷像星光闪耀，

是我们永恒的笑颜。

我写完诗，玛利亚也来了。一顿令人愉快的晚餐之后，我陪着她来到我们的欢乐小屋。那一晚，她比以往任何时候都更可人、更温暖、更亲切。她给我的爱是如此温存，让我有种最彻底的狂热与放纵的快感。

"玛利亚，"我说道，"你今天像一位女神一样慷慨大方。别把我们两人都弄得精疲力竭了，毕竟明天还有化装舞会。明天会是怎样的一位骑士陪伴你？我非常害怕，会有一个童话般的王子将你带走，我就再也无法见到你了。你今天对我的爱抚，就好像是一对恩爱的情侣即将分离，在做着最后一次道别。"

她将嘴唇紧紧地贴我的耳根，用很轻的声音对我说："别这样说，哈里！每一次都可能是最后一次。如果赫尔米娜过来将你带走，你就再也不会回到我身边了。也许就在明天，她就会把你带走了。"

就在舞会的前一夜，我有一种独特的感觉，这是在之前的几天从未有过的感觉，这种感觉很陌生，却又比以往更具有力量，既苦涩又甜蜜。我所感受到的一切都是幸福的，这是玛利亚以及她百依百顺的神奇魅力。玛利亚的美丽和纵情,让我尽情享受、抚弄、吸收了千百种细腻迷人的性感,我在温柔甜蜜的波涛中快乐荡漾。可惜我到了如此年纪才开始对这一切有所了解。然而这只是表象,其实,这里面充满了意义、紧张和命运。与此同时,我在爱意与温柔中迷失,为这甜蜜的、引人入胜的充满爱意的小东西拼命忙碌着,仿佛徜徉在幸福的海洋之中。我深深地意识到,我的命运在高速地向前乱撞,像一匹受惊的马一样冲撞奔跑,内心充满恐惧和渴望,带着牺牲的精神,冲着悬崖峭壁直奔而去。不久前,我还出于胆怯,刻意避开那种轻易就可获得、毫无思想、仅仅从性爱中得到的欢愉,当玛利亚笑容可掬地要将身体献于我时,我感到恐惧。而现在,尽管我对死亡依然惧怕,但我已经意识到,改变的时刻越来越近,一切都将变成一种解脱。

我们默默无言、全神贯注地沉浸在爱欲中,我们比以往任何时候都更接近彼此,我们属于彼此。然而,与此同时,我的灵魂在向玛利亚告别,向她所赋予我的一切告别。我从她那里学到了很多,这次我又有所收获。我学会了在生命结束之前再次像个孩子一样将自己沉浸在这种表面游戏中,去寻找瞬间的欢乐,在纯洁的性爱中保持人的天性和动物的本性。在我早期的生活中,我只在极个别的情况下才进入过这种状态,我将这种状态视为一种例外。我把感官享受和两性关系都视为一种痛苦的嗜好,总是伴随着罪恶,散发着禁果那甜蜜而又使人害怕的味道,有教养的人对此是必须小心堤防的。现在,赫尔米娜和玛利亚向我展示了这个性爱乐园的纯洁性,我已经满心感激地成了这个乐园的一位熟客,但很快就到了我要向更远的地方继续前行的时候。对我来说,这个乐园太令人愉快、太温存了。我命中注定要不断地去追求生活的王冠,为生活中无穷无尽的罪过忏悔赎罪。轻松的生活、轻松的爱情、轻松的死亡,这些都不是属于我的。

关于明天的那场舞会,姑娘们对我说了很多,我推断人们计划在明天的舞会上或者舞会后放肆享受、纵情欢愉。即将到来的,是非同寻常的快乐和放纵骄奢的狂欢。我似乎已经与这场舞会紧密地联系在了一起。或许这就是结局,或许玛利亚的猜想是对的,或许这是我们在一起的最后一夜,或许明天早晨即将开启一条新的命运之路。欲望让我内火中烧,恐惧让我呼吸急促,我像动物一样紧紧地抓住玛利亚,再一次疯狂且贪婪地穿越她乐园中的小径和丛林,再一次热烈地咬住天堂树上的甜蜜果实。

夜里失去的睡眠，我全在第二天白天补上了。我回到家，感觉精疲力竭，我洗了个澡，将房间的窗帘拉上，准备大睡一场。当我脱衣服的时候，看到了那首被我遗忘在口袋里的小诗，但我很快又将它遗忘了，将它丢在了一边。我躺在床上，忘掉了玛利亚，忘掉了赫尔米娜，忘掉了化装舞会，睡了整整一个对时。我起来的时候已经是晚上了，刮胡子的时候我才想起，那场化装舞会还有一个小时就开始了，于是我不得不找出搭配礼服穿的衬衫。我情绪很好，把一切收拾利索，准备出门去吃点东西。

这是我第一次参加化装舞会。当然，以前我也会时不时地出席这种舞会，有时也觉得这种舞会挺有意思，但我从来不在舞会上跳舞，我只当一个优秀的看客。每当别人谈起这种舞会时流露出满腔热情和喜悦，我都会觉得他们的这种热情未免太过可笑。而现在，我也开始认为参加化装舞会是一件非常盛大的事。这个重要的时刻就要来了，我痛苦而忐忑不安地等待着。因为我无须带女伴一起去，所以我决定晚一些再去，况且，赫尔米娜也是这样建议我的。

我已经很少去钢盔酒吧了，那曾是我过去的避难所，在那里，失意的男人们常常消磨掉整晚的时光，啜饮着他们的酒，过着单身汉般寻欢作乐的生活，但这些已经不再适合我现在的生活。可是就在这个晚上,我像是被它吸引着,等我发现时已经身在这家酒吧门口了。

现在,我正在等待命运的安排,准备着与人生永远离别,一种快乐与恐惧交织的心情主导着我。在我一生的朝圣之旅中,途中的各种经历和驿站再一次散发出痛苦与美丽的光芒。这个烟雾缭绕的小酒馆也是如此。不久前,我还是这里的一位常客,我还在这里试图用那些本土的乡村葡萄酒麻醉自己,好让我能够回到床上度过孤独的夜晚,让我有足够的勇气对这无聊的生活再多忍受一天。后来,我有了其他的特效药,那是一种甜蜜的毒药,更加刺激有力,引得我贪婪地啜饮。

我面带微笑走进这家小酒店,老板娘冲我点点头,向我打招呼,那些沉默的常客也向我致意。很快,我的面前就摆上了一盘老板娘推荐的烤鸡、用农家式的厚重杯子盛满了明净透亮的泛着泡沫的阿尔萨斯酒。干净的白色木质桌子、老旧的黄色大理石板都呈现出一副友好的样子。当我边吃边喝的时候,心中涌现出一种衰退败落的、别离欢送的情绪,那种感觉很甜美,但又让人感到痛彻心扉。我感到自己前半生中所经历的各个场所和事情都如乱麻般交织在一起,从来没有分开过,现在时机已经成熟,是时候解开了。这种感觉预示着分别的时刻即将到来,"新派人"称之为伤感,他们已经失去了对无生命之物的感情，甚至对最神圣的东西也没有一点爱慕，就像他们对待汽车的态度那样，总是希望更换最新的款式。他们健康、冷酷而且奋发刻苦——他们是最优秀的类型，他们会在下一场战争中创造最为卓有成效的奇迹。但是这些都与我无关，我既不是新派人，也不是老派人，我早已从时代中脱离了出来。我走着自己的路，死亡才是我的出路。没有什么东西是值得我为之伤感的。在我那颗灼伤的心中仍然存有感觉的遗迹，这让我很高兴也很感激。就这样，我沉浸在对这间老酒馆的回忆里，陶醉在对老旧又结实的桌椅、烟酒的气味以及这种温暖、熟悉、故乡一般的氛围中。告别是美好的，带着轻柔而平缓的调调。那些硬座也让我非常亲切，那些农家式的杯子是如此可爱，那些清爽的阿尔萨斯酒是如此可口，这房子里的一切似乎与我非常亲密。那些醉生梦死的醉汉、那些幻想破灭的人，这么长时间以来都是我的难兄难弟。我在这里感受到的是小市民的伤感情调，这种情调掺杂着一丝童年时期旧式酒馆的浪漫气息。那时，酒馆、香烟、烈酒还是违禁品——这使它们充满陌生的神秘感，但那时没有荒原狼在我面前龇牙咧嘴、将我的伤感情绪撕成碎片。我静静地坐在那儿，沉浸在对往事的快乐怀念中，某颗已陨落的星辰发出了微弱的闪光。

一个卖糖炒栗子的小贩走进了酒馆，我从他那买了一包糖炒栗子；随后，又来了一位卖花的老妇人，我从她那里买了几枝紫罗兰，并将其当礼物送给了老板娘。正在我想付钱，习惯性地从大衣口袋里掏钱时，却没有摸到钱包，这才想起我穿的是礼服。啊，化装舞会！赫尔米娜！

不过时间尚早，我拿不定主意现在是否就动身径直奔赴环球舞厅。像这段时间每次去参加这一类娱乐活动时一样，我感到心里有些抗拒，一点都不想走进那个拥挤嘈杂的舞厅。我像小学生那样害怕那种陌生的气氛，害怕那个寻欢作乐的世界，害怕跳舞。

我来到大街上闲逛着，在经过一家电影院时，我看见它门匾上的霓虹灯和墙边的彩色巨幅海报在闪闪发亮。我向前继续走了几步，又掉头走进电影院，至少在这儿，我可以在黑暗中舒舒服服坐到十一点。

在打着手电筒的领座员的指引下，我穿过门帘，进入了幽暗的放映大厅。我找到一个座位，立刻置身于这部《旧约全书》影片当中。据说这是一部不以赚钱为目的，而是为了神圣而崇高的目的斥巨资精心打造的电影。一到下午时分，还会有宗教课教员组织学生集体来观看这部电影。

影片演的是摩西和以色列人出埃及的故事。电影里有大量的人物和马匹、骆驼，还有许多金碧辉煌的宫殿。影片中，法老们雍容华贵，犹太人在酷热难耐的沙漠中艰难前行。电影中的摩西梳着酷似瓦尔特·惠特曼①的发型，像个戏剧舞台上出现的人物，穿着华丽的衣服，只见他拄着拐杖，迈着沃坦②式的步子，带领犹太人在沙漠穿行，一双眼睛深邃又炽烈。我看见他在红海岸边向上帝祷告，随后海水立刻向两边分散开，如高山般耸立在两边，中间形了成一条大道（那些由宗教课教员带来、准备接受坚信礼的青年学生们，如果看了电影，一定会为影片制作者是如何拍出这种震撼的特效镜头而争论不休），我看见预言家和胆怯的老百姓们在这条海中大道穿行，在他们的身后是法老的战车；我看见红海岸边的埃及人满脸惊讶，他们犹豫了一会儿，然后勇敢地朝着那条大道前进。于是，巨浪崩塌，将全身衣饰华丽的法老和他的战车、士兵全部吞没。看到这里，我想起了一首非常优美的歌曲，那是亨德尔的一首男低音二重唱，那首歌曲歌颂的就这个故事。接着，电影中的摩西登上了西奈山，这位忧郁的英雄站在那荒凉的岩石上，在风暴雷电中接受着

---

① 美国著名诗人，代表作品《草叶集》。
② 指沃坦神，北欧神话中的众神之父。

耶和华的传授。而与此同时，他的那些卑鄙无耻的人民却在山脚下铸起金牛犊，放任自己大肆狂欢。

看着这部电影，我非常惊讶，我为自己能够亲眼看到这些神圣的历史、这些英雄人物、这些神话奇迹而感到不可思议。在童年时代，这些都曾让我们模糊地预感到另一个世界的存在，而现在，这些神圣的故事却在这些买了门票、啃着自己带来的面包的观众面前放映。这还只是我们这个时代巨大的破烂堆和文化拍卖中随便攫取的一个小场景！我的上帝，与其给他们一条活路，还不如当时仅留下埃及人，让那些犹太人和其他所有人全部灭亡来得好，至少那时的死是悲壮的、是光明正大的，而不用像我们这样苟延残喘地活着。是的，那样确实更好一些！

我内心的拘谨与胆怯一直不愿让自己承认对化装舞会心怀恐惧，看完电影我虽然感到兴奋，但那种恐惧并没有减小，反而变得更加强烈了。是想起了赫尔米娜，我才不得不鼓起勇气，下定决心乘车去环球舞厅。等我跨进舞厅的时候已经很晚了，舞会早已热闹非凡地开始了，我还没来得及脱下衣帽，就被挤进了狂欢的、戴着假面具的人群中。我清醒而羞怯，有人亲密地推搡着我，有姑娘邀请我去喝杯香槟，还有小丑们从背后拍拍我的肩膀，和我开玩笑，所有人都像老朋友那样用"你"称呼我。我没有理睬任何人，艰难地穿过拥挤的舞厅来到了衣帽间。我拿到存衣牌后，特别小心仔细地将它放进了口袋，心想，也许很快我就会用上它，我很可能会出于对这种嘈杂与混乱的厌恶很快离开这里。

这座大楼的所有房间都充满了节日的欢庆气氛，异常热闹，各个大厅、每个房间，甚至连地下室都有人在跳舞，所有的走廊和楼道里都挤满了戴着假面具的人，到处充斥着音乐声和欢声笑语。我心中感到压抑难耐。我穿过拥挤的人群，从黑人乐队到乡村乐队，从宏伟宽阔、灯火辉煌的主厅挤进各条过道回廊，登上台阶、走进酒吧，走向自助餐台和香槟酒廊。这里，墙上大多挂着年轻画家那风格狂野、逗乐搞怪的画作。今天，各行各业的人都聚在这里，有艺术家、记者、学者、商人，当然了，还有整个城市里对寻欢作乐虔诚有加的善男信女们。帕布罗先生坐在他的乐队里，兴奋地吹奏着他那根装饰着丝穗的萨克斯管。他认出我时，朝着我高声歌唱了一句，以示对我的欢迎。我被人群裹挟着，从一个房间进入另一个房间，一会儿上楼，一会儿又被簇拥着下楼。艺术家们将地下室的一条过道装饰成了地狱，一支打扮成魔鬼的小乐队在那里使劲地乱弹乱唱。我开始慢慢地寻找赫尔米娜和玛利亚，为了找到她们，我几次想挤到主厅去，但每次不是没找对路，就是被人群推搡了出来。直到半夜，我都没有找到她们。我还没有跳舞，就已经热得头昏脑涨了。我赶紧在一群陌生人中间就近找了一把椅子坐下，我要了一杯葡萄酒，觉得像我这把年纪的人已经不适合参加这种喧闹的节庆活动了。我颓丧地喝着葡萄酒，注视着女人们裸露的胳膊和后背，任由许多戴着奇形怪状的假面具、穿着化装服饰的人从我眼前飘过。人们在我身边挤来挤去，有一些姑娘想坐到我的怀里或是约我跳舞，我都默默地将她们推开了。有一次，一个姑娘冲我喊"嘿，老东西"，这话一点儿也不错。我决定借着酒劲振作起来，但是这酒也跟我作对，这葡萄酒太难喝了，我简直没法喝下第二杯。我慢慢感觉到，荒原狼站在我的背后，伸出血红的舌头。什么事都无法引起我的兴趣，我来错地方了。说实话，我带着很高的期望来到这里，但我在这里却高兴不起来。周围欢腾着快乐的喧嚣，到处都是欢声笑语，到处都是愚蠢的丑态，对我来说，这些都显得那样做作、愚蠢。

大约一点钟的时候，我满怀怒火和梦想破灭的失望，在人群中开出一条路挤到衣帽间，想穿上我的大衣马上离开。我又一次屈服投降了，倒退回荒原狼的状态。赫尔米娜不会原谅我这样做的，但我别无他法。我费力地挤过人群，向衣帽间走去，同时仔细查看四周，试图寻找我所熟悉的身影，然而我依旧没有发现她们的踪迹。现在，我站在存衣处前，柜台后面那位彬彬有礼的侍者已经伸出手向我索要存衣牌。我将伸手到背心口袋里掏，却发现存衣牌不见了！见鬼了！之前，在我悲伤地走过大厅时，在我坐着喝那淡而无味的酒，犹豫着是否要离开时，还摸过几次口袋，知道那块又圆又扁的小牌子还待在它该在的地方，现在它却不见了。什么事都跟我作对。

"存衣牌丢了？"这时，一个穿着红黄衣服的小魔鬼打扮的人，在旁边尖声尖气地问我，"在这里，朋友，你可以拿我的。"

他二话没说就将他的存衣牌递给了我。我机械地接过来，拿在手里翻转着看时，这个机灵的家伙已消失不见了。

我将那小小圆圆的纸片凑在眼前，仔细检查着，想看清楚上面的号码，却发现上面根本没有数字，取而代之的是几个潦潦草草的小字。我请存衣处的侍者等一会儿，走到最近的一处灯光下查看写的是什么，只见上面只有很小的几个字母，字迹潦草，难以辨认，但我依稀看到上面龙飞凤舞地涂写着这样的话：

魔术剧院今晚四点开演

只准狂人入内

入场券：失去你的理智

并非对所有人开放。赫尔米娜在地狱里。

我就像一个提线木偶一般，刚才似乎有一瞬间，身上的线从操纵者手中滑落，在短暂的麻痹僵死和眩晕昏迷之后，我再一次苏醒了过来，获得了新生，重新开始演绎它的角色。同样，我像是被神奇的细线牵引着，怀着巨大的热情和对年轻的渴望，将自己投身到喧闹的气氛当中，我已经从一种无精打采、疲惫不堪的老年状态中恢复过来。从来没有一个罪人如此迫切地冲向地狱。就在刚才，那双漆皮皮鞋还把我的脚挤得生疼，那浓烈的香水味还让我觉得反胃，那热情的气氛还与我无关。而现在，我像是长了翅膀一般，双脚腾空，跟着一步舞的节奏，轻快地穿过每个房间，向地狱奔去。我觉得空气中充满神奇的魅力，那股热腾腾的暖气似是嵌入了我的身体，让我感觉飘飘欲仙。音乐仍然狂躁喧闹，色彩依旧迷离动人，女人的肩膀依然香气芬芳，无数喧闹大笑的人们、舞曲欢快的旋律、所有被照亮的眼睛都散发出熠熠光彩。

一个跳着舞的西班牙女孩飞进我的怀抱，说："和我一起跳舞！"

"不行，"我说，"我要飞速前往地狱，但是我很乐意亲你一下。"

我的嘴碰上了她面具下的红唇，我们热吻起来，我这才认出是玛利亚。我用胳膊紧紧地搂着她，她厚实的嘴唇就好像六月怒放的玫瑰一般。直到我们跳起舞来，我们的嘴唇还紧紧地贴在一起。我们从帕布罗身边跳过，他一边热情地吹着他那根发出柔和乐声的萨克斯管，一边用他那如同动物般炯炯有神的双眼，心不在焉地瞄着我们。可惜我们才跳了二十几步，音乐就戛然而止，我极不情愿地缓缓地放开了玛利亚。

"我真想再和你跳一曲，"我说。我在她的温情之中陶醉着，"玛利亚，再陪我走几步吧，我是多么爱你那美丽的双臂，再用它挽我一会儿吧！可是你看，赫尔米娜已经在呼唤我了。她在地狱里。"

"我已经预料到了。再见，哈里，我依然爱你。"她跟我告别。这朵夏日的玫瑰结出饱满的果实，散发出成熟而又浓烈的芳香。这芳香是告别，是秋天，是命运。

我继续向前跑，穿过长长的走廊，挤过拥挤的人群，走下楼梯，进入地狱。在一面黑漆漆的墙跟前，一盏明晃晃的灯散发着邪恶的光亮，魔鬼乐队正在狂热地演奏着音乐。一位英俊的小伙子坐在一把高高的吧台椅子上，他穿着晚礼服，没有戴假面具，用一种轻率又略带嘲弄的眼光瞥了我一眼。我被跳舞的人们形成的旋涡推到墙边——这个扮成地狱的地下室里约有二十对舞伴在跳舞。我怀着猜疑又渴望的心情，观察着在场的所有女人，她们大多戴着假面具，在我看向她们的时候向我回以微笑，但是这中间没有赫尔米娜。那坐在高椅子上的帅气年轻人用嘲笑的目光注视着我。我想，当这首舞曲结束中途休息时，赫尔米娜就会来喊我的。然而，这首舞曲结束之时，并没有人来。

我向酒水吧台走去，它被压缩在一间又小又低矮的房间的角落里。我走到小伙子的座椅旁边，要了一杯威士忌，一边喝着酒，一边仔细打量着他的侧面轮廓。这个人看上去很熟悉，很招人喜爱，像很久之前看过的一幅画，因为蒙上了一层来自旧时光的特殊的灰尘而变得异常珍贵。噢，我忽然想起：那不是赫尔曼，我青年时代的朋友吗？

"赫……赫尔曼！"我结结巴巴地叫了一声。

他微微一笑："哈里？你找到我了吗？"

原来是赫尔米娜，我简直被她的装束误导了。她那张聪慧的脸在时髦的高领中显得很是苍白，正用一种我并不熟悉的眼神望着我，宽大的黑色礼服袖子和白色的衬衣袖口都使她的一双小手显得格外娇小，那条长长的黑色西裤使她那双穿着黑白相间丝袜的小脚显得格外优雅。

"这就是你的装扮吗？赫尔米娜，这就是你要让我爱上你的装束吗？"

她点头："到目前为止，已经有好几个姑娘对我动心了。现在，轮到你了。让我们先喝一杯香槟吧。"

于是，我们在高高的椅子上安心地坐了下来，与此同时，周围的人仍在跳着舞，弦乐声热切而强烈。似乎赫尔米娜没有费多少劲就让我爱上了她。她一副男子装扮，所以我无法和她跳舞，也无跟她有更多亲密的举动。穿着男装的她似乎有一种距离感，有一种中性的美感，然而她的相貌、她的言语、她的肢体动作都在向我传达一种阴柔女性的魅力，这种魅力包围了我。根本用不着过多的身体接触，我就向她的魅力屈服投降了，这种魅力本身来自她所扮演的角色。这是一种雌雄同体的魅力。接着她便跟我谈起赫尔曼，谈起我的童年，谈起她的童年，谈起性成熟之前的岁月。在性成熟之前，年轻人的爱的能力不单单在两性之间，而是包含了一切，既包含了感官的，也包含了精神的。这种爱的能力使得一切都具有爱的魅力和童话般善于变幻的能力。而这种能力，只有少数的精英和诗人到了晚年仍然具备。赫尔米娜表现得完全像个年轻男子，她抽着香烟，侃侃而谈，满含智慧又轻松幽默，常常喜欢带点讽刺的口吻，但是，她的一举一动都闪耀着性爱的光芒，这光芒照进我所有的感官，让我进入一种魅惑的幻觉当中。

我从前以为自己非常了解赫尔米娜，但今夜，她却以一种全新的面貌出现在我的面前！她悄悄地在我周围轻轻编织起我渴望已久的网，就像一个调皮的水妖，诱惑着给我喝下甜蜜的毒药！

我们坐在那里边喝香槟边聊天。我们不慌不忙地在各个房间闲逛，像探险家一样查看着周围的一切，挑选出一对对舞者，偷窥着他们的风流之事。她会指出一些女人，推荐我跟她们跳舞，教我引诱不同女人的各种手段。我们像竞争对手般同时登场，同时追求同一个女孩，依次轮番跟她跳舞，用尽一切方法获得她的芳心，然而这只是一场游戏，仅仅是我们两人之间的游戏。这场游戏让我们在分享共同的激情同时，靠得更近了，点燃了我们之间的爱火。一切都是童话，一切都比往常高了一个维度，意义更深了一层，一切都是游戏与象征。

有个面容姣好的女孩,她看起来愁眉不展。赫尔米娜走了过去,邀请她跳舞,使她展露笑颜,由忧伤转为开心。没过多久,她就带着她去了喝香槟酒的包间,消失在我的视野里。回来后,她告诉我,她已经征服了那个女孩,但不是以男人的身份,而是作为一个女人得手的,用的是一种莱斯博斯岛①的魔法。

整个大楼到处都充斥着舞曲的声音,到处都是戴着面具极度兴奋的人群。我渐渐觉得,这里已经成为一个狂野的梦幻天堂:一朵又一朵巨大的鲜花吐露着诱人的芬芳;我把玩着一颗又一颗禁果,寻找中意的果实;一条条巨型毒蛇隐蔽在绿色的树荫中,用它的双眼将我催眠;荷花从黑色的沼泽中伸展怒放,闪烁着微弱的亮光;被施了魔法的鸟儿从树上唱着诱惑人心的歌。但是,所有的一切都是为了把我引向一个期盼已久的目标,一切都在召唤我,唤起我对一个人的渴望,也仅仅只对那一个人。

有一次,我和一个不认识的女孩跳舞,我的热情奔放令她神魂颠倒,我们如痴如醉地共舞,正当我们犹如沉浸在缥缈的仙境之中时,突然她大笑了起来:"我都快认不出你了。刚才你还那样呆头

---

① 爱琴海的岛屿,同性恋者喜爱的度假胜地。

呆脑，那么无聊死板。"

我认出来了，她就是几小时前叫我"老东西"的那位姑娘。她以为我已经爱上了她，但下一支舞曲响起时，我已经兴致勃勃地和另一个姑娘跳了起来。我跳了两小时舞，也许更长，甚至跳了很多没有学过的舞步。赫尔曼——一位微笑的小伙子，总是时不时地在我身边出现，向我点点头，而后又消失在人群中。

今晚的经历是我在过去的五十年中从未有过的，可能每个少女和大学生对这种事都了如指掌：置身欢腾的人群、体验集体狂欢的心醉神迷，体验消失在人群中的神秘，体验与上帝融为一体的神秘欢乐。我常常听人说起这些体验，就连女仆都有这样的经历，我常常看到讲述这些事情的人两眼闪烁着陶醉的光，而我通常总是半轻蔑、半羡慕地报以微笑。喜出望外的人和释放自我的人眼中流露出如痴如醉的光芒；醉心于集体狂欢的人面带微笑，露出意乱情迷的神色。这种状态，我一生在高贵和卑贱之人身上曾见过千百次。他们有的是醉醺醺的新兵和水手，有的是沉浸在热情中的伟大的艺术家，还有的是那些即将奔赴战场的年轻士兵。就在前不久，当我的朋友帕布罗沉浸在自己的萨克斯演奏中，或观看着指挥、鼓手、班卓琴乐手时，我曾爱慕、嘲弄、嫉妒过他脸上狂喜的神采和微笑。我有时会想，这种微笑、这种孩子似的神采，只有年轻人才会具备，只有那些没有鲜明的个性、个体差异的人才会有。可是今天，在这幸福的夜晚，我自己——这只荒原狼——也面带微笑，焕发出这样的神采。我自己也畅游于这孩子般天真的童话故事式的幸福中，也随着狂欢、音乐、节奏、美酒和情欲置身于那甜蜜的梦幻中。以前，经常听到某些学生对舞会侃侃而谈、赞叹有加，通常那个时候，我是带着一种阴郁的优越感和讥嘲的情绪去听的，只当这是他们的某种排遣。我不再是我自己了，我的个性溶解在节日的陶醉中，就像盐遇到水那样溶解了。我跟不同的女人跳舞。然而，属于我的，不仅仅是这个被我搂在怀里、任我抚摸、嗅着她的香气的女人，而是整个大厅中所有跳着同一支舞、随着同一首舞曲和我一起摇摆的每一个女人，她们每一个都神采奕奕，宛如一朵朵美丽的鲜花从我的身边一一飘过。她们全部都是属于我的，而我也同样属于她们，大家相互属于彼此。男人也是一样，我存在于他们当中，他们对我也不陌生，他们的微笑和追求就是我的微笑和追求，同样，我的也是他们的。

一种新的名叫《渴望》的狐步舞在那个冬天风靡世界。人们一旦跳起这个舞就跟跳不够似的。我们都被这个舞曲深深吸引、陶醉其中难以自拔，无论何时只要这支乐曲一响，所有人都会一同哼起同样的旋律。我不停地跳舞，跟我遇到的每一个女人跳，跟我跳舞的人有花信年华的青年女子，有风韵犹存的妇女，还有芳华已逝的半老徐娘。跟她们在一起时，我会感到发自内心的狂喜——我开心地笑着，光彩照人。看见我如此神采奕奕，帕布罗的眼睛里闪出了喜悦的光芒，在他看来，以前的我就好像一个哀伤又可怜的魔鬼。他甚至兴奋地从演奏坐的椅子上站起来，使劲地吹奏萨克斯管，而后又不尽兴似的登上椅子，鼓起腮帮子奋力地吹奏着，随着《渴望》的节奏，疯狂地摆动着身体和乐器。我和我的舞伴一起向他抛去飞吻，跟着音乐高声唱起来。啊，我一边跳一边想，让该在我身上发生的事情发生吧，至少我已经感受过幸福了。我兴高采烈、神采奕奕，脱离了自我，成了帕布罗的兄弟，成了一个孩子。

我对时间已经完全失去了概念，不知道幸福之中的陶醉感持续了有多久，是几小时还是只有一瞬间，我也没有发现，舞会越是热闹，人们越是集中在一个狭小的空间中。大部分人已经离开，走廊过道也已恢复了安静，许多灯光已经熄灭，楼梯上已经没有人在走动，楼上舞厅里的乐队也陆续停止了演奏，逐一离开大楼，只有主厅和楼下的地狱还在喧闹，跳舞的人闹得更加热火朝天、如痴如醉。

我不能和打扮成小伙子的赫尔米娜跳舞,所以我们只好在舞曲停下的间歇短暂地见上一面,相互问候,后来她干脆彻底消失了,不仅从我的眼前,也从我的脑海中消失不见。我不再有什么思想了,我完全迷失在了这个迷宫中,迷失在那舞蹈的旋涡里。芳香的气息,音乐的旋律,人们的叹息、言语萦绕在我的周围。陌生人向我致意,给我欢迎和鼓励。我被四周陌生的脸孔、嘴唇、面颊、胳膊、胸脯和大腿包围着,被音乐的声浪推动着。

有段时间,我突然恢复了部分的意识,在半苏醒的状态下,我发现最后一帮留下来跳舞的人都挤在了一个更小的房间里,把房间撑得满满当当——这也是唯一一间还有音乐在演奏的房间了。突然,我看到了一个身穿黑色衣服的小丑,这是一位年轻的姑娘。她将脸涂成了白色,她的妆容崭新如初、充满魅力,她是唯一一个戴着面具的人,像是一个令人销魂的魅影。在这场舞会中,我还是第一次见过她。现在,在场的其他人都面露疲态,他们的脸颊发热、衣服发皱、衣领软塌、发型松散,只有这个穿着黑衣、画着白脸的女小丑显得那么精神。她的衣服没有任何褶皱,衣领整整齐齐,袖口洁净光亮,头发也是一丝不乱。我向她走了过去,用我的胳膊环绕住她,拉她过来跳舞。她那喷了香水的衣领领口触到了我的下颌，她的头发轻轻扫着我的面颊，她的身体洋溢着青春的活力，随着我的动作轻盈舞动，整个晚上都没有人能做得像她这般轻柔热情。她不时地避开我的一些动作，但又嬉戏般地引诱我、迫使我重新向她靠拢。当我试图弯下腰去吻她时，她突然露出微笑，那是一种胜利的、让我熟悉的微笑。在这一瞬间，我认出了这个丰满结实的下巴，认出了肩膀、胳膊和双手。我非常高兴，这是赫尔米娜，她不再是赫尔曼了，她换了服装，如此光鲜照人，喷了香水、扑了粉。我们的嘴唇炽热地碰在一起。在我们跳舞的那段时间，她怀着强烈的渴望，把膝盖以上的整个身体都紧紧地贴在我的身上，然后她将嘴唇移开，抑制着自己，似乎想要从我的身边逃开。当音乐停止时，我们仍然紧紧地抱在一起，就站在我们原本的位置一动不动。我们周围那一对对男女又是拍手又是大叫，要求疲惫不堪的乐队重新再把《渴望》演奏一遍。这时，天已微亮，窗帘后面透出白色的晨光，提醒着我们快乐已经接近尾声，它预示着疲倦所带来的一系列症状即将向我们袭来。突然，人群中爆发出一阵大笑，我们又一次盲目而绝望地摆动着我们的身体，跳进音乐的海洋，跳进灯光的洪流。我们准确无误地踩着乐点，仿佛被音乐施了魔法一般，一对对舞伴相互依偎，随着节拍快速地旋转、迈步，再一次感受到欢乐的巨浪的拍打。此时的赫尔米娜已经放下了她胜利的高傲姿态、放弃了她的嘲讽和冷酷。她知道,她无须费力就能让我爱上她,我是属于她的。她跳舞的方式、她一颦一笑、她的吻都是那么的炽热。这个狂热的夜晚中,所有女人,所有跟我跳过舞的女人,所有令我激动不已同时也被我的热情点燃的女人,所有我追求过的女人,所有满怀渴望依偎在我怀里的女人,所有被我用灼热的目光与我熔化到一起的女人,都变成了同一个女人:就是被我紧紧搂抱在怀里的这个。

这支能够让人结成姻缘的舞曲持续了很久。其间,音乐中断了两三次。乐手们放下手中的乐器,钢琴师从琴边起身,第一小提琴手疲惫地摇晃着脑袋。然而,每一次,他们都被最后一批如痴如狂的舞者打动,再一次开始演奏起来。每一次他们都演奏得更快、更狂野。终于,我们跳完了最后一支舞,喘着粗气,相互搂抱着站在那里。直到关上了钢琴盖,我们的胳膊才像这些疲惫的提琴手、小号手一样瘫软地垂下来。笛子演奏者眼神中流露出睡意,把笛子收进盒子。门开了,一股冷风涌了进来,侍者披着斗篷出现在人们面前,酒吧服务员熄灭了灯。整个场面呈现出一种诡异的氛围,刚才还热火朝天地跳舞的人们打着冷战,他们赶紧穿上大衣斗篷、竖起衣领。赫尔米娜站在那里,脸色苍白但露出微笑。她慢慢抬起手臂,把头发理到背后,就在她做这个动作时,一只胳膊呈现出独特的光影。一种难以形容的、令人眩晕的温柔的阴影,从她的腋窝一直延伸到她衣服下暗藏的胸部,她那小小的、起伏的曲线像她的微笑一样,聚合了她的全部妩媚以及优美身段的全部魅力。

我们站在那里,互相凝视着对方,整个大厅甚至整栋楼里就只剩下了我们两个人。我听见下面什么地方发出"砰"的关门声,随之而来的是门上的玻璃被震碎的声音。一阵痴痴的笑声和汽车发动时的急促噪声渐渐远去。远远地,不确定距离、不确定高度的某个地方响起了一阵笑声,似是在宣布一切庆祝活动的结束,听上去既爽朗快活又很可怕陌生,仿佛是由水晶和冰组成的一般,明亮泛光,而又冰冷无情。我之前在哪里听到过这个笑声,可到底在哪里我又说不清。

我们两人站在那里,互相望着对方。有一瞬间,我清醒了过来,我感到令人恐惧的疲惫向我袭来,察觉到汗湿的衣服黏糊糊地贴在我的身上,看见从皱皱的被汗水浸湿的袖口下露出的双手已变得通红、血管突起。但这一瞬间很快就过去了,赫尔米娜只向我看了一眼,就让我忘掉了这一切。我的灵魂仿佛从她的目光中注视着我自己,在她的目光下,一切现实都崩塌了,连我对她的情欲也随之崩塌了。我们像着了魔一样相互看着对方,而与此同时,我那可怜的小小的灵魂也在凝望着我。

"你准备好了吗?"赫尔米娜问道,她脸上的笑容消失了,就像那阴影从她的胸脯上也消失了一样。远处又响起了那陌生的笑声,既响亮又遥远。

我点点头:"哦,是的,我准备好了。"

就在这时,帕布罗出现了,用他那快活灵动的眼睛望着我们。那原本应该是一双动物的眼睛,但是动物的眼睛总是十分严肃的,而他的眼睛却满含笑意,正是这种笑意使他的眼睛变成了人的眼睛。他朝我们招了招手,真诚友好地示意我们过去。他穿着一件彩色的、带有红色大翻领的绸缎便服,衬衣的领子已经完全湿透,那张疲乏苍白的脸看上去无精打采,但他那双闪闪发光的黑眼睛将他疲惫不堪的神情一扫而光。现实就这样被他的眼睛抹去了,因为这双眼睛施展了这种魔力。

我们向他走了过去。走到门口时,他小声地对我说:"哈里兄弟,我要邀请您参加一次小小的娱乐活动。只准狂人入内,入场券就是失去你的理智。你准备好了吗?"

我再一次点了点头。

我这位亲爱的伙伴像是有些担心,他轻轻地挽住我们俩,右臂挽住赫尔米娜,左臂挽住我,带我们走下楼梯。我们走进一间小小的圆形房间,天花板上的吊灯闪烁着淡蓝色的光,除了一张小圆桌和三把简单的扶手椅,房间里什么都没有。我们走到椅子前,坐了下来。

我们这是在哪儿?我睡着了吗?我是在家,还是坐在汽车里飞驰?不对,我坐在一间闪烁着蓝色灯光的圆形房间里,这里空气稀薄,现实已经变得极为模糊。

赫尔米娜的脸色为什么如此苍白?帕布罗为什么一直在口若悬河?也许正是我让他讲了这么多话,或者是我通过他的嘴巴在说话?正如从赫尔米娜的灰色眼睛里看着我的是我自己的灵魂一样,从他那双黑色的眼睛里注视着我的,不也正是我自己的灵魂吗?就像一只绝望而又胆怯的小鸟。

我们的朋友帕布罗温和友好地看着我们,像是在主持一场仪式一般,滔滔不绝地讲了许久。我以前从未听过他如此连贯地说话,以为他对探讨问题和咬文嚼字完全不感兴趣,我甚至完全不相信他有独立的思想。现在,他却用他那温柔且好听的嗓音侃侃而谈,非常流利,无可挑剔。

"我亲爱的朋友们，我邀请你们来参加一项娱乐活动，哈里已经对此期盼良久，甚至连做梦都常常梦到。时间确实有点晚了，我们都有点累了。所以，首先，让我们休息一下，给自己提提神。"

他从嵌在墙壁里的小柜子中拿出三个杯子和一个精巧的小瓶子，随后又拿出一个带有东方风格的彩色木质小盒。他将液体从瓶子里倒出，斟满了三个杯子，又从木盒里拿出三支细长的黄色香烟，从丝质上衣口袋里掏出一盒火柴，给我们点着了火。我们靠在软椅上，慢悠悠地抽着烟，香烟的烟雾很浓，犹如在焚香一般。我们慢慢地一小口一小口地喝着散发出芳香气味的液体，那味道非常陌生。很快，它们就发挥了难以估量的作用，使人感到欣喜快乐、充满生气——就好像我们的身体被充了气，不再受到地球引力的牵引，飘起来了一般。就这样，我们安静地坐在那里，吞云吐雾、啜饮琼浆，随着时间一分一秒地过去，我们渐渐觉得身体愈加轻盈快活，情绪愈加安详平和。

似乎从很远的地方，响起了帕布罗温暖的声音："亲爱的哈里，今天能款待您是我的莫大荣幸，为此我感到非常高兴。您常常对自己的生活感到非常厌倦。您一直在努力，但是始终无法逃脱对吗？您最大的渴望就是离开这个时代、这个世界和这个现实，进入另一个更适合您的现实中去，到一个超越了时间概念的世界中去。那您就这么做吧，亲爱的朋友，我邀请您这样做。当然了，您很明白那所谓的另一个世界藏在哪里，那个世界就是您自己的灵魂世界。只有在您的内心才存在另外一种您所渴望的现实。我只能给您那些已经在您心中存在的东西，除此之外的其他东西，我无法给您，我只能为您打开一个灵魂画廊，我所给予您的只是一次机会、一种激励、一把钥匙。我能帮助您看到那个属于您自己的世界。仅此而已。"

他再一次将手伸进他那件华丽的上衣口袋，从里面拿出了一面圆形的小镜子。

"您看，以前您眼中的自己是这样的。"

他把镜子举到我眼前，我忽然想起了一句童谣："小镜子啊小镜子，我手中的小镜子。"尽管镜面有些模糊不清，但我仍然看见里面映出一张焦虑不安的、自作自受的、精神疲惫的、总是怒气冲冲的面孔——那是我自己，那个哈里·哈勒尔，而在哈里的内部我又看见了荒原狼，一只怯懦的、健美的、迷惘的狼，它的眼神充满恐惧，时而被愤怒点燃，时而又透出悲伤。这只狼的形象通过不停地运动流进哈里的体内，如同一条支流注入大河时那样翻滚、痛苦挣扎。它试图将另一个形象吞噬,急切地渴望着保持自己原有的形态。这只流动的、尚未成形狼的,用它那双优美却又胆怯的眼睛忧伤地看着我。

"您眼中的自己是这样的。"帕布罗又轻声细气地说了一遍,说完,他将把镜子放回了口袋。我感激地闭上眼睛,小口抿着那杯万能药酒。

"我们已经休息得差不多了,"帕布罗说,"我们喝了点东西,也聊了一会儿。如果你们觉得不再那么疲惫了的话,我现在就带你们去看我的西洋镜,参观一下我的小剧院。你们愿意一起来吗?"

我们表示同意,站起身,帕布罗微笑着在前面给我们引路。他打开一扇门,将一块幕布拉到一旁。于是,我发现我们正置身于一个马蹄铁形状的剧院长廊里,而且正好站在走廊的中央。拱形走廊向两边延展开,走廊的每一侧都有很多的——确实多得令人难以置信——窄窄的门,每个门都通往一个剧院包厢。

"这就是我们的剧院,"帕布罗解释道,"一个给我们快乐的地方。我希望你们能从中找到各种各样可为之一笑的东西。"他一边说着一边大笑起来,虽然这笑声很短促,但却强烈地震撼了我,这跟我先前在楼上听到过的爽朗的、异样的笑声一模一样。

"在我的小剧院里,有无数的包厢门,比你们所看到的还要多,十扇、一百扇甚至一千扇,每扇门后面都有你们所渴望找到的东西在等着你们,这是一间美丽的图画储藏间。但我亲爱的朋友,像您现在这样粗略地浏览一遍,对您是一点用处也没有的。您会被您所习惯地称为人格的东西阻碍前行,会蒙蔽您的双眼。毫无疑问,您早就猜到,不论您如何描述你所渴望的东西,称之为克服时间也好,称之为摆脱现实也好,其实都是自己希望能够摆脱您所谓的人格。这人格是一座监狱,将您囚禁其中。假若您依旧按照老样子进入剧院,您就只能用哈里的眼睛或者透过荒原狼的旧式眼镜去看这一切。因此,请您将这副眼镜放到一边,将您尊贵的人格留在这里的存衣处,当然,您随时都可以将它取回。您刚才参加过的美妙的舞会、关于论述荒原狼的那本小册子以及我们刚才服用的少许兴奋剂,应该已经让您做好了充分的准备。哈里,您将自己那尊贵的人格寄存以后,就可以任意在剧院的左边参观,赫尔米娜参观右边,在剧院中,你们随时可以见面。不过,赫尔米娜,请你暂时先退到幕布后面去,我想先带哈里参观。"

赫尔米娜钻进幕布,消失在了右边的过道中,那里有一面巨大的镜子,从地板一直到拱形的天花板上,覆盖了整个后墙。

"好了,哈里,现在请跟我来,尽可能地让自己心情愉快。举行这次娱乐活动的目的就是让您高兴起来,教会您你如何去笑。我希望您可以配合我,不要让我为难。您现在感觉怎么样?好吗?不觉得害怕吧?那么很好,非常好。现在,您就可以毫不畏惧、高高兴兴地进入我们的虚假世界了。首先,您需要用一次微不足道的假自杀获得进入这个世界的通行证,这是我们这里的规矩。"

他再一次取出那面小镜子,举到我的面前。我再度看见小镜子中映出了那个模糊不清的哈里,他正在与我对视,一个狼形的东西在他周围环绕着,不断地向哈里的身体里挤,时而又从中径直穿过。这个画面我再熟悉不过了,它实在太令人讨厌,以至于如果它被毁坏的话,我一点都不会感到悲哀。

"我亲爱的朋友,现在,您需要抹去这幅已经变得多余的镜画,别的什么都不用做。如果您的情绪允许的话,只要您带着真诚的微笑去观看这幅画就行了。现在的您身处在一所幽默学校里,一切高级的幽默始于人们不再对自己太过严肃的那一刻。"

我的双眼紧紧地盯着这面小镜子,我看到镜子里面作为人的哈里和荒原狼正在抽搐颤抖。甚至有那么一小会儿,在我的内心深处有什么东西也抽搐了起来,那种感觉很模糊但也很痛苦,就像回忆、像乡愁、像悔悟。然后，这轻微的压抑感被一种新的感觉所取代，这种感觉就像人们被可卡因麻醉后拔出了一颗蛀牙一样，让人感到轻松，不仅如此，人们深呼吸后，惊讶地发觉，居然一点都不疼。这种感觉伴随着一阵轻松的快意，同时还有一种想要大笑的渴望，是那么的难以抵挡，以至于我忍不住放声大笑起来。

镜子里那幅模糊的画面最后颤抖了一下，随即消失不见了。小镜子一下子变得灰暗，好像被焚毁过一般，不再透明。帕布罗也大笑起来，接着他扔掉了这面破碎的镜子，镜子翻滚着顺着走廊消失在黑暗中。

"笑得好，哈里，"帕布罗大声喊出来，"但是您还要学着像不朽者那样笑。您终于除掉了荒原狼，用刮胡刀是杀不死他的。您要注意，不能让他复活！您很快就会离开愚蠢的现实，下次我们再碰面时，就可以喝结拜酒了。亲爱的好兄弟，我从来没有像今天这样喜欢您。我们可以一起谈论并争辩哲学问题，还可以谈谈莫扎特、格鲁克[①]、柏拉图和歌德，直到您感到满意为止，只要您觉得值得一谈就行。现在，您可以理解以前我们为什么不可能这么做了

[①] 德国歌剧作曲家。

吧？但愿您可以成功，至少能摆脱掉荒原狼。因为您的自杀是不彻底的，我们是在魔术剧院里，这里只有视觉图像，而不是现实。请您找出一些美丽且有趣的图画，以此来表明您真的不再迷恋您那有问题的人格！如果您仍然想要重新获得这种人格，那只要再看一看镜子就行，我可以马上将镜子举到您面前。不过您知道那句古老的谚语吧：手里的一面小镜子比墙上的两面大镜子更宝贵。哈哈！"

他又笑了起来，他的笑声是那么美、那么令人惧怕。

"好了，现在只剩下一个有趣的小仪式。你已经拿掉了你的人格眼镜。来，现在请您往一面真正的镜子里好好瞧一瞧！它会让您高兴的。"

他一边笑，一边拥抱了我，动作有些滑稽可笑。他让我转过身去，这样我就正冲着墙上的那面大镜子。在镜子里，我看到了我自己。

我与镜子里的自己对望了一会儿，看起来它并没有什么不同，只是镜子里的我情绪高涨、精神爽朗、面带笑容。但是，仅仅就在我认出自己的一刹那，镜子里的映像便四散开来。镜子里我的形象分成了两个、三个、四个、十几个、二十几个，一整面巨大的镜子里映出的全是哈里，或者说是哈里的分身，每个形象都在我认出它的一瞬间消失不见。这些不计其数、形形色色的哈里，有的和我一般年纪，有的比我更显苍老，有的已经老态龙钟，有的却非常年轻，还只是个小伙子、小学生、幼儿而已。五十多岁的哈里和二十多岁的哈里在一起乱跑，三十多岁的哈里和五岁的哈里在一起乱跳。有的庄严肃穆，有的嬉戏打闹，有的受人尊敬，有的引人发笑，有的衣冠楚楚，有的衣着凌乱，甚至还有半裸着的、长头发的、头发掉得快秃了的哈里，他们都是我，而他们的形象转瞬即逝，我只能看到他们一闪而过，刚刚认出他们，他们就跑开了。他们四散跳跃着跑开，有的向左，有的向右，有的跑向镜子深处，有的从镜子中跑出来。有一个玉树临风的年轻小伙子笑着跑到帕布罗跟前，拥抱着他，然后拉着他一起跑开了。还有一个英俊的少年我特别喜欢，他大概十六七岁的模样，像一道闪电一般飞快地跑进了走廊，急切地看着所有门上的小牌子。我跟着他跑了过去，看到他在一扇门前停住了脚，门上的标牌这样写道：

所有的姑娘都是你的

请投币

这个可爱的少年头朝下纵身一跃，自己跳进投币口，消失在了门后边。

帕布罗也不见了。那面镜子和那些不计其数的形象都消失不见了。我意识到，现在只剩下了我自己和这个魔术剧院，我充满好奇地从一扇扇门前走过，仔细地察看着上面那些诱惑或者许诺的文字。

有一扇门上这样写道：

快来快活地狩猎！

猎捕汽车

这几个字吸引了我，我打开狭窄的小门走了进去。

我立刻置身于一个嘈杂繁忙同时又令人兴奋激昂的世界。公路上的汽车——其中一部分还是装甲汽车——在街道上横冲直撞、追逐行人，它们直接将人撞倒，然后要么把路人留在那儿任其自生自灭，要么从他们身上碾过，或者把他们直接撞到墙上。我立刻明白了：这是一场人与机器的战争，这是一场早有预谋、期待已久、害怕已久的战争。而现在，这场战争终于爆发了。战场上到处都是死人和七零八落的肢体，到处都是撞坏的、扭曲的、烧毁的汽车。

飞机在这个令人恐惧的混乱之地的上空盘旋，不少人从房顶和窗户里拿着步枪和机关枪向它扫射。所有的墙上都贴着狂野宏大而又激动人心的标语，上面巨大的字母就像火炬一般炽烈，号召全国人民全力以赴，奔赴反对机器的战场，去打死那些肥头大耳、穿金戴银、喷洒香水的富贾财阀，就是他们用机器榨干了别人的血汗。除此之外，这些标语还在号召人们去毁掉他们那些排着废气、恶魔般嗷嗷乱叫的大汽车；号召人们放火烧毁工厂，削减人口，将受尽折磨的土地稍做清理，让土地重新长出青草，让满是尘垢的水泥世界重新变成森林、草地、荒原、溪流和沼泽。而另外一些标语牌却完全相反，它们色彩丰富柔美，文字巧妙风趣，动情地提醒着所有与这个国家有利害关系的、能以审慎的态度思考问题的人们，让他们注意无政府主义的危险混乱。这些标语扣人心弦地描绘了秩序、劳动、财产、文化、法律的好处，赞扬机器是人类智慧最为新颖和崇高的发明，在机器的帮助下，人将变成神。我认真地读着这些红红绿绿的标语，思考着上面的话，并对它们啧啧称奇，它们像火一般炽烈，富于雄辩、逻辑严密，影响着我的思考，我坚信这些话是正确的。我一会儿站在这幅标语前，一会儿又站在另一幅标语前，但总是被周围激烈的射击声打搅。现在，主要的事情清楚了：这是战争,是一场激烈的、非常令人同情的战争。人们不是为帝国君主或是共和国而战,不是为了争夺国界而战,也不是为某党某派、某种信仰或是别的什么花哨的、夸张做作的东西而战,归根结底不是为一些卑鄙勾当而战,而是每一个因空间狭小而感到快要窒息的人、每一个觉得生活枯燥无味的人,在用这种激烈的方式宣泄他们的厌恶,力求将这个虚假的文明世界全面摧毁。在每一双眼睛里,我都看到了他们毫不掩饰的杀机和破坏欲,我的两只眼睛中仿佛也开出了两朵狂野的血红的玫瑰。我跟他们一样,甚至比他们更高涨,两眼睛闪着明亮的光,我哈哈大笑着,兴高采烈地加入了这场战争。

然而,最奇妙的是,我学生时代的好朋友——古斯塔夫,突然出现在我的身旁。他是我童年时代的朋友中最调皮、最强壮,对生活最有热情并富于冒险精神的一个,我已经很多年没有见过他了。当我看见他眨着浅蓝色的眼睛向我示意时,我瞬间变得欣喜若狂。

他向我打了个招呼,我立刻开心地向他奔走而去。

"天哪,古斯塔夫!"我欣喜地喊道,"我可有些年头没见到你了!你现在在做什么?"

他有些恼怒地笑起来,完全跟孩童时期一样。

"你这个傻瓜,难道一见面就要问这种问题吗?就聊这些废话？如果你非要知道，那我就告诉你好了，我当了神学教授。幸运的是，现在不已经讲神学了，而是在打仗。我的兄弟！一起来吧！"

一辆小汽车呼啸着向我们驶过来，古斯塔夫一枪将司机打下车，像猴子一般敏捷地跳上汽车，再将汽车停在我面前，让我上车。接着，我们像魔鬼般飞快地穿过枪林弹雨和毁坏的汽车，疾驰而过，向城外开去。

"你站在工厂主那边？"我问我的朋友。

"哦，老天爷啊，这个问题并不重要，我们到城外再考虑。不过，既然你说到了这个问题，我觉得我应该选择另一方，虽然从根本上来说都是一样的。当然了，我是个神学家，我的祖师爷路德[①]曾在他那个时代帮助贵族和富人对付贫民，现在我们要做些修正，我们要使双方的力量平衡一下。哦，这辆破车，但愿它还能坚持一两千米。"

我们像是乘着上帝所赐予的风一样，向前飞速行驶，开进一片静谧的地带，这里枝繁叶茂，满眼翠绿。然后，我们穿过了一大片平坦的地域，慢慢地开上了一座峻峭的大山。我们在平坦、黑亮的

[①] 指马丁·路德，16世纪欧洲宗教改革运动发起人，创立了基督教新教。

沥青公路上停下。这条公路的一边是陡峭的岩壁,另一边是低矮的护墙,整条公路弯弯曲曲,盘旋而上,而这条公路的下方有一池碧蓝的湖水,泛着粼粼波光。

"这里太美了!"我说。

"确实很美。我们可以叫它车轴路,据说有不少车轴在这里断裂了,小哈里,注意啦!"

路边,有一棵巨大的松树,树上用木板搭了一个临时的小棚子作为瞭望哨,是射击的有利地势。古斯塔夫冲我笑了笑,狡黠地冲我眨了眨他的蓝色眼睛。我们急忙下车,爬上松树,隐藏在瞭望哨里,急促地呼吸着。我们十分喜欢这个瞭望哨,我们在里面发现了一些步枪、手枪和几箱子弹。我们刚刚冷静下来,就听到最近的拐弯处传来了一辆豪华轿车的喇叭声,那喇叭声嘶哑高傲,仿佛在彰显着权力。汽车在黑亮的公路上吼叫着,以极快的速度径直朝我们的方向驶来。我们已经举好了枪,气氛显得异常紧张。

"瞄准司机!"就在汽车正要从我们下面开过时,古斯塔夫下令道。我瞄准那个司机,开枪射击。那人应声倒下,汽车仍在向前行驶着,一头撞在岩壁上,又反弹了回来,像一只巨大的黄蜂猛烈地撞向路边的矮墙,翻滚着车身,越过了矮墙,随后伴随着巨响掉下了悬崖。

"你打中他啦!"古斯塔夫笑道,"下一辆轮到我了。"

又有一辆车开来,三四个乘客坐在车后座上。车里有一个女人,她的头上包裹着一条丝巾,那条丝巾随风向后摇曳着。我的心中满是惋惜之情。谁知道这条丝巾之下是不是一张漂亮的面孔呢?天哪,如果我们扮演强盗劫匪的角色,至少也该效法那些好的榜样,放女人一条生路,但是古斯塔夫已经开枪了。司机抽搐了一下,应声倒下。汽车撞到陡峭的岩壁上,向后翻了个四轮朝天,发动机仍然在运转,车轮在空中徒劳地旋转。突然,随着一声可怕的爆炸声,汽车被淹没在了火海之中。

"是一辆福特车,"古斯塔夫说,"我们得下去把道路清扫干净。"

我们从松树上爬下来,看着仍在燃烧的汽车残骸。汽车很快就被完全烧毁,我们折断小树将其做成了撬杆,把烧坏的汽车推到路边,翻过矮墙,推下悬崖,山下的灌木丛随即发出一阵噼里啪啦的断裂声。撬动汽车时,有两个死者从车里掉了下来,躺在地上,他们身上的衣服被烧坏了一些,其中一个人的外套还算完好,我翻着他的口袋,看看能否从中找出点能够证明他身份的东西。我掏出一个皮夹，发现里面全是名片。我拿起一张，看到上面写着："Tat Twam Asi!"①

"这话还真是有趣，"古斯塔夫说，"其实说实话，这些被我们杀死的人叫什么名字都无所谓。他们跟我们一样都是些可怜鬼，叫什么名字根本无关紧要。这个世界注定要毁灭，我们也一样。最没有痛苦的解决办法就是把他们按在水里十分钟。好了，现在我们还是工作吧……"

我们把尸体也丢下了悬崖。又有一辆车呼啸着地开过来。我们干脆就从站着的地方向它射击。被击中的汽车像个醉汉一样跌跌撞撞地打着弯前进，在开出一段路后侧翻了，在黑亮的公路上发出呼呼的响声。一名乘客仍然坐在车里，一动不动，另一名年轻的漂亮姑娘从车子里爬了出来，她没有受伤，脸色惨白，浑身剧烈地颤抖着。我们彬彬有礼地向她问候，想要帮她一把，但她受了太多的惊吓，已经说不出话来，昏昏沉沉地盯了我们一会儿。

"好吧，我们还是先去看看那位老人吧。"古斯塔夫说完转向车里的那位乘客。他就坐在死去的司机后面的座位上，身子紧紧贴

---

① 原为梵语，大意为"那就是你"或"你就是那样"。

着椅背。他是一位绅士,灰白的头发剪得短短的,睁着一双满含智慧的浅灰色眼睛,但是他似乎伤得很严重,嘴角流着鲜血,脖子僵硬地歪斜着。

"恕我冒昧,请允许我自我介绍一下,我叫古斯塔夫。是我们打死了您的司机。请问您的姓名?"

老人用他那双灰色的小眼睛冷漠且悲伤地看着我们。

"我是首席检察官罗林,"他慢慢地说,"你们不仅杀死了我可怜的司机,还打中了我,我觉得我就要死了。你们为什么要朝我们开枪?"

"因为您的车速太快了。"

"我们开得并不快,是以正常速度行驶的,甚至比平时的速度更慢。"

"昨天那还是正常速度,今天就再也不是了,首席检察官先生。在我们看来,今天,车辆以任何速度行驶都太快。我们正在摧毁汽车,毁坏所有的汽车以及所有其他的机器。"

"也要毁掉你们的枪?"

"是的,如果我们有时间的话,就会毁掉我们的枪,或许明后天,我们大家就全部完蛋了。当然,您是知道的,我们的世界人口过剩,这真是太可怕了。好了,我们现在要放进来一点新鲜空气。"

"难道你们向所有人都会开枪?不做任何选择?"

"当然了,很多情况下都会这么做。我们会为某些人感到惋惜。比如说,对这位漂亮的女士我就觉得非常抱歉。我猜,她是您的女儿。"

"不是,她是我的速记员。"

"那就更好啦。现在请您下车,还是需要我们把您拉出来?我们要将这辆车毁掉。"

"我宁愿与汽车一起毁灭。"

"随您的便。不过,请允许我再问您一个问题。您是一位检察官。我始终理解不了,一个人为什么能够成为检察官,您所控告的那些人,审判的那些人,他们大部分都是穷鬼。您就靠这个生活,是吗?"

"是的。我履行我的职责,这是我的工作。就像刽子手的工作是处死那些被宣判了死刑的人一样。你们现在不是也在履行职责吗?你们也在杀人。"

"我们确实是在杀人。不过,我们不是为了履行职责,而是为了让自己高兴,更准确点来说,是出于不满、出于对这个世界的绝望。我们发现杀人能够给我们带来快感。难道您从来没有因为杀人而感受到快乐吗？"

"你们简直太无聊了。请你们行个好，快点完成你们的工作吧！如果你们还知道职责的概念的话……"

他突然停止了说话，扭动了一下嘴唇，好像是要吐出什么东西，但从他的嘴里只流出来了一点血，沾在了他的下巴上。

"请您稍等！"古斯塔夫客气地说，"职责这个概念我不是不知道，只是现在不知道了。以前，因为职业的关系，我经常和这个概念打交道，我以前是个神学教授，不仅如此，我还当过士兵，上过战场。对我来说，职责就是权威人士和上级长官一次又一次命令我去做的事情，并且绝对不是好事儿，我宁可做与之相反的事情。虽说我现在已经不知道职责的概念了，却清楚什么是罪责，也许这两者完全就是一样的概念。自打从母亲腹中而出，我就有了罪，我被宣判定罪，而惩罚我的方式就是活着。我注定要属于一个国家，要去服役当兵，要去杀人，要为国家购买炮火而纳税，要尽无数义务。现在，就在此刻，像以前一样，生活之罪再一次逼迫我不得不像在战场上一样去杀人。但这一次，我一点都不反感，我已经让自己屈服于罪责。我一点也不反对把这个人口拥挤的愚蠢世界打个粉碎，我很乐意协助世界进行毁灭，我自己也乐于与之一同毁灭。"

检察官费力地动着那沾着血污的嘴角，想要扯出一个微笑，虽然他没有完全成功，但能够看出来他有这个意思。

"很好，"他说，"这样说的话，我们志同道合。那么，就请履行你的职责吧。"

与此同时，那位漂亮的姑娘突然昏倒在路边，失去了知觉。

这时，又有一辆车响着喇叭急速开了过来。我们将姑娘挪到旁边，将其靠在岩壁上，企图让行驶而来的那辆车撞上前一辆车的残骸。急速而来的那辆车突然急刹车，车头翘在了半空中，接着，完好无损地停住了。我们连忙端起枪，向新来之人瞄准。

"下车！"古斯塔夫命令道，"把手举起来！"

车上下来了三个男人，他们顺从地将双手举过头顶。

"你们当中有医生吗？"古斯塔夫问道。

他们都摇了摇头。

"那就请你们行行好，帮个忙，把这位老先生小心地从座位上抬出来，他受了很严重的伤。请你们开车将他送到最近的城市里去。去，把他抬下来吧！"

很快，他们就将那位老先生安置在了自己的车上，古斯塔夫下令让他们开车离开了。

其间,那位女速记员清醒了过来,目睹了这一切。我们都很高兴,捕获了这么漂亮的战利品。

"女士,"古斯塔夫说,"您失去了您的雇主,但愿在其他方面,那位老先生和您并没有什么瓜葛。您被我雇用了,您现在应为我们效力,所以做我们的好同志吧。好了,就说这些,现在时间不多了,一会儿这里就会有麻烦的。您会爬树吗,女士?会?那好,您可以从我们中间爬上去,这样我们可以帮助您。"

我们三人快速地爬到树上的瞭望哨里。姑娘在上面感到有些不舒服,想吐,但在喝了点白兰地后,很快就好了,甚至还很有精神地赞美了这一派湖光山色,并且告诉我们她叫多拉。

正在这时,下面又开来了一辆汽车,车没有停,而是小心翼翼地从那辆翻倒的汽车旁边绕了过去,随即加大了油门。

"胆小鬼!"古斯塔夫哈哈大笑,一枪射中了司机。汽车歪歪扭扭地撞到护墙上,车门被撞凹了进去,斜挂在悬崖上,摇摇欲坠。

"多拉,"我说,"您会用步枪吗?"

她不会。于是,我们教她该怎么使用。起先,她笨手笨脚,弄破了手指，大吵大嚷着要创伤膏。可是古斯塔夫对她说，这是在打仗，她应该要让自己做一个勇敢的姑娘。这么说还真是有效果，她好多了。

"但是，我们会变成什么样的人呢？"她问道。

"不知道，"古斯塔夫说，"我的朋友哈里很喜欢漂亮的女人，他会照顾好你的。"

"可是，很快就会有警察和军队过来，他们会把我们杀死的。"

"不会再有警察之类的人了。我们可以做个选择，多拉。要么，我们好好地待在这里，摧毁所有通过这里的汽车；要么，我们自己开上一辆车，离开这里，让别人向我们开枪。不过，无论我们选择哪一种都一样，反正我主张留在这里。"

这时，下面又出现了一辆车，响着清脆的喇叭声，这辆车很快就被我们射翻了，四轮朝天地躺在公路上。

"真可笑，"我说，"原来开枪射击能让人这么快活，以前我还反对战争呢！"

古斯塔夫微微一笑："是呀，这个世界上确实人口太多了。以前这个问题还没有这么明显。现在，人们不仅要呼吸空气，还要有一辆汽车，这才注意到人实在太多了。当然，我们现在所做的事并不理智，是一场儿戏，战争也是，是一场大的儿戏。以后，人类肯定可以学会用理智的方式来控制人口的增长。现在，我们是以一种极不理智的方式来处理这个令人无法继续忍受的状况。尽管如此，我们的主旨是正确的——我们在减少人口。"

"是的，"我说，"我们做的事也许很疯狂，但这或许是有益的、必要的。如果人类过度地运用理智，想借助理智将那些非理智能解决的事情安排得井井有条，那就不好了。这样就会产生两种理想：美国人的理想和布尔什维克的理想。这两种理想都极度理智，但是二者都天真地将事情简单化了，歪曲了生活，将许多不适合的东西都强加在生活之中，剥夺了人们生活的权利。人类的形象以前被视为崇高的理想，现在却逐渐变得千篇一律。或许，我们这些疯子能使它重新变得高尚起来。"

古斯塔夫笑着接过话茬："老弟，你说起话来真像是在写书，喝一口你这智慧之井的泉水真是一种快乐，也许你讲的话确实有某些道理。不过，现在还是劳驾你先装上子弹吧，我觉得你的空想有些多，随时都会有不知从哪里跑过来的猎物，我们用哲学可无法打死它们，必须用枪膛里的子弹才行。"

开来一辆汽车，很快就被我们打中了。公路堵住了。有个红脸的矮胖男子幸免于难,在被毁掉的破车旁挥手跺脚,四下观察。他发现了我们藏身的地方,嘶吼着朝我们跑过来,用一把左轮手枪向我们连续开了几枪。

"快走开,不然我就开枪了!"古斯塔夫冲着下面大声喊道。那矮胖男子完全不理会,瞄准他又开了一枪,我们也开了两枪,将他射杀了。

后来又有两辆车开了上来,我们将它们一一击毁了。之后,公路上空荡荡的,鸦雀无声。很明显,这一段路极其危险的消息已经传开了,没人再敢从这经过。于是,我们有时间欣赏面前的美景。湖的彼岸,远远地坐落着一座小城,小城的上空冒着浓烟,我们看见一幢接一幢的房子燃烧了起来,也听见了枪声。多拉哭了一会儿,我抚摸着她那被泪水沾湿的脸颊。

"难道所有人都得死吗?"她问。

我们没有回答她。

这时,下面有一位步行的人走了过来。他看见那些被破坏的汽车,便围在四周打探了一番。他弯腰钻进了一辆车里,不一会儿就从里面拿出了一把艳丽的花阳伞、一个女式的手提皮包和一瓶酒。他心满意足地靠着矮墙坐下,直接对着瓶口喝酒,然后从手提包里拿出一个用锡纸包裹的东西,吃了起来。他把那瓶酒喝光之后,又开始赶路,他悠闲自得地走了,胳膊底下还夹着那把花阳伞。

我对古斯塔夫说:"你能忍心向这个好人开枪,在他脑袋上开个洞吗?天晓得,我可做不到。"

"没有人要求你必须这样做。"我的朋友大声咆哮起来。但是他的心里也好受不到哪里去。我们没有再去看那个人。他做的一切是那样的与人无害、那样的平静安详、那样的天真纯洁。我们突然觉得,我们那些曾以为值得嘉奖且认为必不可少的行为变得多么愚蠢又令人厌恶。见鬼去吧!所有这些鲜血!我们为自己感到羞愧。不过,即便是在战争中的将军都有可能会有同样的感觉。

"我们不要在这里继续待下去了,"多拉苦苦哀求道,"我们下去吧,肯定还能从车子里找到点吃的。难道你们这些布尔什维克不饿吗?"

山下,在弥漫着战火的城里响起了教堂的钟声,那钟声让人感到不安和恐惧。我们开始顺着树往下爬。当我帮助多拉翻过棚子的护栏时,我亲吻到了她的膝盖,她大声地笑了出来。正在这时,突然,那些树枝断裂了,我们两人一起跌入了一片虚无当中……

我再次回到了马蹄形的走廊里,仍然为刚才猎捕汽车的冒险活动而激动不已。长廊里有不计其数的门,每扇门上都有一块牌子,上面的描述充满了诱惑:

变身大法

随你所愿变成任何动植物

古印度爱经

古印度的性爱指南

初级课程:四十二种不同方法及实践

快活自杀术

将自己笑成碎片

成仙术

东方智慧

啊,但愿我有一千只舌头!

只有男子可以进入

西方世界的败落

价格公道,盛况空前

艺术纲要

用音乐将时间转换成空间

笑的眼泪

幽默小屋

独身隐居一点通

社会交际活动的完全替代品

门上的牌子似乎无穷无尽。有一块是这样写的:

人格构建指南

保证成功

看起来这间值得我进去一探究竟,于是,我走了进去。

这是一间极度安静的昏暗房间,一个男人以东方人的方式席地而坐,他的面前摆放着类似棋盘一样的东西。猛地一看,他有些像我的朋友帕布罗,至少,他穿着类似的华丽丝绸上衣,也有一双闪闪发光的黑眼睛。

"您是帕布罗?"我问。

"我谁也不是,"他友善地解释,"在这里,我们没有名字,在这里,我们不是任何人,我只是个棋手。您希望在人格构建方面获得相应的指导吗?"

"是的,请您赐教。"

"那就要麻烦您先给我提供几十个您的形象。"

"我的形象……"

"您曾亲眼见过您那所谓的人格分裂出的许多形象,我要的就是那些。如果没有形象的话,我将无法进行下去。"

他递给了我一面镜子。从镜子里,我再一次看见了我的统一体分裂为无数个我,看起来好像数目比之前还多。不过,现在这些形象的体积变得非常小,几乎跟棋子一般大。

棋手不紧不慢地用手指拿出十几个,将它们放在棋盘边的地板上。接着，他用单调的语气发话，就像一个人总是重复同样的演说那样："认为人是一个永恒的整体，这个观点并不正确，它会给人带来不幸。您也知道，人是由许许多多的灵魂构成的、由无数个'我'组成的。把人性格的统一整体分裂为许许多多的形象，一直是被视为疯狂的，为此，科学界还发明了'精神分裂症'一词作为它的名字。当然，没有主次，没有次序和分类，这种多样性就很难掌控，从这个意义上来说，科学是正确的，但从另一方面来看，科学认为，那些无数个分裂出来的自我，只存在唯一的、对其具有强大约束力的、持续终身的秩序，这就不对了。科学界的这个错误带来了一些不良后果，这个错误的观点唯一的优点在于，使国家委任的牧师和教师的工作简单化了，省去了他们从根源上进行思考和实验认证的麻烦；而缺点是，很多无可救药的疯子被视为是正常人，甚至被当作社会最有价值的一部分成员，而许多原本是天才的人被视为疯子。因此，我们要用一个新概念来补充科学界这并不完善的心理学，这个概念我们称之为'构建灵魂的艺术'。我们向任何一个有自我分裂经历的人展示这种艺术，他随时都可以将这些自我分裂的部分以自己喜欢的秩序重新加以组合，从而得到各式各样的生活之剧。就像剧作家可以用少数几个角色创造出精彩的戏剧，我们也可以从分崩离析的自我中构建出全新的组合，随之而来的是它们之间出现新的相互作用、相互影响的方式、各种尚未定型的状态，使我们永远乐此不疲地观看下去！"

他悄然无声地用灵巧的手指抓住我的形象，抓住老头子、小伙子、儿童、女人，抓住活泼愉快的和愁容满面的、强壮有力的和弱不禁风的、敏捷聪明的和愚蠢笨拙的，所有这些小人儿都被他迅速地安放在那面巨大的棋盘上，安排成一场游戏。他很快就将他们组成集团和家庭，让他们玩耍、搏斗，让他们结成或友好或敌对的关系，将他们构成了一个小小的世界。我十分有兴趣地看着，不一会儿，他就当着我的面，让这个富有生气又井井有条的小世界活动起来，让他们比赛、厮杀、结盟、打仗，让他们求爱示好、结为连理、生儿育女。我看得欣喜若狂，简直着了迷。这真是一出角色众多、感人至深又扣人心弦的好剧。

然后，他用手在棋盘上迅速地一抹，轻轻地把棋子推成一堆，像一个挑剔的艺术家一般，思考着如何将相同的形象安排一场新的游戏，使他们结成新的组织、新的关系，构成新的错综复杂的关系。第二场游戏与第一场有一定的相似性，这是用同一种材料建立的同一个世界，不过重点变了，时间变了，主旨大意也与之前不同，因此所呈现的情景也不尽相同。

就这样，这位聪明的人格建筑师用一些相同的形象安排了一场又一场游戏，这些形象每一个都由我分裂而来。从远处看，这些游戏极为相似，明显属于同一个世界，出自同一个来源。然而，每场戏又都可以让人耳目一新。

"这便是生活的艺术，"他用一种梦幻般的口气说道，"将来，您自己就可以随意安排您的生活游戏，让它富有生气，您可以使它变得更为复杂、更加丰富多彩，一切都掌握在您的手里。从更高一层意义上来说，所有智慧的开端都是疯癫，那么，我们也可以说，一切艺术、一切想象都源于精神分裂症。甚至有些学者已经逐渐认识到了这一点，例如，在《王子的神奇号角》这本引人入胜的书里就能读到。这本书描写了一位学者在众多疯子与被关在疯人院里的艺术家的帮助下，将其勤奋工作的劳动成果变得高尚起来的故事。话就说到这儿了，请收起您的形象在身上带好，这种游戏将来还会经常为你带来乐趣。今天，或许您的某个形象成长为一个让您难以忍受的怪物，败坏了您的兴致，那么明天，您就可以将它贬低成一个无关紧要的配角，而那个注定要倒霉的可怜形象，在下一场游戏中您就可以让她变成公主。希望您能从中得到快乐，我亲爱的先生。"

我满怀感激,深深地向这位极具天赋的棋手鞠了一躬,之后把那些小棋子装进口袋,从狭窄的门中退了出来。

本来我想,一回到走廊上就席地而坐,玩上几分钟这个游戏,甚至永远玩下去。但是,我刚一回到走廊里,一股新的令人难以抗拒的潮流就将我卷走了。一幅闪闪发光的海报出现在我的眼前:

精彩的驯狼表演——驯服荒原狼

看到这几个字,许多截然不同的感情涌上了我的心头。那些存在于我以往生活中、已被我遗忘的现实中的各种恐惧和精神压力,再次喷涌而出,让我揪心。我用颤抖的手将门打开,发现自己走进了一个集市般的房间。里面有一道铁栏杆,将我和简陋的舞台分隔开来。舞台上站着一位驯兽师,尽管这人穿着廉价又花哨的夹克衫,留着浓密的大胡子,上臂肌肉发达,带着一股装腔作势的劲儿,但他看起来却长得很像我,这一点让我非常不快。这名强壮的汉子像牵狗似的,用绳子牵着一匹高大、漂亮、骨瘦如柴、眼神怯懦并且畏畏缩缩的狼。这景象真是让人惨不忍睹!观看残忍野蛮的驯兽师让这头高贵而又卑贱的猛兽表演一连串的把戏，让人既恶心又兴奋，既觉得可恨又感到极为有趣。

无论如何，这个让我讨厌的和我一模一样的人，确实令人难以置信地把狼驯得服服帖帖。那匹狼全神贯注地服从每一个命令，对每一声呼唤、每一声鞭响，都像狗一样做出反应。它双膝跪地、躺倒装死、后腿直立，非常顺从地用嘴巴衔面包、鸡蛋、肉、小筐子，甚至叼起驯兽人扔下的鞭子，卑躬屈膝地摇着尾巴给他送过去。驯兽师将一只兔子放在狼的面前，然后又将一只白色的小羊羔放在狼的面前，狼张大嘴巴露出尖牙，口水直流，但是它并没有去碰它们一下，而是服从命令，以极其优美的姿势纵身跃过了蜷缩在地发着抖的兔子和羊羔。接着，它在兔子和小羊羔之间坐下，用前爪和它们拥抱，像是和它们组成了一个家庭一般，之后，它舔起了人手里的一块巧克力。看见一只狼将自己的本性掩盖到如此惊人的程度，我感到十分悲哀和震惊，全身汗毛都竖了起来。

不过，在节目的第二部分一切都变了，既是对吓坏了的观众有所补偿，也是对狼唯命是从的补偿。精彩优雅的驯兽表演一结束，驯兽师就带着一种胜利的微笑，扬扬得意地弯下腰，与狼互换了角色。这个与我相貌极为相似的驯兽师表现出一种谦卑尊敬的姿态，把鞭子放到狼的脚边，变得跟先前的狼一样焦虑不安、瑟瑟发抖、唯唯诺诺。狼却哈哈大笑起来，舔了舔嘴巴，原先那种局促不安和虚伪的掩饰一扫而光，它的眼睛闪闪放光，绷紧了身子，表现出一种恢复野性的洒脱与快乐。

现在轮到狼发号施令，人来服从了。人按照命令，双膝跪地，装扮成狼，伸出舌头，用刻意磨得尖利的牙齿撕碎自己身上的衣服。他按照狼的命令，时而用两条腿走路，时而用四肢爬行，他像动物一般坐立、装死，让狼骑在自己身上，将鞭子递给它。他就像一只狗一样兴高采烈地屈服于任何侮辱、扭曲他人性的事。一位美丽的女子走上舞台，走到这名被驯的男子面前，抚摸着他的下巴，用脸颊轻轻地蹭他的脸，但他却依然用四肢站立，继续扮成野兽的样子，摇摇头，向美女龇出尖利的牙齿。女子吓坏了，转身跑下舞台。有人给他递去巧克力，他轻蔑地闻了闻，用鼻子猛地将其推开。最后，白色的小羊羔和肥硕的杂色小兔子再一次登上了舞台，这个人竭尽所能地扮演着狼的角色，情绪激昂，他用手指抓住惊叫的小动物，用牙齿从它们身上撕下一块块皮肉，狞笑着生吞活剥了它们，最后甚至津津有味地喝起了那冒着热气的鲜血，还美滋滋地闭起了双眼。

我被吓坏了，赶紧逃出门来。很明显，这个魔术剧院并不是圣洁的天堂，在它那漂亮的外表下暗藏着整个地狱。哦，上帝，难道在这里也无法得到解脱吗？

由于害怕，我来回乱跑，觉得自己的嘴巴里既有血腥味，又有巧克力味，两种味道都让我感到十分厌恶。我只想逃离这个阴暗的世界，迫切地想要回想起一些更容易忍受、令人愉快的画面。一个声音从我心中响起："哦，朋友，请别用这种声调！"怀着满心恐惧，我回想起战争期间我偶尔看到的、那些来自前线的恐怖的照片——那一堆堆尸体横七竖八地堆在一起，头上戴着防毒面具，一张张脸都变成了面目狰狞的狂笑的鬼脸。之前，我出于人道考虑，反对战争，但我却被这些照片吓得不轻，我是多么愚蠢与幼稚啊！现在我知道了，不论是驯兽师、将军，还是疯子，他们在脑海中所孕育的思想和创造的画面，也同样潜藏在我的内心，是如此的野蛮、邪恶、残忍、愚蠢。

我深吸了一口气，想起剧院走廊起点的那块牌子。之前，我看见那个英俊的小伙子火急火燎地向它冲过去。

所有的姑娘都属于你

总而言之，对我来说，这似乎是最值得追求的东西了。我为能逃出那个该死的狼的世界而感到心情舒畅。我打开那扇门，走了进去。

一阵春天的芬芳气息扑面而来。一种青年时代和少年时代的气息围绕着我，那么熟悉又那么神奇，我的心脏里仿佛也流淌着当年的血液，刚才我的所作所为、所思所想都远远地离我而去，我又变得年轻了。一小时以前、几分钟以前，我还认为自己十分懂得什么是爱情、什么是欲望、什么是渴望，而现在，我发现那只不过是一个老年人的爱慕和渴望。现在，我又年轻了，我的内心感受到了流动着的炽热火焰、牵动人心的强烈渴望、能融化一切的三月春风般的热情，它们是年轻的、新鲜的、真实的。哦，被遗忘的火焰再次燃烧了起来，往昔的声音越来越响亮，热血在沸腾，灵魂在高歌！我是个十五六岁的少年，我的脑海里满是拉丁文、希腊文和优美诗句，我满怀理想和抱负，我的幻想中满是艺术家的梦想。但是，在我心中爱情的火焰、对异性的渴望和对肉欲的如饥似渴，比所有这些熊熊烈火更深沉、更强烈、更可怕。

我站在一座岩石山丘上，俯瞰着我的家乡小城。早春的微风带着一阵紫罗兰的清香，我看到流经小城的河流闪闪发光，老家的窗户也在闪闪发光。我看到的、听到的、闻到的一切是那样的充实而又令人陶醉，是那么的新鲜、富有创造力，一切都是五光十色的，仿佛在春风中轻轻飘荡，美好而虚幻，就像我在刚进入青春期所看到的充实且富有诗意的世界一样。我站在山丘上，春风吹拂着我的头发。我沉浸在对爱情的渴望之中，用手从刚刚发绿的灌木上摘下了一片半开的嫩芽，将它举到面前闻着。闻到这香气，我又想起了以往的一切，接着，我用从未吻过姑娘的嘴唇含住了那片小绿芽玩味着，咀嚼起来，尝到了一种酸涩的苦香味。我突然明白了自己正在经历什么，一切又都回来了，我正在重新经历少年时代即将结束的那个时刻。那是早春的一个星期天的下午，那天，我独自散步时碰到了罗莎·克莱斯勒，我很害羞地向她打招呼，像是疯了一般爱上了她。

就在那一天，她独自一人翻过小山，朝着我的方向走来，像一场梦一般，但她似乎在思考着什么，并没有看见我。随着她的身影与我越来越接近，我的心也越来越被紧张、忧虑与惴惴不安所填满。她的头发梳成两条粗粗的辫子，脸颊的两边分别散落着一缕发丝，在微风中飘动。我有生以来第一次发现她是如此美丽，她那随风飘动的纤细发丝是如此的迷人，她穿着薄薄的蓝色长裙，从裙子的下摆露出的小腿是那么优美、那么魅惑诱人。正像咀嚼嫩芽时所带来的苦香味一样,我看见了春天,产生了一种紧张而又甜蜜的欢乐和不安的感情。我只看了这位姑娘一眼,便全身心都充满了致命的爱情预感、对女性的预感。那一刻,我预感到巨大的可能性和各种承诺,预感到无名的欢乐与难以想象的困惑、痛苦、煎熬,预感到最深切的解救和最深重的罪孽。啊,舌尖上渗出的春天的味道是多么苦涩啊!啊,吹动她红润脸颊两侧的乱发的春风是多么顽皮啊!她现在已经走到我跟前,一抬起头就认出了我,就在那一刻,她脸上微微泛出红晕,她将脸转向了别处。当我摘下头顶的青年帽向她致意时,她又很快镇静下来了,她微微抬起头,笑着对我还礼,笑容中透着成熟与稳重,然后,她像个贵妇一样昂起头,自信、从容地继续缓慢向前走去。我目送着她,对她的万千祝福、期望和渴望,此刻都变成闪耀的光环笼罩着她。

这件事发生在三十五年前的一个星期天。此刻,当时的情景再度浮现在我眼前:山丘和小镇、三月的春风和嫩芽的苦香、罗莎和她棕色的头发、越来越强烈的渴望和甜蜜的痛苦带来的窒息感,一切都和当时完全一样。我仿佛觉得,自己这一生中从未像爱罗莎那样爱过别人。这次,我明白自己一定不能错过机会,除了问候她,我还要用别的方式来表达我的爱意。我看见当她认出我时脸上一下子泛起的红晕，以及她竭力想掩饰自己而表现出的艰难，我立即明白，她喜欢我，这次邂逅的经历对她和我来说都是一样的。这一次，我不再像上次那样只是脱帽致意，傻乎乎地放任让她从身边走过。这次，我克服了害怕和窘迫，听从了我的内心。

我高声喊道："罗莎！谢天谢地你终于来了！啊，你这美丽姑娘，太美了！我是多么地爱你。"

这也许不是此刻可以说的最明智的话，反正这里也不需要理智的机智，这几句话完全足够了，甚至可能会带来更好的效果。

罗莎没有摆出一副贵妇的模样，也没有继续向前走，她停下了脚步，看向我，脸变得更红了。她说："老天保佑，哈里，你真的喜欢我吗？"

她那双棕色的眼睛焕发着光芒，这双眼睛告诉我，自从那个星期天她与我擦肩而过的那一刻起，我往后的整个生活和爱情全部都是错误的、混乱的，充满着愚蠢和不幸。现在，无论如何，这个错误已经得到了纠正，一切都不同了，一切都在变好。

我们伸出手，紧握彼此，手拉手地缓步前行，感到无比幸福的同时又感到有些窘迫。我们不知道该说点什么或做点什么，于是就走得快了一些,后来干脆加快脚步跑起来,直到跑得喘不过气才停下,但我们始终十指紧扣。我们还是孩子,不知道互相之间应该做点什么,那天,我们甚至都没有亲吻一下对方,但我们都感受到了巨大的幸福。我们面对面站着,喘着粗气,良久才在草地上坐下,我抚摸她的手,同时,她也用手羞涩地抚弄着我的头发。过了一会儿,我们又站起身,互相比比谁个子更高,我比她高一指,但我并不想承认,坚持说我们俩完全一样高,上帝将我们设计成一对,以后我们会结婚。这时,罗莎说,她闻到了紫罗兰的花香,我们跪在春天的草地上开始找起了紫罗兰,我们找到了几枝短柄紫罗兰,每找到一枝就相互赠送给对方。天逐渐转凉,阳光斜斜地照射在山丘的岩石上。罗莎说,她该回家了,因为我无法陪她回去,两个人都感到有些怅然若失。不过现在,我们之间有了一个秘密,这是我们拥有的最美好的、只属于我们的财富。我留了下来,趴在悬崖上面的岩石上,探出头,俯瞰着整座小镇,终于,我看见了山岩下她那可爱的小小身影在下方很远的地方出现了,看着她路过山泉、走过小桥。我知道,尽管我远远地趴在这山崖之上,但我们之间有了一条联系的纽带,有一条河流从我这里通到她身旁,有一个秘密从我这儿向她飘去。

整个春天，我们都在约会，时而在山上，时而在花园篱笆旁。丁香花绽放的时候，我们才第一次胆怯地接吻。我们还未成年，能够给予对方的东西不多，我们只是轻轻地触碰了一下彼此的嘴唇，并没有激烈地拥吻，她垂在耳边的松软发丝，我也只敢轻轻地抚着，但这一切都是我们的，是我们在爱情里所能做的。每一次羞涩的触碰，每一句不成熟的情话，每一次不安的等待，都让我们学到了一种新的幸福，让我们又攀登了一级爱情的阶梯。

就这样，从罗莎和紫罗兰开始，我再一次重温了一生的爱情经历，但这一次是在更加幸福的星辉闪耀之下。罗莎消失了，阿穆佳德出现了。阳光愈加炽热，星星愈加迷人，无论是罗莎还是阿穆佳德都不属于我，我必须不断地向上攀登，去经历、去学习，我只能再度失去阿穆佳德、失去安娜。每一个我在青年时代爱过的姑娘，我都重新爱了一遍，但是现在的我，能激发她们每个人的爱意，可以给予她们每人一些东西，也能从她们每人身上得到些东西。以往只在幻想中存在过的愿望、梦想和可能现在都变成了现实，成了我的亲身经历。哦，你们这些娇艳的鲜花，伊达、劳拉，所有我曾经爱过一个夏天、爱过一个月、爱过一天的姑娘！

我恍然大悟，我就是方才那个迫不及待冲向爱情之门的英俊小伙子。现在，我正在充分经历、发展自己的这一小部分，这一小部分只不过是我整个人和生活的十分之一或者千分之一，我正在让这一小部分的自我茁壮生长，不受其他自我的困扰，不受思想家的干扰、荒原狼的折磨，也不受诗人、空想家和道德家的轻视。我现在只是一个处于热恋中的人，除此之外，什么都不是。我呼吸着爱情的幸福和痛苦。阿穆佳德教会了我跳舞，伊达教会我如何接吻，艾玛则是其中最漂亮的一个，在一个秋天的夜晚，这个女人在一片摇曳的榆树林中，让我吻她棕褐色的胸部，让我第一次饮下了激情的美酒。

我在帕布罗的小剧院里经历了许许多多的事情，我很难用言语来表达这些经历，哪怕只是其中的千分之一。我曾爱过的每一个姑娘现在都属于我，每个姑娘都给了我一些只有她才能给我的东西，我也给了每个姑娘一些只有她才能取走的东西。爱、幸福、欢乐、迷惑和痛苦，我都一一品尝了。在这个梦幻的时刻，我生活中所有错过的爱情又在我的花园里绽放出灿烂而美好的花朵，有的纯洁娇嫩，有的耀眼绚烂，有的神秘但很快凋谢枯萎，它们象征着炽热的欢乐、甜蜜的梦境、深沉的忧伤，充满恐惧的死亡和光辉的新生。我遇见许许多多的女人，有的需要我冲锋陷阵地追求才能得到，有的则需要通过长期谨慎的方式才能慢慢征服，而追求于我来说，是一种幸福。我人生中每一个阴暗的角落都再次展现在我眼前，在这里，即便只是一瞬间，异性的声音也曾呼唤过我、女人炽烈的眼神也曾点燃过我、女孩雪白肌肤的闪光也曾诱惑过我，一切被我错过的都得以弥补。这一切都是我的，每个姑娘都以她自己的方式被我爱着。那个长着一双稀奇的深棕色眼睛、淡黄色长发的女人出现了，我曾经在一列快车过道的窗户边与她一同站了一刻钟，后来，她便多次出现在我的梦中，现在，她虽然一言不发，却教授了我令人难以想象的、恐惧的、致命的爱情艺术。而马赛港那个安静的东方女子，她皮肤光滑，黑色头发光滑柔顺，露出玻璃般的微笑，一双眼睛游移闪烁，就连她也知道一些让人难以想象的事情。每个姑娘都有自己的秘密，散发着自己家乡的气息，以各自的方式欢笑，以各自特殊的方式害羞，又以各自特殊的方式欢愉。她们来了又走，洪流将她们带到我身边，或将我冲至她们面前，然后再将我从她们身边冲走。我是这条性爱洪流中的弄潮儿，在玩耍嬉戏间尽情感受这条大河的魅力、它的危险以及它为我带来的重重惊喜。我惊异地发现，我那原本看似如此可怜、缺乏爱情的荒原狼的生活，居然可以如此丰富多彩，充满着爱情、机遇与诱惑。我错失了所有这些女人、逃离了她们，对她们熟视无睹，将她们遗忘。可是，她们却被保存在这里，数量庞大，并且一个都不缺。现在，我看见她们，与她们相恋，毫不抵抗，任凭自己堕入她们玫瑰色的地狱中。甚至帕布罗曾经的那个提议也出现了，还有其他一些更早的诱惑，那些我之前无法理解的奇妙的三人或四人的欢愉游戏，此刻都在抓住我的胳膊，让我与它们一同跳舞。许多事情发生着，许多游戏进行着，所有这一切用语言都是无法描述的。

当我从这条充满诱惑、罪孽、纠缠，并且永无止境的大河中露出头来时，我已经变得沉默而平静。我已做好了准备，知识丰富、技巧熟练、身经百战，该到赫尔米娜出场了。在我那出场人物众多的神话中，她作为最后一个形象出现，她的名字在这无边无际的行列最后出现。就在那一刻，我恢复了知觉，结束了这个爱情幻境，因为我不愿在魔镜那模糊的光芒中见到她，属于她的不是我的棋局中的任何一枚棋子——整个我都是她的。哦，我现在就要用不同的形象重新铺陈我的棋盘，我要让一切都围绕她展开，要让一切都趋于圆满。

大河的洪流将我冲上了岸，我又一次站在寂静无声的剧院走廊里。现在做什么呢？我伸手摸到口袋里那些有着各自不同形象的棋子,但是,那种重新陈列棋子的冲动很快消失了。我周围是一个由门、牌子和魔镜组成的世界,无穷无尽。我漫不经心地看了一下离我最近的一块牌子,上面的字一下子抓住了我的心,我不禁打了个寒战,看到上面赫然写着:

如何因爱杀人

记忆中的一个画面突然闪现在我脑海里,尽管这个画面只存留了片刻,我却清楚地看到:赫尔米娜坐在一家饭馆的桌旁,突然撇开了一切吃吃喝喝的东西,沉浸在深不可测的言语中,她的脸上透着一种严肃得可怕表情,她对我说,让我爱上她的唯一方式,就是杀了她。一股极度痛苦与黑暗恐怖的洪流冲击着我的心。突然,一切又在我眼前涌现,我内心深处再次感受到了痛苦和茫然,我绝望地把手伸进口袋,摸到棋子,想施展一下小小的魔法,重新布一盘棋局。可是,棋子已经不在口袋里了,我掏出来的是一把匕首,我吓得魂飞魄散,在走廊里疯狂地跑起来,穿过每一扇门。突然,我来到了大镜子前,我向镜子里看去,镜子里立着一只漂亮且高大的狼,个头和我一样高,它安静地站在那儿,一双不安的眼睛略带羞怯地眨着。就在它向我投来一瞥时,它的眼睛闪闪放光,咧开的嘴似是在狞笑,露出血红的舌头。

帕布罗在哪里?赫尔米娜在哪里?那位对人格构建侃侃而谈的聪明家伙又在哪里?

我又朝镜子里看了一眼。我刚才一定是疯了,镜子里根本没有吐着舌头的狼,里面映出的是我,是哈里,脸色苍白的哈里。我被一切游戏遗弃,被所有的罪孽折磨得疲惫不堪。虽然脸色惨白,但镜子里所站着的,至少还是个人,是可以与之说话的人。

"哈里,"我说,"你在这里做什么?"

"什么也不做,"镜子里的那个人说,"我只是等待,我在等待死神。"

"死神?它在哪里?"

"它来了。"那个人说。这时,剧院内部的空房间里传来了一阵既优美又可怕的音乐声,这是《唐·璜》中预示着石头客人即将到场的音乐。随着一阵恐怖的、如钢铁般叮当作响的声音,那冰冷的乐声穿过这座鬼影重重的房子响了起来,这音乐来自另一个世界,来自那些不朽的人。

"莫扎特!"我高声大叫起来,希望用这喊声唤出我内心生活中最可爱、最高尚的画面。

这时,在我身后响起一阵洪亮的笑声,这笑声冷冷冰冰,仿佛来自一个未知的陌生世界,那里满是苦难和神圣的幽默。这笑声让我全身发凉,却又让我感到幸福。我转过身,看到莫扎特向我走来,他边走边笑,从我身边走过,步态闲散而安静,打开一间包厢的门走了进去。我急切地跟随这位我青年时代的偶像、我一辈子追求的爱与崇敬的目标。音乐还在响,莫扎特站在包厢的栏杆旁,在戏院中什么也看不见,只有无边无际的黑暗。

"您看到了,"莫扎特说,"没有萨克斯管一切也运转正常,尽管这个结论已经可以肯定,但我完全不想贬低这优美的乐器。"

"我们在哪里?"我问。

"我们置身于《唐·璜》的最后一幕中,莱波雷诺已经跪在了地上。这一幕华丽又宏大,音乐也很棒。当然,音乐里还包含了各种各样非常人性的东西,但是仍能感觉到另外一个世界的味道,您听得到那笑声,不是吗?"

"这是人们谱写的最后一支伟大的乐曲,"我这样说道,语气中带着教师和学者般的庄重,"当然了,后来出现了舒伯特。还有雨果·沃尔夫①，哦，我肯定忘不了又可怜又可爱的肖邦啊。我的大师，您在皱眉头？哦，是啊，还有贝多芬嘛——他的音乐也很精彩。不过，虽然这些作品很优美，但其中都含有一些分崩离析东西，自从《唐·璜》问世以来，还没有任何一部作品能像它一样如此完美无缺。"

"不要让自己太过紧张了，"莫扎特哈哈笑起来，语气中有一种令人恐惧的讥讽意味，"或许您是个音乐家？好了，我已经放弃了我的职业，已经退休了。我偶尔去瞧一瞧这些玩意儿，只是为了娱乐而已。"

他举起手，好像自己是个乐队指挥一样。随后，一轮明月或者说某个银白的星体在某处冉冉升起。我靠近剧院包厢的边缘，从那里向下望，看到的是一个深不可测的空间，那里浮动着云絮一般的薄雾，高山、海滩闪着银光，我们下面是一块如整个世界般无限扩张的荒原。在这片荒原之上，我们看到一个相貌庄严的老绅士，他留着长长的胡子，沉默着，带领一支由上万名身穿黑衣的男子组成的庞大队伍。他周身透出一股忧伤阴郁与绝望的氛围。

---

① 奥地利作曲家。

莫扎特说:"看啊,那是勃拉姆斯①。他在为解救众生而努力,但却还要花上很长时间。"

我这才意识到那成千上万的黑衣男子正是他的乐手,根据神意的决定,他们演奏的部分在勃拉姆斯的总谱中是多余而冗赘的。

"编曲太过厚重,材料浪费得太多。"莫扎特点点头说。

不一会儿,我们又看到了理查德·瓦格纳②,他走在另一支浩浩荡荡的游行队伍为首的位置,我们感觉到那成千上万的人在使劲地拉着他,而他似乎也在用缓慢而忧郁的步伐拖住自己,步履蹒跚。

"我年轻时,"我伤心道,"还将这两位音乐家视为我所能想到的最极端的反差。"

莫扎特笑了。

"是的,向来如此。只要离得稍远一点去看,这样对立的反差总会显出一种越来越相似的趋势。况且编曲的冗赘也不是瓦格纳或勃拉姆斯个人的错误,那是他们那个时代的症结。"

"什么?难道他们要为此付出如此严重的惩罚吗?"我喊出声

---

① 指约翰内斯·勃拉姆斯,德国浪漫主义作曲家,代表作品有《C小调第一交响曲》《D大调第二交响曲》等。
② 德国浪漫主义作曲家、剧作家、指挥家,代表作品有《尼伯龙根的指环》《特里斯坦与伊索尔德》等。

来，以此表达我的反对情绪。

"这是自然的。法律必须按正常程序执行。只有他们还清了他们那个时代的债务，才能知道他们是否还剩下个人的信用债务要还。"

"可是，他们俩谁都无法还清这样的债！"

"他们当然还不了。亚当偷吃了禁果，他们一样无能为力，但他们仍然要为偷食禁果之罪而还债。"

"这太可怕了。"

"是的，生活向来都是这么可怕，我们对此无能为力，却仍然要为此而负责。人生来有罪，如果您连这一点都不知道，那么您所受的宗教教育可真够别具一格了。"

现在的我觉得心彻底地凉了，很是凄苦。我看见自己成了一个疲惫不堪的朝圣者，拖着沉重的步子，行走在另一个世界中，穿越沙漠，身上载满很多自己所写的多余而无用的书籍，背着所有自己写的文章和散文，后面跟着一支长长的由排字工人组成的队伍，还有一队读者大军，他们不得不吞下我所写的全部文字。我的上帝！除了这些以外，还有亚当和禁果以及全部原罪。所有的这一切，都要忏悔赎罪，这可真是无穷无尽的炼狱啊！只有等到这所有罪责全部赎完之后,才能提出这样的问题:是否有任何个人的、属于我自己的东西得以保留?是否我所做的一切以及带来的后果,只是海上空洞的泡沫和历史长河中毫无意义的游戏?

莫扎特看见我拉长了脸便大声笑了起来,笑得在空中翻起筋斗,笑得直跺脚。与此同时,他对我大声喊叫:"嘿,我这年轻的哥们儿,难道你的舌头刺痛,胸部难受吗?你想起了你的读者、吃着腐肉的人?你想起了你的排字工、异教徒、卑鄙的教唆犯、霍霍磨刀的人?你这个可怜虫,快笑死我了,笑得我全身发抖,都要把肚子笑破了。哦,你有颗虔诚的心,满身沾染油墨,心灵充满痛苦。我真想给你留下一根蜡烛,如果那能让你感到解脱的话。你唠唠叨叨、大吵大闹,调皮捣蛋,摇尾乞怜,别犹豫了!见鬼去吧!魔鬼会将你带走大卸八块,因为你写的那些文章都是东拼西凑、非法剽窃的。"

尽管说这话的人是莫扎特,但实在让我忍无可忍,怒气让我没时间陷入忧伤之中。我抓住莫扎特的辫子,他却一下子飞走了,辫子越来越长,仿佛像彗星的尾巴,我挂在这尾巴的尽头,晕头转向地打转。见鬼!我身处的这世界可真冷!这些不朽者居然可以忍受这样稀薄又冰冷的空气。不过,冰冷的空气仍然使人感到愉快,我能感觉到这种快乐，即便这只是我在失去知觉前的转瞬即逝的感觉。一种冰冷刺骨的快感传遍我的全身，我感受到了一种迫切想要大笑的欲望，就像莫扎特那样尖厉地、狂野地、超乎寻常地大笑。但是就在这时，我停止了呼吸，失去了知觉。

当我恢复知觉时，脑子里是迷迷糊糊的，全身疲惫不已。光滑的地板上照射着走廊里白色的光。我没有置身于不朽者之中，尚且没有。我仍然站在满是谜团的人世间，还在痛苦的荒原狼的世界，还在错综复杂的世界，我找不到任何让可以人高兴的地方，没有任何一个地方能让我忍受。必须会有什么东西来结束这一切。

在那面巨大的镜子里，哈里面对着我站着，他的脸色并不好，样子就跟那次拜访教授、在黑鹰酒吧看别人跳舞的那天晚上差不多。不过，那是很久之前的事了，好多年了，几个世纪之前了。现在的哈里变老了，他学会了跳舞，到过魔术剧院，听过莫扎特的大笑声。跳舞啊、女人啊、匕首啊都不会再吓倒他了，即便是那些没有什么天分的人，有了几百年的经历也该变得成熟了。

我长时间地望着镜子里的哈里，我对他还是非常熟悉的，他看起来仍然像那个十五岁的男孩，那个在三月里的星期天，在悬崖峭壁边对少女罗莎摘下青年帽的男孩。然而,从那以后他又老了好几百岁。他曾经对音乐和哲学有所追求,之后,又对此感到厌倦,他在钢盔酒吧喝过阿尔萨斯酒,与真正的学者谈过印度的死神;他爱过艾瑞卡和玛利亚,与赫尔米娜成了朋友;他射毁过汽车,和皮肤细嫩的中国女人睡过觉;他遇到过歌德和莫扎特。他在时间之网上捅出各种各样的窟窿,并将现实的虚伪撕开一条条裂缝。尽管他再一次遗失了那些漂亮的人形棋子,但是他的口袋里有了一把不错的匕首。继续吧!老哈里,筋疲力尽的老疯子!

真见鬼,生活的滋味是多么苦涩!我向镜子里的哈里吐了一口唾沫,一脚把它踢了个粉碎。我慢慢地在响着回音的走廊里前行,仔细地扫视着每扇门,上面都曾做出如此之多灼灼诱人的承诺,现在,门上的牌子都不见了。我缓缓地从魔术剧院的几百扇门前走过。难道我不是刚刚去参加完化装舞会吗?从那时起,已经过了几百年,很快就将不再有年月日之说了。尽管如此,我还有事情要做,赫尔米娜还在等我,那会是一场十分奇特的婚礼。悲伤的巨浪将我吞噬,我从中游了过去。哦,我这个奴隶、荒原狼。见鬼去吧!

在最后一扇门前,我站住了。悲伤的浪潮将我冲到了这里。哦,罗莎!哦,一去不复返的青年时代!哦,歌德!哦,莫扎特!

我打开了那扇门。映入眼帘的是一幅简单而美丽的画面。我看见地毯上赤身裸体地躺着两个人，一个是美丽的赫尔米娜，一个是英俊的帕布罗。他俩靠在一起躺着，在性爱的欢愉之后精疲力竭地沉沉睡去。美啊，真美，俊美的体型，美妙的画面。赫尔米娜右胸下有一块新出现的圆形印记，这是帕布罗用他洁白的牙齿留下的爱的咬痕。就是在那里，就是在那个产生印记的地方。我将匕首捅进了赫尔米娜的身体，刀刃整个都没了进去，鲜血从赫尔米娜白皙精美的皮肤汩汩溢出。如果情况稍微有一点不一样，我都会用我的嘴唇把鲜血吻干，但现在，我没有这么做，我只是看着她的血怎样流出，看着她痛苦地睁开了双眼，露出痛苦、惊讶的神情。

"她为什么会惊讶？"我思忖着。然后，我想起该将她的眼睛合上，然而还没等我行动，她的眼睛就自己闭上了。所有的一切都完成了，我终于将她杀死了。她将头向一侧稍微歪了一点，于是，我又看到了从腋窝到胸脯的那一丝微妙的阴影在微微跳动。似乎它是想提醒我回忆起什么，但是我什么都不记得了！不一会儿，她就安安静静地躺在那儿了。

我看了她许久。随着一阵颤抖，我终于醒了过来，转身想离开那里。这时，我看见帕布罗动了动身体，他睁开眼睛，伸展四肢，俯在美丽的死者身上，嘴上露出微笑。我想，他这个人永远不会严肃地对待任何事，什么事情都能让他笑起来。与此同时，帕布罗小心翼翼地翻起地毯的一角，将它盖在赫尔米娜的身上，一直盖到胸脯的位置，这样就把伤口掩盖住了。接着，他一言不发地走出了包厢。他要到哪里去？大家都扔下我一个人不管了？我一个人待在那儿，和半掩着的尸体在一起。我爱她，嫉妒她。她那苍白的前额上挂着男孩子一般的卷发，她的嘴唇依然泛着红润，微微张开着，跟惨白的死气沉沉的脸形成鲜明对比；她的头发散发出雅致柔和的香气，一只小贝壳一样的耳朵从头发中露出来，熠熠生辉。

她的愿望实现了。她还尚未属于我，我就把这个我深爱的人杀死了。我做出了一件意想不到的事。现在的我双膝跪地，呆呆地凝视着，完全不知道这个行为意味着什么，我甚至不知道，这件事做得是否正确。聪明的棋手和帕布罗会对这件事说些什么呢？我什么也不知道，我无法思考。在那张越发苍白黯淡的脸上，涂抹着口红的嘴显得越来越红了。我的一生正是这样，我那微不足道的幸福和爱情正像这僵硬的嘴巴：画在死人面孔上的一抹红。

从那张死气沉沉的脸上、从那惨白的肩膀上和胳膊上，缓慢无声地散发出一阵寒意。冬日的荒凉和寂静在逐渐蔓延，房间里变得愈来愈寒冷，我的双手和嘴唇开始逐渐冻僵。我将太阳熄灭了吗？我让主宰生命的心脏停止跳动了吗？这就是死亡的寒意吗，这就是我强行进入的那个空间吗？

随着一阵战栗，我盯着那石头一般僵硬的额头，盯着僵硬的头发、耳朵上冰冷苍白的微光。那种冰冷的感觉从这些部位死一般流淌而出，但是，难道这不美吗？它发出声响，它响彻四方。它就是音乐！

我曾经不是也感受到过这种战栗吗？这种既恐惧又快乐的感觉。我曾经不是也听过这样的音乐吗？是的，就是来自莫扎特和那些不朽者。

我忽然想了几句小诗，但我并不记得在哪里见过它们：

> 晶莹剔透的以太之星，
> 是我们居住的地方。
> 我们分不清白天黑夜，没有时间之别，
> 我们没有年龄、性别之分。
> ……
> 冷漠，永恒不变，

我们永恒地存在于世，

寒冷像星光闪耀，

是我们永恒的笑颜。

这时包厢门开了，莫扎特走了进来。我第一眼并没认出是他，因为他没有梳辫子，没穿齐膝马裤，也没穿带扣鞋，而是穿着入时。我正要拦住他，免得他沾上从赫尔米娜胸膛流到地上的鲜血，他却紧挨着我坐下了。他就坐在那里，开始忙着摆弄放在他身边的一个小机器和一些小零件。他做这些事的时候非常严肃认真，这儿紧紧，那儿拧拧。我带着惊奇的眼神看着他灵巧敏捷的手指，我要是能看到他用这双手弹奏钢琴该多好啊，哪怕一次也好。我若有所思地看着他，也许更确切地说，我已经沉浸在幻想之中，迷失在这双精美、灵巧的手中。他紧挨着我，我感到有些温暖，又有点害怕，至于他到底在做什么，他手里组装操作的东西是什么，我压根儿都没有留意。

很快，我就发现他组装好了一台收音机。他接上扩音器，让它开始运转起来。现在，他拧开大喇叭，说道："现在播放的，是在慕尼黑演奏的，韩德尔的《F大调协奏曲》。"

那一刻，我的诧异与恐惧简直无法用语言表达——那魔鬼似的铁皮桶真的随即发出了声响，犹如喉管里的黏痰与嚼碎的橡皮搅在一起的混合物，而那收音机的主人和收听广播的人还一致把这种噪声称为音乐。当然了，在浓浊的黏痰和嘶叫声背后，还真的能隐约听出那圣乐优美和谐的结构，就像一幅名家的画作尘封在厚厚的灰尘之下一样。我能分辨出雄壮庄严的乐曲结构、吹奏乐曲时深沉宽阔的换气声和弓弦宽广浑厚的声响。

"我的上帝啊！"我恐惧得叫出声来，"您在干什么，莫扎特？您真的要用这种乱七八糟的玩意儿折磨我、折磨您自己吗？真的要用这让人十分讨厌的机器——我们这个时代的胜利品，在消灭艺术的战争中最后一个制胜的法宝——来攻击我们吗？一定要这么做吗，莫扎特？"

他却大笑起来。

这个人的笑声是多么奇特啊！这是何其冷酷又阴森可怖的笑声啊！这笑寂静无声，却能粉碎摧毁一切。当他旋转那该死的螺丝刀，并忙活着修理那个铁皮大喇叭时，他那深深的满足感已经给我造成剧烈的痛苦。他仍然在笑，他让这恼人的、足以置人于死地的、蓄意要杀死我的音乐，从喇叭里不断地慢慢传出来。

他仍然在笑，他回答我说："我旁边的这位先生，请不要激动！您没有发现这段逐渐变慢的音乐是即兴之作吗？好了，这位焦躁的先生，您可以静下心来，体会一下这段音乐的思想内涵。您听到这浑厚的低音了吗？它们就好像神在大踏步前进时的声响。就让老韩德尔的音乐渗透您焦躁不安、不知停歇的心吧，让它平静下来。您这个小矮人，请别激动，也不要对此嘲弄，您会听到圣乐遥远的形象正从这可笑的机器、愚蠢的帷幕后面穿行而过。注意听着，您会学到一些东西。观察这个疯狂的大喇叭是如何肤浅地做着世界上最愚蠢、最无用、最该受到诅咒的事。它将在任意一个地方演奏的音乐不做选择地、愚蠢粗糙地进行扭曲，再将其扔进一个陌生的、本不属于它的地方。即便如此，它也不会损坏音乐的原始精神，只是凸显了机械的无用与无知。听听吧，您这个小矮人，好好听听，这对您很有必要。现在，您听到的不只是被收音机扭曲的韩德尔的作品，虽然这种表现形式让人感到厌恶透顶，但作品的精神仍旧是神圣的，您还可以耳闻目睹整个生活贴切的比喻。如果您听收音机，那么，您就会对思想与表象、易逝的时间与永恒的不朽、凡人与圣人之间古老的斗争一清二楚。我亲爱的先生，收音机毫无顾忌地将美妙的音乐扔向世界各地，长达十分钟之久，无论是最富丽堂皇的音乐厅、最简陋的阁楼中,还是扔进一群兴高采烈打着拍子、大口吃喝、打着哈欠、昏昏欲睡的听众当中。恰恰正是它,剥去了这种音乐感官上的美丽外衣,对音乐又挠又抓、蹂躏糟蹋,但是,它却无法破坏音乐的原始精神。生活也是这样,也就是所谓的现实,随便践踏破坏世界上美好而崇高的图画游戏。在韩德尔的作品结束之后,紧接着就举行了报告会,介绍如何在中型企业里做假账,将美妙的管弦乐声变成了恶心的黏液声,将它的技术、忙碌、冲动、虚荣心一起横插在理想和现实、管弦乐和耳朵之间。生活就是这样,我的孩子,我们只能听之任之,如果我们不傻,就一笑了之。像您这样的人,压根儿没有资格批判收音机和生活。首先,您应该学学如何聆听,学学什么东西需要严肃对待,什么东西可以一笑了之。难道您过去所做的事比别人做得更好、更高尚、更有品位?哦,不,哈里先生,您并没有。您为您的生活创造了令人恐惧的病史,将您的天分变成了不幸。据我观察,那位如此美丽、如此迷人的年轻女性,您除了将匕首捅进她的身体,将其毁灭之外,您并不懂得该如何对待她。我说得对吧,您怎么想呢?"

"对?"我绝望地喊道,"不!一点都不对!我的上帝,一切都是错的,是又愚蠢又糟糕的错误!莫扎特您听着,我是一只野兽，一只愚蠢、愤怒的野兽，既病态又堕落。即使您说的都是对的，但就这个姑娘而言，您是错的——是她自己渴望死亡，我只不过是满足了她的愿望而已。"

莫扎特默默地笑了，不过，他还是好心地将收音机关掉了。

刚才，我还对自己的自我辩护深信不疑，突然之间，连我自己都觉得那个理由是那样的愚蠢至极。我突然想起一件事，赫尔米娜曾经说过的关于时间和永恒的事，我当时就觉得她的思想如同是我自己思想的映射一般。尽管如此，我却理所当然地认为，她想死在我的手上完全是出于她自己所愿，丝毫没有被我的思想所左右。可是，在那个情况下，我为什么不仅接受了这个可怕又不合理的想法，甚至提前猜到了她要告诉我的事情呢？或许，正是因为这个想法本来就是我自己的。为什么恰好在我看见她赤裸着躺在另一个男人的怀抱里时，杀死了她呢？莫扎特无声的笑听起来似乎满含嘲讽，并且无所不知。

"哈里，"他说，"您真是个爱开玩笑的人。难道这位漂亮的姑娘除了让您捅自己一刀以外，对您真的就别无所求？这话您还是拿去骗别人吧！好了，至少您已经刺死她了，这个可怜的孩子已经僵硬地死去。或许，现在正是看看您这英勇壮举会带来什么后果的大好时机了。或许,您想逃避这件事的后果?"

"不,"我吼出声来,"难道您一点都不明白吗?我怎么会逃避后果?我渴望的不是别的,正是接受惩罚!惩罚!惩罚!把脑袋放到断头台上,接受惩罚,得到报应。除此以外,别无他求。"

莫扎特用一种令人难以忍受的、嘲讽的眼神看着我。

"您总是这么慷慨激昂。但是,您会学会幽默的,哈里。幽默向来是绞刑架下的自嘲,必要的时候,您还真得在绞刑架下学会幽默。您准备好了吗?好了?很好。那么现在,就到检察官那里,您得忍受法官那套肃穆刻板的程序,让法律定罪,直至黎明破晓时分在监狱里被砍下脑袋。您准备好了,是吗?"

突然,一行文字闪现在我的眼前:

哈里的处刑

我点头表示同意。随后,我突然置身于一个空荡荡的院子,院子高墙上的小窗户上钉着铁栅,空荡荡的地面中央摆了一架新竖起的绞刑架,院子里站着十二个穿着礼服和长袍的先生。我站在院子里,在灰蒙蒙的清晨里瑟瑟发抖,心里只有痛苦和恐惧。但是,我已经做好一切准备，并且心甘情愿接受行刑。我按照命令向前跨出一步，又按照命令跪下。

检察官摘下他的帽子，清了清嗓子，其他先生也随他清了清嗓子。他展开一份官方文件，举到眼前，读道："先生们，站在你们面前的是哈里·哈勒尔，他被告蓄意滥用我们的魔术剧院。哈勒尔不仅在那里用所谓的现实侮辱了崇高的艺术，而且用一把刀子的镜像杀死了一个姑娘的镜像，除此之外，他还表明企图毫无幽默感地把我们的剧院当成自杀工具。因此，我们判处哈勒尔永生不死，以作惩罚，剥夺他十二小时不准进入剧院的权利。被告人被嘲笑的惩罚不得赦免。先生们，大家一块儿笑起来：一，二，三！"

随着那声"三"的口令，全体在场的人异口同声地爆发出洪钟一样响亮的笑声，这笑声整齐如合唱、仿佛来自另一个世界，令人恐惧、难以忍受。

我再一次恢复知觉的时候，莫扎特还像先前一样，坐在我旁边。他拍了拍我的肩膀，对我说："您已经听见了对您的判决。所以，您明白了吧！您还得学会从广播中听更多生活的音乐。这对您有好处。您在这方面的天赋不是一般的差，亲爱的笨蛋。不过，您会逐渐明白，自己应该做什么。您应当学会笑，这是对您的要求。

您必须理解生活的幽默，学会在生活的绞刑架下自嘲。很显然，您愿意做世界上的任何事情，却唯独不愿做自己该做的事情。您愿意刺死姑娘，愿意让自己庄严地被处刑，那么，您一定也会愿意接受上百年的苦行与鞭挞，对吗？"

"哦，是的，我愿意。"我痛苦地大声喊道。

"当然！所有愚蠢且缺乏幽默感的游戏您都喜欢参加，对一切慷慨激昂、枯燥乏味的东西都加以赞赏，您可真是个大方的先生。我可不参加。我才不会为您那浪漫式的赎罪活动给予奖赏呢。您希望被判刑，愿意被砍头，您这个疯子！估计为了这个低能的理想，您宁愿再杀十个人。您乐于去死而不是活下去，您这个懦夫。真是见鬼！您应当做的是活下去！如果您被判处最严厉的惩罚，也是情理之中。"

"哦？什么是最严厉的惩罚？"

"比如说，我们让这个女孩活过来，并让您和她结婚。"

"不，我一点也不愿意。我还没有做好这样的准备，这一定会带来极大的不幸。"

"好像您所造成的不幸没有多少似的！现在，不该再慷慨激昂、不该再杀人了，是您该恢复理智的时候了。您应该活下去，并且学会笑。您要学会用那个该死的收音机听生活的音乐,学会聆听和尊重那音乐背后的精神,学会对它的扭曲变形一笑了之。就是这样了,对您没有别的要求了。"

我小声地从牙缝中挤出一个问题:"假如我不服从判决呢?如果我拒绝您打扰荒原狼、拒绝您干涉他的命运呢?"

"那么,"莫扎特平静地说,"我只好邀请您再抽一支令人陶醉的香烟了。"他一边说,一边从背心口袋里变魔术一般掏出一支烟递给我。突然,他的样子也变了,不再是莫扎特了,他变成了我的好朋友帕布罗,他用那极具异国风情的黑眼睛亲切而热情地看着我,他很像教我玩棋的那个人,简直跟那人长得一模一样,像双胞胎一般。

"帕布罗!"我的心脏抽搐了一下,高声喊道,"帕布罗,我们这是在什么地方?"

帕布罗将香烟和火柴递给了我。

他微微一笑,说道:"我们在我的魔术剧院里。无论任何时候,只要您想学探戈舞或是当个大将军,或者和亚历山大大帝谈话,我都可以满足您。不过,我不得不说,哈里,您有点让我失望。您完全忘记了您自己。您打破了我这小剧院的幽默,还将这里搞得一团糟，您用匕首杀人，使这个美丽的图画世界溅上了现实的污点。这可真不怎么样。当您看见赫尔米娜和我躺在一起时，我希望您至少是出于忌妒才那样做的。很遗憾，您并不懂得如何扮演好这个角色，我以为你已经把这个游戏学得不错了呢。好了，我相信你下次会做得更好的。"

他拿起赫尔米娜，赫尔米娜在他的手掌中立刻变得跟一个玩具一样大小，他将她放进背心口袋，然后抽起了烟。

一阵甜美而浓重的烟雾飘散开来，散发出令人快乐的芳香。我感到空虚、疲惫，真想好好睡上整整一年。

我全明白了。我理解了帕布罗、理解了莫扎特，我听到他那恐怖的笑声从我背后的某个地方传来。我知道成百上千颗生活游戏的棋子就在我的口袋中，我了解到了这场游戏的意义，这让我感到万分震惊。我决定重新开始这场游戏，再次品尝它的痛苦，再次因它的荒诞不经而战栗，或许不止一次，而是经常在内心的地狱里往来穿梭。

总有一天，我会更加精通这个游戏。总有一天，我要学会笑。帕布罗在等我，莫扎特也在等我。

〔德〕赫尔曼·黑塞（Hermann Hesse）著
李熠莘 译

德米安
DEMIAN

北京理工大学出版社
BEIJING INSTITUTE OF TECHNOLOGY PRESS

版权专有 侵权必究

图书在版编目（CIP）数据

德米安 / (德) 赫尔曼·黑塞著；李熠莘译. —北京：北京理工大学出版社, 2021.10（2021.12重印）

（我就像一棵秋天的树：黑塞诗意三部曲）

ISBN 978-7-5763-0098-7

Ⅰ.①德… Ⅱ.①赫…②李… Ⅲ.①长篇小说—德国—现代 Ⅳ.①I516.45

中国版本图书馆CIP数据核字（2021）第145386号

出版发行 / 北京理工大学出版社有限责任公司
社　　址 / 北京市海淀区中关村南大街5号
邮　　编 / 100081
电　　话 / （010）68914775（总编室）
　　　　　（010）82562903（教材售后服务热线）
　　　　　（010）68944723（其他图书服务热线）
网　　址 / http://www.bitpress.com.cn
经　　销 / 全国各地新华书店
印　　刷 / 三河市冠宏印刷装订有限公司
开　　本 / 880毫米×1230毫米　1/32
印　　张 / 7　　　　　　　　　　　　　　责任编辑 / 李慧智
字　　数 / 117千字　　　　　　　　　　　文案编辑 / 李慧智
版　　次 / 2021年10月第1版　2021年12月第2次印刷　责任校对 / 刘亚男
定　　价 / 129.00元（全3册）　　　　　　责任印制 / 施胜娟

图书出现印装质量问题，请拨打售后服务热线，本社负责调换

译者序

一面多彩的镜子

赫尔曼·黑塞（1877—1962）是德国杰出的小说家、散文家和诗人，是20世纪德国乃至欧洲文坛的一位重量级的人物，1946年获得诺贝尔文学奖。中国读者了解黑塞，大部分是因为《荒原狼》的大名。但实际上，《德米安》也是黑塞的代表作之一，可以说是黑塞文风的一个转折点：从这本书开始，黑塞将以人物心理批判现实世界的方法发扬到了登峰造极的地步，其心理描写细腻流畅，却又夹杂许多虚幻和神秘元素，在带给读者心灵震撼的同时，也大大增加了翻译难度。《德米安》一书最早在1971年翻译成汉语，在之后近50年间，《德米安》又有多个中文译本问世，其译文也是信达雅兼具。所以，当我接到《德米安》的翻译委托时，心里不免有些忐忑，不知自己能否忠诚而优雅地表达出黑塞的原意。

《德米安》的全名是《德米安：埃米尔·辛克莱的彷徨少年

时》。顾名思义，这本书讲述的就是主人公辛克莱成长过程中的彷徨和苦闷。小学生辛克莱原本是个守规矩的乖小孩，有一天因为夸下海口被流氓勒索，幸而转校生德米安出手相助，才脱离苦海。上中学后，辛克莱与德米安分离，自甘堕落，差点儿被开除，但后来与一位陌生少女相遇心生情愫，因此痛改前非，重新做人。辛克莱常去城里的教堂听风琴乐，因此结识了管风琴师皮斯托利乌斯，从他那里受益匪浅。上大学后，辛克莱与德米安异地重逢，并借此认识了德米安的母亲艾娃夫人。然而，好景不长，"一战"爆发，德米安与辛克莱二人共赴战场。在夜间放哨执勤时，阵地遭到了猛烈炮击，辛克莱受重伤，被送到野战医院，在那里又与德米安相见。伴随着德米安的一个吻，故事画上了句号。

《德米安》的故事大抵如此，非常简单。但是，真正让它成为名著的，正是其中的微言大义。全书用最简单的故事，承载了最丰富的内涵，精神分析、人道主义与欧洲的矛盾都被囊括其中。如果说文学是反映人性与社会的镜子，那么《德米安》就是一面多彩的镜子。黑塞作为先进的知识分子，看到了欧洲文明的辉煌，见证了"一战"的疯狂与破坏，也参与了战后对理性与野蛮的反思。在此期间，黑塞因为迷茫，陷入了精神崩溃，在接受精神分析治疗之后才渐渐好转。整部小说都充满精神分析的特色，运用弗洛伊德"性本能"与"本我、自我与超我"的理论构建起辛克莱的成长历程。同时，黑塞也继承了德国批判现实主义的优良传统，将以精神世界的扭曲批判社会实际荒诞的方法发挥到极致，对欧洲工业革命以来"重科学，轻信仰"的现象进行了直接批判。可以说，心理的"虚"与生活的"实"相互交织是《德米安》的特色，也是它吸引一代又一代读者的魅力所在。

但是，真正吸引我的，还是黑塞作品中永恒的"自我救赎"的主题。在《德米安》中，"出生"这个概念反复出现。在序言中，黑塞写道："任何生物都带着出生时的残留，比如原始时代的蛋壳或者黏液，直到终老。"

而书中的关键物品，辛克莱画的雀鹰破壳图也是如此："在蓝天的衬托下，它一半的身体隐匿在黑暗的球体中，像是要从一只巨蛋中挣扎而出。"

在《艾娃夫人》一章的末尾，这只雀鹰又以极为浪漫的手法再次出现："突然，天边出现了一线金黄，与团团乌云形成鲜明反差。几秒钟后，大风以天空为画布，用金色的晚霞与露出的蓝天共同构成了一只巨鸟，它撕开蓝色的混沌，向着更高远的天空飞去。

继而狂风骤起，雨点夹杂着冰雹狠命抽打着大地。一道惊雷平地起，在周遭爆裂开来，草木为之震颤。"

"蛋壳""黑暗的球体"象征着旧有的状态，可以解释为人在过去的心理和认知。而"雀鹰"则象征着自我的新生，"狂风""雨点""惊雷"则象征着旧我与新我的冲突，表明人要成长就必须经历内心的坎坷与折磨。在我们一生之中，都会经历迷茫和挫折，我在写下这段序言的时候也是深处迷惑和困顿之中。但是，如果没有旧有秩序的衰亡，也即"死"，又哪里会有新的生态的建立，即"生"呢？主动地面对风暴、面对动荡，人就实现了成长，也完成了从困境中的救赎。永远固守在旧世界的蛋壳里，自然是安稳，但是也失去了重生之时的绚丽光辉。任何人，都会为了那一秒钟的灿烂而选择风雨交加，换作我，我也愿意。

黑塞在序言中开篇点题道："人生其实就是一条通向自我的道路。"辛克莱挣扎与涅槃的过程，就是寻找自我的过程。从小时候的安分守己，再到中学时的放浪形骸，再到大学时的醒悟，辛克莱用了近10年的时间，终于寻找到自我的真谛："我们承认的唯一使命和命运，就是遵照自然赋予内心的意志之种，成为真正的自己，泰然接受未知的未来所发生的一切。"

自然在我们诞生之时就赋予我们责任，就是按照自己的方式活着，就是"自然生长"。有的人忘记了这项责任，总是以别人为对照目标，可是每一个个体都带有自然独特的印记，是无法复制的。这样，它成为不了别人，也做不好自己，也就陷入了迷茫和痛苦之中。人生道路上许多事情都无法预料，只有当自己知道要做什么的时候，才能真正有动力走下去，去向上生长。以开放主动的态度面对未知事物的冲击，虽然难免痛苦，但这是自我成长之道，也是生命的真理。

人在成长过程中，无疑是渴望爱与被爱的。黑塞借艾娃夫人之口道出了爱与被爱的关系："爱不可乞求，也不可要求，它必须要内心坚定。这样，它便不再会被人吸引，而是会去吸引别人。"

所谓内心坚定，就是要相信自己的价值，爱人首先爱己。一个连自己都不爱的人，又怎么样去吸引他人？一个连自己都不爱的人，又拿什么去回馈别人的爱？黑塞认为，一切爱都来源于自爱。这无疑给了处于情感困顿中的年轻人一句忠告：不要刻意去追求他人的爱意，首先要爱自己，才会有人爱你。

黑塞在教人自我救赎时，总是以循循善诱的方法，用优美的文笔打动人心，而不是像权威一样灌输道德价值。黑塞笔下的人物，和你我都有共同之处。可以说，它是我们在文学世界中的另一个存在。因此，我们读黑塞才会有共鸣，也才会爱上黑塞的作品。这也是我喜爱这部作品并再次翻译的原因。我希望能有更多的读者，尤其是年轻读者可以阅读这部作品，去思考我们是谁，为什么成长，找到我们被生活压力埋藏的真正自我，从而找到幸福和喜悦。译制的过程也给了我一定的自由发挥的余地，让我能够将自己的想法分享给各位读者。

除了翻译本身的快乐之外，我也在阅读原稿与打磨译文的过程当中经历了一场心灵的震荡和洗礼。辛克莱的遭遇，与迷茫中的我如出一辙。每天与译制做伴的过程，也是我与辛克莱、德米安和艾娃夫人对话的过程。而现在，我把这些感悟写下来，以这篇小序的方式与大家见面。黑塞告诉每一个读者，"成为你自己"。这本书，也是我给面临新生活的新的自己的忠告，以及和过去的我分手的宣言。

希望通过这部作品，无论是作者、译者还是读者，都能找到自我，学会成长。

李熠莘

2020年12月15日，西安作

目 录

003　序

007　第一章　两个世界

033　第二章　该隐

059　第三章　强盗

085　第四章　贝雅特里齐

113　第五章　鸟奋争出壳

137　第六章　雅各的角力

167　第七章　艾娃夫人

199　第八章　终结的开始

我所渴望的，无非是按照心之所向去生活。

为什么竟会这般艰难呢？

序

我的故事要从很早说起了,如果允许,那得追溯到很久以前,甚至追溯至我的童年之前,从我先祖的起源开始说起。

作家们在创作时,经常会习惯于把自己视作上帝,模仿上帝的口吻叙述一切,他们认为自己对人类的历史了如指掌,仿佛和事实之间不存在隔阂,每一个细节都栩栩如生,充满意义。但作家自己都做不到,我自然也不行。更何况,我的故事要比任何一位作家笔下的故事都重要:因为那是我自己的故事,是一个人的故事——不是一个虚假的人,一个理想的、杜撰的人,更不可能是一个空穴来风的人,而是一个鲜活的、真实的人。不过可惜的是,如今我们对此的理解比以往都肤浅;虽然每个人都是自然宝贵且独一无二的造物,但我们却依旧彼此相互屠戮。如若我们并非无可比拟,如若一颗子弹就能轻而易举地抹杀他人的存在,那讲述故事又有什么意义呢?但每个人不仅仅是他自己,也是一个特殊、重要且独特奇异的点，世间万象会在此交汇，但只有一次，不再重复。因此，每一个人的故事都很重要，是永恒的，也是神圣的；也因此，只要人活在世上，履行自然的意志，那么就会成就传奇的一生，且值得他人尊重。每个人都会在内心世界经历灵魂的塑造，体会成长的痛苦，见证救世主的牺牲。

今天知道何为"人"者，可谓少之又少。许多人察觉到了这一点，因此可以不留遗憾地离开世界。当我讲完自己的故事，也会这样释然地离去。

我不能说自己是个智者，可我一直在追寻和求索，只不过探索的对象已不再是星辰或书本，而开始倾听血液的翻腾，体悟它的教诲。我的故事可能并不好听，不像那些编出来的故事那样和谐而且动人，它讲述的是迷茫、混乱、狂想和梦境——当人不愿再欺骗自己时，这就是生命的本色。

人生其实就是一条通向自我的道路，一边尝试，一边启迪。没人可以真正活出自我，却又都在竭尽全力追求这个目标，不管方式笨拙还是聪明。任何生物都带着出生时的残留，比如原始时代的蛋壳或者黏液，直到终老。有的生物无法变成人，而是成了青蛙、蜥蜴和蚂蚁；有的生物则是上身为人，下身为鱼。就像往圆圈中扔石头的游戏一样,自然在投掷,而每一个人都是落进"人"这个圈子中的石子,这是试验,也是赌博。我们的起源都是一样的:母亲。我们——不同程度的试验品——同途殊归,来自同一个地方,走向各自命运的归宿。我们能相互理解,但能了解自己的人只有自己。

第一章
两个世界
DEMIAN

故事就从我十岁时讲起吧,那时我还在家乡小城的拉丁文学校读书。

那段岁月,许多东西都有独特的味道,每次回想起来,我总不免忧伤,但也会有些许满足感:幽暗的小径曲折延伸,明亮的楼塔高耸入云,钟声响起的时候,大街上人头攒动;城中的房子或温暖干净、宜人居住,或藏有秘密、幽魂不散。那些气味像暖洋洋的小屋,像活泼可爱的兔子,像美丽大方的少女,像美味的家常菜,或是阳光下香甜的水果。岁月流逝,日夜两极交替复始,而两个世界便在此交汇。

而其中一个世界,便是父母之家。请别误会,它指的就是我的父母。对这个世界,我再熟悉不过,它意味着爸爸和妈妈,意味着慈爱与严厉,还有榜样与教养。这里一尘不染,处处散发着柔和的光芒。在这里,说话要和气,不能忘记洗手,衣服要整洁,时刻守规矩；在这里，不能随心所欲选择自己想走的道路，只能被动接受父母安排好的未来；在这里，义务不尽便为罪孽，心有不洁必须告解，唯有原谅方结善果，博爱世人始获尊重，通晓《圣经》而得智慧；在这里，人只有一言一行合乎规范，生活才能干净、美满，秩序井然。

而第二个世界呢，虽然也来自我家，却是另一种样子，有着天壤之别。这里不仅有少男少女的生活，也有恐怖故事和流言蜚语，阴森可怕却又神秘莫测，譬如：骇人的屠宰场或监狱，长舌妇口中的绯闻，醉汉的胡言乱语，母牛生崽或马摔断腿的故事，再或者各种遭贼、杀人甚至自杀的传闻。所有事，无论是好是坏，哪怕疯狂又残忍，都是身边的事，可能就发生在附近的小巷中，或者周围人家里。警察驱赶流浪汉，醉汉殴打妻子，女孩们晚上成群拥出工厂，老太太使用巫术害人致病，宪兵们逮捕纵火犯，森林中不时有强盗出没——这就是第二个世界，它充满暴戾。这样的暴戾无处不在，却唯独没有进入过父母的房间。真是奇妙，我们身边既有和平、秩序、宁静、善良、宽容与博爱，也有喧哗、骚动、黑暗与残忍这种截然不同的东西。因此，当我们惧怕时，只需一个跨步，就可以随时回到母亲温暖的怀抱中，避之若浼。

然而，最奇妙的莫过于这两个世界交织的方式，它们界限分明却又相辅相成！举个例子，我们的女仆丽娜，每天傍晚都会坐在门边祈祷，用清脆的歌声赞美上帝，她衣裳整洁，干净的双手平放在膝盖上，这时的她属于父母之家，属于我们，正大光明；而当她在家里和我讲无头男孩的故事，或是在肉铺和隔壁女人吵架时，她便属于另一个世界，隐藏在秘密之中。所有人，尤其是我，亦是如此。

诚然，我是我父母的孩子，属于这个清白而正确的世界，但我所闻所见且身处其中的那个世界，都和它截然不同：那里陌生且不祥，人们往往问心有愧，并感到恐惧。可我有时就喜欢在那里待着。虽然大家都说，太阳下的生活很美好，我也应当在阳光下成长，但我觉得那并没什么好看，甚至有些单调和荒凉。我也明白，我的人生目标就是成为像父母那样正直磊落的人，拥有他们那种毋庸置疑的权威，但要实现它，我还得走很长的路，要完成所有的学业及研究，还要经过重重试炼。而所要走的这条路往往会经过那个昏暗的世界，甚至从中穿越，很有可能一不小心，便会沉沦在此，无法抽身。我听说过不少少年在这里误入歧途的故事，所以在回到父母身边，重新接近真善美时，总有一种如释重负、无比舒畅的快感，我觉得，这是唯一一件正确而且值得期待的好事。尽管如此，那些邪恶或误入歧途之人的故事却依然显得十分诱人。平心而论，他们自我救赎或迷途知返的老一套结局是有些倒胃口的，但没人这么想，更没人这么说，这只是一种深埋于心的暗示或者可能。我幻想中的魔鬼，要么乔装打扮，要么直截了当地出现在大街上、集市里、酒馆内，但绝不会出现在我的家中。

我的姐妹们同样生活在光明的世界中。在我看来，她们比我更亲近父母，性格更温顺，更懂礼貌，犯的错也比我少。虽然她们有缺点，也有陋习，但没我那么严重，不像我一样会被邪恶之物吸引与暗黑世界离得那么近。她们和父母一样，很好相处，值得尊重；倘若有人与她们起了争执，事后也会良心不安，期望她们宽恕，因为中伤她们就等于是中伤了她们美德与善良兼备的父母。所以有些秘密，我宁愿和街坊里那些名声最差的社会青年畅谈，也不愿和她们分享。

在阳光明媚、秩序井然的好日子里和姐妹们一起玩耍，确实是一件乐事，在她们面前表现得体，做个乖孩子的感觉也的确是不错的，或许做天使就必须如此吧——那是孩童认知中最崇高的事情，我们都觉得做天使是一件幸福的事情，会像糖果一样甜，周身也会环绕着圣诞节的快乐气氛。奈何良辰美景总是太过短暂！玩耍时，常常会因为我过度的激情和狂躁，带来争执和不幸，即便是我姐妹这样的人也难以承受。怒火中烧之际，我会变得极度暴躁，举止恶劣、言行不逊，但之后，我会深感堕落，万念俱灰，陷入漫长的悔恨，在反复煎熬中乞求原谅。随后，一道亮光会冲破黑暗，抚慰我痛苦的心灵，使我获得些许的安宁。

我在拉丁文学校上学的时候，和市长儿子以及林业官的儿子是同班，我们有时会一起玩耍，虽然他们有时候放荡不羁，但依旧属于那个光明的世界。不过，我还是和一向被我们鄙视的一些公立学校的邻家男孩们关系更好些，我的故事也要从他们当中的一位讲起。

那会儿我十岁多一点儿，一个无所事事的下午，我和两个邻家男孩在四处闲逛。这时，来了一个高大健壮又粗鲁的大男孩，约莫十三岁，他是弗兰茨·克罗莫，是一个裁缝的儿子，在公立学校读书。他爸爸是个酒鬼，整个家族都臭名远扬。我听说过他，也有些畏惧他，更不喜欢见到他。他已经有了点儿大人习气，时时故意学着厂里的小青年说话。他领我们来到了桥下的岸边，然后躲进了第一个桥拱底下。那儿水流湍急，河岸狭窄，到处堆满垃圾、碎片、锈铁丝和其他废物，不过有时也能从里面找到些能用的玩意儿。我们照着克罗莫的指示摸进去，然后把找到的东西带给他看，有些东西他会占为己有，有些则会扔到水里。他让我们时刻注意里面有没有铅、铜或者锌质的东西，这些他一般都会揣到自己兜里，甚至连一把破旧不堪的牛角梳也不放过。我和他在一起时非常紧张不安，倒不是因为我明白父亲知道这事以后会严厉禁止我再犯，而是因为我打心里对克罗莫恐惧。不过，他对我和对其他人一样，一视同仁，这点倒是让我很高兴。他下命令，我们就服从，虽然这是我第一次和他共处，但就像是在遵守着老规矩一样。

完事后，我们坐在河岸上，弗兰茨朝河里吐了口痰，这看起来可真够有范儿的。他从牙缝里把痰啐出去，指哪儿打哪儿，百发百中。然后，大家就聊了起来，细数曾经的种种"英雄事迹"和恶作剧，把自己好生吹捧。我一言不发，有些担心自己的沉默会不会太过扎眼，引来克罗莫的不满。而我那两个朋友从一开始便对我置之不理，光顾着和克罗莫套近乎。我反而成了其中的异类，感觉自己的衣服和行为对他们是种挑衅。我是拉丁文学校的学生，爸爸又有些地位，自然不讨弗兰茨的喜欢。而我明确感觉到，另外那两位只要有必要，就能迅速撇清和我的关系，独善其身。

最终，我不得不在强烈的恐惧之中开了口，编造了一个偷东西的刺激故事，而这个故事中的主人公就是我。我说："有一天晚上，我和一个同学在埃克磨坊旁边的果园里偷了一大袋苹果，都是蕾奈特和金皮尔曼①这种高档品种。"

凭借着这个故事，我脱离出了当下有些窘迫的处境，虽然因为胆怯导致自己讲故事的声音特别小，但好在我杜撰故事的本领还不至于生疏。为了不让故事过早结束，我只能使尽浑身解数。我接着说道："我们其中一个去放风，另一个从树上摘苹果扔下来。最后因为袋子太重，我们只能把它打开，丢弃一半再走。但半小时后，我们又折返回来把剩下的苹果全部拿走了。"

我讲得意犹未尽，期待着讲完时会有人给我鼓鼓掌。然而我的两位伙伴却默不作声，只是静静地观望着，而克罗莫则半眯着眼睛瞪着我，用威胁的口气问道："这是真事？"

"是真事。"我回答道。

"千真万确？"

"千真万确。"我虽然心里怕得要死，但还是硬着头皮保证。

---

① 两种均为高档苹果。

"你敢发誓吗?"

我吓坏了,但还是说了敢。

"那就说'以上帝和幸福的名义发誓!'"

"我以上帝和幸福的名义发誓!"

"那好。"话毕他便转身离开。

我以为这就结束了。过了会儿,他起身开始返回,我感到有点儿高兴。当走到桥上的时候,我怯生生地说:"我现在得回家了。"

"别那么急嘛,"弗兰茨笑道,"我们正好同路啊。"

他慢悠悠地往前走,我也不敢从旁边跑开。他真的在朝着我家的方向走。直到走到家门口,我看见了熟悉的家门和门上的黄铜门环,看见窗子上的夕阳,还有母亲房间的窗帘,我才长舒了一口气。可算是回来了!回到家里,回到光明与和平中可真是幸福!

我赶紧把门打开,溜了进去。不料,正当我要把门关上的时候,克罗莫挤了进来。瓦片修成的走廊里又冷又暗,只有院子里投下来微弱的光。他站在我旁边,抓住我的手臂小声说:"你这么急干什么,嗯?"

我一脸惊恐地看着他。他死死抓着我的手臂,他的手力气很大，仿佛钢铁一般坚实。我揣测着他的心思，担心他会不会出手伤人。如果我此时大声呼救的话，楼上的人能及时下来解围吗？然而，我还是放弃了。

"怎么了？"我问，"你，你想干什么？"

"没什么，不过就是有些事情想问你，别人没必要知道。"

"啊？是吗？你想知道什么？你看，我得上楼了。"

"你肯定知道，"弗兰茨小声说，"埃克磨坊旁边的果园是谁家的吧？"

"不，我不知道，我觉得是磨坊主的吧。"

弗兰茨狠狠地扣住我的手臂，把我拉到跟前，我从没这么近地直视过他的脸。他满眼怒气，坏笑两声，脸上写满残忍和暴力。

"那好，小鬼，我现在告诉你那果园是谁家的。我早就知道那儿的苹果被偷了，也知道那家主人说了，谁要把贼逮住了，就赏他两块马克[①]。"

"我的上帝呀！"我吓得喊出声，"你不会是想告发我吧？"

我察觉到，要唤醒他的荣誉感根本无济于事。他是另一个世界

[①] 德国在2002年使用欧元前通行的主要货币。

的人，对他来说背信弃义不算罪过，我很清楚这一点。另一个世界的人在这件事上和我们都不一样。

"不告发？"克罗莫嗤笑一声，"小鬼，你真把我当造假币的了，以为我能自己造出两马克来吗？我就是一个穷鬼，不像你有个这么有钱的爸爸！既然能赚到两马克，我为什么不去赚呢，没准他给的还能更多些呢。"

他突然松手放开了我。我家的门廊再也没有和平、安全的感觉，整个世界在我身边轰然崩塌。如果他把我扭送至警局，我就成了罪犯，别人会告诉我的父亲，甚至还会有警察亲自找上门来。混乱带来的恐惧让我窒息，所有的丑恶与危险如潮水般向我涌来。我根本没偷过东西，但这已经不重要了，因为我已经发过誓！天哪！天哪！

眼泪不由自主地夺眶而出。我觉得必须要买回自己的清白，于是，我绝望地把手伸进口袋里，在里面摸索着。里面没有苹果，没有折叠刀，什么都没有。突然，我想起了自己的表，一块老旧的银表，它已经不能走了，不过我还是就这么一直戴着。这块表是祖母留给我的，我毫不犹豫地将它摘了下来。

"克罗莫，"我乞求道，"听着，你不要告发我，这样做对你也不好。我现在把我的表给你,你看看。我真的什么都没有了。你拿着吧,它是银的,工艺很考究,不过有点儿小毛病,得修修才行。"

他笑着哼了一声,一把夺过这块表,放在手里掂了掂重量。我盯着这只大手,那是一只粗糙而充满敌意的手,它扼杀了我的生活和平静。

"它是银的……"我嗫嚅道。

"什么破烂银表,还是坏的,我一点儿都不感兴趣!"他鄙夷道,"要修你自己去修!"

说完,他正要转身,我连忙颤抖着喊道:"弗兰茨!再等一下!你就拿着吧!它真的是银子做的,货真价实,除了它我真没别的东西了。"

他轻蔑而冷酷地看着我。

"你也知道我要去找谁,或者我也可以去找警察,我跟他们关系还不错。"

他二话不说转身要走,我想要拉住他的袖子,但没拉住。如果他这么一走了之,我就得承担一切后果,那我宁可去死。

"弗兰茨,"我几乎乞求道,声音因激动而沙哑,"别做傻事啊！就当这是个玩笑，好吗？"

"可以呀。只不过你要付出的代价高点儿而已。"

"你就直说了吧，弗兰茨，我到底该做什么！我什么都愿意！"

他眯起眼睛上下打量了我一番，又嗤笑出声。

"别装傻了！"他没好气地说，"你我都是明事理的，你也知道，我没钱，有两马克能挣就挣，不可能不赚这笔钱。我不像你一样有钱，还有这么一块表。只要你给我两马克，这事就算完了！"

我明白他的意思了，但那可是两马克啊！这对我而言太多了，它就像十马克、一百马克、一千马克一样遥不可及。我没钱。母亲那里有我的一个小存钱罐，每次叔叔或者别的亲戚来访，都会在里面放10芬尼[①]或5芬尼。此外我再也没剩什么了，何况这个年纪的我也没什么零花钱。

"我没钱，"我哀伤地说，"真的没钱，但别的东西我都可以给你，我有一本关于印第安人的故事书，有士兵小人玩具，还有个罗盘，我给你拿去。"

[①] 德国在2002年使用欧元前通行的辅币，1马克=100芬尼。

克罗莫的厚嘴唇歪了歪,狠狠往地上啐了一口:"少给我废话!你那堆垃圾自己留着去!还罗盘?你在逗我玩吗?你给我听好了,把钱交出来!"

"可我真的没钱,也从来没有人给过我零花钱,我是真的没法给你啊!"

"明天你把钱给我带来,我放学后在学校下面的市场等你,交了钱这事就算完了。你要是带不来,明天就有你好看!"

"行是行,但我上哪儿找这钱啊?天哪!我真的没钱——"

"你家不是有的是钱吗?这就是你自己的事了。记好了,明天放学,你要是啥都带不来——"他狠狠瞪了我一眼,又往地上啐了口唾沫,便像鬼影一般消失了。

我连上楼的力气都没有了,我的生活全被毁了。我想一走了之,不再回来,甚至想溺死水中,但所有的想法都是模糊的。我坐在门口最下面的台阶上,在黑暗中蜷起身子,沉浸在这飞来横祸的痛苦之中。

这时,丽娜提着篮子下来取柴火,发现了独自抽泣的我。我恳求她,不要和任何人提起这件事,然后上了楼。玻璃门旁的衣钩上挂着父亲的帽子和母亲的阳伞,这一切都散发着家庭的温暖气息,让我倍感亲切，如同归家的游子重新体味家乡的尘土，我的心中也充满对它们的眷念和感激。但现在，它们已与我无关，因为它们来自父母那个光明的世界，而我已深陷罪责，堕入了未知的洪流，卷入放纵和罪恶中，为豺狼虎豹所威胁，被危险、恐惧和玷污包围。干净的帽子和阳伞，整洁的沙石路面，门廊上的大画框，还有我姐姐的声音，它们都比以往和蔼、可亲、美好，可我却从中感受不到丝毫的慰藉和安全，脑中只有厉声的斥责回响。它们都不再属于我了，我再也无法融入它们的欢笑、言谈和那宁静的生活之中。我的脚上已经沾染上了污秽，即使在门垫上擦蹭也无法抹去；阴影已伴我随行，而家中的世界却一无所知。我曾埋藏过许多秘密，也无数次担惊受怕，但相比今天招致的灾祸，它们不过都是儿戏。厄运穷追不舍，它将魔爪伸向了我，将我困住，即便是母亲也无法保护我免受伤害，因为根本不能让她知道这件事。我不是曾经以上帝和幸福的名义发了假誓吗？所以我的罪过是偷窃还是撒谎已经不重要了，我的罪过已经不在于这些了，而在于我向魔鬼伸出了手。为什么我要掺和进去？为什么我要对克罗莫言听计从？甚至对他的服从超过了父亲？为什么我要编造那个偷东西的故事？为什么我要把犯错误当成英雄事迹吹嘘？现在魔鬼已经抓住了我的手，敌人就在我的身后穷追不舍。

我自然害怕明天的遭遇，但更担忧不确定的未来：我的人生将从此走下坡路，直接堕入黑暗。我很清楚地意识到，自己将会一错再错，在姐妹面前的表现、对父母的问候和亲吻都将成为虚伪的假象，我只能将这个不为人知的命运和秘密隐瞒在心底。

看到父亲的帽子，我的心中倏地充满希望和信任。我要向他如实坦白，等候他的裁决和惩罚，让他听我忏悔，把我从窘境中解救出来。虽然我免不了会受到责罚，就像以前经常被责罚一样，但只要我忏悔着恳求原谅，度过那一段苦涩的时光，事情也就可以过去了。

听起来挺好，也挺诱人！但这根本没用，我明白自己完全做不到。我现在有了一个秘密，我必须要独自吞下这个罪孽的苦果。也许我已经站在了人生的转折点，从这一刻起，我将位于坏人的行列，和坏人分享秘密，与他们为伍，听从他们的指令，最终变得和他们一样。我曾装男人逗英雄，现在就要承担相应的后果。

好在我进来的时候弄湿了鞋子，父亲因此分神，而没注意到比这更坏的事情。我接受了他的批评，并在内心悄悄把这种斥责转移到了另一件事情上。瞬间，一种邪恶的感觉如电流般穿过我，新奇而刺痛：我觉得自己比父亲还要优越！我甚至在嘲笑他的无知，他只知道数落我把鞋子弄湿，这让我觉得他格局太小，目光短浅。"真无知！"我这样想着，觉得自己就像一个谋杀犯，却只被人揪着偷面包这种小事不放。这种感觉很卑鄙丑恶，但它如此强烈，不断刺激着我，将我和自己的秘密与罪过紧紧捆绑。我猜，克罗莫说不定已经向警察告发我了，暴风骤雨即将降临，而现在我却还被他当个小孩子看待！

在我一生的经历中，这一刻的影响最为深远、最为持久。它在父亲神圣的形象上打开了第一道裂痕，也在我童年生活的支柱上砍下了第一刀伤痕。任何人在真正成为他自己之前，都必须摧毁自己的过去。正是这些无人知晓的经历，决定了我们命运的核心轨迹。这些裂痕终究会随着时间愈合直至遗忘，但在心房最隐秘的角落，它却依然存在，不断滴血。

我被这新奇的感觉吓坏了，恨不得趴在地上亲吻父亲的双脚，请求他的宽恕。但在一些极其重要的事情上，要获得原谅是无比艰难的，这个道理孩童和圣人都理解得一样透彻。

我认为有必要仔细考虑一下面临的新情况，策划一下明天的安排，但我根本做不到。整晚，我都在适应家里怪异的气氛。挂表、桌子、《圣经》、镜子、书柜和挂画仿佛同时和我说了再见，而我只能麻木地看着自己的幸福生活是如何化为往事离我而去，同时，我感受到自己长出了新的根须，并扎根于黑暗而陌生的世界，从中汲取养分。我第一次品尝到了死亡的味道，它是苦涩的，因为死亡亦是新生，是对脱胎换骨的恐惧和不安。

直到躺在床上之后，我才感到如释重负。之前要熬过的最后一关便是晚祷，大家一起唱了一首我最喜欢的祷歌。但我没有一起唱，每一个音符在我听来都像指甲挠黑板一样刺耳。我也没跟着念祷词，当父亲以"主与我们同在"结束祈福时，我像挨了一记耳光，感觉自己已经被赶出家门。上帝的恩典是他们的，与我无关。就这样，我浑身冰冷，筋疲力尽地离开了客厅。

我在床上躺了一会儿，温暖和安全感包裹住了我，但没多久心却又再次陷入了恐慌，在过去的遭遇中颤动着。母亲进来向我问了晚安，脚步声在房间里回荡，手中的烛光在门缝中闪烁。我想，她还会再回来的，因为她已经感觉得到我身上发生了什么，会再来亲亲我，和蔼地问我怎么了，接着我就会哭起来，不再如鲠在喉，起身抱住她，向她倾诉，然后一切就都会好起来，我将会得到救赎！当门缝渐渐暗下，我仍侧耳倾听，希望她再次过来。

之后，我的思绪又回到了自己的窘境上，敌人又浮现在眼前，清晰可见。他用眯起的眼睛盯着我，肆无忌惮地狂笑，我凝视着他，无法逃离的命运侵蚀着我的内心，此时，他变得越发丑陋和庞大，那双邪恶的眼睛里仿佛闪烁着魔鬼般的光芒。直到睡前，他依旧那样骇人。但我的梦境里既没有他，也没有今天的遭遇，有的是我和父母、姐妹们一起乘船出游，在欢庆祥和中度过假日的情景。半夜我醒来时，梦中的愉悦依旧回味无穷，姐姐的白裙子似乎还在阳光下闪闪发亮。然而好景不再，我又重回现实，我的敌人仍在黑暗中怒目而视。

早晨，母亲急忙推开房门喊道："上学要迟到了，你怎么还赖床不起？"当她看见我面色不好，问我是不是生病了时，我突然吐了起来。

这样也挺好。以前，我很喜欢生着小病时卧床一个早上，喝着暖暖的菊花茶，听着母亲打扫隔壁房间的动静，还有丽娜在楼下和屠夫讨价还价的声音。不上学的早上通常是那么美好，甚至有一种美妙的魔力，连钻进房间里的阳光，看上去都和教室里绿窗帘挡着的阳光完全不一样。但今天，就连这些乐趣也变得枯燥无味。

唉，我要是死了多好！可我现在只是有点儿轻微的不舒服，没什么大毛病。生病虽然可以躲过上学，却躲不了克罗莫，他还是会在十一点钟时在市场上等着我。母亲的关爱没法再带来安慰，反而变成了负担和痛苦。我一边强迫自己睡个回笼觉，一边盘算着怎么办。十一点钟，我必须得赶到市场，除此之外，我别无他法。十点钟左右，我便悄悄起床，告诉家人自己感觉好些了，按照惯例，他们会让我继续回到床上歇息，或者下午再去学校，我就说自己还是想上学。我在心里计划好了这一切。

我不能身无分文地去见克罗莫，我必须拿到自己的小存钱罐。我知道里面根本没多少钱，但我有种预感，有这点儿钱总比没有好，至少能够暂时安抚一下克罗莫。

我穿着袜子潜入了母亲的房间，从梳妆台上取走了自己的存钱罐，做这些的时候，我感觉自己很糟糕，但没有昨天那么糟。我的心脏剧烈地跳动着，回到楼梯间里时我发现存钱罐上了锁，这下我更紧张了。强行打开它其实很简单，只需要把那层薄铁皮撕破即可，然而当我把它撕破的那一刻，那断开的裂口却刺痛了我。因为在这一刻，我变成了一个真正的小偷。以前我干过的坏事仅限于偷吃水果和糖块，可今天，我竟已发展到了偷窃的地步，虽说那本就是我自己的钱。我能感觉到，自己离克罗莫和他的世界更近了一步，事情正在一步步恶化，但我只能勉力而为。魔鬼已经将我揽入怀中，我早已没有回头路。这些钱在盒子里分量不小，但拿出来却少得可怜，我战战兢兢地点完，一共六十五芬尼。我把存钱罐藏在了楼下的门廊里，紧紧攥住手中的钱，带着一种不同于以往的心境，飞一般地走出了家门。我仿佛听见楼上有人在呼喊我，我头也没回，不由得又加快了脚步。

时间还很宽裕，我故意选了条迂回的路，行走在这个仿佛变了模样的城市里。头顶的云层是我从未见过的样子，沿途的房屋似是在审视我，无数的路人也好似向我投来了怀疑的目光。路上，我突然想起同学说过，牲口市场里面藏着一块塔勒①银币。我倒是希望上帝显灵，能给我这么笔飞来横财，但我已经没有祷告的权利了。即便可以，存钱罐也没法再复原了。

弗兰茨·克罗莫大老远就看见了我，他慢悠悠地踱步过来，一副漫不经心的样子。等走近我身旁时，他朝我使了个眼色，示意我跟着他，然后头也不回地继续往前走，经过堆满秸秆的小巷和人行桥，来到一幢新建的房子前。那里还没有施工，墙上光秃秃的，门

---

① 14—16世纪通行于德国和欧洲的古银币。

窗都没安上。克罗莫回头看了看我，从门洞进去，我紧随其后。他走到墙边，示意我过来，然后伸出手漠然地问："钱呢？"

我把攥成拳头的手从口袋中掏出，把钱倒在他宽大的手掌上。还没等最后五芬尼落下的声音消失，他就数完了。

"这才六十五芬尼。"他瞪着我。

"是，"我害怕地说道，"我就只有这些了，我知道这有点儿少，但这真的就是全部了，真的没有了。"

"我寻思着你也是个聪明人，"他口气中略带责难，"看着一副绅士模样，想不到这么不懂规矩。你带的数目不对，我就分文不取了，把你这点儿小钱拿回去吧，啊！你知道的，除了你，还有别人等着和我交易呢，他不会跟我讨价还价的。"

"但我真的没有更多了！这是我存钱罐里所有的钱了。"

"那是你的事。我也不想让你难做。你现在还欠我一马克三十五芬尼，什么时候能全部给我？"

"我肯定会给你的，克罗莫！只是我现在还不清楚什么时间可以，也许明天，或许后天。你知道我不能告诉我父亲的。"

"我不关心这个。我说了不想让你难做。我要是中午之前想要这钱，就肯定能拿到。我是个穷鬼，而你衣着光鲜亮丽，吃的也比我好。算了,不抱怨了,我可以再宽限你一段时间。后天下午我吹口哨叫你,到时候所有的事情都得安排妥了。听好了,就这样的口哨。"

他在我面前吹起了口哨,是我经常听到的那样。

"懂了。"我答道。

他走了,好似和我毫无瓜葛一般。我们之间只是进行了一笔交易,此外再无其他。

即便是现在,如果让我再次听到克罗莫的哨声,也一定会胆战心惊。从那时起他的哨声便不断回荡在我耳中,挥之不去。它渗透进了我世界里的每一个角落,每一次游戏,每一次学习,每一次思考,让我无法摆脱,改变了我的命运。有时,日光和暖的秋日下午,待在我喜爱的小花园里,总会有一种奇异的念头驱使着我去玩幼年时期喜欢玩的游戏,我通过扮演着儿时的自己,来找回过去美好、自由、清白而安全的生活。可哪怕我遁入此处避难,克罗莫的哨声依旧会出现,剪断回忆之线,打碎想象之画。对此,我虽有预料,但总会被吓坏。随后我不得不跟随着这个不断摧残着我的人前往丑恶之地,任由他勒索。这样的境遇或许只持续了几周,但在我心里却足足有好几年那么长，甚至像是永恒。我很少能拿到钱，顶多是趁没人时把丽娜买菜时留在桌子上的五芬尼十芬尼顺走。每一次克罗莫都会把我骂得狗血淋头，再狠狠羞辱一顿，他说我欺骗他，是我侵犯了他的正当权利，是我偷了他的钱，更是我造成了他的不幸！我长这么大，从未受过这种煎熬，也从未如此绝望和如此受人束缚。

我把存钱罐塞满假钱又放回原位。虽然从没有人过问，但每天还是会对此惴惴不安。比起克罗莫的口哨声，我更怕母亲轻轻地朝我走过来——她不会是来问存钱罐的事情吧？

因为很多次我都是两手空空地去见我的"魔鬼"，所以克罗莫开始换着花样折磨和指使我，我不得不为他效力。他要给自己的父亲请假，我就得为这事儿忙前忙后。有时候他也会驱我做些非常困难的事，比如单腿跳十分钟，或者往路人身上粘废纸。即便在梦中，恶心的摧残依旧继续，每次从梦魇中醒来，我都是一身冷汗。

有段时间，我病了，整个人恹恹的，时常呕吐、怕冷，但到了晚上却总是浑身燥热，大汗淋漓。母亲觉得我不对劲，对我关怀备至，但她的关爱却又让我徒增苦楚，因为我无法向她坦白一切。

有天晚上我已上床睡觉，母亲给我带来了一块巧克力。小时候，如果我表现得很好，母亲总会在我入睡前带来一块巧克力作为奖励。现在她还是站在那里，拿着一小块巧克力，将它递给我。我很痛苦，但只能摇头。她一边抚摸我的头发，一边问我怎么了。我只得大声地喊出来："不要不要！我什么都不想要！"她把巧克力放在床头然后走开了。第二天早上她想问我昨晚是怎么回事，我却装作什么都没发生过。后来她带我去看了医生，做完检查后，医生建议我早上冲凉水澡。

我那时的精神状态有些不正常。在秩序井然、一切祥和的家里，我却像个幽灵一样活得羞耻而且痛苦，根本无法融入他们的日常，也无法沉浸于任何事中。父亲经常会因此大发雷霆地诘问我，我却只是漠然地沉默不语。

第二章
该　隐
DEMIAN

然而一件意想不到的事，让我从苦痛的深渊中摆脱出来，也让我对生活多了许多新的认识，至今影响犹在。

不久前，我们学校来了一位转校生。他叫马克斯·德米安，是新近搬来我们城的一位富有的寡妇的孩子，他的袖子上还戴着守丧的黑纱。他比我大很多，高一个年级，吸引了所有人的目光，也包括我。他表现出和面相不符的成熟，留给人的印象也不像个孩子。他一言一行很有教养，像一个成熟的男人，或者说是一位绅士，因此在一群孩子中鹤立鸡群。但他不怎么合群，从来不和大家一起玩，更不会像别人那样打架吵闹，倒是他面对老师时沉稳坚定、自信的声音颇受同学们的喜欢。

在我们学校，有时候不知道为什么，两个年级会在一个大教室里上课。有一天并班上课时，来的正好是德米安的班级。低年级的孩子们听《圣经》故事，而高年级的孩子们则随堂作文。老师在台上照本宣科地讲该隐①和亚伯的故事，我却抬头朝德米安看去。他的面容有一种奇怪的吸引力，机智、明亮而刚毅，此时他正聚精会神地投入学习中。他仿佛不是一个在做作业的学生，而是一个在研究问题的学者。看着他，我并没觉得喜悦，反而感到他太超脱了，有种高高在上的傲气。在我眼中，他过于冰冷自负，他的眼神里有悲伤又有一丝嘲讽，这是大人的眼色，小孩子永远不会喜欢的。可我的视线被他牢牢抓住，不知究竟是出于喜欢还是厌恶。有一瞬间，他的目光仿佛投射到了我的身上，我立即惊慌失措地转过头。如今要描述他学生时代的样子，我会这样形容：他各个方面都与众不同，有着独立的人格，而且个性非常鲜明，十分显眼。但他的行事却很低调，尽可能不引起他人的注意，像个微服私访的王子，极力地试着努力融入一群农村孩子之间。

放学路上，德米安走在我的后面。当其他人都散去的时候，他追了上来和我打招呼，虽然是学其他小孩的语调，但还是能听出来其中的成熟和礼貌。

---

① 《圣经》人物，亚当与夏娃的长子。据《圣经·旧约·创世记》记载，该隐与其弟亚伯分别为上帝献上供物，而上帝却选中了亚伯的供物，该隐因此暴怒，对亚伯心生嫉恨，之后将亚伯带至田间杀害，由此成为世界上第一个杀人犯。后来上帝为该隐立了一个"印记"，禁止世人为亚伯报仇而杀害该隐。

"咱们一起走一段吧？"他友善地问。我受宠若惊，点了点头，然后告诉了他自己的住址。

"啊！是那儿吗？"他笑了起来，"那房子我知道，大门上面有个特别奇怪的东西，我很感兴趣。"

我一时间没反应过来他在说什么，回过神来才惊讶地发现，他比我还了解我家。他说的应该是拱门顶上的那个东西，那其实是一个盾徽，已经被岁月磨平了花纹，并且被粉刷过各种颜色。据我所知，它和我的家族没有什么关系。

"我不知道那是什么。"我嗫嚅着回答，"可能是只鸟的形状吧，有点儿年头了。这房子以前是修道院的。"

他点了点头："有可能。你可以好好看看！这东西挺有意思，我想上面应该是一只雀鹰吧！"

我们继续往前走着，但我浑身不自在。德米安像是想到了什么好玩的事情，突然咯咯笑起来。

"对了，咱们早上是一块上课的吧？"他生动地描述着上课的情景，"该隐的故事，上帝在他头上留了个印记，是不是？你喜欢这个故事吗？"

不喜欢，我从来没喜欢过他们逼我学的任何东西。但我不敢这样说,因为我总感觉自己是在与一个成年人说话,所以我只能说特别喜欢。

德米安拍了拍我的肩膀。

"你不必在我面前撒谎。其实我觉得这故事很古怪,比课上讲的其他故事都要古怪。老师没有往深了讲,只是讲了些上帝、罪孽之类这种老调的故事。我想说——"他突然停下来,笑着问我,"你对这些感兴趣吗?"

他接着说:"我想说,该隐的故事里还有另一层意义。老师教给我们的,都是已经有定论的、真实的、正确的东西。但我们也可以从和老师不一样的视角去看问题,很多时候会得到更好的答案。就比如该隐和他额头上的印记,老师们的解释并不令人满意,是不是?一个人,因为争执杀死了自己的弟兄,这是有可能的;事后他感到羞愧难当,屈服谢罪,这也有可能。但他却因为怯懦被授予了一枚勋章,自此得到了庇护,激起了旁人的恐惧,这就说不通了。"

我有些入迷,开始产生兴趣:"那这个故事的另一种解释是什么?"

他拍了拍我的肩膀。

"很简单！我们现在知道，这个故事的开端便是那个印记。有个男人脸上长了让人畏惧的东西，大家都不敢和他接触。他和他的孩子们给大家留下了很深刻的印象。也许，或者可以肯定地说，他们的额头上并不是真的长了那么一个类似邮戳的印记，生活中极少会有这种粗糙的故事，他应该是身上具备某种特殊的难以让人感知的神秘气质，比如说一种精神或者思想，而他目光中的坚毅和果敢超出了常人的接受能力。这个人令人心生畏惧，而他额头上恰巧有那么一个'印记'，人们便随心所欲地对这个符号进行了解释，他们总是会找一些让自己心安理得的借口。人们害怕该隐的孩子们，因为他们也都拥有'印记'，而人们并没有诚实地把印记解释成荣誉的勋章，反而不断地诋毁。人们说拥有这种印记的人都很可怕，确实不假，在常人眼中，这些英勇果敢的人们确实很可怕。这样一个英勇无畏的家族的存在，对大家来说并不是件愉悦的事，所以人们改了他们的名字，将他们编进了寓言，只是为了报复他们，好弥补自己长久受制于恐惧之下的心灵。现在你明白了吗？"

"懂了，就是说，该隐根本就没那么坏吗？所以《圣经》里的这个故事是骗人的吗？"

"你说得对，也不对。这么古老的故事本身是真的，但是人们的记载和解读却不一定是真实的。简而言之,我认为,该隐是个好人,可就是因为人们害怕他,所以附会了这样一个故事。现在流传的这个故事是个谣言,算是茶余饭后的谈资,但该隐和他的孩子们身上有某种'印记',而且他们异于常人的事情应该是真的。"

我很震惊。

"所以你认为,他杀了自己的兄弟这件事也是假的吗?"

"不!那件事肯定是真的,就是一个强者杀死了弱者。但那死者是不是他兄弟,就很值得怀疑了,不过也没必要较真,因为四海之内皆兄弟。说回来,一个强者杀死了弱者,这也许是件英雄事迹,也许不是。不管怎么说,其他的弱者都害怕了,他们怨气很重,如果有人问'为什么你们不直接把他也杀了呢',他们肯定不会说'我们是胆小鬼',而会说'不是做不到,是不想做,因为他有个印记,那是上帝留下来的!'谎言就是这么诞生的。呐,不好意思耽搁了你这么久,明天再会!"

他转身进了小巷,我独自留在原地,仍未从方才的惊愕中回过神。他人一离开,方才的那一番话便立刻显得荒诞无稽!该隐是个高尚的人,而亚伯却成了懦夫!该隐的印记反而成了荣誉的象征!这太荒唐了,这简直是在亵渎上帝,罪大恶极!如果真是这样,亲爱的上帝又在哪里？他难道没有接受亚伯的献祭，难道不爱亚伯吗？胡说八道！我猜，德米安绝对是在和我开玩笑，想将我引入歧途。这个可恶的家伙还挺聪明，而且口才很好，但是——不对！

我从没有深入地思考过《圣经》或者其他的故事，也不曾有这么长时间没有想起克罗莫，足足有几个小时，甚至一整个晚上。回到家，我又仔细读了一遍这个故事。《圣经》中的记载精练明了，从里面找出另一个隐藏的奇怪意义实在不可理喻。要是真如德米安所说，那么所有的杀人犯都可以说自己得到了上帝的庇佑！不可能，这简直是无稽之谈。不过德米安讲故事的方式倒是令人感到愉悦，通俗易懂，似乎那是理所应当的事实；对，还有他那双明亮的眼睛！

说起来，我当时的状态糟透了。我曾生活在一个光明而干净的世界，是亚伯那样的人，而现在却陷入乃至沉沦在了"另一个"世界中，束手无策！现在我要怎么办呢？这时，一段记忆在我脑海中闪现，一时间几乎让我窒息。在那个混乱的晚上，我的苦难便开始了，和父亲碰面的那会儿，我看透了他，唾弃他的智慧和那个光明的世界！是的，我想，那一刻我成了该隐，我拥有那个印记，妄想着那印记不是耻辱，而是一种荣誉。我的恶毒和不幸，让我认为自己比父亲以及那些好人和虔诚的教徒更加高明！

当然，当时我的想法并没有这样清晰明了，但所有的这些念头已经在我心里悄然生根发芽，那是纷繁思绪和情感的爆发，让我痛苦，也让我自豪。

德米安对这群英勇之士和那些懦弱之人的描述竟如此独具一格！他对该隐额头上印记的解释如此别出心裁！我想起他的眼睛，有着成年人的神韵，说话时炯炯有神，闪着光芒。我突发奇想，或许德米安自己就是该隐那种人吧？如果他们之间没有共同点，他又何必为该隐辩护呢？为什么他的眼神中充满力量？为什么当他提起那些懦弱之人语气中满是讥讽？而那些人才是虔诚的信徒、上帝喜爱的人啊！

这些想法在我脑海中挥之不去，我不停地思索，仿佛一枚石子坠入了深井之中，而那口深井便是我幼小的心灵。在那之后的很长一段时间里，该隐弑兄以及他额上的印记一直是我尝试认识、质疑和批判的开端。

我发现，其他的学生都很关注德米安。我从没跟别人讲起，他是怎么解读该隐的故事的，但他似乎还挺有魅力的，校园里一直流传着这位"新生"的传言。倘若我能把所有这些传言记住,就能一点点揭开他的面纱,解释他的过往。一开始大家都说,他的母亲非常富有,也有人说他们从来不去教堂,后来又有人宣称他们是犹太人,或许可能是隐藏的穆斯林。然后又传言他身强力壮,这倒是有件真事可以证明,德米安把班上最强壮的人狠狠修理了一顿。据在场的人说,那男生找德米安单挑被一口回绝,嘲讽他是懦夫,结果被德米安单手掐住脖子拎了起来,那孩子瞬间脸色煞白,当场灰溜溜地跑了,胳膊接连好几天都动弹不得。有天晚上,甚至有人谣传那个孩子死了。一时间谣言四起,大家毫不怀疑且津津乐道。随着时间的推移,传言消停了一段时日,可没多久,新的谣言又四散开来,这回他们说,德米安和女孩子来往甚是亲密,而且对这方面无所不知。

与此同时,我和克罗莫的关系依然不可避免地继续发展。我始终无法摆脱他,即便他有几天心血来潮放我一马,也还是被他紧紧束缚着。在我的梦里,他如影随形,做着现实中没有对我做过的事情,将我彻头彻尾地变成了他的奴隶。我本身就爱做梦,比起现实,我更多的是沦陷在这种可怕的噩梦里。克罗莫的阴影让我精神衰弱,毫无活力。我最常梦到的就是克罗莫在虐待我,他朝我吐口水，用膝盖把我压在地上，更糟的是，他还会怂恿我去犯罪——与其说是怂恿，不如说是用暴力逼迫。我做过的最骇人的噩梦是弑父。克罗莫交给我一把刀，我们躲在小巷的树后埋伏，但我不知道要埋伏的目标是谁。过了会儿，来了个人，克罗莫抓住我的手臂，说这就是我要捅死的人，可那居然是我的父亲。这时我惊醒了，神智几乎失常。

这件事让我经常想起该隐和亚伯，但很少想到德米安。我再一次见到他是在梦里，这很奇怪。梦中我再一次被虐待和欺负，但这次施暴的不是克罗莫，而是德米安。对于同样的虐待和逼迫，相比克罗莫我反而欣然接受了德米安，他在施加暴力时我既害怕又快乐，这种感觉很新鲜，并铭刻于心。这样的梦我就做过两次，之后又是克罗莫取而代之。

我早就分不清梦境和现实。我和克罗莫的关系已经不受控制，永无终日地发展下去了，即便在我用无数次偷来的钱还清了欠款后，它仍旧没能结束。他知道我偷窃的举动，因为每次他都会问我钱是哪儿来的，我被他抓住了把柄，这反而让我更加受制于他。他不止一次威胁我，要把我偷钱的事情告诉我父亲。我虽然害怕，但更后悔当初为什么没有直接向父亲坦白一切。不过，尽管我苦不堪言，但并不总是觉得遗憾，有时候甚至会认为，这一切都是必然。我既然在劫难逃，再负隅顽抗也无济于事。

我现在的状况大概也没少让父母受苦。我的躯壳中居住了一个陌生的灵魂，再也无法融入这个真诚的家庭，而对归家的渴望有如对失乐园的向往那般揪心。母亲把我当成病人，而不是一个坏孩子，可从姐妹们的态度上，我看出了些端倪。她们对我体贴入微，细致小心得过分，这却让我更难受，很明显她们觉得我是着了魔，对于被恶灵附身的我，不该责骂，更应该关爱。家人为我祈祷的方式也与以前大相径庭，而我只觉得那不过是徒劳。我的心无比焦躁，迫切盼望着解脱和真正的告解，但也预料到，自己无法诚实地向父母将心结和盘托出。我知道不管我说什么，他们都会友善地接纳我，尽心地照顾我，甚至是同情我，但那并不是真正理解我，他们只是把整件事当作我的一时失足，却不知道那就是我命运的一部分。

有的人可能不相信，一个还不到十一岁的小孩子怎么会有这么丰富的情感。我的故事不是讲给他们听的，而是讲给那些懂得人性的人的。成年人学会了用思想表达自己的部分情感，却忘记了孩提时也有过相同的感觉，继而想当然地认为，孩子是没有这种体验的。但我的生命中很少像当时一样有如此深刻的痛苦和体会。

一个雨天,克罗莫又把我叫到了广场上。雨水从浓密的板栗树间滴落,我一边等着,一边用脚拨弄着被雨水打下来的树叶。我自然是没有钱的,但还是随身带了两块蛋糕,这样多少算是给了他点儿交代。我早已习惯躲在角落里等他,有时会等很长时间,而我只能忍受着这一切,就像有些人迫不得已接纳着无法改变的命运一样。

克罗莫终于来了,那天他停留的时间不长,他戳了戳我的肋骨,嘲笑着一把夺走了蛋糕,又塞给了我一根受了潮的香烟——那我可不敢要。他那天的态度倒是比往常和善许多。

他走时,有意无意地说了一句:"下次把你姐姐给我带过来。听清楚了,是姐姐。她叫啥名字来着?"

我没懂他在说什么,没有回答他,只是一脸愕然地看着他。

"你不懂?你姐姐,给我带过来。"

"呃,克罗莫,这不行,我做不到,再说她也不会跟我来的。"

我琢磨着,他这是又开始找借口刁难我了。他总会提些无法实现的要求，借此恐吓我，羞辱我，然后再慢慢和我谈条件，最后我不得不用钱财或者礼物来消灾。但这一次，他的反应截然不同，他居然没因为我的拒绝而发飙。

"行吧。"他撇了撇嘴，"我就是想和你姐姐认识一下，这总行了吧？你就把她带到步行街上，然后我也到场，明早我吹口哨找你，见面以后再讨论具体细节。"

他离开后，我才明白了他的企图。虽然我只是个孩子，但也听说过，男生和女生在年纪稍大一些后，就会一起偷偷做一些见不得人的、不道德的事情。他居然让我——我突然感到一阵恶心，这太可怕了！我下定决心，绝不能按照他说的做，但做出这个决定的后果会如何，克罗莫又会怎么报复我，我无法想象。新的痛苦又开始了，而且永无终日。

我将双手插在衣兜里，万念俱灰地走在空荡荡的广场上。新的劫难，新的奴役！

突然，一个深沉而又明亮的声音在呼唤我，我吓得拔腿就跑，那个人在后面追赶我，他伸出手轻轻地抓住我的肩膀。原来是马克斯·德米安。

我这才停了下来。

"原来是你啊？吓死我了！"我惊魂未定地说道。

他看着我，眼神比以往都更像一个层次更高、看问题也更通透的成年人。上次见面以后，我们很久都没再说过话了。

"很抱歉吓到你了，"他的声音还是那么礼貌而坚定，"不过，你怎么会吓成这样？"

"唉，这是自然反应，我没办法控制。"

"从表面上看，的确是这样。不过你想，如果你在一个对你什么都没做的人面前吓成这样，那么，那个人肯定会有些疑惑和惊讶。他会想你为什么胆子会这么小，然后又会想到，人在害怕的时候就是这样。只有胆小鬼才总是害怕，但我相信你不是，对吧？当然，你也不是英雄，你有自己害怕的东西和人。但是其实，你无须害怕那些，尤其是人。你不怕我的，对吧？"

"呃，不怕，一点儿都不怕。"

"这就对了。但有些人你是害怕的吧？"

"我不知道……等会儿，你到底想做什么？"

他一直跟着我。我走得更快了，想摆脱他。我满脑子都是恐惧，余光仍能感觉到他投过来的目光。

"等等我，"他接着说，"我对你没有恶意，你完全不需要怕我。我想和你做一个有趣的实验，你可以从中学到一些有用的东西。听我说！我在尝试一种叫作'读心术'的技能，它不是巫术，如果不知道里面的门道，就会觉得非常诡异，但了解了就会对此惊讶不已。好，咱们开始。我很喜欢你，或者说对你很感兴趣，所以想了解你的内心是怎么想的。现在我已经迈出了第一步。我吓到你了，你的胆子很小，所以一定有东西和人让你感到畏惧。那么这种害怕是从哪里来的呢？你其实根本不用畏惧任何人。如果你害怕一个人，那是因为你赋予了他控制你的权力。比如说，你做了一件坏事，被别人发现了，那他就有了摆控你的权力，你明白了吗？很好懂吧？"

我满脸不解地看着他。他一如既往地认真、睿智而友善，但是脸上没有温柔，只有严肃。我不知道接下来会发生什么，他就像个巫师一样站在面前。

"你懂了吗？"他又问了一遍。

我点点头，但说不出一句话来。

"我想告诉你的是，读心术虽然看着很奇怪，但是确实管用。我还可以准确说出，上次给你讲完该隐和亚伯的故事之后，你是怎么看我的。不过这是另外一个话题了。我觉得，你还可能梦见过我，不过这个也没必要说了。你是个聪明的男孩，而大多数男孩子都比较愚笨！我喜欢和我信得过的聪明人说话，你不介意吧？"

"不介意。只是，我不明白……"

"来，咱们接着做那个有趣的实验！我们已经发现了，辛克莱同学特别容易被吓到，他害怕某个人，他和这个人之间可能有些难以言说的秘密。我说的差不多吧？"

我仿佛再次陷入梦境，屈从于他的声音和感染力，机械地点头。难道这声音不是从我心中传出来的？难道它不是知晓一切，比我自己更透彻地了解一切吗？

德米安用力地拍了拍我的肩膀："看来我说对了，我能猜到你在想什么。现在还有一个问题，你知道刚才在广场和你见面然后走掉的那个男孩叫什么吗？"

我心头一颤。他戳中了我的痛点，可我却无法开口。

"什么男孩？刚才那里除了我没有别的男孩了！"

他笑了起来。

"放心大胆地说吧，"他笑道，"他叫什么名字？"

我嘀咕道："嗯……你是说弗兰茨·克罗莫吗？"

他满意地冲我点了点头。

"棒极了！你很有悟性，我们会成为朋友的。我还有几句话要说：这个叫克罗莫还是什么的，不是个好人，我从他的脸上就看得出来，他是个小流氓！你觉得呢？"

"是的，"我叹了口气，"他很坏，简直和撒旦一样！但这些话千万不能让他听见！天哪！千万不能！你认识他吗？他认识你吗？"

"别激动！他都走了，而且也不认识我，真的。不过，我想多了解下他，他上的是公立学校吗？"

"是。"

"哪个年级？"

"五年级。别告诉他！求你了，真的别告诉他！"

"别激动，别激动，没事的。你是不是没兴趣再和我讲克罗莫的事情了？"

"我不能说！求你了，放过我吧！"

他沉默了一会儿。

"太遗憾了，"他接着道，"本来实验能继续做下去的。但我也不想让你为难。不过你要知道的是，你无须畏惧他，不是吗？这种恐惧会让人崩溃，所以必须克服它。如果你要成为真正的男子汉，那就必须摆脱克罗莫，明白吗？"

"是的，你说得对……但我做不到，你根本不知道……"

"你已经看到了,我知道的东西比你想到的要多。你是不是欠他钱了?"

"对,欠了,但这不重要。哎呀!我说不了,我没法说!"

"也就是说,我给你一笔钱还清欠他的债务,也没用吗?我可以给你这笔钱的。"

"别,别,不是这样的。我求你了,别和任何人提起这件事,一个字也不行!不然我就要遭殃了!"

"相信我,辛克莱,你以后会告诉我你们之间的秘密。"

"我不会,永远不会!"我声嘶力竭道。

"好吧,随你怎么想。我只是想说,或许你以后会想和我聊一聊。当然,你要是不愿意就不用了,难不成你认为我会像克罗莫一样对待你吗?"

"没有,可你真的什么都不了解!"

"我确实不了解,我只是在思考而已。我不会像克罗莫那样的。而且,你也不欠我什么。"

沉默良久后,我渐渐冷静下来。但德米安的见识,让我越来越觉得他甚是神秘。

"我要回家了。"他站起身,在雨中裹紧了自己的外套,"既然已经说了这么多，那我就再跟你说一句，你应该远离那家伙！如果实在做不到，那就杀了他吧！如果你真能这么做，我会非常欣赏你，佩服你，甚至还会助你一臂之力。"

恐惧又一次占据了心头，该隐的故事突然闪过脑海。罪恶的感觉涌遍全身，而肮脏之物早已将我包围。不知不觉间，我竟轻轻啜泣起来。

德米安微微一笑："行了，快回家吧，事情都会过去的，不过取他性命确实是最简单的方法。处理这种事情，最简单的方法往往就是最好的方法。你跟着克罗莫不会有好结果的。"

回到家后，我感觉自己仿佛已在外度过了一整年之久。一切都变了。我和克罗莫之间似共有着类似未来和希望的羁绊。我不再孤独了！此刻，我第一次发现，几周以来，我独自埋藏着秘密有多么可怕。我突然想起萦绕在心头许久的想法：向父母坦白或许能够好受，但并不能得到解救。而我如今向一位陌生人几近敞露心扉，那种即将获救的解脱感如同泛起的一阵清香。

不过，我仍无法克服内心的恐惧。原本我已做好了继续与那凶狠的敌人长期斗争的准备，但这一切竟悄然结束了，毫无波澜，令我倍感讶异。

家门口再也没有响起克罗莫的口哨声,先是一天,再是两天,三天,一个星期。我根本不敢相信,心里还在猜测他会在哪埋伏着,突然再次窜出来,打我一个措手不及。但他竟然真的销声匿迹了!我对这突如其来的自由满腹狐疑,总觉得哪里不对劲。终于有一天,我再次遇见了克罗莫。那天,他从塞勒小巷走出来,正好和我打了个照面。他看见我时,竟往后退了两步,冲我做了个下流的鬼脸,而后迅速地转身离开,避开了我。

那一刻简直让人难以置信!我的恶魔就这样在我面前落荒而逃了!我的撒旦畏惧我!前所未有的惊喜汹涌而来,我深深陶醉其中。

那些天,德米安又和我见了一面,他当时在校门口等我。

"你好。"我打了声招呼。

"早啊,辛克莱,我只是想看看你最近如何。克罗莫没有再欺负你吧?"

"是你干的?你是怎么做到的?他怎么就……我不知道为什么,他再也没来找过我。"

"那就好啊。虽然我想他应该不会再来找你了,但毕竟他是个无赖,万一他又来的话,就告诉他,让他好好想想德米安。"

"这和你有什么关系?你和他做了交易?还是你揍了他?"

"没有,这不是我的风格,我只是和跟你说话一样,跟他谈了谈,让他明白,不欺负你对他也有好处。"

"啊,所以你没给他钱吗?"

"没有,我的朋友,这招你不是已经用过了吗?"

他不等我继续发问,转身离开了。我见到他还是一如既往地不安,只是现在这种不安中掺杂了感激、害羞、惊讶、惧怕、倾慕和抵触等复杂的感情。

我打算不久之后再去见他,和他聊聊这件事,还要讨论一下该隐的故事。

但最后我的想法还是未能实现。

我认为,感恩算不上什么美德,让小孩子去感恩更是强人所难。所以我并不觉得自己对德米安没有丝毫感激之情有什么不妥。如今我坚信,倘若他没有把我从克罗莫的魔爪中解救出来,恐怕我的人生早已堕落腐坏。这次拯救是我少年时期中最重要的经历,但在这位救星创造完奇迹之后,我却完全将他抛在脑后。

刚才我说对自己没有感恩之心并不觉得有什么不妥,但独独想不通的是,自己居然没有好奇心。我竟然可以内心毫无波澜,平静地度过了一段时日,而不去揣测德米安身上的秘密。还有我是怎克制住和他讨论该隐的故事、克罗莫，以及读心术的冲动的？

虽然有些匪夷所思，但事实就是如此。我突然从恶魔的巨网中挣脱，不再经历心惊肉跳的苦难，重新见到了光明而喜乐的世界。魔咒已除，我不再是那个饱受折磨的晦气鬼，而是重新成为一名正常的小学生。我试着让本性尽快回归平衡与宁静，也极力驱逐和遗忘一切污秽和威胁。这一段恐惧不堪的故事奇迹般地从记忆中迅速消失，甚至没有留下任何痕迹或创伤。

直至今天，我依旧能够理解，为何自己当初会极力试图去迅速遗忘自己的恩人。逃脱了克罗莫的奴役后，我那遍体鳞伤的灵魂竭尽全力地想要回到曾经的幸福与和平之地。天堂的大门再次敞开，我要重获父母的怀抱、姐妹的陪伴、纯净的空气和上帝的垂青。

在和德米安谈话后的第二天，我确信自己已经重获自由，过去不会重演，便去了却一件心中渴望已久的事情——忏悔。我找到母亲，给她看了锁被撬坏、装满假钱的存钱罐，并告诉她，长久以来，因为自己所犯的错而一直被恶人利用和欺压。她虽然没完全听懂，但当看到存钱罐，注意到我的眼神和声音变了时，她感觉到，我已经没事了，从前的那个我又回到她的身边了。

误入歧途的孩子终于归家，我怀着圣洁之感庆祝自己重新被接纳。母亲后来带我去见了父亲,复述了整件事情。他们问了我许多问题,不时地感叹,摸了摸我的头,长吁一口气,纾解心中的压抑。一切都很好,就像小说一般,以圆满结局结尾。

现在我重新得到父母的信任,又变成了家里的模范儿童,像往常一样与姐妹们相伴。祷告时,我满怀救赎感唱着大家喜欢的那些老歌。生活再次充满和谐,我发自内心地欣喜。

但我的心里还是有些异样!也正是因为这一点,解释了我为什么会彻底忘了德米安。我本应该向他告解的!我的告解可能没有那些华丽的辞藻和催泪的煽情,但对我却大有意义。现在我已经深深地融入以前的乐园之中,得到宽恕。但是德米安不属于这个世界,他在这里没有栖身之地。他是和克罗莫不一样,但也算是个引诱者,他想引诱我陷入第二个邪恶、腐坏的世界,而我绝不会踏入那里半步。现在我已经重新成为亚伯,不能也不愿再背弃他而美化该隐。

上面只是外部表象,而我的内心想法是这样的:虽然我逃脱了克罗莫的魔爪,但不是凭自己的力量做到的。人生之路艰难漫长,泥泞湿滑,我跌倒的时候,一只友善的手将我救起,我顾不上回头就慌忙遁入母亲的怀中,甘愿做一个受人照顾、天真无邪的小孩,变得比以前更弱小、更幼稚、更依赖于人。因为我做不到独立前行，所以必须为对克罗莫的依赖寻找一个替代品，继而盲目地选择了依赖父母，依赖那个以前生活过的、受人喜爱的"光明世界"。虽然我知道这世上不是只有光明的一面，但如果不这么做的话，就会转而去依赖德米安，把自己的秘密全然交付于他。之所以没有依赖他，是因为我当时对他那套荒诞的说法心有狐疑，而实际上，我只是害怕而已。因为德米安对我提出的要求比我父母还多，他试着通过引导、告诫、调侃或者嘲讽来让我独立起来。呵，我现在明白了，世象万千，最让人恐惧的莫过于走上那条通向自己的道路！

话虽这么说，但我还是抵御不了这种诱惑。半年以后，在陪父亲散步时，我问他，有人说该隐比亚伯好，他怎么看。

他很吃惊，告诉我："这只是一家之言，而且毫无新意了。这个观点在基督教早期就出现了，而且流传于名为'该隐派'的教派之中，但它其实就是魔鬼试图摧毁我们信仰的手段之一。如果你觉得该隐有理，而亚伯无理，那么得到的结论就是上帝犯了错，《圣经》中的上帝并不是唯一的真神，是个伪神。'该隐派'的教义和布道里面有类似的内容，但这种异端邪说早就已经消失了。"让他讶异的是，我的同学居然会对此有所了解，父亲严厉地警告了我，不许再想这些。

第三章
强 盗
DEMIAN

如果仅仅回忆我的童年时光，父母的庇佑，光明、随和而温馨的世界，还有轻松的生活，那这段故事将会非常温暖，而且美好。但我唯一感兴趣的，却是生命中那些追求自我的步伐。我也曾无比喜爱宁静的时光和幸福的生活，但现在就让他们留在遥远的光芒中吧，我已不愿再接近半步。

所以，只要故事还停留在童年时代，我就只想讲讲那些推我前进、撕碎旧我、再造新我的故事。

然而，我依旧不时误入"另一个世界"，它总是在不断侵扰我的生活，带来恐惧、压迫和愧疚，似要掀起革命，威胁我赖以生存的和平。

那些年里，我发现自己的身体里有一种原始的冲动，那是一种在正派的、光明的世界中必须深藏起来的欲望。和许多人一样，我的性意识慢慢觉醒了，它如同敌人，想要毁掉我的生活，引我犯罪，明明是万不可碰的禁忌，却又如此诱入。这是青春期最大的秘密，对性的好奇不断撩拨我少年的心弦，带来了梦幻、快感还有恐惧，但它与我那幸福安逸的童年生活格格不入。我感觉自己过着双重生活，虽然表面上还没长大，但是心里已经不再是孩子了。我的意识仍固执于熟悉的、正派的旧世界，极力否认那个正在缓缓浮现的新世界；与此同时，我又潜藏在梦境、欲望和冲动中。我的意识借此筑起了一座摇摇欲坠的恐惧的桥梁，因为我的童年已经崩塌。和天下所有的父母一样，我的父母丝毫没有关照我青春期中性冲动觉醒的诉求，对此绝口不谈。他们不过是在帮我否定事实，好让我继续留驻在童年世界中，哪怕童年世界已经越发缥缈。我不知道父母在这件事中能不能起到作用，但即便不能我也不会怪罪他们。这是我自己的事情，我终将找到自己的路，成为我自己；而我也像大多数"好孩子"那样，在这方面表现得很不尽如人意。

每个人都会经历这种困境。对普通人来说，它是自我诉求和周遭环境的矛盾冲突达到顶峰的时刻，也是人生前进道路上最崎岖的阶段之一。许多人经历了命定的死亡和新生，但在他们的一生当中仅在此时才能获得一次这样的体验——童年的毁灭和消亡。当挚爱之物远去时，我们才会发现自己孤单面对这个世界时的刺骨寒意。许多人总是迈不过这个坎,终其一生只能在梦中带着痛楚追忆往昔,幻想着重回已经逝去的乐园,而这正是最可怕、最致命的梦想。

再回到我的故事中吧。昭示我童年终结的感受和梦境不值一提,重要的是那"另一个黑暗的世界"再次出现了。弗兰茨·克罗莫的行为,已内化成为我的心魔,而那"另一个世界"也得以重新掌控我的生活。

离克罗莫的事情已经过去好几年了,那段荒谬而不堪的岁月早已远去,回想起来不过是一场短暂的噩梦。克罗莫已经从我的生命中完全消失,而我故事中的另一个重要人物马克斯·德米安,却始终没有从我身边走开。很长一段时间里,他只是远远地站在我生活的边缘,没有什么动静;后来才渐渐向我走来,再次展现出他的力量和影响。

让我想想,当时我都记得些德米安的什么事。我们那会儿可能有一年多没有交谈过。我躲着他,他也不主动找上门来。有一回我们相遇时,他只是朝我点了点头。我有时会觉得,他的友善带着些许的嘲讽,或者是轻微的责备,但这可能也许只是我的幻觉。不过我和他似乎心照不宣地都忘掉了曾经经历过的事情,以及他给我留下的奇怪影响。

我在记忆中搜索他的身影时，发现他就在那里，一直在我的关注中。回忆里，我看见他有时候独自去上学，有时候则是和两个高年级的学生一起。我发现他和别人一起的时候安静得出奇，在人群中有种遗世独立的感觉，完全包裹在自己的气场里。除了他的母亲，这里没人喜欢他，也没人信任他；而他在母亲身边表现得根本不像个孩子，更像个大人。老师也尽可能地不找他，他是个好学生，但从来不故意迎合别人。一直有流言说，他对某位老师颇有微词，甚至敢于针锋相对，但那好像是因为他在反驳那位老师的无理要求，似乎也没什么不妥。

我闭上眼睛沉思，脑海中浮现出了他的模样。这是哪儿？啊！对，我想起来了，这是我家门口那条小巷。有一天，德米安站在那里，在手中的笔记本上临摹我家门上的那个盾徽。我站在窗边，躲在窗帘后面静静观察着他，盾徽映亮他的成熟的脸庞，他像一位学者或艺术家一样庄严，专注而冷静，眼神中充满睿智。

在另一个场景中，我又看到了他。我站在校门口的人群中，围观一匹摔断了腿的马。它仍被拴在大车上，鼻孔大开，痛苦而急促地喘着粗气，血从看不见的伤口中汩汩流出，将白色的地面染得一片殷红。这幅画面让我有些反胃，只想扭头走开，就在这时我看到了德米安。他没有挤到前面，而是站在人群的最后，带着与生俱来的从容和优雅。他的目光径直投向那匹马，安静而深沉，脸上再次浮现出近乎完美而又不动声色的专注。我一直看着他，潜意识中感觉到一丝异样：德米安的脸根本不是一张孩子的脸，而是一张男人的脸；不仅如此，我还感觉得到，这不仅是一张男人的脸，还带着其他的特征。对了，这张脸上还略带了些女性的阴柔。一瞬间，我感到他的脸无男女之分，无老幼之别，而是仿佛历经千年，已入亘古不变的化境，带着异于我们这个时代的印记。这种特征一般只能在动物、古树或者星辰当中看到——这是我成年之后才有的想法，当时则并不了解，但是大体印象如此。也许他很俊美，我可能已经倾心，或者依然排斥，但都不重要了。我只觉得，他和我们不一样，他更像一只动物，或是一个幽灵，再或者是一幅图画，我不知道他具体是什么，但他就是和常人不同，不可思议地不同。

再接着我就想不起来了，没准上面这些都是我后来的一部分印象。

长大几岁之后，我终于和他有了进一步的接触。德米安并没有按照传统在相应的年纪去教堂受坚信礼①，因此很快他又流言缠身。学校里又有人说他是个犹太人，或者是个异教徒；还有人说，他和他的母亲不属于任何一个宗教，而是某个邪教的信徒。更有人怀疑，他是母亲的情人。在没有宗教信仰的背景下长大，对他的前途可能会有不利的影响。所以，他的母亲后来还是把他送去接受了坚信礼，即便比同龄人晚了两年。在上坚信礼课的这一个月里，他成了我的同学。

有些日子我一直疏远他，不想和他有任何关系，因为他总是笼罩着层层流言和秘密，尤其是克罗莫那件事结束之后，我总是感觉自己受了他的恩惠，并对此耿耿于怀，况且我也饱受心中秘密的困扰。坚信礼课的那段时间，也是我性启蒙的关键期，尽管我端正了态度，强迫自己相信课上教的都是正义之道，但总是感觉非常无聊。神父在台上讲的那些教义无比神圣且光鲜亮丽，但都只存在于理想世界，离我的生活太远。它们很美好、很有价值，但太高高在上，不切实际，不够刺激，而那些教义之外的东西却恰恰相反。

---

① 又称坚振圣事，是基督教礼仪之一，象征人通过洗礼与上主建立的关系得以巩固。在黑塞年少生活的巴登-符腾堡州，天主教是主要的宗教团体，因此坚信礼具有相当重要的意义，被作为"圣事"看待。

与我对课堂的热情日渐冷淡相对应的，是我对德米安日益浓厚的兴趣。我们之间似乎有一种默契，我要尽可能地把它叙述清楚。我记得，那一节早课，因为时间太早，天还没大亮，所以教室里还点着烛火。神父在台上继续讲该隐和亚伯的故事，我完全没注意神父在讲什么，昏昏欲睡，无心听课。突然神父提高了声调，开始讲该隐头上的印记。此时，我似乎像是得到了一种召唤，抬起头来朝前排望去，而前排的德米安刚好转过身来看向我。他那双明亮的眼睛仿佛会说话，却分不清表达的是戏谑还是严肃。他短暂地望了我一眼，我立刻紧张地仔细听着神父对该隐印记的评述，脑海深处一个声音在不停地隆隆作响：事情的真相或许根本不是他所讲的那样，我们可以用另一种方式来看待这个故事，甚至可以对它进行批判！

这时，我和德米安之间再度建立起了默契。让人感到费解的是，这种心灵深处的交织，在空间中如魔法般拉近了彼此的距离。我不清楚是德米安有意为之，还是纯属巧合——我当时倾向于后者。几天以后，德米安将自己宗教课的座位调换到了我的前面（我还记得，在当时那个贫民窟般脏乱不堪、臭气熏天的教室里，能闻到他脖子上散发出来的淡淡的肥皂香是何等享受）。又过了几天，他又换了座位，索性直接坐到了我旁边，整个冬天和春天再也没搬走过。

从此早课完全变了个样，我再也不会无聊到想睡觉，而是天天盼着上早课。我们有时会聚精会神地听老师讲，只需他投来一个眼神，我便会注意到课上的故事或教导有多么怪异；而他如果再看我一眼，便能提醒我，务必时刻保持着批判和怀疑的眼光。

但大多数时候我们表现都不怎么好，上课的时候经常开小差。德米安倒是在老师和同学面前行为端正，从没见他做过其他学生常做的傻事，从不大声喧哗嬉笑，也从未被老师责骂过。然而他会和我说悄悄话，引导我加入他的思想活动中，不过他用的更多的沟通方式是眼神和手势。他的思想活动有时非常奇怪。

比如他会跟我说，哪些同学让他感兴趣，而他又是怎么研究他们的。有的人德米安已经了解得特别清楚了。他在课前告诉我"一会儿我用大拇指给你做个手势，然后某人还有某某人就会转过头看咱们，或者挠挠后脖颈"等。上课时，经常在我毫无心理准备的情况下，德米安会突然用大拇指做出手势朝我发出一个信号；通常我会立刻看向那几个同学，每次他们都会像提线木偶一样做出了德米安预料中的动作。我缠着德米安，想让他把这招用在老师身上，但他没有答应。不过有一次上课前，我告诉他我没有预习功课，担心老师会提问我，他帮了我。那次老师要点一个学生出来背诵教义问答①,在扫视了全班之后,他的目光落在我这张心虚的脸上,他的手指已经指了过来,名字都到嘴边了,但瞬间却像是走了神,变得有些焦躁不安。他松了松衣领,走到一脸坚定地盯着他的德米安旁边,似乎有问题想问他,但令人惊讶的是,他又走开了,咳嗽了几声,叫起了其他同学。

这个场景让我哑然失笑,但我开始慢慢地意识到,我这位朋友经常和我玩同样的把戏。有时我在上学路上,突然感觉德米安就在我后面跟着,等我转头一看,他果然就在那儿。

"你真的能控制别人去想你希望他们所要想的事情吗?"我问他。

他欣然地回答了这个问题,语气平和,像个大人一样:"不行,这谁都做不到。如果神父也这么做的话,那人就没有自由意志了。他不能去控制别人的思想,我也不能控制他的思想。但是我们可以仔细地去观察对方,这样就能大概猜出他的想法或感受,预测到他接下来要做什么。这招很简单,但是大部分人不知道,当然也是需要练习的。比如说吧,某些夜行性的飞蛾都是雌性数量远远少

---

① 一种带有答案的问答形式的教义手册。

于雄性的。这些虫子的繁殖方式和其他动物一样，都是雄性在交配中使雌性受精，然后雌性产卵。科学家在多次实验中发现，如果捉住了一只雌蛾，夜间便会有源源不断的雄蛾从几个小时路程以外的地方飞来！这是什么概念啊，你想想！这意味着几公里外的雄蛾都感知到了这一只雌蛾的存在！人们试着解释这一现象，但发现太难了。这应该是和它们不同寻常的嗅觉有关，就像好的猎犬能追踪到人类察觉不到的痕迹一样。明白吗？大自然中有很多这种令人无法解释的现象。我要说的是，如果这些雌蛾和雄蛾一样常见的话，那么雄蛾就不会进化出这么灵敏的嗅觉！它们现在有这么灵敏的嗅觉，完全是生存训练的结果。如果一个动物或一个人能把所有的精力和意志集中到某件特别的事上，他们也能实现目标。道理就是这样，你问题的答案也是如此。要是观察一个人足够久的话，你会比他本人更了解他的。"

我差点儿就说出"读心术"这三个字，这会让他想起多年前克罗莫的那件事。我们之间像是存在着一种默契：我和他都对这件多年前对我生活产生了巨大影响的事只字不提，仿佛认识之前什么都没发生过，或者说我们都相信对方已经忘掉了这事。有那么一两次，我们在街上碰到了克罗莫，我们没有任何的眼神交流，也没提起关于他的任何一个字。

"那意志又是怎么一回事呢?"我问道,"你说人是没有自由意志的,但又说人只要把意志集中在某件事上就能实现目标,这不是自相矛盾吗!如果我无法驾驭自己的意志,那我又怎么能够随意支配它呢!"

他拍了拍我的肩膀——我让他觉得高兴的时候他总会这样。

"问得好啊!"他笑着说,"人就要不断提问,不断怀疑。道理其实很简单。举个例子,如果一只雄蛾把意志集中在一颗星星,或者别的事物上,那它就无法实现目标。只是它不会做这样的尝试,它只会去寻找那些对它有意义、有价值的东西,它需要的东西和那些它一定要拥有的东西。也正是如此,它获得了不可思议的能力——第六感,这是其他动物不具备的能力!我们人类则比动物有更广阔的发挥空间,但某种意义上,我们也被局限在一个永远无法逾越的狭小圈子里。我可以发挥想象力,幻想自己一定要去北极,等等,但只有当愿望真正发自内心且强烈不可动摇时,我才有毅力、有决心去完成这个目标。一旦是这种情况,你想要去实现内心中的诉求,就能随心所欲地驾驭着你的意志去达成目标了。再比如,如果我现在想让老师再也不戴眼镜,这就无法做到,因为这不过是个玩笑。但去年秋天时，我下决心想从前面的位子调走，就很顺利地成功了。有个姓名顺序排在我前面的人此前一直在生病，那天他突然返校了，所以必须有人给他让座位，而我就是那个'天选之人'，因为我的意志已经准备好了，我马上就抓住了机会。"

"是。"我说，"当时我还觉得不对劲呢，从我们对彼此互相感兴趣开始，你就离我越来越近。这是怎么回事呢？一开始，你并没有直接坐在我旁边，而是先在我前面坐了一段时间，不是吗？你是怎么做到的？"

"是这样的，当我想要从原来的位置上挪走时，还不是很清楚自己想坐哪儿，只知道想坐到后排去。我的意志就是坐在你这里，但那时我还不知道。而你的意志同时出现，帮了我一把。当我坐到你前面时，只觉得自己的愿望才完成了一半——我注意到，自己别无他求，只想坐你旁边。"

"但那会儿没有新同学来啊。"

"的确没有，不过当时我只是做了自己想做的事情而已，直接坐到了你的旁边。和我换座位的那个人很不解，但还是让我这么做了。有一次，老师注意到座位发生了变化，所以他每次点我名时心里都会疑惑，因为他知道我叫德米安，而名字以D开头的我不能和名字以S开头的人坐在一起,但这个想法并没有进入他的意识,因为我的意志在与他对抗,而且我也一直在阻挠他想这件事。他每每发现异常都会盯着我看上好一会儿,试图找出问题的根源。这位善良的老师啊。而我的拆招也很简单,就是坚定地看着他。没有人能受得了这种目光,对上这种目光,通常都会心乱不安。如果你想在某个人身上达到目标,那就在他毫无防备的时候坚定地盯着他的眼睛,如果他不为所动,那就最好放弃!因为你在他身上得到不了什么的,绝对不可能!但这毕竟罕见,因为我只遇到过一个对此毫无反应的人。"

"那人是谁啊?"我接过话茬。

他眯着眼睛看着我,这是他思考的标志。然后他睁开眼,却一句话也没说,我只能强忍好奇心,没有再追问下去。

然而我认为,他指的这个人应该是他的母亲。他们的母子关系非常亲密,但对于他的母亲他从未提起过只言片语,也没带我去过他家。我甚至不知道他母亲的长相。

有时我会模仿德米安,试着把自己的意志汇集到我想要达到的目标上,那些都是我迫切想要实现的愿望。但最终总是一无所获。我没有勇气和他谈起这些事,没有向他坦白自己的愿望,他也并没有问过。

而此时，我对宗教的信仰也出现了裂隙。我的思想深受德米安的影响，但和那些没有宗教信仰的同学又大相径庭。他们有人说，信奉上帝真是荒谬不堪又违反人性，什么"三位一体"和"童贞诞生"①这种故事简直就是笑话，如今竟还有人公开兜售这种垃圾宗教，属实是时代的耻辱。这种说法我并不认同。尽管我对宗教有所怀疑，但整个童年的经历让我明白我父母那种"虔诚的生活"本质上既不是毫无价值，也不是彻底虚伪，它是真实存在的，而且，我对宗教一如既往地怀有崇高的敬意。只是德米安让我养成了习惯，通过自己的视角，发挥想象力，运用轻松的方式不受约束地审视和理解宗教故事和教义。倾听他的阐释和理解时，我总是很享受。当然，他也有一些观点超出了我的接受范围，比如该隐的故事。

有一次上坚信礼课时，他提出的一个大胆的观点吓了我一跳。老师讲到了各各他山②的故事。《圣经》里耶稣的受难和牺牲让我印

---

① 所谓"童贞诞生"，即天主教徒认为圣母玛利亚未和男人发生关系便诞下耶稣。
② 意译为"髑髅地"，是罗马统治以色列时期耶路撒冷城郊之山。据《圣经·新约全书》中的《四福音书》记载，耶稣基督曾被钉在各各他山上的十字架上，所以，数年来，各各他山和十字架，一直被视为耶稣基督受难的标志。

象特别深刻。在我小时候,父亲会在圣周五①讲起耶稣受难记,听完故事,我深受感动,仿佛置身于那个美妙绝伦却又苍白诡异的世界中,亲眼见到耶稣在客西马尼园②做最后的祈祷,在各各他山上受难升天。听巴赫的《马太受难曲》③时,我能感受到神秘世界的苦难辉煌,被敬畏之心彻底淹没。如今,我依旧认为这首曲子和《上帝的时代是最好的时代》④是诗歌乃至所有艺术形式的表达典范。

德米安在那节课后对我讲明了他的想法:"辛克莱,老师在课上讲的一些东西,我不是很喜欢。你读一遍这个故事,细细品味一下,就会发现它有多么寡淡无聊,我说的是两个强盗的故事⑤。三个十字架立在山丘上,那是多么壮观的场景啊!结果却变成了强盗被宗教感化的故事,实在太做作了!那是个十恶不赦的强盗,他干

---

① 又称耶稣受难节、耶稣受难日,是基督教的宗教节日,基督徒用以纪念主耶稣基督在各各他山被钉死受难的纪念日。
② 耶路撒冷的一个果园,根据《圣经·新约·路加福音》记载,耶稣被钉死在十字架上的前夜,和他的门徒在最后的晚餐之后前往此处祷告;此外,这里也是耶稣被他的门徒犹大出卖的地方。
③ 德国作曲家约翰·塞巴斯蒂安·巴赫于18世纪创作的一部清唱受难剧,以《马太福音》中耶稣的受难和牺牲为主题。
④ 德国作曲家约翰·塞巴斯蒂安·巴赫的一部宗教清唱剧。
⑤ 见《圣经·新约·路加福音》第二十三章,耶稣受刑时旁边有两名犯人被一同钉上十字架,一人表现出忏悔,耶稣便应许他一同进入天国。

的坏事上帝都看在眼里，现在居然被感化得声泪俱下，表演起痛改前非的戏码！你说，对于即将踏进坟墓的人，忏悔又有什么用处！这故事听起来伤感，其实根本经不起推敲，无非是神父们编出来煽情的，目的是教人虔诚向善。如果现在让你选这两个强盗里的其中一个做朋友，或者是信任他们中的一个，你是不是会选那个涕泗横流、悔过自新的呢？千万不要。相反，另一个才是个真性情的、活生生的人。他对皈依基督不屑一顾，这在当时对他而言不过是花里胡哨的说辞，他选择走完自己的路，直到人生的最后一刻也没有抛弃从始至终帮助他的魔鬼。他是个有个性的人，这种人一般在《圣经》里是短命的。也许他也可能是该隐的后人，你不觉得吗？"

我下巴差点儿被惊掉。我曾经对耶稣受难的故事深信不疑，现在才发现自己的理解简直是人云亦云，干瘪乏味，缺乏想象力。但德米安的新想法和见解对我来说仍如一株毒草，妄图颠覆必须坚守的固有认知。不行，不能这么看待所有的一切，更罔提最神圣的上帝！

一如既往地，在我还没开口时，他就发现了我有些抗拒的情绪。

"我知道。"他有所退让，"这个故事很老了，别那么认真！

但我想和你说,这个宗教是有缺陷的,这只是其中一方面。无论《旧约》还是《新约》中的上帝都是一个完美的形象,但这并不是他的本来面貌。上帝是高贵、善良、圣洁的,有着父亲般的慈爱,能够体察世间疾苦,这当然没错!但是这个世界上还有别的东西,人们却粗暴地将其他的一切都称为魔鬼的造物,这另一半世界就被刻意地掩盖和打压了。这些人尊上帝为万物之父,同时却又拼命地抹杀性爱——这一生命真正的源泉,并将其污蔑为恶魔的帮凶、罪恶的行径!我不反对人们对上帝耶和华顶礼膜拜,但我认为我们应该对一切事物,对这个完整的世界都心怀敬畏,而不仅仅是对那个被人为割裂的、所谓神圣的冠冕堂皇的世界充满尊重。人须奉神,亦要侍鬼,我觉得这才是正确的。或者人们可以再塑造出一位既是神灵又是魔鬼的神。只有这样,当这个世界上再正常不过的事情发生时,我们就可以不再装作视而不见。"

他一反常态,突然变得激动起来,但很快便控制住了自己,他笑了笑,不再咄咄逼人。

然而德米安的这番话却戳中了我整个童年时代的困惑,我无时无刻不在琢磨着这个问题,但一直将它深埋于心没有向任何人透露过。德米安对上帝和魔鬼的看法和对冠冕堂皇的神界以及深不可测的魔界的看法，与我对那"两个世界"，或者说世界有光明和黑暗两部分的认识不谋而合。我突然认识到，原来我的问题也是众生的问题，是每个人都会经历并思考的问题。霎时间，肃穆的阴影将我笼罩。当意识到自己的个人生活和想法已经深深卷入这个宏大命题的永恒洪流中时，恐惧和敬畏油然而生。这一认识虽然证实了我的想法，给我带来了一些成就感，但并不让我高兴，因为它宣告着我将负起责任，告别童真，独立前行，听起来太过刺耳和沉重。

我向他讲述了很小的时候就产生的"两个世界"的构想，这是我有生以来第一次袒露心底的秘密。而他也立即发现，我内心深处的感受与他产生了共鸣，支持了他的观点。但借题发挥不是他的风格。他比以往更专注地听我讲述，与我四目相对，我不得不回过头避开他炽热的目光，因为我从中又读出了那种不同寻常的、超然的永恒，还有不可思议的老成。

"下次我们再谈吧。"他关切地说，"我想你可能无法表达出自己内心所有的想法。如果确实是这样，那么你也应该知道，你从来没有在生活中实践过自己的想法。这可不好。只有经过实践的思想才是有价值的。你已经知道那个'公允的世界'只是我们这个世界的一半，你也尝试像老师和神父们那样去极力掩盖那另一半世界。但你是做不到的！人一旦开始了思考，就无法将这个事实继续掩盖下去！"

这些话如同万箭穿心，深深刺痛了我。

"但是！"我几乎失声喊叫，"确实有邪恶不堪的事物存在啊，这一点你是不能否认的！这些事是不被允许的，我们只能放弃。我知道这世界上存在着谋杀还有各种各样的罪孽，但难道仅仅因为它们存在，我就要亲自尝试一遍，然后去当一个罪犯吗？"

他安抚道："这个话题今天是说不完的。你当然不应该杀人，或者去强奸少女，永远都别这么做。你现在还小，明白不了所谓的'公允'和'禁忌'到底指的是什么。你现在所知道的不过是冰山一角，总有一天你会完全领悟的，你要相信这一点！比如说，近一年来，你心中一直有一种强烈的欲望，比其他任何想法都要强烈，而它也是一种'禁忌'。但是相反，希腊人还有其他许多民族都把它视为一件神圣的事，并且要对其顶礼膜拜。'禁忌'也不是永远的，它的性质是可以改变的。如果一个男人和一个女人在神父的公证下结了婚，那他们完全可以同床共枕。但对于有的民族来说，情况会有所不同。每个人都要为自己追寻到'许可'和'禁忌'。一个人不会因为触犯了禁忌就成了罪人，反之亦然。说白了，这就是个偷懒的问题！有的人懒得思考，懒得评判自己的行为，那么他只要遵守现成的规定就行了，这就轻松很多。另一些人心中自有一套标准，君子的日常做派是他们所杜绝的、世人唾弃的行为在他们心中却是合理的。每个人都要站在自己的立场上，独立思考自己的准绳。"

他突然打住，仿佛后悔说多了。而那时我已经能大概理解他的感受了。他在表达自己观点的时候很享受，每每侃侃而谈，但是，就像他曾经说的那样，他受不了"为了说而说"的对话。我们待在一起时，他除了对我真正感兴趣之外，更多的是在雄辩之中找到快乐，或者其他类似的体验。总之，是一种庄重以外的乐趣。

当我再次读到自己写下的"庄重以外"的这个词时，我突然想起了另一件事：那是我和德米安少年时代经历的最难忘的一幕。

坚信礼的日子终于要来了。最后几节宗教课讲的是圣餐，它的内容非常重要，神父在课上倾尽心血，而我们也能感觉到某种肃穆的气氛。而恰恰在这最后几节课里，我的思绪却飘到了九霄云外，想起了我的那位朋友德米安。坚信礼象征着教会这个集体接纳我们。就在这样庄严的场合，我脑海中有一个念头不容置喙：这半年的宗教课的价值并不在于课上讲的那些东西,而在于我和德米安贴近了,并受到了他的影响。我已准备好被接纳,但不是进入教会,而是加入思想和人格的骑士团①,它一定存在于这个世界上,而我的那位朋友就是它的代言人和信使。

我试着把这个想法压回去,我一定要严肃地参加坚信礼,虽然这个态度和我的新想法产生了冲突,但任我使出浑身解数,它不但纹丝不动,反而渐渐渗入了仪式的各处。我决定了,要以一种与众不同的方式来进行这个仪式。对我而言,它意味着自己融入了一个思想世界,而这正拜德米安所赐。

那一天课前,我又兴致勃勃地和他辩论起来,但他态度冷淡,对我故作成熟、内容浮夸的话题一脸不屑。

"说得够多了。"他的严肃反倒让我不习惯,"机巧的言谈是没有价值的,一点儿都没有,你不过是在逃避自己的内心,这是一种罪过。人要像乌龟一样,完全蜷进自己的内心深处。"

说完,我们一同踏入了教室。上课后,我努力专心听讲,德米安也没有打扰。不一会儿,我感觉旁边有些不对劲,有一种空虚或

---

① 存在于十字军东征时期的一种军事和宗教组织,欧洲近代之后便消亡。

冷寂的感觉，仿佛不经意间他的座位上已经空了。这种感觉越发强烈，我忍不住转头看去。

他坐在那里，姿态端正，一如既往，但是精神却与往日不同，似乎灵魂出窍，身边有别的不可名状的东西环绕。我以为他闭上了眼睛，可是看到的却是双目圆睁，只是一眨不眨，目中无物，眼神呆滞，似乎在凝视内心深处，又像是在向远方眺望。他静止似的坐着，仿佛呼吸都停止了，嘴巴也像木石雕刻一般纹丝不动，面色惨白如雪，唯有棕色的头发略显出一丝生机。他的手静静地放在前面的长椅上，一动不动，仿佛化成了泥土或果实那般的死物，却并不是没有生机，倒像是坚实的外壳包裹住了强大隐秘的生命。

我吓得浑身发抖。他死了！我几乎喊出声。但我明白，他没有真的死掉。我紧紧地盯着那张脸，它就像一副没有血色的石膏面具，这就是德米安啊！平时和我在一起说话的那个谦和的人只是半个德米安，无非出于善意，逢场作戏而已；真正的德米安则是这样沧桑、冷酷而俊美，如死尸，如磐石，如动物。我感到，在苍穹、星空与死亡所共有的空虚和孤独之中，包裹着一个神秘而不同寻常的灵魂。

现在，他已经完全进入自己的内心世界。我惊恐无比，感到前所未有的孤独，因为我无法融入他的境界，这实在难以企及，仿佛比天涯海角还要遥远。

我完全不明白，为什么除了我没有任何人注意到他！所有人都应该瞧瞧这幅奇景，都应该为此战栗！然而没有人注意到。他就像一幅画，更像是一尊神像，那么僵硬地坐着。一只苍蝇停在他的脑门上，而后慢慢悠悠地沿着鼻子爬到嘴唇上再飞走，他的眉头居然都不皱一下。

他这是神游到哪儿去了？他在想什么？又有何感受？这是上了天堂，还是下了地狱？

我无法开口问他。课快上完的时候，我发现他恢复呼吸，又活过来了，目光交汇之时，他又和往常一样了。他从哪儿回来了？他刚刚去了哪里？他的脸上又恢复了色彩，手也能重新活动了，但人看起来非常疲惫，一头棕发也乱七八糟，失去了光泽。

接下来几天，我在卧室里开始尝试一项新试验：笔直地坐在椅子上，让眼神空洞，保持一动不动的姿态，看自己能持续多长时间，最后又有什么感受。结果除了浑身疲倦，眼皮刺痒以外，一无所获。

不久后，到了坚信礼的日子，但是它并没有给我留下什么重要印象。

一切都变了。童年在我身边轰然崩塌,父母望着我的目光多了一丝尴尬,姐妹们也不如往日那般亲昵了。这种幻灭让我曾经熟悉的感觉变得扭曲,也让欢乐黯然失色。花园的空气不再香甜,森林也不再充满吸引,整个世界于我如同旧货甩卖,暗淡无味,那些书籍无非是废纸,那些音乐也只是聒噪。我就像一棵秋天的树,树叶从它身边飘落,它丝毫未察觉,亦未感觉到雨水从身边滴落,阳光的温暖和秋霜的寒意,生命逐渐蜷进了身体中最私密、最深处的地方。它没有死去,它在等待。

家里人决定,暑假结束后,让我去另一所学校就读。这是我第一次离家独处。有时候母亲会对我格外温柔,似乎在提前预演离别。她费心尽力,试图下一道魔咒,好让我在心里依旧爱这个家,想这个家,不忘记这个家。德米安也出门旅行了,终究只剩下了我一个人。

第四章
贝雅特里齐[①]
DEMIAN

[①] 来自佛罗伦萨,是但丁的爱人,也是《神曲》中引导但丁进入天堂的人。在但丁笔下,她是救世主的化身,能够去除一切邪恶的思想。

暑假结束,我就去了St.城,走之前再也没见过我的朋友——德米安。父母依依不舍地把我送进了寄宿中学,又托一位老师仔细关照。我想,如果他们知道自己这样做使我陷入了一个什么样的境地,一定会感到震惊。

我依旧在思考以前的问题。我是要重新成为一个好儿子,成为对社会有用的人,还是跟随我的本性走上另一条路?我试着长时间停留在父母和神灵的精神庇佑之下,虽然有些时候离成功只有咫尺之遥,但最终还是功亏一篑。

在受完坚信礼的那个假期中,我感受到了前所未有的空虚和寂寞(呵,这种空虚寂寞的感觉自此以后经常伴随着我),而且久久都无法消散。我居然没有为即将开始的背井离乡的生活感到悲伤,甚至也没有因为自己并不痛苦而感到自责。姐妹们都在难过地哭泣,可我很惊讶自己竟哭不出来。我向来是一个多愁善感、善良的孩子，而现在我变了，对外部世界漠不关心，整日沉迷于内心，倾听其中禁忌、黑暗的大河暗中奔流。在这短短半年间，我的身体长得很快，出落成了一个身材消瘦的大高个子，看起来一副涉世未深的样子。孩童时期的稚气已从身上消失，我发觉没人爱这样的我，我也不爱自己。我十分想念德米安，也时常恨他剥夺了我的感情，让对生活的麻木像一场恶疾纠缠着我。

起初住校时，我不受欢迎，也得不到尊重。其他同学先是嘲笑我，后来便不再理睬我，觉得我性格怪异，胆小窝囊、讨人嫌。我挺喜欢这个定位，演得也很投入，越发特立独行起来。表面上看，我桀骜不驯，颇有男子气概，内心则苦于无人理解，受着绝望的煎熬。在学校里，我只需用以前积累的知识即可应付，因为这儿的课程比我之前学的稍微落后些。我逐渐开始轻视班上的同学，把他们当成小孩子看待。

一年多的时间也就这样过去了。其间几次放假，我回家探亲，并没有什么新鲜的感觉，反而让我更想再次离家回到学校。

十一月初，我养成了一个习惯，无论天气如何，都要在外面散散步，思考问题。在散步时，我常常感到十分痛快，一种满是忧郁、鄙弃世界、轻贱自己的痛快。有天傍晚，我在潮湿多雾的暮色中进城闲逛。前方的公园大门敞开，宽阔的林荫道上空无一人，似乎在欢迎我进去一探究竟。路面上铺满了湿漉漉的落叶，散发出草木的苦味，我带着一种恶趣味不断地用脚踢打着。远处的树木影影绰绰，像巨大的鬼影，在雾中慢慢显形。

我站在道路的尽头，看着一堆堆发黑溃烂的湿树叶，贪婪地呼吸着腐烂与枯萎的气息。呵，生命的味道如此枯燥！

这时，旁边的小路上走来了一个人，雨衣在微风中飘摇，我正要往前走时，他叫住了我。

"你好啊，辛克莱！"

他走了过来，原来是阿尔方斯·贝克，我们宿舍里年龄最大的学生。虽然他总是喜欢摆出一副长辈的姿态，阴阳怪气地嘲讽我和其他小一点儿的同学，但是除了这点以外，我并不讨厌他，还挺喜欢他的。他身体很强壮，老师见了都让他三分，也因此成了学校里许多传说的主角。

"你在这儿干什么呢？"他友善地问，但语气里仍然有长者的居高临下，"我猜，你一定是在写诗！"

"我可没有这样的兴趣。"我毫不客气地打发他道。

他笑出声来，走到我旁边想和我聊聊天，我可一点儿都不习惯这样。

"辛克莱,你不用担心我听不明白。在满是雾霭的夜晚散步,那一定是心怀秋思,往往会诗兴大发,我懂的。主题无非是感慨万物凋零,再联想到年少时光不再,都是这一套,你看海涅①就是这样的。"

"我没这么多愁善感。"我顶了一句。

"好好好,不说了!但我觉得,这种天气适合找个僻静的地方,坐下来倒杯小酒喝。你要不要来啊?我正缺个伴。嗯,你不想去对吧?如果你要做好学生的话,我想最好还是不要把你带坏。"

没多久,我们就一起坐在了城郊的一家酒吧里,举着厚厚的玻璃杯,饮下了味道奇怪的葡萄酒。一开始我还是有些抵触,不过渐渐感到新奇。很快,我酒力不支,开始话多了起来,仿佛面前打开了一扇窗户,世界映照进来。我已经很久没有畅所欲言了!我开始胡言乱语,讲起了该隐和亚伯的故事!

贝克投入地听着。我终于可以对着一个人一吐为快了!他拍了拍我的肩膀,称我是个"鬼才"。前所未有的沟通欲望喷涌而出,

---

① 海因里希·海涅,德国著名浪漫主义诗人,代表作《德国,一个冬天的童话》。

我所说的话终于得到了认可,能从一个比我年长些的人那里获得肯定,简直让我欣喜若狂。"鬼才"这个称号像甜美的烈酒一般,直接注入了我的灵魂之中。整个世界在我面前迸发出崭新的颜色,我思如泉涌,兴奋的火焰在每一寸皮肤上燃烧。我们从老师聊到同学,一见如故,侃侃而谈,然后又从希腊人聊到异教徒。贝克想让我好好讲讲自己的艳遇。我一时语塞,从来都没发生过的事情,又怎么能说得出来呢?至于我的各种感受和幻想,虽然很焦急地想要脱口而出,但是胸中的块垒仍然没有被酒精融化,总是欲说还休。

贝克很懂女孩子,我脸红心跳地像听童话一样听他讲着女孩们的故事。他讲的有些事情令人难以置信,但确实发生在平凡的生活中,而且没有一点儿突兀。贝克大概十八岁,可是情感经验却已经非常丰富。他说:"那些爱美、喜欢听赞美之言的小姑娘们无非是些好看不中用的花瓶,还算不上真正的女人。真正的女人都很聪明。比如那家文具店的老板雅阁特夫人,在台前任何人都可以和她光明正大地做买卖,但在柜台后面发生的事情,那可就难以言说了。"

我听得入了迷,仿佛打开了新世界的大门。当然,我是绝对不会喜欢上雅阁特夫人的,但这些事确实是骇人听闻。对于这些年长一点儿的学生来说,这种事情就像是快乐之源,而我却连做梦都没有想过。里面有些话听上去有些不太对劲,这比我认知中的爱情要平常、低俗得多。但这就是现实,这就是生活,这就是冒险。我身边就坐着这样一个身经百战的人,他见得多,觉得这些事情就是理所当然的。

我们对话的兴致有些减弱,逐渐没有了话题。我已经不再是那个机灵的鬼才,而是一个认真听男人讲述人生经验的少年。相比我过去几个月的生活,今晚的体验相当美妙。除此之外,我逐渐意识到,从进入酒吧买醉到闲聊的内容,都是禁忌的。但这一刻,我的灵魂从中得到了解放,品尝到了叛逆的滋味。

关于那天晚上,我的记忆特别清晰。我们两个人在阴冷潮湿的黑夜里相互搀扶着,沿着昏黄的路灯杆往回走。那是我生平第一次喝醉,样子很狼狈,身体也很痛苦难受,但是内心却别有一番滋味,很刺激,有一种甜蜜、叛逆和放浪形骸的感觉,这才是生命和灵魂!贝克虽然一路上骂骂咧咧,数落我瞎逞能,但还是很体贴地照顾着我,半搀半扛地带我回了学校,最后成功地把我从走廊上开着的窗户上推进了宿舍,没闹出一点儿动静。

熟睡没多久,带着酒醉的痛,我迷糊地醒了过来。脑袋清醒后，一股巨大的痛苦涌上了胸口。我坐在床上，发现衣裤和鞋子扔得满地都是，衬衫却还在身上，带着一股烟草和呕吐物的气味。我头痛欲裂，持续反胃，渴得要命，眼前却出现了许久没见过的画面：我看见故乡的风景和家中的宅院，看见父母和姐妹们坐在花园里，看见那间安静又亲切的卧室，看见母校和市场，还有德米安和坚信礼课堂。回忆从光明世界中缓缓向我流淌过来，里面的一切都那么神圣、纯洁而美好。突然间，我明白了，直到昨天，甚至是几个小时之前，它们还属于我，还等待着我；可是今天，因为我的自甘堕落而让诅咒缠身，它不再属于我了。我被赶了出去，所有人的眼光里都带着鄙夷！父母的每一份关爱，在家里过的每一个圣诞节，每一个虔诚而敞亮的周日，还有花园里的每一朵花，都是我在遥远而灿烂的童年时代所珍爱的，现在统统破碎了，甚至被我狠狠地践踏了！如果现在警察冲进来把我铐上带走，把我当作流氓或渎神者送上绞刑架，我也会理解，欣然接受，毕竟他们说得对，而且证据确凿。

我内心的想法确实如此！我，放荡不堪，藐视世界！我，妄自尊大，追随德米安的思想！这就是我的丑恶面目：醉鬼，污秽下流，令人作呕。我像一只粗鄙的野兽，被丑陋的欲望所支配！我来自那个纯洁、光辉又柔和的花园，曾经也是一个爱听巴赫、爱读好诗的人！现在，我听着自己的大笑声，厌恶并气愤着，那是酒鬼的笑声，断断续续，愚蠢又幼稚。原来这就是我啊！

尽管如此煎熬，但这何尝又不是一种享受？我在黑暗之中独自前行了许久，心已经沉默太久，蜷缩进了角落里，所以此时，即便是自责、恐惧这种糟糕的感觉，都如甘霖滋润了我麻木的灵魂。毕竟那是感觉！它燃起火焰，让我的心感受到久违的刺痛！在痛苦中，我突然莫名有种得以解脱和重燃新生的感觉！

在外人看来，我已经急剧堕落。酒吧买醉变得稀松平常。学校里有很多泡吧鬼混的人，我是其中年龄最小的一员。我已不再是当年那个克己复礼的小孩，很快，我变成了泡吧人群中的领头羊和启明星，作风出格，恶名昭彰。现在，我重新归于黑暗世界，跻身魔鬼之列，并在这里风生水起。

但我深感悲哀。我每天沉溺享乐，在酒精的刺激中自我毁灭。伙伴们都把我看作领袖和好汉，说我胆大、潇洒、幽默，但我的灵魂深处却充满恐惧和忧郁。某个周日的早上，我离开酒馆，看到孩子们头发梳得整整齐齐，穿着干净的便装在街上玩耍，不禁潸然泪下。和伙伴们在肮脏逼仄的酒馆里愤世嫉俗、高谈阔论时，我总会用一些粗鄙不堪的话来嘲笑或恐吓他们，但心里却对那些被我嘲笑的事满怀敬意，在内心深处啜泣着向灵魂、向过往、向母亲、向上帝跪下忏悔。

我从没真正融入过那些伙伴之中，每次都饱受局外人之苦不是没有原因的。在那些人心里，我是酒馆豪杰，是哗众取宠的小丑。我通过对老师、学校、父母和教会的嘲讽，来表现自己的胆量和想法。下流笑话还有更过火的东西我也敢讲。不过每次他们去找女孩子的时候，我都不会跟去。从言谈上看，我确实是个情场浪子，但实际上我却是孤身一人，我也真诚地渴望爱情，无望地渴望。我是他们之中最脆弱、最害羞的人。每当城里年轻的女孩子从我面前走过，看着她们美丽而整洁、活泼而优雅的身形，就像见到了完美无瑕的梦，对我而言比美玉纯洁千百倍。有段时间我都不敢光顾雅阁特夫人的小店，因为每次看见她总会想起阿尔方斯·贝克讲的事情，脸上难免泛红。

我越是在这个新集体里感到孤单和异类，就越无法解脱。我真的搞不清楚，酗酒、吹嘘到底能不能给我带来真的快乐。并且，我从来没习惯过喝酒，每次酒醉都只会觉得痛苦不堪。这些都是我迫不得已的。我不得不做这些事，否则压根不知道自己该做些什么。

我很害怕长久的孤单，害怕心中一直滋长的亲昵、羞涩和柔软的情感，也很为脑海中不时闪过的爱情憧憬而不安。

我最缺的，其实是朋友。学校里有两三个我很欣赏的人，都是好学生。我劣迹斑斑，这在学校里早已不是什么秘密，所以他们都躲着我。在众人眼里，我无异于一个玩物丧志、自绝前程的混子。老师也很了解我，经常对我施以严厉的惩戒，在他们看来我迟早会被学校扫地出门。我很明白，自己早就不是什么好学生了，现在只是在自欺欺人，虽然我知晓长此以往并不是件好事。

上帝有很多种方法可以让一个人孤独，使其走上探寻自我的道路。那时，他也为我铺设了这样的一条道路。可这真是场噩梦啊！这条路脏兮兮，黏糊糊，洒满了玻璃碎片，充斥着暗夜里胡言乱语的高声喧哗。在这里我看见了自己，一个着了魔的梦游者，正不安而憔悴地在一条丑恶而肮脏的道路上爬行。

有这样一种梦境，骑士在踏上寻找公主的征途中，不幸误入了恶臭无比、垃圾遍地的后街。我现在就是这样，狼狈无比，孑然一身。在我和童年之间，矗立着紧锁着的伊甸园大门，门前的守卫毫无怜悯。此刻，我对之前的自己的思念再次苏醒了。

收到校长的警告信之后，父亲赶到了学校。他的出现从未这样猝不及防，吓得我大惊失色。大约冬天快结束的时候，他又来了第二次，而我已经淡定了很多，一副无所谓的样子，任他训斥、央求，或者搬出母亲来劝诫我。最后他暴跳如雷，警告我，若我再不悔改，就任凭学校发落，背负着骂名被学校驱逐，扭送至少管所。随便吧！他离开时，我竟为他的无计可施感到有些可怜，他现在已经找不到和我沟通的办法了。有那么一瞬间我甚至想，这是他罪有应得。

我以后会变成什么样子，没必要在乎了。我用特立独行的方式与世界为敌，终日在酒吧酗酒，自吹自擂，以此来反抗这个世界。我已自甘堕落，时不时会这样想：如果这个世界没办法让我这样的人派上用场，无法为我们提供更好的安身之处，指派更高尚的任务的话，那么和我一样的人就会走向毁灭，那这一切的损失就让这个世界承担吧。

那一年的圣诞节很不愉快。重逢的时候，母亲被我惊呆了。我虽然长大了一点儿，但是脸型瘦削，面容枯槁，皮肤松弛，双眼浮肿，嘴角旁长出的第一缕胡须以及新戴上的眼镜让我看起来更加陌生。姐妹们见状，躲到一边，暗自发笑。整整一天我都很不悦，和父亲在书房的谈话很不悦，和亲友见面的问候很不悦，晚上的圣诞夜仪式更是不悦。自我出生以来，圣诞节就是家里最隆重的节日，家里的气氛一直是欢乐祥和的，我和父母之间的纽带也会因重修于好而更加亲密，但今年只让我感到压抑和尴尬。和以前一样，父亲在诵读《圣经》上牧羊人在野①的故事："他在那里照看着羊群。"姐妹们则一如往常，喜气洋洋地站在各自的礼品桌后。但是父亲的声音带着不悦，面容看起来苍老而纠结，母亲也面露伤心之色，而我则觉得一切都别扭尴尬。礼物、祝福、福音和圣诞树都变了样。姜饼香气浓郁，满载着过去的幸福回忆；那棵树气味芬芳，见证着过往的一点一滴。可惜如今物是人非。我只盼着这个晚上，还有整个假期能早点儿过去。

那个冬天无比漫长。不久前，我被学校评议会严重警告，威胁下次直接开除。也就这样了，我想。

我特别恨马克斯·德米安。那段时间我一直没再见过他。在刚去St.城上学时，我曾给他写过两封信，但都石沉大海。所以即使是放假期间，我也没再去找过他。

---

① 见《圣经·新约·路加福音》第二章，耶稣在伯利恒降生的那晚，上帝的使者降临在田野上。当地的牧羊人很害怕，使者安抚他们，宣告救世主即将降临。

早春已然降临,草木开始发青,在去年秋天我遇见阿尔方斯·贝克的那个公园里,我遇见了一位姑娘。当时我独自在公园里闷头乱走,满脑子都是忧愁和烦恼。因为我的身体越来越糟,手头也越来越困窘,还欠了同学一屁股债,所以我必须得再巧立名目,好向家里要钱。我已经在许多店家赊了账,主要是买烟酒之类的东西。不过这些烦恼都不是什么大问题,相对于如果我沉湖自尽,或者被扭送至少管所,刚才所说的那些小事根本不值一提。然而我每天睁眼却不得不面对这种恼人的琐事,为此受尽了折磨。

就在那样一个春日,我在公园里邂逅了这位年轻姑娘,我深深地被她所吸引。她高挑苗条,衣着讲究,长着一张聪敏的容颜。我一见倾心,她就是我喜欢的类型,很快,我就陷入了对她的幻想之中。她和我差不多大,却比我更成熟、更优雅,身材的轮廓已凸显,差不多算是个年轻的女人了,只是脸上还略微带有些许的稚嫩和英气,这可真戳在我的心坎上了。

我从来没有搭讪过自己喜欢的女孩子,这次自然也不例外。但是,她给我留下的印象却比以往的接触经历都要深刻,而这段对她的爱慕之情对我的生命产生了巨大的影响。

我的眼前突然闪现出一幅画,一幅著名的、高雅的画作。此刻，我心中从未有过如此强烈的冲动，那是对崇敬和爱慕深沉的渴望！我把她称作"贝雅特丽齐"，这个形象是我从自己珍藏的一幅英国前拉斐尔派[①]的画作复制品上看到的（但我没读过但丁的《神曲》），画上的女性四肢纤细，身材颀长，长脸，双手和面部散发着灵气。虽然我喜欢的那个女孩和画上的女孩同样年轻苗条，脸上的神采也颇为相似，但并不是完全一样。

我和贝雅特丽齐从没说过一句话，但是她当时对我的影响是至深的。她的形象在我面前，打开了一处圣地，引我前往庙宇中祈愿。从遇见她那天起，我再也没去喝过酒，再也没在晚上瞎逛，而是重新回到独处生活中，重新拾起阅读和散步的爱好。

这突然的转变猝不及防，让我招来了一些嘲笑。但是我现在有了可以爱慕和崇拜的对象，有了新的信念，人生也明朗了许多，生命中又一次充满希望和多彩的神秘，足以让我无视外界的嘲讽非议。虽然自己成了爱慕对象的奴仆，但我终于复归自我。

每次想起那段时光，我都无法抑制自己的情感。我竭尽全力，试着在已经支离破碎的现实生活中重建那个"光明世界"，重新生

[①] 又译为前拉斐尔兄弟会，始于1848年的一个艺术团体，也是一项艺术运动。

活在唯一的渴求中,企图将黑暗与邪恶彻底从体内驱逐,跪伏在诸神面前,让圣光长存身边。如今的"光明世界"大体是我个人的创造,不再是回到母亲的怀里,逃到不用负责的安全感中,而是一项新的自发、自觉的使命,旨在做到负责、自律。我深受性欲的烦扰,无时无刻不在躲避它,现在势必要在灵魂与祈祷的神圣之火中将其净化,绝不在生命中留存一丝罪孽与丑恶。我将不会整晚因后悔而哀叹,不会为淫邪的图片而心动,不会偷听不该听的东西,更不会心怀任何色欲,而将在祭坛上供奉贝雅特丽齐的照片,为她、为灵魂和上帝献身!我为邪恶所蛊惑的那段人生,就献祭给光明吧!我人生的目标不再是享乐,而是纯洁;不是幸福,而是美好与智慧!

对贝雅特丽齐的崇拜让我的生活天翻地覆。昨日早熟的浪荡子弟,今天摇身一变成了苦行的僧人,梦想是要成为圣徒。我放弃了习以为常的糜烂生活,立志改变一切,要让世间万物变得纯净、高贵,有尊严。在衣食住行、言谈举止上,我无不三思而动。早上起床先洗冷水澡,虽然这做起来有些困难,但必须坚持下去。我举止庄严肃穆,打扮整洁正派,走路不疾不徐,稳步向前。旁人看来,可能会觉得我异常怪异,但在我看来,这是真心地尊奉上帝。

在我践行新信念的这些活动里，有一项尤为重要：画画。这么做的初衷是因为那幅英国的贝雅特丽齐像与心上人并不完全相像。我想试着自己将她画出来，便兴致勃勃地买来了上好的画纸、颜料和画笔，带到刚刚分配好的房间里，我把调色板、玻璃杯、瓷碟和铅笔摆好。精制的彩画颜料让我很是高兴，倒在白色碟子里浓铬绿色的颜料，至今仍能让我回想起，它在白色的碟子中闪闪发亮的样子。

我小心翼翼地动笔。画脸很难，所以我想先从别的地方着手，就从装饰物、花、还有背后想象出来的景色开始吧：小教堂旁边的一棵树、一座长着青翠柏树的罗马桥。有时我完全沉浸在作画中，像个把玩颜料的小孩一样开心，最后，我才开始画贝雅特丽齐。

前几幅画得很失败，被我扔到了一边。我越是构思那位偶遇过的少女的脸庞，越是没法下笔，最后不得不作罢，索性跟着直觉和想象走，从画笔和颜料激荡出的幻想中自然画出。随后画出的是一张梦想中的脸，我还算满意。我打算继续按照这种方式来尝试，每一幅画中她的样子都越来越清晰，越来越接近我的理想，即便和事实相差甚远。

我渐渐习惯了作画，即便没有模特，也能用梦幻的笔触随心勾勒线条，填补空白。就这样，抱着玩玩看的心态，一幅画作在潜意识的引导下诞生了。不知不觉间，我终于完成了一张脸的绘制。它比以往任何一幅都更为强烈地表达出了我的情感，但这张脸并不属于那个女孩，它很不一样，是不存在的，不过不失其价值。我画出来的早就不是她的脸了，反而更像一个少年的，头发不像那位美丽的姑娘般浅黄，而是带点儿酒红的棕色，下巴挺拔有力，双唇鲜艳红润。整体来说，这张脸有些僵硬，像一副面具，却让人过目难忘，充满神秘的生命力。

坐在完工的画作前，我有种奇怪的感觉。它看起来更像一尊神像，或是一副神圣的面具，亦男亦女，没有年龄，坚定的意志中带着梦幻，呆板中透着生机。它似乎有话要对我说，它属于我，却又在召唤我。它隐约有着某个人的影子，但我想不起那个人是谁。

有段时间，这幅画占据了我思想和生活的全部。我把它藏在抽屉里，免得被逮到把柄，落人口舌。但只要我一个人待在房间里，还是会拿出来，与它交流。到了晚上，我就把它钉在床对面的墙纸上，这样她便能伴我入睡，早上醒来也能第一时间映入我的眼帘。

那段时间，我又和小时候一样，晚上总爱做梦。我记得应该有好几年没做过梦了，现在梦又回来了，不过有了全新的形象。这幅画也常常出现在梦中,充满活力地说着话,对我时而友好,时而敌对,时而又摆起鬼脸;而有时候,她是那样美丽、和谐而高贵。

有天早上,我从这样的梦中醒来,马上就想到那是谁了。它注视我的眼神是那样亲切和熟悉,似乎就要叫出我的名字。它似乎认识我,一直以来都在关怀我,像一位母亲那样。我心脏怦怦直跳,凝视着画上棕红浓密的头发、女性气质的嘴唇,看到饱满的额头上反射着奇妙的光。我感觉,自己越来越接近它,重新发现它的身份,并了解它。

我从床上一跃而起,近距离地站在这幅画的面前,紧紧地盯着它那双睁得大大的、淡绿而深邃的眼睛。右边的眼睛似乎比左边的要高一些。刹那间,右眼稍稍抽动了一下,虽然很轻微,但是明显可见。就在这时,我终于认出这幅画中的人……

这是德米安的脸!我怎么没早点儿发现?

我把它和记忆中德米安的相貌做对比,虽然有些相似,但并不完全一致。可这确实是德米安啊!

夏日的一个黄昏,夕阳将红彤彤的余晖斜着洒进了西边的窗户。屋里暗淡昏黄,我突发奇想,把贝雅特丽齐或者德米安这张画钉在了窗框上,看着它在暮光中的模样。这张脸在阳光下轮廓模糊，但是泛红的眼眶、明亮的额头却十分明显，红唇也如烈焰一般野性燃烧。尽管天色渐晚，但是我仍久久地凝视着它。我慢慢意识到，这张画既不是贝雅特丽齐，也不是德米安，而是我自己。虽然它不像我——本来也不该像，但它对我很重要，是我的内在，是我的命运，或是我的心魔。若我结识了新的朋友，这便是他的长相；若我觅得了新的挚爱，这便是她的容貌。我的存在与灭亡是这样，我命运响动的音律亦是这样。

那几周我读了一本书，是诺瓦利斯①的书信和随笔集。我的感触比以前的阅读都要深刻，即便是后来，也很少有书能让我有那样的感觉，除了尼采以外。虽然我一知半解，但是它有一种不可言说的魅力，吸引我继续读下去。我特别喜欢里面的一句话，并把它抄在那幅画下面："命运和性格是同一种概念的两种说法。"现在我参透了其中的奥义。

那个叫"贝雅特丽齐"的女孩我经常遇见，不过现在心中只能感受到一丝温柔的契合，此外再无波澜。我明白，她与我密不可分，已经成为我命运的一部分，但那只是画上的她，并不是她本人。

---

① 德国诗人、作家、哲学家，德国浪漫主义的代表人物。

而我对德米安的思念却日甚。这些年来，我没有听到关于他的一丁点儿消息，只是在假期里见过他一次。现在，我发现，自己竟出于羞愧和自负忘了写下这段短暂的会面，所以有必要在这里补上。

假期中的一天，我在家乡闲逛，因为经常出入酒馆，我一脸傲慢却又透着疲态。路上，我挥舞着一根手杖，嫌弃地看着那些可悲的市侩俗人。这时，我的老朋友迎面走来。我一看见他，就打了个冷战。刹那间，我不由得想起了弗兰茨·克罗莫。但愿德米安已经把那件事忘干净了！一想到还欠他的人情，我就很不自在。虽说那件事只是孩子们的玩闹，十分愚蠢，但依旧让我感到愧疚……

他似乎在等我打招呼。在我故作镇定时，他先一步把手伸过来。这是他握手的方式！坚定，温暖却又冷静，充满男子气概！

他认真地注视着我的脸，开口问候道："你长大了啊，辛克莱！"他一点儿都没变，还是那么老练，还是那样年轻。

他走近我，和我边走边聊些家长里短，就是没提当年。我想起来，以前给他写过那么多封信，结果全部没有回音。啊！希望他忘了那些傻乎乎的信吧！他连提都没提。

我写信的时候，还没有什么贝雅特丽齐，也没有什么肖像画，正是人生中最荒废的时光。到了城郊,我请他进了酒馆,他答应了。我装模作样地叫了一大瓶酒,把杯子斟满,碰杯后一饮而尽,学着那些大学生,做出一副对喝酒驾轻就熟的模样。

"你常来酒馆吧?"他问。

"啊?是啊!"我懒散地回答,"不然还能做什么?这里才是最有趣的。"

"你真这么想吗?这里确实有些东西很吸引人,比如让人陶醉。不过在我看来,大多数经常泡在酒馆里的人,无法真正体会到喝酒的乐趣。沉溺在这里,是一件很没品位的事情。的确,伴着烛光,在这里喝上一整晚,不醉不归,是很畅快。但日复一日地推杯换盏,就真的是你眼里的生活真谛了吗?你还记得浮士德一晚接着一晚坐在酒桌前[①]是什么样子吗?"

我又喝了一杯,狠狠地瞪着他,顶了一句:"当然记得,但不是所有人都能成为浮士德。"

他稍稍有些吃惊,凝视着我,继而笑了起来,带着招牌式的爽朗和优越。

[①] 浮士德是歌德代表作《浮士德》的主人公,这里指的是《浮士德》第一卷第五场中魔鬼梅菲斯托试图引诱浮士德沉迷酒色的故事。

"那好吧,就此打住。醉鬼或浪子的生活总是要比模范市民有意思多了。浪荡的生活是成为神秘主义者最好的准备,这是我以前从书上读到的,典型的例子就是后来被封为圣徒的圣奥古斯丁①,他以前就是一位花花公子,整日沉迷享乐。像他这样的人不少。"

我完全不信,不想被他所左右,便傲慢地回答:"是啊!每个人的爱好都是不同的呀!老实说,我压根儿不想做圣徒,也没有别的雄心壮志。"

德米安眯了眯眼,仿佛看透了我的心思。

"亲爱的辛克莱,"他不急不缓地说,"我无意冒犯你。哦,还有,你坐在这里酗酒的原因,咱俩都不清楚,但身体里指引你生命的那种力量知道。明白这一点就好:我们内心深处有这样一个人,他通晓一切,有着各种向往,而且做得比我们都好。抱歉,我得回家了,失陪。"

告别很简短,没有挽留。我一个人不悦地坐在那里,把杯中的酒一饮而尽。临走时,我发现德米安已经把单买了,这让我更为恼火。

---

① 基督教早期神学家,著名哲学家,代表作有《忏悔录》。

这件小事让我的大脑再次停止运转，我满脑子全是德米安。他在酒吧说的那番话又浮上心头，挥之不去——"明白这一点就好：我们内心深处有这样一个人，他通晓一切……"

我抬头看了看那幅画，周遭已暗淡下去，唯有眼睛闪闪发光。那就是德米安的大眼睛，或者说，是我内心深处那个通晓一切的人的眼睛。

我是多么想德米安啊！我没有他的消息，也无法找到他，只知道他高中毕业后和母亲从这儿搬走了，这会儿可能在别的地方念大学。

我把记忆的指针拨回到克罗莫事件之时，重新寻找德米安的踪影。他的话掷地有声，如今依然意义非凡，历久弥新，对我完全适用！上次不欢而散的会面中谈到的"浪子与圣徒"的问题，在我的眼前赫然显现。这说的难道不就是我吗？我难道不是沉沦迷醉于污秽之中，放任自己麻痹、迷失吗？直到我生命中新的动力将我内心的另一面复苏，重新点燃了我对纯洁的渴望和对神圣的追求。

我继续在过去的思绪中探索，全然没注意到外面天色已然黝黑，而且下起了雨。雨声回荡在了我记忆之中，引我想起了那年在那棵板栗树下，克罗莫刚刚敲诈完离开，我第一次将秘密和盘托出的场景。一段段回忆接踵而至，我想起了上学路上的对话，还有坚信礼课的时光。最后，我才想起了和德米安的初见。那是怎样的情景呢？我一时半会儿竟没想起来，我并不着急，给自己充足的时间沉浸在记忆中，之后画面就很明朗了。站在我家门口，他刚刚跟我讲完该隐的故事，然后话题转向了大门口拱心石上那枚锈迹斑斑的盾徽。他说对这个东西很感兴趣，人们应该多关注一下这类事物。

那晚我梦见了德米安和那枚盾徽。那东西一直在变，一会儿微小、颜色灰白，一会儿又硕大、色彩缤纷，德米安把它拿在手里，告诉我，其实无论怎么变，它的本质如一。最后他强迫我吃下盾徽。我照做了，发现它在身体里面好像活了，正急剧膨胀，填满了我，并从内而外将我撕裂反噬。我吓坏了，极度的恐惧终结了梦境。

我惊醒时正是半夜，雨滴打在地板上，噼啪作响。我起身关上窗子，不小心踩到了什么东西，只记得它微微发着亮光。早上起来我才发现，其实是那幅画，画纸打湿以后贴在地上，被泡皱了。我用活页夹把它展平，覆上吸水纸，然后夹在一本厚书里。第二天看已完全晾干，就是画面严重变形了，红唇被漂白，缩了水。这下倒是和德米安的嘴一模一样了。

我准备重新画一张画,就是那枚盾徽。它究竟长什么样,我已经记不清了,只记得哪怕是从近处观察它也看不出所以然,因为这么多年早就老得不像样子,还被各种油漆粉刷过。盾徽上面的鸟要么是站着的,要么是栖在什么东西上面,可能是花、树枝,或者是鸟巢,要不就是树冠。我不管那些,直接从记得的东西入手。不知道为什么,我特别想用浓重的色彩,把鸟头绘成金黄色。我顺着感觉画了下去,没几天就完成了这幅作品。

这是一只雀鹰,鸟喙锐利,眼神凶猛,头型轮廓分明。在蓝天的衬托下,它一半的身体隐匿在黑暗的球体中,像是要从一只巨蛋中挣扎而出。我长久地端详着它,一种预感逐渐强烈:这正是我梦中所见的那枚彩色盾徽。

即便知道地址,再给德米安写信也不可能了。然而,我还是顺从了当时那种梦幻的预示,把这封信寄出去了。也许他会收到,也许不会。我在画上没留下任何字迹,哪怕是名字。我小心地裁剪边缘,买了个大信封将其装进去,写上了德米安之前的地址,便把这幅画寄了出去。

考试临近,我把所有的精力都放在了学业上。鉴于我已经改过自新,老师重新接纳了我。虽然我现在算不上是个正经的好学生,但和一年前那个差点儿被逐出校门的劣等生相比已经不可同日而语了。

父亲现在经常来信，信中恢复了之前的语调，少了责骂和威吓。不过，我并不想跟他还有别人谈论起自己是怎么回心转意的。这样的转变和父母与师长的愿望契合，实属偶然。这样的转变没能让我融入集体，也没能疏通我和别人的关系，反而让我更孤独了。它的目标指向某个地方，指向德米安，指向遥远未来的命运，而我身在其中，却对此并不清楚。故事开始于对贝雅特丽齐的迷恋，但就是从那时起，我带着绘出的那些画作和对德米安的想法生活在了一个虚幻的世界里，把她彻底忘记了。我无法向任何人倾诉自己的梦境、期望还有内心的转变，即使有这个心思，也找不到可以倾诉的对象。

更何况，我怎么会有这种心思呢？

第五章
鸟奋争出壳
DEMIAN

在把那幅雀鹰寄给德米安之后，我没想到有一天会以特别的方式收到回信。

一次课间休息时，我在自己的座位上发现了一张纸条，是折起来的，就像同学之间上课时互传的纸条一样。我很好奇是谁把它放在这儿的，因为我和其他同学从没用过这种方式交流。想来应该是有人和我开玩笑吧，不去理会就好，于是我便把它原封不动地放回书里，可是上课时它又突然落到了我的手上。

我把它放在手上把玩，漫不经心地打开了，发现上面有字迹。我看了一眼，目光被一个词牢牢吸引，心头不由一颤，继续往下读，内心如面对深寒，在命运面前恐惧地缩成一团。

"这只鸟奋力地想要破壳而出。这颗蛋就是世界。如果有人想要诞生于世，就得摧毁这个世界。这只鸟飞向神，神的名字叫作阿布拉克萨斯。"

读了数遍之后，我陷入了沉思。毫无疑问，这是德米安的回复。除了我和他，没人知道这只鸟的故事。他收到画了，已经参透了它，并且帮我解读了其中的意义。可这一切之间又有什么联系呢？我最为困惑的是，阿布拉克萨斯是谁？这个词我从来都没听过或看过。"神的名字叫作阿布拉克萨斯！"

这节课结束了，可课堂上的内容我一句都没听进去。接下来是上午的最后一堂课，由一位刚从大学毕业的代课老师佛伦博士来上。我们都很喜欢他，因为他年轻，不会在我们面前装腔作势。

佛伦博士带着我们读希罗多德[①]，这是我为数不多感兴趣的科目，但今天我却毫无心思听讲。我只是机械地翻书，根本没有跟上老师的思路，独自沉浸在自己的思绪当中。而且，我已经证实过很多次，德米安当年在宗教课上说的话是正确的：如果你的意念足够强烈，那么它就能成功。如果在课上我完全专注于自己的想法，那我就不用担心老师会注意到我。相反，如果我一副走神或昏昏欲睡的样子，老师就会突然站在我的眼前，这样的情况我遇到过。但只要真的投入思考了，那么专注会为人提供屏障。此外，我也试过用

[①] 古希腊历史学家，代表作为记载希腊与波斯之间战争的《历史》一书。

坚定的眼神试探别人，的确奏效。我和德米安在一起时，从来没成功过，而现在我经常能感受到，目光和思想其实有着巨大的能量。

我就这样坐着，早已把希罗多德和学校抛到了九霄云外。忽然，老师的声音如同晴空霹雳，直接劈进我的思绪，将我震醒。我听见他的声音，他正站在旁边。我甚至以为，他点了我的名字，可是他没看我。我舒了一口气。

这时我又听见了他的声音，他这次说的是一个词，声音很大："阿布拉克萨斯。"

刚刚我错过了开头部分的讲解，好在佛伦博士接着说道："我们不能从理性的角度出发，来考察上古时期那些教派还有神秘团体的世界观，这种视角是幼稚的。现代意义上的科学是无法了解那个时代的。那时，有的人对哲学和神秘学的研究已经有了很高的水准，其中也从部分研究中衍生出了一些巫术和戏法，经常用以行骗，甚至是害人。但是，所谓巫术的背后蕴藏着深厚的思想内涵，其源头也非常高贵，我刚刚讲到的阿布拉克萨斯就是如此。这个词来自希腊的咒语，常常被认为是某个巫师的名字，如今一些原始部落仍然以它为信仰。而我们可以把它理解为一个神，它象征着神性与魔性的合一。"

这位矮小却博学多才的老师讲解得精妙绝伦，可是台下却无人认真听讲。因为他再没提起阿布拉克萨斯，我也重新回到了自己的思绪中。

"象征着神性与魔性的合一。"这句话在脑海中回响，对此我颇为认可。我和德米安在最后那段友谊的时光里，经常谈论起这个话题。他当时说，我们有一位崇拜的神，但它仅仅代表人们主观割裂出来的半个世界，就是所谓公允的"光明"世界。但是，人应该能够崇拜一个完整的世界，也就意味着要么尊奉一位神性与魔性同在一体的神，要么就要在尊奉神明之外同样膜拜魔鬼。而阿布拉克萨斯正是这样一位神，亦正亦邪的神。

有一阵子我满怀热情地想继续查询关于阿布拉克萨斯的资料，但是全无进展。我翻遍了整个图书馆，并未查阅到关于阿布拉克萨斯的只言片语。我并不打算执着去查询出什么成果，因为找到的真相很可能会给我徒增烦恼。

我倾注了时间和心血的贝雅特丽齐的形象，开始慢慢地变得透明，或者说渐渐地远去，消失在地平线，只留下苍白而模糊的背影。她再也无法满足我的心灵。

我仿佛梦游者，置身于自己编织的世界中，新的追求正在其中酝酿生成。对生活的渴望再次蓬勃而出，我对爱情和性的渴望曾经在我对贝雅特丽齐的爱慕中沉寂，而如今它渴望着新的形象和目标。然而我的渴望从未得到满足，因为欺骗自己的渴望与期待女生的青睐比什么事都难。而我的同学们都是主动地追求女孩子。我又陷入了频繁的梦境中，大多在白天而非黑夜。眼前不断浮现出理想和愿望中的图景，让我游离于现实之外。最后，心中的意象、梦境和幻影缠绕着我，比周遭的环境来得还要真实和生动。

有一个梦反复出现，意义非比寻常，是我生命中最重要，也是影响最深远的梦。梦境大致是这样的：我回到家里，大门口黄蓝底的雀鹰盾徽闪耀着光芒，屋里，母亲上前迎向我，当我与她相拥之时，才发现那不是她，而是一个高大健壮、之前从未见过的人，和马克斯·德米安，还有我的那张画神似，但并不完全相像。她虽然高大强壮，却完完全全是一位女性。这个人给了我一个恋人般的深深的拥抱，然后我们缠绵在一起。我颤抖着，心中喜悦和恐惧交杂，与她相拥既是圣事，又是一种罪行。我对母亲和德米安的记忆汇集在她身上，她的拥抱有违纲常，却让我无比愉悦。从梦中醒来时，我常常深感幸福，又总是带着深重的恐惧和内疚，像是犯了什么不可饶恕的罪孽。

不知不觉间，内心的图景和与在外界追寻的那个神的暗示产生了融合，随着程度的渐渐深入，我开始发觉，这个梦就是一个预兆，我在其中呼唤着阿布拉克萨斯。喜乐和恐惧、男性和女性、圣洁和粗鄙纠缠在一起，最深重的罪责与最温柔的纯洁交织，这便是我的爱情之梦，这也是阿布拉克萨斯。爱情既不是我最初在惶恐中认定的黑暗兽欲，也不是我后来在贝雅特丽齐的肖像中虔诚寄托的纯真向往。它二者兼有，但又不止于此。它是天使和撒旦的结合体，雌雄同一，拥有人兽双性，既蕴含无上的美德，也潜藏可怕的暴戾。去体验和品味这样的爱情是我的命运。我对它既向往，又害怕，但它始终存在，并且一直等待着我。

第二年春天，我理应离开高中去上大学，但我不知道要去哪里，去学什么。我的嘴唇上长出了一缕胡须，这足以证明我已经长大成人，但我还是十分无助和迷茫，没有人生目标。唯一清楚的就是心中的声音、梦中的图景，我想我应该遵循着它的指引。但这太难了，我每天都很抗拒。我经常想，自己是不是疯了，难道我真的和别人不一样？但别人会的我也会，只要努努力，我也能读懂柏拉图，解出三角函数，分析化学反应，等等。但有件事我做不到：撕开遮蔽我内心深处隐秘的目标的黑幕，让它清晰地展现出来。像别人那样，很清楚自己明天是做教授还是法官，当医生还是艺术家，要在这条路上花多长时间，又能带来什么好处。这我不行。也许我以后会做类似的职业，但我又怎么会知道呢？可能，我在经过长年累月的摸索后，依旧一事无成，什么目标都没达到，又或者我实现了目标，那却是一个邪恶、危险而可怕的目标。

我所渴望的，无非是按照心之所向去生活。为什么竟会这般艰难呢？

我经常试着把梦中这个高大的爱人勾画出来，但都以失败告终。如果我能成功把它画出来，一定会寄给德米安。可他现在在哪儿？我不知道，只知道自己与他紧密相连。什么时候才能再见他一面呢？

倾心贝雅特丽齐时宁静的美好时光已经成为过往。那时我以为，自己已经找到了心灵归宿，可享岁月静好。但根本不是这样，几乎每一种状态都无法让我感到满足，梦境也会迅速地凋零坍塌。但怨天尤人又有什么用呢？现在，躁动的欲火和难耐的期待，让我整个人不受控制，陷入愤怒和痴狂之中。而梦中爱人的影像始终清晰如一，活灵活现，胜过现实。我和她对话，不断地啜泣、咒骂。我称她母亲，带着涕泪跪倒在她面前；我称她爱人，渴望着她成熟、美满的亲吻；我称她魔鬼、婊子、吸血鬼、杀人狂。她引我进入甜蜜的温柔乡，也诱我进入放荡的污秽之地。在她面前，众生万物无高下之别、无优劣之分。

整个冬天，我的内心世界里始终都有一种难以言表的风暴在咆哮。我早已习惯了孤独，它并不能让我感到阴郁。我和德米安、雀鹰、梦中的高大影像在一起生活，这个影像是我的命运，也是我的爱人。有此相伴，足以让我无憾，它们指向广袤而深远的境地，指向阿布拉克萨斯。但是这些形象、思想却并不服我调遣，我亦不能随心所欲地改变它们。它们到来，征服我，而我为其所治，因其而活。

相比内心，外部世界却是风轻云淡。我不惧任何人，同学们都知道这一点，背地里也很敬重我，这倒时常让我暗自发笑。如果我想，便能看穿他们大部分人，这时常会让他们惊诧万分，不过我很少这么做。我总是专注于自己的生活与内心，想要真真正正地活一次，为这个世界做点儿什么，与它发生关系，或者和它搏斗。有时，我躁动不安，会在午夜的街巷中奔跑，直至午夜才回家；有时，我会心有期许，幻想着在下一个街角一定会遇见心爱之人，而她就在最近的窗户上呼唤着我的名字；有时，这所有的一切都令我感到痛苦不堪，我甚至已经做好了自我了断的准备。

那时，我找到了一个奇特的容身之处，这或许就是所谓的"偶然"吧。但生活中哪来这么多偶然呢？人有了执念，并找到了心心念念的东西，其实这并不是所谓的偶然，而是他自己，他的渴望和迫切引导他去的。

路过城郊的小教堂时，我曾两三次听到管风琴的演奏声，但从未驻足。上一次经过时，我又一次听见了那演奏声，我听出来演奏的是巴赫的作品。我走到门边，发现门已经上了锁。小巷里空无一人，我坐在教堂门边的石头上，立起衣领，仔细聆听。管风琴应该不大，但是音色很好。乐曲的演奏方式十分特别，融入了个人风格，诉说着演奏者自己坚强的信念，如同祈祷一般。我觉得，弹奏者已经悟到了曲子中的精髓，正在追求它，为它心潮澎湃，如同为了自己的生命目标而奋斗。我不是很懂乐理和技巧，但自童年起，我凭直觉就能体会到它的灵魂。音乐是我内心中自然而然的东西。

这位乐师接着又弹了几首时下的乐曲，听起来像是雷格[①]的作品。教堂漆黑一片，只有最近的窗户透出微弱的灯光。我一直安静

---

① 指马克斯·雷格，德国后浪漫主义古典音乐作曲家。

地听着，直至音乐声结束。我在教堂外踱着步子，终于看见那个管风琴手走了出来。他是个年轻人，但比我年长些，身材矮小却魁梧，步伐急速有力，却有些不太开心的样子。

自从那次以后，我便时常地坐在教堂的门前，或者在门口徘徊散步。有一次，我看见大门洞开，便走进里面在排椅上坐了半个小时，身体因为寒冷而发抖，但心里却是喜悦的。年轻的乐师正在昏黄的煤气灯光下演奏。从他的乐曲中，我听出的不仅仅是他自己。他所演奏的所有曲子都相互关联，似乎隐含着某种神秘的联系。他用演奏诉说信仰，充满崇敬和虔诚，这种虔诚与信徒与牧师不同，更贴近中世纪的朝圣者与托钵僧，毫无保留地为信仰的世界献身，这种情感超越了现存的一切教条。他不停地演奏巴赫之前的大师们的作品，还有古典意大利乐曲。它们无不在诉说同一件事，在传达乐师心灵深处的应有之义：无尽的追求，对世界最热切的把握，最狂野的决裂，对黑暗灵魂狂热的倾听，对全心奉献的陶醉，以及对奇妙事物的好奇。

有一次，他从教堂离开，我悄悄尾随过去，看见他进了城郊一家酒馆。我下意识地跟了进去，第一次清晰地看见他的容貌。他坐在角落的小桌上，戴着大号黑色毡帽，面前放着一壶酒。他的脸和我的想象如出一辙,并不俊俏,带些粗野,执拗又任性,似乎在固执地追寻什么,不过嘴唇周围温柔而天真,眼睛与额头尽显男子气概,十分刚毅,脸的下半部分则柔软、稚气且不羁。他的下巴看上去显得有些优柔寡断,似在和额头与眼睛的阳刚作对。我特别喜欢他深棕色的眼眸,充满傲慢与敌意。

酒馆里也没有其他人,我坐在了他对面。他瞪了我一眼,似乎想赶我走,我安静地坐在那儿,不为所动地盯着他看,与他相互对视。最后他忍不住了,骂骂咧咧道:"你有病吗?这么盯着我什么意思?你到底想干什么?"

"不干什么,只是我从你这里收获了很多。"

他皱了皱眉。

"这么说来,你是个音乐爱好狂了?那可真是够恶心人的。"

我没有被他的尖酸刻薄吓到:"我经常站在教堂外听你演奏。请别误会,我不是来骚扰你的,只是觉得,我可能在你这里找到了些东西,一些特别的东西,但是我很难表述清楚。不过你可以不用理会我,没关系的!只要能在教堂倾听你的音乐,我就很满足了。"

"可我总是关上门的。"

"前几天你忘了关门,我就坐进去听了。即使平常关着门的时候,我仍然能在外面站着,或者坐在路沿石上听。"

"是吗?下次你可以进来,里面暖和。记得敲门,而且要用力,但别在我弹琴的时候敲。好了,今天就到这儿吧。你有什么想说的?看起来,你挺年轻的,不是读高中,就是读大学。你是学音乐的吗?"

"不,我就是喜欢听罢了,但只听你演奏的那种音乐,它是纯粹的音乐,有着撼天动地的气概。我很喜欢你的音乐,因为它没有道德说教,而其他的音乐都有。我常受道德教条的约束,所以在寻找能跳脱道德规范之物。请原谅我不善言辞。您知道这世界上有着一位既是神灵又是魔鬼的神存在吗?我听人说好像是有的。"

他向后推了推那顶宽大的毡帽,深色的头发随之散在了宽大的额前,他将脸凑近了我,目光犀利,紧张地小声问:"你说的那个神,它叫什么?"

"抱歉,我也不是很懂,只知道它叫阿布拉克萨斯。"

他警惕地环顾四周,生怕别人偷听,又很快探过头来小声说:"我也这样思考过。你是谁?"

"我是一名高中生。"

"你是怎么知道阿布拉克萨斯的?"

"机缘巧合。"

他拍了下桌子,把杯里的酒震洒了。

"机缘巧合!少放……胡说,年轻人!听好了,阿布拉克萨斯根本不是什么人都能随随便便知道的。我正好知道一些关于他的事情,今天就给你多讲讲。"

他沉默着,把凳子往后拉了拉。我满怀期待等他开口,结果他只是扮了个鬼脸。

"但不是在这儿!下次再说。拿好!"

他伸手去掏外套的口袋,从里面拿出几个烤栗子扔给我。

我没说话,一把接住,满意地吃了起来。

"那么!"过了一会儿他在我耳边嘀咕,"你是从哪儿知道他的?"

我直截了当地回答了他。

"我有段时间特别孤独无助,突然记起来以前认识的一位很博学的朋友。我给他画了幅画寄过去,上面是一只从球体中破壳而出的鸟。过了些日子,就在我刚要把这事忘了的时候,收到了一张纸条,上面写着:'这只鸟奋力地想要破壳而出。这颗蛋就是世界。

如果有人想要诞生于世，就得摧毁这个世界。这只鸟飞向神，神的名字叫作阿布拉克萨斯。"

他没有回答，我们一边剥栗子，一边就着酒吃下去。

"再来一杯？"他问。

"谢了，我不喜欢喝酒。"

他笑了笑，略带失望。

"好吧！我还要再喝几杯，再坐会儿。你要是想先走，可以先行离开！"

过了几天，我听完演奏后，和他一同离开了教堂。他话并不多，领我穿过老旧的街巷，进入了一幢古朴而大气的房子，来到一个宽大、昏暗而疏于打扫的房间里。里面除了一架钢琴，再也没有和音乐相关的东西，一旁的大书柜和写字台为整个房间增添了几分学究气。

"你的书这么多啊！"我惊叹道。

"只是我爸从图书馆里拿来的一部分而已，这是他的房子。对了，年轻人，我和父母在一起住，但是没法向你介绍他们，这个家里没人瞧得起我。你知道吗，我是个不肖子。我爸很受人尊敬，是城里影响力很大的一位牧师，作为他儿子，大家经常说我天赋异禀，将来前途似锦，可我还是背离了他们的愿望，变得，嗯，有些不正常了。我大学学的是神学，但在国家考试①不久前就离开了这个迂腐的专业。不过我一直没有放弃这门学问，只是现在只在私下里做研究。对我来说最重要、最有趣的事情就是看人们构想出了什么样的神祇。哦，还有，我现在是个乐师，看起来很快就能有个管风琴师的小岗位，到时候就可以继续在教堂里服务了。"

我借着台灯的微弱灯光，扫视着书脊上的书名，有希腊语的，有拉丁语的，还有希伯来语的。与此同时，他在墙根的黑暗里躺着，似乎在捣鼓着些什么。

"来。"他喊我，"咱们做点儿哲学思考，也就是闭嘴，躺下，思考。"

他划着一根火柴，用来点燃纸张给木材引火，然后躺在壁炉前。火焰升腾起来，他继续往里添柴，小心地拨弄着。我躺在破旧的地毯上看着他，他在看火，那火苗又将我的目光吸引。整整有一个小时，我俩都在沉默不语，专心地看着炉火燃烧，火苗摇曳带起

---

① 德国政府针对专门职业科系的大学高年级学生举办的毕业及职业证照考试，分两次，在完成毕业论文后可参加第一次考试，通过后经18~24个月的实习之后方可参加第二次考试，通过者可独立工作或营业。牧师资格考试也包含在这一体系中。

火声呼啸，引得火星飞溅，渐渐地明亮不复以往，最终化为地上的余烬沉寂下去。

"对火的崇拜，并不是人类最愚蠢的发明。"他喃喃自语。之后又是漫长的沉默。我的目光被火焰牢牢吸引，在一片安静之中陷入幻境，我仿佛看到烟火中浮现出众生相，灰烬中显示了世间景。我吓了一跳。我的朋友把一小块树脂扔进了炉中，一束灿烂的火苗倏然腾空而起，我恍若看到那只雀鹰在火中展开金色双翼。炉火虽已燃尽，但是残存的木材上仍有未尽的丝丝火光联结成网，像是石板上的文字或图画，发出柔和的红光，让我联想到人脸、鸟兽、草木和虫蛇。最后，我如梦初醒，看着他，而他正用拳头托着下巴，依旧狂热、忘我地注视着炉火。

"我得走了。"我小声说。

"好，请便，再会！"

他并没有起身送客。屋子里没有灯，所以我只能摸黑穿过房间和走廊，小心翼翼地下楼梯走出这间仿佛被下了魔咒的老屋。走到路上，我停了下来，回头看了看那座老宅，所有窗口都漆黑一片，只有一块黄铜标牌反射着门外煤气灯的一点灯光，上面写着："皮斯托利乌斯，大区牧师。"

晚饭后回到家，我独自在小卧室里静坐时才想起来，我既没有听到阿布拉克萨斯的信息，也没有了解到关于皮斯托利乌斯的事，我们的交谈都没超过十句话。但是对这次拜访我甚是满意。他答应我，下次会为我弹一首特别精彩的经典管风琴曲，是布克斯特胡德①的帕萨卡利亚舞曲②。

我并不知道，在皮斯托利乌斯的昏暗小屋里躺着看炉火时，他就已经为我上了一课。那次的观火对我大有裨益，确认并强化了我心中一直早已存在但从未理会的兴趣。渐渐地，我开始领悟到了这一点。

早在我很小的时候，就以观赏自然界奇美瑰丽的景色为乐，但那时还谈不上观察，只是被深藏其中的魔力和规律折服。虬曲的老树深根，多彩的岩石纹理，浮于水面的油脂斑点，还有玻璃的纵横裂隙都有着奇妙的吸引力，而烟、火、尘、云，还有闭上眼睛时看到的旋转着的异色斑点则更为诱人。在初访皮斯托利乌斯之后几天里，我开始回想起了自己曾经的这些兴趣。因为我感觉到，从那次

---

① 指迪特里希·布克斯特胡德，丹麦裔德国作曲家，管风琴手，其管风琴作品对巴赫影响深远。
② 一种起源于17世纪早期西班牙的曲式，常用于严肃的乐段做插曲。

之后，自己感受到了某种升华和愉悦，情感也有所增强。为此我欢欣不已。这一切都源于那次久久凝望火光的经历，竟能让我如此惬意，如此充实！

我在追寻人生真正目标的道路上有过的体验屈指可数，现在，我又增添了新的体验：静观事物，任精神沉醉于自然那混乱、复杂而奇特的一面，这样人的内心就能与万物构成之道相协调——我们很快就会感受到这种诱惑，继而把它视为自己的情绪和创造。我们会发现自己与自然的界限开始崩塌和瓦解，同时有了这样一种感受，分不清视网膜上的图案，究竟是映照外界，还是发自真心。在这样的练习中我们发现，自己是最优秀的造物主，我们的心灵无时无刻不在参与世界的构建。这个道理其实特别简单，也就是说，在人与自然界中不停运行的，正是那不可分割的神性。即便外部世界崩坏，人们仍可以重新构建一个世界出来，因为山河草木等一切自然造物皆早已在我们心中形成，它们永恒的本质，我们虽无法认清，却时常能够在爱与创造之力中感知。

多年之后，我才在莱昂纳多·达·芬奇的书中验证了这一观点。他写道："观察一面满是瘀渍的墙是一件兴奋且富有意义的好事。"而我面对炉火的感受，与他面对那潮湿的墙时感受到的完全一样。

我们再次见面时,皮斯托利乌斯解释道:"我们总是把一些个人的特点、与规则相左的东西算作个性,然后喋喋不休地谈论,这未免太狭隘了。我们的存在源自世界的存续,大家都是如此,一如我们的身体都遵循着相同的进化谱系,从鱼类,乃至更远古的生物演化而来。所以,我们的灵魂也有着全人类的共性,凡在他人灵魂中寓居的东西,都能在我们的灵魂中找到①。所有的鬼神,无论希腊的、中国的,还是祖鲁土著的,其实都在我们心中,作为一种可能、一种愿望和一种出路存在。如果有一天人类全数灭绝,只剩下一个天赋平平且没受过教育的孩子,那么他也终会找出万物运行的轨道,再造神灵、恶魔、天堂、戒律、禁忌,新约和旧约,再造出这世间的一切。"

"既然如此,"我不敢苟同,"个人的价值又体现在哪里呢?如果万事俱备,那还有什么理由继续奋斗?"

"打住!"他呵斥道,"你心中有没有这个世界,和知不知道这个世界之间有着云泥之别!一个疯子照样可以有类似柏拉图的想

---

① 黑塞深受瑞士心理学家荣格的影响,这一处就是参照了荣格对"集体无意识"的表述。

法，而摩拉维亚兄弟会①中虔诚的小学生也可以发挥创造力思考神话之间的深刻关系，同时会出现这样想法的往往还有诺斯底教派②和拜火教③中的信徒，但这个小学生对这些一无所知！如果人什么都不知道，那么他就和树木、石头，甚至畜生没有区别，只有当理解的第一缕曙光照进他的大脑时，他才成为人。你总不能因为都经历过怀胎十月、能够直立行走这两个特点，而把大街上遍地跑的两脚兽全称为人类吧？看看吧，它们当中有多少和鱼、羊、蠕虫和蚂蟥并无二致，甚至更像蚂蚁和蜜蜂，拥挤而吵闹！它们都有着演化为人的机会，但只有预知了这个机会，甚至是学会有意识地去创造这个机会，才能真正拥有这个机会。"

我们的对话大抵如此，很少能给我带来完全新奇和惊艳的体会。但是，即使是其中最老旧的观点，也不断轻轻锤击我的内心，帮助我塑造观念，褪去隔膜，打破蛋壳。每一次锤击都让我将头扬得更高，变得更自由，直至那只猛禽雀鹰用脑袋冲破世界这个蛋壳的束缚。

---

① 一个基督教新教教派。
② 基督教教派之一，早期基督教信众视其为异端。
③ 古波斯帝国国教，是伊斯兰教诞生之前中东及西亚地区最具影响力的宗教，因其创始人名为琐罗亚斯德，又称"琐罗亚斯德教"。

我们经常交流彼此的梦境。皮斯托利乌斯懂梦，也会解梦，其中有一次记忆犹新。我做了一个梦，梦见自己在飞行，或者说是被一股无法掌控的强大气流狠狠地抛上了天空。飞翔的感觉让我振奋，但身不由己地越飞越高，让我变得恐惧起来。当我发现通过控制呼吸可以随意升降时，才感到如释重负。

皮斯托利乌斯是这样解释这个梦的："让你扶摇而上的那股动力实际上每个人都有。它是一种感觉，意味着和所有力量之源的联结，但也因此使人恐惧，也非常危险！所以许多人宁愿放弃飞行，去遵纪守法地在人行道上行走。但你不一样，你在继续飞，表现出了一个优秀青年该有的样子。你看，你渐渐地驾驭了这种强大的力量，同时你还发现，除了这股能把你卷走的力量之外，还有一种小而精的力量，它是一种装置，或者说，一个方向舵吧！这简直太棒了！因为如果没有它的话，你在空中就会束手无策，那些疯子的行为就是如此。他们比人行道上的人获得了更深奥的预示，可是他们没有钥匙，也没有方向舵，所以无法控制自己的飞行，冲进了无尽的深渊之中。但辛克莱，你做到了！你难道一点儿都没感觉出来吗？你在借助新的装置飞翔，就是那个呼吸调节器。现在你会发现，你的灵魂中'个性'是多么稀少。这个调节器根本不是你心灵的发明,也并不是什么新鲜的创造!它只是借鉴的产物,原型早在几千年前就已经存在了,它是鱼身上的平衡器官——鱼鳔。实际上,现在一部分奇形怪状、比较原始的鱼身上的鱼鳔同时还起着肺的作用,可以让它们在特定条件下顺畅呼吸。让你在梦里通过呼吸保持飞行平衡的肺,跟这个是同样的道理!"

他甚至搬来了一本厚厚的《动物学》,找出了那些原始鱼类的名字和图片。带着奇特又恐惧的心情,我感到一种早期进化的功能在自己的身体里活跃起来。

第六章
雅各[①]的角力
DEMIAN

[①] 基督教人物。据《圣经·旧约·创世记》第三十二章记载,雅各曾与天使摔跤至黎明,天使因"自己胜不过他,就摸了一下他的大腿窝",导致雅各的大腿窝扭了。天使要求雅各放他走,雅各道:"你不给我祝福,我就不放你走。"天使问雅各的名字,并告诉他:"你不应该再叫雅各,要叫以色列。因为你与神、人较力,都取得了胜利。"然后赐予了雅各祝福。

皮斯托利乌斯是一位特立独行的音乐家，他讲述的有关阿布拉克萨斯的东西，在这里很难长话短说。但重要的是，我在他那里学到的东西，助我在追寻自己的路上又迈进了一步。我当时约莫十八岁，是个有些另类的青年，在一些方面十分早熟，另一些方面又特别迟钝和无助。我拿自己和别人比较的时候，时常骄傲自负，但也总是备受打击。我常自视为天降之才，也自认是半个疯子。我从没体验过同龄人该有的快乐生活，总是沉沦于自责和担忧之中，觉得自己已被他们抛弃，离群索居，而生活的大门也已对我关闭。

皮斯托利乌斯是个成熟的怪人，他教会了我要如何保持自尊和勇气。他总是能在我的言辞、想象与思考之中发现价值，并能就此认真、诚恳地和我展开讨论，为我树立了一个良好的榜样。

"你曾经跟我提起过，"他说，"你喜欢音乐，是因为它没有道德说教。我的想法也一样。既然如此，你就不能说自己追求道德的完美了！你不能和他人比较，如果世界将你塑造成蝙蝠，那又何苦强求成为鸵鸟呢？你有时候把自己想得太特别了，所以会因为跟别人走的路不一样而自责。改掉这个陋习吧。看看火，再看看云，等到灵感闪现，自己的灵魂也开始发声了，就把自己交付于它，别再拘束于这是否符合父亲、老师或者上帝的教导！总想这些问题，人就会变得麻木，就像朽木，顽固、迂腐下去。亲爱的辛克莱，我们的上帝叫阿布拉克萨斯，它既是神，也是魔鬼，体内光明和黑暗共存。阿布拉克萨斯接受你所有的理念和梦境，请永远不要忘记这一点。但是当你变得无懈可击、拘俗守常时，它就会离开，寻找下一个大脑做新的试验田，来培育它的思想。"

在我所有的梦境中，那个黑暗的爱情之梦总是挥之不去。我时常梦见，在老宅门前的盾徽下，我想把那个"母亲"拥入怀中，但那并不是她，而是一个高大健硕、亦男亦女的女人。她让我无比恐惧，却又如此痴迷。我从没向皮斯托利乌斯提过这个梦，即便是向他敞开心扉时，这个梦也从不透露。它就是我的避风港、秘密基地和庇护所。

每当我忧伤时，总会去找皮斯托利乌斯，请他演奏布克斯特胡德的帕萨卡利亚舞曲。坐在傍晚昏暗的教堂里,我沉醉在这独特、亲切的乐曲中。它令人陶醉,引人自省,我从中寻得一丝宽慰,让我接纳内心的声音。

有时曲终之后,我们并不着急起身离开,而是仰视微弱的光从尖拱的窗中透进,再消散于黑暗中。

"听起来很奇怪,"皮斯托利乌斯说,"我以前是学神学的,而且差点儿成了牧师,可我现在并不是。其实这不过是形式上不符合而已。做牧师是我的职业,也是目标。只是我满足得太早,在了解阿布拉克萨斯之前,就立志要为耶和华奉献一生。啊!每一种宗教都是美好的。宗教即是灵魂。无论是基督徒行圣餐礼,还是穆斯林前往麦加朝觐,他们都是一样的。"

"所以你本来是可以成为牧师的。"

"不是这样的,辛克莱。那样我就会说谎。我们的宗教实践起来就没有宗教的样子,表现得太过理智,没有灵性。如果需要,我可以去当天主教牧师,不过新教牧师是绝对不可能的!我认识些特别虔诚的人,他们唯《圣经》是从,我没办法跟他们说,我心目中的耶稣基督不是一个凡人的形象,而是一位英雄,一个传奇,是一个巨大的剪影,人类可以在这个剪影里看见自己被刻画在了永恒之墙上。至于其他一些来教堂的人,无非是来寻求一句睿智的话,履行义务,让自己安心之类。那我该跟他们说些什么呢?你觉得是劝他们皈依吗?我可不会。牧师的本职不是叫人皈依,他只是想生活在信徒以及自己的同类人中间,成为情感的承载者和表达者,而我们的上帝就是由此创造出来的。"

他顿了顿,然后继续说:"朋友,我们的新信仰,以阿布拉克萨斯为名,这非常好。它是我们所拥有的最好的宗教,但它还是个婴儿,羽翼未丰。啊!无人知晓的宗教还算不上是信仰,它必须传播开来,要让人崇拜和陶醉,还要有自己的节日和神秘仪式……"

他自顾自地说着,陷入沉思。

"那这些仪式就不能只在一个人,或者小圈子内进行吗?"我有些迟疑。

"可以。"他点了点头,"我这么做很久了,一个人进行神秘的礼拜仪式。倘若被外人知道了,我可能会被抓进去坐几年牢。但我知道,这些还不够。"

说到这里,他冷不丁地拍了一下我的肩膀,吓了我一跳。

"年轻人,"他语调铿锵有力,"你也有自己的秘密仪式吧?我晓得,有些梦你一定没跟我讲过,我也不会专门去打探,但是有些话我要告诉你：按照这些梦的指引去生活，为它们修建神坛吧！它虽然并不完美，但是你努力的方向。你、我，还有其他一些人能否改变外部世界，这还有待观察。但是我们必须每天更新自己内心的世界，否则将一事无成。切记啊！你十八岁了，辛克莱，你不要上街寻花问柳，一定要有对爱情的向往和追求。它们可能会让你害怕，但是怕什么呢？它们是你拥有的最美好的东西！相信我，像你这么大的时候，我选择了拒绝自己的爱情梦想，因此失去了很多。不要重蹈我的覆辙。如果已经了解了阿布拉克萨斯，就不能再这样做了。如果是心之所向，那就不必畏缩，不必视为禁忌！"

我惶恐地连忙反驳："但也不能想到什么就去做吧，难道因为讨厌某个人就要去取他性命吗？"

他靠近了些。

"某些情况下，是可以的。只是大部分情况下，这是不对的。我并不是要你毫无顾忌地去做你心里所想的任何事情。可是，你不能总是违背自己的本愿，给那些本来具有积极意义的良善的想法套上各种道德的条条框框，加以抵制、批判和打压。既然可以在庄重地举起酒杯时想着严肃的献祭仪式，又何必把自己或者别人推向道德的绞刑架呢？即便不这么做，也可以用爱和尊重消解心中的欲望，或者所谓的诱惑。这样，它们的意义都会展现出来。是的，它们都有意义。辛克莱，如果你有什么离经叛道的想法，或者想杀了谁、对谁犯下滔天罪行的话，就花一点点时间想一下，他其实就是阿布拉克萨斯在你心中的幻影！你想杀死的那个人，其实不是一个真实的人，而是一个假象。我们憎恨一个人，只是憎恨我们自身存在而又在他身上反映出来的某些问题，而我们自身不存在的问题，自然不会引起我们的怒火。"

皮斯托利乌斯的话从未如此直击我心底，我竟无言以对。对我来说触动最深且最特别的地方是，这番话和多年来我始终相信的德米安的话完美契合。他们两人都不认识，但观点却大同小异。

"我们所见之物，"皮斯托利乌斯轻声说，"即为心中之物。世象万千为虚，而心中所见为实。大多数的人皆活在幻象之中，因为他们视外象为实，视本心为虚，而拒绝将其表达，如此，人也可以很快乐。可是当认清了世界的全貌，就不会再选择从众而行，而是另辟蹊径。辛克莱，第一条路很轻松，而第二条路属于我们自己，它很坎坷，但我们愿意走下去。"

之后，我等了他两次都没等到。过了几天，我终于在傍晚迟些时候见到他了。他一个人在寒冷的夜风中走过街角,跌跌撞撞,浑身酒气。我没叫他,他路过我时根本没注意到我的存在,双眼炽热却又孤独地凝视着前方,像是在追随未知世界的隐秘召唤。我一路上都在跟随着他,他仿佛被一条无形的线牵引着,着了魔似的前进,步伐轻盈,像一个幽魂。最后我还是无功而返,回到无法纾解的梦中。

"原来,他这样是在更新内心世界!"我思忖着,同时觉得这个想法很低级,而且充满道德说教。我对他的梦又知道多少?他在迷醉之中,或许要比我在惊恐之中更要踏实些。

我发现,课间休息时,有个以前从没注意过的同学偶尔会尝试接触我,他有一头酒红色的稀疏头发,矮小瘦弱,举止有些与众不同。有天晚上回家时,这个小伙子在巷口等着我,待我从他身边经过时,便一路跟随着我,最后在我家门口停了下来。

"你找我有什么事?"我问。

他羞怯地说:"我想占用点儿时间和你谈谈,没有恶意,能和我一起走走吗?"

我照做了。我能感觉到他特别激动,充满期待,因为他的手抖个不停。

"你是巫师吗?"他突如其来地问道。

"不是,克瑙尔。"我笑出声,"当然不是。你怎么会有这种想法?"

"那你信通神学①吗?"

"也不信。"

"哎呀,不要什么都不说嘛!我能感觉到,你和别人不一样。我从你的眼神里能看出来,你肯定和幽灵有交流。我这么问可不是好奇,辛克莱,真不是!我也是一个求索之人,你知道吗,我很孤独的。"

"那就讲出来吧!"我鼓励道,"我对幽灵一无所知,我只是活在梦里,这一点你感应到了。其他人也活在梦中,唯一的区别是,那些梦不属于他们。"

"对,可能吧。"他嘀咕道,"生活在什么梦里很重要——对了,你知道白魔法②吗?"

---

① 一种神秘主义学说,坚持万物有灵论,认为世界可以归结为神的发展,一切知识都与神有关,并可通过这种联系直接感知到神的存在。
② 指对人有正面影响的魔法,通常用于达成某种愿望。

我必须承认,这个真不知道。

"就是一种如何控制自我的修习,学了以后可以永生,还能施法。你真的没试过吗?"

这倒是引起了我的兴趣,但他含糊其词,直到我转身要走,才如实道来。

"比如说吧,我在想睡觉或集中精力的时候,就会试试去做这种修习。我会想些类似句子、名词或者几何图形的东西,然后拼命地想它,把它融入我的心里;再试着让它出现在脑海里,直到能感觉到它进入身体;接下来,我想象它进入了喉咙,然后以此类推,最后让它彻底占据我的身体。这样我就会变得坚如磐石,什么都不会干扰我了。"

我大概知道他的意思了,但看他情绪激动,一脸焦躁不安,隐约觉得他的话没说完。我安抚他,让他一吐为快,过了会儿,他终于说出了自己的真实来意。

"你也禁欲吗?"他怯生生地问。

"你指什么?是说性欲吗?"

"对,对,我自从修习之后,已经禁欲两年了。在此之前,我有过一次错误的行为,你知道我指的是什么。那,你从来没和女人睡过吧？"

"没有，还没找到适合的人。"

"但如果……如果你找到了合适的女人，会和她睡吗？"

"当然，只要她不反对的话。"我觉得这问题简直好笑。

"啊！那你走错路了！人只有完全禁欲，才能增强内心的力量。我已经禁欲两年了，准确说是两年零一个月！太难了！有时候我都要坚持不下去了。"

"听我说，克瑙尔，我想禁欲没你说的这么重要。"

"我知道！"他呛了一句，"大家这么说就算了，但我没想到你也是。精神有更高追求的人，必须保证灵魂的纯洁！必须！"

"好吧，那你就这样做吧！但是我不理解，为什么一定要为了'纯洁'，就要在性这方面比别人更加压抑。你能保证自己在思考和做梦的时候一点儿都不沾染与'性'有关的事吗？"

他绝望地看着我。

"不行，根本做不到！老天啊，可我又必须做到。夜里的有些梦，我自己甚至都无法面对！特别可怕，你懂吗！"

我想起皮斯托利乌斯说的话。虽然那番话很正确，但我无法在这里。如果不是我个人的经验和亲身实践过的事情，我是无法拿去开导别人的。我沉默下来,心里感到惭愧。有人找上门来虚心求教,我却什么都说不出口!

"我什么方法都尝试过了!"克瑙尔哀号道,"冷水浴、冰雪浴、体操、跑步,所有能做的事情我都做过,可什么用都没有。每天晚上我都会被噩梦吓醒,醒来后完全不敢再去回想那些梦境。最痛苦的是,我的修习在那时也逐渐衰退了,我再也没法集中精神或是静心入睡,夜不能寐成了我的常态。我无法永远这样坚持下去。倘若我无法战斗到最后,倘若我就此举手投降,那我甚至就比那些从未斗争过的人更加可恶,你懂吗?"

我点点头,却无言以对。他开始让我厌烦了,对于他的苦难和挣扎,我无动于衷,我被自己这样的反应震撼了。当时,我唯一的感受就是:我帮不了你。

"你真的没办法吗?"他疲惫而失落地说,"一点儿都没有吗?肯定不止这一条路!你自己是怎么做的啊?"

"我没有办法,克瑙尔。这种事情,没人能帮得上忙,我那时也没人帮过。你只有自己沉下心来,按照自己内心的想法去做。这是唯一的方法。如果你连自我都找不到,那又怎么去找寻神灵?我是这样认为的。"

小伙子突然泄了气，沉默地看着我，随后他双眼充满了敌意，表情因愤恨而扭曲，恼怒地喊道："啊！你倒是在我面前扮起圣人来了！我知道你也有罪恶！表面上装得像个圣贤之士，实际上背地里干着见不得光的恶行。你就是头猪，一头和我一样的猪！我们所有人全都是猪！"

我径直走开了，留他站在原地。他跟着我走了两三步，然后停了下来，转身跑开。我既同情他的遭遇，对他又有些厌恶，这种感觉让我很不舒服，一直没能释怀。直到回去以后，我坐在小房间里，把那几幅画摆开，急切而真诚地融进了梦境里，才摆脱了那种感觉。梦里，在家门口的盾徽下，母亲和陌生的女人融为一体。这一次，她的特征极为清晰地刻在了我的脑海里。当晚，我便开始画起了她的画像。

几天之后，画作完成了，我恍如是在梦境的状态下，不知不觉地将它画出来的。晚上，我把它挂在了墙上，把台灯移到了它的前面。我面对着它，就像面对着一个神灵，和它缠斗，直到分出胜负。这张脸与我之前的画相似，也像朋友德米安，某些地方又有我的影子。有一只眼睛明显比另一只高一点儿，目光掠过我投向别处，深沉而坚定，带着命运的厚重。

站在画前,我因为内心的疲倦,而感到寒意直入胸膛。我询问它,谴责它,爱抚它,又祈求它。我称它母亲,唤它爱人,骂它婊子,尊它为阿布拉克萨斯。我想起了皮斯托利乌斯又或是德米安说的话,我记不清那些话是什么时候说的,但恍惚间觉得它又在耳畔响起,那讲的是雅各和天使摔跤的故事,还有那句"你不给我祝福,我就不容你去①"。

画上的那张面容在灯光中随着我的每一次称呼而变化,有时明亮闪耀,有时晦暗丑恶;时而闭上苍白的眼皮遮住无神的双眸,时而又睁开双眼露出如炬的目光。它是男人,是女人,是少女,是孩童,是动物;它缩成小块光斑,却又渐渐放大明晰起来。我遵从内心的强烈呼声,闭上眼睛,看到它在我内心的模样,越发浓墨重彩而清晰了。我想跪在它面前,却发现它已深深和我融合,再也无法分离,它俨然已经变成了我。

这时,我听见了一阵猛烈的呼啸声,如同春日里暴风骤雨的咆哮。这是一种全新的感觉,令我难以言表,因畏惧和这种全新的感受,我开始瑟瑟发抖。星辰急速闪烁,随后熄灭,早已遗忘的童

---

① 见《圣经·旧约·创世记》第三十二章第二十五节。

年,甚至出生之前以及早年成长中各个阶段的记忆朝我汹涌而来。这些记忆似乎在重演我的人生,却并没有局限在过去和现在,反而继续前进,映照出未来,将我从当下强行拽离,扔进了新的生活方式中;它光明而耀眼,但后来我对它的记忆却都模糊了。

那天半夜,我从熟睡中醒来,发现自己衣服没脱,斜躺在床上。我开始点灯,只觉得自己必须要去想一件很重要的事,可是记忆断片了。不过点燃灯以后,头脑慢慢清醒了。我起身去找那幅画,发现它不在墙上,也不在桌子上。我隐约记起,它好像已经被我烧了。我亲手把它烧毁,然后将灰烬吞进了肚子——莫非那只是个梦?

一阵强烈不安的感觉驱使着我,让我有股压迫感。我戴上帽子,走出屋子,一路穿过小巷,跑过大街,经过广场,仿佛后面有狂风在追赶着。我站在朋友经常去的那家漆黑的教堂门外谛听,又在莫名的欲望下毫无目的地疯狂翻找。我穿过城郊,那里有很多还亮着零零散散灯光的妓院;更远处是些新盖的房子,门口瓦片成堆,有些覆上了一层灰白色的雪。我就像个梦游患者,被一股奇怪的力量到处驱赶,大半夜来到了这个偏僻荒凉的地方。那栋新房子像极了小时候老家的那种样式,克罗莫就在那儿第一次勒索了我。

微弱的光线中，这栋风格相仿的房子矗立在我的面前，黑黢黢的门洞大开，有种莫名的吸引力。它在召唤我，我想逃跑，于是踉踉跄跄地走在沙砾上。但那股力量越来越强大，最终，我还是走了进去。

我跌跌撞撞地跻身穿过木板和沙砾，进入了荒凉的屋内。里面又湿又冷，还有股水泥味。除了一堆沙子泛着一片灰白色的光斑，屋里一片漆黑。

突然，一个极度惊讶的声音传来，叫住了我："天哪！辛克莱，你是从哪儿来的？"

黑暗中飘出一个矮小瘦弱的身影，如同鬼魅一般，我吓得汗毛直立，定睛一看才认出是克瑙尔这小子。

"你怎么会来这里啊？"他惊喜又激动，"你怎么找到我的？"

我一头雾水。

"我不是来找你的。"我一脸茫然地说着，嘴唇像是被冰霜冻结，失去了活力，每吐一个字都极其费劲。

他眼中的光芒立刻黯淡了。

"不是来找我的？"

"对，是某种力量带我来的。你是不是在呼唤我？绝对是。可是大半夜的，你又在这儿干什么？"

他扑上前来，纤瘦的手臂颤抖着将我抱住。

"没错，现在是半夜，但很快天就亮了。哎呀！辛克莱，你没有忘记我啊！那你能原谅我了吗？"

"原谅你什么？"

"唉，我那天太过分了！"

我才意识到，原来他说的是上次的对话。这是四五天前的事了吧？但我却感觉好像已经过了一辈子一样。忽然间，我恍然大悟，明白了我们之间发生的一切，还有我跑到这儿来的原因，以及克瑙尔此时在这里的意图。

"你是想要自我了结吗，克瑙尔？"

因为寒冷和恐惧，他哆嗦个不停。

"是的，我是这样计划的，但不知道自己能不能做到，我想等到天亮再说。"

我拉他到屋外空地上，东方的第一缕曙光照在灰色的地面上，显得寒冷而了无生气。

我挽着他的手臂走了一段，听见自己的内心在说："赶紧回去吧,别跟任何人说起这件事!你走错路了,大错特错!你的想法不对,我们不是猪,而是人。我们创造了神,与他们搏斗,并获得了他们的祝福。"

我们默默向前走着,然后分开。回到家时,天已经完全亮了。

我在高中最美妙的经历,莫过于听皮斯托利乌斯弹奏管风琴,还有和他一起在炉边观火。我们一起阅读记述阿布拉克萨斯的希腊语文章,他也为我读了《吠陀》①选译,教我念"唵"②这个圣洁的音符。但那时推动我内心成长的力量并不是这些知识。真正让我受益匪浅的,反而是我在探寻自我方面的进步,更加信赖自己的梦境、想法和感觉,以及越发了解自己内心拥有的力量。

我和皮斯托利乌斯十分有默契,只要我集中精神去想他,就肯定能听到他的问候,或者看到他的身影。哪怕他不在身边,我也可以向他发问,就像德米安在的时候一样:我只需要奋力地去想他,然后把问题汇聚成强烈的思想,投递给他,那么,蕴藏在问题中的

---

① 印度教最古老、最重要的经典文献材料,本意为"知识"。黑塞曾在1911年前往印度游历,因此对印度文化有所了解。

② 印度教认为,"唵"是宇宙诞生和婴儿降生时发出的第一个音,佛教受其影响,亦认为其是圣洁音节,不少密宗咒语都以"唵"字做开头。

精神力量便可演化成答案，返回到我内心。只不过我想的不是皮斯托利乌斯，也不是德米安，而是我在梦中和画上见到的那个亦男亦女的形象，它是我心中的魔鬼。现在，它已经不再存在于梦境，也不再存在于纸面，而是进入了我的内心，是理想中的我，也是得到了升华的我。

自杀未遂的克瑙尔踏进了我的生活，与我结下了奇特，甚至古怪的羁绊。自从那天半夜我在冥冥之中与他相遇之后，他便成了我忠实的跟班，像条狗一样盲目地追随我，试图把我们的人生连接在一起。每次他来找我，总会带些稀奇古怪的问题和想法，比如他想学卡巴拉[①]，想亲眼见到神灵，等等。我总要跟他解释，自己对这些东西一窍不通，他却始终听不进去。他相信我无所不通。不过有些奇怪的是，每次我有心结需要解开的时候，他就会提这些乱七八糟的问题和要求，但这些奇谈怪想反而会为我指点迷津，最终让我茅塞顿开。他总是让我心烦意乱，经常被我粗暴地赶走，但我隐约觉得，他是上天派来的，将我给予他的，双倍回赠于我。他也是一位

---

① 又称"希伯来神秘哲学"，是在犹太教内部发展起来的一整套神秘主义学说，用于阐释永恒的造物主与有限的世界之间的关系，其重要思想是"生命之树"。

领路人，至少是一个路标。他给我带来了一些经典好书，他希望自己能从中获得救赎，也让我领悟了许多，开阔了当时狭隘的视野。

后来，克瑙尔在我的生活中悄悄消失了。我和他从没有深刻地交流，但和皮斯托利乌斯则会。在高中生涯快要结束时，我和这位朋友度过了一段独特的时光。

即便是最良善的人，一生中也难免与虔敬、感恩这样的美德起冲突。每个人都会有离开父母和师长的一天，独自去承受孤独之苦，而很少有人能熬过去，他们最后还是选择屈从，退回舒适区。我同父母，还有童年的"光明世界"告别时没有经历十分激烈的煎熬，而是在时过境迁中慢慢与之分离，最终形同陌路。我为此而难过，每次回家，我都会感觉很难受，但好在未曾伤及我的内心，尚可忍受。

但对于我们发自本心，而非出于习惯去爱和崇敬的朋友和师长，当突然明白心中的洪流正在将自己带离所珍爱的一切时，那才真正感到痛苦和惊骇。那一刻，所有与亲友、师长背离的想法都像根根毒刺直插心脏，每一次的反抗也都变成了一记响亮的耳光打回到自己的脸上，再被冠以"不忠不孝""忘恩负义"等罪名，只能带着恐惧慌乱的心逃回孩提时代道德的幽谷中。不敢相信必须要与父母师长分离，必须要将彼此的羁绊斩断。

我当时将皮斯托利乌斯这位朋友视为不容置疑的引路人，却日生叛逆之情。在我少年时代最重要的那几个月里，他的友谊、忠告、宽慰和陪伴构成了一切。上帝借他之口与我对话，梦境因他的阐释清晰明了，最终复归于我。他赋予了我追寻自我的勇气。唉！可我现在竟对他渐渐萌生了抵触的情绪。他的话里说教太多，我发觉他对我的了解也并不完全。

我们之间没有争吵，没有不愉快，没有破裂，更没有清算。我只是向他说了一句没有恶意的话，但就是那一刻，我们之间的幻想全都化成了斑斓的泡影。

那种预感其实已经压抑了我许久，直到那个星期天，在皮斯托利乌斯家的炉边，它发生了。我们躺在炉前的地板上，他滔滔不绝地讲着近来研究和思考的宗教秘密仪式和各类宗教形态，推想它们未来的可能性。我觉得这些东西顶多是笑谈，听着有些古怪，根本没那么重要。他的话听起来就像是在说教、在卖弄学识，就像在上古废墟里进行无聊的发掘。他讲话的方式，讲到神话时的崇拜，还有把传统的宗教形式拼凑在一块的做法，让我一瞬间感到厌恶。

"皮斯托利乌斯，"我插嘴打断，但言语中的恶劣之气让我自己都惊骇,"你应该讲梦境,那些你晚上真正做过的梦。而现在,你说的全是些腐朽的东西!"

他从没听过我这么说话,那一瞬间,我突然感到羞愧和震惊。我意识到,自己射向他的那支箭,正中了他的要害,并且那支箭还是来自他的武库——我经常听他这样挖苦自己,然而现在,我却把他这种自嘲全都以最狠毒的方式向他投射去。

他敏锐地捕捉到了我的恶劣,迅速沉寂下来。我心有愧疚,看见他的脸变得苍白一片。

漫长而困窘的沉默后,他朝炉子里添了把柴,镇定地说:"说得在理,辛克莱,你是个聪明人。我不会再说这些腐朽的话来打扰你了。"

虽然语调波澜不惊,但我却听出他的心正痛得滴血。我都做了些什么啊!

泪水在眼眶里打转,我真想转过自己的身体正视着他,诚恳地告诉他自己对他的感激之情和深深敬意,再求得他的宽恕。然而肺腑之言涌上心头,却没有一句能说得出口。我只能一声不吭地躺着看炉火,他也一言不发。我们俩就这样躺着,看火焰渐渐消逝,直至熄灭。每当一簇火苗萎缩,我都感到有些美好而亲切的东西随风飘散了，而且永远都不会回来了。

"恐怕你误解我了。"我终于按捺不住，从嘶哑的喉咙里挤出了这句毫无意义、愚蠢至极的话，它生硬机械，听起来就像是在捧读报纸上的一篇文章一样。

"我完全理解你的意思。"皮斯托利乌斯轻声说。

"你说得对，"他顿了顿，接着说，"一个人完全可以反对另一个人的观念，这是没错的。"

不，不对，我说得不对！我在心里喊叫着，可依旧开不了口。我知道，自己这短短的一句话直接戳中了他的软肋，揭开了他的痛点和伤疤。我恰巧触及了他对自己最疑惑的地方。他的理想腐朽老旧，他的情怀唯美浪漫，他在历史中怀旧、上下求索。我突然深深体会到，皮斯托利乌斯呈现在我面前的，还有他给我的，恰恰是他无法成为的和无法给予自己的东西。他为我指出了一条道路，而这条路是超越了他自己的路，是背离了他自己的路。

天晓得我当初是怎么说出这番话的！我本无恶意，却没想到会酿下如此苦果。我在开口说那些话时根本没想清楚它的含义，只是想耍小聪明，搞个恶作剧而已，可最后却影响了我的命运。我的无心之过,在他心里却成了给他判的一次重刑。

我当时多么希望他能暴跳如雷,为自己辩护,再冲我大发雷霆。可他没有,而我在心中对着自己做完了这些。如果他能做到这些,或者他还会露出笑容。但他没有,从中我更能看出自己伤他有多深。

我这个鲁莽且不懂感恩的学生,口无遮拦地打击了皮斯托利乌斯,而他却默默地把我的话当作命运来接受,默认了我的说法。这让我更加深刻地认识到了自己的鲁莽,使我更加憎恨自己。我发起攻击时,原以为对手刚强有力、骁勇善战,可没想到他竟是个隐忍不语且毫无防备的人,未加驳斥便草草屈从了。

就这样,我们在逐渐黯淡下去的炉火前躺了很长时间。火苗的光亮、脱落的灰烬让我回想起了那段快乐而充实的日子,我对皮斯托利乌斯的歉疚之情也随之越发浓厚,最终,我无法忍受,起身夺门而出。

我伫立在房门前许久,在黑暗的台阶上等待,在屋外等待,等待他会从里面追出来,可是他一直没来。最后,我还是离开了,漫无目的地在城区、市郊、公园和树林里徘徊了一个又一个小时,直到天色渐晚。那时,我第一次感受到了额头上该隐之印的存在。

慢慢地，我深入地思考起了这件事情。我所有的念头都是要谴责自己，为皮斯托利乌斯辩护，可没想到最后竟是南辕北辙。我无比后悔，无数次想要收回之前的话——虽然我说的都是实话。这时我才完全理解了皮斯托利乌斯，看清了他梦想的全貌：成为牧师，给予鼓舞、爱与祈祷新的形式，树立新的象征。但这不是他凭着一己之力就能够做到的，更谈不上是他的使命。他沉浸于历史，对过去的事如数家珍，诸如古埃及和古印度，密特拉①和阿布拉克萨斯更是信手拈来。他所爱的是世间早已出现的意象，而他内心十分明白，新的信仰必须与众不同，必须植根于新鲜的土壤，而不是来自图书馆的故纸堆中。也许，他的使命便是帮助人们找到自我，就像他对我做的那样，但向人们引介从未出现的东西和新的神祇，并不是他的使命。

仿佛被烈焰灼烧，我突然醒悟——每个人都有自己的"使命"，但我们无法随心所欲地选择、修改和安排它。希望出现新的神，这有悖纲常，而意图给予世界什么，更是大错特错！一个觉醒的人生活在世界上任务无他，唯有寻找自己，坚定地做自己，鼓起

---

① 原始伊朗宗教中的神祇。

勇气摸索自己前行的道路，无论它通向何处。我对自己的这种想法深感震撼，它是在这些经历中收获的丰硕成果。我曾常常幻想未来，畅想日后自己的职业：诗人、先知、画家，或者别的。不过这些都不重要，我并非为作诗、祈祷和绘画而生，不论是我还是其他人，生存的意义也都不应该是为了这些，这些不过都是生命的附属品。每个人最重要的使命，就是成为自己。在一个人离世时，无论他曾经是诗人还是疯子，无论他贵为先知还是贱为囚犯，这都无关紧要。他的使命不在于社会上的身份，而是找到自己的命运，并且享受这种命运，不受干扰地坚守着过完一生。除此之外，其他的一切都不完整，都是在企图逃避，都是对世俗理念的依顺，都是苟活，都是对自己内心的恐惧。

眼前新的图景神圣而可怖，曾千百次在我脑海中出现，也是讨论话题中的常客，但直到现在，我才真正体会到了它的意义。自然创造了我，又将我掷入未知的领域，也许我会得到新生，也许我会化为乌有。而我需要做的就是要让这来自远古世界的一掷有所价值，体察它的意志，再将其转化为我的意志。这就是我唯一的使命！

我已饱尝孤苦，现在，我发觉，这世间应该还存在着更加刻骨铭心的孤独,且无法逃避。

至于和皮斯托利乌斯和解,我没有去尝试过。我们还是朋友,但是关系发生了变化。那件事我们只讨论过一次,其实主要还是他在谈。他说:"你也知道,我的愿望就是做牧师。而且我最想做的就是新宗教的牧师,就是此前我们提过的那些宗教,但永远不可能了。以前我就知道,现在我更清楚,只是一直以来不愿意承认而已。不过我可以从事其他形式的神职,可以是演奏管风琴,也可以是通过别的事。我身边必须时刻环绕着神圣而美丽的事物,比如管风琴曲,神秘的宗教仪式、象征和神话传说。我需要它们,也不愿意放手——这是我的弱点。辛克莱,我有时候想啊,自己不应该追求这些东西,它们太奢侈了,是我的软肋。如果我甘心受命运支配而无所要求,或许会更伟大、正确。但我做不到啊,这是我唯一做不到的事。这是世界上仅有的、实实在在的困难,但也许你能做到,小伙子。我经常梦见自己可以做到,但现实中我却不行,因为这让我畏惧:我不能赤条条、孤零零地活着。我就是一条又瘦又弱的狗,只求温饱和被同类接纳。除了命运而别无他求的人必然没有志同道合的伙伴,注定要孤身一人对抗世界的冷酷。想必你懂耶稣在客西马尼园的故事。有些殉教者在那里被钉上十字架,可他们不是英雄，也没有因此得到救赎；他们只喜欢那些熟悉和亲切的东西，也有自己效仿的榜样和坚持的理想。一心听从命运的人，却不会再有这些榜样和理想，不知道爱与宽慰的滋味。然而，这是条必经之路啊！你我这样的人都很孤独，但至少拥有彼此，也为特立独行、反抗世界和与众不同的追求而在私下骄傲。但要走上这条路，当下的一切都要放弃，不能成为革命者、楷模和殉道者。这是难以想象的——"

是的，难以想象，但它却可以梦想，可以试探，也可以预见。静静独处之时，我曾几次对它有所感应。我向内心深处眺望，看见了自己命运图像上那双大睁的双眸。它充满智慧，也无比荒唐，它传达爱意，也饱含恶意，不过无所谓了。这无法选择，也无法希冀。人只能希冀于自己，希冀于自己的命运。在这条路上，皮斯托利乌斯是向导，引着我向前走去。

那些天里，我盲目摸索，内心风暴激荡，每一步都危险重重。在深不可测的黑暗中，我什么都看不到，以往所有的道路也都消失不见，不留痕迹。而在内心中，我看到了指引者的身影，和德米安相仿，眼眸中映照出我的命运。

我在纸上写下："一位引路人离我而去，我已深陷黑暗，只身一人,寸步难行,请帮帮我!"

  我本想把它寄给德米安,但还是作罢。每次有这个念头时,我都觉得自己这样做很愚蠢且毫无意义。但我却将这篇小小的祈祷之词熟记于心,时时在心里默念。它每一刻都伴在我身边。我开始了解何谓祈祷。

  我的高中时光终于告一段落。父亲觉得我在上大学之前,应该来一次毕业旅行。选什么专业,我还没有想好,但学校准许我先读一学期哲学。其实不论什么专业,我都无所谓。

第七章
艾娃①夫人
DEMIAN

---

① 艾娃与《圣经》中人类女性的始祖夏娃的名字都是Eva。

假期里，我曾去造访过马克斯·德米安携母亲寓居过的居所。那日，花园里只有一位老婆婆在散步。我上前了解到，她是这处居所的房东，并向她打听了德米安一家的消息。老婆婆记性很好，对他们记得十分清楚，但就是不知道他们现在在哪儿。她见我兴趣十足，便邀我进屋，拿出一本皮质的相册，给我看德米安母亲的相片。我几乎已经记不起德米安的母亲，但是在看到那张照片后，我的心脏仿佛停止了跳动——这不就是我梦中的那个人吗？就是她，宽大健壮，亦男亦女，貌似其儿，有着母性的、严厉而热情的特性，美丽迷人而高贵冷艳，是母亲和魔鬼的结合体，是我的爱人，更是我的命运，就是她没错！

得知自己的梦中人竟真的存在于这世间，我惊诧不已。原来这世界上真的有一位这样的女性存在，而她的容貌承载着我的命运！她在哪儿？在哪儿？她居然是德米安的母亲！

没过多久，我就启程了。这真的是一场神奇的旅行！我不知疲倦地东奔西跑，想到哪儿走到哪儿，只为追寻她的踪迹。有的时候，我会碰见一些女性，她们有着和梦中的她相似的气质，总是让我想到她，并吸引我走过陌生城市的大街小巷，进入车站，坐上火车，如同在光怪陆离的梦境中穿梭。而有的时候，我却觉得自己的寻觅徒劳无功，消沉地坐在酒店、公园或者候车室里，闭目冥想，试着在心里复活她的形象；可是它却变得那样害羞，匆匆地消失了。我夜不能寐，只能在火车上看着窗外不熟悉的景色催眠自己，好打上一会儿盹。在苏黎世，有位漂亮放荡的女人一直尾随着我，我却把她当空气，头也不回地往前走。要我在别的女人身上浪费时间，还不如去死。

我感觉到，命运正在牵引着我，愿望即将圆满，但我却不知所措，因此急不可耐。有一次大概是在因斯布鲁克[①]火车站，一列火车正要开走，我看到车窗边的一个人，想起了她，因此闷闷不乐了一整天。晚上，那个影像又毫无征兆地出现在了梦里。醒来时，我既羞愧又空虚，觉得这场追寻毫无意义且相当枯燥，于是，我当即踏

---

① 奥地利蒂罗尔州首府。

上了回程的道路。

几周后，我在H.大学注册了学籍并去报到，但学校让我大失所望。哲学史这门课废话连篇，内容因循守旧，学生们的日常生活也没什么特别之处，每个人做的事情都一样，他们稚气的脸上露出的笑容看上去也是那样空虚无聊！

但我到底是自由了，一整天的时间都可以随意支配。我在城郊的老砖房里安静地过起了小日子，还买了几本尼采的书摆在桌上。我和尼采一同生活，一同受苦，感受他的寂寞，体会着那不断驱使他前进的命运。曾经也有人决绝地在命运的路上走下去，我很欣喜。

有天傍晚，我在城中闲逛，踏着秋风，听见路边酒馆里学生们在高歌。烟雾从开着的窗户里飘散出来，歌声响亮有力，整齐划一，却呆板且死气沉沉。

我站在街角，听着两家酒馆里年轻人的欢笑声回荡在夜空中。到处都有人扎堆，到处都有人聚集，到处都有人扔下命运的重担，逃往温暖的人堆里聚众取暖！

有两个人慢悠悠从身边走过，我听到了他们的对话。

"这不就和非洲部落里年轻人聚会的地方一样吗？"其中一人

说道,"确实,连文身都成了一种时尚。你瞧,这就是朝气蓬勃的欧洲。"

这声音听起来很耳熟。我跟着他们走进了一条漆黑的小巷。这两人有一个是日本人,个子不高,但举止优雅,路灯的灯光把他的脸照得金黄,他的脸上带着灿烂的微笑。

另一个人开口了:"你们日本也未必好到哪儿去?能够不随波逐流的人在哪里都不多见,其实这里也有一些。"

每一个词都让我又怯又喜,我认得这声音,是德米安。

在冷风萧萧的夜里,我尾随着德米安和日本人穿过昏暗的小巷,一边偷听他们的谈话,一边享受德米安的声音。还是老味道,像以前一样动听、沉稳、踏实,令我沉醉。真好啊,我终于找到他了。

在郊区一条街道的尽头,日本人和他告了别,然后开门回家。德米安沿着原路往回走,我就站在路中间等他。他腰板挺直,但不失灵活,穿着棕色的大衣,臂上挂着细细的手杖,步履稳健地走来。看到他,我心怦怦直跳。走到我跟前时,他摘下帽子,亮出那张熟悉而白净聪颖的脸,还有刚毅的嘴唇,额头上反射着独特的光。

"德米安!"我喊出了声。

他向我伸出了一只手。

"你来了,辛克莱!我已等候多时。"

"你知道我来了?"

"我不太清楚,但是希望如此。今晚,我是第一次见你,你跟了我们一路吧。"

"所以你马上就认出了我?"

"当然,你虽然变了,但是印记还在那儿啊。"

"印记?什么印记?"

"我们以前讨论过的该隐之印,还记不记得?那是我们的印记,它会伴随你一生,因此咱们成了朋友。不过现在它更明显了啊!"

"我不懂,但或许也明白吧。我以前照你的样子画了幅画,德米安,但诡异的是,我发现画上的人也和我特别相像。是因为那个印记吗?"

"是的。你的到来真是太好了!我母亲也会特别高兴的。"

我吓了一跳。

"你母亲?她在这儿吗?可她根本不认识我啊。"

"哦,她知道你,即便我没跟她讲你是谁,她也会认出你。我们已经好久没有听过你的消息了。"

"啊!我经常想给你写信,却没能写成。这段时间我总预感很快就会找到你,每一天我都在期盼着。"

他拉起我的手臂,与我一路同行。他的身上散发着一种宁静,进入了我的心扉。和以前一样,我们有说有笑,回忆中学时光、坚信礼,还有假期里的那次不欢而散,但是彼此间最早和最紧密的纽带,也就是弗兰茨·克罗莫的故事,我们都没再提起。

不知不觉间,我们的话题变得奇怪起来,转向了一些不祥的预言。我们顺着他刚才和日本人聊的话题,又聊到了大学生活,还有其他一些不着边际的话题;但在德米安的话语中,这些话题间似乎又存在着一定的内在联系。

他讲到了欧洲的精神,还有这个时代的标志,说:"在欧洲各地,人们不断聚集联合起来,不断孕育出新的组织,唯独没有产生博爱与自由。从学生社团,到唱诗班,再到国家,所有的这些组织都是通过强制的手段将人聚集起来,建立在恐惧、威吓和困窘之上,内部则陈旧腐朽,濒临崩溃。无一例外。"

他继续说:"组织,其实是十分美好的,但是眼前遍地开花的这些却并不美好。组织产生于相互理解,并会短暂地改变这个世界。可是现在,只有聚集而已。王公和贵族、工人和群众、学者和大儒,纷纷四散奔逃,抱团取暖,其原因不过是彼此畏惧。为什么要畏惧?因为表里不一,因为不了解自己,无法面对真实的自己。这样的组织里,全是一群对自我缺乏认知而心存恐惧的人!他们发现,自己的生存法则失效了,他们仍旧循规蹈矩地生活,但无论信奉的是宗教还是道德,没有一样能契合现代的需求。一百多年来,欧洲科技发达,工厂林立!他们很清楚,多少克火药足以取人性命,但却不知道如何向上帝祷告,更不会静下心来享受一个小时的愉悦。看看学生们混迹的酒馆,再看看上流人士出入的场所,你就明白了!毫无希望!亲爱的辛克莱,这些地方是不会令人感到美好的。这些人因为恐惧走到一起,却又不惮以最大的恶意彼此猜忌,他们愚蠢地执着于旧日的理念,扼杀一切树立新理想的开拓进取者。我有预感,冲突即将来临,相信我,很快就来了,但绝不会让这个世界'变得更好'!无论是工人暴动杀死厂长,还是德俄之间爆发大战,不过是更换了统治者而已。但这些事不会白白发生,反而会证明,现存的一切思想毫无意义,石器时代的诸神都将被打倒。眼下的世界将会死亡,将会被摧毁,而且这一天终将到来。"

"那我们会怎样?"我问。

"我们?呵,大概会一同灭亡吧。或许会被别人杀死,生命就此结束,但我们的轨迹却不会就此终止,我们留下的东西和那些幸免于难的人们,将凝聚出未来的意志。在我们欧洲,多年来,人类的意志长期被因科技鼎盛而欢欣的喧闹声所掩盖,而未来它将重放光芒。未来,人类的意志将不同于如今的任何一种组织的意志,无论是国家、民族、教会还是社团。因此,自然把对人类的希望寄托在每一个个体之上,比如耶稣和尼采,还有你我。它们每天都在变化,当现在的世界崩塌时,将会拥有一席之地。"

走到河边的一个花园时,我们停了下来,德米安说:"这就是我们的家了。有空来看看我们,我们期待你的光临!"

秋夜渐凉,我高兴地走在回去的路上。城区里随处可见喝得酩酊大醉的大学生,在回家的路上踉踉跄跄,吵吵嚷嚷。我经常感到,自己孤单的生活与他们这种荒唐的快乐形成了一种强烈的反差,有时我会替他们感到悲哀,有时又会对他们嗤之以鼻。不过我从没像今天晚上这么平和过,带着一种神秘的力量,体会到他们的生活其实与我毫无关系,这个世界于我而言也是疏远的。

我想起了老家那些官员们,那些德高望重的老先生们一直念念不忘大学时期的酒馆时光，把它当成极乐的天堂，缅怀着早已逝去的学生时代的"自由"，跟诗人与浪漫主义者追忆童年并无二致。其实哪里都一样！他们无论在何处，都会因为惧怕眼前的使命和未来的道路，而在过去寻找"自由""欢愉"。他们在酒精和狂欢中耗费了几年光阴，然后有所收敛，最终变成了有头有脸的公务员，服务于各层机关之中。是的，世风日下，这真是堕落，但是相较于世间其他的丑恶之事，大学生们的那些行为虽然愚蠢却微不足道。

等我回到宿舍，准备上床睡觉时，这些念头全都消失了，唯独对今天最后的那番承诺充满期待。只要我愿意，明天就能够见德米安的母亲。就算这帮学生在酒馆里彻夜不归，脸上满是文身；就算这个世界腐朽不堪，彻底沉沦，那又怎么样呢？我只期待，命运将以新的图景展现在我眼前。

我睡得很沉，早上很晚才起。新的一天就像是一个重要的节日，自童年的圣诞节起，很久都没有这样的感觉了。我心中躁动不安，但不是因为害怕。我知道，一个极为重要的日子就要来临了，我能感觉到周围的世界产生了变化，庄重，有意义，充满期待，就连洒落的秋雨也特别惬意，奏出高雅庄重的节日协奏曲。外部世界和我的内心世界第一次这么和谐——心灵的节日即将到来，生活也被赋予了意义。街边的房子和橱窗，还有街上的行人都干扰不了我的注意力，所有的一切看上去都很自然，完全没有日常的空洞死板，而是怀着敬畏，准备好迎接命运。

小时候，每逢圣诞节或复活节这样盛大的节日，我总会在早上起床后看见这样的世界。我从未想到，现在，我还能看到如此美好的世界。我习惯了活在自己的世界里，接受了自己已对外界丧失了感知能力的事实，以为随着童年的消失，世界的色彩也会黯淡，以为要获得自由和成熟，我们就必须要放弃曾经的那些炫目光彩。可现在，我惊喜地发现，这一切原来只是被掩盖起来了，即便为了自由放弃了童真，也仍然可以重新看到这个世界散发着光芒，再次体味到童年的激动与兴奋。

我回到昨晚分开的城郊花园前，这一刻终于来临了。高大的树木因为雨水更加苍翠，掩映着后面一栋亮堂舒适的小房子。巨大的玻璃墙后生长着一大丛鲜花，明亮的窗户后面是一面墙，书架和图画贴墙而放。小房子的大门直通温暖的小客厅，一位穿着黑白色围裙的年迈女仆沉默不语地引我进了屋，帮我脱下了大衣。

她将我一人留在了客厅里，我环顾四周，恍惚间觉得自己身处在梦境之中。墙是深棕色的，门上挂着黑色画框，里面的画很眼熟,正是我画的那只金色雀鹰,它高扬着头正奋力地从旧世中破壳而出。我很是触动,震惊地站在原地,心中既高兴又难过,感觉过去所有做过的和经历过的事情全都有了答案。一幅幅画面从眼前迅速闪过:老家的大门前,童年的德米安在临摹拱门上的盾徽;童年的我被敌人克罗莫威胁,惶惶不可终日;少年的我静静地坐在书桌前画出欲望之鸟,灵魂却迷失在了自己编织的迷网中——所有的一切在这一刻都激荡起了回响,得到了回答、肯定和赞扬。

看着这幅画,我的眼眶有些湿润,沉入了思考。不多会儿,我将目光移了下来,因为那扇门开了,门前站着一位身材高大穿着黑色衣服的女士。就是她了。

我说不出话来。她的脸和德米安的一样,不受时光和年龄的侵扰,意气风发,带着友善的微笑,美丽而高贵。她的目光让我感到满足,她的问候意味着我的回归。我未发一言地向她伸出了手,她则用结实而热情的双手紧紧地握住了我的。

"你就是辛克莱,我认得你,欢迎来我们家!"

她的声音深沉而温暖,仿佛甘甜的美酒。现在,我终于可以看见她的容貌了,宁静优雅的面庞,乌黑深邃的眼眸,鲜艳的嘴唇透着成熟,白净、宽阔的额头上刻着那个印记。

"不胜荣幸！"我亲吻她的手，"我认为，自己一生流浪漂泊，如今，是真真正正回到家了。"

她笑了，带着母性的气质，和蔼地说："人是永远无法回家的。但同行的友人多了，那一刻，整个世界就像是个家。"

这正是我在路上对她的想法。她的语调和言辞与她的儿子十分接近，又完全不同：她更沉稳、温暖、自然。但正如德米安给人的印象不像个孩子一样，她也不像一位已经有了一个成年儿子的母亲。她的容颜和头发是那样年轻而甜美，金色的皮肤依然光滑，柔软的嘴唇仍旧鲜艳。她站在我面前，形象比梦中更威严高贵，只是站在她的身边，就让我感受到了恋爱的幸福，而她望着我的目光则让我心生满足。

这就是我命运中的新图景，没有孤独和残酷，而是沉稳与欢欣！我不立誓言，不表决心，就实现了目标，来到了一个重要的里程碑前。从此往后，眼前的道路会更加平坦而美好，充满喜悦，鲜花盛开。我很幸福，能在世界上认识这样一位女性，沉醉在她的嗓音和芬芳的气息之中。如果她在身边，或者我们的道路能够相近，我愿视她为母亲、爱人、女神！

她指着我画的雀鹰。

"这幅画让我们家德米安高兴得不得了呢。"她若有所思地说,"我也是。从收到画的那一刻起,就一直等着你来,因为我们知道你就在路上了。你还小的时候,有一天我儿子放学回来说,认识了一个额头上有印记的同学,和他一定会成为朋友。那人正是你。这些日子你生活得很不容易,但我们一直相信你。有次你放假回家和德米安又见面了,那会儿大概十六岁吧,马克斯告诉我——"

我打断道:"啊!他把那些都告诉您了?那是我最迷惘的时候!"

"对,马克斯告诉我,辛克莱现在碰到了人生最艰难的瓶颈期,一直试着随俗浮沉,甚至已经开始沉溺于酒馆,但他是做不到的。他的印记虽被遮掩,但仍旧让他的内心翻江倒海。是不是这样?"

"是的,的确如此。后来我遇见了贝雅特丽齐,再后来又结识了一位领路人,他叫皮斯托利乌斯。那时我才明白,为什么小时候我和德米安的关系这么紧密,为什么永远绕不开他。亲爱的女士——亲爱的母亲,我那时经常有个念头,想要结束自己的生命。这条路是不是对每个人来说都无比艰难?"

她轻轻抚摸我的头发,像清风拂过。

"获得生命的过程,永远不是一条坦途。要知道,鸟要破壳而出,必须奋力挣扎。你回忆一下过去,问问自己,这条路真的那么难吗?仅仅是难吗?难道不也很美丽吗?你见到过比这更轻松而且更美丽的路吗?"

我摇了摇头,仿佛在呓语般说:"在看到梦境之前,很难,很难。"

她点了点头,意味深长地看着我:"所以,人要找到自己的梦想,这样路途就会走得轻松许多。但没有任何一个梦想是能够永存的,总会被新的取而代之,人不能只坚持一个梦想。"

我感到了刺骨的寒意,这是警告,还是反驳?无所谓,我已经准备好接受她的引导,不论最终通向何方。

"我不知道我的梦想会持续多长时间,"我说,"我希望是永远。在这幅雀鹰的画像下面,我的命运在向我召唤,像母亲,又像爱人。我只属于它,而不属于别人。"

"只要这个梦想仍旧是你的命运,你就得忠诚于它。"她严肃地肯定道。

一股悲伤和渴望突然间淹没了我,我多么希望能够在这个奇妙的时刻死去。泪水夺眶而出，我任由它淹没了自己的理智——我有多久不曾哭过了！我连忙躲开她，来到窗前，呆滞地看着外面的花盆。

她平静的声音从后面传来，像拿着斟满了红酒的杯子一样温柔："辛克莱，你这个傻孩子！你的命运很眷顾你。如果你保持坚定，那么总有一天命运会完全属于你，就像梦里那样。"

我控制住自己的情绪，回过头去看她。她伸出手来，握住了我的，笑着说："我有几个朋友，不多，但都是我的挚友，他们叫我艾娃夫人。如果你想的话，也可以这么称呼我。"

她带我走到门前，打开门，指着花园说："马克斯就在那边，去找他吧。"

我压抑着心情站在高大的树下，内心在颤抖，我不知自己是比以往更清醒还是更迷乱。雨滴轻轻从树杈上落下，我慢慢走进河边的花园，最后找到了德米安。他站在小亭子里，赤裸着上身，在那里打着沙袋练习拳击。

我震惊地站在那里。他的身材近乎完美，头颅阳刚坚毅，胸部坦荡结实，抬起的手臂肌肉紧致，和肩膀、臀部一起发力，动作行云流水，强健而迅猛。

"德米安！你在做什么？"

他开心一笑。

"锻炼啊！我和那个日本小个子约好了进行一场摔跤比赛。这家伙跟猫一样敏捷，还特别狡猾。但他不是我的对手，我得好好教训他一顿。"

他穿上汗衫和外套。

"你刚才和我母亲在一起吗？"

"是。德米安，你的母亲真的非常好！艾娃夫人！这个名字太适合她了，她仿若万物之母一般。"

他意味深长地看了我一眼。

"你知道她的名字了？伙计，你应该为此感到自豪！你是第一个能让她在第一次见面就告知姓名的人。"

从那天起，我就经常进出他们家，像是这个家里的儿子、兄弟，也像是情人。每当我把门关上，或者是看见远处花园里高大的树木，心里便感到充实而快活。门外就是"现实"，有街道、房屋、人群、教室、图书馆，还有各色机构；但门里则是爱与灵魂，这里有童话和梦想。但我们绝非与外界隔绝，而是生活在思想和对话中，也生活在世界里，不过只是在另一个领域中。我们和大多数人之间并没有明确的界限，只是看问题的视角不同。我们的使命就是活出另一种可能，或是在这个世界上建立一座小岛或是成为榜样人物。

我在孤独中已经生活了许久，明白只有完全品尝过这种孤独的人们才可以建立起友谊。我再也不渴求回到圣诞节的餐桌，也不再想重温各种节日的快乐，看到别人欢愉之时，我更不会嫉妒，也不会为无法融入而难过。慢慢地，我也体会到了，带有"印记"之人有着何种秘密。

我们这些有着印记的人，被视为怪诞、荒谬和危险之人。而实际上，我们已然觉醒，或正在觉醒。其他人的追求是让自己的意见、理想、义务、幸福乃至人生更加从众，而我们的追求则是让自己更加彻底地觉醒。他们也在奋斗，也有力量，也有意义，但在我们看来，他们只不过是维持当下的意志，而我们则展现了自然的意志，是新的，属于未来的，也是独特的。那些人也像我们一样爱人性，但他们认为人性已经完善，应该被保护和尊重，万年不变；但对我们而言，人性属于遥远的未来，我们还在不懈地追求，它的形象无人知晓，而法则亦是变化无常。

除了艾娃夫人、马克斯和我，还有些人多多少少属于这个圈子，进行着不同的探索。有的人生活轨迹特殊，目标不同，意见和责任也不同，他们中有星象学家、卡巴拉信徒和新教派的信徒，也有托尔斯泰伯爵①的追随者、印度苦行的皈依者和素食主义者，还有各色各样的人，或敏感，或害羞，或脆弱。我们虽然和这些人的精神世界大不相同，但是都彼此尊重心底的理想。还有另一些与我们相近的人，则执着于研究过去的神祇，在其中寻找新的理想，这些人的研究常常让我想起皮斯托利乌斯。他们总是随身携带着书本，翻译用古老语言写就的文献，形象地展示古代宗教象征和仪轨，告诉我们迄今为止人们所有的信仰、理念都产生于无意识的梦境中。在那些梦中，人类思考着未来的可能性，并摸索着前进。就这样，我们认识了许多过去古老而奇妙的神祇，一直到基督教的诞生。我们认识了那些孤独的虔信徒，熟悉了不同民族间宗教的演变。基于这些知识，我们对当下的时代和欧洲展开了批判。欧洲在发展的洪流中创造出了人类历史上前所未有的强大武器，却让自己在浮华的表象下陷入了精神的萎缩。欧洲征服了世界，却忘了自己的初心。

圈子里也有持其他信仰和某些救世学说的人，比如向欧洲人弘

---

① 一个杰出的俄罗斯贵族家族，其著名成员中包括俄国文学巨匠列夫·托尔斯泰。

扬佛法的佛教徒，还有托尔斯泰追随者，以及其他教的教徒。我们在小圈子中亲耳聆听他们的言论，但并不认可，只是视其为一种象征。我们这些带有印记的人不关心未来如何构建，任何教派及其宗旨于我们而言皆僵死且无用。我们承认的唯一使命和命运，就是遵照自然赋予内心的意志之种，成为真正的自己，泰然接受未知的未来所发生的一切。

尽管无法言说，但我们始终都能够很清晰地感觉到：这个时代将迎来崩坏，尔后新生，且已迫在眉睫。德米安有时候会告诉我："将来会发生的事情无法想象。欧洲的灵魂就像一只长期受困的野兽，当它获得自由时，最初的行动不会含半点儿温柔。长久以来，它一直被人类欺骗，待它的困境真正显现出来之时，是坦途抑或是弯道都无所谓了。那一天来临时，我们的好时代就开始了，人们会需要我们，但不是以领袖或立法者的身份出现——我们不需要新的法则，而是以志愿者的身份出现，时刻准备好并肩同行，听从命运的召唤。你看，当人的理念受到威胁时，总会做出一些难以置信的事情；可是，当新的理念和一些危险的成长冲动轻轻敲门之时，人们却都避而远之了。依旧坚守，愿意挺身而出的人凤毛麟角，而我们就是其中一员。我们额间之所以被镌刻了印记——正如该隐被刻上了印记一样,是为了唤醒仇恨和恐惧,将当时的人类从狭小的田园中赶出去,带进那个危险而广大的旷野之中。所有对人类进程产生影响的人无一例外,他们有这个能力,并且做到了这一点,正是因为他们做好了面对不可避免的命运的准备。摩西①如此,佛陀如此,拿破仑如此,俾斯麦也如此。但服务于哪股潮流,为何人所掌控,他们无权选择。如果俾斯麦能够设身处地为社会民主党人着想②,他会是个明智的人,但不会是顺应命运之人。拿破仑是这样,恺撒是这样,罗耀拉③是这样,所有人都是这样!我们要从生物学和进化史的角度看问题!地球早期剧变不断,地壳运动迫使水生动物上了岸,陆生动物又下了海,这时就已经有动物对命运做好了准备,贯彻新的、残忍的生存方式,通过适应环境拯救了整个族群。我们不知道现存的物种是否曾经选择保守原样,还是积极进化,但我们知道,他们都做好了准备,也因此在物竞天择中拯救了自己的种族,进入了下一次进化。所以,我们更应该有所准备。"

---

① 《圣经》人物,曾带领犹太人摆脱奴役,离开埃及,前往应许之地迦南。
② 俾斯麦担任德意志帝国宰相期间曾颁布《社会党人法》,残酷镇压德国国内的工人和民主运动。
③ 西班牙人,耶稣会创始人,主导了罗马教会的改革(即"反宗教改革"),与马丁·路德的宗教改革分庭抗礼。

在我和他这样对谈时,艾娃夫人一般是在场的,但不会发表意见。当我们畅所欲言时,她只是静静倾听,给予信任和理解,仿佛我们的想法都由她而来,再复归于她。坐在她的身边,沉浸在她的声音中,感受她成熟知性的气场,是一种幸福。

每当我内心稍有转变、产生迷惘或有新的想法时,她总能与我感同身受。我觉得,自己的梦境有时也来自她的启发。我常常向她讲述我的梦境,而她也觉得这十分自然,没有任何无法理解的地方。有时,我在梦中会重现我们日间的谈话;有时,梦中则只有我,或是德米安与我相伴,看着世界陷入动乱,等待着伟大命运的降临。它被遮掩起来,却不知为何有着艾娃夫人的特点——不管是被她选上,或是抛弃,都是命运。

她时而笑着说道:"你的梦不完整啊,辛克莱,你把最美好的一部分给忘了。"我能再想起来那些部分,但却不知道自己是怎么把它遗忘了的。

我往往会因欲望而备受煎熬,感到十分不满。我再也无法忍受,明明就坐在她的身边,却从未将她拥入怀中。这样的心思,她却敏锐地捕捉到了。有几天我没有造访,再回来的时候又心烦意乱,她把我叫到身边说:"你不能纠结那些你不相信的愿望。我知道你想要什么。你应该抛弃它们,或者抱着正确的态度接受它们。如果你确信愿望能够实现,那么它就能实现。但你有愿望,却又动摇、害怕了。这是你要克服的缺点。来,听我讲个故事吧。"

她讲了一个爱恋上星星的少年的故事。那个少年站在海边,双手合十向星星祈祷。他的心中满满的都是那颗星星,梦里也经常看见它。但是他知道,人是无法拥它入怀的,他无望地爱着那颗星星,将这视为自己的命运。也因此,他将自己沉浸在放弃、沉默、忠诚和痛苦之中,他认为这种痛苦能改变和提升自己。但他所有的梦境里依旧还是那颗星星。最终有一天夜里,他再次来到海边,站在高高的悬崖上,望着星光璀璨,心中燃烧着对它的爱。就在那一瞬间,他带着强烈的渴望,纵身跃向了那颗星星,就在这时,他突然意识到,这根本是天方夜谭!最后,他摔在了悬崖下的沙滩上,粉身碎骨。他不懂得如何去爱。如果那一瞬间,他坚定地相信自己的愿望一定能实现,那么就能够飞向星空,和那颗星星融为一体。

故事讲完,她说:"爱不可乞求,也不可要求,它必须要内心坚定。这样,它便不再会被人吸引,而是会去吸引别人。辛克莱,你的爱来自我的吸引。如果你能吸引我,那么我就会来到你的身边。我不愿施舍,像礼物般把自己拱手送人,而是希望有人能征服我，真正俘获我的心。"

后来有一次，她又给我讲了另一个故事。另一名男子，同样无望地爱着他人，他完全将自己封锁在内心世界中，理想被爱燃烧殆尽。他无法再感知外部世界，看不到天空的蓝、森林的绿，听不到溪流的叮咚、竖琴的典雅，他将一切遗忘。整个人郁郁寡欢，穷困潦倒，但他的爱意却日益旺盛，如果让他放弃追求心爱的女人，那他宁愿选择死亡，任由尸体腐烂。这时他发觉，爱情的大火焚毁了自己心中其他的一切，而他的爱却变得越发强大，不断向外散发着吸引力，那所谓伊人一定会被牵引而来。后来她真的来了，而当他张开双臂，准备将她拥入怀中之时，他发现，心上人已全然变了副模样。他带着敬畏，发现随着牵引而来的，竟是原先被他遗忘的世界。她站在他的面前，向他屈服，天空、森林和溪流都重新焕发生机，再次归属于他，用他的语言诉说。他不仅赢得了一个女人，更得到了整个世界，星空在他心中闪烁，闪烁着欢欣的光芒。他获得了爱情，也找到了自己。但大部分人都在爱情中迷失了自己。

对艾娃女士的爱变成了我生活的全部，但它每天都不一样。有时候我很肯定，她并不是一个人，而是我内心的一个象征，想要指引我更深入地探索自己。她的话似乎出自我的潜意识，经常能够解答我灵魂中亟待解决的问题，让我触动很大。偶尔，在她身边时，我心中会情欲难忍，亲吻她碰过的每一件东西。逐渐地，肉欲、爱意、现实与象征相互交错。回到小小的宿舍时，我会热烈地想起她，想象着与她牵手互吻。而在一起时，我看着她的脸，和她说话，听着她的声音，却分不清眼前是现实还是梦境。我慢慢开始明白，如何能够保持一份天长地久、海枯石烂的爱情。读书时我获得了新的知识，就像被艾娃夫人亲了一口一样高兴。她摸摸我的头发，笑声一如既往的成熟且温暖，带着淡淡的清香，那感觉就像自己在探索内心时又向前更进了一步。所有于我命运而言至关重要的事，都会有她的影子。她能幻化成我的每一个想法，而我的想法也能幻化成她。

圣诞节要和父母一起过，这样我将两个星期无法见到艾娃夫人，饱受相思之苦，所以我一直很不情愿。但其实也没那么可怕，在老家想着她，其实也很美妙。回到H.城以后，我为了享受远离她而产生的独立和安全感，特意迟了两天才去她家。我也做了个梦，梦见我和她的结合有了新的意象：她是大海，我则是奔涌着汇入其中的河流；她是星星，我则是穿梭着与之相会的另一颗星星。我们相遇，相吸，相伴，享受着欢乐，在永恒的时空中翩翩起舞。

后来去拜访的时候，我给她讲了这个梦。

"很有意境的梦，让它成真吧！"她依旧平静。

我永远忘不了初春的那一天，我走进客厅，发现窗户大开，风信子的香味弥漫。屋里没有一个人，我上楼走到了德米安的书房，像往常一样，轻轻叩了叩门，没等回话就进去了。

房间里很昏暗，窗帘拉得严严实实，通往旁边小房的门倒是开着，那是马克斯的化学实验室。那里透着亮，是一束春日的阳光，它像是从厚厚的积雨云里钻出来一般。我以为屋里没人，就把窗帘拉开了。

德米安就坐在窗边的椅子上，身体前倾，缩成一团，胳膊耷拉着，手放在大腿上，一动不动。他的头微微前伸，两眼无神，瞳孔中反射着微弱的光，像一块玻璃；脸上没有一丝血色，除了僵硬，没有别的神情，让人想起古庙前的兽首。我甚至没听见他的呼吸。霎时间仿佛过电，我曾见过这样的他！

往昔的记忆让我胆战心惊——这场面和几年前我还是个孩童的时候如出一辙。他就这么空洞地看着，双手焊接似的垂在一起，一只苍蝇在脸上移动都无动于衷。大概六年前，他就是这副模样，这样老成。岁月没有他在脸上留下一丝痕迹，连脸上的细纹都没变。

我有点儿害怕,悄悄地退出了房门,下了楼梯。在客厅里,我碰到了艾娃夫人,她也是面色苍白,看上去筋疲力尽。以前从没见过她这样。一道阴影透过窗子投了进来,炫目的阳光倏然消失。

我着急地小声说:"我刚才在德米安那儿,出什么事了吗?我不知道他是在睡觉还是冥想。反正以前看到过他那样。"

"你没叫醒他吧?"她急切地问。

"没有,他没听见我进来,我马上就出来了。艾娃夫人,能告诉我他究竟怎么了吗?"

她背过身去,用手扶着额头。

"辛克莱,放心,没事的。他只是暂时回到了内心,时间不会太久。"

尽管外面下起了雨,她还是起身走到花园里去。我觉得跟过去不太合适,所以就在客厅里来回踱步,看着门上那张雀鹰像。风信子花香醉人,但是从早上开始,房子里就笼罩着令人不安的诡异气氛。那到底是什么?究竟发生了什么?

艾娃夫人很快就回来了,雨水打湿了她乌黑的秀发。她困倦地靠在躺椅上。我在旁边坐下,侧过身去亲吻她发梢的雨水。她的眼睛炯炯有神,毫无波澜,但这水滴尝起来像是泪水的味道。

"要不我去看看他吧？"我小心试探着。

她笑了，但是有气无力。

"别再孩子气了，辛克莱！请你先回去，过会儿再来吧，我现在没法和你说话。"她大声地下了逐客令，但更像在驱逐心魔。

我走出了房子，穿城而过，来到山上，细雨拍打在脸上。压力和恐惧就像此时厚厚的乌云，让我喘不过气来。沉闷的空气中没有风，但上空云层翻滚，应该是风暴在涌动。阳光曾几次穿透铅灰的云障，放射出耀眼的光芒。

突然，天边出现了一线金黄，与团团乌云形成鲜明反差。几秒钟后，大风以天空为画布，用金色的晚霞与露出的蓝天共同构成了一只巨鸟，它撕开蓝色的混沌，向着更高远的天空飞去了。继而狂风骤起，雨点夹杂着冰雹狠命抽打着大地。一道惊雷平地起，在周遭爆裂开来，草木为之震颤。随后阳光重新洒入世间，附近山上棕色森林的上方，惨淡的皑皑白雪闪耀着若隐若现的光。

我湿成了落汤鸡。几个小时之后，我回到德米安家，他亲自开的门。

他领我进了他的房间，实验室里煤气灯在发亮，纸张散得到处都是，看来是刚工作完。

"随便坐吧,你肯定累坏了,今天天气可真不怎么样,一看就知道你在外面淋了雨。茶马上就来。"

"除了这场暴风雨,"我有些迟疑,"今天肯定是还发生了别的事吧。"

他审视着我。

"你看到什么了吗?"

"嗯,我在云层里看见了一幅图片,转瞬即逝。"

"什么样子的?"

"一只鸟。"

"雀鹰吗?难道是它?你梦中的那只?"

"没错,就是我的那只雀鹰,金黄色的,飞到蓝黑色的空中去了。"

德米安长舒了一口气。

有人敲门,是年迈的女仆上茶来了。

"喝茶,辛克莱。我想,你看见这只鸟绝非偶然吧?"

"我觉得不是,肯定是有意义的。你觉得是什么?"

"我不甚明白,但只觉得,它很震撼,是命运的脉动。我想,它与我们每个人都有关。"

他不停地徘徊，脚步很重，接着大喊道："命运的脉动！我昨晚也梦到了它，昨天妈妈就有预感，也讲到了同样的事。我梦见，自己爬着梯子上了树冠或者塔顶，站在上面俯瞰整个大地。广袤的大地正在燃烧，城镇和村庄陷入了火海。不过我没法全部想起来，它还是太模糊了。"

"你是说这个梦指向了你自己吗？"我问。

"指向我？当然了。人的梦境都会和自己有关。但你说得对，梦境有时候也不仅仅和我自己有关。我能分得清触动灵魂的梦，以及那很少一部分昭示着全人类命运的梦。我很少做这种梦，也从来没有做过可称为'预言'，且应验了的梦。但是我很清楚，确实做过这些和自己无关的梦，它们与别人的梦相联系，也和我之前的梦相联系，且还在不断延续。辛克莱，我告诉过你的那些预感，都来自这些梦。这个世界已经彻底腐烂了，这一点我们都知道，但这却不是预言它确实会毁灭的理由。这么多年来，我一直做着一种梦，我从中断定，或者说感觉到——旧世界的崩塌正在逼近。起初这种感觉还特别微弱，特别遥远，但是正变得越来越清晰，越来越强烈。我只感到，有重大而恐怖的事件即将发生，且与我有关。辛克莱，咱们要一起经历以前共同探讨过的事情了！世界将会再造，死亡的气息已经渗出。没有死亡,就没有新生,这比想象中的还要可怕。"

我惊惧地凝望着他,带着些许试探地问:"你能不能仔细讲讲梦中的细节?"

他摇摇头:"不行。"

门开了,艾娃夫人走了进来。

"你们在一块啊!孩子们,你们不是在难过吧?"

她精神焕发,倦容一扫而光。德米安笑了笑。她走到中间,就像母亲照顾受惊的孩子一般。

"母亲,我们不难过,只是在猜测这些新的意象的含义。但这似乎没有用。很快,该来的就会来,那时候,我们就会知道,自己需要的答案是什么了。"

我心情很糟糕。分别时,我一个人穿过客厅,风信子的气味已经稀释,又掺杂了萎靡,离凋谢不远了。我们似乎被笼罩在了一片阴影之中。

第八章
终结的开始
DEMIAN

整个暑假，我都待在H.城没有回家，几乎整天泡在河边的花园里，而非屋子中。对了，那个日本人在摔跤比赛中输给德米安，现在已经离开了；托尔斯泰伯爵的追随者也离开了。德米安养了匹马，一天到晚在外面骑，留我和艾娃夫人在家。

　　我有时候惊异于生活的平和。离群索居久了，早已习惯与痛苦对抗，习惯了克制自己。可在H.城的这几个月就像生活在梦幻小岛上，舒舒服服，迷醉于身边美好的事物中。我认为，这就是我们构想中新的、更高级的社群的先导形态。然而深深的悲哀也时时盖过了这种幸福，因为我知道，美好的时光永远不会久留。我注定不会沉溺在圆满与安逸之中，我需要困苦和挫折。总有一天，我会从这良辰美景中醒来，再次孤身一人，在冷酷的世界战斗下去，无人同行，压力重重。

　　因此我以加倍的亲昵贴近艾娃夫人，为生命中还能拥有美丽而宁静的一隅而欣慰。

夏天的日子如白驹过隙，悄悄从指尖溜走，暑假也接近尾声了。离别近在眼前，我却不愿去想，也没有去想。我就像驻留在鲜花上的蝴蝶，不愿意告别这段闪亮的日子。这可是生命中最幸福的时光，也是我生命意义的第一次实现，是我第一次被一个群体接纳——接下来会发生什么呢？或许，我还是要重新奋斗，饱受欲望之苦，孑然一身，坚守梦想。

有一天，一股强烈的预感涌上心头，对艾娃夫人的爱让我疼得撕心裂肺。上帝啊，再过不久我就永远见不到她了，再也听不到她迈着坚定而悦耳的步伐穿过房间，再也收不到桌子上她送我的花！可我又得到了什么呢？不过是在做梦，陷入虚幻的满足中，却并没有赢得她的心，也没有为她而战，把她留在身边！她讲过许多关于"真爱"的道理，现在点点滴滴都浮上心头，有的是她含蓄的暗示，有的是她轻飘飘的诱惑，有的或许是许诺，可我又做了什么呢？什么都没有！没有！

我站在房间正中央，聚精会神，把所有的思绪都汇集到艾娃夫人身上，想用尽一切心力，吸引她的注意，让她感受到我的爱。她会来的，会渴望我的拥抱，而我的吻必定要在她性感的嘴唇上热烈翻滚。

我就这样站着,全身紧绷,直至手脚冰冷。心劲都泄了啊。顷刻间,我感到有什么东西在收缩,随后凝聚在一起,明亮又清凉。我恍惚中觉得心中凝结出了一颗水晶,我知道,那代表着自我。阵阵寒意渗入胸膛。

这种紧张让人倍感恐惧,我从中挣脱时,预感有事即将发生。虽然心力交瘁,但还是期待着艾娃夫人热情如火、神采飞扬地走来。

沿街传来马蹄声,声音越来越近,越来越清晰沉重起来,突然,又刹住了。我连忙转到窗前,是德米安,他从马上跳了下来,我立即飞奔下楼。

"发生什么事了,德米安?你母亲没事吧?"

他没有听见我的问话,脸色煞白,豆大的汗水从额头上流至脸颊。他把缰绳系在花园围栏上,抓着我的手就往街上走。

"你知道发生什么了吗?"

我摸不着头脑。

德米安拉着我的手臂,朝我转过脸,一反常态,目光中充满阴郁和同情地说:"是的,我的伙计,出大事了。你知道我国和俄国关系紧张——"

"然后呢？要开战了吗？我一直不敢相信。"

哪怕方圆几米都没人，他还是压低了声音："还没宣战，但是战争即将开始，相信我。上次之后我一直没再提起这件事，是不想你因此烦心，但自那以后，我曾三次看到新的征兆。不是世界末日，也不是大地震、革命，而是战争！你会看到它的影响！现在群众已经为开战沸腾了，甚至在翘首以盼。他们的生活竟是这样无聊乏味！而你，辛克莱，就会发现，这才只是个开始。这或许会是一场大战，一场规模空前的战争。但这仅仅只是个开始。新世界会诞生，新事物会让那些顽固不化的人感到惧怕。你有什么打算呢？"

我大为震惊，这番描述对我来说仍旧显得陌生且魔幻，我不知该如何是好。

"我不知道——你呢？"

他耸了耸肩。

"动员令很快就会下来，我会应征入伍。我是少尉。"

"你？我怎么不知道还有这回事。"

"你当然不知道，这只是我顺应这个世界做的改变之一。你知道，我不喜欢备受瞩目，但为了合乎社会的标准，我费尽了心思。

大概八天后,我应该就在前线了。"

"天哪——"

"这有什么伤感的,伙计。指挥炮火射向活人,并不是什么开心的事,但这是次要的。现今,我们每个人都被捆绑在了这架时代的战车上,你也是肯定会应征入伍的。"

"那你母亲呢,德米安?"

一刻钟之前,我还在想她。这世界真是变幻莫测啊!刚刚,为了召唤心中最甜美的景象,我凝聚了全身所有的气力,结果现在命运却突然改头换面,戴着一副骇人的可怖面具,凶神恶煞地朝我逼近过来。

"我母亲?啊,我们不用为她担心。她比全世界任何一个人都要安全得多。——你是不是特别爱她?"

"你已经知道这件事情了?德米安?"

他爽朗地笑了。

"伙计!我怎么会不知道呢?在所有叫我母亲艾娃夫人的人中,没有一个不爱她的。对了,刚才怎么回事?你今天是不是呼唤过我或者她了?"

"是的,我呼唤过——我呼唤的是艾娃夫人。"

"她感觉到了,她突然派我来找你。我也告诉了她俄国那边的消息了。"

我们转过身走了回去,没有继续聊些什么。他松开缰绳,骑马走了。

回到房间,我才感觉到自己有多么疲乏,大抵是因为德米安带来的消息和之前的那种紧张感压迫导致。艾娃夫人居然听见了我的心声!我用意念与她建立起了联系。她本会亲自来的,如果不是因为——这一切真是太奇妙了,细想下去还有点儿余味无穷。如今,战争即将开始,我们先前谈到的一切都会应验。德米安已预料到了这些。这真是神奇。世界的潮流将不会再与我们擦身而过了,而是会突袭心灵,从中贯穿。动荡的冒险和命运正在召唤,我们早晚会响应,并投身于这个世界发生变化的地方,和它需要我们的地方。德米安说得对,不要为此伤感。让我感到新奇的是,接下来,我要和世界上无数的人共同经历自己孤寂的"命运"。好吧,那就这样!

我已经做好准备了。

晚上,经过城区时,我发现到处人声鼎沸,每一隅都在翻来覆去地谈论着同一个词:战争!

我又去了艾娃夫人家,作为唯一的客人,和她在凉亭里共进晚餐,对战事只字不提。告辞前不久,艾娃夫人说:"亲爱的辛克莱,我今天听到了你的呼唤。你知道,为什么我没有亲自出现。但请你千万不要忘记,你已经掌握了呼唤的方法,如果日后你需要和你一样带着印记之人,就请再次这样呼唤吧!"

说完,她起身离席,踏着暮色走进了花园。小径两旁大树参天,如卫兵静静伫立,护卫着这位神秘而高贵的女人。她的头顶上方,星空璀璨,如钻石般闪耀。

我的故事也到了尾声。形势急剧恶化,不久战争正式爆发。最后一次见到德米安是在开拔之前,他穿着银灰色的制服,完全像个陌生人。我将艾娃夫人送回家。不久后,我与她离别的时刻也到了,我终于得以亲吻了她的红唇,而她也将我拥入怀中,凝视着我的双眼。

所有人都团结起来了,心中只有祖国和荣誉,但这只是他们在这短暂的瞬间看到的命运。青年们走出兵营,坐上火车,我看见许多人的脸上都有印记,美丽而庄严,意味着爱与死亡,和我们的不一样。我接受过很多陌生人的拥抱,我理解他们,也乐得回礼。他们这么做只是热血上头,而不是听从命运的安排,但这样的热血也很神圣,也令人感动。因为,它使得他们在颤抖和不安中完成了对命运的惊鸿一瞥。

我上战场的时候,已经差不多是冬天了。

一开始,我因为可以开枪而血脉偾张,但很快我便感到失落。之前我百思不得其解,为什么很少有人会为了一个理想而活。可现在,我目睹了许多人,甚至所有人都能为一个理想赴死,但这种理想却不是每个人自由可以选择的,而是共同约定的、被认可的梦想。

那段时间,我发现自己低估了人类的力量。虽然共同的使命和危险让他们全部丧失了自我,变得整齐划一,但我还是见到了许多幸存者以及逝去之人,奋力地朝着命运的意志迈进。不单单在战争中,而且在其他任何时候,这些人的眼神都是坚定的,甚至带着一丝疯狂,没有目标,却全身心地投入那未知的巨大恐怖之中,为之献身。无论他们相信什么,抑或期待什么,他们都做足了准备,他们都是可造之才,未来将由他们塑造。当整个世界越注重战争和英雄的壮举,还有荣耀和陈腐观念时,虚假的人性声音就越渺小、越无力。这种现象就像这场战争的外交和政治目的一样,不过是表面问题,而在深处,暗流涌动,新的人性正在发展。为什么这么说?因为我认识了很多人,他们开始明白,仇恨、愤怒、屠杀、灭绝和战斗并无关系。后来他们中有些人倒在了我的身边,再也没醒过来。其实,战斗的任务,乃至整场战争的目的,都是偶然。人最本能,也是最狂野的情感并不是敌人激发出来的,而是来自撕裂的内心,它渴望癫狂、杀戮、灭绝和死亡,以此来得以重获新生。一只巨鸟奋力破壳而出,这颗蛋就是世界,而这世界必须化为残骸。

初春的一个半夜,我在占领的农场外面站岗。一阵微风窸窣吹过,云层在弗兰德①的夜空中缓缓流动,月亮时隐时现。那天我是在慌乱中度过的,心里很是忧伤。站在黑暗的哨位上,过去的美好时光在眼前过电影般闪过,我怀念艾娃夫人和德米安。我找了棵杨树靠着,看着天空中云层流淌,原本只是在微光中闪动,后来竟像幻灯片般迅速依次闪现。我的脉搏莫名地有些微弱,皮肤也感受不到风雨吹打,但心里却保持着清醒,由此判断,我的周围存在着一位引路人。

我在云层中看见了一座庞大的城市,从中涌出成千上万的人,

---

① 是比利时西部一地区,第一次世界大战的四年中此地爆发过大规模战斗。

簇拥着在广袤的旷野上排列开来，蔚为大观。他们的中间是一位雄伟的神，身壮如山，秀发闪耀，相貌甚似艾娃夫人。人群在她身边消失，如同被吸进一个巨洞。她蜷曲着身体蹲在地上，额间的印记闪耀着亮光，她双目紧闭，面容因痛苦而扭曲，像是在梦中无法脱逃。突然，她一声大吼，无数颗星辰从额间跃下，在空中闪烁着，绘出道道优美的弧线。

其中一颗星星朝我俯冲过来，似乎是寻我而来，然后它在我的身边炸裂成了万千个火花，震耳欲聋，咆哮着将我掀起，再重重地将我摔在地上。世界就在我的头顶分崩离析。

后来，人们在杨树边发现了我，我浑身覆盖着泥土，伤痕累累。

我躺在地堡里，远处的枪声嗡嗡作响。后来我又被转移到了一辆汽车上，在空荡荡的战场上颠簸。大多数的时候我都是毫无意识的，或者陷入昏睡之中。但睡得越深，越能明显地感受到一种力量主宰了我，而我循着它前进，不知去往何方。

我躺在了马厩的稻草堆上，四周一片黑暗，有人踩到了我的手。但是我内心对前行的向往越来越强烈了，强大的力量在召唤着我离开。我又被装上了车，后来，又被放上了担架或者梯子抬走了。我的潜意识里有个命令指引着我必须要去某处，那声音越来越响亮，我别无所求，唯有到达归宿。

终于，我到了。正值半夜，我却清醒得很，那股力量还是一如既往地炽烈。现在我平躺在一间大厅的地上。就是这里了，我想，我已经置身于召唤发出的地方。我环顾四周，身旁的床垫上居然还紧紧躺着一个人，那人撑起身子看向我。他的额头上有印记，是马克斯·德米安。

我没法说话。他也没法，不过也不想说，只是看着我，脸上映着头顶信号灯的光，然后冲我笑了笑。

他一直看着我，时间仿佛在此刻凝固，许久之后，他慢慢把脸贴近我，几乎要与我的碰上了。

"辛克莱！"他小声说。

我冲他使了个眼神，他理解了，笑了起来，带着些许同情。

"傻小子！"

他的嘴已经要贴到我的唇上了，接着又呢喃着问道："你还记得弗兰茨·克罗莫吗？"

我朝他眨了眨眼睛，我也还能微笑得起来。

"辛克莱啊，听着！我得走了。或许什么时候，你还会需要我,也许是对抗克罗莫或者别的东西。当你再呼唤我时,我就不可能再立刻骑着马或者坐着火车赶到你身边了。这时你就要倾听自己的内心,那时你就会发现,我已经在你的心里了。明白了吗?还有一件事!艾娃夫人说过,如果你遇到了险境,就让我把她的吻给你,她先吻了我,现在,我把这个吻转交于你……闭上眼吧,辛克莱!"

我听话地合上了眼,感到唇上有人轻轻地吻了一下,带着鲜血的味道,永远挥之不去。之后,我便睡着了。

第二天醒来时,军医说我需要包扎。待我完全清醒后,我转身去看旁边的垫子,上面躺着一副全然陌生的面孔。

伤口很疼。自此之后,所发生的一切事情,都带着痛楚。但当我找到了钥匙,彻底走入内心,看到黑镜中蛰伏着命运的图景时,只需要凑上前去,就可探察到自己的影像。那样子和他一模一样——德米安,我的挚友,我的引路人。